ACADIE, TERRE PROMISE

DU MÊME AUTEUR
CHEZ LE MÊME ÉDITEUR

Les Seigneurs de la haute lande
La Palombe noire
La Sève et la Cendre
Le Secret du docteur Lescat

CHEZ D'AUTRES ÉDITEURS

La Rizière des barbares
Et tu franchiras la frontière
La Fin des mandarins

Alain Dubos

ACADIE, TERRE PROMISE

Roman

Production Jeannine Balland
Collection Sud Lointain

PRESSES DE LA CITÉ

ISBN 2-258-05569-5

Avant-propos

Les romanciers sont, aux travaux patients, précis et souvent obscurs, des historiens, ce que les cigales sont aux réserves accumulées par les fourmis : des pique-assiette se servant avec appétit, finissant en général les plats, et n'hésitant pas à inventorier au besoin buffets, caves et greniers, s'ils ont encore un peu faim.

Rude est bien souvent le réveil de l'historien lorsqu'il découvre ce que le romancier a fait de sa besogne. Veut-il rattraper le prédateur pour lui demander des comptes ? Trop tard ! La plupart du temps, le bougre a déjà filé vers d'autres horizons, d'autres tables où la bonne soupe de la Vérité est inscrite au menu.

Lorsqu'il s'agit de l'Acadie, le crime est encore plus patent. Pensez donc : un pays disparu aujourd'hui encore des cartes, gommé par l'Histoire, oublié sous la poussière des siècles, et que des amoureux de sa tragique destinée tentent d'exhumer, à la recherche de leurs propres racines !

Ce roman est donc dédié à ces chercheurs obstinés, descendants des hommes et des femmes qui survécurent à l'odyssée de leur peuple, il y a deux cent cinquante ans. Sans ces défricheurs d'Histoire, l'auteur eût été bien incapable de construire son récit. A chacun, il doit humblement reconnaissance et remerciements, avec l'espoir, cependant, d'être accepté dans la troupe, pour aider à défendre une juste et noble cause, à sa place et avec les armes pacifiques de son imagination.

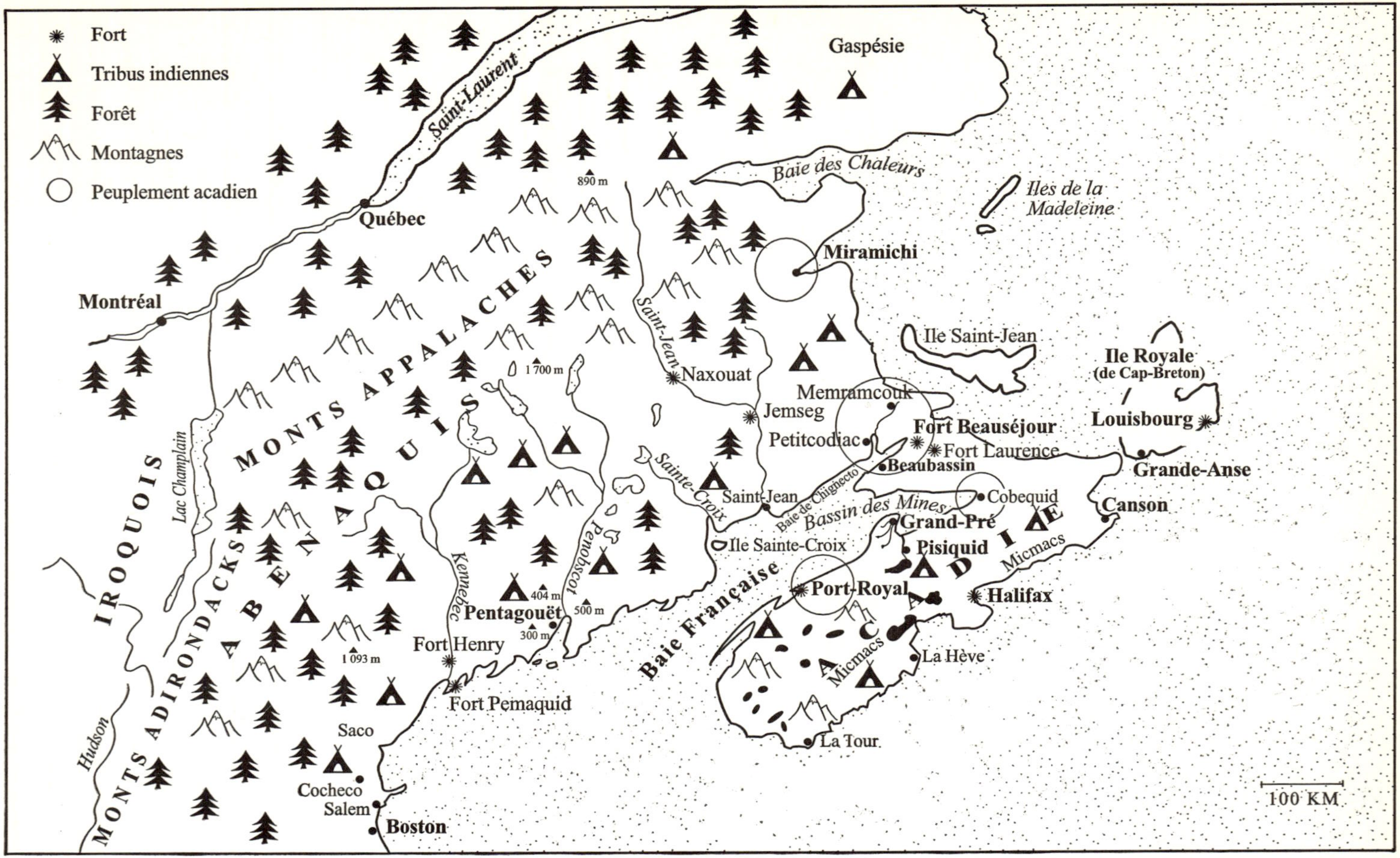
Fort
Tribus indiennes
Forêt
Montagnes
Peuplement acadien
Saint-Laurent
Québec
Montréal
Gaspésie
Baie des Chaleurs
Iles de la Madeleine
Miramichi
Ile Saint-Jean
Ile Royale (de Cap-Breton)
Louisbourg
Grande-Anse
Canson
Memramcouk
Fort Beauséjour
Fort Laurence
Petitcodiac
Beaubassin
Cobequid
Grand-Pré
Pisiquid
Halifax
Micmacs
Bassin des Mines
Baie de Chignecto
Saint-Jean
Naxouat
Jemseg
Sainte-Croix
Ile Sainte-Croix
Port-Royal
Baie Française
La Hève
La Tour
ACADIE
890 m
1 700 m
MONTS APPALACHES
ABENAQUIS
IROQUOIS
MONTS ADIRONDACKS
Lac Champlain
Hudson
Kennebec
Penobscot
404 m
500 m
300 m
Pentagouët
Fort Henry
Fort Pemaquid
1 093 m
Saco
Cocheco
Salem
Boston
100 KM

Jean et Jeanne LESTANG (1645-1697) (1650-1715) — *1re génération*

2e génération

- **Julien** (1677-1724)
  - Lucrèce
- **Catherine** (1679-1755) ép. Jacques HÉBERT en 1698
- **Pierre** (1681-)

3e génération (enfants de Catherine)

- **Jérôme** (1697-) ép. Isabelle LE DANTEC en 1725
  - Thomas (1736)
  - Charlotte (1740)
  - Jacques (1743)
  - Baptiste (1748)
- **Marguerite** (1702-) ép. André MELANSON en 1720
  - Paul (1721) ép. A. Dupuis en 1740 — 3 enfants
  - Marie (1723) ép. J. CORMIER — 3 enfants
  - Anne (1724-1747) ép. R. LE BLANC — 1 enfant
  - Antoine (1738)
  - Cécile (1740)
- **Madeleine** (1703-) ép. Jean MELANSON en 1720
  - Sylvain (1722) ép. F. BOURG en 1747 — 4 enfants
  - François (1723) ép. M. BELLIVEAU — 3 enfants
  - J.-Pierre (1740) ép. L. ARSENAULT — 2 enfants
  - Catherine (1727) ép. J. BÉRARD
  - Anne-Marie (1737)
  - Gilles (1739)
  - Pierre (1740)

4e génération

5e génération

PREMIÈRE PARTIE

1695-1710

Les émigrants

« Sa Majesté est fort persuadée que les efforts qu'elle va faire pour l'Acadie peuvent contribuer plus qu'aucun autre moyen à la conservation du Canada et à la diversion des Anglais. Elle pense que si on ne donnait pas des secours puissants à l'Acadie, et si on ne maintenait pas les Sauvages en guerre contre les Anglais, la côte sud du Canada qui est sans défense se trouverait tout à coup envahie et le Canada ruiné inévitablement. »

Lettre du ministre Pontchartrain
au gouverneur Frontenac, à Québec, 1696

1

C'était au cœur d'une tempête d'équinoxe, au mois de mars 1695. On approchait de l'île de Terre-Neuve, dans un désordre du ciel et des flots tel que rien à bord du trois-mâts l'*Oranger*, sauf l'urgence de la prière, n'avait plus désormais le moindre sens. Et pour les quelques dizaines d'êtres humains livrés ainsi à leur destin à bord du vaisseau de commerce français, la seule question était : combien de temps nous reste-t-il à vivre ?

Le capitaine avait bien fait fouetter un mousse au martinet, lui enjoignant, selon la coutume, de crier « Nord-Est ! » face aux nuées amoncelées ; cela n'avait pas suffi pour empêcher son navire de rouler et de tanguer de plus en plus fort, au point qu'il avait fallu carguer les voiles, ne laisser déployées que quelques capes et gagner sans tarder les profondeurs de l'*Oranger*.

Dans les esprits, taraudés par le déchaînement de ces forces supérieures, rôdaient le spectre des grands désastres maritimes, le souvenir d'escadres disparues corps et biens, la terreur de devoir bientôt périr étouffés par les vagues déferlant de toutes parts. Dans l'entrepont, ceux des marins qui n'avaient pas succombé à la dysenterie dans les premiers jours du voyage avaient cessé de jouer aux dés et guettaient, les yeux grands ouverts, unis par une commune hantise de voir la coque s'ouvrir sous la pression des flots et la mer envahir leur espace confiné. Leur ultime besogne avait été d'amener les voiles, quatre d'entre eux avaient été emportés. Quant aux trente soldats du régiment de Carignan-Salières, séparés d'eux par une simple cloison de planches, ils se taisaient depuis longtemps, priaient, geignaient ou, pour les plus chanceux, dormaient.

Les familles poitevines et gasconnes embarquées à La Rochelle, trois couples et une douzaine d'enfants pour qui le voyage vers la grande aventure américaine prenait depuis une dizaine d'heures des allures d'ensevelissement prématuré, s'étaient groupées dans la sainte-barbe. C'était, à l'arrière du vaisseau, une seule et même cambuse à peine haute comme un homme, garnie de cadres en bois superposés, partagée entre les émigrants et les sous-officiers du régiment de Carignan-Salières. Dans l'étroite carrée transformée en lazaret, empuantie par tant de misères humaines, le murmure de leurs litanies et leurs cris soudains accompagnant les plongées du navire dans les creux de l'océan rythmaient la lutte de l'*Oranger* contre les éléments.

— Priez, tous ! hurlait Jeanne Lestang entre deux hoquets.

Elle était petite et noueuse, voûtée. Son visage décharné, aux grands yeux d'eau claire, trahissait une consomption, une trop longue privation, sa peau était celle d'une vieille femme bien qu'elle n'eût pas quarante-cinq ans. Ses proches n'étaient guère plus épais qu'elle, l'ordinaire du bord ne leur laissait de toute façon aucun espoir d'engraisser avant l'arrivée à Port-Royal. Au bout d'un voyage de plus de deux mois, ralenti par une succession de coups de tabac et une navigation hasardeuse, on avait mangé la volaille et les cochons embarqués, la moitié des douze bœufs et une bonne vingtaine de moutons. Seuls les officiers de l'*Oranger*, ceux du régiment de Carignan-Salières et leur compagnon jésuite, l'homme velu aux sourcils broussailleux, aussi noir d'habit que de regard, qui effrayait tant les petits, avaient droit à une nourriture un peu améliorée ; encore n'était-ce que de la viande séchée, de la volaille faisandée qu'il fallait cuire longtemps pour qu'elle fût mangeable et des poissons que les hommes ramenaient de temps en temps au bout des lignes laissées à la traîne du navire.

Assise au bord du châlit sur lequel gémissaient les petits, Jeanne Lestang égrenait son chapelet, cherchait la présence divine au plafond bas de la cambuse. De tous les civils embarqués à La Rochelle en même temps que les soldats, elle était, depuis le départ, celle qui fédérait les énergies, consolait les chagrins des exilés, tentait, entre épouillages, prières et ménage de la sainte-barbe, de régenter un peu la vie de ses compagnons. Infatigable, ne se plaignant jamais, elle veillait aux pauvres repas, soignait comme elle le pouvait les mille maux et misères de la minuscule colonie lancée ainsi à travers les flots.

Ses enfants étaient les plus âgés du groupe des jeunes. Il y avait là, près d'elle, luttant avec de plus en plus de peine contre le mal de mer, sa fille Catherine, une pâle et déliée donzelle de seize printemps, aux yeux de Levantine, au nez droit et pointu, aux doigts très longs et fins, et son aîné de deux ans, Julien, qui demandait grâce depuis le début de la tempête. Lui, le petit taureau de Béarn, tout en râble et en muscles, le braconnier à qui rien ne faisait peur à terre, ni les traques du gibier dans la froidure pyrénéenne, ni les durs travaux à la métairie Lestang, avait changé d'allure. Inondé de sueur, décomposé tant par l'angoisse que par la nausée, son visage dur et mat de chasseur aux aguets, d'ordinaire tout plein de colériques impatiences et de ses certitudes de jeune homme, ressemblait à présent à l'un de ces masques de tragédie portés par les théâtreux de passage à Escout. Amertume de l'esprit, souffrance du corps.

— Mes petits, se lamentait Jeanne.

A ses pieds gisait, au milieu d'une demi-douzaine d'hommes de femmes allongés, vagissant comme un nourrisson, le chef de famille, Jean Lestang, le métayer que son maître Jean-Vincent de Saint-Castin faisait venir en Acadie pour en labourer la terre et en défendre les frontières, au nom du roi Louis. Les heures passées à lutter en vain contre les haut-le-cœur le laissaient pantelant, chiffe sans force ni réaction, après qu'à l'instar de ses compagnons il eut vidangé plusieurs fois son estomac.

— Où est Ti'Pierre ? s'inquiéta soudain Jeanne Lestang.

Catherine Lestang leva vers sa mère son regard d'encre, secoua doucement la tête. De la centaine de personnes embarquées à La Rochelle, son cadet était, avec monsieur de Terville, un noble de Cherbourg, et les marins pour la plupart insensibles aux foucades de l'océan, l'un des derniers passagers que la tempête épargnât encore. Jeanne ferma les yeux, incapable de se lever. A quatorze ans passés, marchant depuis la prime enfance dans les pas de son aîné Julien, Ti'Pierre savait se défaire des pièges que lui tendait la nature sauvage du piémont béarnais. Chasseur, lui aussi, marcheur capable d'épuiser les plus endurants, il se révélait marin, et suffisamment inconscient des périls pour se rendre, à sa façon, maître du navire en perdition.

— Seigneur, sauve-nous, répétait Jeanne Lestang, qui en

venait à se demander si ceux qui gisaient sur le plancher étaient même encore vivants.

Venu de la pauvre humanité entremêlée le long des cloisons de la cambuse, le faible écho de voix mourantes lui répondit · « Seigneur, sauve-nous. » Epuisée, Jeanne Lestang s'allongea sur sa paillasse à demi éventrée.

Ti'Pierre éprouvait le sentiment grisant, quoique un peu inquiétant tout de même, d'être le dernier humain valide à bord de l'*Oranger*. Entre les hurlements du vent et les plaintes de la coque meurtrie mêlées à celles des êtres prisonniers de la poutraison, le petit paysan d'Escout, le terrien au poil roux, à l'œil noisette volontiers malicieux, aux muscles de roc sous une apparence encore menue, chevauchait l'océan aussi aisément qu'il passait les cols enneigés des Pyrénées, se proclamant capitaine d'un vaisseau fantôme.

Il tangua d'un bord à l'autre de l'étroite coursive menant aux appartements des officiers, parcourut des espaces déserts hantés par instants par des silhouettes chancelantes vite disparues. Il cherchait les recoins secrets du grand bateau, apercevait, près de l'échelle descendant dans les entrailles du vaisseau, la porte défoncée donnant sur le logis des émigrants. Là étaient ses repères dans la tempête, mais tout cela puait trop la misère, la chiasse, l'haleine des malades. L'envie de grimper vers les lieux où les colères du ciel et de la mer se rejoignaient en liberté tenaillait le garçon depuis un long moment.

Ti'Pierre s'éloigna de la cambuse d'où s'échappait, mélangée aux soupirs des émigrants, cette senteur fétide d'humanité souffreteuse. Tenant fermement la rambarde de l'échelle, il descendit dans la cale, tira le rideau derrière lequel des hommes achevaient eux aussi de se vider. Epuisés, privés même de la force de se lever, environnés de sacs, de coffres aux attaches rompues, les soldats du régiment de Carignan-Salières gisaient sur leurs paillasses, leurs visages blafards vaguement éclairés par des mèches aux allures de cierges mortuaires. Seuls des matelots, qui en avaient vécu d'autres, parvenaient à rester assis à quelques pas des militaires, les jambes en tailleur, accompagnant du buste les ruades et les brusques glissades du bateau.

— Si la mort doit nous prendre maintenant, j'en connais là qui auront du mal à la regarder en face.

Aubin de Terville saluait à sa façon ses braves rassemblés par la souffrance. Sous sa perruque aux longues boucles brunes, le lieutenant du roi avait encore belle allure, malgré une certaine pâleur.

— Eh bien, nous voici en charge de cet équipage, et de cette troupe aussi, dit-il à Ti'Pierre. C'est avec cela que nous devons aller prendre la Nouvelle-Angleterre ? Qu'en ferons-nous, sous un pareil climat ?

Souriant, les doigts serrés sur une poutre basse de la cale, il interrogeait le jeune paysan comme il se plaisait à le faire depuis le départ de La Rochelle. Terville avait à peine plus de vingt ans, commandait une compagnie de soldats et en était à son troisième voyage en Amérique. Disert et érudit, amical avec les plus humbles, traitant à égalité avec ses pairs plus âgés et tenant même tête au jésuite sur les manières de vivre en Amérique, il avait agrémenté le voyage de sa belle humeur, de son bavardage. Il éclata de rire.

— Au moins ne se mutineront-ils pas !

Il y avait à bord des volontaires que l'ordinaire médiocre, la maladie et la peur auraient pu, comme sur d'autres navires au long cours, entraîner aux limites de la révolte. On avait jeté assez d'entre eux par-dessus bord, cadavres dévorés par les fièvres, vidés par les diarrhées. D'autres, tourmentés par l'idée d'être contaminés, lassés de devoir partager avec les rats leur viande avariée, avaient pourtant tenu bon, sans doute impressionnés par la personnalité du capitaine de l'*Oranger*. Monsieur d'Aiguillières n'y était pas allé par quatre chemins. Un geste, un seul, de contestation, et c'était la pendaison immédiate. On ne badinait pas avec la discipline sur les vaisseaux de Sa Majesté le roi de France.

Aubin de Terville fut satisfait de voir que la coque tenait bon. L'*Oranger* était totalement soumis au caprice de l'océan, mais, à part quelques infiltrations gouttant sous la poutraison de l'arrière, la carcasse de chêne morvandiau résistait. Terville mit ses mains en porte-voix, hurla :

— Hardi, messieurs ! Cet enfer va finir bientôt !

Deux lieutenants de vaisseau le rejoignirent. Pâles, le jabot largement ouvert sur la poitrine, les souliers trempés, ils peinaient à rester debout.

— On s'enivre d'espoir, d'air frais et de liberté, leur lança-t-il, et puis voilà la tempête qui s'invite à bord !

Il leur fit un état des cales et de leur cargaison humaine. Tout le monde semblait survivre.

— Même les rats ! Connaîtraient-ils eux aussi la nausée ?

Désorientés, immobiles, les rongeurs, compagnons de route de l'*Oranger*, s'étaient regroupés par dizaines autour de sacs de grains éventrés. Il y avait là une occasion de donner le coup de filet qui en débarrasserait le navire, mais il ne restait plus grand monde d'assez valide pour agir.

— Allons rendre visite à monsieur d'Aiguillières, décida Terville.

Il paraissait s'amuser. Ces hommes-là traversaient l'existence comme, à la chasse, les champs de leurs métayers. Tapant des épaules contre les cloisons, Ti'Pierre Lestang le suivit jusqu'à la coursive puis dans l'appartement du capitaine de l'*Oranger*, un lieu secret et mystérieux auquel les émigrants n'avaient jamais accès, eux qui vivaient dans leur réduit et ne croisaient les seigneurs de France que sur le pont.

La pièce était petite, sobrement meublée d'une armoire et d'un haut secrétaire. Le plancher de chêne était jonché de cartes et de documents tombés de la lourde table centrale. Ti'Pierre découvrit monsieur d'Aiguillières qui dormait, assis dans son fauteuil, la tête dodelinant au rythme de son vaisseau. Ainsi les capitaines du roi pouvaient-ils subir eux aussi les colères de l'océan, au point de les fuir dans un lourd sommeil semblable à celui des ivrognes.

Sur le lit du capitaine gisait, bras en croix, le père Xavier-Emmanuel. Le jésuite avait été chargé par Versailles d'évangéliser les sauvages et de surveiller en même temps la religiosité des colons, leur tempérance et leurs bonnes mœurs, suivant les préceptes sans fantaisie de madame de Maintenon. Bouche ouverte, joues et narines creusées, ronflant pis qu'un soûlard, le religieux avait pour un temps cessé de darder sur les autres son regard charbonneux plein tour à tour de tension inquiète, de suspicion mielleuse ou de froide compassion. Ti'Pierre en fut soulagé. L'homme en noir, vigile des âmes aux sourires brefs comme des coups de hache, portait sur lui la tristesse ineffable des mystiques. Ti'Pierre fuyait sa rencontre. Le simple regard du prêtre, croisant le sien, lui donnait un sentiment de culpabilité ou, au mieux, l'impression qu'il allait commettre une faute dans l'instant.

— Il cause avec les anges, dit Terville, faussement sentencieux. Surtout, ne le dérangeons pas.

Ti'Pierre s'approcha des vitraux de poupe, distingua une lueur grise frangée çà et là d'écume plus claire, mouvante. Des paquets de mer venaient battre l'épais vitrage en ordre dispersé et cela faisait à chaque fois un grand bruit de cascade en furie. Aubin de Terville regarda Ti'Pierre, avec l'air de penser qu'il n'y avait rien de plus à faire pour le moment.

— Fortifier les frontières de l'Acadie, maintenir les Anglais à distance par tous les moyens et les assiéger au besoin, tels sont les buts que le roi Louis nous a fixés ! cria-t-il. Tu te rends compte, petit métayer, nous voyageons en ce moment avec les gens chargés de ces besognes-là. Crois-tu seulement qu'ils débarqueront vivants à Port-Royal ?

Il se mit à rire, traversa d'une embardée la cabine sous l'effet d'un roulis, se retrouva assis près du jésuite, les jambes en l'air. Ti'Pierre éprouvait le besoin de respirer autre chose que l'air confiné des cabines et les épouvantables remugles de l'entrepont. Il oscilla dans la coursive, vit sa sœur sortir de la cambuse des émigrants.

— L'heure est bien à la prière, lui lança-t-il, et ce calvaire ne finira donc jamais.

Terville l'avait rejoint. Catherine s'avança vers eux. Il leur était arrivé de bavarder avec d'autres, sur le château avant, quand la clémence du temps les y avait autorisés. Terville allumait sa pipe, parlait des baleines du fleuve Saint-Laurent et d'autres bêtes tout aussi fantastiques. Il avait vu de ces glaçons hauts comme des montagnes dérivant sur l'océan, et contre lesquels se fracassaient les navires. Il connaissait le ciel, nommait les étoiles, les constellations, comme s'il lisait un livre, et les paysans, quelque peu hébétés devant l'immensité de l'univers marin, l'écoutaient bouche bée, avant d'aller s'entasser pour la nuit dans leur antre. Au bout de huit semaines de voyage, les jeunes Lestang avaient même le sentiment de s'être fait un ami de ce compagnon enthousiaste et si peu méprisant à leur égard.

Catherine joignit les mains.

— Nous allons tous mourir, monsieur.

Elle avait dit cela comme une évidence, semblait n'en éprouver aucune crainte. Ti'Pierre pensa qu'il était encore bien tôt pour trépasser. Une lame plus puissante que les autres les projeta tous trois ensemble d'un bord de la coursive à l'autre, le hurlement de la tempête, entrant par un sabord défoncé, s'amplifia, un paquet de mer vint s'étaler en flaque jusque dans la sainte-barbe.

— Priez, vous aussi, mademoiselle ! cria Terville. Vous avez du courage, je l'ai bien vu, Dieu ne saurait y être indifférent.

Prier, Catherine ne cessait de le faire entre deux torchages de marmots hurlants, depuis le début de la tempête, au point de finir par penser que la misérable cohorte de l'*Oranger* n'était plus vouée qu'à cela, à cet ultime recours, la prière. Terville frappa l'épaule de Ti'Pierre.

— Il faut aller voir ce qui se passe en haut, mon ami.

Ti'Pierre le suivit en titubant jusqu'à l'échelle de coupée. Des mugissements montaient de sous le gaillard d'avant. Ti'Pierre et Terville eurent toutes les peines du monde à se hisser sur les barreaux. Ils ouvrirent l'écoutille, se risquèrent sur le pont submergé à intervalles réguliers par des déferlantes d'eau glacée. On devait être au large de Terre-Neuve, où flottait la bannière du roi d'Angleterre. Ainsi la dérive de l'*Oranger* figurait-elle assez bien la situation des Français d'Amérique, telle que la décrivait Aubin de Terville dans ses causeries. Une minorité perdue dans le Nouveau Monde, accrochée à ses quelques bastions plus ou moins solides, menacée par des prédateurs anglais et hollandais sans scrupules.

— Tiens-toi à quelque chose et ne lâche à aucun moment ! hurla le gentilhomme à l'oreille de Ti'Pierre.

A l'air libre, le vacarme était effrayant, tout, mer et ciel, mâtures et bastingages, se fondait dans une soupe grisâtre, plombée, d'aube du monde. Ti'Pierre fut projeté sur des cordages, rampa jusqu'à un tasseau qu'il agrippa de toutes ses forces.

— Pardieu, l'enfer doit ressembler à cela, murmura-t-il.

Les gens d'Oloron ne parlaient guère de l'océan, et pour cause, mais il arrivait à des Bayonnais et des Luziens, ou à des gens de la grande lande de Gascogne, de commercer par les gaves ou les vallées béarnaises. A la veillée, leurs récits de tempêtes s'abattant sur le golfe, enfouissant hommes et vaisseaux, détruisant les dunes et déplaçant jusqu'aux lacs et embouchures des fleuves, s'imprimaient dans les esprits. Ceux-là, avec leurs histoires d'eaux en furie, ainsi que les transhumants, chasseurs d'ours et de loups entre France et Espagne, tenaient compagnie aux enfants jusqu'au plus profond de leur sommeil.

Ti'Pierre s'efforçait de garder ouverts ses yeux brûlés par le sel. Des marins, arc-boutés, tenaient pourtant debout dans ce chaos. A quelques mètres, Terville tentait d'approcher deux formes humaines que le roulis et les vagues écumantes chahutaient d'un bord à l'autre. Un marin, désarticulé, et un officier en chemise blanche, au visage masqué par sa perruque, grotesque et pitoyable, ruisselante d'eau. Ti'Pierre se blottit entre les cordages et le tasseau, cessa de bouger. Il entendait, mêlé au rugissement de l'océan, le claquement sec des voiles déchirées, au-dessus de lui. Les misaines avaient été brassées mais le hunier, le perroquet et le cacatois des deux mâts principaux flottaient, en lambeaux, pareils à des oriflammes. Se pouvait-il que cette fureur augmentât encore, et si c'était le cas, en serait-ce bientôt fini, du navire et de ses passagers ?

A plat ventre lui aussi, Terville aida les hommes à haler l'un après l'autre les cadavres et les étendit contre les planches de l'écoutille.

— Rien d'autre à faire. Tudieu, la jolie colline !

Il levait la tête. Ti'Pierre suivit son regard, aperçut, à une portée de fusil du vaisseau, une masse d'un blanc étincelant que le roulis de l'*Oranger* longeait à tribord. C'était un glaçon dont le sommet allait se perdre dans le ciel, une montagne en vérité, de quoi frémir, et si proche, contre quoi l'on allait assurément se briser. Terville saisit l'épaule de Ti'Pierre et la serra. Cette fois, le gentilhomme de Cherbourg ne prenait pas les choses avec son détachement coutumier ; son visage s'était crispé. Ti'Pierre le vit fermer les yeux, ânonner une prière, aussi fit-il de même, comme s'il y avait de la place pour Dieu dans un tel désordre.

Une planche, quelque chose à quoi s'attacher ! Pour la première fois depuis le début de la tempête, Ti'Pierre Lestang avait peur, n'osait plus regarder autour de lui. Il rampa vers l'écoutille, sentit le plancher du pont se dérober sous ses pieds, dévala les marches de bois au bas desquelles il se recroquevilla, à demi inconscient, un bras noué au montant de l'échelle.

Il s'éveilla au même endroit et toujours accroché. Des marins passaient et l'enjambaient, indifférents, pressés de rejoindre leurs postes. Ti'Pierre avait perdu la notion du temps. Son dernier souvenir d'un monde acceptable était celui du ciel bleu d'occident dévoré en quelques minutes par des monstres ventrus et sombres, luisants d'éclairs, dans la plainte hurlante du vent, juste avant que l'on reçût l'ordre de s'abriter. Maintenant, le plus difficile lui semblait passé et son ventre tourmenté par les crampes s'apaisait, peut-être à l'image de la mer.

L'*Oranger* était un peu moins ballotté. En chien de fusil au bas de l'échelle, Ti'Pierre s'astreignit à respirer calmement. Il ne ressentait ni le froid ni les vertiges du tangage. Il survivait, pensait qu'il y aurait une fin à ce délire de vent. Le souvenir de la montagne de glace dans les rafales de pluie neigeuse lui revint. On l'avait donc évitée, comment ? Cela devait être un de ces miracles tant loués par les hommes en noir.

Il se leva, mit une éternité à retrouver son équilibre puis marcha vers les cambuses où le pauvre peuple de l'*Oranger* continuait à souffrir mille maux. On s'activait mollement, ici et là, un semblant de vie animait la coursive. Aux portes des dortoirs et cabines paraissaient des têtes hirsutes, au teint de suaires. Des gens criaient, réclamant des pots à merde ou du linge pour des toilettes intimes. Tout, dans les entrailles du vaisseau, était souillé, dégouttant et empuanti. De quoi pour Ti'Pierre éprouver à son tour la nausée.

— La mort ne voudra pas de nous cette fois, les gros nuages sont en train de passer de l'autre côté de la mer, annonça-t-il, plein d'espoir.

L'adolescent considéra sa famille et ne put s'empêcher de sourire. Les inquiétudes de Jeanne Lestang avaient trouvé des raisons d'être, ce voyage tourmentait par trop les corps et les âmes, depuis le début. Le père était dans la position, que Ti'Pierre ne lui connaissait pas, d'un chien enroulé sur lui-même devant une cheminée. Quant aux autres, ils formaient un magma, un lac de chair gémissante, sur le plancher de la cabine. Catherine réconfortait quelques malheureux, leur lavait le visage. Ti'Pierre la vit se lever et venir vers lui. Comment avait-elle pu s'accoutumer aux remugles de cet endroit ?

— Viens, sœur, dit-il d'une voix qui se voulait mystérieuse. Je vais te montrer ce que le Seigneur n'a pas voulu pour nous.

Il la fit grimper jusque sur le pont, la força à affronter les rafales qui lui coupaient le souffle et l'empêchaient de parler. Le ciel se déchirait autour de lacs d'un bleu intense. Au-dessus du pont, le poste de vigie se balançait violemment, comme s'il cherchait à piquer les nuées au passage. Cela allait cependant un peu mieux, les ruades du vaisseau perdaient de leur vigueur, la frange blanche des flots ne déferlait plus. Peut-être y aurait-il bientôt du soleil, quelque part entre les ventres noirs des nuages. Catherine aperçut les cadavres contre l'écoutille. Elle s'était endurcie, depuis que l'on avait jeté les dysentériques morts par-dessus bord, et son visage demeura sans expression.

— Voilà, lui dit son frère.

C'était le choix de Dieu, un reliquat de la tempête finissante, deux corps que l'on donnerait à la mer dès que possible.

Si les choses en restaient là jusqu'à Port-Royal, ce voyage ne serait pas le pire qu'eût connu la flotte française. Moins de dix morts pour quatre-vingts âmes embarquées était raisonnable. Aubin de Terville s'activait auprès des cadavres et Catherine le trouva soudain beau, et touchant, ainsi occupé à mettre des compagnons trépassés à l'abri de la pluie. L'homme perçut cet intérêt pour lui, sourit.

— Priez pour eux, demoiselle, et ils iront dormir dans les prairies du Seigneur.

Il s'était approché d'elle, la fixait intensément.

— Vous êtes bien pâle, petite. Vous prierez pour ces malheureux et pour les vivants, aussi ? Vous prierez pour moi, dites ?

Appuyée contre la base d'un mât, Catherine laissait le roulis rapprocher d'elle, à la toucher, ce jeune seigneur, cousin du gouverneur d'Acadie, dont elle avait souvent guetté le regard. Ti'Pierre vit le trouble de sa sœur, serra son bras. Il respectait les maîtres autant qu'il aimait le roi de France. Mais les nobles possédaient leurs façons d'être, leur familiarité ou leur distance de puissants et les exigences de leur rang. Cette société-là n'était pas celle des métayers. La traversée de l'océan, dont les dangers avaient sans doute rapproché les gens, n'avait en rien aboli les différences.

Les mains sur les hanches, la chemise largement ouverte sur son torse puissant, l'épée à l'abandon raclant le sol, René Basson, lieutenant détaché temporairement en Acadie par le régiment québecois de Carignan-Salières, scrutait depuis un bon moment la passe ouvrant sur le bassin de Port-Royal.

C'était au nord de la péninsule d'Acadie, sur la Baie française où venaient finir les marées les plus puissantes de l'univers. Le bassin constituait un abri naturel de trois lieues [1] de long, et large d'un tiers, au fond duquel se répandaient la rivière Dauphin et sa petite sœur, l'Allain. Un goulet de quelques dizaines de brasses à peine, entre deux collines rocheuses tombant presque à pic, en figurait l'entrée. Il y avait là une de ces défenses naturelles que tout stratège eût rêvé de pouvoir exploiter à son profit. Et les émigrants ne s'y étaient pas trompés qui avaient mis en culture les bords de ce lac et ceux des rivières.

La mer, d'huile à l'intérieur de la passe, moutonnait au-delà, agitée par un fort vent d'est. Par bonheur, la brume tenace des derniers jours s'était levée, chassée vers le pays micmac et les profondes forêts cernant de toutes parts la petite colonie française. Basson se tourna vers son compagnon de guet, un Hébert, Jacques, de Port-Royal, long et maigre laboureur d'une quarantaine d'années dont les terres endiguées s'étendaient sur cinq arpents [2], à deux heures de marche de la passe.

— Avec ce qu'ils subissent en ce moment, les Anglais ne risquent pas de se montrer. Tu penses comme moi, Jacques ? Ce sont tes cousins qui débouleront pour de bon à l'entrée du bassin, cette fois.

Jacques Hébert haussa les épaules, qu'il avait larges. Il était arrivé enfant en Acadie dans l'un des tout premiers transports d'émigrants. Cadet de quelques Trahan, Motin, Boudrot et Aucoin, gens de Bourgueil, de Champagne, de Martaizé et de Loudun, il avait eu le temps de voir Port-Royal changer deux fois de mains. Se répandant en Amérique, les guerres d'Europe forçaient de plus en plus colons et Sauvages à s'engager. Les

1. Une lieue équivaut environ à quatre kilomètres.
2. Deux hectares et demi environ.

Hollandais étaient sortis du jeu depuis des lustres. Français et Anglais se disputaient seuls, désormais, la place et le fort qui lui servait de défense principale.

— Basson, méfie-toi toujours des Anglais et de leurs colons, par n'importe quel temps, dit Hébert, le doigt levé.

Loin des arrangements et conflits en Europe, les puritains de Boston, New York et Salem ne faisaient guère mystère de leur aversion pour ces Français d'Acadie, catholiques, amis des Sauvages, auxquels ils accordaient aide et protection, si peu nombreux qu'une expédition militaire tant soit peu sérieuse suffirait à les mettre à la raison, voire à les renvoyer chez eux, une fois pour toutes.

— Je me rappelle la mise à sac d'il y a cinq ans, poursuivit le colon, l'air sombre.

L'Anglais, vainqueur cette fois-là, s'appelait Phipps. Le pillage avait duré douze jours et il avait fallu courir se réfugier dans les villages micmacs. La balance de la guerre penchait alors du côté de Boston. On avait même failli perdre Québec, qu'une miraculeuse tempête, alliée à une épidémie de variole, avait protégé de la flotte anglaise.

— L'Acadie est au roi Louis, désormais, dit Basson.

Hébert eut une moue sceptique. Son ami était un optimiste. Lui se souvenait du gouverneur Menneval remettant quelques années auparavant le fort, les terres et les gens à l'assiégeant, sans même avoir fait tirer un seul coup de canon, sauf pour appeler à l'aide. « Mieux trois ans à la Bastille qu'une semaine ici », telle était la devise du royal résident ! Ainsi se perdaient les empires. Quelle pantalonnade quand les Acadiens en armes étaient venus proposer aux militaires de se battre à leurs côtés !

— Le roi est loin, regretta Hébert, et la Nouvelle-Angleterre est bien trop peuplée de colons pour nous laisser longtemps l'avantage. Et ce foutu navire qui n'arrive pas !

— Assez, ami, par Dieu ! s'écria Basson. A douter, tu vas nous porter malheur.

On avait repris Port-Royal, que gouvernait désormais monsieur de Villebon. De Québec, le grand Frontenac lançait ses jeunes capitaines, ses gentilshommes et ses corsaires à l'assaut de tout ce qui arborait les couleurs de la reine Anne d'Angleterre. Les armes françaises, alliées aux tribus indiennes des Abenaquis et des Micmacs, reprenaient le dessus, par d'audacieux et sanglants coups de main jusqu'aux portes de Boston, de New York ou de Portland.

— Ah, comme ils se battent bien, nos d'Iberville, Saint-Castin et les corsaires d'Acadie ! s'exclama Basson. Ils entreront peut-être à New York avant l'hiver, à ce train.

Hébert acquiesça. Les armes françaises triomphaient en Amérique, au point que les Anglais et leurs colons se terraient dans leurs villes assiégées par les capitaines français. A Salem, près de Boston, les petits-enfants des émigrants du *Mayflower*, ceux-là même dont le vœu affiché depuis toujours était de bâtir leur Jérusalem d'Amérique jusque sur les ruines de la Nouvelle-France, avaient exorcisé leurs peurs en brûlant de soi-disant sorcières.

— Ces gens, pour qui nous valons à peine mieux que les rats grouillant dans les cales de leurs navires, ont offert des sacrifices humains aux dieux de la guerre et on aura vu ça avant de mourir ! dit Basson.

Près de lui, l'Acadien restait silencieux. Basson cracha un long jet de salive brunie par le tabac. Dans ses sabots, ses chemises de grosse toile et ses pantalons serrés sous le genou, son ami Hébert restait au fond le paysan poitevin émigré qu'il avait toujours connu. Dur au travail et au mal, méfiant, jamais tout à fait satisfait de son sort mais capable d'ouvrir sa maison à plus pauvre que lui, pour le gîte et le couvert, une caboche de terrien que le célibat attristait un peu, à mesure que passaient les années.

Hébert commandait aussi la milice de la rive nord de la Dauphin. Basson n'oubliait pas qu'à la prise du fort par les Anglais, cinq ans plus tôt, son ami l'avait caché dans sa ferme au risque de la voir partir en fumée. Hébert lui avait évité le séjour d'otage à Boston ou à New York promis aux vaincus de ces guerres-là, une foutue coutume qui pouvait vous éloigner pour cinq ou dix ans.

— Tiens, la brume qui revient par la mer, dit Basson. Avec la nuit qui sera là dans deux heures, l'*Oranger* ne se risquera pas à passer. Tu attendras tes cousins et moi mes soldats, un peu plus longtemps, voilà tout.

C'est qu'il n'y avait pas que des gens, sur l'*Oranger*, mais aussi des chevaux, du grain à semer et des bulbes à acclimater, des épices, du drap, des élixirs et onguents, et des outils surtout, de cette ferraille qu'il fallait le plus souvent se résoudre à acheter en fraude aux Bostoniens. Jacques Hébert soupira. Cela faisait des siècles que la France promettait à ses colons d'Amérique les socs, les faux, les meules et les roues dentées qui semblaient n'arriver qu'à regret, offerts d'une main pingre. Quant aux familles de colons, mieux valait ne pas en parler. On en comptait deux ou trois par bateau, alors que les Anglais débarquaient leurs émigrants par centaines sur les rivages de la Virginie, de la Caroline ou du Massachusetts.

— Eh bé, rentrons, alors, dit Hébert.

Les deux hommes s'enfoncèrent dans la forêt. Entre le rivage rocheux de la Baie française et les douces ondulations de la Dauphin s'étendaient, sur une lieue et demie, des bois épais de conifères et de feuillus qu'il fallait traverser pour rejoindre les fermes acadiennes. Avant elles, lorsque l'on avait aperçu le fil paisible de la rivière, on prenait un peu de repos sur les ruines de l'habitation de Champlain, que les Anglais, déjà eux, avaient dévastée au début du siècle. Ils étaient venus de Virginie, désireux de débarrasser l'Acadie de la présence française, avaient massacré les prêtres missionnaires installés là, dispersé les quelques colons occupés à leurs champs et instauré l'autorité transitoire du roi d'Angleterre.

C'était un endroit sinistre, une trace de guerres déjà anciennes dont les fantômes rôdaient sur la Nouvelle-France, comme une malédiction. Autour des vestiges noircis de ce qui avait été le premier havre français en Acadie, le sol était envahi d'herbes folles et de buissons épineux, raviné par les hivers, propice au vague à l'âme de Jacques Hébert, qui se souvenait des églises profanées au milieu des bourgs dévastés, des étables vidées de leur bétail, et voyait dans ces ruines le possible destin de la colonie.

— Fuyons ce lieu, il t'inspire décidément par trop de tristesse, décida Basson lorsqu'il eut fini de fumer sa pipe.

Il était en fin de séjour et retournerait bientôt à Québec, une vraie ville avec des échoppes, des tavernes, des maisons en pierre et de jolies femmes dans les rues, autre chose que la bourgade pompeusement nommée capitale de l'Acadie.

— Je sais lire comme toi, et écrire même, lui rétorqua l'Acadien, piqué. Les gens de Québec nous considèrent peut-être comme des culs-terreux perdus au bord de l'océan mais je vais te dire, lieutenant, Port-Royal vaut bien Montréal ! Et comme j'ai de la mémoire, je peux te raconter l'histoire de ce pays aussi bien qu'un précepteur des petits princes de France. Car il s'en est passé des choses, par ici !

Il connaissait le destin mouvementé de son Acadie, après l'assassinat du roi Henri IV. Des féodaux en bisbille permanente entre eux, tour à tour complices et adversaires de l'Anglais, se partageant, à défaut de l'or improbable des Sauvages, celui du castor, cette douce manne des peaux dont les chapeliers et tailleurs de France faisaient un lucratif commerce. Les colons, quelques dizaines de familles recrutées à travers les comtés et baronnies de Touraine, du Poitou ou de Normandie, débarquaient dans les coffres des nobles, s'installaient à Beaubassin, à Chibouctou ou à Port-Royal, tâchaient de survivre comme ils pouvaient aux affaires seigneuriales. Et pour le reste, l'Acadie ? Dieu tout-puissant, pas grand-chose. Quelques aventuriers cherchant fortune dans l'industrie de la pêche et de la pelleterie, des artisans et meuniers, formaient la classe industrieuse d'un pays au devenir aussi flou que ses origines, au sein d'une minuscule société d'à peine huit cents âmes, encore bien fragile.

Après une brève embellie, le temps se gâtait à nouveau par l'est, d'où déboulaient de sombres nuées, de plus en plus pressées. Basson ferma quelques-uns des soixante boutons de la longue veste de toile bleue qui le couvrait jusqu'aux genoux, noua son foulard de soie blanche. Puis il se mit debout, sous les premières gouttes de pluie, se couvrit de sa cape.

— Etrange pays, paix impossible, marmonna-t-il. Il ne doit pas faire bon être sur la mer à cette heure. Allez, l'Acadien ! On va aller se réchauffer un peu devant la soupe de pois que tu vas nous mitonner.

Le crépuscule tombait lorsque les deux hommes longèrent les premiers champs cultivés. Une paix déjà ancienne entre les souverains d'Europe avait permis à quelques familles de faire souche le long des rivières de Port-Royal. Des Dugas, des Granger, des Hébert, des Melanson et leurs cousins de La Chaussée ou de Loudun avaient entrepris là de domestiquer les marais au nord de l'estuaire de la Dauphin, quand les Comeau, des Dijonnais, ou les Doucet, Léger et autres Thibodeau colonisaient la rive sud.

Basson considérait d'un œil distrait le cours de la rivière et sa rencontre avec la mer, dans des confins embrumés, striés de pluie. L'horizon était fort plat, avec, pour témoins colorés de l'œuvre humaine, les champs protégés des marées par les digues acadiennes et leurs aboiteaux [1]. Au-delà des prairies vert tendre où vaches et moutons paissaient la première herbe de l'année, des silhouettes s'activaient sur l'un de ces remparts, achevant d'isoler un champ des marées. Au fond du décor, à la lisière de la forêt, une chaumine percée de rares et minuscules fenêtres, surmontée d'un fin panache de fumée grise, attestait la présence des femmes devant l'âtre.

— Ils ont gagné une parcelle, chez les Belliveau, constata Basson, rêveur. De quoi agrandir aussi la famille. Dis donc, Jacques Hébert, depuis le temps que tu vis ici, tu n'as pas encore épousé ta Saintongeaise ou ta Poitevine ?

Basson était marié, lui, avec une fille de Québec qui l'avait suivi en Acadie. Il disposait d'un logis à l'intérieur des défenses, dans le corps principal du fort Royal, juste sous les appartements du gouverneur. C'était là un privilège d'officier, l'assurance d'avoir à table une assiette bien remplie, odorante des pois et haricots achetés aux colons, et dans le lit une bouillotte bien vivante et dodue, tout au long de l'interminable hiver canadien.

— Boh, maintenant, c'est trop tard, dit Hébert, fataliste.

Avec sa longue carcasse dégingandée, son nez camus séparant deux parties de visage à la symétrie approximative, ses doigts noueux de jeune vieillard et son odeur de bouc, il n'avait guère de quoi attirer les dames. Une veuve, peut-être, et encore. On ne restait pas longtemps seule, en Acadie. Une sauvagesse, peut-être ? En vieux célibataire, bravant les recommandations plutôt amicales des frères récollets et les menaces plus directes des pères jésuites, il ne répugnait pas à courir de temps à autre l'allumette [2] sous les tentes micmacs.

Le vent forcissait, irisait le vaste plan d'eau. Une glu tiédasse tombait du ciel en gouttes serrées. Basson enfonça son chapeau de feutre jusqu'au milieu de son front. A sa droite, semblant

---

1. Clapets régulant l'eau.
2. Coutume indienne consistant à faire souffler une allumette par une jeune fille, en signe d'acceptation amoureuse.

indifférents aux caprices du ciel, les paysans poursuivaient leur travail d'endiguement sous les bourrasques. Lorsque la retenue, haute de ses rondins empilés, serait achevée, l'ouverture de l'aboiteau permettrait à la marée de redescendre. Le simple abaissement du lourd clapet de bois l'empêcherait alors de réinvestir la terre, et celle-ci, lourde de son sel fertilisant, serait asséchée, pour un an ou deux de dessalage.

— Ingénieux, décidément, nos culs-terreux, murmura Basson dans un sourire. Tu ne leur donnes pas un coup de main, Jacques ?

Basson était fils de charpentier, de Chartres, un lieu où les marées ne risquaient pas de saler les champs. L'obstination des colons acadiens à gagner ainsi sur la mer leurs quelques perches carrées de blé tendre, de pommiers et de luzerne, l'impressionnait autant qu'elle le laissait perplexe. Il y avait des terres hautes et grasses, à portée de mousquet, qu'un simple déboisage permettrait d'ensemencer. Mais pour des raisons n'appartenant qu'à eux, ces gens, bien peu désireux de s'enrichir, se moquant qu'on les trouvât pour cela paresseux, préféraient aux collines la compagnie de l'estuaire, son murmure presque imperceptible et les courbes alanguies au fil desquelles ils bâtissaient leurs domaines.

Basson rendit aux colons leurs signes de la main. Soldats et civils coexistaient sans heurt dans cette France infime perdue en Amérique. Sans doute la proximité immédiate d'un monde inconnu, immense et plutôt inquiétant, de forêts, de lacs, de rivières et de tribus indiennes, cimentait-elle les cinq cents âmes éparpillées le long de la Baie française. Basson soupira. Il gardait décidément la nostalgie de Québec. Encore une dizaine de mois de cet exil, peut-être moins, et, si les navires attendus amenaient de France les troupes promises pour l'assaut final de la Nouvelle-Angleterre, la perspective d'un retour vers le nord s'ouvrirait enfin à lui.

La marée était à son plus bas, découvrant les rives fangeuses du bassin, encombrées de roseaux jusqu'aux digues levées. Les deux hommes franchirent des petits canaux séparant les parcelles, longèrent d'autres levées et quelques chaumières. L'estuaire se rétrécissait peu à peu, l'Ile-aux-Chèvres, qui en occupait le centre, semblait plus proche. En chemin, Basson réfléchissait à l'étrange habitude qu'avaient les stratèges royaux de construire les forts au fond de nasses comme celle de Port-Royal. Certes, il y avait le goulet d'entrée dans le bassin et l'obligation pour tout navire de longer les deux à-pics. Mais à quoi serviraient ces défenses si on ne les armait pas de canons et de suffisamment de guetteurs ? Et des canons, il y en avait à peine assez pour la sauvegarde du fort. Un vrai casse-tête. Les Sauvages répugnaient à monter la garde loin de leurs villages, quant aux paysans français, l'ardeur qu'ils mettaient à construire leurs digues et à assécher les sols ainsi gagnés sur les marais égalait la rapidité avec laquelle ils couraient vers la forêt à la moindre alerte. Quelle troupe !

Il scruta encore une fois l'horizon gris. Les derniers navires entrés dans le bassin venaient de France. Deux vaisseaux seulement, en près d'une année, quand l'Angleterre alignait ses convois au large de Terre-Neuve. Pauvre Nouvelle-France ! Le roi Louis XIV ne lui donnait guère de moyens pour en faire un jour la concurrente de sa sœur ennemie anglaise. Et comme devait être routinier, au mouillage de Boston, ce qui à Port-Royal faisait figure d'événement exceptionnel : l'arrivée d'un navire !

— Regarde qui nous attend, dit Hébert.

Un Indien se tenait accroupi à l'entrée de l'étroit chemin menant à la ferme Hébert. Il allait se passer un échange, quelques peaux de castor contre des pierres à fusil, une lame de couteau, des clous, et des perles de pacotille pour *wampun* [1].

— Fais vite, Basson, s'amusa Hébert. Les gouverneurs d'Acadie n'aiment pas beaucoup ce genre de transaction, et les jésuites encore moins.

L'officier haussa les épaules. Le gouverneur de Port-Royal était parti inspecter le fort de Pentagouët, à trois jours de navigation de là. Quant à celui de Québec, il se disait assez, à travers le Canada, qu'en dépit des remontrances des hommes en noir et contre les directives de Versailles, il persistait à autoriser le trafic de peaux, et même leur contrebande. Peut-être en croquait-il lui aussi, du castor !

Les deux hommes s'approchèrent du Micmac, qui se leva.

— Combien, cette fois ? lui demanda Basson.

1. Collier de perles, de coquillages ou de pierres porté par les dignitaires indiens.

Le Sauvage dressa quatre doigts de sa main. Il était petit et trapu, comme ceux de sa race algonquine [1], le visage vieux et ridé, plus cuivré qu'une bassine. Son crâne était ceint d'un simple bandeau de tissu, son vêtement de cuir, recouvert d'une épaisse couverture laineuse, exhalait une senteur d'huile rance. Basson saisit les fourrures que l'Indien avait sorties de sa besace. Une rapide inspection le rassura sur la qualité du produit. A son tour, il présenta sa mise, aussitôt empochée par le Sauvage. Longtemps facile, le négoce se compliquait au fil des ans. Les Indiens demandaient plus d'objets, de l'alcool aussi, et les prix montaient après chaque arrivée de bateau. Basson enfouit son butin sous sa vareuse.

— Pas de navire anglais au large ? demanda-t-il.

L'homme leva la main. Lorsqu'ils se mettaient en chasse, remontant les rivières, les Micmacs dominaient souvent les rivages d'Acadie et guettaient pour les Français. Ces gens étaient alliés du roi, catholiques même, pour nombre d'entre eux. Des frères, en somme. Mais si étranges, parfois, et susceptibles. Que décideraient ceux de la région si les Anglais débarquaient à l'improviste comme ils savaient si bien le faire ? Basson soupira. Pour avoir guerroyé aux côtés des Hurons du Saint-Laurent, il savait les trésors de diplomatie qu'il fallait employer pour se conserver ces compagnons-là. Et la différence entre le scalp d'un Anglais et celui d'un Beauceron ne devait pas toujours sauter aux yeux d'un guerrier algonquin.

— Et des coureurs des bois, tu en as vu ?

L'Indien le regardait fixement, ce qui pouvait signifier tout et son contraire. Il portait, collée à sa peau, une chemise de cuir d'une finesse telle que l'on eût dit un tissu de lin. De l'orignal, nourri au fil des jours par la graisse dont l'homme se couvrait, contre la froidure. Pour un chapelier de Paris ou de La Rochelle, cela constituait un trésor acheté au prix des pierres semi-précieuses. Mais il était fort rare qu'un Sauvage acceptât de se défaire de ce vêtement-là.

Basson répéta sa question. Aux marges de la société de la Nouvelle-France, les coureurs des bois menaient leur vie de totale liberté, au mépris des règles édictées par le roi. Chasseurs autant que contrebandiers, enviés par les soldats censés

1. Groupe d'Indiens comprenant entre autres les Micmacs et les Abenaquis.

les contrôler et qui désertaient à l'occasion pour les rejoindre, plus indiens que les Indiens eux-mêmes, ils semaient leurs petits métis comme d'autres le grain dans les sillons et avaient depuis longtemps inventorié tout ce que le Canada possédait de ressources en peaux. Lacs et montagnes, rivières calmes ou torrents, forêts immenses où ils se fondaient sans jamais se perdre, rien ne leur était étranger qui apaisât leur soif d'espace et leur goût pour le voyage.

— Ça va, grommela le lieutenant.

L'Indien se détourna sans un mot et se mit en marche, indifférent aux frasques du ciel. Il irait ainsi jusqu'à son campement en pleine forêt, à deux bonnes lieues du fort. Cette tribu-là était la plus proche de Port-Royal. Combien y en avait-il d'autres à travers ce que l'on appelait les Montagnes du Sud, dans ce monde d'arbres et d'eaux grand comme le royaume de France tout entier ?

Contrôler les coureurs sur un aussi vaste espace ! Basson ricana. Ces messieurs de Versailles croyaient donc que l'on pouvait faire ici comme sur leurs seigneuries du Perche ou du Berry ? Basson répugnait à ce travail de police ordonné de si loin. Ses peaux de castor rejoindraient celles qu'il dissimulait dans l'armoire de son petit logis et sous son matelas, attendant de traverser l'océan dans le sac d'un marin. Quant aux huit cents âmes d'Acadie qui n'avaient cure des coureurs des bois et de leur mauvaise réputation, elles se passeraient encore quelque temps de garde-chasse !

2

Au bout de soixante jours de mer et de quelques milliers de prières à son bord, l'*Oranger*, après avoir approché une haute et interminable falaise de basalte, avait franchi le goulet puis longé la rive nord du bassin de Port-Royal. Eveillés bien avant ces instants uniques, les passagers avaient ouvert grand leurs yeux sur le spectacle répété à l'infini de la mer, des embouchures de rivières et des forêts, unique décor, scruté l'horizon des collines portant partout la même charge de bois et de verdure. Tout était semblable autour de ce lac aux eaux apaisées. L'*Oranger* avait cessé de se balancer, puis avait doublé au ralenti l'Ile-aux-Chèvres, avant de parvenir en vue du fort Royal.

Les rives du bassin étaient désertes, quand on les avait rêvées peuplées de gens agitant les bras en signe de bienvenue. Il y avait, tout le long du rivage, une digue de terre et de rondins derrière laquelle s'étendaient des prairies. Des bêtes à cornes y séjournaient par petits groupes, et des moutons. Çà et là apparaissait une toiture couverte d'herbes et de branchages, entre des arbres fruitiers en bourgeons. Mais d'habitants, pas le moindre.

— Ils se sont retirés dans leurs caches forestières, avait expliqué Terville. Un gros navire passant sous leur nez, diable, et si c'était un anglais ou, ni meilleur ni pire, un de ces pirates hollandais habitués à piller et à rançonner ? Je connais les Acadiens. Ils sont des gens prudents. Ils vont apercevoir nos bannières et ne tarderont pas à réapparaître.

Une mince lame de terre cultivée entre forêts et rivage, une colline parsemée de quelques maisons, surmontée par un fort en rondins, le Nouveau Monde se résumait donc à cela. Il y en eut, à bord, pour trouver que ça ne ressemblait guère à ce que l'on avait imaginé. Mais les fatigues, la puanteur, les souvenirs des tempêtes, de la promiscuité, des hasards et des dangers du voyage, étaient tels que la seule perspective de quitter bientôt l'*Oranger* suffisait au bonheur de tous.

— Un hameau, constata Julien Lestang.

Tandis que le navire, artimon brisé, orphelin d'une partie de sa voilure, jetait l'ancre à cent brasses des premières maisons du bourg, le jeune homme découvrait, derrière les mâts des quelques bateaux de pêche mouillés dans le bassin, la colline promise d'où dépassaient les structures en bois des tourelles du fort. En pente douce vers le rivage, un chemin de terre boueux offrait au regard ses lacets entrecoupés par les demeures des villageois. Certaines d'entre elles gardaient sur leurs colombages les traces d'anciens incendies, d'autres s'étaient effondrées, et leurs vestiges noircis formaient des monceaux, abandonnés en l'état.

— C'est plus petit que La Chaussée, remarqua un Poitevin.

S'il y avait là des bourgeois, ils devaient vivre ailleurs ou sous terre. Pour l'essentiel, tout était de chaume et de torchis, précaire et sale. Et seules les couleurs arborées par les quelques femmes agitant au loin les bras mettaient une note de gaieté dans le paysage.

— La forêt, souffla Julien, bouche bée.

Les premières ondulations de la côte lui étaient apparues au lever du jour. Depuis, il n'avait pas cessé de scruter ce monde végétal, immense au point d'aller jusqu'à la Chine, à ce qui se disait. Un territoire de chasse grand comme au moins dix royaumes de France, qu'il brûlait de toucher, de pénétrer, de parcourir sans fin. Et, ravi, il apercevait encore, au-delà de la pauvre cité de Port-Royal, derrière la masse grise du fort, la ligne sans la moindre rupture, l'alignement ondulant des arbres, la forêt.

— Cela finit au bout de l'univers, murmura-t-il à l'oreille de sa sœur.

Catherine frissonnait, les bras croisés sur sa poitrine. L'omniprésence de la forêt et sa propre arrivée au Nouveau Monde l'intéressaient moins que la relation nouée durant les derniers jours du voyage avec ce seigneur de Cherbourg, si sûr de lui, de sa destinée et de la guerre qu'il allait faire aux Anglais aux frontières des deux empires. Depuis la fin de la tempête, Aubin de

Terville, qui avait été l'un des seuls passagers à avoir pris quelques décisions utiles, du moins le pensait-il, avait allègrement franchi la frontière séparant les habitants des cabines de ceux de l'entrepont et de la sainte-barbe. A peine remise de ses intenses malaises, Jeanne Lestang avait eu la surprise de voir le gentilhomme s'empresser autour d'elle et de sa fille, comme s'il se fût agi de cousines ou d'anciennes amies. Il y avait là de l'étrange, comme le non-respect de quelques règles élémentaires, mais le voyage avait été si éprouvant et la survie de tous tellement précaire à bord que la solidarité née ainsi entre gens de conditions si différentes pouvait s'expliquer.

— Le salut ! fit Terville, la main tendue vers le fort.

Il s'était fait une place entre Catherine et Ti'Pierre, ce marmot intrépide à l'estomac de fer qui l'avait amusé au début, avant de l'impressionner pour de bon. Les passagers s'étaient rassemblés contre la lice de l'*Oranger* et contemplaient, muets, le havre enfin rejoint. Les enfants s'étaient hissés sur les épaules des hommes. Les femmes, agenouillées devant le père Xavier-Emmanuel, remerciaient sans fin le Dieu bienveillant des émigrants, tandis que le prêtre distribuait ses bénédictions. Oubliés, les terreurs et le tumulte, les cadavres jetés à la mer dans un linceul, le compagnonnage des rats jusqu'au bord des écuelles où se caillait la soupe de fèves. Certes, les traces de souillures collaient encore à la peau, mais le vent aimable caressant la baie en dissiperait bien vite les effluves suffocants.

— Vive le roi ! cria un officier du bord.

Par trois fois, l'écho des voix libérées lui répondit. Les hommes découvraient la terre que féconderait le grain venu de France. Cela s'étendait sous leurs yeux de part et d'autre de la colline de Port-Royal, et loin en amont des embouchures des rivières. Ils sauraient bientôt le nom de ces veines nourricières dans leurs écrins de prairies et de marécages, la Dauphin, l'Allain. Ils monteraient à leur tour sur les digues. L'Acadie se fortifiait de quelques bras, et les cousins venus accueillir les arrivants se posaient sans doute les mêmes questions. Qui débarquerait du navire ? Des Cormier de La Chaussée ? Des Trahan de Montreuil-Bellay ? Des Léger d'Ingrandes ? Oh ! Ils n'étaient pas bien nombreux, ces envoyés du roi, mais on les accueillerait comme à chaque débarquement d'un de ces rares bateaux de France. En faudrait-il encore, de ces oiseaux décharnés, pour peupler les immensités du Nouveau Monde !

— Aperçois-tu des parents, ma belle ? demanda Terville à Catherine.

— Les Béarnais n'ont guère de famille ici, monsieur. Et puis, nous ne resterons pas à Port-Royal, vous le savez bien.

Comme il le savait ! Une fois réparé, l'*Oranger*, encore à demi plein de ses vivres et de ses armes, mettrait le cap au sud-ouest, vers les marches de la Nouvelle-France et le fort de Pentagouët, où se préparait une offensive contre les verrous anglais.

— Ainsi aurons-nous loisir de voyager encore ensemble.

Ti'Pierre considérait, intrigué tout de même, ce gentilhomme qui lui faisait la faveur de devenir son ami. Pour avoir déjà séjourné à Québec, Terville savait beaucoup de l'Amérique, de ce que l'on y cultivait comme de la manière dont on y menait la guerre. Son ascendant naturel, la fascination exercée sur Catherine dès qu'il paraissait n'avaient d'égal que son souci de faire du cadet son complice. On avait sauvé le navire, à deux ! Ce n'était pas là un mince exploit. Près de lui, le père jésuite cherchait la flèche d'une église, mais Terville l'avait prévenu. Les architectes de Port-Royal, si tant est qu'il y en eût jamais, avaient remis à plus tard la construction d'un vrai lieu de culte. On priait dans quelque remise ou bicoque, entre des sacs de grains et des bottes de paille.

Un peu plus loin, accoudé au bastingage, Jean Lestang scrutait la prairie où les quelques bras levés, les rares mains agitées, ressemblaient à autant de sémaphores. Le décor était grandiose sous le ciel mais le bourg donnait un sentiment de précarité. Quant aux champs d'Acadie, suffiraient-ils pour nourrir sa famille ? A voir les parcelles alignées le long du rivage, derrière leurs digues, il y avait de quoi espérer, à condition que la guerre ne vienne pas tout bouleverser. Comment le métayer d'Escout se comporterait-il au fond des forêts et des montagnes canadiennes ? Aurait-il le mal de terre, un vertige analogue à celui qui l'avait tenu recroquevillé, pantelant, dans sa cambuse où la nausée lui avait fait par moments désirer la mort ?

Une chaloupe se détacha du rivage, portant trois hommes, des officiers du fort que l'on fit monter à bord. Le spectacle de ces visiteurs mettant le pied sur le pont de l'*Oranger* signifiait, pour les passagers, la fin d'une très longue aventure. On avait craint pour l'essentiel, pour le navire et pour la vie. A demi démâté, ses voiles carrées en lambeaux, le vaisseau avait sans doute représenté une proie de choix, mais, par chance ou par obligation, les corsaires anglais étaient occupés ailleurs.

Le lieutenant Basson salua les survivants, considéra d'un œil humide la troupe misérable des civils et son paquetage de capes, de couvertures, de mitaines et de chemises. Pauvres gens ! L'Acadie les consolerait peut-être des duretés de la traversée et des nostalgies de la patrie perdue.

— Nous sommes bien en tumulte, monsieur d'Aiguillières, dit Basson au capitaine de l'*Oranger*. Québec a lancé des offensives vers la Nouvelle-Angleterre, par la route des Grands Lacs. Ici même, on se prépare à bouger, mais tout n'est pas si simple. L'Acadie reste à portée de tir de ses voisins et des escadres de la reine Anne se forment en ce moment dans les ports anglais.

Ti'Pierre Lestang n'avait pas participé au rassemblement des quelques bagages de ses compagnons. Il allait quitter son bateau, cette énorme bête domptée au pire moment du voyage, et cette perspective l'attristait infiniment. Les officiers de Port-Royal et ceux de l'*Oranger* se tenaient, bavardant, à trois pas de lui, sur le château arrière, tandis que les émigrants commençaient déjà à embarquer dans la chaloupe. Ces nobles seigneurs se reconnaissaient immédiatement. Ils partiraient en guerre sur leurs vaisseaux ou à la tête de leurs compagnies, à travers un pays si grand que personne n'en avait encore vraiment vu le bout. Ti'Pierre rêvait tout en suivant des yeux les efforts maladroits de ses parents pour garder leur équilibre dans la barque. Julien avait quitté l'*Oranger* le premier. Il redoutait la mer, lui, et n'y retournerait que s'il y était vraiment contraint. Quant à Catherine, sa frêle silhouette, vêtue de rouge ce matin-là, égayait la rangée noire des femmes sagement assises dans la chaloupe.

— Hé, morveux ! Tu vas descendre à ton tour ?

Jean Lestang houspillait son fils. La fin du voyage le renvoyait à sa nature peu bavarde et taciturne, à ses manières de rustre. Il avait hâte de débarquer. Amaigri et dysentérique, fiévreux depuis plusieurs jours, il vivait l'atterrissage comme une douloureuse délivrance, et l'idée d'avoir à poursuivre jusqu'à Pentagouët ravinait davantage ses traits. Ti'Pierre obtempéra. Il sentit le regard d'Aubin de Terville sur lui. C'était étrange, et sans doute normal, en fin de compte. Les amitiés du bord survivaient-elles quand chacun partait vers sa destinée ? De toute façon, le seigneur n'avait d'yeux que pour Catherine.

Au moment où il agrippait l'échelle descendant à la barque, l'enfant assura son baluchon sur son dos et fit à Terville un signe de la main auquel celui-ci ne daigna pas répondre. Le poste de commandement brillait de l'éclat de ses hôtes, des gens qui avaient retrouvé leur monde. Ti'Pierre haussa les épaules et entreprit sa descente.

On commença par se réunir dans ce qui tenait lieu d'église, pour rendre grâce à Dieu d'avoir survécu à un pareil voyage. L'endroit, dédié à saint Jean-Baptiste, une baraque aux murs de colombages et de torchis, était de plain-pied, avec de la paille sur le sol. Quelques chaises, des rondins où s'asseoir, faisaient face à un autel de bois où ne brillaient ni ostensoir ni chandelier. Deux rameaux de sycomore attachés servaient de crucifix, au-dessus de la seule fenêtre rendue aveugle par du papier. Les ravages de la guerre et la perspective de nouveaux assauts avaient découragé les bâtisseurs d'Acadie, et la chapelle était à l'image de son village, béante et comme en friche.

Lorsqu'ils avaient appris que les arrivants n'étaient ni anglais ni pirates, les paysans de l'Allain étaient sortis des bois tout proches et avaient regagné leurs chaumières. Des charrettes furent apprêtées, à bord desquelles les émigrants s'entassèrent. Des bœufs les tiraient, de bonnes grosses bêtes qui avaient passé le long et rude hiver, comme leurs maîtres, sous le chaume. Sur les conseils du gouverneur et de Jacques Hébert, qui avait été le premier à apercevoir les mâts de l'*Oranger*, la petite tribu Lestang trouva refuge sous le toit d'Etienne Bergeron, à un quart de lieue au sud du fort.

Une nichée de huit enfants croissait là sous la garde des parents, d'aïeux et de quelques proches, oncles et tantes non mariés. La maison était minuscule, faite de gros rondins fichés dans le sol, entre lesquels on avait bourré de l'argile, de la mousse et de la terre de marais séchée. La pièce commune portait bien son nom, de jour comme de nuit, et ses fenêtres mal jointes laissaient passer la fraîcheur aigre d'un soir d'avril. Mais au sortir de l'hiver canadien, de six bons mois de gel, de neige et de vents glacés, il n'était de journée qui ne fût célébrée comme une délivrance. On avait passé les temps de froidure à filer le lin et à chanter les vieilles chansons de France, terrés sous le toit couvert d'écorce, d'herbe et de joncs. On avait mangé des soupes, coupé le cuir des chaussures, fabriqué des chandelles et monté des meubles devant la cheminée en terre glaise. Maintenant, les travaux des champs pouvaient commencer, sur des parcelles protégées par les aboiteaux. La raison d'être des Acadiens n'était distante que de quelques dizaines de mètres de leurs pauvres maisons.

— Nos habitations sont légères et n'ont pas beaucoup de luxe, dit Etienne Bergeron. C'est que nous devons nous faire à l'idée de les abandonner rapidement en cas d'attaque par la mer. On s'y habitue, pourtant. La vie n'est pas mauvaise, ici.

Il était vêtu comme ses pays, d'une chemise de grosse toile écrue, d'une culotte de droguet, rayée, portait aux pieds d'étranges souliers de cuir et d'étoffe cousus ensemble.

Jean Lestang mâchonnait une pièce de volaille avec lenteur.

— Vous finirez cette cuisse d'outarde, monsieur ? s'inquiéta dame Bergeron.

Comme son époux, la maîtresse de maison parlait un français mâtiné d'un patois d'Aunis que Lestang, élevé au gascon des rives de l'Adour et des Gaves, avait grand mal à percer. Petite et noiraude, le visage déjà fripé sous la coiffe de lin blanc, Marie Bergeron paraissait bien quinze ans de plus que ses quarante-cinq ans. Sous ses jupons, on devinait, à sa démarche, des hanches alourdies, des jambes gonflées, douloureuses, toutes misères aggravées par les grossesses successives.

— Mangez donc, nous savons bien ce qu'il faut endurer sur les bateaux.

Elle avait pour l'occasion sorti d'un placard sa vaisselle de fête, des plats de métal grossier, des gobelets, en terre cuite pour la plupart, quelques-uns de verre bleu, troqués avant la guerre contre du grain, auprès d'un marchand anglais de passage à Port-Royal. Un luxe.

— Je ne peux plus, avoua Jean Lestang. Bien avant la fin de notre voyage, nous avions perdu le goût de ces choses.

En premier plat et parce que l'arrivée des émigrants était jour de fête, comme Pentecôte ou la Nativité, l'hôtesse avait servi un fameux pâté de lapin, de porc et de poulet. Un plat énorme.

Jean Lestang réprima un rot. La volaille était aux proportions de la terrine, une fois et demie ce qui pouvait s'élever de mieux en France. Et ces gens de Port-Royal, agglutinés autour de la table, lui disaient que tout le reste était à l'avenant, les légumes de l'été d'avant, conservés sous la neige et au frais dans la terre encore froide du potager, les lapins à la lisière de forêt, les cochons et même les sangliers. Lestang souriait, béat. Les fermes d'Acadie n'étaient pas bien vastes mais la terre donnait tout autour ses fruits avec générosité.

Julien contemplait les deux fusils posés dans un angle de la pièce, à côté de la cheminée. Les aînés Bergeron avaient à peine l'âge de Ti'Pierre, mais ils connaissaient les traques en forêt et parlaient des Sauvages comme d'amis avec qui l'on partageait la chair et les peaux.

— La chasse est donc libre, ici ? s'étonna Julien.

On s'esclaffa. La chasse était libre en Acadie, ça oui. Pas de gardes aux ordres des nobles. Quant à la gent sourcilleuse des fermiers généraux, elle était tout aussi inconnue de ce côté-là de l'Atlantique. Pas d'impôt ni de taille, pas de gabelle et rien à devoir au clergé. En Acadie, les maîtres censés toucher les loyers et les baux pesaient eux-mêmes sur les charrues. Si le paradis des paysans existait quelque part en ce monde, il se pouvait que ce fût là, tout simplement, malgré les incertitudes des temps de guerre et la méchanceté des Anglais et de leurs alliés Iroquois.

— Et la terre est libre aussi, constata Jean Lestang, qui n'avait pas l'air d'y croire tout à fait.

Souriantes et attentionnées dans leurs jupes de serge et leurs corps de jupes de camelot, silencieuses sous leurs coiffes, les femmes desservaient, en attendant que vînt leur tour de s'attabler. Catherine s'appuya contre sa mère. Tous avaient encore les mouvements du bateau dans le corps et dans la tête. La vie imposait déjà ses devoirs terriens, mais c'était sous un toit d'hospitalité que l'on dormirait à peu près comme sur l'*Oranger*, serrés les uns contre les autres, sans subir les affres de la houle, Dieu merci.

— La terre, expliqua Bergeron dans un sourire, il faut tout de même la demander aux seigneurs d'Acadie, mais ceux-là ne rechignent pas trop à nous la céder. Un denier tournois, un chapon et un boisseau de blé chaque année, au 1er janvier, le métayage est supportable ! Ici, tout le monde doit travailler pour vivre, et se défendre ensemble. Ce n'est pas tout à fait la même chose qu'en France.

Les Bergeron avaient convié des cousins de la Dauphin et quelques voisins, Dugas, Granger et alliés, pour ce qui avait vite pris des allures de fête tranquille. Jacques Hébert s'était joint aux convives. En tant que chef de la milice et ancien de la colonie, il veillait avec le curé à ce que chacun des arrivants trouvât gîte et couvert. Et la joie de tous ces gens rassemblés autour d'eux, fumant paisiblement leur pipe et prenant, l'air pénétré et les larmes aux yeux, les nouvelles de France, réchauffait le cœur des émigrants.

— Six mois sans voir apparaître les voiles d'un vaisseau de Sa Majesté, répétait Bergeron. C'est bien trop long.

Six mois de neige, et de vent, pendant que des gentilshommes partis de Québec couraient sus à l'Anglais et le mettaient en déroute. Alors, comment se portait ce roi vainqueur, que l'on continuait d'adorer à distance et pour qui l'on s'engagerait immédiatement, par pure fidélité, s'il en donnait l'ordre ?

— Le roi Louis ?

Il guerroyait, comme à son habitude. En Flandre, ces temps-ci, et avec des fortunes changeantes. Des vents mauvais soufflaient sur les provinces du Nord. Quant au Poitou, Dieu merci, il se tenait par nature à bonne distance des canonnades et les armées en campagne ne hantaient guère ses marais et ses collines.

— La France est loin, désormais, dit un homme.

— Nous sommes ici en terre de France, le corrigea l'hôte sur un ton vif. Pas vrai, Jacques-à-Joseph Hébert ?

Le visage couvert de barbe dure et noire, court sur jambes et large de buste, les mains carrées comme des extrémités de pagaies, Bergeron était né en Acadie, avant le milieu du siècle. Ses parents avaient connu l'époque où quelques féodaux se disputaient le pouvoir sur les deux cents âmes peuplant le territoire. Les arrangements avec les Anglais étaient alors de rigueur et les revendications sur la terre à conquérir, question d'argent, d'humeurs et d'alliances. C'étaient des temps déjà anciens, avant que les souverains d'Europe n'aient pris conscience de l'importance stratégique des ports et des immensités américaines.

Hébert opina. Il y eut un silence et l'on n'entendit plus que le bruit d'un rouet. Des jeunes filles, chuchotant d'une chaise à l'autre, tissaient dans la faible clarté jaunâtre des chandelles, tout en jetant à la dérobée des coups d'œil aigus vers les invités. Julien Lestang restait fasciné par les armes, deux mousquets de Tulle au canon long comme un fût de bambou, que les gens de la milice se devaient de garder chez eux, pour la défense, mais aussi et surtout pour la chasse.

— Vous voulez le toucher ? lui proposa Hébert.

Il lui en tendit un. En Amérique, on en jouissait sans demander d'autorisation à quiconque. A voir la mine de Julien, ses gestes pour manipuler le mousquet, des caresses en vérité, Hébert se mit à rire.

— Votre frère va bien aimer sa vie ici, dit-il à Catherine, sagement assise près de lui, les mains croisées sur les genoux.

Julien était troublé pour de bon, son regard d'ordinaire sans chaleur s'humanisait. Frustré de devoir attendre que l'*Oranger* fût réparé pour quitter Port-Royal, il brûlait de s'enfoncer au cœur des forêts dont il sentait partout la présence autour de lui. Les fils Bergeron le considéraient avec curiosité, un peu de moquerie aussi, mais il émanait de Julien assez de froideur, de morgue et de force contenue pour que l'on s'en tînt là.

— Il y a beaucoup de monde, ici, lança Marie Bergeron en manière de plaisanterie. Les jeunes filles feraient bien de songer à prendre époux, pour s'en aller labourer du côté des Mines ou de Beaubassin.

Dès qu'ils seraient mariés, les garçons et les filles de la maisonnée se verraient proposer de la terre et l'aide de quelques bras pour construire leur maison près d'une rivière. Ainsi faisait-on de la place depuis toujours pour les autres en Acadie, et chacun s'en portait bien. Une donzelle se mit à rire, puis à chanter doucement :

Si Adam et mère Eve n'eussent jamais péché,
Ah ! Ma foi, quel beau rêve, n'avoir point à braiyer !

Les autres reprirent en chœur :

Flic flac flac, flic flac flac,
Broyons le lin pour la filasse,

Flic flac flac, flic flac flac,
Qui fera chemise et paillasse.

Catherine souriait. Une fatigue d'enfant l'engourdissait petit à petit, contre l'épaule de sa mère.

La faute originelle pour comble de nos maux
Nous fait porter la toile si rude pour nos dos.
Flic flac flac, flic flac flac...

— Ces pauvres gens doivent dormir, maintenant, décida Marie. Ah, si seulement nous avions une maison un peu plus grande !

Dormir sans tanguer ni rouler, l'estomac bien en place, les Lestang en rêvaient depuis deux grands mois. Le mode de logement était assez simple. Les hôtes conservaient leur lit, et leurs enfants la large couche où ils se serraient. Les invités s'allongeaient par rang d'âge sur des sacs et du drap étendus à même la terre, devant la cheminée, les chefs de famille au plus près des braises, les autres où ils pouvaient.

Les voisins prirent congé. Ils avaient un peu de chemin à faire pour retourner chez eux et la froide nuit venait vite, en avril. Ceux qui s'étaient déchaussés remirent leurs sabots. Certains en avaient d'étranges, fermés jusqu'à la cheville par des bandes de cuir cousues. Jacques Hébert était heureux. Malgré les réticences de Versailles à peupler la colonie, la famille acadienne s'agrandissait, de bonne manière. Et dame Lestang avait de la chance d'être entourée de deux solides fils et d'une aussi jolie demoiselle.

Catherine lui rendit son sourire. Elle n'en pouvait plus, s'endormait. Ses frères veilleraient un peu. Ils avaient encore à apprendre des jeunes Bergeron. Leur curiosité pour le monde fascinant qui les entourait n'avait pas de borne.

Ils émergèrent de leur premier sommeil sur la terre d'Acadie alors qu'il faisait encore nuit, et le premier souci de Jean Lestang et de sa femme fut de s'agenouiller et de remercier Dieu. Des femmes s'activaient déjà autour de la table où fumait une soupe aux senteurs de lard et de haricots. Jeanne Lestang s'excusa d'avoir trop dormi.

— Eh bien, il ne manquerait plus que cela, protesta en riant Marie Bergeron. Il nous a bien fallu soixante jours à nous aussi, pour arriver ici. Croyez-vous qu'après un tel voyage nous étions plus vaillants que vous ?

On s'attabla. Il y aurait du travail derrière les digues, ce jour-là ; les tempêtes de mars avaient déversé leur trop-plein dans les champs quand la neige les recouvrait encore. On ouvrirait les aboiteaux à marée basse, pour finir d'évacuer cette eau inutile.

— Tenez, voilà des Bonaventure qui viennent nous chercher, dit Marie. Eux aussi sont sortis de la forêt lorsqu'ils ont su que le navire n'était pas anglais. Ils vont ouvrir une parcelle pour un de leurs fils et nous allons les aider à terminer leur levée.

Une demi-douzaine de personnes entrèrent et ce fut dans la pièce un beau désordre de paysans chasseurs aux sabots crottés, de dormeurs s'éveillant difficilement et de convives en terminant avec leur soupe. Appuyés sur un coude, le corps toujours imprégné de la sensation de tanguage et les yeux fatigués par une trop courte nuit, Catherine et Julien contemplèrent le spectacle des hommes vêtus de vestes de drap, d'épais pourpoints et de pantalons rayés, serrés et bouffant aux mollets. Presque tous étaient coiffés de chapeaux ronds ceints de ruban noir ou de bonnets de laine écarlate, quelques-uns arboraient le tapabor canadien, un drôle de calot prolongé par des pans rabattus sur la nuque et les oreilles qui leur donnait des allures de chiens courants. Il y avait là gens de tous âges, mèches blanches ou tignasses de jais, dans leurs chemises claires au col ouvert ; des jeunes, cheveux noirs tombant sur les épaules. Tous cherchaient à apercevoir les arrivants derrière la forêt des hauts-de-chausses de serge rouge ou grise.

— C'est comme au manoir d'Escout, murmura Julien.

Il avait dormi ainsi, enfant, la veille de chasses et découvert, s'éveillant, les bottes et les chausses des messieurs réunis devant la cheminée de la cuisine. Mais ce n'étaient ni les mêmes habits ni les mêmes gens qu'ici. A Escout, les petits domestiques portaient, le jour durant, le déjeuner des maîtres, et parfois leur fusil, tandis qu'en Acadie les fils des anciens fermiers décidaient d'aller agrandir leur propre domaine. Et pendant que Ti'Pierre, indifférent au remue-ménage, se tournait sur le dos, la bouche grande ouverte sur un grognement de vieil ours enrhumé, Julien Lestang sentit son humeur s'ensoleiller.

C'était à trois cents pas en amont, sur l'Allain, une vaste étendue encore soumise aux marées qui serait bien vite endiguée. Ainsi la colonie s'étendait-elle de place en place, d'un coude de rivière à l'autre, depuis le milieu du siècle.

— Tenez, vos compagnons de voyage sont là aussi, dit Marie Bergeron.

Catherine reconnut les familles de l'*Oranger*, Dugas et Thibodeau et leurs enfants naguère si malades qui sautillaient autour d'eux sur le chemin étroit. Des Acadiens les accompagnaient, des Doucet, des Thériault, ces cousins qu'ils étaient venus retrouver pour une nouvelle vie.

Il n'avait pas fallu longtemps aux émigrants pour se fondre dans le décor. On les avait déjà habillés et munis de quelques outils. Une bonne trentaine de personnes se trouvaient tout à coup rassemblées près d'eux, entre la parcelle à protéger et le potager où dame Bonaventure cultivait ses haricots, ses pois, ses herbes venues de France, à l'ombre de pommiers en bourgeons. Il y avait de la joie sur les visages, et du soulagement, aussi.

— Au *nigeagan*, décida un fils Bergeron, tandis que le gros de la troupe prenait le chemin des digues.

— Nigea... quoi ? s'étonna Julien.

— T'as qu'à voir !

On l'équipa d'une encombrante épuisette puis on l'emmena à l'abouchement dans l'Allain d'un petit cours d'eau d'une vingtaine de brasses de large. A marée descendante, des pieux formant une barrière quasi circulaire dépassaient de l'eau, obstruant quasiment l'affluent.

— Les Sauvages nous ont appris cela, entre autres choses, dit un fils Bergeron. Ici, les poissons montent vers les limons avec la marée et passent par-dessus les pieux. Et quand ils veulent redescendre, ma foi, nous sommes là.

Les garçons entrèrent dans l'eau jusqu'aux genoux, et ce fut une belle partie de pêche, à l'intérieur du piège de rondins. Julien n'avait jamais vu autant de poissons différents dans un espace aussi réduit. Des éperlans par centaines, des plies, des gasparots au dos rayé qui sécheraient au soleil, sur les toits des maisons, et de bons gros bars, scintillante merveille inconnue en France. Julien décomptait les prises, les yeux écarquillés. Il y avait là de quoi nourrir cinq familles d'Escout, pendant une semaine. A voir sa mine ébahie de pêcheur d'écrevisses béarnais, les Acadiens éclatèrent de rire. Il découvrirait bien d'autres choses étonnantes, de par le vaste pays d'Amérique.

On traversa les champs boueux que le sel blanchissait par endroits. Des rus bordaient l'espace à conquérir, dessinant un quadrillage que l'endiguement permettrait de remplir et de vider à volonté. Ainsi la levée presque achevée, sur laquelle on se hissa, enjambait-elle deux de ces bras de rivière. Jean Lestang observait le terrain, comprenait le projet. Ces terres dessalées devaient donner autant que celles du Béarn et ce n'était sans doute pas pour rien qu'on les prétendait les meilleures de toute l'Amérique. Il suffisait de mesurer la hauteur de l'herbe sur les champs voisins pour en être sûr.

Il y eut une surprise, le violon qu'un arrivant avait dissimulé dans sa besace et dont il tira soudain quelques notes aigrelettes. Un violon ! Ça ne courait encore pas trop les fermes, en Acadie. On n'en croyait pas ses oreilles et bien des yeux s'embuèrent. On danserait, alors, quand l'ouvrage serait terminé. Les enfants ne se firent pas prier et le violoneux, enhardi, y alla pour eux d'une gigue à faire tressauter les morts.

— Seigneur, comme ces gens sont heureux entre eux, dit Jeanne Lestang.

— Té, ils s'aiment bien, on dirait, renchérit son mari.

Tout était différent, ici, le paysage, les hommes, le ciel, même, ouvert aux quatre vents comme autant de portes sur l'avenir. Lorsqu'il tournait la tête, Jean Lestang apercevait des terrains semblablement émergés et protégés, tout au long de cette portion de rivage. Il en allait de même sur l'autre bord de l'Allain, et le simple fait de se représenter cette minuscule présence humaine, éparpillée sur des marécages transformés en prairies et en champs, touchait le Béarnais au cœur. Jeanne n'en revenait pas.

— Et dire qu'hier encore ils se cachaient dans les bois !

— Té, c'est la guerre, ça. On dirait qu'ils ont l'habitude, en effet.

On s'activa sans tarder, les Acadiens, et Ti'Pierre Lestang aussi, qui reçut pour mission d'aider à paver la terre et les grumes de la digue de part et d'autre du ru. Ce fut bientôt une fourmilière qui s'agitait en bon ordre tout autour de l'ouvrage, six pieds au-dessus du fil de l'eau. Il fallait étayer, enfourcher les pierres, prolonger la levée vers l'aval. Les hommes s'apostrophaient joyeusement, s'encourageaient, se chicanaient pour des détails d'architecture.

— Ici, tout le monde se joint pour les grandes occasions, expliqua Etienne Bergeron à Jean Lestang.

On se réunissait de la même manière devant les planches et les rondins des futures maisons. On assemblait la poutraison, façonnait les colombages et mouillait les torchis à vingt ou trente, pendant que les enfants s'amusaient à border les chemins de galets, entre des prairies où paissaient déjà quelques bêtes.

— C'est l'Acadie !

Du haut de la digue, Jean Lestang découvrait le paysage humanisé par ces pionniers et les quelques bâtiments disséminés le long de la rivière. Il y avait là, vraiment, une unité entre la terre et l'eau, et le rude métayer d'Escout, l'émigrant qui ne possédait rien sauf ses bras et ses espérances, en fut bouleversé.

Des charrettes attelées de bœufs se succédaient sur le chemin, chargées de branchages, de pierres, ainsi que toute une population joyeuse de femmes et d'enfants, convergeant vers un bâti de bois grossièrement arrondi que l'on apporta jusqu'au milieu de la digue.

— L'aboiteau, dit Marie Bergeron. Seigneur, bénissez-le et protégez-le des tempêtes.

Jacques Hébert sauta d'une charrette en compagnie de Julien, qui en avait terminé avec sa pêche. Il fit de grands signes aux Lestang. Catherine se tenait au bas de la levée, à distance d'un petit groupe de filles qui s'échangeaient des secrets tout en se moquant des garçons au travail.

— Mademoiselle, vous allez voir ce que savent faire des Poitevins en Acadie, lui dit Hébert. Cela ne ressemble à rien d'autre au monde.

Les enfants, libres comme les oiseaux, rejoignaient la troupe des ouvriers, les femmes, aussi. Le petit peuple de la rivière Allain se réunissait autour d'une étrange construction de bois centrée sur un clapet, comme il l'aurait fait pour un mariage ou pour une mise en terre. On se mit à applaudir, à faire des signes de croix. Seul le prêtre n'était pas là, et c'était bien dommage. Entre ses paroisses de Port-Royal, du cap Sable et de La Hève, le père Bouchard couvrait un territoire grand comme la Touraine et le Poitou réunis. Baptisant, mariant, ensevelissant. Il bénirait ce lieu plus tard.

Les fils Bonaventure, deux gaillards roux de peau comme de poil, reçurent la mission de placer le dispositif au milieu de la digue. Catherine les regardait faire, intriguée.

— C'est la chose la plus simple du monde, lui expliqua Jacques Hébert. Le clapet empêche l'eau salée des marées d'envahir la terre protégée par la digue, et, dans l'autre sens, il permet d'évacuer l'eau douce quand il y en a trop. Ainsi pousseront ici dans quelque deux années le blé, le lin, le blé d'Inde [1] et d'autres grains.

Il hochait la tête, fier et humble à la fois. Catherine découvrait la tranquille assurance dans laquelle vivaient et travaillaient ces gens, tous anciens métayers, descendants de serfs. Elle voyait les larmes monter aux yeux de son père. Jean Lestang pensait à la même chose qu'elle, à l'affranchissement des servitudes, à la liberté.

Les jeunes gens vérifièrent le bon fonctionnement de l'aboiteau. Le remblaiement commença aussitôt, autour puis au-dessus du clapet, et la digue fut mise à niveau en moins d'une heure. Il n'y avait plus qu'à attendre. La marée s'annonçait déjà en aval du petit bras de mer. Les femmes se mirent à chanter, tandis que le flot glauque venait lécher la digue.

C'est dans la rivière de Bordeaux,
Y a havré un gros vaisseau,
Les matelots qui sont dedans,
Ils sont vraiment beaux et charmants.

1. Maïs.

Violon, guimbarde et vèze [1], trois musiciens composèrent un orchestre, les enfants firent cercle aussitôt, se prirent par la main, dansèrent, rejoints par donzelles et garçons. Les hommes chantaient à tue-tête, tous ne connaissaient pas les paroles, et ce fut bientôt une joyeuse cacophonie que les femmes ne parvenaient pas à ordonner.

— Buvez, ami voyageur.

Jacques Hébert tendait une outre à Jean Lestang. Le regard brouillé, le Béarnais inclina la peau de cerf, laissa couler au fond de sa gorge le vin, une piquette de France que le voyage, puis le séjour à Port-Royal et la charretée vers la rivière avaient achevé de dénaturer. Mais c'était bon, tout de même.

— Au roi de France ! cria quelqu'un.

— A notre pays de France !

Les voix s'élevèrent, au roi, au pays, les outres de vin et de bière d'épinette [2] furent tendues vers l'est. Pour beaucoup, le cœur était resté là-bas, de l'autre côté de l'océan. Les Lestang s'étaient rapprochés les uns des autres. Il leur faudrait bientôt quitter ce rivage où, malgré la guerre, la pauvreté et les rigueurs parfois extrêmes du climat, des gens s'obstinaient à gagner ainsi leur terre sur la vase des marais canadiens. Emus, le cœur et l'esprit pleins de ce qu'ils venaient de vivre, les émigrants contemplaient les rondes des enfants insouciants et le bonheur des gens d'Acadie, simple comme un aboiteau face à la marée.

C'était un simple bateau de pêche qu'une grand-voile aidée d'un foc étroit poussait vers le sud-est à peine plus vite que les algues dérivantes. A ce train, il faudrait presque autant de jours de mer que de marche en forêt pour rejoindre Pentagouët.

« L'estuaire de la rivière Penobscot est à trois jours de navigation d'ici, en suivant la côte au près, avait affirmé le gouverneur de Villebon. Aucun risque. Préfère-t-on le passage par les terres ? Qu'on me le dise. Deux semaines de marche dans les territoires indiens. C'est hors de question, et monsieur de Saint-Castin vous attend depuis longtemps. »

On ne discutait pas les ordres d'un gouverneur d'Acadie.

1. Sorte de cornemuse.
2. Obtenue par la fermentation de la résine d'épinette et du sirop d'érable.

Encore courbatus, diarrhéiques, abrutis d'un sommeil précaire dont ils ne tiraient qu'un vague réconfort, Jean Lestang et sa femme s'étaient résolus, la mort dans l'âme, à quitter le havre surpeuplé des Bergeron, pour s'embarquer en compagnie de leurs enfants et de cinq soldats de Carignan distraits de la garnison de Port-Royal. L'*Oranger* suivrait en son temps, portant les bœufs, chevaux et moutons, les socs de charrue, la poudre et les lames de toutes sortes qu'attendaient les gens du fort ainsi que la poignée de laboureurs entourant celui-ci.

La hantise des passagers de l'*Oranger* avait longtemps été de rencontrer, au sortir du golfe de Gascogne, un de ces terribles pirates de Salé [1]. Il fallait maintenant se garder des corsaires anglais rôdant au large de l'Acadie. Ceux-là considéraient depuis toujours la côte acadienne comme leur et la retraite en cours des troupes terrestres de la reine Anne n'entamait en rien leur détermination à en découdre et à prendre tout ce qui se présentait à portée de brick ou de goélette. Pour parer ce risque, la petite embarcation des Français longeait au plus près un rivage hostile, déchiré par des criques aux sombres rochers où commençait partout la forêt abrupte et dense. Ainsi les caps, souvent fouettés par des brisants, se succédaient-ils, protégeant par endroits des baies plus larges au fond desquelles s'étalaient des embouchures de rivière. Aucun champ n'apparaissait, aucune demeure ni cabane, aucune trace de vie humaine sauf, parfois, à peine visible derrière ce décor immuable, la fumée d'un campement, sans doute des Indiens.

A demi allongé contre des cordes roulées, pris de nouveau par le mal de mer, Jean Lestang regardait ses enfants d'un œil morne, et le spectacle de leur jeunesse et de leur enthousiasme atténuait à peine l'envie qu'il avait par moments de se jeter lui-même par-dessus bord. Julien passait son temps à scruter la terre. Lui, comme Catherine et Ti'Pierre, ne souffrait plus. Bien au contraire, il semblait avoir communiqué son impatience à ses cadets, cela le tenait en éveil à chaque instant. Ah ! Quand paraîtrait enfin l'estuaire de la rivière promise, dont il se disait qu'il était sous la garde d'un fort imprenable, et bordé de belles terres mises en culture ? Et ces Sauvages, aperçus aux

Pirates marocains redoutés par les capitaines marchands.

abords de Port-Royal ? On les disait fins chasseurs, pistards infatigables et loyaux alliés du roi Louis. Julien exultait.

— On s'en fera des amis, Ti'Pierre, tu verras. Et on ira avec eux, jusqu'au fond de ces forêts. Tu te souviens de ce que nous disait le noble, sur l'*Oranger* ? A mesure que l'on s'approche de la Nouvelle-Angleterre, la nature se fait plus riche en animaux, dans des montagnes de plus en plus hautes et reculées. Pardieu, j'aimerai ça.

Le petit rouquin acquiesçait. On avait quitté le pays des paisibles Micmacs pour voguer vers celui des guerriers Abenaquis, aux frontières des territoires iroquois. Espace et liberté, danger, aussi. Mais il y avait décidément beaucoup trop de monde sous le chaume des Bergeron, l'assemblée paysanne des hommes, des chiens et de la volaille y puait par trop. En plein océan, l'air frais d'avril fouettait les visages, le ciel s'y mettait, même, éclatant de sa splendeur bleue. Le paysage qui défilait sous les yeux du petit Lestang n'avait rien de très engageant mais, après tout, les bords du gave d'Oloron et les raides pentes de la vallée d'Aspe n'étaient pas non plus des lieux de plaisir, sauf pour les traqueurs de gibier, ces audacieux dont il était.

On jeta l'ancre, cinq soirs de suite, au creux de refuges rocheux, on dormit, grelottants, sous des voiles, des couvertures indiennes et des toiles de sac. La forêt semblait une muraille opaque au pied de laquelle les voyageurs cherchaient en vain la trace d'un chemin. La mer demeurait vide de toute présence.

— Dieu tout-puissant, comment sortirons-nous de là ? se lamentait Jeanne Lestang.

Où se cachait leur maître béarnais, qui les faisait ainsi errer le long de rivages déserts, pour le rejoindre ? Le baron de Saint-Castin avait pris en pitié leur pauvre condition de paysans. Il leur avait proposé de s'installer près de lui, de l'autre côté de l'univers. Posséder de la terre, le projet avait de quoi séduire, mais, au fil du voyage, la métayère d'Escout regrettait bien souvent d'avoir quitté son Béarn. « Jésus, prends pitié », répétait-elle, agenouillée. La fièvre la faisait trembler autant que le souvenir de la terrible épreuve subie sur l'océan. Elle eût dû refuser d'aller plus loin que Port-Royal, rester au milieu des Français de la baie qui auraient mené son mari vers des terres à endiguer. Le souvenir des chaumières de la Dauphin, pleines à craquer de leur peuple accueillant et fraternel, la tenaillait, tandis que le bateau du pêcheur basque glissait, le jour durant, le long de bois si épais qu'il était parfois impossible de distinguer les arbres les uns des autres.

— Votre mère est malade, la fille. Bassinez-lui la tête d'eau fraîche.

Le capitaine du bateau se nommait Labandibar. Il connaissait le Béarn et parlait quelques mots d'oc. Il savait les remèdes indiens aussi, contre la fièvre, la diarrhée, la mélancolie et l'angoisse. Mais les drogues d'Europe, diaphénie et suc de réglisse, terbentine et baume du Pérou, entre autres suppuratifs, miels et sublimés, étaient restées dans les coffres de l'*Oranger* et il y avait fort à parier que le gouverneur de Port-Royal en conserverait l'essentiel pour sa colonie.

— C'est le père jésuite et ses sacrements qu'il nous faudrait maintenant, gémissait Jean Lestang.

Le Basque le morigénait :

— Taisez-vous et laissez le jésuite à ses méditations. Les Sauvages possèdent d'excellents remèdes qui vous remettront bien vite sur pied.

Il avait transformé les soldats en auxiliaires des trois pêcheurs formant l'équipage, mais une compagnie entière à la manœuvre n'aurait guère fait avancer plus vite le bateau. Labandibar pestait contre la lenteur de son embarcation, mordait, bougon, dans les morceaux de morue séchée constituant l'essentiel de la ration. Le transport de civils lui rapportait moins que la maraude sur les bancs de Terre-Neuve mais telles avaient été les exigences du gouverneur. La guerre d'abord, la morue ensuite.

Malgré la fatigue, Jeanne Lestang surveillait sa fille, dont la présence à bord maintenait les soldats de Carignan en éveil. Catherine avait changé. Son visage s'était allongé, ses sourcils noirs s'étaient faits plus fournis et plus longs. Et, surtout, sa silhouette était désormais celle d'une femme, toute de sveltesse et d'harmonie, aux hanches et aux épaules encore graciles de l'adolescence.

— A quoi penses-tu ? lui demandait Ti'Pierre lorsqu'ils regardaient ensemble défiler le morne paysage.

Elle le considéra sans répondre. A Escout, Ti'Pierre s'était élevé avec Julien dans la montagne et avec Catherine à la maison. De cela, il gardait le souvenir mêlé des confidences de la sœur dans le lit commun et des leçons de chasse du frère en haut des cols pyrénéens.

— Tu ne veux pas me le dire ?

Elle souriait, le menton dans le creux du bras, en jetant ce regard à la dérobée, le même qu'elle glissait vers Aubin de Terville lorsque ce dernier paraissait, sur l'*Oranger*. Ti'Pierre n'insista pas Les amours des filles étaient pour lui un mystère aussi épais que la broderie des coiffes et des napperons.

Au milieu du sixième jour, le bateau mit le cap au nord et s'engagea dans l'estuaire de la rivière Penobscot où des îles et des cailloux qui affleuraient rendaient son abord dangereux. Le paysage des rives était rude et monotone, d'immenses landes marécageuses s'étendaient de toutes parts, encombrées de roches arrondies.

— Excellent pour nos défenseurs, claironna Labandibar. Savez-vous que ces bougres d'Anglais osent encore réclamer cette rivière pour leur reine ? Quel toupet, c'est la France, ici, et loin encore vers l'est, pardieu.

Bouche bée, Ti'Pierre avait écouté la leçon d'Histoire donnée par le capitaine basque. Une vingtaine d'années auparavant, le fort avait été pris par un pirate hollandais. Le tout jeune baron de Saint-Castin, qui en avait reçu la garde des mains de monsieur de Colbert, avait été emmené captif à Boston non sans avoir été cruellement torturé par des mèches soufrées glissées entre ses doigts. Mais la fille d'un chef abenaqui, amoureuse du fameux guerrier, l'avait aidé à s'évader. Saint-Castin l'avait épousée et sa guerre contre la Nouvelle-Angleterre n'avait cessé, depuis ce temps.

— Une belle histoire, oui, et avec du sentiment !

Maintenant, le petit Lestang voyait exister ce qui n'avait été jusque-là qu'un conte pour enfants sages, et sentait son cœur battre plus fort. Là était la fin d'un long et périlleux voyage, sur un promontoire, entre deux bras de rivière. De vagues collines descendaient en pente très douce vers des marais en lisière desquels s'élevait, à trente pas de la rive, le fort de Pentagouët. A la différence du fort Royal, le bastion à quatre pointes, entouré par une haute palissade de rondins, était absolument isolé, sans la moindre ébauche de bourg à ses pieds.

— Té, il y a tout de même quelqu'un qui laboure, dit Jean Lestang, le doigt pointé sur une silhouette courbée derrière un bœuf.

Quelques parcelles cultivées s'étendaient de part et d'autre du fort. A peine visibles, au loin, des faîtes de toitures erratiques, appuyés contre le mur omniprésent de la forêt, indiquaient la présence de quelques foyers. On débarqua sur des rochers glissants. Le bagage des émigrants ne pesait pas bien lourd. Les baluchons sur l'épaule, suivant les trois marins, les voyageurs s'engagèrent aussitôt sur l'étroit chemin menant à l'entrée du fort.

Lorsque, ayant longé la petite chapelle surmontée de son clocher en bois, il entra, le premier, dans l'enceinte de rondins, Ti'Pierre eut le sentiment enivrant d'investir une de ces formidables places fortes d'Aquitaine, La Rochelle ou Bayonne. Avec ses trente pas carrés de place centrale, la citadelle de Pentagouët ne leur ressemblait pourtant pas vraiment. Mais autour de cet espace boueux où caquetait, jusque dans le four à pain béant et sur la margelle du puits, de la volaille en liberté, se succédaient les logis des officiers, soldats et ouvriers, le grand magasin et le corps de garde, tous les éléments d'un décor militaire français, fidèlement reproduit en Amérique.

Des soldats s'activaient dans la cour ; ils saluèrent au passage les colons, Catherine tout particulièrement. Ils étaient dépenaillés, vareuses ouvertes, chausses et bottes souillées par de la boue. Certains étaient vêtus d'un mélange de drap français et de cuir indien, leur crâne était ceint de fourrure et de queues de castor. Des Sauvages en vestes de peau, jambes nues sous des jupes colorées ou couvertes par de longs pantalons, leur tenaient parfois compagnie, fumant des calumets. De longs séjours aux marches de la colonie semblaient avoir rendu les Français à leur ancien état de paysans. La nature reprenait le dessus en eux, comme elle le faisait sur le lieu tout entier, herbeuse et désordonnée.

Appuyées contre la palissade, des échelles montaient à des postes de guet. Des petits canons pointaient leurs gueules noires dans les quatre directions. Ti'Pierre était déjà parti en exploration, tandis que Julien, immobile près de ses parents, au centre de la place, découvrait ce qu'il avait si souvent imaginé. Des peaux de castor séchaient sous un appentis, à côté de la longue bâtisse servant de corps de garde. D'autres fourrures, dont on apercevait les reflets gris ou fauves par les étroites fenêtres, avaient été entreposées dans les greniers : du loup sans doute, de l'ours, peut-être, et du castor, de nouveau. Les portes des magasins, alignées face au bâtiment principal, s'ouvraient sur la pénombre peuplée de volailles, de moutons et même, luxe paysan, de chevaux et de bœufs, tranquillement occupés à brouter dans leurs mangeoires.

Les hommes de Carignan étaient entrés sans attendre dans le logis des soldats. Les civils demeuraient plantés au milieu de la cour, leur bagage au pied, observant les allées et venues du personnel du fort, tout un petit monde qui n'avait pas l'air de se presser vraiment et qui prenait le temps de détailler les visages et l'accoutrement des nouveaux venus.

Labandibar était allé faire son rapport aux officiers du fort. Redescendu dans la cour, il demanda aux arrivants de se diriger vers les communs.

— Monsieur de Saint-Castin est en pays sauvage. Pardieu, il va se passer des choses intéressantes, de ce côté-ci de l'Acadie. Pour l'instant, allez donc aux cuisines, vous y serez les bienvenus.

Catherine leva la tête. Des silhouettes se déplaçaient derrière les fenêtres de la salle commune, au premier étage de la bâtisse. De quelles choses intéressantes parlait-on, entre officiers ? Les Lestang épaulèrent leurs sacs, pénétrèrent au rez-de-chaussée, longèrent l'escalier de bois, débouchèrent enfin dans une vaste cuisine où s'affairait la domesticité.

— Ah ! Ceux de Monsieur le baron !

Armée de deux larges spatules, riant de toutes ses gencives déshabitées, la cuisinière était énorme, mafflue. Ses jupons et ses jupes de lin rouge lui faisaient comme un abat-jour bouffant autour des hanches. Près d'elle, deux jeunes garçons, dont l'un devait être indien, tournicotaient, déplaçant des pots, des piles d'assiettes en étain, des marmites noircies par les fricots. Des pains étaient alignés sur la grande table, entre des poules faisanes non encore plumées et des lièvres longs de pattes et de râble, du gibier comme Julien n'en avait jamais vu. De la poutraison brunie par les fumées pendaient des salaisons, des bécasses en cours de faisandage, des saucisses, des aulx et échalotes, l'ordinaire de gens qui n'avaient qu'à se servir dans la nature toute proche. La cuisinière eut un mouvement du menton.

— Vous coucherez là-bas, au bout du couloir, lança-t-elle. Installez-vous. L'ouvrage ne manquera pas, ces jours-ci.

Elle se prénommait Madeleine, venait de l'Anjou et régnait sans partage sur sa carrée enfumée. Des soldats étaient arrivés, des ouvriers aussi, déjà occupés à consolider la place. D'autres les rejoindraient un jour ou l'autre, pour ce qui s'annonçait comme une offensive des Français vers les forts de la Nouvelle-Angleterre. On ne cracherait pas sur de l'aide en cuisine, et Jeanne devait bien connaître quelques recettes de son Béarn.

Jeanne Lestang suivit l'étroit et obscur couloir, jusqu'à une porte derrière laquelle elle découvrit une espèce de cellier encombré de sacs, de cages à oiseaux, de pièges divers, vaguement éclairé par un soupirail. Apercevant ce chaos aux odeurs mêlées de grain humide et de fiente, elle eut un sanglot. Sa pauvre maison d'Escout, aux marches du domaine Saint-Castin, lui apparut, comme dans un songe, délivrée de sa misère, avec son potager où poussaient des fraises et des pois, son sol d'argile que la distance et la nostalgique mémoire transformaient comme par prodige en plancher de magistère, et les bonnes senteurs de graisse cuite et de potiron qui y tenaient lieu de parfums ordinaires.

— Monsieur Jean-Vincent, notre maître, nous logera bientôt, promit Jean Lestang.

Jeanne s'assit sur un sac. Elle paraissait soudain plus vieille de dix années. Catherine l'avait rejointe et se tenait serrée contre elle, face à Julien et à son père. Tous quatre restaient immobiles, comme pétrifiés par l'étrangeté de l'instant. Au bout d'un voyage de près de neuf semaines, on atteignait l'ultime cap français de l'Acadie, la tête encore pleine de remugles et de nausées. Ainsi la colonie française de Pentagouët n'était-elle sans doute faite que de ces quelques arpents de terre grise entr'aperçus du bateau. Quelle désillusion ! Cela n'avait rien à voir avec les douces ondulations des rivières de Port-Royal. Ici, pas de chaumières ni de charrettes sur des chemins bordés de pommiers et de saules. Le fort dominait une espèce de désert sur lequel les hommes devaient s'échiner pour de maigres récoltes.

— Eh bien, murmura Jean Lestang, si nous ne pouvons labourer, nous nous ferons soldats. A ce qui se dit, cet endroit a déjà vu passer la guerre et la verra encore, sans doute.

Julien haussa les épaules. Comment son père pouvait-il accepter de se transformer ainsi en vieux guerrier, alors que, métayer promis à la liberté des colons d'Amérique, il avait bravé l'océan pour changer de condition ? Jeanne Lestang secouait la tête. Elle avait suivi son mari, emmené avec elle sa nichée vers un ailleurs aux dimensions d'un continent, et se retrouvait dans un débarras sentant la moisissure, au fond d'un fort peuplé de soldats dépenaillés et de Sauvages inquiétants.

— Les bêtes sont énormes, ici, dit le père. Les gens ne doivent pas connaître le manque. Jeanne, il te faut maintenant aller aider à la cuisine. Nous ne sommes pas venus là pour dormir.

— Moi, je ne reste pas non plus dans cette cave, protesta Julien, la cambuse de l'*Oranger* m'a suffi.

Il regagna l'obscur couloir, suivi de Catherine et du cadet qui les avait rejoints, puis sortit du bâtiment dans l'air vif. Bien que tout, à l'intérieur du fort, ne fût que pavement de gadoue, rigoles croupies, triomphe des fientes et autres déjections, il y avait alentour, et dans le ciel, comme une aura de renouveau. Au bout de cinq ou six mois d'hiver, la première floraison du printemps perçait sous la neige fondue, jusque devant les casemates. Julien entraîna sa frérèche [1] à l'extérieur du double mur de rondins. Là commençait une plaine bordée au loin par la ligne des arbres, creusée de cent rus où coulait en silence l'eau des collines. Julien fit quelques pas vers l'horizon des bois, s'arrêta. Ses sabots s'engluaient dans la boue.

— Nous allons nous faire un serment, dit-il à son frère et à sa sœur.

Il avait l'air sérieux, comme lorsque, traquant un gibier, il se mettait à l'arrêt, imposant le silence à ses compagnons. Il tendit la main, ordonna à Ti'Pierre et à Catherine de la couvrir des leurs, ferma à demi les yeux.

— Jurons de ne jamais subir le sort des manants et des métayers du Béarn et de tout le royaume de France, de ne

1. Fratrie.

jamais courber le dos devant les maîtres. Et si vivre à l'ombre des places d'Acadie ne vaut pas mieux que besogner la terre au pied des forteresses et des demeures des seigneurs de Béarn, faisons serment de nous en aller ailleurs, plus loin, pour trouver la liberté qui nous a été promise. Je jure.

Catherine apercevait, au-delà du fort, l'estuaire de la Penobscot. Ces rivières avaient des proportions de lacs, elles étaient des centaines à couler ainsi vers la mer, dessinant un pays décidément trop vaste. Ah, les chemins d'Escout, bordés de ronces et de pruniers sauvages, entre les sages prairies béarnaises parsemées de métairies !

— Je jure, dit Ti'Pierre, criant presque.

Lui regardait la mer avec des yeux d'enfant découvrant un pot de confiture dans un placard interdit.

— Jure, Catherine.

Elle s'exécuta. Julien avait déjà des idées en tête, et même Ti'Pierre, qui avait traversé l'océan avec son aisance de petit pâtre sautant d'une roche à l'autre pour franchir les gaves. Catherine se mit à tourner sur elle-même, lentement, puis de plus en plus vite. Son regard accrochait un point du décor, puis un autre, la forêt, l'estuaire, la forêt, le fort, l'estuaire, ses frères stupéfaits. Ainsi mesurait-elle le domaine où elle se sentait condamnée à vivre. On lui trouverait un mari soldat, pêcheur, ou, mieux, colon sur cette terre où le grain devait s'habituer tant à l'eau qu'à la caillasse. Pentagouët. Le nom était joli, fleurait bon la Sauvagerie d'Amérique. Un lieu perdu, au bout d'un pays, l'Acadie, dont la capitale n'était qu'une bourgade à moitié ruinée. Le fort, l'estuaire. Catherine sentait le sang refluer de sa tête. Elle s'arrêta, vacilla, tomba dans les bras de Julien, qui la garda, muet, contre lui.

3

Lorsqu'il vit le baron de Saint-Castin, maître d'un bout d'Amérique grand comme deux provinces françaises, franchir l'entrée du fort en compagnie d'un vieil Indien, Jean Lestang eut en un éclair la vision d'un tout jeune homme en partance pour le Canada, un quart de siècle plus tôt. A près de quarante-quatre ans, Jean-Vincent de Saint-Castin, dont les Anglais avaient plus d'une fois mis la tête à prix, conservait de sa prime jeunesse la brusquerie des gestes, une démarche nerveuse, impatiente, et l'éclat charbonneux d'un regard ignorant la concession.

— C'est notre seigneur, dit Jean à son fils Julien.

Lestang avait cinquante-cinq ans. Saint-Castin et lui étaient nés à Escout près d'Oloron-Sainte-Marie, l'un à la ferme et l'autre au château. Leurs parents n'ayant pas survécu à la peste de 1652, les enfants qu'ils étaient alors s'étaient retrouvés quelquefois au cimetière, en compagnie d'un certain nombre d'orphelins appelés en quelques jours à suppléer l'absence brutale et cruelle des adultes. Le rejeton des maîtres avait vite choisi l'aventure canadienne dans le régiment de Carignan-Salières, le métayer était resté dans son état, promu au rang de chef de famille pour une fratrie de trois survivants à qui le travail de la terre n'avait pas laissé porter bien longtemps leur deuil.

— Monsieur Jean-Vincent ?

Saint-Castin était botté de cuir, vêtu d'une longue veste de peau ouverte sur une chemise de toile et d'une culotte moulant ses cuisses. Il marchait l'épée au côté, les mains croisées dans le dos, le crâne couvert par un chapeau à large bord, emplumé. Il leva vers Jean Lestang son visage aux traits durs marqué par les guerres et les hivers. Ses yeux fendus très haut, presque asiates, laissaient filtrer ce regard qui, décidément, n'avait pas changé.

Il parut étonné. A part sa femme, qui se plaisait à l'appeler ainsi lorsqu'elle relevait un excès d'autorité de sa part, personne ne le saluait de cette façon.

— Eh bien, qui êtes-vous ?

Lorsqu'il entendit le nom de Lestang, son visage s'éclaira, ses mains se tendirent. Ainsi, on s'était enfin décidé à le rejoindre, pour peupler un peu ce coin de nulle part où la France tentait de tenir les marches de son empire d'Amérique. Ah, c'était là un geste signalé, que les stratèges de Versailles feraient bien de multiplier par mille. Jean Lestang, à Pentagouët, ce jour ne ressemblait pas aux autres !

Ils avaient tous deux raisonné de la même façon. Qu'ils fussent gentilshommes ou simples manants, il était des Français que la mère patrie rechignait par trop à engraisser. Plus assez de terre, pour des familles croissant comme si d'autres fléaux allaient bientôt les décimer. Mais, Dieu merci, les mers s'ouvraient généreusement pour ceux qui ne craignaient pas d'aller porter plus loin leurs sabots, leurs bottes ou leurs escarpins. L'humeur de Saint-Castin se fit joyeuse, tout à coup.

— Mon ami, mon ami. Une souche de Béarn en Acadie, il était temps. Ici, tu sais, on vient en général de Poitou et de Saintonge, ces pays plats noyés, sans autres collines que les taupinières. Mais par Dieu, des gens de nos Pyrénées, et des meilleurs, pour faire pendant à ces endigueurs de marais, ah ! La nouvelle est plutôt bonne. Regardez-les, *sagamo* [1], lança-t-il à son compagnon, ce sont mes *gouyats* [2] d'Oloron !

L'Indien s'avança, salua d'une brève inclinaison de tête. Son visage n'était que champ de rides, ses yeux, curieusement semblables à ceux de son gendre, semblaient avoir plongé au fond des orbites, ses mains, chenues, parcheminées, tremblaient un peu. Madokawondo. Pour les arrivants, un mystère de ces contrées sauvages, pour les autres, le chef vénéré de la nation abenaqui, l'homme qui avait fait alliance trente ans plus tôt avec le jeune roi Louis et dont l'ardeur au combat, la loyauté,

1. Chef, sachem.
2. Gamins.

la sagesse avaient construit la légende, vivante jusqu'au fond des colonies anglaises.

Julien restait immobile, fasciné par cette rencontre. Saint-Castin s'enquit de lui. Etait-il aussi bon chasseur que ses anciens d'Escout ? Le maître avait aussi des fils, de vingt ans et moins, qui traquaient le castor loin vers les Grands Lacs. A ces mots, Julien sentit son cœur bondir dans sa poitrine. La chasse, pardieu ! Y avait-il au monde quelque chose qui valût cet exercice-là ?

— La guerre, lui répondit Saint-Castin, soudain rembruni. Nous y sommes depuis sept ans en Europe, moi depuis vingt-cinq ans, ici. Mais rassure-toi, petit, cela ressemble à la chasse et tu y seras excellent aussi, je pense.

Jean Lestang se lança. Il n'avait pas traversé l'océan pour écosser des haricots dans la cuisine d'un fort et curer des latrines militaires. Saint-Castin s'esclaffa. La grosse Madeleine savait mener son monde. On allait remédier à cela. Que voulaient ces messagers d'Escout, à qui tout ce qui pouvait être accordé le serait. De la terre ? Il y en avait. Un toit ? La forêt se donnait à qui savait tenir une hache. Lorsqu'il apprit où logeaient ses gens, le baron eut un grand geste des bras.

— Les Abenaquis sont hospitaliers. Ils vous accueilleraient, mais le plus proche de leurs villages est à une journée de marche. Je pense à autre chose. Allons, retrouvons-nous dans une heure à l'entrée du fort. Je vous conduirai moi-même à votre habitation.

Le chemin serpentait au milieu d'un lacis de tranchées, de rigoles et de flaques immenses où les sabots des paysans, tout comme les bottes de leur guide, s'engluaient de temps à autre. La fin de l'hiver voyait la fonte des neiges déverser des Appalaches vers l'océan ses trop-pleins d'eau limpide gonflant les rivières, s'étalant vers les rivages. Aussi loin que portait le regard, la terre, ou ce qui en tenait lieu dans ces parages du fort où la caillasse pointait un peu partout entre les mottes herbeuses, en était trempée, luisante par endroits comme un miroir brisé.

De temps à autre paraissait, sans clôture ni fossé, une surface que des mains aratoires avaient déjà travaillée après le grand sommeil canadien. Des sillons s'alignaient, droits, vers la forêt dont les marcheurs se rapprochaient. Rien n'y poussait encore mais au milieu des pierres une glèbe assez grasse, brune, annonçait une possible moisson.

— Du blé de France, dit Saint-Castin. J'ai ici quelques hommes qui s'emploient à cultiver lorsque le service du roi leur en laisse le temps. On fait du blé d'Inde, aussi, que l'on coupe à l'automne, un peu comme chez nous en Béarn. Ah, ce n'est pas la douce ordonnance des champs de Port-Royal, de Grand-Pré ou de Beaubassin, mais cela donne tout de même de quoi nourrir sa famille.

Chargées de paquets de couvertures et de draps, les deux femmes peinaient à dégager leurs sabots de la boue. Julien et Ti'Pierre, plus agiles, avançaient en éclaireurs, portant la vaisselle, les lampes et quelques victuailles, vers la toiture aperçue en lisière des bois. C'était une bicoque à une seule fenêtre, faite d'une rangée unique de rondins soutenant deux eaux couvertes de chaume et d'herbe mêlés. Une porte de guingois donnait accès à une pièce au sol de terre battue où trônait, seul mobilier, une table-comptoir, face à un trou surmonté d'une hotte d'argile séchée.

— Seigneur Dieu, murmura Jeanne Lestang.

C'était un ancien poste de traite où Saint-Castin avait eu coutume, autrefois, de rencontrer coureurs et Sauvages pour négocier les peaux. Désormais enrichi malgré des expéditions anglaises et hollandaises qui avaient ruiné plus d'une fois son entreprise, le baron béarnais traitait directement au fort ou dans son entrepôt de Port-Royal quand la guerre lui en laissait le temps. Saint-Castin leva son chapeau en signe d'accueil. Il voyait bien le désarroi des émigrants, leur étonnement chargé d'amertume, se voulut enthousiaste.

— A moins de cent pas d'ici, jusqu'à l'horizon et bien plus loin encore, c'est le pays abenaqui, dit-il. Il regorge de chevreuils, de gibier à plume, de caribous et d'herbes médicinales pour vivre vieux et en bonne santé. Lorsque vous aurez appris à voisiner avec hommes et bêtes, la vie vous sera plus douce. Lestang, je distrairai deux ouvriers du fort pour t'aider à faire de cet endroit une habitation. Je rassemble les tribus de la Penobscot pour porter le fer en Nouvelle-Angleterre, cette année ou la prochaine. La place de Pentagouët sera pleine de monde, alors, et dame Jeanne la bienvenue en cuisine. Quant à toi, la fille, tu te mettras au service des gentilshommes quand ils seront arrivés. J'en attends quelques-uns, et pas des moindres, d'Iberville, les corsaires Baptiste et le Bellilois, plus quelques autres.

Catherine fit une brève révérence. En Béarn, elle avait vécu libre de ses gestes, près d'une famille peu encline à transformer ses métayers en gens de maison. Elle aussi, comme Ti'Pierre, avait couru le long des gaves, dans les pas de son frère aîné, et goûté aux grands espaces du piémont pyrénéen. Maintenant, le nouveau maître, celui d'Amérique, la priait de devenir servante, à la disposition de ses amis. Ce projet la troublait, elle qui avait rêvé, tout au long du voyage, de prairies sans limites, de rivages paisibles où se promener des jours durant, et découvert à Port-Royal la vie simple et bonne des filles de son âge, au milieu de leur famille.

Elle dit oui, faiblement, pensa non, de toutes ses forces. Dans le regard de Julien, elle reconnut le même refus. On avait fait un serment que l'on tiendrait secret, tant que cela serait possible. Le maître semblait plein de sollicitude pour leur père, mais cela ne suffirait pas à lui faire cirer des bottes ou porter des plats à la table des officiers ou des soldats.

Par l'étroite fenêtre de la masure, Jean Lestang considérait d'un œil las le vaste espace de boue, de pierre et d'arbres en désordre qu'il lui faudrait défricher pour qu'il commençât à ressembler à un champ. Non, vraiment, cela n'avait rien à voir avec les ouvrages des Acadiens de Port-Royal. Les marées n'avaient pas salé la terre, aucune digue ne protégeait quoi que ce fût, tout était à l'état sauvage.

Jeanne Lestang perçut le trouble de son mari, s'approcha de lui, prit sa main. Près d'eux, le dos encore chargé d'un sac d'assiettes et de verres, Ti'Pierre buvait les paroles du baron. D'Iberville, Baptiste, le Bellilois, il avait entendu ces noms sur l'*Oranger*, et à Port-Royal aussi. Ces hommes guerroyaient pour le gouverneur Frontenac. Ils tenaient l'ennemi en respect, lui portaient des coups terribles. Dans l'imagination de l'enfant, ils prenaient les dimensions des héros de contes, comme ce maître enfin approché qui conduisait depuis si lontemps ses Sauvages à l'assaut des colonies anglaises, brûlait forts et villages, assiégeait et rançonnait les villes.

— Dormez votre saoûl, ordonna Saint-Castin. Vous viendrez vous restaurer ce soir aux cuisines du fort et me donner les nouvelles d'Escout. Où est votre grand diable de fils ?

Julien avait disparu. Saint-Castin sortit de la maison, prit le chemin de la forêt, un sourire aux lèvres. Des traces de sabots dans la boue le conduisirent à quelques dizaines de pas, sur une petite butte affleurant le sommet des arbres, d'où Julien Lestang contemplait le paysage.

La tête à demi renversée en arrière, les mains sur les hanches, le garçon humait l'air froid d'avril, et d'autres senteurs portées par le vent aussi, sans doute. Saint-Castin pensa qu'il ne se passerait pas beaucoup de temps avant que le jeune homme n'abandonne ses sabots, ses pantes serrées au mollet, sa chemise et sa veste de gros fil gascon, pour se vêtir de peau, de tissu indien et de fourrure, à l'image des coureurs des bois et des Abenaquis. Ainsi le baron lui-même avait-il procédé, son uniforme d'enseigne remisé depuis longtemps dans un coffre de son habitation.

— Mais avant cela, il te faudra faire un peu la guerre, mon garçon, murmura-t-il.

Le roi avait besoin de tous les hommes d'Acadie, soldats, mais aussi Sauvages alliés et paysans en milices. Lorsqu'il l'exigeait, il ne devait plus y avoir, de ce côté-ci de l'océan, que des gens décidés à se battre pour sa gloire.

Il y eut le premier été, aux lourdes chaleurs légèrement tempérées par les vents marins. Il fallait aux nouveaux arrivants le temps de s'acclimater. Par chance, les échos de la guerre demeurèrent éloignés de la rivière Penobscot et de sa quarantaine d'âmes françaises.

A peine débarqué, Jean Lestang avait entrepris le défrichage de son terrain. A la vérité, celui-ci n'avait pas de limites précises, les pionniers ayant liberté de l'étendre comme ils l'entendaient. C'était même parfois à se demander si le baron n'avait pas fait venir ses Béarnais pour le simple plaisir de mettre un peu d'ordre et d'épis dans le désert humide entourant sa forteresse.

— A Port-Royal, ils se réunissaient à quinze ou vingt pour créer de la prairie, regrettait Jeanne Lestang.

Elle se souvenait des familles rassemblées sur les digues en chantier, reprenant les vieux refrains de France pour se donner du courage. Elle revoyait la chaîne humaine portant les rondins, les pierres et l'aboiteau jusqu'à la ligne de partage de la bonne terre et du marécage. L'œuvre des terrassiers s'élevait au fil de la journée et les marées venaient battre ce fier rempart à l'ombre de quoi les parcelles dessaleraient.

A Pentagouët, la main-d'œuvre ne se précipitait pas à l'aide des laboureurs. Soldats et Sauvages passaient leurs vies parfois mêlées, les uns à s'activer mollement autour du fort, les autres à échanger des peaux contre du grain et des outils. Seuls quelques galants éconduits par les Sauvagesses ou qui ne prisaient pas les nuits sous les tentes indiennes se risquaient parfois jusque chez les Lestang, dans l'espoir d'apercevoir la fille de la maison ou de lui conter fleurette, au hasard d'un chemin.

Ils s'appelaient La Fleur, La Verdure ou La Hirette, s'ennuyaient assez et rêvaient du jour où, leur contrat prenant fin, ils iraient à Québec. Là, le gouverneur Frontenac offrait de la terre à ceux qui le désiraient. Catherine ne recherchait pas leur compagnie. Elle les trouvait rustres, assez lestes de la main, et redoutait d'avoir à travailler pour eux, au fort.

« Eh, la fille ! »

Elle fuyait leur rencontre, les considérait avec mépris, évitait de traîner dans les couloirs et les celliers. La grosse Madeleine les tançait à l'occasion mais ses menaces d'avertir Monsieur le baron ne trouvaient en réponse que leurs ricanements. Madeleine se lamentait. Pentagoüet manquait de religion.

— A Grand-Pré et à Port-Royal, ils ont des prêtres. Ici, rien de tel, regrettait Jeanne Lestang. Le missionnaire passe tous les deux ou trois ans pour voir et baptiser les Sauvages. De toute façon, à part eux, quelques veaux et les poussins, il n'a pas grand-monde à oindre dans ce pays.

Elle essayait d'égayer un peu son logis. Quelques fleurs, des rideaux au fenestron. Son mari avait colmaté les brèches dans les murs avec un mélange de paille et de boue séchée, et les charpentiers du fort avaient un peu renforcé la poutraison mais cela ne ressemblait toujours pas à une maison chrétienne. Tout, à l'intérieur, avait pris tant et tant d'humidité que les murs en étaient encore suintants, malgré l'été. Les seuls à s'en trouver à l'aise étaient les maringouins [1] nés par myriades dans les marais environnants, des insectes aussi énormes que voraces, attirés en escadres par les odeurs humaines avec des centaines de mouches noires au dard acéré. Et ce qui eût pu être une douce langueur du soir sous la brise de mer se transformait parfois en un âpre et vain combat contre ces insectes jamais rassasiés.

— Le Seigneur décidera de nous soulager de cette misère, répétait Jeanne pour conjurer le sort.

Elle avait recréé à l'intérieur et autour de la masure un semblant de sa vie en Béarn. Le potager donnerait ses premiers légumes en fin d'été, oignons et pois verts, navets et carottes. Ici, la terre ne portait pas les pommiers comme à Port-Royal, mais la chasse abondante permettait la fabrication des pâtés et des terrines autrefois réservés au maître d'Escout. Il fallait bien trouver de quoi ne pas désespérer, dans les marais de la Penobscot.

— Seigneur, bénis cette nourriture et prends soin de tes pauvres enfants d'Amérique, ainsi concluait-elle ses brefs bénédicités.

Elle avait du mal à se persuader qu'elle avait à ce point changé d'univers. Aux marches de la Nouvelle-France, elle retrouvait les chansons de son enfance, rassemblait ses souvenirs de fermière béarnaise. L'absence d'une église digne de ce nom la navrait. Elle priait souvent, seule dans la maison, sous le crucifix encloué près de la seule fenêtre de la bicoque. Jean lui avait fabriqué un lit que la baronne de Saint-Castin avait aimablement doté de draps, de couvertures et d'édredons. Jeanne s'agenouillait, le front contre une planche du bâti, s'abîmait en prières, là aussi. Ses nostalgies la submergeaient. On avait troqué les proches et les amis, les repères séculaires de l'existence, l'horizon des Pyrénées en majesté, contre la compagnie d'officiers inférieurs, de marécages insalubres, au pied de vagues collines couvertes de tant et tant d'arbres que cela en devenait étouffant.

— Et ces insectes, *diou biban*, est-ce que seulement l'hiver les punira ?

Catherine préférait encore la compagnie des maringouins à celle de la garnison. Mais, dès qu'elle le pouvait, elle fuyait l'une

1. Moustiques.

et l'autre, marchait vers l'ouest, le long de la lisière des bois, jusqu'à une lande de broussailles, de genêts et de terre sableuse terminée par des rochers tombant à pic dans la mer. Il n'y avait là aucun chemin, ni aucun des mille signes laissés ailleurs par les Sauvages dans l'écorce des arbres et sur les pierres. La lande était vaste et morne, piquée de cailloux simulant par endroits des fondations de murs. Elle frisait sous le vent, les moiteurs d'août se dissipaient à mesure que l'on s'approchait du rivage et la découverte de celui-ci était un émerveillement.

A la place des anses aux remugles vaseux de l'estuaire, la nature avait aligné là une défense de roches obliques, pointues comme des lames d'épées, que l'on surplombait d'une dizaine de mètres. Etait-ce la mer ou encore le cours de la rivière ? La vue donnait sur le fil étale de la côte opposée et sur des îlots que venaient battre les tempêtes. C'était un lieu hors du temps et des misères paysannes. Catherine se l'était approprié.

Souvent, elle s'asseyait, le dos contre une roche, regardait la marée monter violemment à l'assaut de la forteresse de pierre et de sable. Le vent poussait devant lui des brumes mêlées d'embruns, les lames déferlant sur le rivage faisaient éclater en chocs sourds leur rage obstinée, leur impatience, leur liberté meurtrière. Parfois, des vagues plus puissantes que les autres se fracassaient contre la pierre, la terre en tremblait et la gerbe d'écume née de ce chaos venait mourir à ses pieds, chuintante, soudain, comme domptée. Et les oiseaux de mer, volant vers les refuges de la côte, glissaient sous les rafales à la vitesse de flèches indiennes ou les affrontaient, comme suspendus dans l'espace.

Ainsi attendit-elle l'automne. Les maynades [1] de Port-Royal lui avaient décrit l'embrasement de la forêt dans la lumière tiède, les ciels sans fin où sombrait un soleil ensanglanté, l'harmonie entre la terre et l'eau. C'était comme une caresse d'amour entre les couleurs des arbres et celles des rivières, avec cependant la grisaille des pierres pour rappeler que l'hiver n'était jamais loin, dans cette Amérique-là. Et Catherine avait souhaité encore plus fort le déchaînement des vents, pour rompre un tel équilibre. Il lui semblait que ce pays était fait pour le tumulte des éléments, comme les Pyrénées l'étaient pour les

1. Jeunes filles.

neiges et les grandes solitudes. Quitte à se noyer dans ces paysages trop vastes pour de simples humains, autant le faire dans le souffle des orages, pensait-elle.

Fuyant lui aussi les longs silences des repas, les grognements douloureux de son père et les adresses aux saints et aux apôtres de sa mère, Ti'Pierre accompagnait Catherine, chaque fois que les travaux de défrichage le lui permettaient. Ensemble, ils se campaient sur les roches plates dominant l'estuaire et résistaient au vent, aussi longtemps qu'ils le pouvaient. Le souffle court, les narines et la bouche pleines de pluie, d'embruns, la tête résonnant de cent rumeurs, ils hurlaient leur plaisir enfantin, finissaient par tomber assis, épuisés, vaincus, au milieu des éclairs.

Ti'Pierre regardait vers la mer, rêvait d'*Oranger* et d'*Envieux*, de *Poli* et de *Soleil-d'Afrique*, ces rois des océans sur lesquels il embarquait en songe pour longer les glaces de l'Atlantique, combattre les pirates salétins, forcer les marchands anglais. Ils étaient vaillants et dignes d'être aidés, les vieux Lestang. Mais il y avait mieux à envisager que leur besogne faussement libératrice et leur acceptation d'une vie à terminer courbés, en vue d'un fort en rondins.

Julien tournait, quant à lui, ses pensées vers le grand royaume des Sauvages et ses pas le long de la Penobscot et de ses affluents sans nombre. A deux heures de marche de la masure que Jean Lestang nommait pompeusement sa ferme, s'élevaient des collines d'où il pouvait contempler trois horizons de son nouveau pays, et le Nord, surtout, qui aimantait son cœur et son esprit. Les Abenaquis de Madokawondo vivaient là, invisibles sous la chape de la forêt. Eux connaissaient les chemins, les lacs, les saisons et les signes de la nature. Julien n'avait pas attendu l'hiver pour pénétrer ce domaine où toute conquête devenait possible pour celui qui saurait l'apprivoiser. Dès que le temps se mettait au mauvais, empêchant les travaux à la ferme, il disparaissait pour plusieurs jours, comme il le faisait naguère à Escout, laissait sa mère inquiète.

— Celui-là chez les Sauvages et l'autre qui tanne le pêcheur basque pour se faire emmener sur la mer, Seigneur, comment faire pour garder ses deux *mate-hèr*[1] à la maison ?

1. Fiers-à-bras.

Julien était parti vers le nord, le long de la rivière, à la découverte des chemins des hommes et de ceux des bêtes, et ses absences s'étaient faites de plus en plus longues. Catherine se souvenait du jour où, pour la première fois, il avait rapporté, triomphant, des peaux de castor. La joie inondait son visage. Il possédait désormais ce privilège de la chasse réservé aux seigneurs, en France. Ah, elle était belle et bonne à saisir, la liberté, en Amérique !

— *Diou biban*, se lamentait Jeanne Lestang, si nous avions pu choisir une terre, nous ne serions pas venus sur celle-ci.

Penchée sur ses broderies ou touillant un ragoût dans la pénombre de la pièce commune, elle songeait aux familles de Port-Royal serrées sous leur chaume, aux fils qui se choisissaient une *nobi* [1] dans quelque ferme voisine et s'en allaient tranquillement faire leur demande aux parents. Et cela donnait ces marmailles insouciantes et rieuses, rangées par ordre de taille, à l'église, et à qui l'on donnerait un jour, tout bonnement, de la terre dans les nouvelles colonies d'Acadie, à Beaubassin ou aux Mines, et le coup de main pour bâtir leur maison et lever leur digue.

— Il faut s'habituer, voilà tout, répétait Jean Lestang. Moi, té, je continuerai à peser sur mon soc. La terre est humide mais je pense qu'elle peut donner, à sa façon, de quoi nous nourrir. A dix sols le boisseau de blé de quarante livres, on doit pouvoir gagner un peu.

Catherine écoutait les comptes de son père d'une oreille distraite. Vingt sols le cochon de lait, trois sols la livre de mouton gras ; hors les cuisiniers du fort et la baronnie d'amont, à qui vendrait-on ces trésors ? Elle regardait l'automne par la fenêtre, cherchait la lumière de novembre pour éclairer son ouvrage. Ce qui en Béarn durait huit ou dix semaines se prolongerait ici jusqu'au prochain avril. Six mois de cette désespérance enneigée qu'une pénombre grisâtre pouvait noyer des semaines durant et un soleil sans chaleur faire triompher dans les éclats du givre et des rivières figées.

— Eh, té, il n'y a qu'à attendre, marmonnait Jean Lestang.

Ses humeurs maussades pesaient sur la maisonnée où le caquètement des poules réfugiées servait le plus souvent de

1. Promise.

conversation. Julien prolongeait ses séjours dans le pays abenaqui, Ti'Pierre rejoignait dès qu'il le pouvait le pêcheur basque pour l'aider à réparer ses filets et son bateau échoué devant sa minuscule maison.

— Hé bé, tu vois, disait Jeanne à son mari, le gouyat a trouvé de l'emploi pour le printemps à venir.

— C'est tant mieux pour lui, renchérissait Catherine.

— Boh, grommelait son père, il faudra bien tout de même que ces deux-là m'aident à finir le travail ici.

Le fort entra dans l'hiver, lui aussi, devant ses cheminées où ronflaient jour et nuit le hêtre et le sycomore. Pour les uns comme pour les autres, au bastion et dans les quelques maisons de la colonie, le feu devint, en moins d'un mois, le don de Dieu pour ne pas mourir. Saisie par le froid, la guerre elle-même se taisait, laissait les stratèges devant leurs cartes et les soldats sous leurs édredons de plume. Temps béni pour certains, punition pour d'autres ; chacun avait le loisir de méditer, et plutôt longuement.

— A quoi rêves-tu, ma fille ? demandait Jeanne Lestang.

Catherine haussait les épaules. Elle pensait aux renards qui sortaient de la forêt toute proche et qu'elle observait, humant les odeurs de volaille, aux loups dont on entendait parfois la plainte nocturne, loin vers les collines, au Béarn, et à ses amies qui y étaient restées. Les yeux de Jeanne se mouillaient.

— Oh, té, le pays, on en est loin, maintenant.

Catherine pensait aussi à Aubin de Terville, parti guerroyer vers le grand fleuve [1] avec les gentilshommes de Québec, emportant avec lui sa gaieté, son bavardage et cette façon à la fois grave et tendre qu'il avait de la regarder. Cela était secret, et même Ti'Pierre, qui la questionnait là-dessus, n'en saurait pas plus.

— Cette froidure ne finira jamais, répétait Jeanne.

L'ennui non plus, pensait Catherine.

Julien avait longtemps imaginé un rideau derrière lequel dormait un décor comme ceux des contes de sa prime enfance. Il

1. Le Saint-Laurent.

lui suffirait d'écarter les pans du lourd tissu et le paysage de sa vie d'adulte apparaîtrait.

Travailler au débroussaillage, au dessouchage, porter le jour durant les cailloux arrachés à la pauvre terre dont son père était devenu propriétaire, tout cela, et quelques autres corvées dans la chaleur de son premier été en Amérique, avait représenté pour lui un purgatoire de plusieurs mois, long comme les jours, plus raide que les chemins sableux, tenace comme ces courbatures à peine amendées par de brefs repos dans la nuit moite.

Julien ne serait jamais à la terre. Ceux qui la travaillaient, à Escout ou à Pentagouët, n'étaient voués à ses yeux qu'à la dépendance et à la soumission. Les maîtres leur seraient toujours supérieurs et les animaux même, leurs compagnons de trait, de tonte et d'assiette, avaient sans doute à leur apprendre.

Ombrageux et peu disert, capable de rester des jours entiers sans proférer une seule parole, à l'image de son père, Julien avait désiré l'automne et ses pluies ralentissant l'incessante besogne des colons. Les semences seraient plantées au printemps, le temps de ne plus faire grand-chose venait, et, au bout des nuées déferlant sur la côte, pointait enfin l'hiver, ce sépulcre autant redouté par les habitants du fort qu'espéré par le jeune Béarnais.

— Tu vois, petit frère, la récompense est là, devant toi, dit Julien à Ti'Pierre. Ah, si le père avait encore la force de nous accompagner !...

C'était une plaine immense entre des collines aux reliefs arrondis, que la neige uniformisait jusqu'à la ligne noire, oppressante, de la forêt. Sous le ciel pur de tout nuage, le sol étincelait, blessant les yeux de son reflet, obligeant les chasseurs à fléchir le cou et à fixer du regard leurs chausses renforcées de peau épaisse.

Ti'Pierre rejoignit son frère. Ses mocassins, doublés par des chaussons de laine et lacés devant le cou-de-pied, prenaient tout de même l'eau. L'adolescent ahanait sous la double charge du mousquet et du sac au fond duquel il avait enfoui ses réserves de pain. Le froid vif lui piquait les yeux, l'empêchait de jouir du spectacle que son frère contemplait, les mains sur les hanches.

— Il faut aller dans cette direction, maintenant, dit le guide indien.

Il avait l'âge de Julien, dix-huit ans. Il s'appelait Wawanonkit, avait été baptisé Christian par un frère récollet, deux années auparavant, sur ordre de Madokawondo, et appartenait à la garde abenaqui du baron. La protection du roi de France contre les ennemis de toujours, les Iroquois alliés aux Anglais, valait bien que l'on sacrifiât un peu aux demandes des hommes en noir. S'agenouiller sous un crucifix en signe de soumission au Dieu unique des catholiques n'entraînait guère de contestation. Julien avait affranchi son frère sur les Sauvages.

— Ils se nomment Jean-Jacques, Christian ou Pierre tout comme toi, et même Romulus, paraît-il. Ils vénèrent Notre-Seigneur Jésus-Christ et s'agenouillent devant la Croix, mais souviens-toi que dans leur âme ils demeurent des Sauvages.

Sous son vêtement de camisoles, de caleçons, de mitaines et de guêtres, Ti'Pierre ne se sentait pas vraiment coureur des bois, mais il admirait Julien. Son aîné savait déjà tant de choses sur les Indiens, sur leur Gisolg, créateur de toutes choses, et sur Gloscap, surtout, image humaine née du sable dans la lumière de Nisgam, le Soleil.

— Tout signifie quelque chose pour eux, de la fourmi que nous autres écraserions par jeu et qu'ils respectent, au rocher qui tient prisonnière une âme morte, et devant quoi il faut prier. Quel monde, mon Pierre !

Appuyé sur son bâton, Christian dressait sa haute stature, indiquait une direction, sous le soleil. Julien et Ti'Pierre en profitèrent pour reprendre un peu de forces. Cela faisait maintenant trois jours qu'ils avaient quitté Pentagouët, le fort et la maison familiale. Deux bivouacs à l'abri de roches plates leur avaient procuré un mauvais repos, et leurs jambes aux muscles durcis appréciaient la moindre trêve.

Julien décrocha sa gourde, ploya le cou, but une grande rasade d'eau glacée, d'infusion indienne et de marc français. Il y avait dans ce mélange que réprouvaient les jésuites et toléraient les récollets des principes tonifiants dont il avait vérifié l'efficacité.

— Marcher, maintenant, ordonna Christian.

Ils étaient cinq à se suivre sur un chemin de boue neigeuse bordé par des hêtraies, trois Abenaquis et les deux Français.

Tous portaient un fusil par-dessus les épaisses couvertures qui les protégeaient jusque sous les genoux. Absorbés par les efforts à fournir pour maintenir le rythme de leurs pas, soufflant des nuages de vapeur dans l'air cristallin, ils écoutaient leur propre respiration tout en restant attentifs à ne pas blesser d'un coup de raquette le compagnon de devant.

— Julien, je ne suis pas fait pour ces courses, répétait Ti'Pierre, plein du regret d'avoir accepté de suivre pour la première fois les chasseurs d'orignal.

Julien le morigénait sans cesse, une manière de l'encourager.

— Allons, mauviette, nous y serons bientôt. Ensuite, ce sera le village, pour la nuit. Ne donne pas raison à ta mère, qui pensait te voir revenir au bout d'une journée. Tu auras bientôt seize ans !

Il avait longtemps exploré, seul, les environs du fort, poussant de plus en plus loin vers le nord et vers l'ouest, passant les nuits à grelotter sous le couvert des arbres. Ses pas légers de Pyrénéen l'avaient porté, au rythme de son esprit tout entier occupé par la quête éperdue de la prochaine rivière, de la colline suivante, et des traces animales qu'il cherchait, touchait, humait, jubilant.

Des Sauvages rencontrés au fil de ses escapades, ceux de Saint-Castin, que l'on voyait aussi fort, et d'autres, l'avaient aidé à comprendre les traces, les bêtes, le ciel. Transhumants accompagnés de maigres troupeaux, chasseurs pistant le marcassin, l'outarde et l'élan, ils l'avaient accueilli comme un frère et l'avaient enseigné. Julien n'avait pas eu peur de ces hommes insensibles à la fatigue, au froid, à la pluie, qui fumaient des calumets sous leurs tentes, dans des silences pouvant durer des heures. Les Abenaquis trouvaient normal de se mettre au service d'un étranger de dix ou vingt ans leur cadet, pour lui apprendre leur langue, leur chasse, leur pays. Tous connaissaient comme lui le langage des hommes épris d'espace et de liberté. Pour Julien, le simple signe de tête du baron de Saint-Castin l'autorisant à les suivre à l'orignal avait eu valeur d'affranchissement définitif.

— Les bêtes ont coupé vers la forêt, dit Christian, le doigt pointé vers des frondaisons. Elles doivent commencer à être fatiguées.

Cela faisait deux jours que les chasseurs n'avaient pas quitté un instant les traces de leur gibier. Le caribou facilement rencontré au détour d'un chemin semblait attendre, naïf et complice, le coup mortel. L'orignal cheminait quant à lui jour et nuit sans jamais s'arrêter, jusqu'à ce que la fatigue le couche sous un arbre. A ce jeu, l'homme ne l'emportait que s'il se révélait aussi obstiné à avancer, avancer toujours.

La forêt s'évasait doucement, disparaissait peu à peu. Au bout du grand champ de neige, un lac portait sur sa rive de sable noir les empreintes des cervidés. La proximité des hommes lancés à leurs trousses avait dû les pousser à se séparer. Les traces divergeaient subitement et les Indiens durent faire un choix ; la forêt, finalement, au grand soulagement de Ti'Pierre. Les bois, cela voulait dire du repos pour les yeux, des branches basses pour s'aider dans les montées, des abris susceptibles de couper les vents en rafales.

— Là, dit subitement Christian.

L'Indien avait vu, avant tous les autres, senti, aussi, par un de ces instincts que Julien lui enviait. Christian s'était avancé, courbé. A trente pas de lui, un gros cervidé à la robe beige tentait d'escalader une butte verglacée, mais, épuisé, glissait en arrière et bramait.

— Quel cri lugubre, murmura Julien, qui n'avait jamais rien entendu de pareil.

— Il est pour toi, décida l'Abenaqui.

Julien s'avança. L'orignal était une bête considérable, ventrue, arc-boutée sur des cuissots énormes. Ses bois pleins, arrondis en forme de feuilles, auraient pu surmonter les armoiries des cocus les plus célèbres de Versailles. Julien se mit à une dizaine de pas de l'animal, vérifia le chargement de son mousquet et, ayant rapidement épaulé, tira.

— Ho, fit simplement Christian, imité aussitôt par les Sauvages, en écho.

Touché en pleine tête, l'orignal s'effondra et glissa au bas de la butte, le cou tordu, laissant derrière lui une traînée écarlate sur la neige. Face à lui, Julien demeurait figé, la tête, le cœur et le ventre pleins de ce qu'il venait d'accomplir.

— Vite, maintenant, dit Christian.

Il donna ses ordres, ses compagnons se mirent rapidement à l'ouvrage. Dépiauter, démembrer, puis trancher le museau, les jarrets. Il y avait de l'ouvrage ; Julien prêta main-forte sous le regard effaré de son jeune frère. La peau ! Claire, à peine chamoisée, d'une rare finesse et douce comme un sein de femme, elle venait comme celle d'un fruit, et il y en avait bien assez pour en tirer une dizaine de chemises. Christian la plia tandis que ses compagnons découpaient dans le muscle des quartiers de viande tout saignants. Julien s'approcha de son cadet, secoua son épaule.

— Tu vois, Ti'Pierre, c'est facile. Sais-tu combien d'argent monsieur de Saint-Castin va tirer de cette seule peau ? Beaucoup, je te l'affirme, et il y a tant et tant d'autres bêtes comme celle-ci dans la forêt. Ha ! Pouvoir agir pour soi, par Dieu, je pense que c'est possible, sur une pareille terre.

Il serrait le poing, son regard brillait d'une flamme guerrière, perçait les épaisseurs de sylve blanchie par la neige. Ti'Pierre découvrait, dans son aîné coureur des bois, un de ces fantômes de la forêt habillés d'inquiétants mystères par la légende, dotés de pouvoirs proprement surhumains, et songeait, le souffle court, au ressac de l'océan frottant les rochers de la côte acadienne, à des voiles arrondies sous la caresse des vents.

— Crois-tu, répétait Julien, comme pris dans un rêve.

— Marcher, la nuit bientôt, dit Christian.

Le butin, ficelé dans des sacs, avait été arrimé à de longues branches coupées. Ainsi lestés à l'épaule, les porteurs se mirent en route. Il y avait un campement à trois heures de là. Si la tribu n'avait pas décidé de descendre vers la côte atlantique pour hiverner, il y aurait du feu, de la chaleur et ce que Julien avait décrit à Ti'Pierre comme étant l'épreuve la plus redoutable qu'il ait eu à affronter en territoire sauvage, la marmite indienne.

La fille avait une vingtaine d'année, un buste de matrone, des hanches en forme de muid, ses gestes attentionnés étaient ceux d'une nourrice. Ses mains aux doigts boudinés malaxaient les orteils de Ti'Pierre puis allaient décoller d'un magma encore brûlant un peu de la décoction brune qu'elles appliquaient sur sa peau.

— Tudieu, ça cuit, mais ensuite, ça fait du bien.

Ravi, Ti'Pierre gémissait doucement à mesure que ses pieds,

puis ses mollets, se couvraient de cette pommade aux senteurs suaves de baies rouges.

— Heureux garçon qui va cesser de souffrir, murmura Julien dans un sourire. Je trouve à cette squaw un visage avenant et, ma foi, tu ne lui déplais pas.

Elle était une Abenaqui, du peuple de l'Aube. Sa famille semi-nomade passait là ses derniers jours entre les rivières et les lacs de montagne où l'on cultivait un peu de seigle et de blé d'Inde. Bientôt, on quitterait le pays du castor, de l'ours et de l'orignal, pour descendre vers la mer, laissant la place aux chasseurs, qui ne craignaient pas l'hiver.

Ti'Pierre observait son infirmière et la trouvait laide. Des Sauvages passaient de temps à autre la tête par l'entrebâillement de la grande tente sous laquelle on avait installé les étrangers. L'arrivée des deux Français avait fait sensation et tous, hommes, femmes et enfants, retenaient mal leur curiosité. Julien comprenait les rudiments de la langue, à défaut de pouvoir encore la parler.

— Ceux-là sont libres comme l'air et heureux de nous voir, expliqua-t-il à son frère. Ils vont bientôt rejoindre les rivages, pour se nourrir de coquillages et de poissons en attendant la fin de l'hiver. D'autres, vers les territoires iroquois, besognent la terre et y restent collés toute l'année comme des mouches sur de la bouse. Mais tous connaissent la médecine, rassure-toi.

Il avait découvert les fourrures empilées au fond de la tente, une bonne toise de castor et d'autres peaux, fauves ou argentées, du renard, du loup, un trésor immobile dans la pénombre. Les Sauvages avaient amassé là de quoi acheter quelques bêtes, des armes et des outils en fer, sans doute aussi de cette eau-de-vie dont le roi et ses jésuites interdisaient pourtant le troc.

Julien commençait à comprendre les étrangetés de la société franco-indienne. En épousant la fille du grand *sagamo* des Abenaquis, le baron d'Escout était devenu chef indien, un de ces capitaines de Sauvages qui faisaient tant peur aux puritains de la Nouvelle-Angleterre. Il y avait eu là des pouvoirs à prendre, sur les hommes et sur leur commerce, en des lieux où l'autorité des princes d'Europe se diluait entre neiges et bourrasques. Et de l'argent à gagner, en échange de la manne arrachée au corps des animaux. Saint-Castin avait su faire tout cela et régnait, à sa façon, s'alliant les tribus pour la guerre et les choyant pour conserver leur fidélité.

Sous leurs couvertures de fil épais qui les faisaient ressembler à des magots, fumant leurs calumets aux raides senteurs herbeuses, de vieux Sauvages étaient assis en tailleur contre le cuir de la tente, formant, face aux deux voyageurs, un demi-cercle attentif et silencieux. Devant eux, une marmite d'écorce posée sur des branches, au-dessus d'un foyer de braises, exhalait une vapeur blanche en volutes épaisses. Au sommet de la tente, une ouverture conique laissait passer trop lentement cette fumée. Ti'Pierre toussa.

— Ils vont nous asphyxier, mumura-t-il d'une voix rauque.

La fumée, par moments assez épaisse pour brouiller la vue, piquait yeux et gorges. Seuls les Abenaquis, habitués depuis toujours à respirer, le soir venu, dans ces brumes familières, y demeuraient indifférents. De temps à autre, un veillard se penchait vers l'avant et versait dans le récipient le contenu de sa pipe, tandis qu'un autre, d'un élan semblable, plongeait ses mains ou son visage tout entier, dans la même eau, pour une rapide ablution.

Ti'Pierre observait les gestes étonnants de ses hôtes. Son frère l'avait averti qu'il aurait à s'accoutumer à des comportements étranges. Ici, l'eau de la maisonnée servait uniment à pas mal de choses, y compris à faire le lien entre les hommes et les esprits des objets et des animaux jetés dans ses bouillonnements.

— Ils vont cuire des bêtes là-dedans ?

— Tu verras bien.

Des jeunes filles entrèrent et s'assirent à leur tour devant les vieux, silencieuses. Elles venaient prêter main-forte à leur compagne, en vérité, examiner de plus près les Français arrivés frigorifiés au campement. Julien les regarda se pencher vers lui, souriantes et bavardes, se déchaussa à son tour pour subir leurs soins.

La Sauvagesse agenouillée souriait, massait doucement le torse nu de Ti'Pierre, comme elle eût caliné un vieux compagnon fatigué. Le garçon se sentait mieux. Les baumes faisaient leur effet, Ti'Pierre, épuisé, se laissait aller à une douce somnolence, et le geste soudain du chef indien saisissant ses bottes maculées de boue pour les jeter elles aussi dans la marmite le fit à peine sursauter. Julien apprécia.

— Eh bien, elles seront nettes pour la marche de demain. Ces gens savent vivre.

Il saisit le calumet qu'on lui tendait, en tira une longue bouffée dont l'âcreté fit briller ses yeux et sourire ses hôtes.

— Moi, Jean-Jacques-Frère, répétait le chef de la tribu en se frappant la poitrine.

Son nez camus, ses yeux globuleux au doux regard de myope lui donnaient des allures de rapace nocturne à demi endormi. Il arborait, au-dessus d'un *wampun* modestement garni, un crucifix de bois large comme une main, legs des prêtres qui l'avaient baptisé et affublé de son nom civilisé. Pensif, Julien s'appuya sur un coude et, tandis que les filles lui massaient les orteils, se perdit dans la contemplation du tas de peaux et de poils entreposé à deux pas de lui. En lui ouvrant la porte qui donnait sur le pays des fourrures, le maître de Pentagouët avait donné à sa vie la dimension d'aventure qu'il désirait de toutes ses jeunes forces. Quant au service, s'il devait commencer par celui de Saint-Castin, Julien comptait bien sur le temps pour se mettre à son compte.

— Jean-Jacques-Frère ressemble à notre oncle Anselme, tu ne trouves pas, Ti'Pierre ?

C'était un vieux célibataire d'Escout, au teint bruni par les libations, au parler à peine plus compréhensible que celui de l'Abenaqui. Les deux eussent fait la paire, en Béarn ou en Amérique.

— *Sagamo*, chef, *sagamité*, soupe du chef, annonça Christian en pénétrant sous la tente.

Ahuri, Ti'Pierre vit l'Indien jeter dans la marmite un bon quart de cuissot de l'orignal encore couvert de son pelage, du sabot au genou.

— Oh, oh, oh, firent les vieux.

— Hé, là, protesta Ti'Pierre. Et mes bottes ?

Julien le fit taire. Il n'y avait pas de rituel aux dîners indiens. La marmite pouvait contenir vingt objets différents, servir pour la vaisselle et pour la toilette. Quant au cuir des bottes, la chaleur l'attendrirait un peu, sans plus.

— Tout va cuire en même temps ? Par Dieu tout-puissant, c'est incroyable.

Des femmes avaient rejoint les convives, d'autres hommes étaient entrés à leur tour sous la tente. De la quinzaine de personnes groupées autour du récipient, aucune ne se leva pour remuer la sauce ou pour vérifier la cuisson de la viande. Au bout d'une dizaine de minutes, et après que l'on eut extrait du bouillon les bottes de Ti'Pierre pour les lui rendre, deux femmes saisirent la pièce de viande et la laissèrent tomber aux genoux des hommes.

Il y eut des « oh-oh-oh », puis des mains pressées s'occupèrent bien vite à dilacérer la chair, à la réduire en fragments que l'on se mettait aussitôt en bouche. Ti'Pierre reçut en partage un épais morceau de barbaque bien rose encore et dégouttante de sang.

— Mais c'est tout cru ! gémit-il.

Effaré, il scrutait le mélange de cendre, de graisse, de boue et de viande dont le brouet couleur d'eau sale était constitué. Ah, on était loin de l'habitation du baron où sa Sauvagesse de femme faisait mitonner proprement des gibiers dans des sauces mangeables, elles !

— Retrouves-tu le goût de tes bottes ? lui demanda Julien, sur le ton de la plaisanterie.

Il avait faim, lui, comme aux soirs de vadrouille de sa jeunesse béarnaise quand ses compagnons, armés des seuls couteaux et des frondes que leur autorisait la seigneurie, l'avaient fait marcher le jour durant le long d'un gave ou sur les pentes d'un col. On allait ainsi à la poursuite de maigres butins et de pas mal de rêves, dont celui de trouver enfin l'abri d'une bergerie pour se restaurer d'un morceau de pain, d'une saucisse ou d'une tranche de viande boucanée.

— Mange, dit-il, et ne regrette pas trop les tourtes au lapin de notre mère. Il y aura encore à souffrir, demain, et peut-être après.

Ti'Pierre fit un effort pour vaincre la nausée. La viande était fade, résistait à la dent. C'était infâme, et le spectacle de Julien déchirant cette carne hémorragique avec les mêmes mimiques de loup affamé que ses hôtes révulsa l'adolescent. Ah, vivre ailleurs dans l'instant, sur le pont d'un de ces navires au cul desquels les marins laissaient pendre leurs lignes.

— Tu as tort, fit Julien.

— Je serai marin, lui rétorqua son frère dans une grimace rancunière.

Julien éclata de rire. Ses lèvres écarlates laissaient voir sa denture pareillement peinte. Oubliée, la décoction dans laquelle les Indiens plongeaient mains et visages, négligeable, le poil qu'il fallait encore arracher à la viande. L'heure était à la gastronomie et, pire, au rassasiement.

Ti'Pierre s'était laissé retomber sur le côté, le cœur chaviré par la senteur veule s'exhalant du festin. Lorsqu'il aurait bien faim, une autre fois, il consentirait peut-être à ces agapes pour cannibales. Et l'image lui vint à l'esprit d'un récit d'Aubin de Terville, sur l'*Oranger* : de ces morceaux d'ennemis tués au combat que les Sauvages faisaient à peine cuire, tout pareil, par respect pour eux et dans l'espoir de capter un peu de leur force en les dévorant.

— Ah, Dieu, je meurs.

Il ferma les yeux, cherchant à discipliner les spasmes de son estomac. Les Sauvages préparaient une cérémonie de prière. On fit brûler des herbes ; une épaisse fumée blanche se dégagea, que les Abenaquis se mirent à caresser, à conduire vers eux, comme s'ils voulaient s'en oindre le visage, les bras, le torse, ou l'inhaler. C'était la fumée sacrée, purificatrice de l'âme et du corps, vectrice des bons esprits pour les marches à venir, et capable d'accompagner l'homme en prière jusqu'à son créateur, Gisolg. L'odeur en était âcre et résineuse, presque violente, pas assez pourtant pour empêcher Ti'Pierre de s'endormir à demi, veillé par la jeune Indienne dont Julien venait de lui révéler le prénom, Herbe-Tendre-Sous-La-Lune.

De lune, il n'y en avait plus cette nuit-là. La pluie froide de novembre tombait sur l'herbe de la clairière, avec un doux bruit de soie froissée. Sous la tente, la famille qui accueillait les Français dormait en rangée serrée, les parents, deux fils d'une vingtaine d'années, et trois filles que des bavardages et des fous rires avaient tenues éveillées fort tard.

Les vapeurs de la réunion et du dîner avaient disparu, laissant derrière elles un remugle de graisse froide et de foin humide.

Julien souleva sa couverture, se leva, alla enflammer une brindille au brasier encore rougeoyant. Puis il s'approcha de Ti'Pierre qu'il réveilla, chuchotant à son oreille.

— Il faut que tu viennes avec moi, dépêche-toi.

— On reprend la marche ?

— Viens, je te dis.

Ti'Pierre s'assit, inquiet. Il n'était vêtu que d'un justaucorps et avait froid. Le réveil douloureux de ses pieds le faisait grimacer. Il suivit néanmoins son frère, à quatre pattes, jusqu'aux formes arrondies des filles. Julien leva sa brindille, éclaira des visages endormis, puis celui aux yeux bien ouverts d'Herbe-Tendre-Sous-La-Lune, vers lequel il abaissa doucement l'allumette. L'Indienne souffla, et l'obscurité se fit. D'un mouvement bref de sa hanche, Julien déséquilibra son cadet, qui se retrouva promptement étreint par les bras de la jeune fille. Ti'Pierre réprima un cri.

— Pardieu, non.

— Tais-toi, lui dit Julien. Tu vas réveiller tout le monde. Ces choses se font dans la discrétion. Elle t'a soigné et choisi. La négliger serait l'offenser. Tâche de te montrer galant.

Il avait estimé le moment venu pour son frère de se faire déniaiser. Courir l'allumette sous les tentes indiennes se faisait assez volontiers, quoique l'habitude en fût évidemment réprouvée par les hommes en noir de Québec et d'ailleurs. Mais ceux-là, qui passeraient l'hiver à se chauffer les fesses dans leurs couvents, ne risquaient pas de s'interposer.

— Seigneur, elle pue, Julien. Je te jure qu'elle pue.

— Moins qu'un bourgeois d'Oloron.

Dans les tribus, hommes et femmes se protégeaient des rigueurs de la saison sous des couches de graisse d'élan, parfois macérée dans l'urine de l'animal, accumulées à même la peau. Les chapeliers parisiens payaient à prix d'or leurs vêtements indiens ainsi imprégnés de cette huile, affinés par elle. Julien étouffa un rire. La fille poussait des petites plaintes et bougeait déjà en tous sens son opulent bassin. Julien remonta la couverture sur les fesses de son frère. Les odeurs, pensait-il, chacun portait de toute façon les siennes et celles des Européens marinant des jours durant dans leurs habits serrés valaient bien en désagrément leurs pareilles d'Amérique.

— Ne réveille pas les parents, murmura-t-il. Ils pourraient te faire un mauvais parti.

Il s'éloigna, hilare. Pour sa première course à l'allumette, Ti'Pierre aurait pu trouver occasion plus séduisante, une des sœurs d'Herbe-Tendre-Sous-La-Lune, par exemple, mais telles étaient cette nuit-là les voies de l'amour, en pays abenaqui.

Julien rejoignit sa couche. Christian avait emporté les peaux sous une autre tente, où le troc avait dû avoir lieu, les fourrures contre quelques outils, la viande de l'orignal et sa graisse, et les flasques d'eau-de-vie que le Sauvage portait à la ceinture. Décidément, le baron avait le sens du négoce, et ses hommes lui étaient bien dévoués, qui collectaient les peaux aussi loin du fort. Julien s'allongea, les bras sous la tête, indifférent aux soupirs des amoureux. Il avait espéré pouvoir faire avec son frère une paire de chasseurs et de coureurs des bois, mais Ti'Pierre ne pensait qu'à la mer et aux navires. Tant pis. L'hiver approchait. Ce serait pour Julien le temps de l'exploration solitaire. Son âme montagnarde y trouverait de quoi se satisfaire, quant au commerce des peaux et des fourrures, Julien se faisait à l'idée qu'il en percerait seul les secrets. Il s'endormit, rêvant à des castors peuplant par milliers les lacs des monts Appalaches.

4

— Alors, monsieur Church ? Que nous proposez-vous pour faire face à la volonté du gouverneur de Québec d'en finir avec le Massachusetts ?

Le gouverneur Dudley n'avait pas le cœur à plaisanter, en ce début du mois de juin 1696. Le souvenir d'une poussée militaire française, quatre années plus tôt, hantait encore les esprits de la colonie bostonienne. Alors qu'on s'apprêtait à affermir en Acadie un avantage chèrement acquis, on avait vu déferler en contre-attaque, sur la province anglaise, la troupe hurlante du *Bloody Baron*, ce Saint-Castin vénéré comme un dieu par ses Abenaquis.

— Ce reître insaisissable et cruel pourrait bien nous tourmenter de nouveau, dit Dudley. Ce n'est pourtant pas faute de l'avoir traqué pendant une bonne vingtaine d'années...

— Il fallait le pendre lorsque les Hollandais nous l'ont livré, en 1674, fit Church. Il est du Béarn, un de ces pays de montagnes d'où les Français tirent leurs capitaines les plus redoutables.

— Leur Jeanne d'Arc était donc de là ? interrogea Dudley, avec une pointe d'ironie. Monsieur Church, nous n'allons tout de même pas brûler à nouveau à Salem quelques pauvres filles supposées sorcières, dans le seul souci d'apaiser les angoisses de nos Bostoniens ! Il convient de trouver cette fois une parade un peu plus, comment dire, estimable.

Il allait et venait dans son petit bureau aux murs duquel étaient fixées des cartes qu'il contemplait avec mélancolie. En 1690, les Anglais avaient bien cru posséder l'Acadie une bonne fois pour toutes, mais la prise de Port-Royal et le rattachement officiel de cette terre au Massachusetts n'avaient pas suffi. Le

Béarnais, avec certains autres, avait repris l'avantage en quelques mois.

— Villebon, d'Iberville, La Vallière, Saint-Castin, énuméra Dudley, admiratif. Monsieur de Frontenac a bien de la chance de posséder pareils capitaines. Et je ne parle pas des corsaires acadiens, les Baptiste, Bonaventure et autres Bellilois, que nous nous épuisons à poursuivre. Ceux-là font leur fortune sur les cales de nos navires marchands. Ah, monsieur Church ! Il va bien falloir que nous trouvions moyen de nous débarrasser de ces gens, et de tous les autres, par la même occasion.

— Vous voulez dire, des habitants de toute l'Acadie ?

— Et pourquoi pas ! Pousser cette engeance papiste vers la mer, ou le Labrador, me serait bien agréable. Je ferais venir à leur place de bons paysans de nos comtés anglais du Nord, des filles à marier et quelques marins de plus pour leur faire des petits.

Le colonel Benjamin Church réfléchissait. Il y avait de la raison dans ce que proposait le gouverneur du Massachusetts. Si les politiciens d'Angleterre leur en laissaient le temps, les militaires de Boston pourraient bien monter l'expédition définitive dont ils avaient tous rêvé durant plus d'un demi-siècle.

— Le maudit baron est bien capable de nous faire la guerre en plein hiver, dit Dudley, l'air soucieux.

— Nous allons renforcer nos défenses sur la rivière Kennebec, établir des fortins sur la rive orientale.

— Agissez, monsieur Church. Si nous passons cette saison sans encombre, si le Massachusetts est toujours anglais en mars prochain, alors je vous promets que vous aurez l'initiative pour une grande action en Acadie. Chez nous, n'est-ce pas, en fin de compte ?

— Chez nous, en effet, monsieur le gouverneur.

La chaleur était tombée sur la pointe de Pentagouët et sur les premiers blés, qu'il faudrait bientôt moissonner. Ce matin de l'été 1696, Catherine avait décidé qu'elle mettrait la main à la teinture plutôt que de rejoindre la grosse Madeleine devant ses fourneaux. Le poste de traite commençait à ressembler à une habitation humaine, la jeune fille y séjournait le plus souvent possible, aidant sa mère à travailler la terre du potager, préparant le repas de Jean Lestang, cousant et ravaudant dans la pénombre, près de la petite fenêtre.

Lorsque, les mains couvertes de la soupe rouge d'argile, Catherine levait les yeux, elle apercevait, à trente pas de la maison, le front doré des tiges et des épis, encore épars et comme mite par de larges plaques pierreuses mais porteur de tant d'espoirs qu'il semblait océan de grain, sous le soleil. « Ma terre », répétait Jean Lestang, dont la hargne à dessoucher, décaillasser, désembouer cette lande, des mois durant, trouvait enfin sa récompense.

Catherine releva, d'un mouvement du poignet, une mèche bouclée où perlait une goutte de sueur. En lui donnant ces deux arpents de terre médiocre sans autre contrepartie que le service du roi si la situation l'exigeait, le baron de Saint-Castin avait libéré son ancien fermier d'Escout de sa condition métayère. Posséder, peu, mais posséder, et sans impôt ni taxe, dans un pays nouveau où la liberté des hommes semblait aux dimensions de la forêt et de l'océan, même, c'était peut-être là une forme inconnue du bonheur de vivre.

Catherine prit une paline, malaxa l'argile. Il n'y avait rien pour tisser et teindre chez elle. Tout, en vérité, métier, meubles, outils, était en possession du maître de Pentagouët, dans son habitation en amont de la Penobscot, à une demi-lieue de là. Catherine soupira. En fait de bonheur de vivre, le premier hiver des émigrants avait été terrible, quatre mois pleins de gel et de neige, dans le vent des tempêtes atlantiques. Il avait fallu survivre. Le doublement des murs de rondins, sur le modèle de la maison du baron, avait à peine suffi pour conserver un peu de la chaleur irradiant de la cheminée et l'on était allés plus d'une fois, dans la neige jusqu'à la taille, du givre aux lèvres, se réfugier au fort. Là, tandis que la glace recouvrait tout de sa chape bleutée, les histoires anciennes des compagnons de Jacques Cartier, morts gelés sur l'île Sainte-Croix, l'année même de leur débarquement en Amérique, avaient hanté les esprits. Qu'il fût anglais ou français, l'émigrant n'était pas vraiment fait pour de telles contrées. Et maintenant, la canicule écrasait tout, même les maringouins, dont l'assaut redouté attendrait le soir et sa très vague fraîcheur.

Catherine s'était habituée à sa solitude, mais ses pensées nostalgiques allaient souvent vers l'est, traversaient l'océan, l'Aquitaine, jusqu'aux collines béarnaises d'où émergeait, jamais semblable d'un jour à l'autre, d'une heure à l'autre, le front des Pyrénées. Elle y avait eu ses itinéraires de petite métayère, ses compagnes, ses chants et ses joies d'enfant. C'était dans une autre vie et sans doute y aurait-il pour toujours devant elle, maintenant, l'horizon obscur de la forêt, et celui infini de la mer, au bas des rochers et du sable noir de Pentagouët.

Elle vit sa mère, chargée de linge, revenir du potager où poussaient enfin les haricots, les pois, les navets et les carottes plantés aux derniers jours de l'hiver. Ce petit carré de verdure humanisait un peu l'ordonnance de la maison Lestang, et Jeanne trouvait, dans la simple naissance de quelques légumes, des raisons de ne pas désespérer.

— As-tu vu ton petit frère, Catherine ?

La jeune fille fit signe que non. Ti'Pierre regardait toujours vers la mer, depuis le voyage de l'*Oranger*. La belle liberté de Julien, l'attirance de son aîné pour les territoires sauvages lui insufflaient le désir de l'aventure. Les travaux des champs ne l'intéressaient pas plus que Julien, son père ployant sous les caillasses arrachées à la terre acadienne ne parvenait pas à l'émouvoir. Il aiderait de son mieux Jean Lestang à mettre son domaine en culture, mais il s'était promis qu'à la première occasion il embarquerait, quel que fût le navire.

— Et ce gouyat qui ne revient pas, seigneur Dieu, se lamenta Jeanne, fallait-il endurer tant de misères pour finir seuls ici, avec des fils en perpétuelle errance ?

Jeanne Lestang ahanait sous les draps trempés, qu'elle posa à terre. Amaigrie, le souffle court dès que le temps se mettait à la chaleur et à l'orage, elle n'avait plus assez de larmes pour adoucir ses chagrins. Ti'Pierre était parti sur un bateau de pêche, un esquif minuscule que la tempête briserait en un instant, et son père n'avait pas eu l'autorité suffisante pour l'en empêcher, comme si le voyage, le déracinement et le combat contre une nature hostile avaient fatigué, vieilli prématurément son homme pourtant robuste. Jeanne essuya son front ruisselant, posa le paquet de linge sur un billot de sapin.

— Avec ces Anglais en maraude un peu partout sur la mer et cette guerre, crois-tu vraiment que ton frère avait besoin d'aller attraper des morues ?

Catherine haussa les épaules. Sa mère et elle venaient d'un paisible village béarnais évité par la guerre depuis quelques siècles. Comme ses pareilles arrachées à la quiétude et au silence des marais du Poitou, Catherine découvrait la réalité de cette Amérique promise comme le paradis. Il y avait la terre, sans doute, et les quelques fruits qui en sortiraient. Mais à Pentagouët on sentait, bien plus qu'à Port-Royal, la présence invisible d'un ennemi réputé supérieur en armes et en nombre, et les rigueurs extrêmes d'un climat sans pitié.

— Té, regarde qui vient. La Sauvagesse du maître.

La fille de Madokawondo approchait, en compagnie de deux jeunes Indiennes portant des paniers. La baronne de Saint-Castin avait cinq ans de plus que Jeanne Lestang mais paraissait de dix ans sa cadette. Les grossesses lui avaient laissé la taille fine, le buste encore bien découpé. Elle était d'une grande beauté, les pommettes saillantes de sa race contrastaient avec des yeux clairs, très peu bridés. Ses dents, petites et saines, donnaient à son sourire de la grâce quand tant de femmes devaient dissimuler leurs chicots derrière leur main. Méchilde de Saint-Castin avait été présentée au roi et avait ébloui la cour, lorsque les gouverneurs et les grands soldats de la Nouvelle-France avaient fait le voyage à Versailles, dix ans plus tôt.

Les femmes se mirent à bavarder. Méchilde avait aidé les Béarnais à s'installer. Elle leur avait offert du drap, de la nourriture et des herbes indiennes, une médecine contre une foule de petits maux. Cette fois, elle apportait de la graisse d'orignal, pour se protéger contre les insectes. Cela puait assez. Méchilde riait.

— Mon mari est un bon Sauvage mais il a tout de même interdit ça sous son toit.

Debout dans ses sabots, les cheveux en bataille, Catherine contemplait cette apparition à la peau cuivrée, autrefois annoblie par le mariage, vêtue ce jour-là d'une robe de soie légère au profond décolleté et d'un paletot, à la mode de Versailles. Il y avait là comme une reproduction des façons d'être en France. En même temps qu'elle recevait les cadeaux de la promeneuse, la jeune fille se sentait humiliée, pleine de tristesse. La misère en Amérique vaut bien sa sœur de France, pensa-t-elle.

— Vous êtes bonne, madame, murmura Jeanne, les yeux humides.

— Vos blés seront bientôt rentrés, dit Méchilde. Notre maître est bien content que mes frères abenaquis aient coutume de cultiver la terre comme vous autres. La chasse, la pêche en hiver, et le castor toute l'année. Les Sauvages ont décidément une bonne vie.

Méchilde représentait ce que, depuis Henri IV, les rois de France essayaient de mettre en place en Amérique, une nation alliée où Indiens et colons partageraient équitablement la richesse d'un monde encore à peine exploité. La fille de Madokawondo avait été élevée par les sœurs de la Visitation, à Québec, avant d'épouser son baron et de lui faire cinq métis. Privilège de noble. Ainsi, quand les Puritains de Nouvelle-Angleterre ne voyaient de bon Sauvage qu'esclave ou mort, l'utopie française prenait en maints endroits l'apparence d'une vraie réussite.

Catherine se remit à son travail de teinture. Julien, qui avait bien compris la politique et surtout ses prolongements économiques, avait essayé de lui expliquer de quoi serait fait un jour ce monde idéal où chacun mangerait à sa faim et s'enrichirait aussi bien que les seigneurs des royaumes d'Europe.

Il tardait à venir, cet instant, et les petits travaux de couture que Jeanne exécutait pour les gens du fort contre quelques pièces de monnaie ne l'annonçaient guère. Méchilde s'inquiéta :

— Votre petit Pierre est toujours en mer ?

— Par Dieu, oui, et je le regrette. On nous dit que les navires anglais rôdent de plus en plus près des côtes.

— Ils n'approcheront pas trop, cette fois. Nous les avons assez bien repoussés dans le passé. Et puis les gentilshommes et officiers de Nouvelle-France ne vont pas tarder à se réunir pour en terminer avec cette menace.

Elle avait l'air assuré, fermait ses poings comme pour encourager un jouteur. On allait donc se battre. La guerre, elle connaissait. Hollandais et Anglais avaient pillé autrefois Pentagouët, la forçant à la fuite avec les quelques civils de la colonie. On ne referait pas les erreurs du passé.

— La vie en Nouvelle-France, cela ressemble aux humeurs de l'océan, dit-elle. De longs calmes brisés brusquement par des tempêtes.

Elle eut un petit rire presque joyeux. Catherine observait les deux jeunes compagnes de la baronne. Elles étaient là dans leur élément naturel, frêles et déliées, les gestes gracieux, presque obséquieux, pour défaire les petits bouquets d'herbes et répandre celles-ci sur des linges.

— Voici pour cette fois, annonça la baronne. De l'écorce de bouleau, pour les rhumatismes. Il faut appliquer la poudre là où l'on a mal, et vous savez, Jeanne, c'est bon aussi à boire en tisane contre ces mauvaises coliques qui nous font courir à l'abri des arbres dix fois par jour.

Elle avait gardé le naturel des Sauvages, leur manière sans malice de parler du corps et de ses maux.

— J'ai vu vos chevilles, ma pauvre Jeanne, poursuivit-elle, tenant un petit sac. Ici, la chaleur de l'été fait gonfler les chairs. Alors, vous appliquerez ces poudres de cèdre en cataplasme. Attention, il ne faut pas les manger.

Elle était fière de ses médecines, fabriquées par les doctes de sa tribu, les expliquait avec des mines de médecin royal. Les extraits de peuplier, contre les vers, des racines de chou pour calmer les maux de dents et celles de radis pour stimuler l'appétit. Elle avait une solution pour chacune des petites misères endurées par les colons, du sumac contre les maux de gorge, de la salsepareille à prendre quand viendrait la saison des rhumes. Jeanne se vit bientôt dotée d'une pharmacopée de *sagamo*.

— Et notre jolie Catherine ? A-t-elle trouvé à s'employer un peu au fort ?

— Elle préfère demeurer ici, dit Jeanne avec une pointe de regret dans la voix. Voyez, elle travaille à ces teintures.

La baronne de Saint-Castin se pencha vers Catherine, caressa son menton, et sa joue.

— Le pays que l'on appelle aussi Acadie, est depuis toujours celui des hommes libres. Tu as raison, mon enfant. Tu sais, je suis devenue chrétienne par le baptême, puis française par le mariage, mais au fond, je reste la petite Sauvage qui mettait ses pas dans les pas de ses grands frères et bravait l'hiver en compagnie des chasseurs. La vie doit rester libre, sur une terre comme celle-ci, sans quoi elle ne vaudrait pas la peine d'être vécue. Tout de même, un minois comme le tien n'intéresse donc pas l'un de nos sergents ?

Catherine cilla. La baronne aurait pu penser à un officier du fort mais il devait être dit qu'une fille de colon limitait ses ambitions matrimoniales aux subalternes. Catherine regardait les jeunes filles répéter leurs gestes immémoriaux. Elle songeait à son père, au champ désiroire qu'il allait moissonner. Ses frères avaient commencé à mettre en actes leur serment. Plus jamais de misère, de faim, de soumission. Et Catherine, la sage enfant d'Escout, ayant survécu à l'océan et débarqué sur une terre de conquête, se découvrait au fil des jours des envies d'autres voyages.

— Il y aura un dîner ce soir, au fort, dit Méchilde. Des officiers sont arrivés hier, de Saint-Jean, par les bois et les chemins de terre. Madeleine aura besoin d'aide, je pense.

Elle souriait. Catherine fit oui de la tête. Elle irait. Le fort était près de l'eau et, par temps d'orage, il y faisait meilleur que dans les terres.

Il s'était mis à pleuvoir, à la fin de l'après-midi, un de ces abats d'eau rectilignes comme il s'en déversait parfois au cœur de l'été, sur la côte sud de la Nouvelle-France, et dont les pêcheurs disaient que, certains jours, cela pouvait même ressembler aux ouragans des Caraïbes. Les champs et les prairies entourant le fort s'étaient vidés de leurs quelques travailleurs.

En chemin, Catherine croisa son père. Jean Lestang portait les fléaux avec lesquels on battrait bientôt le grain, si toutefois le feu du ciel zébrant l'horizon et la pluie permettaient que l'on moissonnât.

— Je vais au service des officiers, avait dit Catherine.

— Ils sont là, oui, et des soldats aussi. Cela sent la guerre.

Jean s'inquiétait, pour cette odeur-là, et pour son fils, aussi. Ti'Pierre était quelque part au large, sous le noir profond du ciel. Catherine l'avait rassuré.

— Ils se seront abrités dans une crique ou contre une île de l'estuaire. Mon frère est bon marin.

— Presse-toi. L'orage nous aperçoit, maintenant.

Elle arriva, trempée, à la cuisine où une demi-douzaine de personnes s'activaient dans la fumée des fait-tout. C'était une ambiance étrange. Des rôts de chevreuil mitonnaient, près de poulardes grésillant sur la braise avec le même buit que l'averse sur les carreaux des fenêtres. Echappées des marmites, des vapeurs allaient se fondre dans la brume soulevée par les épaisses gouttes de pluie. Courbées sous d'invisibles poids, des ombres vêtues de bleu ou de noir traversaient le cloaque de la cour. On entendait des cris, des jurons, des rires parfois, sous le déluge.

Catherine s'était plantée devant la cheminée, la jupe troussée jusqu'à mi-cuisses, et tout le monde s'amusait de la voir ruisselante, ses cheveux tordus jetant des reflets de nuit dans la pénombre de la pièce. Des Sauvagesses employées au fort la frictionnèrent avec autant d'énergie que s'il s'était agi d'un guerrier fiévreux, et, au bout d'un moment, la jeune fille sentit la chaude caresse de la vie apaiser son frisson.

— Tu t'occuperas des pois ! lui lança la grosse Madeleine.

Malaxer de l'argile ou des pois, la différence était mince, le travail similaire. Catherine pesait sur sa paline lorsque des voix s'élevèrent dans le couloir longeant la cuisine. Des gentilshommes nouvellement arrivés criaient joyeusement leur faim. Leurs talons claquaient sur le plancher comme un galop désordonné. Par Dieu ! Tout cela sentait bon et il tardait à ces ventres guerriers de se mettre à table.

Lorsque Catherine croisa le regard d'Aubin de Terville, elle cessa d'entendre le vacarme ambiant et demeura comme suspendue à sa paline, les jambes molles, soudain. Terville traversa l'espace enfumé de la cuisine, vint droit vers elle, tandis qu'elle piquait du nez dans sa jatte de pois.

— Voilà une cuisinière que je suis bien heureux de revoir !

Il écarta les bras, ému par le spectacle pourtant bien banal d'une souillon brassant une mixture de légumes. Catherine gardait la tête basse, sentait dix regards sur elle. Alors, c'était ainsi ? La sauvageonne de la ferme Lestang, celle-là même qui battait les importuns lorsqu'ils la serraient d'un peu trop près, avait attendu la visite de cet officier pour rougir enfin sous l'hommage d'un homme ! Ça en avait fait, du mystère, et du secret, depuis près de vingt mois !

Botté jusqu'en haut des cuisses, Terville était superbe, le visage glabre comme le voulait la mode de Versailles, le jabot ouvert sur le torse. Son visage s'était émacié quand son corps se pliait aux rudes contraintes de la guerre. Courir l'Iroquois sur la rive sud du grand fleuve, cela vous empêchait d'engraisser et vous hâlait la peau.

Catherine se décida à soutenir enfin le regard d'Aubin. Madame de Saint-Castin était donc bien sévère, qui voyait la maynade convoler avec un sergent. En même temps qu'elle ployait sous la curiosité des domestiques, Catherine sentait tout son être se tendre mais continuait à touiller sa purée de pois sans même s'en rendre compte. Et pour ajouter encore à son trouble, Terville la dévisageait, tête penchée, main sur la hanche comme s'il quémandait une parole.

— J'aurai besoin de mes pois, lança Madeleine, à condition qu'on les mette pour de bon en purée !

Terville battit en retraite.

— Vous avez raison, dame cuisinière. Nous attendrons de voir ce que cela donne dans nos assiettes. Pardieu, tout est déjà délicieux, à la vue comme au nez. Savez-vous que du temps du roi Henri IV et de messieurs Champlain et de Mons, nos anciens avaient établi dans leurs habitations d'Acadie un ordre du Bon Temps ? Chaque gentilhomme devait mitonner un plat, gibier, poisson, homard, à sa guise. Et au vainqueur était offert un spectacle sur l'eau, chars et tritons. Une belle habitude, qui s'est perdue, hélas.

— Ça ne fait pas mollir mes pois ! lui lança Madeleine.

Il recula, vaincu, disparut dans le couloir. La servante haussa les épaules, qu'elle avait rondes et fort velues, à ce qui se disait. La cuisine était son domaine, son champ de bataille dans lequel elle lançait ses troupes selon des plans longuement mûris. Aux hommes, la chasse et la guerre, à elle la stratégie de chaque jour pour les nourrir. L'ordre du Bon Temps, et quoi, encore ? Madeleine grommela, à l'adresse de Catherine :

— A Pentagouët, on ne mélange pas les genres.

Elle devait pourtant penser, soudain, et quelques autres avec elle, à l'alliance très matrimoniale du baron et des Sauvages. Catherine rougit. Il y eut un silence, heureusement troublé par le fracas du tonnerre.

Catherine achevait de laver des assiettes et des verres dans un grand baquet d'eau trouble. Madeleine, qui logeait dans une alcôve en planches, entre la cuisine et la buanderie, était allée se coucher et ronflait, appuyée contre ses oreillers, dans son réduit aux portes entrouvertes, tandis que les domestiques, épuisés, vite endormis sur des couvertures indiennes, gisaient à même le sol, devant la cheminée éteinte.

La nuit était déjà bien avancée. La pluie avait cessé, laissant derrière elle une vague fraîcheur et des brumes légères sous la lune pleine. Les échos de la réunion des gentilshommes, à l'étage de leur logis, s'étaient estompés. Les officiers, ainsi que les seigneurs qui les avaient rejoints, se reposaient dans deux chambres communes encombrées de lits, de malles, d'armes et de vêtements éparpillés. On avait bu et festoyé joyeusement, comme lors de toutes les rencontres précédant une expédition militaire des compagnies de Nouvelle-France. Le maître de Pentagouët lui-même, se souvenant sans doute de sa jeunesse au régiment de Carignan-Salières, avait choisi de dormir au fort, près de ses compagnons.

Catherine n'était pas allée s'allonger dans le rang des domestiques. Lorsqu'elle entendit un pas, d'homme, dans le couloir, elle sentit son cœur battre plus fort. L'apparition d'Aubin de Terville à la porte de la cuisine empourpra ses joues. Elle s'était faite à l'idée troublante que le jeune homme, échappé comme elle à la tempête atlantique et désireux de la revoir, avait peut-être parcouru la longue route de Port-Royal à Pentagouët pour la rejoindre, autant que pour se préparer à la guerre contre les Anglais. Tout au long de la soirée, refusant de servir la table des officiers, elle s'était activée près de Madeleine, silencieuse et disponible, n'attendant au fond d'elle-même qu'une chose, l'extinction des torches et des bougies, la solitude dans une maison pourtant bien peuplée, ce soir-là.

Terville entra dans la cuisine, s'approcha lentement, vint s'asseoir au bord d'un banc et, le menton posé dans sa paume, se mit à contempler la jeune fille. La lune mêlait sa clarté de lait à la faible luminescence d'une unique chandelle. Catherine regarda ses semblables, les filles et les garçons couchés l'un contre l'autre. S'ils s'éveillaient, ils se demanderaient sans doute ce qu'un gentilhomme venait faire, ainsi transformé en statue méditative, en face d'une servante aux mains grasses des reliefs d'un festin et continuant ses gestes mécaniques sans plus savoir très bien à quoi ils servaient. Terville sourit, au bout d'un long moment de sa patiente observation, et Catherine lui rendit sa grâce avec une mimique qui voulait dire « eh bien, voilà une drôle de situation ». Terville s'inclina vers elle. Savait-il bien, lui, le pouvoir qu'il exerçait sur la jeune fille ? Il approcha son visage du sien, murmura :

— Je me souviens. Depuis notre débarquement à Port-Royal, il y a plus d'un an, il ne s'est passé de jour que je n'aie pensé à vous. Comment expliquer cela ?

Catherine frottait ses mains l'une contre l'autre. Elle s'était battue, l'année durant, contre la précarité, le climat, l'ennui sécrété par ce bout-du-monde déshabité. A la différence de ses frères, elle n'avait encore trouvé à Pentagouët ni repères ni amitiés rassurantes, et guère de raisons de croire à un avenir meilleur. Les gentilshommes, pas plus que les Sauvages, n'avaient de ces tourments de colons livrés à eux-mêmes sur des terres ingrates. Ils ne pensaient qu'à leurs guerres et à leur gloire, régnaient et décidaient. Où donc était la liberté promise aux humbles ? Les laboureurs de Port-Royal, qui fondaient des familles, partageaient leur bonheur simple et augmentaient leurs minuscules domaines avec l'opiniâtreté des fourmis, prétendaient détenir la réponse. Dieu les bénisse. Catherine se souvenait de leur monde dont elle n'était pas, même si la candide gaieté de ses sœurs d'Acadie, leur insouciance et leurs jeux avec leurs futurs maris lui pinçaient bien souvent le cœur.

— Catherine, à quoi rêvez-vous ?

Elle haussa les épaules. Terville prit ses mains, qu'il essuya dans un torchon.

— Laissez ces besognes, dit-il, vos compagnes sauront les terminer à leur réveil.

Lorsqu'il posa ses lèvres sur ses mains, Catherine éprouva dans l'instant le désir que cet homme la prenne dans ses bras, et l'emmène le plus loin possible du fort et de ses habitants. Terville arrivait de Beaubassin, une colonie où sa famille s'était installée une dizaine d'années auparavant. C'étaient, là-bas dans l'isthme de Chignecto, des terres et des climats que l'on disait semblables à ceux de Port-Royal et de Grand-Pré, plus doux à vivre.

— C'est bon de se dire que nous sommes ici, bien vivants, et non sous les glaces de Terre-Neuve, à gémir avec les fantômes de l'*Oranger*, vous ne croyez pas ? murmura le jeune homme à l'oreille de Catherine.

On partirait bientôt pour Pemaquid, à l'assaut d'un fort qui verrouillait la route de Boston. Si les vents de la guerre se montraient favorables, la bannière du roi Louis flotterait sur la Nouvelle-Angleterre, et la paix serait assurée pour longtemps en Acadie. Alors, tous ceux qui s'attachaient à cette terre nouvelle pourraient y vivre sans craindre le lendemain. Catherine écoutait, chavirée. Sa joue frôlait celle de Terville. C'était le moment délicieux rêvé depuis la fin de la tempête, et le jeune homme qui se confiait à elle si doucement était bien celui que son cœur avait espéré pour rompre enfin l'ennui de l'exil et de la solitude.

— Vous prierez pour moi, n'est-ce pas ? Et si vous le faites bien, alors, oui, les mousquets de la reine Anne se détourneront de ma carcasse.

Elle promit.

— Venez, ces ronfleurs vont finir par nous endormir. Il y a quelque chose pour vous, en haut.

Elle le suivit dans le couloir, puis dans l'escalier, se laissa mener par la main jusqu'à la chambrée des gentilshommes, où elle découvrit quelques-uns de ces messieurs dormant en travers des lits, dans les lourdes vapeurs de vin et de l'eau-de-vie. Un remugle entêtant de sueur, de bottes crottées, d'ail exhalé par les bouches ouvertes flottait dans la pièce. Catherine eut un mouvement de recul.

— Allez, jolie Catherine, venez donc. Vous avez peur ? Et de quoi, diable ? C'est votre maison, ici. Venez, vous dis-je, je vais vous montrer un objet inconcevable.

Il l'entraîna vers le fond de l'étroit couloir, la fit entrer dans la soupente où il logeait. Par la fenêtre aux vitres brisées, Catherine apercevait l'entrée du fort, sous la lune, et, juste en arrière de la poterne, la chapelle surmontée de la cloche que personne n'avait fait tinter depuis longtemps. Des domestiques pressés avaient fait un peu de ménage dans la petite chambre mais l'ensemble laissait une impression d'abandon. Partout, la moisissure proliférait le long des poutres et des cloisons laissées trop longtemps au vent.

— Voyez ce coffre, dit Aubin. Je l'ai trouvé dans un campement indien du lac Noir, au sud de la ville de Québec. Un chef iroquois en avait fait son mobilier principal. A qui était-il ? D'aucuns prétendaient qu'il venait directement de France, et n'est jamais parvenu à Québec. Comme son propriétaire, sans doute.

Il tira vers lui le coffre, dont il souleva le lourd rabat. Quel trésor cela pouvait-il bien renfermer ? Des armes ? Une fortune en pièces d'or ? C'était une malle d'habits, qu'il fouilla. Il y avait là, sentant l'humide et le renfermé, des chemises en pile, quelques gilets, des bonnets de nuit pour officier sensible au froid, des chausses de laine tissées en Touraine et, tache pourpre éclatante, une robe de soie toute bruissante, festonnée de dentelle au corsage et aux manches.

— C'est Versailles, en Amérique.

Terville tendit la robe à Catherine, lui enjoignit de la mettre. Les dames de Québec devaient porter les mêmes, de quoi faire rêver quiconque confiné dans l'austérité paysanne.

Catherine hésita. Terville s'approcha d'elle, la força à prendre le vêtement. Puis il guida ses mains, mimant un essayage. Dans la clarté mourante de la chandelle, il suivait les mouvements maladroits de la jeune fille plaquant le haut de la robe sur sa poitrine.

— Tudieu, le roi devrait voir ce spectacle.

— Elle est froissée, dit Catherine.

— Quelle importance, pardieu ? Nous ne sommes pas à Chambord.

Il sentait une chaleur bienfaisante monter à ses tempes, comme au début d'une fièvre, et le désir faire vibrer son ventre. Dans le décor défoncé de la chambre, il y avait cette révélation subite de la beauté. Il fit tourner Catherine devant lui. La soie glissait entre ses doigts avec son petit bruit d'eau sur de la mousse. La tresse de la jeune fille dessinait une ligne droite et sombre, jusqu'au creux de ses reins, et, sous l'étoffe de la robe, Aubin sentait battre la vie, comme un cœur immense bon à saisir à pleines mains.

Il regarda le lit, avec sa paillasse éventrée, le sol nu de la pièce. Il attira vers lui Catherine, presque brutalement. Le jeu consistant à la dévêtir lui sembla long et frustrant. Mieux valait confondre encore un peu la peau et la soie, chercher l'une sous l'autre. La chandelle vivait encore, éclairait la nuque de la jeune fille, la naissance de ses épaules. Catherine semblait s'abandonner. De temps à autre, elle regardait la robe, découvrait Terville, son visage tendu vers l'eau profonde de ses yeux.

Aubin se montrait pressant, cherchait des yeux la couche inoccupée où entraîner sa conquête. Il sentait le vin, la sueur, lui aussi, et le tabac. Catherine craignait moins ces mâles odeurs que les gestes brusques. Elle trouvait le regard du jeune gentilhomme changé, se souvenait des douceurs susurrées à son oreille quelques instants plus tôt.

— Tu es la plus jolie fille que j'aie vue, lui dit-il, d'une voix que le désir rendait rauque, insistante. Ne fais donc pas tant de manières, quoi ! Il faudrait croire que les galants se succèdent à tes genoux, dans ce bout du monde, foutaises !

Les yeux fermés, stupéfiée par l'ardeur que mettait soudain Terville à vouloir caresser son cou, ses épaules, ses hanches, Catherine subissait l'assaut avec un mélange de crainte, de dégoût et de cette fascinante curiosité qu'elle avait du mal à réfréner. Plaquée contre le mur de la soupente, elle s'abandonnait, puis se raidissait, frémissante, au bord du malaise, les oreilles pleines des soupirs, des mots, des incantations de l'officier.

— Tudieu ! Il faut en finir, maintenant...

Au moment où il l'entraînait vers la literie, Catherine saisit une chaufferette posée contre le mur et lui en porta un coup sur l'occiput, de toutes ses forces, brisant net l'objet qui roula jusqu'à la fenêtre.

— Par saint Guy.

Terville la regarda, l'air infiniment étonné, et fatigué, aussi. Catherine se demanda si elle devait l'achever d'un coup de manche, le vit osciller doucement, fermer les yeux, tomber.

— Seigneur Jésus-Christ.

Etait-il mort ? Elle s'approcha de lui, se pencha. Elle était furieuse, se sentait à la fois humiliée et attendrie, pourtant, par le visage de Terville, aussi enfantin dans le sommeil que ceux de ses frères. Elle écouta quelque temps son souffle ténu, puis, ayant enjambé le corps à l'abandon, elle récupéra les morceaux de la chaufferette et quitta prestement la pièce.

Les Abenaquis rejoignaient le fort par petits groupes de quatre ou cinq hommes et cela durait depuis deux jours. Ils sortaient de la forêt, l'un derrière l'autre, portant fusils, arcs et piques, leurs visages marqués de rouge, signe de guerre.

Ti'Pierre Lestang n'avait pas réembarqué. Les bateaux de

pêche du Basque avaient été consignés en vue du fort, au cas où il leur faudrait transporter la troupe de Saint-Castin.

— Tes compagnons ont changé de visage, Julien, plaisanta Ti'Pierre.

Ils liaient tous deux des gerbes en bordure du champ paternel. La moisson n'était pas bien épaisse, mais il y aurait tout de même du grain à battre, et le four tout nouvellement construit par Jean Lestang commencerait bientôt à se culotter, dans les bonnes senteurs du premier pain.

Julien se releva. Sous leurs peintures, ses guides étaient méconnaissables et, d'évidence, les Sauvages n'avaient pas, ce jour-là, la mine à vouloir bavarder avec les Français.

— Il me tarde de repartir vers les montagnes, murmura Julien. Je vais te dire, petit frère, la guerre avec les Anglais ne me concerne pas.

Ti'Pierre considéra son aîné avec un peu de tristesse. Il rêvait, lui, de bateaux de pêche transformés en vaisseaux de ligne et l'emmenant à l'assaut des flottes de la reine Anne. Avec ses épaules de débardeur, son cou devenu puissant, ses bras qui pagayaient aussi vigoureusement que ceux des meilleurs canoteurs indiens, Julien Lestang eût fait sa fortune auprès des capitaines d'Acadie. Mais il avait choisi une autre direction, pleine terre, et son esprit, sa mélancolie, ses désirs ne se nourrissaient ni de vents ni d'écume. Ti'Pierre se redressa.

— Té, qu'est-ce que c'est que cette cavalerie ?

Un homme chevauchant une des montures de la garnison longeait le champ et le scrutait, debout sur ses étriers. Ti'Pierre écarquilla les yeux. Le cavalier coupait soudain droit à travers la parcelle.

— Il nous écrase quelques épis. Ce doit être un de ces gentilshommes du fort. Il se croit encore dans ses domaines de Touraine ou de Normandie, ma parole !

Julien se mit à rire.

— Regarde ta garce de sœur. Elle a l'air de savoir ce qu'il veut, en tout cas.

A cinquante pas des deux garçons, Catherine s'était redressée, une courte faucille à la main, essuyait son front avec la manche de son corsage blanc. Le soleil de midi la força à mettre sa main en visière. Ti'Pierre avait fait un pas.

— Fous-lui la paix, dit Julien. On vient peut-être la chercher pour quelque besogne de ménage.

Ti'Pierre se remit au travail, maugréant, sous le regard ironique de son frère. Depuis qu'il rapportait à la maison assez de poissons, de coquillages et de homards pour nourrir la famille jusqu'à la dégoûter de la mer et de ses fruits, le gouyat se donnait des allures de chef, amusait même son frère. Peut-être le rouquin allait-il courir l'allumette avec les marins de Pentagouët, entre deux jets de filet, histoire de se prouver qu'il était devenu un homme pour de bon.

Le cœur battant, Catherine vit Aubin de Terville descendre de son cheval et venir vers elle. Le jeune homme avait mis les sabots de sa monture dans un ru à sec, une trace minuscule de la fonte des neiges comme il en courait des milliers au pied des collines.

— Moissonner sous un tel soleil, constata-t-il, l'air faussement inquiet. Une heure de plus et vous aurez fondu comme une chandelle.

Il ôta son chapeau, le conserva contre sa poitrine, comme pour un salut. Portait-il une cicatrice sur le crâne ? Catherine resta muette. Ses frères devaient se chuchoter des choses la concernant et ça la contrariait.

— Je suis venu vous demander bien sincèrement pardon, dit Terville.

Elle baissa la tête. Le petit carnaval sous les poutres du fort lui revenait en mémoire, alors qu'elle parvenait enfin à ne plus trop penser à cette humiliation. Terville cherchait son regard, qu'il finit par capter.

— Décidément, vous êtes bien la voyageuse de l'*Oranger*, dit-il. Je me souviens de votre courage, de votre sourire devant le hasard de la vie et de la mort. Vous avez en vous des choses que les autres n'ont pas, sauf les religieuses, qui prient et acceptent par devoir. Et cela, je n'ai pas su me le rappeler. Vous avez dû penser que j'étais un goujat, un de ces gentilshommes capables de donner une livre pour un jupon. N'est-ce pas ?

Catherine sentait son énergie l'abandonner, ses défenses du cœur et de l'âme tomber l'une après l'autre, comme des citadelles de tissu. C'était un bien étrange pays que celui où les hommes nés s'excusaient d'avoir lutiné une fille de fermier. Elle passa ses doigts sur son front, esquissa un mouvement de la tête pour dire non. Qu'avait-elle pensé au juste, sinon qu'elle désirait les mains de Terville posées sur sa peau, et ses yeux dans les siens, sans fin ?

Elle ne répondit pas, se baissa, saisit des épis qu'elle trancha d'un coup de faucille. Terville hocha la tête. L'expédition vers Pemaquid se préparait. Dès que les trois cents Sauvages attendus auraient rejoint le fort, on se mettrait en route vers le plus gros ouvrage que Français ou Anglais aient jamais bâti sur le sol d'Amérique.

— Mademoiselle, donnez-moi quelque chose de vous, un objet à garder sur moi, le temps de cette campagne.

Elle ne possédait rien. La faucille ? L'idée la fit sourire. Terville pointait le doigt sur son cou.

— Confiez-moi cette médaille. Je vous la rendrai, et si je devais être enterré quelque part entre ces rivières de guerre, quelqu'un de bien intentionné vous la rapporterait, à coup sûr.

C'était une Vierge de baptême en vil métal, liée par une cordelette de lin tressé. Catherine hésita, puis se releva, défit le bijou et le tendit au gentilhomme. Terville s'inclina, la médaille au creux de sa main. Il la serrait, le visage grave.

— Il se pourrait bien... dit-il à voix basse.

Catherine attendit la fin de la phrase, qui ne vint pas. Elle sentait la sueur ruisseler sur son front, piquer ses yeux, couler le long de ses joues. Elle pensa qu'elle devait être sale, la souillon aux mains grises de poussière que sa mère ne se privait pas de houspiller. Un homme se tenait devant elle et lui avouait peut-être ainsi qu'il l'aimait, un seigneur, devant qui l'on s'inclinait déjà quand il était enfant, en France. Elle eut envie de pleurer, soudain, se courba vivement vers le sol, empoigna des épis.

— Alors, adieu, mademoiselle.

Elle vit Terville remonter à cheval, à travers un brouillard salé de larmes et de sueur mêlées. Avec son large chapeau dont la plume altière prenait joliment le vent, son pourpoint bleu d'officier, ses bottes brillant sous le soleil et son épée au côté, le cousin du gouverneur avait de l'allure. Qu'en serait-il de sa guerre ? Catherine donna un tel coup de faucille qu'elle s'en érafla la cheville.

Jusqu'au sang. Ses frères approchaient, rieurs. Elle résolut de ne rien leur dire.

— Souillon, gémit-elle.

Julien parvenait difficilement à masquer sa contrariété. Le baron de Saint-Castin avait fait savoir autour du fort que, dans l'attente du départ de ses compagnies, il convenait de ne pas quitter les habitations.

— Eh bien, lui dit son père, tes castors attendront. Et nous pourrons battre ensemble le grain.

Il avait aplani une parcelle de terrain au nord contre la maison et l'avait couverte de sa moisson. Cela faisait un tapis blond traversé en tous sens par d'épais insectes caparaçonnés de noir et d'or.

— La vie, répétait Jean Lestang, que la maigreur de sa récolte et la légèreté des épis nés de sa terre contentaient, malgré tout.

Julien allait et venait le long de la manne dorée. Il y avait, à deux journées de marche, une rivière torrentueuse large comme le gave d'Oloron, qui allait se calmer entre deux évasements formant lacs. Les Indiens l'appelaient la-flèche-d'eau-entre-les-mers, et, l'hiver précédent, une colonie de castors y avait construit ses cabanes de glaise et de bois vert. Aux basses eaux de juillet, leur village relevé sur des pilotis devenait sans doute visible. Ah, les petits yeux de ces bêtes, fichés de chaque côté de leur tête, à quelques pas du chasseur embusqué contre le vent, confondu avec la terre. Foutue guerre ! La traque serait pour plus tard.

— Té, ton frère qui revient du fort, dit Jean Lestang.

Ti'Pierre courait presque. Il avait vu les Sauvages réunis sur la place et les Français, en armes, qui pour une fois ne traînaient pas leur ennui d'un bâtiment à l'autre.

— Et il y a deux navires du roi ancrés dans l'estuaire, l'*Envieux*, et le *Profond*, par Dieu, je n'ai jamais rien vu d'aussi beau ! Cent hommes d'équipage sur chacun. Il vous faudra voir ça.

Son père lui tendit un fléau. Les vaisseaux du roi de France, c'était bien, mais les épis prenant la pluie et risquant de pourrir, c'était pressant. On n'attendrait pas l'orage pour rentrer le grain, quant aux militaires qui cultivaient un peu, à l'image des Lestang, Dieu seul savait comment ils pourraient moissonner.

Julien se mit à l'ouvrage, frappant les blés avec une telle énergie que son père dut le calmer.

— Les officiers demandent à te voir, Julien, dit Ti'Pierre.

— Au fort ?

— Ils se préparent à partir. Mais si tu veux rester ici, je pourrai y aller à ta place...

— Certes non ! s'écria Jean Lestang. Tu ne vas pas te mettre à la traîne des soldats, maintenant !

Julien fit la grimace. Il savait bien ce que les hommes de Saint-Castin devaient lui vouloir. L'expédition vers le fort Pemaquid avait besoin de bras.

— Bats, ordonna Jean Lestang à son cadet. Et toi aussi, Julien. Tu iras au bastion dès que nous en aurons terminé avec cette corvée-là.

La cour du fort grouillait d'hommes en armes, pour la plupart des Indiens, accroupis par petits groupes, fumant leurs calumets en silence. Des mules et des chevaux, ramenés de leurs pacages ou extraits de l'écurie, attendaient leurs bâts, près de boulets en pyramides et de bombes méchées brillant sous le soleil. Des canons avaient été fixés sur de courts affûts. Cent hommes suffiraient à peine pour haler, porter, pousser tout cela. C'était donc la guerre, pour de bon. Julien soupira. Dans ce pays immense que hantaient si peu d'âmes, cette réunion avait quelque chose de dérisoire et de grandiose en même temps. Lorsqu'il eut aperçu Julien, le baron vint vers lui, pesa de la main sur son épaule comme s'il voulait en vérifier la solidité.

— Nous partirons dans deux jours. Des fortins anglais défendent la pièce maîtresse. Nous devons les réduire. Tu nous accompagneras jusque-là et si, comme je l'espère, nous emportons ces places rapidement, tu pourras rentrer chez toi et courir à nouveau les montagnes pour me fournir en peaux. Avant un mois, si Dieu le veut.

Il se signa. Le fort Pemaquid faisait bien quatre fois la surface de celui de Pentagouët. Il était gardé par des tours d'angle, seize canons le défendaient et des *Blockhouses*, le tout en terre française, ce que les seigneurs de la Penobscot, de la Sainte-Croix et de la Saint-Jean ne pouvaient tolérer. Julien acquiesça. On était loin de Port-Royal, de Beaubassin et des Mines, et encore plus de Québec, mais il se disait assez à travers la Nouvelle-France que, cette fois, les Français d'Acadie, ravitaillés par Versailles, avaient le dessus et devaient pousser leur avantage le plus profondément possible en terre anglaise.

— Quand nous aurons détruit Pemaquid, dit Saint-Castin, ce sera la paix, pour cinquante ans.

Julien le trouva différent, soudain. Le capitaine des Sauvages de Pentagouët retrouvait ses élans de jeune homme, la guerre lui convenait, rompait la routine de son commerce de fourrures et de sa vie tranquille près de ses amis abenaquis. Julien considéra la troupe rassemblée sous les ordres du baron. Des histoires racontées par les Sauvages lui revenaient en mémoire, le maître fait prisonnier par les Hollandais à l'âge de dix-huit ans, refusant de trahir son roi malgré les mèches soufrées qu'on lui avait mis entre les doigts. Cet homme-là s'était évadé de Boston, avait pris la tête d'une armée indienne, assiégé Albany, marché jusqu'à quelques lieues seulement de New York. Le seul nom de ce « maudit baron », haï par les puritains du Massachusetts autant que par les Anglais, faisait trembler jusqu'en Virginie et même au-delà.

Julien devait se joindre au groupe des sous-officiers. C'étaient des soldats laboureurs. Saint-Castin les avait dotés de quelques acres de la même terre revêche que les Lestang. Ce semis de gens déracinés ne prenait pas très bien, et ces hommes avaient eux aussi été tentés par la course au castor, une velleité aventureuse que leur chef tolérait, aux périodes de l'année convenant à son commerce.

J'irai donc à Pemaquid, pensa Julien. Ce sera le prix de ma liberté.

Il se rappela son serment, la promesse fraternelle de s'affranchir des servitudes. Il frissonnait déjà du plaisir de revenir. Les castors l'attendraient, le temps de gagner enfin cette guerre déjà vieille d'un demi-siècle et qui ne le concernait à vrai dire que très peu.

— Qu'as-tu fait de ta médaille, petite sœur ?

Catherine porta la main à son cou, rougit. Julien la considéra d'un air faussement grave. Les deux jeunes gens se tenaient assis contre les rondins de la maison, dans l'aube naissante qu'alourdissaient des brumes de chaleur, à l'horizon français [1]. Ainsi faisaient-ils, l'été, quand l'impossibilité de dormir les poussait à l'extérieur, à la recherche d'un peu d'air frais.

— Tu l'auras perdue dans les blés, l'autre jour.

Il se moquait. Catherine posa son menton sur ses genoux. Julien se mit à lancer des petits cailloux vers le chemin. A quelques pas de là, la basse-cour de Jeanne commençait ses rondes dans son enclos. Des poules au plumage fauve, des pintades aux ailes brisées, deux fois grosses comme celles de France, un jars, des canards, la volaille du domaine Lestang, sacrifiée pour les grandes occasions, religieuses pour la plupart, ou les retrouvailles avec les fils.

— Il ne faut pas jouer avec la seigneurie, dit Julien à voix basse. Ces gens ne pensent ni ne vivent comme nous, leur souci n'est pas le nôtre, en France comme en Acadie. Ils font la guerre, nous réclament pour les suivre et charger leur train sur nos épaules quand ça leur plaît. Dieu vivant ! Cette terre est pourtant assez vaste pour porter son monde sans qu'il soit besoin de s'entr'étriper. Regarde, ces monts dont on dit qu'ils finissent en Chine, ces rivières nées dans des lieux que personne n'a jamais vus, pas même les Sauvages. Crois-tu qu'une vie suffise pour qu'on en fasse le tour ? Et il faut aller brûler des forts. Ha ! Voilà qui donne du temps aux castors et à quelques autres bêtes à fourrure pour croître et se multiplier.

Il se leva, lança une pierre vers une poule, qu'il manqua de peu. Catherine l'observait, cherchait du bout des doigts, à son cou, le petit bijou offert au gentilhomme. Julien se tourna vers elle, la toisa.

— Toi, tu es Catherine Lestang, n'oublie pas ça. Nous ne savons pas lire ou écrire, nous ne sommes rien ou presque, mais regarde ce que nous avons commencé à faire ici, souviens-toi de la peine de notre pauvre père sur la caillasse de ce pays. Voilà qui le tuera plus sûrement que les canons anglais. Et notre mère a déjà tant prié pour nous qu'elle s'en est usé les genoux.

Son regard se perdait vers la lisière des bois.

1. A l'est.

— L'Amérique n'est pas bien riche en métayers, reprit-il doucement, mais il doit tout de même en exister qui nous ressemblent, et capables d'honorer notre table et nos lits. Nous sommes des leurs, même libérés des taxes et des fermiers généraux. N'oublie jamais cela, petite sœur.

5

Il avait plu en cette fin d'après-midi du mois d'août 1696, une averse assez épaisse pour tremper le sol, embrumer les sommets des collines, alourdir les branches des sycomores et des conifères. Au fil de la Kennebec, les rochers émergeaient, les plages de sable gris luisaient, accentuant le sombre vert des eaux.

Etait-on encore en Nouvelle-France ? A Versailles, il se disait que oui. Des traités avaient été signés, spécifiant que la rivière Kennebec servait de frontière entre les colonies. Le ministre Pontchartrain l'avait encore rappelé par courrier à ses capitaines d'Acadie. Les Indiens n'avaient pas d'opinion tant qu'on ne prétendait pas les chasser de ces territoires qu'ils considéraient comme leurs, de toute éternité, quant à Saint-Castin, il ne se posait pas la question. Là où il y avait de l'Anglais, on trouverait matière à agir. La forme importait peu, désormais, fortins ou colonies agricoles, villes ou navires, tout était bon à prendre dès lors que le Massachusetts s'était engagé dans la guerre contre la France.

Les Abenaquis avaient tranché le débat depuis longtemps. Les fusils que le roi de France avaient fait débarquer pour eux à Port-Royal armaient une centaine de leurs guerriers et, pour la première fois depuis que cette guerre avait commencé, ils pouvaient prétendre à l'égalité avec leurs adversaires.

Julien Lestang avait retrouvé son ami Christian et choisi de cheminer en sa compagnie. La marche était difficile, souvent pénible, entre des collines rocheuses creusées de ravines, le long du rivage atlantique, et Julien, ployant sous sa charge de toiles empilées, pensait avec nostalgie à son voyage d'arrivée, un an et demi plus tôt. C'était bien la même forêt, épaisse, avec ses odeurs mêlées de résine et d'humus, mais vue cette fois de l'intérieur, au milieu d'une troupe en ordre de campagne.

— C'est mieux de chasser le castor, plaisantait Christian.

Les guerriers avaient droit à des charges allégées. Certains portaient les canots permettant de couper droit à travers les lacs parsemant la route. Une petite armée serpentait ainsi entre Pentagouët et Pemaquid, avec son train, son artillerie et son poids de ferraille sur les épaules des hommes.

Au soir du septième jour, la troupe se scinda. Le plus gros marcherait vers le bastion principal avec le matériel lourd tandis que des groupes d'une vingtaine d'hommes, montant vers le nord, attaqueraient et prendraient les positions anglaises avancées, empêchant ainsi tout repli de l'ennemi. L'escouade à laquelle appartenait Julien prit au cœur de la forêt profonde, à cinq lieues à peine de l'estuaire de la Kennebec. Des petits lacs côtoyaient la rivière, épousant parfois son cours et l'élargissant. Julien se retrouva dans le sillage d'Aubin de Terville, qui le reconnut et, le voyant en sueur sous son fardeau, exigea de l'en soulager d'une partie.

— Ainsi me protégerai-je de la pluie.

L'orage faisait fondre les hommes sous d'épaisses suées et serait leur allié d'ici quelques heures. Les pisteurs indiens avaient averti, le fortin anglais serait en vue à la nuit tombante.

— Ah, qu'il pleuve donc des manches de pelles ! répétait le jeune officier en faisant tournoyer son chapeau comme pour inciter le ciel à se vider sans délai.

— Skowhgan, dit Christian, au moment où Julien redoutait pour de bon de marcher dans l'obscurité.

Pointant entre les replis de l'étoffe, tel un cap, le grand nez camus de l'Indien accentuait l'éclat dur de son regard. Drapé dans sa couverture, le jeune chef ressemblait à une de ces grand-mères abenaquis attendant la fin d'une averse, à l'entrée de leur tente. Julien regarda le ciel de plomb. Il pleuvrait encore, avant que le jour se fût totalement éteint. En fin de compte, ce handicap pouvait devenir un allié pour Terville. Il suffisait de patienter.

Les hommes s'immobilisèrent et se tinrent accroupis. On fumerait, pour faire passer le temps. Julien observait Christian et le trouvait changé. Le doux compagnon de marche vers les pilotis des castors, le Sauvage patient qui lui montrait les herbes médicinales, lui apprenait de sa voix grave et posée le nom des lacs, des rivières, des pierres et des clairières habités par les esprits, se muait en un homme au masque impénétrable, aux muscles saillants sous les peintures guerrières. Que pensait le Sauvage, à ces instants ? Les conflits d'Europe avaient contaminé l'Amérique, dressé les peuples les uns contre les autres, transformé en guerres d'extermination les rixes tribales autrefois régies par des codes stricts. Que désiraient ces hommes libres qui se laissaient commander par des étrangers et leur offraient leur vie, sans plus de cérémonie ? La petite vérole[1] les décimait, la grippe, la diphtérie et d'autres fléaux encore, vomis par les ventres des navires de Londres ou de La Rochelle. Julien sentit son cœur s'affoler. Il aimait les Sauvages, si ressemblants aux Pyrénéens par tant d'aspects. Les guerres importées étaient pour eux la pire des menaces.

Il fallait confectionner des échelles. Les hommes se mirent au travail. Parmi les cadeaux faits par Saint-Castin à ses frères indiens au nom du roi Louis, il y avait ces petites hachettes fabriquées en France, autre chose que leurs tomahawks en pierre taillée. Les Abenaquis travaillaient vite. En moins d'une heure, ils eurent coupé de jeunes hêtres, les eurent étêtés puis ébranchés, laissant simplement dépasser de quoi poser les barreaux. Deux tours de cordelette et l'affaire fut close.

— Allons, maintenant, dit Terville.

La nuit venait, très vite, couverte par le ciel bas d'où l'eau ruisselait à nouveau, en filets serrés. Christian prit la tête de la colonne, suivi par Terville, les porteurs d'échelles et le reste de la troupe. Cela rappelait à Julien les équipées vers les noyers oloronais et les enfants armés de gaules, frappant le feuillage de toutes leurs forces. Les Indiens marchaient en silence, l'un derrière l'autre, en une longue file. Pas de chants ni d'encouragements.

« Vous resterez en arrière, avait dit Terville à Julien. C'est la guerre des Sauvages, avant tout. Les défenseurs de cette position et du fort Pemaquid se sont rendus coupables de quelques félonies à l'égard de nos amis. L'heure de payer semble venue. »

1. Variole.

Les Indiens avançaient courbés, sans faire le moindre bruit dans la boue du chemin. C'était comme à la chasse : une tension affaiblissant le souffle rivait les regards au sol et faisait oublier les compagnons de route. Les Abenaquis reconnaissaient, autant qu'ils le reniflaient, le cap à suivre. De temps à autre, Christian s'arrêtait, interrogeait l'un ou l'autre. Brèves palabres. On repartait sous le déluge qui effaçait chemin et forêt, tout sauf le murmure de la rivière, appel et repère pour les assaillants.

Enfin, le fortin apparut, dans la pénombre, et les hommes s'agenouillèrent. Se hâtant sous l'averse, des silhouettes en veste rouge et pantalon blanc trottaient vers l'entrée du bastion. Celui-ci n'était pas mal placé. Craignant sans doute la possibilité d'une attaque par la rivière, les stratèges du fort Pemaquid l'avaient bâti sur l'arrondi d'une butte formant clairière, dominant une portion de Kennebec torrentueuse. La construction elle-même ressemblait aux *Blockhouses* des forteresses anglaises, rendant la place d'autant plus difficile à investir. Sous son panache de fumée grise, le fortin avait la forme d'un champignon. Le poste de tir reposait sur un pied de bois abritant l'escalier. C'était un carré d'une douzaine de pas de côté, percé de meurtrières et de quatre fenestrons ouverts sur les points cardinaux, à trois ou quatre toises [1] de hauteur.

Terville avait dans l'idée d'attaquer immédiatement. Il détonait, au milieu de sa troupe. C'était bien cela, la noblesse au combat. De la superbe, une propension affichée à se transformer en cible, l'air de se trouver en permanence en promenade. Christian le calma. Il fallait attendre encore un peu. Julien était trempé. La pluie pénétrait ses orbites, ses narines et jusqu'à sa gorge, chaque fois qu'il ouvrait la bouche pour respirer, et il avait envie de rebrousser chemin.

Lorsque l'obscurité fut presque totale, les Abenaquis posèrent leurs échelles contre les murs du fortin et en firent l'ascension. Il n'y avait aucune lumière visible, et pourtant, à l'intérieur, on devait se préparer à souper autour d'une table éclairée par des chandelles. Julien se retrouva seul, ses souliers de peau enfoncés dans la boue. Il tendit l'oreille. Les premiers cris, mêlés, des chasseurs et de leur gibier le pétrifièrent.

---

1. Une toise vaut environ deux mètres.

Christian avait jeté un rapide coup d'œil par le fenestron en partie couvert de buée, le temps d'apercevoir les hommes fumant et jouant aux cartes tandis que les commis à la cuisine s'activaient devant une marmite fumante. Dix Anglais, à un ou deux près. Il devait faire chaud dans la pièce commune. Les soldats étaient tous en chemise, le col ouvert. Certains avaient retiré leurs bottes et délassaient leurs pieds à même le plateau de la table. D'autres gardaient leur épée au côté. D'armes à poudre, point. Il devait y avoir un magasin, quelque part, sur le palier menant à l'escalier, peut-être au bas de celui-ci.

Christian sentait contre sa cuisse le front du guerrier qui le suivait sur l'échelle. Il affermit son mousquet dans une main, prit un peu de recul, projeta de toute sa force son épaule contre les vitres, qui cédèrent. Un coup de feu, sur la cible la plus proche, un plongeon à travers l'ouverture, et il était dans la place, au moment où la seconde fenêtre cédait à son tour.

Les Anglais s'étaient levés d'un même élan, sauf un gros sergent chauve, affalé sur la table, les bras en croix, et un soldat, râlant, à demi couché sur lui. Hurlant, se jetant à l'intérieur de la pièce avec la souplesse des chats, les Abenaquis ne mirent que quelques secondes à investir la place. Face à eux, les assiégés, tétanisés, cherchaient une échappatoire, mais il était déjà trop tard. Les cuisiniers furent proprement hachés, égorgés et poussés dans leur marmite, tandis que la pétarade des mousquets retentissait, couchant un à un les autres dans la fumée de la poudre.

L'officier, un lieutenant, avait réussi à gagner le palier. Terville l'aperçut, se rua à sa poursuite, dévala l'escalier jusqu'à la porte que l'Anglais avait ouverte en hâte, bousculant les trois Abenaquis appuyés contre elle. Au moment où Terville, enjambant les corps enchevêtrés de ses compagnons, franchissait à son tour l'entrée et déboulait sur le chemin, l'homme se retourna, visa le halo lumineux de l'escalier, tira, atteignant le gentilhomme français à la tête.

Julien, tout près du bastion, entendit le coup de feu. Il s'immobilisa, vit l'ombre dégingandée, dressée devant lui, à dix pas.

— *Hey, you !* cria l'Anglais. *You're not Indian !*

L'homme avait dégainé son épée, tenait son pistolet dans son autre main. Dans la faible lumière du fortin, sa chemise déchirée laissait apparaître son torse couvert d'une pilosité blonde rougie de sang. Il n'était pas perruqué, portait ses cheveux attachés en catogan. Julien le vit pointer sur lui son pistolet, entendit le déclic. Etait-ce cela, mourir ? L'Anglais trébucha, hurla en tâtant son torse. Julien recula, aperçut, dans la quasi-obscurité, la silhouette claire de la chemise qui approchait de lui, comme cassée en deux.

— *You're not Indian. You, French, french bastard !*

Julien se protégea comme il put, recula encore dans la boue, tomba sur les fesses. Il se trouvait à la merci de l'Anglais dont la pointe d'épée déchira sa chemise, transperçant une manche. L'homme geignait, acharné à sa besogne. Ayant enfin réalisé qu'il allait cette fois être piqué pour de bon comme un vulgaire papillon, Julien recommanda son âme à Dieu, d'une prière brève comme un soupir.

Il y eut un ahanement. Julien sentit l'Anglais tomber sur lui. L'officier avait une hachette fichée dans le dos. Julien aperçut Terville qui s'agenouillait près de lui et demeurait immobile comme en prière, lui aussi. Julien fit basculer le cadavre de l'Anglais et se releva. Terville restait dans sa position d'enfant puni.

— Ma tête, murmura-t-il, on me l'a percée. Mais pardieu, j'ai bien couché ce bougre.

Des cris fusaient du fortin. Les Abenaquis dépeçaient et scalpaient les Anglais morts. Cela faisait une bacchanale infernale, un sabbat dont Julien, pour en avoir entendu le récit, redoutait le spectacle, l'odeur, ce hideux contact des sens dont, disait-on, il était impossible de se défaire. Il s'agenouilla à son tour, aida Terville à se relever. Le gentilhomme marchait à pas comptés, son crâne saignait abondamment. Au pied de l'escalier, dans les lueurs orgiaques venant de l'étage, Julien découvrit l'étendue de la blessure. Terville avait reçu à la tête une décharge de pistolet qui lui avait décharné une partie de la tempe gauche. Julien prit l'officier contre lui, le porta, presque, jusqu'à l'étage où l'attendait tout ce qu'il avait craint jusque-là, les corps lacérés, pantins écarlates sur lesquels on s'acharnait encore pour en capter les forces cachées, les deux cuisiniers toujours à demi noyés dans la marmite, bouillis jusqu'à la taille. Terville s'assit sur un banc tandis que Julien cherchait à s'orienter pour trouver le dortoir.

Il y avait, derrière une longue tenture ménageant un espace un peu plus intime pour le chef de poste, une dizaine de lits alignés la tête contre le mur. Des vêtements étaient encore disposés sur les couvertures, soigneusement pliés ou au contraire jetés en désordre. Un soldat avait réussi à se traîner jusque-là. Son cadavre intact était étalé en travers d'un lit, le premier de la rangée. Julien le fit glisser à terre, tira la couche vers la pièce où le massacre avait enfin cessé.

— Il faut allonger l'officier là-dessus.

Les Sauvages avaient du mal à passer d'une besogne à l'autre. Certains, comme Christian, s'étaient assis sur les bancs, et semblaient entrés en méditation. D'autres roulaient des yeux fous, comme s'ils cherchaient à s'employer encore à leur besogne d'extermination. Mais il n'y avait plus le moindre signe de vie et la tuerie devenait sans objet.

— Jetez les cadavres, ordonna Terville.

Il ne désirait plus coexister avec la garnison de Skowhgan, voulait dormir. Julien s'assit près de lui tandis que les vainqueurs défenestraient un à un les occupants du fortin. Le sang avait cessé de couler le long du cou de Terville et s'agglomérait en épais caillots sur le bord de la plaie. Si la cervelle n'avait pas été touchée, il y aurait quelques chances que le gentilhomme s'en sortît.

Julien avait du mal à croire à ce qu'il avait vu. Le bastion était pris. A l'aube, on le brûlerait après s'y être reposés quelques heures. A voir les Abenaquis groupés autour de la marmite, tout à la fois s'aspergeant le visage de son infâme contenu et dévorant le cuissot de biche des Anglais, il éprouva une nausée, se courba brusquement, les larmes aux yeux, une bile amère plein la bouche. C'était l'heure du souper et les odeurs du rôt triomphaient de la boucherie humaine. Julien se traîna jusqu'au dortoir, se déchaussa et, s'étant allongé sous une couverture, sombra, abruti, dans le sommeil.

Le dos rond et la mine défaite, un grand pansement de toile souillé de sang et de boue en guise de perruque, Aubin de Terville avait perdu de sa superbe. Mais il avait tenu à marcher avec ses compagnons, au lieu de rester au fortin, à veiller les cadavres anglais. Des accès de fièvre le faisaient grelotter, mais, par Dieu, on avait emporté une place et bien servi le roi de France.

— La guerre est un jeu, il faut y prendre sa part jusqu'au bout.

Julien Lestang ne partageait pas cet avis. Saint-Castin avait bien promis de le libérer dès la prise du fortin mais Terville lui avait donné l'ordre de pousser avec lui jusqu'au fort Pemaquid, où l'on avait sans doute besoin de tout le monde. C'était à deux journées de là. On marchait sur les chemins boueux, dans le silence contagieux des Indiens, et il y avait cette pluie d'été, devenue froide à force de cacher le soleil, assez insinuante pour pénétrer jusqu'au moindre pore de la peau.

Terville délirait par moments, ses jambes flanchaient et les Sauvages devaient le tenir sous les bras pour l'aider à avancer. Des hallucinations lui faisaient voir sur ces faces lunaires les rictus des Iroquois du lac Champlain, ceux-là mêmes qu'il était allé pourchasser quelque temps auparavant. Ces diables revenus des eaux glacées au fond desquelles on les avait noyés le palpaient, cherchaient l'endroit de son ventre où planter leurs poignards. Que dévoreraient-ils en premier de son corps démembré ? Les abats ? Ou le cœur à demi cuit ? Et quelle pauvre énergie lui resterait-il pour régénérer les convives attablés devant ses restes ?

Julien le trouvait pitoyable comme cette campagne menée dans un décor trop vaste pour de simples humains. Il pensait à Ti'Pierre, le drôle de seize ans rêvant de voiles et de batailles navales. Ah, pitchou, tu devrais voir la joliesse de cette guerre et le sang, de la couleur des jupes acadiennes. Il appelait mentalement son frère pour lui laisser la place, tout en souriant de voir les bottes de Terville traîner dans la boue.

— A l'Anglais ! hurlait le petit-cousin du gouverneur, dans ses rares moments de lucidité.

On profita d'une éclaircie pour l'allonger dans une fosse, entre deux rangées de pierres chauffées au rouge par les Sauvages et couvertes de branches. Ainsi soignait-on les fièvres par la sudation forcée, dans ces tombes incandescentes. Julien avait parfois assisté à ces étranges résurrections lorsque ses guides, bouffis de fièvre, émergeaient de leur sommeil agité, pâles et amaigris, plus perdus que des nourrissons privés du sein maternel, tendant la main pour qu'on les aide à se relever.

Terville avait passé deux bonnes heures dans cette étuve fumante. Il écarta les branches dégouttantes de vapeur, s'assit, épuisé, entre les parois de pierre du bac à sudation. On l'avait déshabillé, lui laissant pour tout vêtement un pagne de tissu si fin que le moindre mouvement de son bassin le faisait trembler. Christian se tenait accroupi au bord de la fosse, souriant. Ses cheveux libérés tombaient sur ses épaules, serrés au front par une bande de toile, sa chemise échancrée jusqu'au nombril laissait apparaître la musculature luisante de son torse.

Terville avait transpiré des pintes, pissé sous lui, et autre chose encore. Ses guides l'essuyèrent, le lavèrent et le torchèrent, tandis que les pierres brûlantes achevaient de le vider de ses humeurs mauvaises. La fièvre chassée, il lui restait une fatigue, profonde, un état d'abandon béat et l'impression d'avoir à refaire ses premiers pas d'enfant. Sa tentative pour se mettre debout se solda par un échec et, à le voir retomber lourdement sur les fesses, le sexe à l'air, les Abenaquis éclatèrent de rire. Il n'en fallait pas plus pour les dérider, bien que le déclenchement de leur hilarité demeurât la plupart du temps un mystère pour les non-initiés. Terville choisit de rire avec eux, une pauvre joie qui l'épuisa encore plus.

— Que dirait votre sœur si elle me découvrait ainsi ? lança-t-il à Julien.

Julien le considéra un long moment. Terville portait autour de son cou la médaille de Catherine. Quel jeu était-ce là ? Julien tendit la main, Christian fit de même et le *sagamo* blanc fut extrait de son sépulcre encore tiède.

— Où sommes-nous ? demanda-t-il, hagard.

Julien ne lui répondit pas. Il contemplait la lisière des bois. On était en septembre, la pluie avait cessé, le soleil donnait des reflets d'incendie à la rousseur naissante des feuillages et c'était de toutes parts comme si la forêt entière brûlait, dans le flamboiement soudain de l'automne.

Il ferma les yeux, chassa l'écho tenace des cris de terreur des soldats anglais. Il redécouvrait, dans les profondeurs de la forêt, le décor d'un monde cohérent et pacifié, aux limites inconnues. Dans les entrailles de la forêt, loin, vivaient les loutres et les pékans, les castors et les loups, les ours et les martres, au chaud dans leur petite fortune de poils et de peau. Ah, Dieu ! Courir vers cette compagnie et la suivre, tailler dans sa chair un domaine sans frontières ! Julien leva les yeux vers les cimes. Tout y était pourpre, dorures doucement balancées par le vent. C'était un paradis où il allait renaître, lui, le petit paysan d'Escout, quand les immondes couleurs de la guerre s'y seraient diluées.

Il y avait beaucoup de monde autour des gentilshommes français. D'Iberville et Saint-Castin venaient de sommer une dernière fois les Anglais de se rendre. Serveurs de canons, Indiens accroupis, prêts pour l'assaut, et les soldats de Pentagouët réunis aux marins de l'*Envieux* et du *Profond*, tous attendaient en silence la réponse des assiégés. Terville alla, chancelant, vers ses compagnons. Ils le félicitèrent, le confortèrent et lui expliquèrent la situation, très simple. Le fort, avec ses quatre tours, ses murs de douze pieds de haut sur autant d'épaisseur et ses canons, semblait imprenable, à une faille près : son maître, un dénommé Chubb, semblait assez peu désireux de se faire tuer à l'intérieur. La présence aussi nombreuse et vengeresse des Sauvages à ses pieds le poussait à la négociation. Saint-Castin s'impatientait.

— Cela traîne, dit-il. Leurs émissaires devraient être là depuis deux bonnes heures.

Julien découvrait la forteresse que le roi de France avait donné l'ordre de prendre et de détruire : une masse grise, hostile, crénelée, en haut de laquelle il voyait les défenseurs anglais aller et venir. Face à elle, les Français avaient établi des tranchées, dont l'une finissait à un jet de flèche de la citadelle.

— Donnons-leur un avant-goût du déjeuner d'aujourd'hui, proposa d'Iberville.

La bataille obéissait à des règles sans fantaisie. On s'approchait le plus près possible, l'artillerie mise en place à l'abri de la tranchée donnait, boulets et bombes à mèches. Elle était doublée en arrière par les grosses pièces des navires. Pour échapper à ce déluge, les Anglais avaient tenté des sorties, de vrais massacres que les Abenaquis de Saint-Castin avaient célébrés, leurs poings serrant quelques dizaines de chevelures.

On désigna des hommes, dont Julien, pour avancer vers le

fort deux canons de marine de calibre huit et les servir. La tranchée se terminait par une levée de terre derrière laquelle on disposa les pièces, que l'on chargea. Julien avait choisi de se tenir à distance de cette fonte dont il redoutait les humeurs et lorsqu'un officier du *Profond* donna l'ordre de tirer puis de recharger aussitôt, il s'accroupit d'instinct.

Il y eut quelques secondes de silence, puis les bombes explosèrent à l'intérieur du fort. On avait fait savoir à Chubb que cinq cents de leurs semblables attendaient leur tour. Lorsque la deuxième salve eut été lancée, avec le même effet de vacarme, de poussière et de fumée grise, l'officier donna l'ordre de rejoindre les lignes.

— Ils auront compris, dit-il, et vont se rendre, à coup sûr.

Ainsi procédait-on assez souvent dans ces sortes de guerres, et il arrivait même que pas un coup de mousquet ne soit tiré. On obtenait de se rendre avec les honneurs, en gardant ses armes, on amenait le pavillon et l'on s'en allait parcourir la haie des vainqueurs, le chapeau à la main, avant de s'embarquer pour la captivité de rigueur.

Julien se repliait, aidant à haler un canon, lorsqu'il entendit un coup de feu et sentit qu'on le piquait à la main gauche. Sur le moment, il n'y prêta pas plus d'attention que cela, courut dans la boue, aidant à tirer le canon de la main droite, jusqu'aux positions françaises.

— Tu saignes, lui dit Christian.

La porte du fort s'était ouverte, laissant passer un groupe de négociateurs arborant un mouchoir blanc. Les hommes demandèrent la permission de s'avancer vers les lignes françaises, l'Anglais n'allait pas insister. On se félicita, sauf entre Indiens que l'imminence de la reddition frustrait d'un sabbat grandiose. Julien s'assit par terre. Sa main lui faisait mal. Au milieu de la paume rougie, une profonde ouverture laissait voir de la graisse en pelotons jaunâtres et des esquilles d'os en liberté à l'orifice de la plaie. Christian s'accroupit près de lui. Julien pâlissait sous l'effet de la douleur de plus en plus vive. Il dut s'allonger, tandis que l'Abenaqui examinait la blessure.

— L'homme-médecine, ordonna le sauvage.

Les Français le laisseraient faire. Les méthodes de leurs alliés valaient bien celles des savants de Paris ou de Montpellier. Pour les soins aux blessés, ils réussissaient de vrais petits miracles là où les étrangers demeuraient impuissants, à voir pousser les furoncles et gagner les gangrènes.

Le siège avait duré une semaine. Les Anglais se rendirent, évitant ainsi d'être massacrés par les Abenaquis. On vit défiler une étrange garnison de femmes et d'enfants, encadrés par quelques soldats soulagés, une bizarrerie de plus dans ces guerres d'Amérique où, à défaut de compagnies ou d'armées, les défaites ne couchaient le plus souvent que quelques signatures sur des documents officiels.

Pour les Français, il s'agissait cependant d'une vraie et belle victoire, venue nourrir l'embellie des troupes royales de la Nouvelle-France. Le fort Pemaquid brûla durant trois jours et trois nuits, entre les restes de ses murailles démantelées. De ses logis, écuries, celliers et arsenaux, il ne resta que des tas de gravats et de planches calcinées. Les corsaires reprirent la mer et la course à l'Anglais. Les vaisseaux du roi embarquèrent vers Québec une part du butin et les prisonniers, tandis que les Sauvages et leurs compagnons de Pentagouët, alourdis par des canons, du grain, de la vaisselle et des ferrailles de toutes sortes, montés sur une de ces cavaleries comme seuls les Anglais savaient en doter leurs armées, reprenaient la route de l'est.

Julien Lestang, Aubin de Terville et quelques autres, plus ou moins gravement touchés, avaient été soignés par les Indiens pendant que le fort se consumait. Et tandis que le gentilhomme, rendu mélancolique par l'affaire, avait vu jour après jour son visage se marquer à la tempe d'une cicatrice large et profonde, Julien s'était senti peu à peu engourdi par des fièvres dont les à-coups douloureux le faisaient hurler et l'empêchaient de dormir.

On installa le jeune Béarnais au creux d'une peau d'orignal. Deux porteurs l'épaulèrent. Ainsi placé comme dans un hamac, Julien se laissait aller, délirant par moments, prostré à d'autres, au gré du pas de ses compagnons. Le soleil était revenu dans un ciel immaculé. Sur les portions de pistes boueuses, dans les profondes ornières au fond desquelles les bottes et les mocassins s'engluaient, la progression se faisait plus difficile et le moindre faux pas arrachait au blessé d'interminables plaintes que rien, ni le repos à l'ombre, ni les encouragements et les filets d'eau fraîche portés à ses lèvres, ne pouvait calmer.

— Il faut manger, lui ordonnait Christian, aux haltes.

Il lui proposait de la viande séchée mêlée à des herbes et à des feuilles, du pemmican que Julien considérait en grimaçant, au bord de la nausée. Parfois, lorsque, après un séjour dans un bac à sudation, les frissons l'abandonnaient, le jeune Béarnais s'asseyait, épuisé, dans le hamac et s'absorbait dans la contemplation du paysage, oubliant les flèches brûlantes de la douleur. On pagayait sur des lacs aux eaux fraîches, on longeait, cherchant des gués, des rivières paisibles, jusqu'à des campements où les Abenaquis, de retour chez eux, quittaient les colonnes. La troupe était gaie, délivrée des angoisses de la guerre, ses jeunes chefs dressaient déjà les plans de futurs coups de main, les canots portés d'un cours d'eau à l'autre paraissaient légers sur leurs épaules. Et Julien pensait avec tristesse à la forêt dont il percevait les murmures, les souffles, les soupirs et jusqu'aux moindres craquements, et s'en éloignait, en réalité, à mesure que sa peau livide bleuissait en longues traînées.

Il était des blessures que le temps et un peu de médecine indienne pouvaient amender. Mais là, c'était bien autre chose, profond et délabrant, incurable, et Julien le sentait, au plus profond de lui-même. Il se souvenait des histoires contées aux bivouacs, de membres transpercés par des flèches iroquoises, qu'il avait fallu se résoudre à amputer. La gangrène s'y était mise, avec ses sanies et ses odeurs fétides.

Dans les villages, les femmes s'assemblaient autour de lui, les hommes-médecine proposaient, l'un après l'autre, leurs onguents, leurs décoctions et ces mousses aux pouvoirs guérisseurs arrachées au tronc des arbres. On tenait à le faire boire et manger un peu. Saint-Castin venait prendre de ses nouvelles. Il y avait dans cette guerre une vraie fraternité entre les hommes, loin des tueries d'Europe et de leur hiérarchie de la compassion. Etait-ce la petitesse des armées, leur égarement dans des paysages d'une telle dimension ou la proximité d'un adversaire battu pour l'instant mais sans cesse plus nombreux, mieux armé, et tenant toujours ses villes ?

— Je veux vivre comme vous, répétait Julien à ses porteurs indiens.

Son ami Christian, qui ne manquait pas son tour d'épauler le hamac, hochait la tête.

— Nous irons chasser, toi et moi. Je connais les pistes qui vont aux Grands Lacs, et plus loin, même. Il y a des castors, trop nombreux pour les compter, des loups et mille autres fourrures.

Julien rêvait. Il suivrait à nouveau les chemins tracés depuis toujours par les chasseurs. Ce seraient des voyages sans fin, le long des rivières et sur elles, d'un lac à l'autre, loin des forts, des villes, des champs. Tout aurait la simplicité des choses millénaires et il se fondrait, méconnaissable, dans cette humanité réduite, au fond du décor toujours semblable et sans cesse différent de sa nouvelle patrie.

On avait marché une semaine pleine jusqu'à la Penobscot. Au bord d'un évasement de la rivière formant une sorte de lac aux eaux du même vert que les collines environnantes, des familles abenaquis s'étaient installées pour l'été, occupées à leurs tranquilles activités de pêche et de chasse auprès de quelques parcelles de blé d'Inde. Des guerriers démobilisés les avaient rejointes et l'on avait préparé une fête qui devrait bien durer une semaine. Pendant des nuits entières, les tambours, centre de la vie sauvage, allaient rythmer les danses et le mariage des cœurs avec la nature triomphante.

Pour Julien, il était temps que la randonnée cessât. Il souffrait de plus en plus, sa somnolence des premiers jours laissait place à des périodes de fièvre et de délire de plus en plus rapprochées. Les soins des Indiens avaient longtemps paru stabiliser les choses. Les guides cherchaient au bord des chemins les mousses que leurs mains aux gestes précis appliquaient, plusieurs fois par jour, sur sa blessure. On avait fait bouillir des feuilles de trèfle et de renoncule, et des racines d'aulne, dont on tentait en même temps de faire absorber la décoction au blessé. On creusa d'autres bacs à sudation, desquels Julien fut extirpé, blafard, sans force, haletant.

Cela faisait une semaine que le Béarnais ne s'était plus nourri. Ses lèvres desséchées toléraient à peine le liquide. Des vomissements le prenaient, dans une souffrance de hoquets et de spasmes qu'observaient, impénétrables, les Sauvages commis aux soins.

— Ils pensent que maintenant ce n'est plus possible de le laisser comme ça, dit Christian à Saint-Castin.

Ils se reposaient sous une tente où fumait doucement une marmite. Torse nu, luisants, dans la chaleur lourde, les hommes tiraient en silence sur leurs calumets. La nuit était redevenue noire, vaguement éclairée par la voûte embrumée des étoiles. Des porteurs de peaux travaillant pour le baron avaient rejoint la troupe et dormaient sur leur prise, le ventre à l'air, les bras écartés, curieusement semblables aux dépouilles leur servant de lits.

— Eh bien, Christian, que disent tes hommes-médecine ?

— Sa main est plus amollie que la vase du lac et elle pue tout autant. Maintenant, le mal va monter vers le bras, prendre la couleur des baies. Les vers s'y mettront puis la fièvre envahira sa tête, fera fondre son esprit.

Le passage de Julien vers le monde de Gisolg, le créateur de toute chose, serait pour bientôt et, sur le strict plan des destinées dans l'au-delà, le maître très catholique de Pentagouët n'avait guère d'alternative à proposer. Julien avait maigri et s'en allait doucement. Son corps musclé avait perdu ses reliefs, son regard chavirait et demandait grâce lorsque, parfois, il se perdait dans celui des autres.

— Tiens bon, gouyat, par Dieu, encore un peu, murmurait Saint-Castin. Tu aurais fait un tel voyage pour finir enterré aux marches d'un village indien ?

Au milieu de la nuit, Saint-Castin quitta sa couche, pénétra sous la tente où Julien avait été installé, ne trouva que les peaux souillées par le sang et les purulences. Il réveilla Christian, et les deux hommes sortirent de la tente, des torches à la main.

— Il n'a pas pu aller bien loin.

Ce fut l'odeur qui les guida, le remugle fade et veule de la gangrène rôdant déjà autour du blessé depuis le matin. Julien était inconscient. Il avait rampé vers le lac et s'y était immergé à demi, complètement nu. Dans la lueur mouvante des torches, Saint-Castin découvrit la main de son compagnon, une masse informe et marbrée parcourue par les sinuosités bleuâtres de la pourriture.

— Eh bien, si c'est ainsi, dit-il, livide.

Les chirurgiens militaires étaient à Québec, engagés dans d'autres combats. L'Acadie en guerre devait se passer de leurs services. Le baron rebroussa chemin, se mit en quête d'une hache et de pièces de bois formant billot. Soupçonnant ce qui allait se passer, Christian avait allongé son ami sur le dos et le veillait en lui parlant doucement.

— Verse de l'eau sur la plaie, lui ordonna Saint-Castin.

L'Indien s'exécuta et, debout dans la vase du lac, aspergea le membre à grands gestes des mains tandis que le baron fléchissait le bras de Julien sur une pièce de bois. Faire vite, et d'un coup si possible. Saint-Castin positionna le tranchant de la lame sur la peau de Julien, deux travers de paume au-dessous du coude, là où la chair semblait encore indemne des sanies sous-jacentes.

— Tiens la hache fermement et garde les yeux ouverts, aussi bien.

Christian agrippa le manche de l'outil, pesa dessus. Saint-Castin avait saisi le second billot, une lourde pièce d'érable, et le tenait au-dessus de sa tête. Libérant tout ce qu'il pouvait de ses forces, tâchant de viser juste jusqu'à l'ultime instant, il abaissa le rondin avec un ahanement de bûcheron.

Christian cria. La hache lui avait échappé des mains mais, par chance, s'était fichée profondément dans l'os et tenait, là, comme en équilibre. Soudain éveillé, remué par la douleur jusqu'au tréfonds de son être, Julien s'était mis à pousser une bramée de bête à l'agonie.

— Au nom de Dieu, Christian, chope-le par la taille. Il va nous échapper.

Julien balbutiait, poussait des cris. Son extrême faiblesse ne lui permettait pas de se défendre. Tout au plus cherchait-il à ramper sur le dos. Tandis que l'Indien se couchait sur lui et l'immobilisait, Saint-Castin serra le manche de la hache entre ses genoux, brandit de nouveau le billot et l'abaissa, plusieurs fois.

Le vainqueur de fort Pemaquid était couvert de sang. Il demeura un long moment hébété, réalisa enfin qu'il en avait terminé avec sa boucherie, s'agenouilla. Il lui restait des choses à faire : prendre la cordelette qui pendait à sa ceinture, ramener les chairs du membre entre ses mains, nouer le moignon comme il le pouvait. Christian plongea à son tour ses doigts dans le magma sanglant, rapprocha les chairs pour que Saint-Castin puisse les solidariser. C'était une couture diabolique, hideuse comme le dépeçage d'un cerf encore vivant par des chiens, et les éclats des torches donnaient aux ombres en action des postures de nécrophages attablés au cimetière. Le moignon, une monstruosité, ressemblait à une saucisse ficelée pendant au bout d'un linge blafard.

— Je pue la mort, dit le baron.

Il entra dans le lac, se lava à grande eau, enfoncé jusqu'aux genoux dans la matrice tiède et douce de la vase. Christian, qui en avait pourtant vu d'autres jusque dans les fortins anglais mis à sac, s'était allongé à distance de Julien et soulageait cette fois son estomac, sans retenue. Il était bien possible que le blesse fût mort de sa douleur et de cette chirurgie barbare. Sinon, sa seule chance de survivre serait que l'on ait su cantonner la gangrène aux chairs putréfiées et amputer suffisamment haut. Espérer, une seule fois. La main caressant doucement l'eau étale du lac, encore plein des odeurs du massacre, le baron de Saint-Castin se jurait qu'il ne se remettrait pas à l'ouvrage, quoi qu'il dût arriver.

L'automne avait peu ralenti les ardeurs guerrières des officiers d'Acadie et l'on était reparti à l'assaut de l'Anglais jusque dans ses places du Massachusetts. Pour ceux qui restaient au fort de Pentagouët et dans ses environs, les exploits du baron chirurgien et de ses alliés sauvages, pour la plus grande gloire du roi de France, prenaient l'allure d'une chronique d'événements lointains, quasi routiniers, et la survenue prochaine de l'hiver suffisait bien à occuper les esprits.

Julien Lestang était resté quelque temps au campement indien. Tremblant de fièvre, plongeant dans des phases d'inconscience, soumis chaque jour à la sudation forcée, il avait erré aux portes des grands champs indiens de la mort et survécu, en fin de compte. Christian ne l'avait pas quitté un seul instant. Il l'avait ramené à Pentagouët et avait mis à son chevet un homme-médecine chargé de le veiller jour et nuit.

Des vieux de la tribu de Madokawondo, sages parmi les sages, avaient jeûné dans les bois quatre jours durant, en grand secret, selon la coutume. Ils avaient cherché et obtenu la vision, et délivré le message : le jeune Français vivrait. Et par un de ces prodiges que la chance, ou les dieux abenaquis, réservait aux plus résistants, la cicatrisation avait été rapide, sans fistule, et la peau s'était fermée simplement. Gavé des macérations et tisanes toniques de feuilles de ronce et de fraisier que le vieux sorcier lui préparait avec amour, Julien s'était bien vite rétabli et son regard s'était habitué à scruter de nouveau les épaisseurs complices de la forêt toute proche.

— Courage, mon grand diable, répétait Jeanne Lestang qui se réjouissait d'avoir encore, assez souvent, ses trois enfants sous le toit familial.

Le père considérait avec pitié l'infirme qu'une expédition conclue par la reddition d'un fort lointain lui avait rendu. Il s'en voulait de ne pas être parti à la place de son fils, mais le baron avait été formel. Il fallait du monde aux champs puisque l'on était aussi venu de France pour défricher, ensemencer et moissonner. Il y avait dans tout cela une logique, un ordre des choses que l'ancien métayer d'Escout n'eût même pas songé à contester.

Aubin de Terville était resté au fort et y séjournait encore quand les tempêtes de novembre avaient commencé à déferler sur la côte. Le seigneur de Beaubassin n'avait pas l'air trop pressé de rentrer chez lui et promenait sa longue silhouette, ses cicatrices et ses mélancolies le long des rivages de l'estuaire. La guerre avait cessé de l'intéresser, lui qui la faisait comme on allait au spectacle. Le commerce des Sauvages l'ennuyait. Quant à la chasse, il en laissait le plaisir à la tribu de Saint-Castin et aux coureurs des bois dont il venait parfois compter les prises, au poste de traite du fort.

Un jour qu'il marchait face aux îlots ponctuant l'horizon, à la pointe est de la Penobscot, Terville croisa Catherine. Il ne l'avait pas revue depuis son retour à Pentagouët. La jeune fille venait de suivre, par le chemin côtier ondulant entre bois et rochers, le petit bateau où Ti'Pierre avait embarqué pour l'une des dernières campagnes de pêche de l'automne.

— Eh, regardez qui vient là.

Terville avait l'air sincèrement heureux, s'enquit de la santé de Julien, dont l'enfermement ressemblait un peu au sien. Il donna à Catherine quelques nouvelles des expéditions militaires en cours. On y avait quelques succès, mais des échecs aussi. L'armée de Saint-Castin ne parvenait pas à terminer sa conquête de la Nouvelle-Angleterre et devrait sans doute rompre avant l'hiver.

— Nous avons pris le fort Pemaquid et brûlé aussi le fort Henry, plus loin vers Boston. Hélas, nous manquons de gens pour achever ce triomphe.

Catherine écoutait d'une oreille distraite le récit de ces faits d'armes. Elle trouvait le gentilhomme changé, plutôt en bien, ressemblant au passager de l'*Oranger*, comme si le coup reçu à la tête l'avait débarrassé de la morgue propre aux gens de sa société.

Terville la dévisagea avec intensité, s'étonna qu'elle n'eût pas encore été épousée.

— Par qui, mon Dieu ?

Il ne restait à Pentagouët que de vieux soldats commis à la garde du fort. D'autres avaient déjà femme et enfants, et un peu de terre à coloniser. Les galants ne se pressaient pas, quant aux navires qui relâchaient dans l'estuaire pour de brefs transbordements, ils repartaient bientôt avec leur équipage. Catherine soupira, faussement contrite. On n'était pas à Port-Royal ou à Grand-Pré, ces lieux que peuplaient des familles à la nombreuse progéniture.

— Peut-être la solitude vous convient-elle, lui dit-il. En vérité, vous ne ressemblez pas trop à ces gens du Poitou et d'Aunis, qui se groupent au bord des rivières d'Acadie et vivent ensemble comme une seule et grande tribu. Vous êtes un peu comme ces Sauvages, nos alliés, fiers et ombrageux. Et moi, croyez-vous que j'aie pu rester ici dans le simple espoir de vous voir ?

Elle le considéra sans mot dire. A sa surprise se mêlait soudain le sentiment d'humiliation qu'elle avait longtemps refoulé et fini par croire éteint. Terville conservait un peu de la hauteur des gens de sa caste, et en même temps sa blessure l'humanisait. Il y avait dans ses yeux comme le reflet d'un désarroi, et cette transformation ne laissait pas Catherine indifférente.

— Pardieu, j'étais bien trop laid à voir, poursuivit-il, les doigts sur sa tempe. Imaginez-vous cette cavité couverte de choses immondes ? Il suffisait bien de la grosse Madeleine et d'un valet pour me donner dans la discrétion les soins nécessaires. Mais je gardais avec moi ceci.

Il ouvrit son col, exhiba la médaille de baptême. Catherine le considéra, longuement. Son attirance pour cet homme était déjà aussi ancienne que leur voyage vers le Nouveau Monde. Des souvenirs encombraient son esprit. Il y avait là un troublant mystère. Au fond, elle avait du mal à absoudre Terville de l'avoir considérée comme une simple chose bonne à posséder, le temps d'une nuit. Et dans le même instant, le désir qu'elle avait de lui effaçait tout cela, la faisait vibrer. De ses doigts qui tremblaient un peu, elle toucha la blessure de Terville, une tranchée encore rosâtre, creusant la tempe.

— Il n'y a là rien de laid, je vous l'assure, monsieur.

Le chemin suivait une grève accidentée, coupée de criques où affleuraient des roches luisantes que les eaux mêlées de la mer et de la rivière recouvraient d'écume. Par instants, le fort apparaissait, encore lointain, dans les trouées de la forêt, avec, dans son prolongement, le goulet de la Penobscot et ses rives, comme deux continents se rejoignant à l'infini. Terville gardait la main de Catherine dans la sienne. La jeune fille ferma les yeux, se laissa enlacer, son front contre les lèvres du gentilhomme, pleine de tant de sentiments et de sensations qu'elle en eut le vertige et dut passer ses bras autour du cou de Terville.

— Le joli béguin que voilà, murmura-t-il.

Il sentait le buste tendu de Catherine contre le sien, se mit à le caresser doucement. L'envie lui venait de cueillir le fruit tout de suite, mais, craignant une foucade de la jeune fille, il se contint.

— Je crois bien que je suis épris de vous, dit-il.

Il avait l'air perdu et heureux à la fois. Pâle, les lèvres entrouvertes, Catherine soutint son regard. Longtemps, elle s'était sentie coupable de lui avoir résisté. Puis le serment fait avec ses frères lui était revenu en mémoire. Un tel engagement entre trois jeunes gens ne signifiait pas grand-chose, et pourtant, il était la limite au-delà de laquelle rien ne viendrait jamais altérer le respect que Catherine avait d'elle-même.

— Eh bien voilà, dit Aubin, je suis resté dans cette cambuse ouverte aux vents, en souvenir de vous, je pense.

Catherine reconnaissait la poutraison, les murs, le mobilier de la petite pièce où elle avait assommé l'officier. Terville s'assit sur le coffre, se mit à la contempler, l'air ravi. Il découvrait une femme exquise et désirable, au lieu de la sauvageonne à peine polie par son emploi à la cuisine du fort.

— Vos mains.

Elle les lui offrit et il baisa avec fougue les longs doigts de Catherine, ses paumes à la peau encore épargnée par les travaux ménagers. Elle rit, ploya le cou vers l'arrière. Il l'attira à lui, posa son front contre son ventre, qu'il caressa, ainsi. Catherine ferma les yeux. Elle éprouvait des sensations inconnues, comme si une partie de son corps ne lui appartenait plus.

— Oui, je crois bien que je t'aime, ma jolie, et cela dure depuis bien trop longtemps, murmura-t-il.

Il se leva, prit Catherine dans ses bras, puis il traversa la pièce et posa son fardeau gracieux sur un châlit aux planches disjointes couvert d'une paillasse à demi éventrée. La chair de la jeune fille était douce et ferme, Terville en voyait le reflet dans la lueur de la chandelle. Il fit glisser la jupe de Catherine, abandonna vite le dégrafage de la trentaine de boutons du corsage, laissant courir ses lèvres sur les quelques espaces de peau accessibles, au-dessus du jupon.

Catherine se raidit un peu, forçant Terville à la regarder. Il n'y avait pas eu cette fois de libations et rien de cet entraînement des hommes enivrés à libérer leurs instincts. La guerre était loin, avec ses hommes et leur ferraille, le fort était inhabité, livré à quelques rares passants.

Les yeux de Catherine interrogeaient Terville. Quel serait le sort d'une fille de colon perdue avec sa famille aux frontières d'un empire ? Et que valaient ces simples vies accrochées à la terre ingrate de Pentagouët quand les gens de guerre ne savaient pas eux-mêmes où leurs élans les mèneraient ?

— Nous saurons bien survivre à tout cela, murmura Terville. Et toi, à mes côtés.

Il pesait doucement sur elle, promettait. Etait-il aussi ignorant des choses de l'amour que pouvait l'être Catherine ? Elle décida de se laisser aller. Terville sentait le ventre de la jeune fille se tendre et ses jambes lui livrer passage dans des petites contractions qui allaient faiblissant. Il acheva de se dévêtir, maladroit, huma longuement le parfum de leur nudité. Catherine le tenait par les épaules, griffait son dos, l'attirait contre elle. Il pouvait bien y avoir, loin de là, des rois en guerre et des armées pour les servir. La nuit d'Amérique recouvrait les jeunes amants, leur offrait ses feulements animaux, ses présences invisibles et, sous la clarté de la lune, son drap immense.

Catherine s'était endormie. Terville quitta doucement le lit, alla respirer l'air glacé de novembre. La chandelle mourante brûlait au ras de la bobèche, jetait, crachotante, des reflets jaunâtres sur les murs de la chambre et, dans cette lumière de crépuscule, l'ombre de la jeune fille se détachait, informe et agrandie. Les mains posées sur le rebord de la fenêtre, le gentilhomme écouta, longuement, le silence, devinant plus qu'il ne la cherchait la présence de la forêt.

L'envie de rejoindre ses compagnons en campagne le tenailla soudain, l'accomplissement de son désir le laissait à présent impatient, devant la porte de la guerre et de ses hasards. Il se retourna, contempla le corps de Catherine, sa peau ambrée par le reflet des chandelles, ses épaules que ses lèvres avaient dévorées tandis qu'il la possédait. Il ne lui restait pas grand-chose du vertige au fond duquel il s'était laissé emporter, et pourtant, la seule présence de la jeune fille endormie dans un décor médiocre le bouleversait. Il alla s'asseoir au bord du lit, médita vaguement, se demanda s'il était de son rang de s'éveiller matin près d'une fille de fermier béarnais. L'idée le fit sourire. La guerre continuait. Une troupe de Sauvages devait se rassembler au fort dans la journée, avant de prendre le chemin de la Nouvelle-Angleterre. Terville jouissait de la belle liberté des seigneurs, et Saint-Castin lui laissait loisir de le rejoindre, de rester au fort ou de retourner à Beaubassin. Il s'allongea près de Catherine. Le tableau de la jeune fille abandonnée dans son sommeil faisait monter lentement en lui des ondes chaudes. Il posa sa main au creux de ses reins, sentit une infime vibration, comme un mouvement vers lui, qu'il accompagna de son propre corps au moment où sa maîtresse s'éveillait.

— Les messieurs de Pentagouët sont repartis combattre, dit Jeanne Lestang. Seigneur Jésus, ces gens ont le cuir bien épais pour aller faire la guerre aux Anglais en plein mois de décembre.

— Notre deuxième hiver en Nouvelle-France, murmura son mari, rêveur.

Debout devant un coin de la grande table, Jeanne palinait un escauton, une mixture de blé d'Inde et de pois, tandis que le maître de maison fumait la pipe, tranquillement installé devant l'âtre. Les enfants étaient là tous les trois, prisonniers de l'hiver et de la neige que Ti'Pierre regardait tomber par la fenêtre. Aux pieds de Jean Lestang, un chien, un bâtard efflanqué aux longues oreilles pointues, dormait, la truffe agitée de petits soubresauts.

— Les bonnes chasses se font quand le soleil revient sur la glace des lacs et des rivières, dit Julien. Pour l'Anglais comme pour le caribou, la terre dure de janvier vaut mieux que la boue d'octobre ou de mai.

Assis face à Jean Lestang, son moignon pesant sur l'arrondi d'une raquette, Julien s'essayait à réparer le laçage de celle-ci. C'était une besogne d'ordinaire facile, qui lui demandait désormais beaucoup de patience. Son père suivait ses efforts d'un œil humide. Il lui avait souvent proposé de l'aider, mais Julien s'était braqué. Il avait à réapprendre une foule de gestes, désirait repartir le plus vite possible vers les grands espaces de chasse.

— Tu pourras te débrouiller, ainsi blessé ? s'inquiétait Jeanne.

Il balayait l'air de son moignon. Se débrouiller ? On verrait bien ! L'essentiel était de quitter le fort et ses habitants, d'oublier les échos de la guerre encore présents dans son esprit.

Assise à l'autre bout de la table, Catherine brodait une pièce de lin, dans le chuintement à peine perceptible des énormes flocons. Il se pourrait bien qu'à ce train la maison fût tout entière recouverte, à l'aube suivante.

— J'irai creuser un peu la congère après souper, décida Ti'Pierre.

Il se tourna, observa son frère. Julien prenait sur lui, bien souvent, pour ne pas jeter au loin ses pauvres ouvrages de convalescent. Ti'Pierre apercevait, dans son regard, des lueurs méchantes, des traits de douleur et de colère trahissant son désarroi, et son chagrin aussi. Tu as bien raison de vouloir t'en aller, pensa l'adolescent.

— Sers donc la soupe, Catherine, dit Jeanne.

Elle trottait, menue, à travers l'espace de sa maison peu à peu conquis. L'âtre en était l'élément essentiel, la source de vie autour de quoi l'on se blottissait pendant près d'une demi-année. Des miches brunies étaient alignées sur une étagère, au-dessus du coin où s'ordonnait la cuisine. Les réserves de pain ! Dehors, sous la neige, reposaient les légumes gelés à la manière acadienne.

Catherine se leva. Depuis ses retrouvailles avec Aubin, elle flottait dans le souvenir de leur étreinte. Le ciel invisible, la neige, la solitude des êtres perdus dans l'hiver d'Amérique l'engourdissaient, comme la chaleur bienfaisante de la cheminée. Ah ! Vivre à deux dans un pareil décor, enfermés, n'ayant d'autre activité que s'aimer et écouter le vent ployer la forêt toute proche. La pensée la fit rougir.

— Hé bé, gouyate, presse-toi un peu ! lui lança sa mère.

Catherine plongea ses bras dans l'armoire en planches grossièrement assemblée par Jean et Ti'Pierre, prit les assiettes de terre cuite dans quoi l'on se restaurait. La guerre, la saison, l'extrême rareté des navires marchands français obligeaient à vivre avec le minimum.

— Cette fois, c'est bon, dit Julien, soulagé.

Il exhiba sa raquette. Avec ça aux pieds, on pouvait aller jusqu'aux monts Adirondacks, et plus loin, même.

— Je me ferai les mitasses, après ça.

C'étaient des souliers assez invraisemblables, un mélange de cuir et de tissus formant doublure, souvent couverts par de la fourrure. Le tout était imposant, lourd à porter, mais protégeait des froidures les plus extrêmes.

Jean Lestang opina. Depuis l'enfance en Béarn, son aîné avait une sorte de génie pour tout ce qui concernait la chasse. Il quitta sa chaise, vint s'asseoir à table, sur un banc. Il y avait là la place pour plus de dix personnes, mais on ne recevait guère chez les Béarnais de Pentagouët, et les Indiens de la rivière Penobscot, choyés par Saint-Castin, ne venaient jamais mendier la nourriture.

Catherine servit son père puis le reste de la famille. Jeanne dit un bénédicité. Au début de leur séjour, les émigrants priaient pour leur avenir en Amérique. Avec le temps, les nostalgies du pays perdu prenaient le dessus, et Jeanne faisait de plus en plus souvent allusion au Béarn et à ceux qui y étaient restés.

— Quand partiras-tu ? demanda Jean à Julien.

— Dès que la neige aura cessé de tomber. Notre maître me donne une compagnie sauvage, cette fois. Il compte nous voir revenir avec du castor, de la loutre, et du pékan, aussi. En vérité, il prendra tout ce que je lui apporterai pour en tirer bénéfice.

Il avait dit « notre maître » sur un ton acerbe, avec une grimace qui en disait long sur ses sentiments véritables à l'égard du baron.

— Du pékan ? s'amusa Ti'Pierre.

— C'est une espèce de martre payée cher par les marchands mais assez dangereuse à chasser. Un coup de dents, et hop ! Je pourrais revenir sans cet outil.

Il écarta les doigts de sa main valide, ricana. Jeanne avait l'air effarée. Les amertumes de son fils l'inquiétaient.

— Tu ne seras pas avec nous pour fêter la naissance de Notre-Seigneur Jésus, regretta-t-elle.

Il eut un coup de menton vers ses cadets.

— Eux le feront pour moi.

Jean Lestang planta sa cuillère dans l'escauton, mangea. Son mutisme de plus en plus profond imposait aux autres un silence souvent pesant. Chacun partait dans ses pensées, y séjournait longuement. Et comme les nouvelles de l'extérieur ne se bousculaient pas à la porte, il n'y aurait, à part les quelques plaisanteries de Ti'Pierre sur les pêcheurs basques et leur langage aussi mystérieux que celui des Sauvages, pas grand-chose à se dire ce soir-là.

Décembre était passé. Le départ de Julien avait laissé un peu de place dans le lit que Catherine partageait avec ses deux frères. C'était au fond de la pièce commune, derrière un drap tendu séparant les étroits espaces de vie des uns et des autres, sous le grenier.

Cela faisait quelque temps que Catherine, prétextant le froid qui s'insinuait sous la porte et par les interstices des fenêtres, se couvrait le jour durant de sa cape de laine, cachant ainsi son ventre qu'elle avait cru d'abord gonflé par une colique. Cela survenait assez souvent, quelle que fût la saison, faisant plus ou moins mal et forçait à courir se soulager dans les bois ou dans les champs, si le temps manquait. Ti'Pierre en avait fait d'ordinaire un jeu – « C'est à qui ira le plus loin sans poser culotte ! » –, et les courantes familiales suivant une agape mal cuite ou un excès de gourmandise lui donnaient l'occasion de faciles victoires.

Un matin de janvier, Catherine fut réveillée par des nausées. Elle se rappela immédiatement les matrones béarnaises que l'on faisait venir au chevet des femmes lorsqu'elles n'avaient plus saigné depuis des semaines. Sa mère, qui respectait son intimité, ne l'avait pas interrogée sur l'eau des lessives, qui ne rougissait plus. Il y avait peut-être là un effet de ces climats d'Amérique, avec les langueurs interminables de leurs saisons sans pitié.

Catherine se dressa sur le lit, assise, serra sa poitrine, dans un geste vain pour discipliner son cœur affolé. Il faisait encore nuit. Le drap coupant la pièce en deux bâillait un peu. Catherine aperçut sa mère qui priait, agenouillée, éclairée par les derniers feux de l'âtre, et cette vision la terrifia. Cette femme ne dormait donc jamais ? Sa sainteté d'épouse et de mère suffisait-elle au repos de son corps et de son âme, à toute heure ? Catherine se pencha, chercha en vain le reflet d'une lune sur l'unique carreau de la fenêtre, mais tout y était noir.

Ti'Pierre dormait profondément, du sommeil de l'enfant qu'il n'était plus tout à fait. Celui-là n'avait guère d'états d'âme ou d'inquiétudes, le souvenir même des tempêtes et des corps engloutis dans les eaux en furie l'apaisait quand d'autres, réveillés en sursaut, hurlaient leur angoisse, les yeux fous. Catherine s'allongea doucement. Son ventre s'arrondissait. C'était presque imperceptible, en même temps, quelque chose d'assez secret et délicieux pour la tenir en alerte vivait en elle.

Des sentiments contraires la traversaient, se heurtaient, accéléraient son souffle. Le plaisir un peu trouble de sentir ainsi sa propre vie dédoublée et la honte, le remords, assez puissants tout à coup pour balayer toute joie, la firent trembler et frissonner pis qu'une fièvre. Elle ferma les yeux, chercha l'impossible sommeil, souhaitant que le jour ne vînt jamais, que l'obscurité régnât pour toujours sur les êtres et sur les choses, comme au plus profond de cette nuit boréale.

Au matin Ti'Pierre la trouva assise contre le mur, dans un coin de la pièce, les jambes repliées, indifférente au froid, le regard perdu vers les lueurs de l'aube. Les parents dormaient encore.

— Té, qu'est-ce que tu fais là, en bas ? chuchota-t-il.

Elle ne pouvait répondre, se mit à sangloter. La faute commise, terrible, avait taraudé sans répit son esprit, le silence de la nuit lui avait donné les proportions d'une catastrophe irréparable. Que fallait-il faire, désormais ? A la différence des villages acadiens de la péninsule, la petite colonie de Pentagouët ne constituait pas une famille, peut-être parce que les Sauvages y étaient majoritaires. La vingtaine de Français vivant là s'entr'aidaient, certes, mais sans le mélange des provinces et des fratries de Port-Royal ou de Beaubassin, loin de la fusion des langues et des projets d'où sortait, au fil des ans, l'ébauche d'une possible nation. Ti'Pierre hasarda une explication :

— Tu es triste parce que Julien est parti ? C'est ça ?

Elle haussa les épaules. Julien. Il pouvait bien aller jusqu'à Québec avec ses amis indiens ! La guerre et la souffrance l'avaient à ce point muré en lui-même que ses rares présences ne se remarquaient même plus. En même temps qu'elle éludait les questions de son cadet, Catherine réfléchissait. Au fort, personne, domestiques ou militaires, ne lui serait de quelque secours que ce fût. Restait la baronne de Saint-Castin. Elle avait depuis toujours des prévenances particulières pour les anciens métayers de son époux. Elle était indienne et il se disait assez que ces gens secrets et proches de la nature au point d'en respecter la moindre poussière, le plus minuscule insecte, savaient renseigner sur ces choses.

Elle chaussa les gros souliers de peau assemblés pour elle par Julien, laça ses raquettes, sortit dans le petit matin glacé, un bâton à la main. L'habitation des Saint-Castin était à une grande heure de marche, assez loin du fort et de l'estuaire pour que ses propriétaires aient toujours le temps de fuir les attaques. En été, c'était une promenade délicieuse sous l'auvent de hêtraies et de charmilles mêlées à de noirs groupes de conifères. Parvenu au manoir, on trouvait alors les herbes et les étoffes indiennes, le bon pain du baron, et, parfois, ses filles revenues de Québec, trois métisses aux cheveux noirs et plats, aux grands yeux de biche plus ravissantes l'une que l'autre, avec lesquelles on bavardait un peu avant de s'en retourner.

En janvier, l'approche était pénible, le spectacle de la rivière en partie gelée, charriant ses eaux grises, n'offrait guère de quoi oublier la fatigue. Quant aux filles du baron, elles étaient à leur pensionnat au bord du Saint-Laurent, bien loin de là.

Catherine croisa quelques Sauvages, en route pour le fort. Le chemin avait disparu sous la neige, signalé à intervalles réguliers par des pieux et des marques gravées dans le tronc des arbres. Par endroits, la pente s'élevait assez pour ouvrir le paysage jusqu'au bastion, et même plus loin, vers l'embouchure de la Penobscot. Le spectacle était grandiose, mais la jeune fille ne prit pas le temps de le contempler. Le vent rasant les buttes lui coupait le souffle, son bâton s'enfonçait dans la neige, l'obligeant à chercher en permanence son équilibre. Lorsque, enfin, le toit de chaume de la grande maison apparut entre les arbres dépouillés, elle fut soulagée. Un soleil pâle perçait par éclairs l'épaisseur des bois, le silence était total, comme si la nature tout entière dormait, sidérée, sous la glace.

Une domestique indienne l'avait aperçue et la fit entrer dans la cuisine. L'habitation des maîtres de Pentagouët était massive, comportait plusieurs pièces séparées les unes des autres par de vraies cloisons de planches et de rondins. Il y flottait une senteur de cire provenant des meubles du salon, des fauteuils, des tables et des guéridons attestant là l'aisance et l'argent bien placé. Hors les expéditions en amont du fort avec les jeunes Sauvagesses, à la recherche d'herbes et de fruits, Catherine évitait de séjourner dans ce que les Indiens considéraient comme la maison d'un prince. Même au fond de l'Acadie, en des lieux où ne naîtraient jamais ni ville ni bourgeoisie, il y avait trop de différence entre ces nobles enrichis par le commerce et par la guerre et les paysans qui s'échinaient une demi-lieue plus bas.

— Mais voyez qui est là ! Notre jolie Catherine, et par un tel froid. Cherches-tu la route de Québec en plein hiver, comme ton frère aîné ?

Méchilde de Saint-Castin était entrée, frissonnante, dans la cuisine. Son mari allumait un feu dans la cheminée du salon. Catherine l'entendait tousser et cracher.

— Le baron a pris le mal, et le voilà qui s'étouffe comme un nourrisson. Mais viens, Catherine, tu boiras du lait, avec mes petits.

Catherine suivit son hôtesse dans la grande pièce, où une nichée s'était attablée, sous la houlette d'un adolescent d'une quinzaine d'années. Dans cette maison avaient grandi des aînés, mélange de Sauvages et de Béarn que leur père avait aguerris, contre l'ours et contre l'Anglais.

— Notre Bernard est en ce moment avec monsieur d'Iberville et d'autres gentilshommes, à l'assaut de Terre-Neuve, dit Méchilde. Prendre un tel pays de glace et de roche en janvier, quelle hardiesse !

— Que veut la demoiselle Lestang ? questionna Saint-Castin, que la grippe épuisait et rendait rogue.

Catherine fut soudain saisie d'effroi. Que pouvait-elle dire d'autre que des banalités, face à cette famille tranquillement occupée à s'éveiller ? Les murs de rondins de la grande pièce s'ornaient de saintes gravures, d'un grand crucifix devant lequel on s'agenouillait pour les prières. C'est qu'il ne passait guère d'hommes en noir à Pentagouët, qu'ils fussent jésuites ou frères récollets. La religion y était l'affaire de chacun, sous la férule des plus âgés. Catherine s'assit sur un banc, sourit aux enfants attablés. Cette maison respirait la foi, la foi simple des gens sûrs d'eux-mêmes.

— Je venais chercher quelques herbes pour les coliques, dit-elle d'une petite voix. On a bu de la neige fondue et cela nous a tous tourmentés.

— Bien sûr, dit Méchilde.

Elle alla vers une étagère, ouvrit un pot qu'elle vida en partie dans un linge.

— C'est de la poudre de mélèze, feuilles et racines. Vous la prendrez en infusion, comme les Abenaquis, prévint-elle. Il se peut bien que ça fasse vite l'effet inverse, soyez raisonnables. Maintenant, bois.

Il y avait du lait dans les bols parce qu'il y avait des vaches dans une étable, tout près. Jean Lestang attendait pour le printemps un cadeau de Saint-Castin, un bœuf pour tirer la charrue, qu'il partageait avec ses voisins. Mais de vaches, point. Catherine sentit une marée de tristesse la submerger, et un sentiment de révolte, aussi. Elle supportait le regard plein de questions du baron. Cet homme régnait sur son peuple, mêlé, de

Sauvages et de Français. Il savait tout de chacun, sa fortune était née d'une parfaite connaissance du pays et de ses hommes. Catherine baissa les yeux. Lorsqu'ils buvaient, au fort, les gentilshommes se racontaient-ils leurs aventures galantes ? Saint-Castin savait-il ce qu'elle tenait caché ?

— Te voilà bien pâle, dit ce dernier. C'est comme si la neige t'avait emprisonnée trop longtemps. Vous mangez, au moins, toi et les tiens ?

Au cœur de l'hiver, on pouvait passer des semaines sans se voir. La peur de périr de froid dans une bourrasque ou de se casser un os au fond d'une congère tenait les gens au secret de leurs murs. Il fallait avoir fait des réserves de viande et de poisson séchés, avoir gardé assez de farine pour trois ou quatre mois, car le gibier se faisait rare et sa poursuite terriblement dangereuse.

— Nous ne manquons pas, dit Catherine.

Ce n'était pas tout à fait vrai et l'on dansait parfois devant le buffet, en aval. Catherine se leva, se dépêcha vers la porte. Elle prétexta l'inquiétude des siens à la savoir dehors quand le ciel s'assombrissait à nouveau.

— Tu ne veux pas séjourner ici ? s'inquiéta le baron. Tu dormirais avec les petits.

Elle refusa, couvrit sa tête, sortit dans l'air glacé qui piquait yeux et lèvres. Les Français étaient donc partis à la conquête de Terre-Neuve, par les rives du Saint-Laurent et les grands espaces gelés du Nord. Grand bien leur fasse. Catherine pesa sur son bâton pour aider ses premiers pas. Elle imaginait Aubin de Terville marchant en raquettes vers l'île anglaise, à la tête d'une troupe de gentilshommes déterminés. En était-il seulement, de cette expédition ? Si oui, pardieu, il deviendrait peut-être roi de Terre-Neuve. Il ne manquait pas de lieux à dominer pour un seigneur de cette envergure. Catherine songeait à sa promesse de l'emmener à Beaubassin, à ses regards amoureux, mais comment savoir ce que cela voulait dire ? Il lui avait semblé, oui, que le jeune homme était sincère, qu'il la désirait autant qu'elle pensait le vouloir, qu'il l'aimait, tout simplement.

Ti'Pierre s'était mis à questionner Catherine. Sur les changements de son humeur d'habitude si égale, sur ses fugues de plus en plus lointaines et prolongées le long du rivage, quand le ciel le permettait, sur ses silences semblables à ceux de leur aîné. Mais la jeune fille secouait sa jolie tête occupée par des pensées impossibles à sonder et, les jours passant, par une angoisse de plus en plus évidente.

— C'est une de ces langueurs d'hiver, disait Jeanne. Ce pays nous y porte tous, Seigneur, et cette punition n'aura jamais de fin.

— Tu ne devrais pas t'éloigner ainsi de la maison, Catherine, ajoutait Jean Lestang. Des bêtes rôdent, les Sauvages traquent des ours et des loups à moins de cinq cents pas d'ici.

Ti'Pierre n'était pas d'accord :

— Les ours dorment, par ces froids.

— Qu'est-ce que tu en sais, morveux ?

— Boh, on le dit.

Catherine suivait, indifférente, ces bribes de discussions. Elle qui, d'ordinaire, ne manquait pas de donner son avis sur le paysage et sur les habitants, sur le fort et la grosse Madeleine, sur les Saint-Castin, même, auxquels ses parents la soupçonnaient parfois de vouloir ressembler, se taisait et allait vite s'aliter, comme si les nuits n'étaient pas assez longues. Julien absent, les Indiens terrés dans leurs villages comme le baron et les siens dans leur maison, il manquait de gens à qui parler. Alors, quand il sortait un peu de ses mélancolies, Jean Lestang taquinait son fils et s'amusait de ses humeurs d'adolescent mal terminé.

— En tout cas, tu n'iras pas lutiner les poissons avant longtemps. Tu pourras m'aider à décaillasser un peu de terrain quand la neige aura commencé à fondre. Hé, le marin du gave ? Ça te fera les bras, pour tirer sur tes cordages.

A bout d'arguments, découragé par cette saison sans fin de glace et de nuit empêchant les bateaux de sortir en mer, Ti'Pierre allait s'étendre près de sa sœur et se mettait à rêver. Ainsi s'étaient-ils habitués, et Julien comme eux, à se chuchoter des confidences sous l'édredon, depuis l'enfance, car, en Béarn comme en Amérique, les maisons ne disposaient pas d'assez de place pour offrir à chacun sa chambre, ni même son lit.

— Je vais partir, cette fois, dit Ti'Pierre.

— Eh bien, comme tu le fais d'habitude.

— Non. Partir.

Il ouvrait grand ses yeux dans l'obscurité presque totale, fixait un point imaginaire sur la mince poutraison de la bicoque, vers quoi pointerait une proue de navire, autre chose que les étraves poussives des barques de pêche de Pentagouët. Et Catherine, qui n'irait jamais plus loin que le fort et les rochers surplombant l'océan au bout de l'estuaire, sentait son cœur se serrer encore plus, à l'idée qu'après Julien, ce serait à son jeune frère de mettre le baluchon sur l'épaule.

Alors naquit dans l'esprit de la jeune fille la hantise de devoir continuer à vivre dans cet espace borné par une mer grise et de sombres forêts. Vivre là, avec l'enfant autour duquel elle se recroquevillait, comme pour l'étouffer ou le contraindre à quitter son ventre, ce globe tendu qui s'arrondissait chaque jour un peu plus sous ses doigts. Ah, comme elles avaient raison de se moquer, les commères d'Escout, de ces bâtards de ducs, de marquis ou de rois, même, que le cuissage éparpillait dans la nature. Certains finissaient par s'en faire une gloire, d'autres portaient au contraire, leur vie durant, l'infamie, dans le regard, la façon de marcher, ou la seule nécessité d'être au milieu des autres.

— Tu pleures, *hilhète*[1] ?

Ti'Pierre sortit de ses songes éveillés, découvrit sa sœur secouée de sanglots silencieux et ne sut que faire ou dire. Il ne soupçonnait rien de son secret, pensait que l'ennui de vivre aux marges de la minuscule société française de Pentagouët finissait par la rendre triste et désenchantée. Il connaissait pourtant les deux ou trois soldats célibataires, coureurs occasionnels à l'allumette, qui eussent bien demandé Catherine en mariage, mais la jeune fille avait toujours fait en sorte de les éviter, au fort comme dans ses alentours. Ces hommes avaient pourtant la ferme intention de quitter un jour, et le plus tôt possible, ce lieu sans vie réelle tourné vers la guerre lointaine, que d'autres continueraient aussi bien à leur place. Ils rêvaient de Québec, et plus encore de La Rochelle, de Poitiers ou de Paris.

— Quelqu'un t'a fait du mal ? Un des pêcheurs de la colonie ?

Ceux-là, une huitaine d'adultes venus de Bretagne et du Pays basque, vivaient en couple et avaient des enfants, des petits, nés

1. Fillette.

au bord de l'estuaire. La mémoire de la France ne les tourmenterait pas, ni les tenaces nostalgies accablant si souvent les émigrés. On les voyait parfois, en dehors des campagnes de pêche, dans les champs où ils donnaient des coups de main tandis que leurs prises séchaient au soleil des saisons douces. On partageait des repas, des bavardages, les soirs paisibles de juin. Pentagouët n'était au fond qu'un hameau perdu à deux semaines de marche et de bateau d'une bourgade sans charme nommée Port-Royal.

— Tu voudras venir avec moi, et pêcher, au printemps ? demanda Ti'Pierre.

Elle le regarda dans la lueur vacillante de la bougie. Il était touchant, la guerre ne l'avait pas abîmé, comme Julien. Ti'Pierre ouvrait sur l'avenir ses yeux de gouyat, pleins de confiance et d'espoir. Il serait fait, lui, pour ce pays sans autre loi que celle de quelques capitaines. Son cœur simple s'ouvrait au flot changeant de l'océan, aux caprices du ciel, aux immensités d'Amérique. Savoir cela bouleversait Catherine et augmentait encore son chagrin.

Elle se tourna contre le mur et ne bougea plus. De l'autre côté du drap, leur père ronflait doucement. Ti'Pierre eut du mal à trouver le sommeil, cette nuit-là. Il cherchait Julien en pensée, se demandait jusqu'où l'infirme avait bien pu aller, cette fois. Julien avait choisi un chemin de hasard et de danger, mais personne, à la maison, n'avait plus assez d'influence, ou d'autorité, pour le faire changer de projet, de façon d'être. Et puis son malheur suffisait bien pour qu'on le laissât en paix, que l'on fût soldat du roi, colon ou maître de Pentagouët. Julien avait payé sa liberté assez cher.

Au nord de la petite péninsule de Pentagouët, au-delà d'un isthme de quelques centaines de pas que les Français avaient creusé pour en faire un canal, la rive de la Penobscot s'étalait, alternant anses ensablées et promontoires rocheux que venait lécher sans bruit le flot apaisé des marées.

Catherine avait suivi le chemin neigeux longeant la forêt sur près d'une demi-lieue. Elle connaissait par cœur cet itinéraire peu fréquenté, quelle que fût la saison, au bout duquel commençait le domaine de chasse des Abenaquis. Ce n'était plus tout à fait la rivière et pas encore l'océan, cela devait ressembler au grand fleuve Saint-Laurent que tous ceux qui l'avaient approché décrivaient comme une mer immense aux eaux mêlées. Catherine délaça ses raquettes. Le chemin s'élevait, dominant d'une dizaine de mètres une grève défendue par les brisants aux pointes menaçantes. Puis, abrupte, la pente glissait, ouvrant vers le vide.

Lorsqu'elle fut parvenue au sommet du raidillon encombré de roches plates et bordé jusqu'aux bois par une lande tourmentée, Catherine s'arrêta pour reprendre son souffle. La marche, dans la neige molle par endroits, l'avait épuisée. Elle leva les yeux vers le ciel de plomb d'où tombait un grésil glacé. Ce n'était vraiment pas un temps à sortir, encore moins à s'aventurer si loin des lieux habités.

Elle se débarrassa de ses sabots, puis de ses bas de laine rouge, s'approcha le plus près qu'elle put de l'endroit où la roche basculait vers l'onde grise. Le froid la prit très vite, bleuit sa peau, engourdit ses jambes. Il lui sembla qu'ainsi la douleur serait moins vive lorsqu'elle tomberait sur les brisants. Elle ferma les yeux. Le séjour en Amérique n'était qu'un long, interminable ennui, au-delà de quoi il n'y avait pour elle aucune des perspectives offertes à ses frères. Et ses parents ! Pauvres bougres rapetissés dans un espace impossible à conquérir, comme ils devaient regretter de s'être embarqués pour un pareil voyage !

Elle allait se soustraire à eux, et aux autres, aussi, avec l'enfant dans son ventre. Il y avait décidément trop peu d'âmes dans cette France d'Amérique. Tous, les paysans comme les seigneurs, les prêtres, les officiers et jusqu'au plus humble des marins de La Hève ou de Canso, la montreraient du doigt, sans même la connaître, bien sûr ! Celle de Pentagouët, qui avait fait son bâtard entre les forts de l'Est, avec un Anglais, pourquoi pas, ou avec un Sauvage, allez savoir comment font ces gueuses sans vertu ni honneur. Catherine eut un vertige, enfouit son visage dans ses mains. Les roches grises luisaient comme les pierres des cimetières, sous l'averse de neige. Le dernier geste était le plus difficile à faire, mais elle savait bien que ses promenades d'hiver en avaient été la préparation, une longue méditation sur la nécessité de fuir cet endroit. Elle se mit à geindre, ses jambes lui faisaient mal, il fallait en finir. Son gémissement se mua en un long cri, rauque, vite fondu dans la muraille neigeuse. Elle se laissa doucement aller vers l'avant.

Il se passerait une éternité avant que son corps ne vînt se disloquer sur les brisants. Elle tournoyait entre le ciel et eux, attendait une rencontre qui tardait. Hurlait-elle ? Il lui semblait que ses poumons allaient éclater. Juste le temps d'ouvrir les yeux, et elle verrait enfin la délivrance monter vers elle, avec ses lames de pierre et son front noir et dur comme la mort.

Elle ouvrit les yeux, sentit sa bouche pleine de neige, tourna la tête et reconnut son frère cadet qui la tenait par le col et la plaquait contre le sol. Que faisait-il là, ce gouyat ? Catherine se mit à pleurer, le feulement de son chagrin fit à peine plus de bruit que la neige sur le sol déjà blanc.

— Hé bé, la fille ! Ce n'est pas ici que les navires prennent leurs équipages, et c'est un peu haut pour toi, je pense. Parle-moi d'un quai d'embarquement ! Et pour où, pardi ?

Ti'Pierre souriait avec toute l'insolence de ses seize ans. Ses moustaches naissantes, qu'il mettait tant de soin à laisser pousser, étaient pleines de glace, comme ses cheveux raides encadrant son visage soudain différent, adulte désormais, déjà sculpté par la mer et ses vents. Il força Catherine à s'asseoir, malaxa ses pieds, le bas de ses jambes, soufflant dessus à mesure qu'il tentait de les réchauffer. Puis il posa les mains sur le ventre de sa sœur, et son sourire s'élargit encore.

— C'est le seigneur cousin du gouverneur, alors, celui de l'*Oranger*, de la guerre du baron. C'est lui, dis ! Tu l'as laissé faire, et maintenant il est parti Dieu sait où. Et toi, tu restes ici avec ça dans les entrailles. Marie, mère de Dieu, Catherine va nous faire son Jésus !

Elle hocha la tête, grimaça en découvrant ses orteils violacés. Les mains de Ti'Pierre étaient chaudes, douces.

— Ça, je le vois, quand tu te lèves le matin, dit-il. Tu penses que je dors ou qu'à force de te tourmenter de questions je finirai par croire que tu as la colique. *Pégoutote* [1] ! Tu as le cul qui gèle, j'espère ?

Elle fit oui, d'une voix faible. Ses extrémités, ses fesses, étaient des glaçons, pourtant, sa poitrine et son ventre bouillaient de la bonne chaleur de la vie. Ti'Pierre la prit contre lui,

1. Sotte.

le temps pour son chagrin de se calmer un peu. Puis il lui ordonna de se lever, la rechaussa. Il allait falloir marcher d'un bon pas vers la maison, sous les averses d'épais flocons. Par chance, il n'y avait pas de ce vent capable de pétrifier un homme debout, en moins d'une heure.

— Et maintenant ? cria Catherine.

Elle réalisa qu'elle vivait et devrait continuer à vivre après avoir insulté Dieu en voulant abréger sa propre existence. Et il y avait le reste, les premiers mouvements de l'enfant qu'elle sentait contre la paroi de sa chair. Ti'Pierre la soutenait, l'exhortait à avancer. Maintenant ? Il n'en savait trop rien. On dirait tout, peut-être, mais plus tard, cela ferait sur les épaules de Jeanne Lestang une charge de prière et de remords un peu plus lourde.

— Je ne peux plus rester ici, répétait Catherine.

— Debout sur ces rochers et les pieds nus, ça, oui, plaisanta son frère.

Il réfléchissait, les yeux rivés sur le linceul où la trace de ses pas aurait bientôt disparu. Heureusement, il y avait la rivière que l'on suivait à quelques mètres, et l'océan, un peu plus loin. Le salut viendrait de là. On prendrait un bateau dès que l'état du ciel le permettrait et on irait trouver monsieur de Terville dans ses terres de Beaubassin. L'ami des humbles aurait à connaître les effets de son passage par Pentagouët. Oui, c'était bien cela qu'il fallait faire. Le dos courbé, les yeux brûlés par la neige, Ti'Pierre s'en persuadait, et cette évidence l'aidait à marcher.

6

C'était à la fin de février 1697. Julien avait quitté l'estuaire de la Pentagouët depuis près d'un mois. Le temps, radieux, la neige durcie, sur laquelle on glissait sans toutefois s'enfoncer, facilitaient sa patiente approche des passes séparant la Nouvelle-France de la Nouvelle-Angleterre.

C'était une frontière théorique, un espace de hautes vallées creusé de torrents en grande partie gelés, planté à l'infini des seuls conifères. Des fils d'eau descendaient des sommets à travers des chaos de roches, murmuraient ou chantaient sous la glace. Des cols aux formes arrondies livraient aux hommes le passage vers d'autres vallées, enfoncées de plus en plus profondément dans le haut pays abenaqui, vers les confins des empires où les dernières tribus de Madokawondo voisinaient avec l'Iroquois et ses alliés anglais.

Dans de tels paysages étalés sous le ciel sans tache et livrés, tout de silence et de paix, au seul regard de quelques initiés, il était difficile de se représenter la guerre en cours, et Julien préférait à cette évocation pénible l'observation de la nature et des innombrables signes que les animaux y laissaient. Il y avait là un Béarn aux dimensions de l'Amérique. Les signes d'une vie intense s'y inscrivaient, entre les lacs blanchis par le givre et les cathédrales de roche surplombant les ravins où grondaient des torrents. Et les chasseurs, nez au léger vent d'est, déchiffraient des messages à mesure qu'ils avançaient, comme un langage connu d'eux seuls.

Christian commandait les trois compagnons de Julien, des Abenaquis restés dans leur campement d'altitude quand leurs familles avaient choisi de descendre vers la mer. Sur eux, sur leur peuple, Julien n'avait aucune idée préconçue. Seraient-ils d'accès plus difficile, de caractère plus ombrageux, de commerce plus secret que bien des paysans de Gascogne ou du Béarn ? Les missionnaires les avaient convaincus de la prééminence du Dieu unique et de son fils sur les idoles et ils n'en avaient pas été surpris. Eux-mêmes avaient installé semblable filiation au faîte de leur croyance, et, bonnes âmes accueillantes pour les protections divines supplémentaires, ils portaient la croix, au milieu des perles et des coquillages de leurs *wampun*.

« Ce sont des créatures du Seigneur, tout comme nous », répétait Jeanne. Les puritains du Massachusetts pensaient exactement l'inverse et les imaginaient conçus dans les flammes de l'enfer, quant aux Anglais, qui avaient remplacé le pape par leur roi et se méfiaient eux aussi des rigueurs protestantes, ils s'en fichaient plutôt et s'alliaient sans trop barguigner aux Iroquois. Ainsi cela faisait-il un équilibre au gué duquel les intéressés sauraient bien choisir leur chemin.

— Julien, mes frères t'offrent un guide, avait annoncé Christian.

Les chasseurs lui avaient donné un chien « bon pour le castor », un bâtard trapu, brun moucheté de blanc, aux pattes courtes et musclées, à la queue recourbée, un drôle d'animal tenant du loup dans le regard et du renard par les oreilles. Il s'était montré infatigable, précis dans ses arrêts comme dans ses attentes frémissantes, capable aussi de fouiller les terriers.

— Chubb.

Le chien avait hérité par dérision d'un nom fameux. Les Indiens comprenaient mal que l'on associât ainsi une bête innocente à l'Anglais vaincu à Pemaquid et préféraient l'appeler plus simplement Ho. Hors ses qualités de pisteur, il était assez pleutre, grognait sans raison et faisait de temps à autre une de ces crises de grand mal qu'un berger de France eût abrégée d'un coup de gourdin. Ici, cela impressionnait beaucoup les Sauvages et les tenait au contraire en respect.

— Il connaît les esprits, Gloscap lui parle, expliquait Christian, péremptoire.

Les Indiens avaient laissé les traîneaux sur le bord du chemin, puis ils s'étaient accroupis devant des souches cisaillées par d'innombrables petits coups de dents, à un pied du sol. Les troncs, grumes rectilignes de trois ou quatre mètres de haut, avaient été ébranchés et des dizaines de morceaux de bois jonchaient le sol autour du chantier. Des castors avaient travaillé là récemment, avant de transporter leur coupe, ainsi que des racines et des écorces pour leur garde-manger, vers un lac gelé, à cinq cents pas. Un Sauvage montra la direction, le groupe se remit en marche dans le silence le plus total. Le plein hiver dispensait les chasseurs de poser les pièges habituels autour des barrages. Ils devaient, une fois parvenus au bord du lac, le contourner pour se mettre face au vent. Julien suivit comme il le pouvait les quatre hommes, peinant à se courber comme eux. Son moignon lui faisait mal, lui donnant la sensation désagréable de se prolonger par une main bien vivante et démesurée. Mais lorsqu'il aperçut enfin les habitations des castors, émergeant de la glace comme des fortins en miniature vers lesquels des porteurs au pelage fauve acheminaient des pièces de bois cinquante fois plus lourdes qu'eux, le jeune Béarnais se sentit plein d'une vraie joie d'enfant.

— Allons, dit Christian, au bout d'une longue observation.

On délaça les raquettes. Il y avait une demi-douzaine de constructions de bois et de glaise mêlés, au milieu du lac, là où les animaux se croyaient sans doute en sécurité. Julien s'avança vers elles, sa petite hache à la main. Des castors n'avaient pas tardé à apercevoir les arrivants et fuyaient déjà vers la rive, abandonnant leurs pilotis. Julien vit leurs longues silhouettes brunes s'égailler, rasant la glace, tandis que les chiens investissaient leurs abris.

Des bêtes étaient restées à l'intérieur, malades ou blessées. On se dépêcha de les assommer. Puis les hommes dispersèrent les pilotis à coups de haches, à la recherche des derniers habitants.

— Ils s'enfuient ! cria Julien. Taïe, Chubb, taïe !

Julien avait commencé à apprendre à son chien les rudiments linguistiques de la chasse en Béarn. Revigoré, il rejoignit le bâtard qui jappait et tournait sur lui-même tout en courant. Il y avait du plaisir, dans tout cela. Les castors, eux, avaient disparu, et il fallut à Julien une bonne demi-heure pour quitter enfin la glace du lac et fouler la terre durcie de la rive.

Les chasseurs entreprirent l'inventaire de cette jonction entre boue et eaux gelées, sur plusieures centaines de toises. Les chiens avaient déjà commencé leur travail de fouille et couraient le long du rivage immobile, s'arrêtant ici et là, aboyant. Les hommes les rejoignaient, cassaient la glace à la hache, découvraient les rongeurs immobiles, moustaches frémissantes, comme attendant qu'on les cueillît. Etrange fuite, pour une fin sans surprise. Ces animaux rusés, si difficiles à débusquer et à capturer en saison clémente, se cachaient ainsi, naïvement, en période de grand froid. Julien en serra un par la queue et, d'un coup de hache, lui trancha en partie le cou, avant de l'achever sur la glace, à coups de bâton.

— Tudieu, il y en a cent autres, constata-t-il, ébahi.

Chubb était déjà à l'ouvrage. L'été, il fallait tirer les bêtes au mousquet, au ras de l'eau, et les saisir avant que la mort ne les fît plonger. On en perdait ainsi beaucoup, et il arrivait aux Sauvages les moins prudents de se noyer eux aussi, à la poursuite des cadavres. Mais là, l'ouvrage était facile, les castors s'offraient dans leurs dérisoires cachettes. Chubb s'impatientait. Il y avait beaucoup de proies, et son maître n'allait pas assez vite à son gré. Julien vit les Indiens courbés vers la terre, levant et abattant leurs haches pour un massacre criard. L'hiver était vraiment le temps des coureurs, et les souffrances endurées dans ces errances hasardeuses valaient bien leur récompense.

Lorsque cela fut terminé, dans les cris des derniers castors encore vivants, on aligna les prises, une bonne vingtaine d'animaux bien gras que les Abenaquis entreprirent de dépiauter, jetant aux chiens les corps gluants, dans des flaques de sang. Les Sauvages semblaient inquiets, tout à coup. Le ciel s'assombrissait. La proximité des premières tribus iroquoises les poussait à faire vite.

— Il y a une habitation, au sud, en marchant vite, nous y serons avant la nuit, dit Christian.

— Abenaqui ? demanda Julien.

L'homme fit oui de la tête. Le territoire n'était pas iroquois, quant à savoir s'il était situé en Nouvelle-France ou en Nouvelle-Angleterre, la question n'avait aucun intérêt à ses yeux.

— En route, décida Julien.

Il avait hâte de savoir combien d'argent il tirerait de son butin, et, plus encore, à quelle distance se trouvaient le lac suivant et les autres, les dizaines d'autres, minuscules ou gigantesques, qui allaient désormais jalonner son itinéraire.

La cabane en rondins avait été construite par des coureurs, quelques années auparavant, pendant une période de paix entre les nations indiennes. Elle n'avait pas de cheminée, seulement un trou dans le faîte, à la manière indienne, pour laisser passer la fumée. Enfouie à distance d'une clairière, elle était à peine visible. Julien et sa compagnie avaient bien failli la dépasser sans la repérer dans la pénombre du soir.

Les peaux avaient été étalées devant le feu, les cinq hommes les contemplaient sans mot dire près de leurs chiens endormis tandis qu'un castor éviscéré cuisait à la broche, dans une lourde senteur de graisse et de chair grillées. Julien fit passer une outre d'eau-de-vie.

— Mes frères aiment l'eau qui fait chanter, dit Christian, mais les hommes en noir leur disent que c'est mal.

Julien haussa les épaules. Les jésuites et les récollets pouvaient bien morigéner leurs ouailles. Gisolg, Gloscap et leurs compagnons des grandes prairies de la mort et de la vie n'avaient pas de ces préventions-là.

— Il y en aura davantage en été quand nous remonterons, promit Julien.

La campagne durerait encore trois mois pleins, jusqu'à l'arrivée des beaux jours. Les Abenaquis semblaient d'accord. Pour survivre, il faudrait se nourrir sur le pays. On serait raisonnable quant à l'alcool. Julien observa ses compagnons dépeçant le castor et s'en empiffrant aussitôt. Il se servit à son tour. La viande était délicieuse, par bonheur non bouillie à la manière des Sauvagesses. Julien songeait aux caisses d'argent du baron qui s'ouvriraient pour lui, au fort. Le seigneur de Pentagouët était riche, les pillages dont il avait souffert n'avaient guère entamé sa fortune. Il avait même su se payer en retour, chaque fois qu'il avait porté le fer en terre ennemie. Saint-Castin connaissait les chemins du castor, même si l'âge et la guerre l'en tenaient de plus en plus éloigné. Il protégeait les coureurs des bois qu'il était censé contrôler et pourchasser à l'occasion, et les payait correctement, demeurant ainsi maître du jeu jusqu'aux extrêmes limites de son immense domaine.

Julien constatait sa dépendance au seigneur. Il était perdu au fond d'un royaume dont personne n'avait tracé la frontière, et devait tout de même partager ses prises. C'était le métayage, continué en Amérique sous une autre forme. Il soupira, exaspéré. L'appétit féroce des Indiens, leurs cris et leurs gémissements de plaisir l'écœuraient. Il s'enroula dans sa couverture et, ayant bu une dernière gorgée de marc, s'endormit, comme assommé.

L'aube pointait lorsque la porte mal jointe de la cabane s'ouvrit, livrant passage à une compagnie mélangée d'Européens et de Sauvages qui investit l'endroit, mousquets et poignards pointés. Julien s'assit, hébété. Les Indiens avaient le crâne rasé aux tempes et à l'occiput, des balafres et des cicatrices de petite vérole au visage, leurs peintures de guerre attestaient qu'ils n'étaient pas abenaquis et le Béarnais supposa qu'il s'agissait d'Iroquois, et donc de deux Anglais, pour leur tenir compagnie.

Avant même que Christian et ses hommes aient eu le temps de réagir, les Indiens s'étaient rués sur eux et les avaient tués. Horrifié, la tête pleine des cris que poussaient les uns et les autres, Julien vit son ami Christian basculer sur le côté, la gorge tranchée, tandis que les intrus faisaient feu sur deux de ses compagnons, qui tombèrent à leur tour.

— *Hey, you !*

Un Anglais paraissait mener la bande, un grand maigre aux longs cheveux blonds, vêtu à la façon des coureurs, de mitasses et de fourrures. Il eut vite fait l'inventaire de la chasse à son début. Une trentaine de peaux, cela ne représentait pas grand-chose dans le commerce entre les continents, mais c'était assez pour s'offrir deux fusils et de la poudre, et pour mettre un peu d'argent de côté. Julien ne parvenait pas à rependre ses esprits. Assis sur sa couverture, il contemplait, hébété, les Iroquois qui, penchés sur les Abenaquis, les scalpaient méthodiquement.

Julien ne pouvait rien faire pour l'Indien survivant. Celui-ci implorait les assaillants du regard. Etrangement, les Iroquois le tenaient agenouillé, le couteau sous la gorge. L'Anglais roux donna un ordre bref, et les assaillants sortirent de la pièce avec leur prisonnier.

— *You*, Castine ? cria l'Anglais à Julien.

Puis, comme on éructe, il prononça quelques mots de français, la langue diplomatique des cours européennes :

— *Bloody Baron* Castine ? Vous êtes au fort de Pentagouët ?

Julien répondit d'instinct que non. Il courait les bois en liberté, comme son visiteur, et la chasse l'occupait assez. Le second Anglais, plus petit et corpulent, tout aussi clair de peau que l'autre mais dans les tons bruns, s'était assis sur un rondin et avait allumé une pipe. Il observait Julien tout en l'écoutant, détaillait le moignon de son bras. Il poussa du pied un billot vers le Béarnais.

— Siégez, lâcha-t-il d'une voix calme.

Julien s'assit. L'homme dit son nom, Barnett, parla dans un français correct et sur un ton neutre, de la guerre en cours et de quelques batailles autour du fort Pemaquid.

— Où vendez-vous ces peaux, monsieur ? Parlez. C'est à Québec, ou à Pentagouët ? Pentagouët, c'est ça ? Combien ? La moitié pour vous, moins ? Moins. De la terre, c'est ça ? Le maudit baron vous offre la terre, et vous lui donnez les castors. Vous faites cuire le pain, et lui le met dans la sauce. Beau commerce !

Il rit, découvrant une denture à demi dévastée. Son compagnon s'était allongé sur le tapis des fourrures, qu'il caressait de la main, à portée des cadavres des Abenaquis. Barnett faisait les questions et les réponses, et Julien commençait à émerger de sa terreur. Ces gens auraient pu lui régler son compte d'emblée et faire main basse sur les peaux. On était en guerre. L'idée que ces Anglais désiraient négocier avec lui pénétra son esprit. Il savait par les Indiens que les versants français des montagnes, avec les lacs de Nouvelle-France et d'Acadie, étaient infiniment plus riches en peaux de toutes sortes que leurs équivalents anglais. Et que les Iroquois, eux aussi, lorgnaient depuis longtemps sur les terrains et les domaines de leurs voisins. Seulement, il y avait le *Bloody Baron*, ses manières sauvages et sa conception très personnelle du bon voisinage.

Les deux Anglais échangeaient de brefs regards. Julien était chasseur et disposait désormais de sa liberté de ce côté-ci des montagnes. Barnett se pencha vers lui, murmura :

— Combien valent vos fourrures, celles-ci, qui sont par terre, en livres tournois ?

Julien n'avait pas encore assez d'expérience pour évaluer

d'un coup d'œil le poids d'un tel butin. Il hasarda un chiffre que l'Anglais sembla trouver raisonnable Barnett fouilla un petit sac de cuir appendu à sa ceinture, en sortit des pièces qu'il posa entre Julien et lui. Des livres anglaises d'argent, à l'effigie d'un roi, une monnaie qui pouvait conduire au gibet ses possesseurs français. Il y avait sans doute là de quoi acheter ces peaux, et d'autres, beaucoup d'autres. Barnett joua quelques instants avec sa petite fortune, qu'il rangea dans son sac.

— Il y a la même chose avec votre roi gravé dessus, dans cette bourse Ce sera à vous, à condition que vous acceptiez de me vendre vos fourrures, enfin, une bonne partie de celles-ci. Il faut en garder pour votre maître, n'est-ce pas.

Le contrôle qu'exerçait Saint-Castin sur les régions les plus reculées de son domaine dissuadait les Anglais de se risquer trop loin en territoire ennemi, aussi se contentaient-ils jusque-là de longer le fantôme de frontière indienne. Julien voyait s'ouvrir devant lui une perspective insoupçonnée. Combien de coureurs de Nouvelle-France les Anglais faisaient-ils travailler ? Et comment les Abenaquis de ces régions perdues réagiraient-ils, eux qui faisaient partie d'une nation loyalement alliée au roi Louis ? De sa voix toujours aussi égale, Barnett devança ses questions :

— Nous pouvons tuer le dernier Sauvage et vous laisser repartir seul vers Pentagouët en compagnie de son spectre. Vous savez que les esprits de ces gens accompagnent volontiers les vivants et les hantent. Que penseraient leurs chefs, et les vôtres, d'un tel équipage ? Mais nous pouvons aussi lui laisser la vie sauve, afin qu'il vous guide. Nos amis indigènes apprécient les gestes de chevalerie. De l'eau-de-vie, un fusil et de la poudre fortifieront ce contrat.

Julien ne pouvait détacher son regard du cadavre de Christian. L'Indien et lui avaient noué des liens d'amitié, Christian s'était dévoué jour et nuit à son chevet après l'amputation de sa main. Et son enseignement de chaque jour sur les chemins de la chasse avait fait du Béarnais un Sauvage bien accepté dans les tribus.

— C'était votre ami ? lui demanda Barnett, puis, sans attendre la réponse : Croyez-vous que son âme soit parvenue à destination ? Pour cela, il faudrait qu'il en ait une, vous ne pensez pas ?

— Il faudra l'enterrer selon les rites, murmura Julien.

— Ça ! Vous aurez tout votre temps. Le rescapé vous aidera. Nous décidons de lui laisser la vie sauve.

Julien comprit que l'Abenaqui devenait ainsi sa caution auprès de Saint-Castin. Il témoignerait de la brutalité de l'attaque et de la saisie des fourrures. Et ne saurait rien de ce qui se combinait en son absence. Julien songeait au châtiment réservé d'habitude aux traîtres et aux assassins par les gouverneurs de Québec. Quand les Anglais pendaient ou décapitaient à la hache en place publique, les Français œuvraient à leur manière. Les condamnés s'agenouillaient, et le représentant du roi se faisait un plaisir de leur briser le crâne à coups de masse. Barnett se pencha vers Julien.

— Notre proposition vous intéresse ? Eh ! Il n'y a pas de mal dans tout cela. Les hautes forêts où nous sommes n'appartiennent en vérité à personne. Où sont les armées de nos rois, les religieux qui ne savent qu'interdire ? Nos pasteurs sont comme vos jésuites, en ce moment : les fesses bien au chaud devant les cheminées des presbytères et des couvents. Ils s'endorment, les chers hommes, devant leurs soupes fumantes. Nous, au contraire, vivons entre le Ciel et l'Enfer, et libres, pardieu, libres !

Il devenait presque amical, tendait une gourde d'eau-de-vie à son hôte. Julien pensa qu'au bout de ces semaines de solitude et de marche, dans le grand silence de la forêt américaine, il devait ressembler à ces deux hommes hâves et édentés, avec les mêmes lueurs de folie dans le regard.

— La saison sera encore longue, dit Barnett. Vous avez trouvé les bons endroits pour le castor. Retournez-y et faisons de cette cabane le lieu de nos rendez-vous. Dans deux mois, nous nous retrouverons ici même, avec de la monnaie française comme ceci.

Il exhiba une pièce en or à l'effigie du roi Louis XIV, qu'il fit tourner entre ses doigts et posa devant Julien. C'était là l'infime partie d'un rêve que le jeune Béarnais avait souvent fait, en France : la demeure des maîtres d'Escout s'ouvrait comme une tour démantelée, pour laisser couler une manne dorée vers les métairies. Et le peuple minuscule des paysans se noyait en riant sous l'avalanche.

Barnett eut un geste d'apaisement. Ainsi pouvait-on

s'entendre entre gens de bonne compagnie, hors des affaires d'Europe. Julien ferma les yeux à demi. L'or brillait dans la pénombre, il y avait là une rencontre à laquelle le Diable s'était invité. Julien saisit la pièce. Elle valait largement les fourrures étalées sur le sol.

— Dans deux mois, dit-il.

— Oui. Le premier arrivé attend l'autre. L'hiver est rude par ici mais propice aux affaires discrètes. Du castor, donc, mais si vous nous fournissez du lynx et de l'ours, et par-dessus tout de la martre et du pékan, alors, je vous garantis un avenir que vous n'imaginez même pas. Ces peaux-là ne resteront pas dans les colonies. Elles iront en Angleterre, à la cour !

Julien saisit l'outre d'eau-de-vie, s'aperçut qu'il tremblait. Il avait besoin de boire.

— Vous avez froid, lui dit Barnett, détendu. Nous avons de bonnes couvertures en laine. Je vous en laisserai une, vous verrez, on est bien dessous. Savez-vous que les gens de Boston en offrent de temps à autre aux Abenaquis, contre quelques fourrures, histoire de contrarier votre maudit baron ?

Julien fit non de la tête. Il ne voyait rien d'intéressant dans ce troc. Barnett le fixa, le regard dur, de nouveau.

— Ces couvertures ont une histoire. Elles ont voyagé, et réchauffé de pauvres émigrants atteints de la petite vérole, au fond des navires de la reine d'Angleterre. Les Sauvages rendent grâce à Dieu pour le présent qu'on leur fait, et au bout de quelques jours ils purulent et délirent de fièvre au point qu'il faut quasiment les enterrer vifs. Ainsi l'Angleterre fait-elle de la place sans avoir à se battre. Mais rassurez-vous, les nôtres sont saines.

Julien avala une longue rasade d'alcool. Il se sentait sale, comme si les pestilences transmises par les couvertures anglaises le recouvraient. Il pensa qu'à l'image des autres il était en train de devenir une injure faite à la beauté de la nature, à son éternité minérale, à ses mystères violés par des arrivants sans compassion. Et en même temps il éprouvait l'envie d'aller se fondre dans les immensités de la sylve américaine, loin des princes, des Saint-Castin, des forts en flammes. Jamais plus il n'appartiendrait à cette société-là, et s'il le fallait, il disparaîtrait définitivement dans le nouveau monde créé rien que pour lui.

Les Anglais voyageaient avec deux traîneaux pleins de peaux, d'outils divers, de sacs et de nourriture. Au moment où Barnett en saisissait les mancherons, Julien aperçut, accrochée à un montant de la traîne, une masse brune qu'il pensa tout d'abord être un de ces couvre-chefs en fourrure portés par certains coureurs. Les Iroquois avaient déjà pris le chemin de l'ouest, vers leurs collines. Julien s'approcha, voulut toucher la fourrure, recula, horrifié. Barnett éclata de rire.

— Elle est jolie, n'est-ce pas ?

De la tête, humaine et tranchée net à la naissance du cou, émanait une expression de fatigue par-delà la mort, semblait soupirer, comme souffrant d'une indéfinissable douleur. Le crâne avait été en partie décalotté, la cervelle apparaissait, blanchâtre et striée de bleu, amputée lors d'une agape de guerriers.

— De quelle partie de la France êtes-vous, Julien ? demanda Barnett.

— D'Oloron, en Béarn.

— Ah. Et bien, celui-ci était de Normandie. Un ami, jusqu'au moment où il a essayé de nous occire pour nous voler, dans notre lieu de rendez-vous. Imaginez la colère de nos compagnons et le traitement que cet imprudent a subi de leurs mains !

Julien imaginait sans peine. Barnett le salua d'un petit geste de la main, fit une grimace.

— Les Indiens n'aiment pas que l'on enterre les traîtres. C'est d'après eux leur offrir l'honneur réservé aux guerriers, donc, nous conservons cette dépouille. Nos Sauvages sont bien aimables de nous suggérer sa compagnie pour amadouer les esprits de la mauvaise saison, mais moi, je trouve qu'elle pue décidément de plus en plus.

L'Anglais coupa la cordelette retenant la tête, empoigna ce qui restait de la chevelure du coureur et jeta la chose immonde le plus loin qu'il put.

— Maintenant, il faut nous quitter, dit-il. Votre gouverneur Frontenac expédie ses patrouilles jusqu'ici, quelle que soit la saison, et le sort des armes paraît vous avantager, ces temps-ci. Nous devons être prudents, comprenez-vous.

L'Abenaqui survivant avait récupéré son mousquet, un miracle dont il rendait grâce en remerciant ses esprits et leur miséricorde. Julien le regarda prier, debout, cou fléchi, mains posées sur les cuisses. Tandis qu'il chargeait les corps ensanglantés de ses compagnons sur son traîneau, Julien songeait aux prières qu'il se trouvait bien incapable ou peu désireux de réciter. Il ressentait de la honte, mais quoi ! On l'avait entraîné dans la guerre comme domestique, à pousser des canons dans des tranchées. L'offrande d'une main à ces affaires qui ne le concernaient pas suffisait bien, quant aux Sauvages, cela faisait quelques centaines de lunes qu'ils s'entr'égorgeaient, très loin de l'Europe.

— J'essaierai de ramener Christian à Pentagouët, expliqua-t-il à l'Indien lorsque les tueurs eurent disparu. Nous enterrerons tes frères près de votre village.

L'homme le remercia. On avait dû lui dire qu'il devait la vie au Français. Julien se sentit rougir, et ce n'était pas de froid. Ainsi allaient les guerres d'Amérique, et leurs étrangetés.

Le baron de Saint-Castin était sincèrement affecté. La mort de Christian le privait d'un lieutenant efficace, quant à Madokawondo, il pleurait le départ d'un guerrier sans peur vers les prairies de Gisolg. On prierait, longtemps, pour l'esprit du jeune chef.

— Et tu ne sais pas d'où venaient ces Anglais ?

Saint-Castin offrait son dos endolori par les rhumatismes à la tiédeur de l'âtre des Lestang. Face à lui, Julien soutenait son regard aigu avec l'air de n'avoir encore rien compris à ce qu'il lui était arrivé. Obéissant aux ordres du maître, on était allé aux limites extrêmes des espaces abenaquis, pénétrant même des territoires sokoki et pennacook. Au-delà de ces frontières au vague tracé, les Iroquois étaient chez eux. Saint-Castin hocha la tête. L'exploration des monts Appalaches était risquée. On avait déjà perdu des hommes à ce jeu sans règles, des coureurs n'avaient jamais reparu sur la Penobscot, et il était arrivé aux Sauvages d'apercevoir, très en amont, des canoës flottant, vides, au fil de la rivière.

L'Indien avait confirmé les dires de Julien. Il n'y avait rien à ajouter à cela. Le traquenard avait été bien monté, pour une prise modeste, certes, mais le but des Anglais devait être d'indiquer à leurs adversaires qu'ils maîtrisaient et contrôlaient les confins montagneux de la Nouvelle-France. Si les capitaines de Louis XIV pouvaient encore guerroyer le long des rivages atlantiques, le passage par les Appalaches leur était interdit. Saint-Castin savait bien qu'il ne possédait pas les forces nécessaires pour forcer ce barrage-là. Il demanda à Julien si l'aventure lui donnait envie de se consacrer désormais aux calmes exercices de l'agriculture coloniale.

— Je crois que non, se défendit le jeune Béarnais.

— Eh bien, alors, tu repartiras. Dame Lestang, votre fils est difficile à décourager. Mais c'est bien. Nous avons sans doute besoin de civils comme lui pour maintenir l'autorité du roi sur ces terres lointaines.

L'Amérique était dure envers ses conquérants, et Julien avait tremblé pour sa vie, une fois encore. Les yeux fermés, il ressentit jusqu'au fond de lui-même un bonheur un peu honteux, mais si agréable à saisir au passage qu'il en faisait oublier le reste.

— Et celle-ci ! poursuivit le baron. Pardieu, mes pauvres amis d'Escout, cette année ne vous gâte guère.

Julien ouvrit les yeux, vit sa sœur, la main dans celle de Ti'Pierre, debout au milieu de la pièce. Catherine baissait la tête. Jeanne Lestang s'assit à la table tandis que monsieur de Saint-Castin s'approchait de la jeune fille.

— Un drôle, dit le baron. Et nous ne saurons pas de qui il est.

Catherine secoua la tête. Cela faisait une semaine que son état avait été découvert par Jeanne. Un bâtard à Pentagouët ! Oh, cela ne devait pas être la première fois, et les métis ne manquaient pas dans les collines indiennes. Mais la jolie Catherine, si réservée, refusant les avances des uns et des autres, rougissant sous leurs compliments, Dieu vivant ! L'affaire n'était pas banale.

— Elle ne veut rien nous dire, se lamenta Jeanne.

En avait-elle versé, des larmes ! Dans ce fond de colonie où son mari s'esquintait sur une terre ingrate, le Seigneur lui envoyait en sus cette épreuve-là. Deux ans avaient passé depuis l'arrivée de la famille à Port-Royal. On ne possédait rien ou presque, deux arpents de cailloux, quelques pieds de haricots, un fils infirme et, maintenant, celle-là, qui aurait un enfant sans père.

Jean Lestang posait sur sa fille un regard oblique, fuyant. Les paysans de France n'étaient pas censés ressentir de l'honneur, ce privilège de la noblesse, ou même quelque chose qui y ressemblât. Mais l'homme Lestang était blessé. Face au seigneur et à son jugement, son chagrin était fait avant tout d'humiliation.

— On trouvera la solution, dit Saint-Castin. Il ne manque pas ici de garçons assez entichés de votre fille pour la marier séance tenante et lui bâtir sa maison à la colonie. J'en vois bien deux, au fort, qui se disputeront ce joli parti.

Il avait songé à offrir le bâtard aux Indiens, comme cela se faisait entre alliés. On mettait en pension, dans les tribus, des garçons, métis ou non, qui deviendraient ainsi interprètes. Le baron avait aussi envisagé la solution d'un mariage avec un jeune chef de sa tribu. Méchilde l'en avait dissuadé, pensant qu'on ne pouvait imposer à Catherine une vie qu'elle ne souhaitait peut-être pas.

— Un jésuite doit passer par le fort dans trois ou quatre semaines, dit le maître de Pentagouët. Nous verrons les détails avec lui. Il ne sera pas très facile de lui faire accepter de marier, mais enfin, nous formons ici une bonne famille chrétienne, Sauvages et Français réunis. Et puis, s'il ne veut pas s'exécuter, nous obtiendrons cela d'un récollet ou du curé de Port-Royal. Tudieu ! Nous ferons ce qu'il faut, quoi qu'il arrive, vous pouvez m'en croire.

L'affaire ne l'avait jamais vraiment inquiété. Il avait bien d'autres chats à fouetter par les temps de guerre qui couraient. Et pardieu, on était en Nouvelle-France, loin des carcans de la vieille Europe. Lui-même, Saint-Castin, n'avait-il pas convolé avec une Sauvagesse contre l'avis des hommes en noir ? Ti'Pierre sentait la main de Catherine serrer désespérément la sienne. L'hiver était autour d'eux, blanc et glacé, comme un suaire sous lequel ils étouffaient, tandis que se réglait entre adultes le sort de la pécheresse. Jeanne Lestang dardait sur sa fille un regard plus furieux que déçu, ou catastrophé. Julien pensait aux formes étonnantes que les trahisons pouvaient prendre sous un même toit. Personne ne faisait plus attention à lui et c'était bien ainsi.

Catherine fit non de la tête, sous le regard sévère de sa mère. Jamais elle n'accepterait qu'on la forçât à se coucher dans le lit d'un sergent ou sur les couvertures d'une tente de *sagamo*. Elle avait attendu qu'on lui demandât au moins son avis. Elle avait envie de hurler, mais son corps pétrifié lui refusait cette issue. Elle sentit des sueurs inonder sa nuque et son dos, comme si le terrifiant regard du jésuite était déjà posé sur elle. Tout, autour d'elle, lui devenait hostile, l'indifférence de son aîné, la gêne mortelle de ses parents, et même le bon sourire du maître des âmes de la Penobscot, tout content de savoir que cette histoire prendrait bientôt fin, heureusement. Les jambes de Catherine mollissaient, la main de Ti'Pierre se faisait plus forte dans la sienne. La jeune fille vit les gens tanguer, comme faisaient les objets dans la sainte-barbe de l'*Oranger*. Elle se tuerait pour de bon, plutôt que d'accepter la mort lente d'un mariage arrangé. Elle eut l'impression de s'élever, légère. Puis les minces poutres du plafond semblèrent se disjoindre et s'effondrer sur elle. Elle poussa un petit cri, glissa sur le sol de terre.

De la capitale de l'Acadie, Ti'Pierre gardait, en ce mois d'avril 1697, le souvenir d'un bourg aux ruelles fangeuses, aux pauvres maisons étalées sous la masse d'un fort. Avec ses yeux d'adolescent, il découvrait un site à peine embelli par quelques constructions récentes. Des ouvriers besognaient à consolider la citadelle, colmatant des brèches, changeant des tuiles, cimentant des portes. Par des portails ouverts sur quelques entrepôts, Ti'Pierre apercevait des rangées de tonneaux, de piles de sacs, du grain étalé par terre, rassemblé en tas par des hommes couverts de sueur, dans la pénombre.

— Regarde, Catherine, c'est la ville, ici.

Et quelle ville ! Les ruelles grouillaient de volaille en liberté, des cochons fouillaient la boue au pied des constructions, des bœufs passaient, tirant des charrettes chargées de paille et de paysans. Il y avait là une zoologie désordonnée, un petit peuple vaquant à de précaires activités.

A une centaine de brasses de la côte, bien à l'abri dans la nasse de Port-Royal, immobile, un vaisseau de ligne était ancré.

C'était le *Soleil-d'Afrique*, un trois-mâts aux voiles brassées, armé d'une double rangée de canons dont les gueules apparaissaient, toutes rondes, menaçantes, par leurs trappes relevées.

— As-tu vu quelque chose d'aussi beau, sœur ? Il est là pour fêter la fin de l'hiver.

Catherine était moins sensible que Ti'Pierre aux charmes de la marine royale. A Pentagouët, elle avait vu les deux vaisseaux en transit vers la Nouvelle-Angleterre, le *Profond* et l'*Envieux*, dont le souvenir ne lui plaisait pas. Alors, le dessin tout en finesse des haubans et des drisses sur le bleu froid de la mer, pacifiant le spectacle du vaisseau immobile, la laissait indifférente.

Ti'Pierre s'inquiétait de l'état de sa sœur. Ils étaient arrivés à Port-Royal au bout d'un cabotage de près de quinze jours entre les criques désertes d'Acadie. Ti'Pierre Lestang s'était désigné capitaine d'une barque de huit tonneaux, un esquif mû par une voile d'à peine quinze pieds de haut à bord duquel il avait embarqué la fugitive et de quoi se nourrir. Le bougre avait bien retenu la leçon des pêcheurs basques. Restant en vue de la côte, assez loin pour éviter d'y être drossé, s'abritant dans les estuaires où l'on allait d'ordinaire pêcher l'alose, retrouvant un à un les repères patiemment observés depuis les navires basques, il avait mené sa passagère à bon port, la chance aidant et avec la complicité d'un ciel de bonne humeur.

Depuis, ils logeaient au pied du fort, dans une maison à demi abandonnée que les pêcheurs occupaient librement lorsqu'ils faisaient escale. Il y avait, dans cette espèce d'auberge ouverte au vent, des grabats, des matelas de paille, des tonneaux vides, rien qui donnât envie d'y séjourner longtemps.

Que va-t-il advenir de nous, maintenant ? se demandait Catherine.

Elle cachait son ventre désormais bien arrondi sous sa cape. Les étrangers n'étaient pas nombreux à Port-Royal, et chacun y connaissait un peu tout le monde. Une fois ou deux, elle avait reconnu de loin un visage aperçu lors de son arrivée en Acadie, trois années plus tôt ; une fille des aboiteaux et ses parents, des gars venus au bourg acheter du grain, un outil. Catherine s'était dissimulée derrière une palissade, avant de regagner précipitamment son abri.

Des marins du *Soleil-d'Afrique* allaient et venaient entre le fort et les barques de transbordement amarrées au bas de la colline. Ils riaient et parlaient fort, décrochaient au passage un compliment à la jolie fille en jupe rouge et bonnet blanc que son grand benêt de frère tenait par la main. « Lâche-là, paysan ! Elle ne s'échappera pas ! » Ti'Pierre les suivait du regard, tentait de sourire à leurs plaisanteries sans méchanceté. Presque tous étaient coiffés d'un bonnet rouge dont la pointe retombait sur l'épaule, des pantalons serrés laissaient paraître leurs chevilles, au-dessus de légers souliers en toile. D'autres, moins nombreux, des officiers sans aucun doute, portant chapeaux emplumés, jabots et vestes ceinturées sous d'épais manteaux, devisaient en marchant, l'épée au côté. Une société ! Posée à Port-Royal le temps d'une escale, ou d'une guerre, peut-être. Ti'Pierre sentait son cœur cogner dans sa poitrine. C'était comme si toute la gloire du roi de France défilait devant ses yeux, pour lui seul. Ah ! Comme il eût aimé aller leur parler, à ces seigneurs !

— Tu cherches un travail, ami ?

L'homme était immense et maigre à faire peur. Son habit était un mélange de tenue de marin et de mise paysanne, son visage, une lame de canif tourmentée de rides, sculptée comme les rochers de Pentagouët. Catherine serra la main de son frère. Il se dégageait de l'homme une telle force, et comme de la colère et de la haine froide aussi, que la jeune fille en fut soudain épouvantée.

— Viens, Ti'Pierre, souffla-t-elle, inquiète.

L'homme eut un mince sourire, montrant ses gencives jaunies et quelques chicots. Ainsi dévastée, sa face avait étrangement quelque chose d'un peu plus humain.

— Alors ?

Ti'Pierre hésitait. Catherine avait agrippé sa manche et le tirait doucement en arrière. L'enfant bougeait dans son ventre et cette sensation nouvelle la forçait parfois à suspendre un geste, un pas.

— Quel genre de travail proposez-vous ? demanda Ti'Pierre.

L'homme rit plus franchement, donna un coup de menton vers le navire. C'était peut-être là-dedans, cet emploi.

— J'ai bien vu comment tu le regardais, dit l'inconnu. Le travail de la terre acadienne te pèse, on dirait. Alors, j'ai pensé que je pourrais te faire une proposition. Mais la demoiselle ne semble pas d'accord.

Il parut hésiter à son tour, hocha la tête, sceptique. Ti'Pierre fit un pas vers lui, dut se redresser le plus possible pour lui arriver à l'épaule.

— On pourrait parler, lâcha-t-il, faussement sûr de lui.

— Suivez-moi, tous les deux.

L'homme se mit en marche, suivi par les deux jeunes gens, longea les maisons alignées sur le côté du fort, s'engagea dans une venelle dont la terre boueuse collait aux sabots. Il y avait là des granges, des masures pitoyables aux fenêtres de guingois donnant sur des cours où des canards s'ébattaient en caquetant, d'une flaque à l'autre. L'homme entra dans l'une de ces maisons, salua d'un geste de l'index d'autres hommes qui buvaient de l'eau-de-vie autour d'une table et chantaient.

— Il ne faudra rien dire au curé de Port-Royal, plaisanta le marin. Il n'aime guère que l'on s'enivre si près de son église.

Effarée, Catherine découvrait la petite société assemblée sous le toit d'herbe et de planches mal jointes. Etait-on dans une taverne ? Dans les odeurs de crasse et de tabac, cela ne ressemblait à rien, et les gens non plus, avec leurs trognes hilares, leurs bras velus étalés sur la table et leurs regards qui déshabillaient les arrivants. Un homme chantait :

Que dira-t-on du grand rafiot,
en Angleterre et à Bordeaux,
qu'a laissé prendre son équipage
par un corsaire de six canons,
lui qu'en avait trente, et si bons,

et les autres poursuivirent en chœur :

Buvons un coup, buvons-en deux
à la santé des amoureux,
à la santé du roi de France,
et merde pour la reine d'Angleterre
qui nous a déclaré la guerre !

« Et merde pour la reine d'Angleterre, qui nous a déclaré la guerre ! » répétèrent-ils dans un éclat de rire. Catherine était inquiète, tout à coup.

— Que fait-on là, Ti'Pierre ?

— On cherche le chemin de Beaubassin. Et un bateau pour nous y conduire. Le nôtre ne fera pas un mille de plus dans la Baie française, tu le sais bien.

Un homme s'était détaché de contre le mur du fond, venait vers eux. Grand et mince, il portait l'habit des corsaires, chemise ouverte bas sur le torse, la taille serrée sous une ceinture de tissu et un pantalon moulant, et marchait, un peu raide, avec le maintien d'un noble ou d'un rhumatisant. Il grisonnait, son regard brillait, intense, illuminant son visage émacié. Différent des autres, et du guide, qui s'effaça pour le laisser passer.

— Je les ai trouvés devant le fort, Bellilois, et ils m'ont l'air un peu perdus, expliqua l'escogriffe.

— La demoiselle s'inquiète, elle a raison, dit l'homme qui semblait être le chef de cette bande hétéroclite. J'ai déjà vu ta compagne quelque part, ajouta-t-il en s'adressant à Ti'Pierre. Ces yeux-là sont de ceux qu'on n'oublie pas. Et toi, le mousse, que fais-tu à Port-Royal ?

Il avait la voix chaude, un peu altérée, comme par un rhume. Il releva le menton de Ti'Pierre. Ses doigts tremblaient très légèrement. Il attendit la réponse, haussa les épaules.

— Alors, tu es un de ces petits Acadiens plus prompts à lézarder sur un mur et à poser des collets qu'à labourer les collines de Port-Royal ou de Cobequid. Tu ressembles à tes frères, la même tête à décrocher les toiles d'araignées sous les poutres des entrepôts, la même petite gueule de bon à rien.

L'homme rit, de toute sa denture immaculée, si brièvement que Ti'Pierre, qui avait choisi de l'imiter, en fut tout surpris et baissa la tête.

— Je suis pêcheur à Pentagouët, murmura-t-il.

— Pentagouët, tiens donc. Eh bien voilà où j'ai vu ta compagne. A la cuisine de la bonne grosse Madeleine. Il y a aussi des Basques, là-bas, Salaberry, Labandibar, des tout bons à la morue. Bois. Moi, mon nom est Bastien Le Dantec, mais comme je suis de Belle-Ile, on m'appelle le Bellilois. C'est simple comme prendre un galion anglais au large du Cap-Breton.

Il éclata de rire. Ti'Pierre prit le verre que lui tendait son hôte. Il ne s'était jusqu'alors autorisé, en fait d'alcool, que quelques gorgées de bière d'épinette, et un peu de vin piqué, une fois ou deux, dans le verre de son père. Belle-Ile ? Le nom lui évoquait la course en mer et les seigneurs d'Acadie.

— Bois, je te dis, lui ordonna le corsaire.

Catherine se mordait les lèvres. Elle avait envie de fuir à toutes jambes le bouge puant, mais ne pouvait quitter du regard ce visage qui détaillait le sien de temps à autre. A la différence des faces de cauchemar réunies là, celle-là avait quelque chose d'attirant et de très inquiétant aussi.

Ti'Pierre but, manqua s'étouffer. Le Bellilois le frappa avec vigueur du plat de la main, entre les omoplates.

— Pentagouët, hé ? Comment es-tu arrivé ici avec ta donzelle ?

— Un Basque avec qui j'ai travaillé nous a débarqués à la passe de Port-Royal.

— Vraiment ? Tu aurais une bonne tête d'enseigne au régiment de Carignan. Tu n'as pas déserté la garnison de Saint-Castin, au moins ? Trahir cet homme-là, c'est trahir le roi, et tu sais ce qu'on fait de ceux qui désertent, en Nouvelle-France ?

Il ferma son poing, l'abaissa jusqu'au crâne de Ti'Pierre.

— Le casse-tête indien. Ça fait très mal. Jure.

— Je jure, souffla Ti'Pierre, soudain terrorisé.

L'homme le considéra longuement. Les déserteurs n'étaient pas nombreux en Nouvelle-France, mais il y en avait, que les gouverneurs traquaient jusqu'aux Grands Lacs et même plus loin. C'était une chasse inconnue en France, longue, périlleuse et très excitante.

— Je te crois, pour le moment, dit le corsaire. Ecoute, petit, j'embarque demain. Pas sur le vaisseau royal, non. Sur un navire plus petit mais tout à moi. Son nom, *Locmaria*. Tu veux venir ? Il y a une escadre anglaise en route pour ici. Il va s'agir de les empêcher de planter leur foutue bannière sur ta terre d'Acadie.

Il souriait vaguement. Ses compagnons ne chantaient plus.

— Alors, tu as envie de nous accompagner ? Et la jolie fille, aussi ? C'est la guerre, maintenant. Il y aura de l'aventure pour ceux qui voudront tendre la main. Regardez. J'ai déjà constitué la moitié de mon équipage. Avec ces marins-là, j'irai jusqu'à Londres, si le vent me pousse.

Il y eut quelques instants de silence. Ti'Pierre éprouvait de la peine à respirer. Son rêve était là, en chair et en os, lui parlait et tendait une main qu'il se sentait soudain incapable de saisir. Sous sa coiffe bien sage, qui la faisait ressembler à un gracieux oiseau de mer, Catherine paraissait elle aussi ne pas croire ce qu'elle voyait. Le Bellilois cessa de sourire, jura.

— Allez-vous-en, dit-il. Vous êtes de ces paysans bien trop paresseux pour tirer sur des cordages, tout juste bons à porter un mousquet à l'entrée de vos fermes. Tueurs de lapins !

Il avait l'air las, soudain. Ti'Pierre se raidit. Les Basques de Pentagouët lui avaient parlé quelquefois de ce personnage. Pêcheur de morue en temps de paix, il se faisait corsaire quand se rallumait la guerre, c'était un héros d'Acadie au même titre qu'un Saint-Castin ou un d'Iberville. Dans ses rêves les plus fous, Ti'Pierre n'eût jamais imaginé se trouver un jour devant un homme de cette trempe.

— Allons-nous-en, souffla Catherine à son oreille.

Elle avait hâte de retrouver la lumière du jour et les odeurs de la mer, sur la colline de Port-Royal, pour chasser les remugles de cet endroit sans nom. Ti'Pierre la suivit, pataugeant dans la boue de la ruelle, où ses sabots menaçaient de rester englués. Les jeunes gens se retournèrent plusieurs fois, aperçurent le corsaire, figé telle une statue dans l'embrasure de la porte. L'homme leur cria qu'il louvoierait devant les côtes d'Acadie, partout où il aurait de l'Anglais à saisir, et qu'on pourrait le trouver à l'abri de Grande-Anse, dans l'île Royale, entre ses courses au large.

— Ces hommes me font peur, dit Catherine lorsque, courant presque, ils furent enfin sortis du bourg.

Ti'Pierre frissonnait, riait en même temps. Il s'était fait une belle frayeur, lui aussi, pourtant, l'envie de retourner dans le bouge le tenaillait déjà. Il apercevait de nouveau le grand vaisseau royal, les marins allant et venant le long de la colline, des sacs sur les épaules. Ces hommes avaient l'air peu amènes sans doute parce que vainqueurs de dix batailles sur l'Atlantique. Leurs bateaux sortaient tout droit de l'imaginaire de l'adolescent. Corsaires ou équipages royaux ? Où iraient ces apparitions à peine croyables ? Catherine regardait son frère et le trouvait changé, avec dans l'œil une lueur qui ressemblait à du défi.

— Nous ne retournerons pas à Pentagouët, dit-il.

Il se voulait déterminé, doutait cependant. Il pensait à Julien, l'estropié envoûté par la course à la fourrure, à son père que les travaux des champs allaient bientôt courber à nouveau sur le bois de son soc. Comme la maison devait être vide, maintenant. Et Jeanne ? Supporterait-elle de vivre plus longtemps dans un pareil désert ?

— Il y a un chemin le long de la rivière, pour aller au-delà des fermes acadiennes, dit-il d'une voix bien assurée. Beaubassin est à une dizaine de jours de marche. Si nous ne trouvons pas de pêcheur pour nous y mener, nous irons à pied.

Ils avaient décidé de ne plus séjourner à Port-Royal au-delà de la semaine en cours. Il était probable que les gens de Pentagouët s'étaient mis à leur recherche. Un voilier passerait sans doute bientôt le goulet, avec pour mission de les repérer. Ti'Pierre interrogeait sa sœur. Voulait-elle toujours rejoindre Aubin de Terville dans ses terres de Beaubassin ?

— Il le faut, répétait-elle invariablement. Nous avons tout fait pour cela.

Elle ne trouverait pas le repos avant de savoir ce qu'il était advenu de son amant.

— Viens, dit Pierre, je crains maintenant qu'on ne nous retrouve. Nous passerons la journée sur notre bateau.

Le petit voilier basque mouillait devant la rive sud de la Dauphin. Ils contournèrent le fort Royal et s'apprêtaient à longer la ruelle habitée par les fonctionnaires et les officiers de Port-Royal lorsqu'un homme vint vers eux.

— Eh bien, que faites-vous ici, tous deux ?

Catherine reconnut immédiatement Jacques Hébert, le grand échalas de la rive nord de la Dauphin, le chef de la milice qui les avait accueillis deux ans plus tôt. L'homme avait l'air étonné. Il s'enquit de la présence du reste de la famille à Port-Royal. Et que se passait-il au juste à Pentagouët ? Des échos de la guerre de Saint-Castin étaient parvenus jusqu'au fort. Les Français remportaient des victoires, assiégeaient une nouvelle fois les villes anglaises. En revanche, les navires promis par le roi Louis pour aller prendre Boston avaient fait demi-tour ou s'étaient perdus dans la tempête. Un désastre, et maintenant, l'Acadie de l'Est était à nouveau tout entière sous la menace des escadres anglaises.

— Il faut qu'on aille à Beaubassin, expliqua Ti'Pierre.

Jacques Hébert souriait à Catherine. Beaubassin, et pourquoi donc ? Les jeunes gens mentirent. La colonie de Pentagouët peinait à nourrir ses gens, et ils s'étaient trouvé de la famille, là-haut, avec qui ils allaient s'installer. Hébert eut une moue de scepticisme. Il connaissait à peu près tout le monde en Acadie et jusqu'au long des lointaines rivières du Nord. Mais après tout, Beaubassin et Grand-Pré offraient aux colons des lieues carrées de marais vierges et de rives à endiguer.

— Pour rejoindre Beaubassin, il faut bien une demi-semaine de marche le long de la Baie française, dit-il.

Catherine regardait son frère, qui fixait quant à lui ses sabots des yeux. Ainsi Ti'Pierre Lestang manifestait-il les tumultes de son esprit, en observant ses pieds comme s'ils pouvaient se mettre à avancer sans lui. Catherine savait bien à quoi pensait son cadet. La rencontre avec le corsaire avait laissé des traces et il ne faudrait guère de temps avant que le gouyat se décide à suivre le marin. Catherine se sentait lasse. Le regard d'Hébert pesait sur elle, interrogatif et perplexe.

— Vous avez l'air de chercher votre chemin, dit-il. Vous viendrez habiter chez moi. J'ai besoin d'aide. Il y aura de la besogne pour toi, le garçon, si tu le désires.

Il avait à travailler sur ses digues endommagées en de nombreux endroits par les tempêtes liguées aux grandes marées et était venu à Port-Royal dans l'espoir que le vaisseau royal y aurait débarqué des bêtes de trait. Mais les chevaux avaient été réquisitionnés par le gouverneur de Villebon pour les officiers du fort, quant aux quelques bœufs embarqués à La Rochelle, ils iraient à la colonie de Grand-Pré, où on les réclamait depuis assez longtemps. Les civils devaient se plier aux exigences de la guerre.

Ti'Pierre hocha la tête, l'air pas trop convaincu. Monter des jetées de terre par-dessus des pièces de bois et y percer des aboiteaux ne le tentait que très modérément. Il avait vu faire les Poitevins et s'en souvenait. Ces gens vivaient le dos tourné à la mer et bâtissaient même des murs contre elle. Un monde !

— C'est bien, dit-il. Dès que nous n'aurons plus à faire ici, nous irons chez vous.

Hébert doutait que ce fût vrai. Rien de ce qui se passait à Port-Royal ne lui était étranger, jusqu'aux prénoms des nourrissons accouchés sur les bateaux de France et aux noms des marins que l'on avait jetés, morts, par-dessus bord. Et ces deux-là, qui dormaient dans un débarras, au milieu des poules et des rats. Que s'était-il passé, à Pentagouët, pour qu'ils se lancent ainsi à l'aventure ?

— La mer est dangereuse ces temps-ci, lâcha-t-il, sibyllin, même et y compris aux abords de Port-Royal. Des gens ont vu des navires anglais quitter leurs mouillages de Boston et de New York. Il ne faut pas trop se hasarder au large de l'Acadie en ce moment, quand on sait en plus que l'escadre de France a été anéantie.

Ti'Pierre fanfaronna :

— Les Anglais, on leur a pris Terre-Neuve.

Il avait vu de ses yeux monsieur d'Iberville, qui avait fait brûler le fort Pemaquid avant d'aller conquérir la grande île anglaise en marchant sur les glaces. Hébert eut un petit ricanement. Terre-Neuve était loin des endroits où se jouait le sort de la Nouvelle-France. Il n'y avait que des benêts comme ce jeune Lestang, ou ses pareils exaltés des fermes de Port-Royal et de Grand-Pré, pour croire qu'avoir planté la bannière du roi Louis sur les sécheries de morue de Terre-Neuve suffirait à en éloigner les Anglais. Ces hardis coups de main avaient de la gueule mais c'était tout, hélas.

— Bien, vous ne m'avez toujours pas expliqué ce que vous venez faire à Port-Royal, mais vous savez où est ma maison, dit-il. Des barques vous feront traverser la Dauphin quand vous l'aurez décidé.

Il eut un coup de menton vers un vague embarcadère de bois, au bas de la colline. Avec son chapeau rond, son profil d'aigle et sa longue carcasse dégingandée, il donnait l'impression de se traîner un peu, mais les muscles de ses bras, puissants comme l'attache de son cou entre ses épaules, affirmaient le contraire. Hébert devait manier la glaise d'Acadie avec la vigueur de ses ancêtres charriant celle des marais du Poitou. Familier des Basques et des Bretons de Pentagouët, gens de mer aux mains blanchies par le sel, Ti'Pierre avait oublié de quelle race d'hommes étaient ceux des terres conquises en

Amérique. C'étaient les obscurs, les courbés, les gratteurs aux ongles noirs, aux cheveux raides de crasse et de poussière.

— Vous viendrez ? insista l'homme. J'ai de la place sous mon toit, vous savez. C'est pas comme les autres, avec leurs mioches par dizaines.

Il indiqua du doigt l'endroit où se trouvaient ses digues, sur l'autre rive. De là où il se trouvait, Ti'Pierre redécouvrait le domaine des fermiers d'Acadie, la tache ocre serpentant au gré des courbes de l'estuaire, avec son rempart de bois et de boue séchée, et ses faîtes minuscules d'où sortaient des fumées. Certains de ces colons possédaient une grange, luxe de nantis, en partie masquée par la jolie floraison des pommiers. Des charrettes traversaient au pas lent des bœufs ce décor de fin d'hiver au fond duquel la forêt encore enneigée déroulait, parallèles au fil de l'eau, ses courbes, ses exubérances, sa trompeuse douceur.

Jacques Hébert souriait. Il y avait un peu de blondeur sur ses tempes et du bleu dans son regard, un éclat dur qui démentait la soudaine détente de son visage. Un ami ? Catherine murmura un oui pas très convaincu. Elle se rappelait ses premières heures sur la terre d'Amérique, ces gens, autour de la table, serrés les uns contre les autres comme si la pauvreté de leur existence et les rigueurs du pays d'accueil les obligeaient à demeurer ainsi, à ne pas se perdre des yeux, de la peau, à se compter, sans cesse, dans leurs maisons de gnomes où ils vivaient en tribus, comme les Sauvages sous leurs tentes. Hébert paraissait prospère, cherchait à acheter du gros bétail. S'il avait fondé une famille, elle ne devait pas lui coûter bien cher à nourrir. Ti'Pierre salua l'Acadien, tira sa sœur par la manche et l'entraîna.

— Tu te sens bien, Catherine ?

La nuit était tombée sur le bourg, éclairée par une lune froide. Catherine ne répondit pas. Ti'Pierre et elle s'étaient accordés pour ne pas rencontrer le curé de Port-Royal, homme aussi important que le gouverneur de la colonie. Que leur dire, à ceux-là ? Que l'on allait essayer de retrouver le père d'un enfant à venir, à une semaine de marche de là ? Ils avaient croisé des gens, des laboureurs, des soldats, qui les avaient regardés avec un peu de curiosité, sans toutefois les interroger.

— Une semaine de marche, tu ne pourras jamais, dit Ti'Pierre. Il va falloir retrouver ce Bellilois qui compte aller à Beaubassin.

Ils avaient faim et ne pourraient subsister ainsi bien longtemps. Vers la mi-nuit, ils quittèrent leur havre au pied du fort, longèrent la bicoque où les marins s'étaient assemblés, sortirent du bourg. Il y avait quelques bateaux au mouillage, entourant le vaisseau de guerre, et, parmi eux, le navire du corsaire.

Ti'Pierre l'apercevait dans la clarté lunaire, immobile, et distinguait les voiles repliées du vaisseau de ligne, vers l'aval de la Dauphin. Il avait peur, soudain, d'être parvenu au bout de son voyage, de se faire rire au nez par le grand diable breton et son équipage de nez cassés et d'oreilles coupées. Ou de se faire raccompagner à Pentagouët par les officiers du *Soleil-d'Afrique*, sur ordre du gouverneur. Et d'ici à ce qu'un Saint-Castin, furieux qu'on lui ait désobéi, se fût mis en tête de le retrouver ! Il se retint de proposer à Catherine de rebrousser chemin.

— Il ne sert à rien de rester ici plus longtemps, dit-il. J'irai voir ce Breton quand le jour se lèvera.

Il était comme au milieu d'un gué, avec, à cent brasses, le bateau du Bellilois. C'était un navire comme Ti'Pierre n'en avait pas vu à La Rochelle, une sorte d'oiseau de mer au bec effilé comme un rasoir, au château arrière à peine marqué, avec ses deux mâts hauts comme des flèches de cathédrale, qui devaient porter d'immenses voilures. Son rêve. Il interrogea Catherine du regard, mais cela faisait beau temps que la jeune fille s'était enfermée en elle-même et ne réagissait que pour se plaindre vaguement du froid ou de la fatigue. Morte, un peu, comme si sa chute vers les brisants de Pentagouët l'emportait doucement, avec ses ailes d'albatros. En vérité, Ti'Pierre avait pris seul la décision d'emmener sa sœur loin de la Penobscot et de ses habitants. Il fallait aller au bout, savoir ; après quoi l'on s'en retournerait, si Dieu le voulait, vers les êtres abandonnés à Pentagouët. Il se laissa tomber sur une pile de sacs, tandis que Catherine se recroquevillait près de lui.

— Ainsi, vous avez longé la côte jusqu'à Saint-Jean et traversé la Baie française sur cette coque de noix ! s'écria le Bellilois. Pardieu, mes petits, je pense plutôt que vous l'avez halée depuis la côte !

Le corsaire avait du mal à croire que le gouyat bien campé sur ses jambes et qui bravait son regard avait tenu la barre de l'esquif amarré contre sa goélette, et ce tout au long de la côte hostile séparant la Penobscot de la Saint-Jean. Et trouver ensuite la passe de Port-Royal sans autre carte que le ciel, son soleil et ses étoiles ! Il y avait là un de ces prodiges que la geste des marins enjoliverait, au fil des années.

— Et maintenant, tu dis que tu veux nous accompagner, poursuivit-il, l'air ennuyé.

Il hésitait, semblait vouloir revenir sur la proposition faite à Ti'Pierre. Le gouverneur de Villebon lui avait confié une mission. Furieux de s'être fait prendre Terre-Neuve en plein hiver, les Anglais se préparaient à attaquer la rivière Saint-Jean et armaient une flotte. Ils essaieraient de la remonter le plus loin possible et de détruire au passage les forts français de Jemseg et Naxouat. L'Acadie avait besoin de tout son monde. Les corsaires harcèleraient la flotte ennemie partout où ils pourraient. Le Bellilois prévint Ti'Pierre :

— Tu risques d'être entraîné dans une aventure, au lieu de retrouver ta soi-disant famille à Beaubassin, car Beaubassin pourrait bien être sur la route des marins de la reine Anne.

Ti'Pierre sentit son cœur s'emballer. Il était monté à bord de la goélette les jambes un peu molles, puis très vite, le gréement en partie déployé au-dessus de lui, les petits canons et leurs gueules noires ouvertes de part et d'autre du pont, la puissante et fine mâture du *Locmaria*, d'où tombaient les lianes des cordages, l'avaient rasséréné.

— Je me battrai, monsieur ! Dieu nous donne seulement le temps de mettre ma sœur en sûreté, à terre.

— Hé, l'homme, tu veux ma place ! Je sais ce que j'ai à faire.

Le corsaire avait ri. Un marin de plus à bord du *Locmaria*, pourquoi pas. Son paquetage n'alourdirait guère le bateau. Et puis il y avait cette fille, avec son beau visage, son sourire triste et ses yeux d'Orient, qui baissait les yeux dès qu'on la regardait, comme une pénitente.

— Il faudra tout de même que tu m'expliques ce que vous allez faire pour de bon tous les deux à Beaubassin, lança-t-il, dubitatif.

On allait prendre la mer. Les hommes d'équipage regardaient les hôtes de leur chef s'installer à bord avec un peu de curiosité. Ti'Pierre reconnut quelques-unes des trognes aperçues, attablées, dans le bouge de Port-Royal. Le Bellilois comptait sa troupe, douze marins, et les deux errants de Pentagouët. Jusque-là sombre et renfrogné, traînant un mauvais rhume attrapé dans les couloirs venteux du fort, qui le faisait tousser et cracher, le corsaire reprenait goût à la vie.

— Levons l'ancre. Il me manque quatre bougres, qui nous rejoindront, à Beaubassin, si Dieu les guide, et au diable si ce sont les Anglais qui s'en chargent !

Il était peu probable que les vaisseaux ennemis se hasardassent loin à l'intérieur de la Baie française. C'était aller au fond de culs-de-sac où l'on pouvait se laisser enfermer, et les capitaines de Londres et de Boston préféraient par tradition croiser en haute mer. La sévère punition qu'ils avaient reçue à l'automne 1696, dans la baie James, des canons et brûlots du *Profond*, du *Weesph* et du *Palmier*, devait les inciter à la prudence.

Le Bellilois avait des envies de grand large, il lui tardait de se lancer dans la course à l'Anglais, et la mission vers la Saint-Jean le retardait. Il avait participé à la bataille dans la baie James, se souvenait des navires anglais coulant dans une orgie de feu.

— Port-Royal me fait haïr les nasses, répétait-il, et la Baie française en est une, de taille.

Tandis qu'il aidait ses nouveaux compagnons à déployer la voilure du *Locmaria*, Ti'Pierre pensa que Catherine risquait bien de mettre son enfant au monde quelque part entre l'île Royale et l'île Saint-Jean, ou plus loin, même, le long des côtes de la Nouvelle-Angleterre.

— Mais il faut obéir au gouverneur d'Acadie, ajouta le Bellilois. On sera à Saint-Jean dans moins de deux jours, et de là, on verra bien ce qu'il conviendra de faire.

Ti'Pierre fut soulagé. Lui aussi rêvait de course au milieu de l'océan, mais avant cela il fallait débarquer Catherine et lui offrir un gîte où elle pût séjourner quelque temps.

— Nous nous approcherons de Beaubassin, lui dit-il lorsqu'elle se fut allongée sur le crin d'une paillasse, dans une cambuse de l'entrepont jouxtant la petite cabine de leur hôte.

Elle se mit à sangloter. Ti'Pierre ne se rappelait pas avoir vu sa sœur si longtemps habitée par un chagrin tel que rien ne semblait pouvoir la guérir. Catherine avait caché son ventre, fui le regard des marins et celui de leur chef, posés par moments sur elle, avec insistance. Maintenant, elle désirait s'endormir dans ce réduit, le plus longtemps possible, et se réveiller à Escout, où ses amies sauraient quoi lui dire pour la rassurer.

Lorsque le *Locmaria*, son ancre remontée, sa grand-voile déployée prenant le vent en voluptueuses ondulations, eut viré de bord, passé le goulet et pris vers le nord, Ti'Pierre Lestang eut le sentiment que son existence venait, elle aussi, de changer de cap. En l'éloignant de Port-Royal, et plus encore de Pentagouët et de ses terrains caillouteux, la mer, que la goélette fendait à coups rageurs de son étrave, lui offrait son champ gris, frangé d'écume. Ti'Pierre entrait dans le monde des marins d'Acadie, entrevu depuis les rochers et les grèves de la Penobscot. Alors les faces boucanées de ses compagnons, effrayantes dans la pénombre de leur havre terrien, lui devinrent soudain amies. Le ciel, menace pour les gens du fort et pour ceux qui en cultivaient les abords, entrouvrait des pans d'azur entre les ventres des nuées. Gonflée, soupirante, tendue comme un fruit, la grand-voile penchait vers l'onde, au point de la frôler parfois, et les cris, les bruits, les ahanements des hommes tirant sur les cordages lui parlaient comme à une compagne.

Il faisait froid. Les marins du *Locmaria* avaient revêtu d'épais capots de laine sous lesquels ils abritaient leurs mains et jusqu'au bout de leur nez. A hauteur du cap Chignecto, la neige se mit à tomber en brèves et intenses rafales, voilant la côte en quelques instants, donnant à la mer les teintes grisâtres d'un suaire sale, et le vent qui s'était mis à gémir dans les voiles et à siffler le long des mâts fit taire les plaisanteries des hommes.

— Pardieu, tu vas prendre la mort ! dit Long-Nez à son capitaine. Descends donc dans ta carrée et réchauffe-toi un peu. Le petit et moi nous occuperons à diriger ce bateau.

L'homme frappa l'épaule de Ti'Pierre. Ils prendraient tous deux la barre, cap au nord-est, et s'occuperaient de la route comme ils le faisaient ensemble de la marmite du bord. Des amis de fraîche date, le vieux pêcheur devenu un peu pirate par la force de la guerre et le gouyat des collines de Béarn qui avait eu le toupet de piloter une barcasse à travers l'océan et de la mener à bon port.

— Soit, dit le Bellilois, j'ai la fièvre.

On avait amené le foc, réduit à demi la grand-voile, il ne servait à rien de foncer dans le brouillard. Le corsaire dévala les marches de la coupée, tituba dans l'étroite coursive menant à sa chambre. A l'intérieur de la goélette, tout sentait le bois humide, le foin coupé, les épices. Les butins de guerre livrés au gouverneur de Port-Royal avaient laissé dans la cale du *Locmaria* des effluves composites qui se répandaient un peu partout.

Il aperçut Catherine, grelottant sur sa paillasse. Les bras protégeant sa poitrine, la jeune fille claquait des dents. Il se pencha vers elle. Ce n'était pas un voyage pour une femme, eût-elle à peine vingt ans. Le corsaire la couvrit de sa cape, la fit lever.

— Il fera un peu meilleur à côté.

Elle le suivit en chancelant. L'enfant ruait dans son ventre depuis le matin, comme si les mouvements parfois brusques du bateau le contrariaient, au lieu de le bercer. Lorsqu'elle fut entrée dans la minuscule habitation du Bellilois, Catherine se raidit, le dos contre la porte. Le corsaire vivait dans un espace où l'on tenait à peine debout, entre de pauvres meubles taillés dans un bois grossier, un lit au matelas de mauvais crin et une table couverte de cartes et de documents sur lesquels tanguait une bouteille d'eau-de-vie aux trois quarts vide. Des vêtements froissés traînaient sur une chaise. Par l'étroite écoutille servant de fenêtre, à la poupe du navire, Catherine distinguait vaguement la neige qui tombait, floue, comme effacée. Le Bellilois maugréa.

— Eh bien, mademoiselle, que croyiez-vous ? Les vaisseaux

de Sa Majesté sont certainement plus confortables, mais pour le moment, ceux qui n'ont pas coulé le mois dernier sont à Québec, et encore, rien n'est moins sûr.

La froide humidité s'insinuait partout, jusque dans les profondeurs de la goélette. Catherine frissonnait, les yeux baissés. Il s'approcha d'elle, chercha son regard. Il se souvenait de la fille entrevue dans le bouge de Port-Royal, de cette apparition étrange au milieu de sa troupe de pirates.

— Oui, vraiment, que venez-vous faire à bord de ce navire ? La mer est vaste, elle borde partout les champs et les forêts d'Acadie. Alors, vous seriez comme votre frère, pleine d'attirance pour le large et pour les bateaux qui s'y risquent ? Allons, je n'en crois rien. Vos parents sont des terriens, des paysans à qui l'on a fait traverser un jour l'océan en leur promettant la fortune, le paradis, que sais-je. Mais pas des marins, pardieu, non.

Elle haussa les épaules, prit cet air d'huître fermée que raillait souvent son frère. La mer était l'affaire des hommes, ils allaient y chercher des états d'âme auxquels les femmes n'avaient pas accès. Il suffisait bien qu'elles fussent transportées, à l'occasion, d'un bord à l'autre de la Baie française, ou de Grand-Pré à Port-Royal. Quant à la course ou même la pêche, elles se contentaient d'attendre le retour des marins sur les rivages en égrenant des chapelets, le jour durant. Le corsaire se pencha vers Catherine, contempla, le regard dur, soudain, la poitrine de la jeune fille, gonflée par la grossesse, qui se soulevait au rythme de son souffle un peu plus rapide.

— Tudieu, je n'ai pas souvenir d'avoir vu pareille joliesse. Ne me demande pas de faire partie de mon équipage, je serais bien tenté d'accepter.

Il releva le menton de la jeune fille, voulut écarter les pans de sa cape rouge, vit, stupéfait, Catherine se laisser glisser contre le bois de la cloison.

— Qu'est-ce que c'est ? Sang du Christ ? Mais tu as le ventre plein comme une outre !

Catherine rampait vers la coursive. Il la força à se relever, posa ses mains sur ses flancs, jura.

Elle baissa les yeux. Son hôte était rouge de fièvre, cela semblait augmenter sa curiosité. Qui pouvait bien être le père de ce petit ? Les colons de Beaubassin n'étaient pas de grands voyageurs. Qu'ils fussent venus de Québec ou de La Chaussée pour s'installer dans l'isthme, ils n'avaient pas pour réputation d'aller faire des petits aux frontières du Massachusetts. Un Terville, alors ? La fratrie se prêtait volontiers aux expéditions militaires, tout comme celle des La Vallière, les seigneurs du lieu.

— Bah, le mal est fait, dit-il d'une voix soudain lasse. Le mal, ou ce qu'il est convenu d'appeler ainsi. Tu dormiras dans cette chambre jusqu'à ce que je vous débarque tous les deux. Mais quoi qu'il arrive, ton frère appartient à mon équipage et devra le rejoindre au premier signal. Tu as compris ?

Il la lâcha, alla se servir un verre d'alcool qu'il but d'une traite, entre deux éternuements. Catherine désirait remercier, mais, la gorge nouée, demeurait incapable de prononcer une parole. Elle se sentait un peu mieux, et la compagnie rustaude et plutôt avinée avec laquelle elle voyageait depuis la veille avait cessé de l'inquiéter. Le Bellilois se racla la gorge, cracha, ouvrit son ample chemise de lin blanc pour masser son poitrail, qu'il avait velu et musculeux. Les trois chandeliers posés sur sa table de navigation éclairaient sa haute silhouette serrée aux cuisses par les pantes. Le corsaire se campa devant l'écoutille, s'abîma dans une longue songerie.

— Eh bien, tu n'es pas encore couchée ? dit-il, semblant s'éveiller. Alors, tu crains que je vienne me glisser près de toi, pour réchauffer mes vieux os ? Couche-toi, par Dieu, j'irai dormir ailleurs. Obéis ou je te borde moi-même !

Elle s'assit au bord du lit. Le Bellilois se débarrassa de sa cape, qu'il lui jeta sur les épaules, et sortit.

7

L'isthme de Chignecto mesurait à peine plus de cinq lieues de large. C'était une vaste plaine marquée par de faibles ondulations boisées, traversée par de courtes rivières. Les Français y avaient installé des fermes d'est en ouest selon leur principe habituel, le long des cours d'eau allant se jeter dans les baies à fond plat. Une quinzaine de feux disséminés sur le rivage et les embouchures indiquaient les premières présences humaines. Tout était là en devenir, piqué de quelques digues et sans défenses, bien qu'il fût question depuis quelque temps de bâtir un verrou à l'entrée de ce passage hautement stratégique.

— Les Anglais seront là bien avant, j'en ai peur, dit à Ti'Pierre le Bellilois. Pour l'instant, je vais te débarquer avec ta sœur, charge à toi de la guider à travers les terres açadiennes. Rassure-toi, elles ne sont guère étendues pour le moment.

Le *Locmaria* avait parcouru un long bras de mer ondulant comme un fleuve, avant de s'ancrer. Il tournait doucement autour de son attache, balayant le paysage de marais et de bois rompu à intervalles réguliers par les terres conquises et les vergers en bourgeons. Le corsaire pointait le doigt vers les habitations, citait des noms, Bourgeois, Arsenault, Lambert, Labauve et vingt autres. Il y avait là des pionniers arrivés de France trente années plus tôt, des gens de Port-Royal attirés par les terres nouvelles, des soldats licenciés à qui l'on avait donné un arpent. Voisinant avec des pêcheurs atterris un beau jour dans le lit d'une fille à marier et qui s'étaient faits laboureurs ; ils formaient une société en vérité aussi infime que ses pareilles d'Acadie, mais riche, comme elles, de toute sa vigueur et de ses promesses, grain, bétail, fruits.

— D'aucuns prétendent que c'est le paradis sur Terre, dit le Bellilois. Nous, on préfère l'océan, pas vrai, Lestang ?

Les hommes d'équipage fumaient des pipes, assis sur des cordages ou contre les haubans. Leurs regards fouillaient la sylve épaisse de Beaubassin où se cachaient des villages micmacs, ces havres nocturnes que leur capitaine les autorisait à rejoindre quand la goélette relâchait à proximité. Long-Nez asticota son jeune compagnon.

— Ce n'est pas chez les nobles de Beaubassin que tu vas te faire souffler l'allumette, mon gars. Pour ça, il faudra nous retrouver par là, au fond.

— La Vallière et Terville, c'est à deux bonnes lieues au nord, vers la colonie toute neuve nommée Memramcouk, dit le Bellilois. Il se peut que ces gens-là cherchent de la domesticité. Et moi, si je croise mes amis de Pentagouët, que dois-je leur dire à votre sujet ?

— Dites-leur ce que vous voudrez, lui répondit Catherine.

Il observait sa passagère avec son expression narquoise que Catherine trouvait insupportable. On avait mis le canot à la mer, pour la dernière étape, une centaine de coups de rames vers le sable gris de la baie. Le corsaire fit descendre sa passagère, qui s'assit au fond de la barque, précédant Ti'Pierre et les deux rameurs commis à leur transport. Sur la rive, des enfants agitaient les bras. Il y avait quelques voiles au mouillage devant Beaubassin, des toutes petites, pour la pêche et le cabotage vers Grand-Pré et Port-Royal. Tout était là paisible et plat, l'horizon des arbres et des prairies, la mer à peine troublée par d'invisibles courants, et le ciel, purgé de ses giboulées pour quelques jours. Le Bellilois avertit ses passagers :

— Je remonterai par la mer vers Memramcouk et Petitcodiac, où j'ai des gens à voir et de la marchandise à livrer aux colons du Nord. Il y aura peut-être à se battre, aussi. Lestang, je te donne rendez-vous à la fin de l'été, ici même, avec ou sans cette fille. Ne m'oublie pas, je te prie. Et si je ne suis pas là, attends.

Il avait dit « cette fille » avec un mélange d'affection et de distance dans la voix.

— Ne m'oubliez pas, les uns et les autres, répéta-t-il, fixant Catherine.

Il avait le regard des guerriers, des Saint-Castin, Frontenac, d'Iberville. Ces gens avaient l'habitude de se faire obéir, en Amérique comme en France, conduisaient leurs compagnies de Tourangeaux ou de Sauvages de la même façon qu'ils mettaient à la manœuvre les marins recrutés à Belle-Ile, La Rochelle, Grandville ou Québec. Des chefs, aux prises avec le seul vrai dilemme de leur époque : comment demeurer Français au Canada quand l'adversaire amassait, avec infiniment de patience, d'obstination et de haine vigilante, les hommes et les armes de sa future conquête.

— J'y serai, promit Ti'Pierre.

La barque s'éloignait déjà. Catherine voyait les yeux noirs du Bellilois encore fixés sur elle, comme à Port-Royal, comme dans sa chambrée puant le marc et la toile humide, comme partout où elle irait, peut-être. Le corsaire souriait, et son visage prenait ainsi un peu de douceur. Catherine fit un petit geste de la main, au moment où il se détournait.

Une charrette les avait conduits en lisière des premiers champs où perçait une herbe encore rase et tendre, comme un duvet sur la face austère des parcelles. Par endroits, des ponts enjambaient des rus plus au moins larges où coulait une eau limpide, faisaient communiquer entre elles les possessions acadiennes. C'était un paysage surgi de fraîche date, piqué de fruitiers à peine trentenaires, une création paysanne gagnée sur la fange des marécages, affrontée, comme partout ailleurs, à l'horizon de la forêt.

— Terville, t'as qu'à vouêre, c'est au bout de ce chemin, après les marais, on longe les bois jusqu'à l'habitation et il ne sera pas loin de la nuit quand vous y serez.

L'homme avait l'air d'un veillard et se laissait bercer par le pas de ses bœufs. Ti'Pierre le regarda s'éloigner en direction de sa ferme, puis il empoigna sa besace et les deux jeunes gens se mirent en marche au milieu de marécages encore libres, à un jet de pierre de la vase marine dont la puissante odeur rampait jusqu'à eux, entre ajoncs et roseaux.

— Tu pourras, Catherine ?

Elle regardait devant elle, scrutait le paysage vide, disait oui de la tête. Où allait-on ? Ti'Pierre cherchait des fumées, au-dessus de possibles chaumes, mais la région tout entière semblait un désert d'eaux dormantes, une continuation de la mer. Comment les Acadiens pouvaient-ils espérer faire de cette glu froide la pelouse de leur paradis rêvé ? Il y avait là un mystère, parmi quelques autres dans ce pays.

Ils mangèrent un peu de pain, avec du poisson salé, trempèrent leurs lèvres dans des ruisseaux d'eau douce, marchèrent, suivant le fil souvent interrompu du chemin. Le cul-de-sac de Beaubassin ne ressemblait à rien de connu. Les marais tenaient la forêt à distance, les rares collines entrevues de loin allaient se fondre dans l'horizon. Tout était dédié à l'eau, pris et cerné par elle, à perte de vue. Sans doute étaient-ce de bons endroits pour les colons qui viendraient à leur tour, mais à les parcourir ainsi, trempé jusqu'aux mollets, Ti'Pierre n'en éprouvait qu'un peu plus de nostalgie de l'océan.

Le soleil basculait sous l'horizon brumeux lorsqu'au débouché d'une côte s'élevant quelque peu au-dessus des marais ils aperçurent enfin, étalées en contrebas vers le nord, les terres des Terville, un damage de quelques parcelles endiguées, veillées par un bâtiment principal et par de petites dépendances disséminées dans des vergers.

— Il doit y avoir du monde à vivre là-bas, dit Ti'Pierre.

L'habitation était de plain-pied, rectangulaire, ouverte à l'est par de petites fenêtres, surmontée par une cheminée à chacune des deux extrémités de son toit. Son chaume en était épais, percé de lucarnes, son boisement de poutres égayé par des colombages. Une maison de maître, vaste comme celle de Saint-Castin, bien plus considérable que les fermettes acadiennes. Sur les prairies alentour, bordées par les courbes douces d'un bras de mer, paissaient des bêtes à cornes, sous la garde d'enfants. Au sortir d'une lieue de marche entre sable et marais, l'ensemble donnait l'impression d'une petite Normandie. Catherine s'arrêta, referma sur ses épaules les pans de sa cape. Elle avait froid, soudain. Ti'Pierre l'encouragea.

— Comment fera-t-on ? s'inquiéta-t-elle. Et que va-t-on dire à ces gens ?

Il n'en savait rien. Le voyage en mer leur avait donné le sentiment que ce lieu, avec ses êtres, ses fumées, son herbe tendre, était immatériel. Maintenant, ils l'avaient sous les yeux, et tout y devenait inquiétant, hostile, sous une apparence pacifique. Que faisait-on, oui, aux marches de ce domaine, quand il eût été tellement plus sage de demeurer à Pentagouët, d'accepter le jugement familial et d'obtenir le pardon de la faute ? Ti'Pierre poussa doucement Catherine devant lui. Pentagouët était à plus de cent lieues de là.

— Nous demanderons l'asile.

Il réalisait tout à coup que son ami Aubin de Terville pouvait tout aussi bien se trouver à Terre-Neuve, à Québec, ou guerroyant dans un de ces lieux glacés du Nord que l'on disputait aux Anglais. Son ami, vraiment ? Quel pouvait être le degré d'amitié avec un de ces nobles pour qui la vie d'un homme valait à peu près celle d'un cheval, ou moins, selon les circonstances ?

Des femmes tournaient des quenouilles devant la grande cheminée de pierre ocre. C'étaient des servantes aux coiffes normandes enrubannées, portant des châles de couleur. Près d'elles, leurs maîtresses bavardaient, assises sur des chaises capitonnées. Des enfants silencieux et appliqués, réunis à un bout de la grande table, s'occupaient à écrire, sous la surveillance d'un aîné, tandis que deux hommes perruqués, la veste de velours ouverte sur la chemise, devisaient en fumant sur un banc. La pièce commune donnait sur une cuisine, par un couloir longeant un cellier. Tout dans la maison laissait une impression d'aisance raisonnable, jusqu'aux maîtresses du lieu, vêtues de simples châles de soie sur d'austères corsages blancs et de jupes de lin à peine gonflées aux hanches.

— Eh bien, vous logerez à la cuisine ou dans la ferme d'un laboureur.

Elle était la doyenne et se faisait obéir de tous, peut-être était-ce la mère d'Aubin de Terville, la seule en tout cas qui fût toute de noir vêtue, comme pour un deuil. Elle se tenait droite, ses lèvres minces serrées, son regard froid fixé sur le ventre de Catherine.

— La fille est grosse, dit-elle et le père paraît bien jeune. Et vous allez ainsi vers Le Coude, dans la froidure.

— Je suis son frère, rectifia Ti'Pierre.

Il parla des nouveaux colons de Chipoudy, les Thibodeau. Il se disait en Acadie que l'on cherchait des bras pour mettre en culture les terres de ces pionniers.

— Ils sont durs à la besogne, dit la femme, et ont déjà contruit un moulin. Avec les Blanchard de Petitcodiac et quelques autres à venir, ils feront une belle colonie sur les rivières du Nord. Chez nous aussi, on a besoin d'ouvriers. D'où êtes-vous ?

— De Pentagouët, répondit Ti'Pierre, avec de la fierté dans la voix.

Le visage de la femme se crispa, son regard changea d'expression et il y eut un court instant de la tristesse dans ses yeux.

— Pentagouët. C'est loin. Vous êtes catholiques ?

Ti'Pierre fit oui de la tête.

— C'est bon. Vous souperez et dormirez dans la cuisine. Allez.

Catherine sentait ses joues s'empourprer, d'humiliation et de défi. Elle appartenait à cette famille, où on la mettait au rang de la domesticité. Son enfant devrait pourtant bien avoir sa place à cette table, au milieu des autres à qui l'on enseignait l'écriture. Mais que faire d'autre pour l'instant qu'obéir ?

Ils mangèrent sans dire un mot, les yeux dans leur assiette, répondirent vaguement aux questions des serviteurs. Ceux-là étaient arrivés pour la plupart dans les bagages de leurs maîtres. Quelques-uns seulement, les plus jeunes, avaient vu le jour en Amérique et venaient de Beaubassin. C'était que, même s'ils tenaient leurs terres des seigneuries, les Acadiens préféraient en général, au service des maîtres, leur belle liberté.

Les domestiques ne s'éternisaient pas à table. Il leur fallait se lever bien avant le jour. Les plus âgés rejoignirent leurs petites maisons, les autres se couchèrent à plusieurs dans l'étroit lit en alcôve ou contre la cheminée de la cuisine, et ne tardèrent pas à s'endormir. Logés à l'entrée du couloir, Ti'Pierre et Catherine avaient reçu en partage du drap servant tout à la fois de matelas et de couverture. Dans la clarté mourante de l'âtre, Ti'Pierre contemplait le visage de sa sœur et le trouvait effrayant, de fatigue, de désespoir, de colère. L'inanité de leur voyage lui apparaissait comme l'évidence de l'échec à force de courir après un fantôme.

— Nous ne resterons pas, chuchota-t-il.

Elle pleurait en silence, serrait les dents, le front contre celui de son frère, comme à Pentagouët, lorsqu'ils s'échangeaient leurs secrets, leurs chagrins et leurs résolutions.

Elle ne dormait pas. Elle n'avait pas la belle faculté de repos de son frère, à qui il suffisait de fermer les yeux pour trouver en quelques instants le sommeil. Dans le silence de la cuisine troublé de temps à autre par le souffle de ses voisins, la jeune fille songeait à sa mésaventure et la nuit augmentait son angoisse. A la fin, lasse de chercher en vain l'anéantissement, elle se leva, alla à la petite fenêtre de la cuisine, aperçut, à trente pas de la maison, une lueur devant laquelle passaient et repassaient des silhouettes.

Catherine se couvrit de sa cape, sortit dans la nuit noire et glacée. Elle percevait les échos de murmures et ceux, lancinants, d'étranges gémissements. Cela venait d'une grange où l'on devait abriter du grain et du bétail. Elle pensa à un vêlage ou à l'agonie d'une bête, marcha vers le halo. Les cris se faisaient plus audibles quoique assourdis, car on avait refermé la porte aux trois quarts. Catherine s'approcha d'un carreau de vitre contre lequel elle colla son visage, distingua des ombres à l'intérieur de la bâtisse. On s'activait autour d'une longue forme claire qui allait et venait à travers la pièce, dans la lueur de torches fixées au mur. Catherine fit les quelques pas la séparant de la porte, reconnut dans l'instant Aubin de Terville, entouré de domestiques auxquels il essayait d'échapper.

— Au nom de Dieu, vous me laisserez passer, punaises !

Une chemise de nuit le couvrait jusqu'aux genoux. Il éructait, les yeux écarquillés, les cheveux en bataille, les poings serrés, cherchait l'esquive face au mur de torses et de bras qui lui barraient le passage. Sidérée, elle vit le groupe venir vers elle.

— Ne reste pas là, toi, lui dit un homme.

Terville paraissait l'avoir aperçue, pointait le doigt vers elle, balbutiait une confuse logorrhée où il était question de femmes écartelées que l'on piquait à terre comme des papillons avant de leur arracher les entrailles et de les scalper. Le jeune vicomte, vieilli par la terreur, les joues creuses, le front ridé jusqu'au creux blanchâtre laissé à sa tempe par le plomb anglais, se calmait cependant un peu. Catherine pensa qu'il allait la reconnaître. Terville, maintenant, se balançait d'avant en arrière, du mouvement des fous aux prises avec leurs obsessions.

— Et ces femmes reviennent de l'enfer pour me tourmenter,

comme celle-ci, dit-il d'une voix âpre. Qu'elle s'en aille, qu'elle retourne d'où elle vient, pauvre chienne, ou ils la tueront de nouveau, ils savent faire cela, dépecer vingt fois la même carcasse, qu'elle s'en aille, par Dieu, et je trouverai le repos. Otez-la de ma vue, cette diablesse.

Ainsi le brillant capitaine de mousquetaires baguenaudait-il dans la démence. Catherine n'en éprouva ni crainte ni frayeur, mais de l'étonnement, plutôt, et le soulagement soudain de savoir qu'elle n'aurait pas à poursuivre sa recherche.

— Viens, lui dit le domestique, notre maître a perdu la raison. Pardieu, il y a une malédiction sur cette famille. Notre maîtresse, sa femme, est morte de la petite vérole il y a trois ans, son frère aîné a été tué en Flandre, en février de cette année.

Terville était maigre et voûté, le cou réduit à une peau molle, respirait en sifflant, comme rongé de l'intérieur par les miasmes émanant des marécages de Beaubassin. Catherine s'écarta de la lumière, prit appui contre un rondin. Elle pensait à la maîtresse tout en noir, à son rictus de chagrin. A Pentagouët aussi, une femme devait porter le deuil de ses enfants disparus.

— Monsieur Aubin est allé se battre avec ceux de Québec, aux Grands Lacs, expliqua l'homme. Miséricorde ! Il aurait mieux fait de rester avec nous. Les Iroquois ont attaqué des villages et massacré tout le monde, sauf lui et quelques autres, qu'ils ont emmenés puis relâchés afin qu'ils racontent. Et voilà ce que ça nous fait, maintenant, un pauvre hère que ses parents nous font garder de jour et de nuit pour qu'il n'aille pas faire quelque bêtise, tuer du monde ou se jeter à la mer.

Catherine pensait à Julien, à sa guerre aussi infime et terrible que celle-là. La chair était bien la même partout, saignant et pourrissant de la même façon, que l'on fût au roi de France ou à sa cousine d'Angleterre, en Flandre ou au Canada. Le vieux hochait la tête, navré. Et cette flotte anglaise dont on disait qu'elle devait déjà rôder au large de l'Acadie ! Catherine s'assit. Son ventre l'entraînait vers la terre, les délires de Terville lui faisaient comme un bercement, la nuit froide qui l'entourait n'aurait pas de fin.

Ti'Pierre et sa sœur demeurèrent quelques jours chez des serviteurs des Terville, qui les logèrent dans une soupente. De

Beaubassin parvenaient les échos d'un danger imminent. Les Anglais avaient pour de bon délégué une flotte vers l'Acadie. Il y avait de la revanche dans l'air, comme souvent depuis que cette terre avait pris pour habitude de changer de mains comme de climat.

— Nos capitaines leur ont coulé des vaisseaux dans les grandes baies du Nord, expliquait Ti'Pierre. Maintenant, les Anglais vont se venger. Ici, nous sommes sans défense. Le Bellilois a sans doute raison. Ils risquent de débarquer quelque part dans l'isthme, pour remonter vers les forts de la Saint-Jean.

Il était impatient de rejoindre les marins, les soldats, tous ceux qui auraient à se battre contre l'envahisseur. Catherine écoutait son frère sans bien entendre ce qu'il disait. L'isthme, les forts de la Saint-Jean, la guerre à venir, en vérité déjà vieille de cinquante années, tout cela ne la concernait pas.

— Vous n'allez pas reprendre votre marche à deux mois du terme, avec un ventre pareil, lui répéta l'hôtesse. Déjà que nous n'avons ni chirurgien ni matrone à la colonie.

Elle était normande elle aussi, travaillait à la cuisine des Terville et ressemblait à Jeanne Lestang, petite et maigre, avec de rares expressions de tendresse sur son visage d'aïeule fatiguée. Catherine s'efforçait de rester droite lorsqu'elle l'aidait au ménage, mais la vie qu'elle sentait naître en elle lui prenait un peu plus de ses forces chaque jour. Et Ti'Pierre, qui l'interrogeait sur ce qu'elle déciderait de faire, attendait vainement sa réponse.

— Ce pauvre monsieur Aubin, se lamentait la servante, on ferait mieux de le ramener en France pour qu'il y trouve un peu de paix.

Catherine suivait de la fenêtre la pitoyable promenade de son amant, le long des prairies et des digues. Le vicomte marchait courbé, soutenu par ses gens, s'arrêtait de temps à autre pour invectiver ciel et hommes. Son esprit fantasque s'était dilué pour de bon dans la terreur des massacres. Des visions le hantaient, que l'obscurité rendait encore plus effrayantes. Plusieurs fois, Catherine avait rejoint les serviteurs de nuit dans la petite prison et cherché le regard d'Aubin, mais plus rien d'humain ne rattachait le jeune homme au monde. La voyant enceinte, le vicomte avait un soir exhorté ses gens à l'éventrer, à la manière des Sauvages.

— Ils savent faire, ceux-là ! Par Dieu tout-puissant, oui, ils savent. Et ils ont faim, les bougres ! La mère et l'enfant, quel festin, à table !

Et il fendait l'air de couteaux imaginaires, avec des ahanements de bûcheron.

— Il ne sert à rien de rester ici, dit un soir Catherine à son frère.

Elle en avait assez de ces gens, de ces lieux sans joie ni chaleur où végétait l'esprit d'Aubin de Terville. Elle désirait retrouver les paysans de Beaubassin ou de Port-Royal et, plus encore, sa mère, qui lui eût pardonné et se mourait peut-être, de chagrin et d'inquiétude. Ainsi attendrait-on le Bellilois sur la grève ou un autre capitaine en partance pour le sud.

Ti'Pierre avait trouvé à s'employer dans une des maisons de la tribu Gaudet. C'étaient des gens du Loudunois dont les ancêtres avaient appartenu à la seigneurie d'Aulnay. Ils avaient fait souche en Acadie au milieu du siècle et se répandaient à travers le pays à mesure que s'ouvraient les chantiers des colonies nouvelles. Affranchis depuis longtemps de leur tutelle, ils se multipliaient hardiment à mesure qu'augmentaient la superficie de leurs champs et le nombre de leurs bêtes à cornes.

Catherine s'était vu attribuer une couche qu'elle partageait avec des jumelles adolescentes fascinées par le mystère de sa grossesse. C'était peut-être bien un petit Jésus qui remuait dans le ventre de la fille silencieuse et triste que leur gaieté déridait à peine.

— Ne blasphème pas, Emeline, disait Nathalie, au visage rond comme une pomme et piqué de roux. Il n'y a qu'un Seigneur et nous sommes ses servantes.

Emeline avait les yeux aussi clairs que sa chevelure était noire. Elle haussait les épaules et touchait le ventre de Catherine. Il y avait bien un peu de damnation autour de cet enfantement qui se ferait sans père, un jour prochain, et les murmures des femmes de Beaubassin parvenaient jusqu'au fond de la pièce commune où Catherine se laissait aller à l'ennui. Mais le petit à venir serait aussi innocent que la dizaine des nouveau-nés de l'année. Et puis, il suffisait bien que l'on eût recueilli cette pauvre fille avant qu'elle s'en allât périr de fatigue dans un canal ou au bas d'une digue.

— Que dira le curé de Grand-Pré ? s'inquiétait Nathalie, qui redoutait les anathèmes frappant les filles-mères comme le bannissement des adultérins.

— Il dira qu'elle n'est pas huguenote, chuchotait sa sœur en se signant, et que son fils recevra de toute façon le baptême.

On dînait au récit des semailles. L'année serait-elle bonne ? Les terres de Beaubassin récemment gagnées sur les marées promettaient plus encore que celles de Port-Royal. Les troupeaux croissaient, quinze bovins chez Pierre Doiron, trente moutons chez Martin Richard, il y aurait là aussi du lait pour les nourrissons et de la laine pour les fileuses. Les fermiers apostrophaient Ti'Pierre. Ils avaient estimé sa force de tout jeune adulte, perçu l'énergie émanant de lui.

— Eh bien, le marin, tu resteras avec nous jusqu'aux travaux d'automne ? Tirer sur des cordes ou tracer des sillons, la différence ?

Ti'Pierre hochait la tête, pensait non. Les fratries Gaudet l'avaient pourtant adopté sans lui poser trop de questions. Il y avait là des anciens au visage long, ridé, aux yeux bleus et froids, des plus jeunes, cheveux noirs et raides, sortant de l'hiver comme on s'éveille d'un long sommeil, hirsutes et mutiques, et les femmes, affairées à servir et qui mangeraient à leur tour, quand les hommes auraient terminé. Catherine sentait leurs regards peser sur elle, lourds comme le secret qu'elle partageait avec Ti'Pierre. Et si l'enfant était tout simplement de ce garçon si attentif pour la mère ?

— C'est ce qu'on aurait dû leur dire tout de suite, regrettait Catherine.

Au lieu de quoi ils s'étaient avoués frère et sœur. Naïfs.

— Il y aura de l'ouvrage pour toi au manoir Terville ou chez La Vallière quand ton marmouset sera né, promettait-on à Catherine. Ces gens ont peut-être le sang bleu, mais ici, ils ne peuvent guère compter sur les autres pour faire le travail à leur place. L'Acadie, c'est la France des hommes libres.

Elle écoutait, quittait la table, allait marcher le long des canaux, sous la ramure des arbres fruitiers, accompagnée par les jumelles, quelquefois par d'autres filles vite lassées de ne pouvoir assouvir leur curiosité. Le printemps acadien venait, mettait son âme à l'unisson de son cœur apaisé. Le ciel sans méchanceté, poussant ses moutons semblables à ceux de Port-Royal, l'emportait doucement vers des contrées enfuies, douces collines d'Escout, palombières et chant des gaves. Elle longeait des bois à peine verdis par la première feuillaison, apercevait la mer étale entre les digues et les collines de l'isthme, s'imaginait en France, roulant charrette vers un de ces marchés d'Oloron où l'on allait échanger la volaille et la dentelle contre quelques pièces de monnaie. Je pourrais rester ici, vivre comme eux, pensait-elle, puis l'image d'Aubin de Terville hurlant sa démence entre les quatre murs de sa bicoque lui revenait à l'esprit. La France était trop loin, la plaine de Beaubassin trop triste. Et l'enfance de Catherine Lestang s'enfuyait vers l'horizon, dissoute dans les nuées qui passaient, indifférentes.

Il y eut d'abord la rumeur, inquiétante. Des pêcheurs avaient vu des navires de haut bord croiser entre l'île Royale et l'île Saint-Jean. Français ? Alors, le *Soleil-d'Afrique* ne serait plus seul dans son abri de Port-Royal. Anglais ? Où iraient-ils ? A Beaubassin, les gens se sentirent soudain vulnérables et l'on se mit à guetter avec angoisse l'apparition des voiles annoncées sur les rivages.

— Ils sont bien capables de débarquer une troupe, disait-on entre les digues.

Ce furent des Indiens Micmacs, dont les campements s'étalaient le long de la baie Verte, qui virent la flotte de Boston s'ancrer et les chaloupes être mises à l'eau. La colonie en fut avertie le jour même.

— Plus de cinq cents soldats, sans compter les marins, viennent vers nous, dit Ti'Pierre à Catherine. Les gens d'ici vont abandonner leurs fermes et emmener les troupeaux vers le nord. C'est ainsi que l'on fait depuis toujours, en Acadie.

En moins d'une matinée, la colonie s'était transformée en une fourmilière d'où fuyaient les hommes portant mousquets, les femmes dans les charrettes et les bêtes conduites par les enfants. Pour la petite centaine de colons, la survie passait par cet exil, car il ne faisait aucun doute que les défaites subies par les Anglais, depuis les offensives de Frontenac et de ses chefs de guerre, les pousseraient à ravager à leur tour et à détruire.

On était en août. Les granges regorgeaient de paille et de grain, les deux moulins de Beaubassin tournaient sans discontinuer depuis juillet. Ballottée près des autres femmes enceintes, d'une ornière à l'autre, au fond d'une charrette tirée par deux bœufs poussifs, Catherine participait à la migration forcée des Acadiens vers les colonies des rivières. On s'était résolu à quitter, la mort dans l'âme, la terre à peine moissonnée. Il s'était formé un convoi d'une vingtaine de charrettes, à peu près autant qu'il y avait de familles à Beaubassin. Des Sauvages s'étaient joints à la colonne, pour la diriger vers les villages amis où l'on ferait halte.

Catherine cherchait à apercevoir son frère mais Ti'Pierre, à qui l'on avait donné un fusil, avait choisi de rester avec le petit groupe chargé d'observer les mouvements anglais et de tirer, le cas échéant. Ah ! Si les corsaires occupés à la lointaine défense des forts avaient la bonne idée de revenir dans le cul-de-sac de Chignecto ! Ti'Pierre attendait le retour du Bellilois, de ses canons et de ses marins. Il y avait là une bataille à livrer mais comment faire, sans troupe ?

Tandis que les fuyards gagnaient la ligne de la forêt et disparaissaient dans ses profondeurs, le fondateur de Beaubassin, Jacques Bourgeois, un vieillard de quatre-vingts ans, se présenta sans arme aux Anglais, dont les vestes rouges étaient apparues aux limites orientales de la colonie. S'étant vu refuser la grâce des établissements français, il s'en alla presque aussitôt rejoindre les jeunes gens en lisière des bois, les exhortant à se replier à leur tour.

— Je reste aussi, lui dit Ti'Pierre tandis que le groupe des miliciens allait se cantonner derrière une grange.

Les premiers bâtiments commencèrent à brûler à l'aube du troisième jour et les jeunes gens, impuissants, en faisaient de loin le compte.

« Cottard, Galland, Caissy... »

Et d'autres encore. La litanie des sinistrés s'allongeait d'heure en heure. A regarder, impuissants, les fumées noires dont le ciel s'emplissait en maints endroits, une colère venait aux lèvres des miliciens. Leurs cœurs s'emplissaient de haine et de ressentiment. Certes, leurs maisons avaient été construites sans luxe de protections. Les Acadiens savaient depuis toujours qu'il leur faudrait rebâtir plus d'une fois leurs murs effondrés.

Mais le feu qui gagnait l'horizon leur brûlait l'âme, aussi, et cette souffrance morale durcissait leurs visages, crispait leurs doigts autour des crosses de fusil.

Cela n'aura jamais de fin, se disait Ti'Pierre. Ainsi, même battus sur la Kennebec et dans la baie d'Hudson, les soldats de la reine Anne pouvaient resurgir à Beaubassin et tout mettre à sac. A ce jeu, les Français risquaient bien de devoir rompre un jour.

« Il vous faudra pourtant la gagner, cette terre, bâtards d'Anglais », répétaient les garçons de Beaubassin, et Ti'Pierre Lestang pensait comme eux. Lui n'était pas né en Amérique ; il eût pu décider que son séjour y avait assez duré mais il s'enracinait, pourtant, à mesure que les maisons des Acadiens partaient en cendres. Sa fureur valait celle de ses compagnons, l'irruption d'une troupe de huguenots sur les chemins d'Escout et d'Oloron ne l'eût pas attisée davantage.

— Les flammes, alors, pour eux aussi, jusqu'à ce qu'ils décident de nous laisser en paix une bonne fois pour toutes, dit Ti'Pierre.

Serment d'enfants face à l'injustice. Ses amis acquiesçaient mais, pour l'heure, les envahisseurs auraient tout loisir de dévaster l'isthme. Aucune voile française ne se montrait dans la baie de Chignecto, un peu partout montaient les panaches des incendies. Il y eut ainsi une première nuit, rougeoyante, puis deux autres, avant que les tuniques rouges ne se montrent à portée de canon des rivages de Beaubassin. Les miliciens avaient attendu de les apercevoir et leurs cœurs battirent très fort lorsqu'ils virent le déploiement de leurs compagnies et assistèrent à la fouille de leurs propres maisons avant leur mise à feu.

— Partons et rejoignons les autres dans les collines, dit l'un des fils Gaudet. Nous ne pourrons rien faire contre une telle force.

Les Anglais avançaient, d'une ferme à l'autre, vidaient les étables et les bergeries du bétail abandonné devant les mangeoires. Ah ! Leurs marins pourraient mettre de la viande à la broche, et de la bonne, engraissée sur le tendre tapis des misettes [1] de Beaubassin ! Des granges brûlaient à moins de

1. Prairies acadiennes.

deux cents pas. La mort dans l'âme, l'esprit plein des vengeances à venir, les jeunes Acadiens se résolurent à battre en retraite vers les forêts. Le sac de leur colonie allait encore durer et dévorer jusqu'aux jeunes pousses mises en terre par les femmes dans les vergers et les potagers. Ti'Pierre leur donna le signal du départ. On en avait assez vu pour cette fois.

La marche cahotique du convoi était à ce point pénible, sur les chemins défoncés, que la plupart des femmes avaient choisi de marcher à côté des charrettes. Catherine sentit son ventre se tendre et les premières douleurs de l'enfantement s'y manifester, alors que les bœufs grimpaient un raidillon, le long de la rivière Petitcodiac.

On avait essayé de voir le plus longtemps possible, au loin, les traces du saccage de Beaubassin mais le vent avait tourné au sud, rameutant de la baie un lourd défilé de nuées grises, et fermé le décor. La fuite, le chemin aléatoire creusé de rigoles où plongeaient brusquement les attelages, l'angoisse et les nuits courtes avaient éprouvé les gens. On avait emporté juste de quoi nourrir la colonne pour deux ou trois jours, les chasseurs avaient tiré quelques lièvres et des faisans, mais c'était pardessus tout la tristesse et le regret qui nouaient les gorges et embrumaient les regards.

— Voyez, là, cette petite, elle souffre.

Une mère que suivait, tels des canetons, une nichée normande, la morve au nez, teint de fruit mûr et cheveux blond filasse, avait aperçu la jeune fille marchant courbée, trébuchant, la main sous sa taille, prenant maladroitement appui sur une roue de l'attelage au risque de passer dessous.

— De l'aide ! Mettre au monde maintenant, Seigneur, il y a tout de même d'autres lieux et d'autres temps pour cela.

Il y eut bien vite une réunion de femmes autour de Catherine, qui fut promptement allongée dans la charrette, sous la surveillance des jumelles Gaudet. Les Micmacs discutèrent entre eux, conclurent à la nécessité pour la jeune fille de faire halte dans un de leurs villages, à cinq heures de là.

— Souffres-tu encore ? A quoi penses-tu ? demandaient les adolescentes.

Etrangement, Catherine songeait à son frère aîné, le premier des Lestang qui se fût éloigné de la pauvre maison familiale, donnant ainsi l'exemple au cadet. Au milieu des gens de Beaubassin, pourtant charitables dans leur malheur, veillant sur elle comme sur leurs propres enfants, elle se sentait seule et perdue. L'Amérique était soudain trop vaste pour son esprit habitué aux espaces maîtrisés des vallées et des collines béarnaises. Un vertige la saisit, à l'idée d'affronter de tels néants. Elle avait prêté serment, en même temps que ses frères, mais elle n'avait pas leur force têtue.

— Ton ventre est dur comme une pierre, dit Emeline Gaudet.

Les petites matrones retiraient leurs mains à chaque contraction comme si la foudre les avait frôlées. Le brinquebalement de la charrette les jetait l'une contre l'autre, faisait dodeliner leurs têtes au-dessus du corps épuisé de la parturiente.

— Tu as peur ?

— Oui, répondit Catherine.

Elle ne savait rien de ce qui se passerait en elle au moment de la naissance. Tout ce qu'elle avait entendu, enfant, des femmes d'Escout et de Pentagouët, dansait en une sarabande dans sa tête. Il lui faudrait l'aide de ses compagnes d'exil et l'idée de faire halte dans un village indien inconnu la terrorisait. Où était sa mère ? Jeanne Lestang devait éprouver de la colère, à sa façon secrète. Mais cela valait sans doute mieux pour elle que de se laisser brûler à petit feu par le chagrin.

Le voyage était interminable. Les Acadiens couraient par habitude vers les bois quand les escadres anglaises se montraient, mais fallait-il vraiment aller si loin, cette fois ? Un cahot plus violent que les autres fit sauter Catherine, déchira ses entrailles. Elle hurla. Ce n'était même plus sur un chemin que progressait la cohorte des réfugiés mais à même la colline, sur un tapis inégal de branches mortes et de racines, au milieu de hautes fougères. Dans ce décor de promenade et de chasse, le lent cheminement de la colonne prenait pour la jeune fille des allures de montée au calvaire.

Il y eut pourtant un intermède cocasse, dont les migrants exténués tirèrent de quoi sourire et oublier un peu leur malheur. La rivière Petitcodiac déroulait son cours en boucles serrées, à l'eau verte et profonde, entre des collines douces, couvertes de forêt. Portant des canots, des Indiens Micmacs devaient rejoindre la colonne par les petits lacs d'amont et se tenir prêts à embarquer, s'il le fallait, les fugitifs par voie fluviale.

Un peu délaissée par ses douleurs, Catherine s'était assise au fond de la charrette et regardait les défilés où la rivière s'engageait, bruissante soudain, agitée de vagues contraires et de courants tourbillonnants. Des Sauvages marchaient près de son attelage, d'un pas égal. Ils ne souriaient ni ne se plaignaient. Catherine se souvint de ce que lui avait souvent dit Julien. Loin des misères et des guerres d'Europe, il y avait assez de place pour que chacun pût s'y découper un domaine sans avoir besoin de le borner par les armes. Les Indiens donnaient l'exemple, chez eux partout et nulle part, s'échangeant l'essentiel sans autre monnaie que la valeur propre des choses dont ils avaient besoin pour vivre, et combattant pour la seule liberté d'aller et venir à travers leur pays sans frontière.

Elle entendit des cris, vit ses compagnons de route se hâter vers le sommet d'une colline. Il y avait eu un accident parmi les Sauvages. Comme cela arrivait parfois, une de leurs pirogues à fond plat s'était renversée, des hommes avaient été emportés par le courant. Tous s'étaient sauvés de la noyade, sauf un, que l'on avait porté vers l'aval et déposé au bord de la rivière, sur une roche plate, la face tournée vers le ciel. La charrette de Catherine s'était arrêtée à quinze pas du noyé.

Il est mort, pensa Catherine.

Il y avait là un homme-médecine, accouru d'un village au chevet du guerrier inanimé. Infatigable, il parcourait la rive, courait jusqu'à la lisière des bois, cherchant une branche d'arbre à la bonne hauteur. Par instants, les mains en porte-voix, il lançait des ordres. Puis il retournait vers le noyé, collait son oreille contre sa bouche, grimaçait. Ses mains palpaient le corps, caressaient son visage, ses cuisses, étreignaient ses doigts. Ruisselant de l'eau du fleuve et de sa sueur, il prenait possession de l'esprit de son frère tandis que les Micmacs rassemblés discutaient de la conduite à tenir.

Catherine se demandait ce que pourraient bien faire les Sauvages avec leurs bouts de bois. Brûler le cadavre ? Ce n'était pas dans leurs habitudes. Les Micmacs allumèrent cependant des calumets puis se groupèrent autour d'un arbre, sous une branche autour de laquelle ils firent coulisser une cordelette. Le noyé fut soulevé, tête en bas, attaché par les pieds, et, hissé, demeura ainsi, bras pendants, à se balancer doucement.

Assis en tailleur, les Indiens s'abîmèrent en prière. Un sagamo fit passer parmi eux une outre dans laquelle, l'un après l'autre, ils exhalèrent le plus possible de fumée, gonflant ainsi la pièce de peau que le guerrier ficela, ne laissant qu'un petit orifice dans lequel il introduisit un roseau.

Chacun ayant accompli les gestes immuables et psalmodié les incantations rituelles, le chef fit pivoter le corps violacé, en écarta les fesses et introduisit la canule dans l'anus, après quoi, d'un mouvement continu, il pressa l'outre et la vida entièrement, avant de retirer le roseau.

— Seigneur Jésus, murmura Catherine.

Les Acadiens observaient la scène à distance respectueuse. Les enfants ne pouvaient s'empêcher de rire et nombre de leurs aînés devaient faire des efforts pour ne pas les imiter. Il y eut ensuite trois ou quatre minutes pendant lesquelles on n'entendit plus que les prières des chefs. Fascinée, ayant oublié les spasmes adoucis de son ventre, Catherine ne quittait pas des yeux la longue carcasse à l'abandon de l'Indien, et ce qu'elle vit soudain l'emplit à la fois de stupéfaction et d'une sorte de panique puérile contre laquelle elle choisit à son tour de rire.

Le corps s'était mis à trémuler puis, comme s'il préparait une quinte de toux ou l'expulsion d'une diarrhée, il se contracta, dans des spasmes et des borgborygmes mêlés d'une bave brunâtre. L'agitation du noyé allant croissant, ce fut à une véritable danse à l'envers que les Indiens, priant sans désemparer, assistèrent. Les « Ho, Ho, Ho » se firent pressés, encourageant le ressuscité dont les yeux s'ouvrirent enfin, agrandis par la terreur.

— Il vivra ! cria quelqu'un.

L'homme gigotait, poussait des cris de cochon égorgé, son teint virait du violet au rouge vif. Lorsqu'il fut bien évident pour tout le monde que, le lavement à la fumée ayant fait son effet, l'Indien était tiré d'affaire, l'homme-médecine trancha la cordelette et son patient chuta dans les bras de ses frères, qui l'allongèrent sur un lit de feuilles. Le savant micmac reprit immédiatement ses massages, ses caresses et ses incantations. Quel esprit, tapi sous une roche de la rivière ou emporté par le flot de la Petitcodiac, avait au passage léché le malheureux, l'empêchant de noyer ses poumons ? Et par quel prodige le jeune Indien avait-il réussi à suspendre aussi longtemps sa respiration ?

De la fumée poussée dans les boyaux ! Qu'auraient pensé de cette méthode les médecins des grandes facultés de France, qui n'auraient pas manqué de saigner le malheureux avant de déclarer leur impuissance ? Catherine avait appris deux choses importantes, ce matin-là. Chez les Indiens, on pouvait ressusciter les noyés en leur soufflant de la fumée dans le cul, et puis, si l'on voulait survivre entre les lacs, les forêts et les torrents d'Acadie, fût-on le roi de France soi-même, il était préférable d'avoir appris à nager.

Au soir de cette stupéfiante résurrection, les familles se dispersèrent aux alentours d'un campement micmac. Il y avait là des femmes occupées à cuisiner, des vieux, fumeurs silencieux de calumets, et des enfants qui se pressaient, curieux, autour des petits colons. Les guerriers avaient quitté l'endroit. Ils s'étaient assemblés un mois auparavant en aval, à l'appel de leurs chefs et avaient décidé de rejoindre les forts français de la Saint-Jean.

— Les Anglais ne viendront pas jusqu'ici, annonça Nathalie Gaudet à Catherine.

Les jumelles étaient allées aux nouvelles. Après trois jours entiers de marche, il n'y avait plus de danger, ce dont Catherine, qui suait à grosses gouttes et sentait les douleurs se rapprocher de plus en plus régulièrement, se moquait désormais.

Les Sauvagesses lui firent boire des décoctions de baies rouges et mâcher une poudre d'os d'élan censée la calmer. Elles portaient en collier des croix chrétiennes entourées de coquillages, allaient et venaient sous la tente où la jeune fille avait été installée. Certaines avaient le visage grêlé, inquiétant ou carrément effrayant, creusé jusque dans les orbites de cent excavations faites par la petite vérole, ce fléau venu d'Europe. Mais les gestes de ces femmes étaient doux, leur sollicitude entière. L'Europe leur déléguait ses bouches à feu, son eau-de-vie et ses miasmes. Elles remerciaient en portant secours à qui en avait besoin et se laissaient séduire par qui en avait envie. Catherine serrait leurs mains, leurs épaules, leurs longues tresses noires alanguies sur leurs casaques de tissu bariolé.

Des vieux firent les incantations rituelles. L'exode des colons de Beaubassin peuplait leur village de ces familles françaises qu'ils connaissaient bien. Les Acadiens chassaient volontiers en leur compagnie, commerçaient avec eux : gibier, outils, peaux aussi, souvent. La guerre rapprochait brutalement les communautés voisinant pacifiquement. Il y avait là une situation peu habituelle, mais comme on en avait déjà connu à Port-Royal ou au cap Sable. Et puis, le roi de France était le puissant allié de la nation micmac tout entière, et il convenait de l'honorer en accueillant sans discuter ses sujets en déroute.

Catherine perdait les eaux quand de très jeunes Micmacs vinrent annoncer que la colonie se consumait sous les vents du sud, et les pleurs de ses compagnes lui parurent peu de chose à côté de sa propre souffrance. Elle sentait son ventre se déchirer à l'intérieur comme si une mâchoire de fer se repaissait de ses entrailles. Les fumées encombrant la tente lui donnaient la nausée, les gestes tranquilles de ses hôtesses, leurs sourires pleins de tendresse maternelle et les visages amis qui composaient avec ceux des Micmacs une fresque de lunes aux tons pâles ou cuivrés la mettaient en fureur. Elle respira plus fort, encouragée par le gynécée, ressentit la poussée de plus en plus forte exercée en elle par l'enfant. Elle hurla en longues bramées, jusqu'à ce qu'enfin son fils se fût montré dans la pénombre de la tente et eût bientôt glissé sur les linges, dans un flot d'eau rougie.

Il y eut des murmures, des cris. Le bâtard d'Aubin de Terville devait peser ses huit livres et réclamait bien fort son droit à la parole. Lorsqu'elle vit cette masse rose émerger d'entre ses cuisses, aidée par une Indienne aux joues criblées par la maladie, Catherine ressentit une joie intense et de la terreur en même temps. L'enfant venait au monde sans père et les prêtres étaient loin, qui l'eussent pris aussitôt sous leur protection. Il y avait certes la bienveillance des Sauvages, les prières de leur peuple, mais cela ne suffisait pas et Catherine supplia le Seigneur de faire vivre son fils jusqu'au baptême, quoi qu'il arrivât et quel qu'ait été le sacrilège dont il n'était en rien responsable.

Un poignard fut trempé dans l'eau saumâtre de la marmite indienne, l'enfant fut séparé de la mère d'un coup sec au milieu du cordon et celui-ci aveuglé à son extrémité. Le nouveau-né fut aussitôt langé, si serré que Catherine dut implorer qu'on le laissât respirer librement. Les femmes la rassurèrent. Ainsi faisaient-elles avec leurs propres petits, et les Françaises n'y trouvaient rien à redire. Les langes empêchaient les miasmes de s'approcher et les humeurs vitales de quitter le corps tout neuf. De la chaleur, voilà ce qu'il fallait pour assurer la vie, tout le monde s'accordait là-dessus. Catherine se laissa aller, épuisée. On s'occupait de son ventre endolori, avec de l'eau tiède et des linges. Le village baignait dans le silence que rompait de temps à autre le cri d'un oiseau de nuit ou le coassement d'un crapaud. Le petit peuple de Beaubassin était là, tout autour, avec ses maigres biens sauvés du feu et ses bêtes. Cela devait ressembler à une crèche, avec un Jésus au milieu, sur lequel se penchait un peuple hétéroclite.

Au milieu de ce tableau, Catherine vit soudain paraître le visage de sa mère. Souriait-il ? Elle voulait que cela fût ainsi mais ne parvenait pas à distinguer l'expression de ce fantasme.

— Mère, caressez-moi, murmura-t-elle.

Si des femmes séparées par les cruautés de l'existence pouvaient se réunir, penchées ensemble sur l'innocence criant son besoin d'être et de vivre, ce devait être dans un endroit comme celui-là. Catherine tourna la tête. Le wigwam était un ventre chaud, accueillant, au fond duquel elle désirait se lover, et dormir.

La première chose que vit Ti'Pierre lorsqu'il entra sous la tente fut l'enfant, dans ses linges colorés, prenant d'assaut le sein d'une nourrice indienne. On avait préparé pour lui un berceau de bois rembourré avec des mousses, du tissu et des écorces, et fermé jusqu'aux deux tiers par une peau d'élan. Un bébé sauvage dormait à côté, dans un nid semblable. Au centre du wigwam, des poudres de sauge dégageaient en brûlant une légère fumée aux senteurs suaves.

— Cela ne se passe pas très bien, dit Catherine. Mon petit réclame sans cesse et je n'ai pas de lait. Une femme d'ici doit lui donner du sien.

— Comment l'as-tu prénommé ?

— Jérôme. C'était le nom du père de notre mère.

Catherine portait des bracelets de coquillages aux poignets et de griffes d'animaux aux chevilles. Les Sauvagesses l'avaient habillée à leur manière, et Ti'Pierre découvrait, ébahi, les jambes de sa sœur dépassant d'une jupe de peau cousue le long des cuisses. Avec les bretelles aux épaules et les mocassins légers aux pieds, la jeune Française ressemblait à ses hôtesses, de manière charmante, et Ti'Pierre pensa que les gens d'Europe avaient bien tort de laisser leurs filles et leurs femmes couvrir entièrement leur corps en toutes circonstances, et jusque dans le lit.

— Tu as aussi perdu ta coiffe, dit-il. Eh bien, te voilà plus sauvagesse que tes nounous. C'est de monsieur de Saint-Castin que tu aurais dû être la bru.

Il caressa l'épaisse et noire colonne de la tresse. Catherine haussa les épaules. Elle contemplait la mère nourricière cherchant une bonne position pour allaiter, offrant à Jérôme l'alternance de ses seins. Et le moutard se ruait, bouche en avant, cherchait la manne avec des petits bruits de clapet. Ti'Pierre trouvait que sa sœur ne ressemblait que de fort loin à la fugitive triste et désemparée qu'il avait abandonnée quelques jours auparavant. Le regard de Catherine s'animait, le hâle de la maternité donnait à son visage des reflets cuivrés qui l'apparentaient pour de bon à ses hôtes micmacs. Ses regards, même, étaient différents, pertinents de tendresse et d'inquiétude. Ti'Pierre baisa la tempe de Catherine, s'assit près d'une matrone occupée à psalmodier des incantations.

— Les gens de Beaubassin ont commencé à redescendre vers la mer, dit-il.

Les Anglais ne s'étaient pas risqués au-delà de la lisière de bois. Ils avaient investi la totalité des lieux, s'étaient acharnés sur la colonie pendant une semaine entière. Le moindre recoin en avait été fouillé, et les ruines fumantes achevées à la fourche afin qu'il ne restât rien de la présence française dans l'isthme. Ti'Pierre ricana nerveusement. Las de piller et n'ayant plus rien à brûler, les envahisseurs avaient fini par rembarquer leurs cinq cents hommes, les bêtes ratrappées aux alentours des fermes, et par mettre à la voile vers leur nid de Nouvelle-Angleterre.

— Nous avons craint qu'ils ne marchent vers les forts de la Saint-Jean, qu'ils ne vous poursuivent jusqu'ici et plus loin encore. Leur capitaine se nommait Church. Il paraît que chez eux, cela veut dire église. Joli travail pour un fils de porc de Boston, massacreur de squaws. Nous les avons regardés faire depuis les collines, une nuit, nous nous sommes même approchés d'eux, à les toucher. Les Acadiens ont saisi une sentinelle que nous sommes ensuite allés noyer et enterrer au pied d'une digue. De la bonne matière pour engraisser les prochaines récoltes !

Catherine considéra son frère avec étonnement. Elle lui découvrait des ardeurs guerrières et des changements physiques auxquels elle n'avait pas prêté attention. Son corps était devenu adulte, ses mains élargies fendaient l'air comme des lames, trucidaient des fantômes d'Anglais, saisissaient des cargaisons, mettaient à leur tour le feu à des navires, à des fermes et aux gens enfermés dedans. Le Bellilois avait fait là une bonne recrue.

— Les foins sont partis en fumée, la mer est entrée par les aboiteaux ouverts mais les digues sont toujours là, expliqua Ti'Pierre. Il faudra dessaler un peu les champs et reconstruire les habitations, voilà tout.

— Jusqu'à la prochaine fois. Tiens, regarde, voici la fin du repas de Jérôme, et ma médecine contre les saignements.

Une femme avait pénétré sous la tente, son bébé à elle, emmailloté, dans son dos. Elle tendit à Catherine un bol en écorce de bouleau, plein d'une décoction tiède de pomme de pin, qu'il fallait boire. Puis elle s'assit, observa pendant quelques instants les gesticulations de Jérôme. Le bébé hurlait sa faim. La première nourrice n'avait plus assez de lait. L'arrivante dénuda son buste, prit Jérôme et le mit sur son sein, sans autre forme de procès. Ti'Pierre apprécia.

— Il ne manquera pas, celui-là. Et les bonnes fumées indiennes guideront son esprit vers son créateur. Julien connaît bien ces magies. Il me les a expliquées. Pardieu, nous voilà tous bien séparés les uns des autres.

Catherine but son médicament, se rhabilla lentement. Ti'Pierre vit ses seins turgescents, parcourus de veinules, leurs aréoles sombres. C'était donc cela, la maternité, ce triomphe de la chair, ces formes alourdies, et cela lui donnait le sentiment de se trouver brusquement devant une inconnue. Le jeune homme saisit les mains de sa sœur et les baisa longuement. Que désirait-elle, maintenant ? Elle ne vivrait pas le reste de son temps aux côtés des Sauvages. Retourner à Beaubassin ? La nouvelle de la mise à sac de la colonie devait être parvenue à Port-Royal, d'où l'on déléguerait du monde. Il ne manquerait pas d'ouvrage et il faudrait des bras pour réparer le désastre avant l'hiver. Catherine secoua doucement sa jolie tête de sauvagesse aux joues pleines.

— Il faut que je revoie notre mère. Dès que ce sera possible, j'irai à Pentagouët, mais plus tôt je trouverai un prêtre pour baptiser l'enfant, mieux je me porterai.

Elle était déterminée, couvait son enfant de son regard aimant. Ti'Pierre se retint de lui raconter sa rencontre avec Aubin de Terville. On ramenait le jeune noble à Beaubassin, parmi les premiers. C'était qu'entre ceux qui étaient de sang bleu et ceux qui ne l'étaient pas il n'y avait pas de préséance, pour fuir comme pour regagner les cendres de ses pénates. Chacun se débrouillait comme il le pouvait mais ne manquait jamais d'avoir un geste pour plus malheureux, dépouillé ou malade que lui.

Le cadet des Terville menaçait à tout instant de se jeter à la rivière ou voulait courir sus à d'invisibles adversaires. Il fallait trois hommes pour le tenir en permanence. La vue des Sauvages, ses alliés pourtant, le mettait dans des transes qui le jetaient à terre, bavant et râlant. Une belle destruction ! Les Anglais, avec leurs brûlots, leurs fourches et leurs baïonnettes, n'auraient pas mieux opéré.

Catherine n'avait d'yeux que pour son fils. Le destin de son amant la tourmentait de temps à autre, lorsque l'enfant ronronnait, au milieu de la nuit, et que, dans un demi-sommeil, l'esprit de Catherine baguenaudait dans les images et les échos du passé. C'est bien ainsi, pensa Ti'Pierre. Il ne désirait pas plus que sa sœur séjourner à Beaubassin. Mais on était à la fin de l'été et Ti'Pierre y avait rendez-vous avec le Bellilois. Les Anglais ayant rembarqué leurs troupes et desserré leur étreinte sur les rivières, le corsaire avait dû quitter les forts de la Jaint-Jean, récupérer sa goélette et rejoindre l'embouchure du fleuve. On irait donc le retrouver à Beaubassin.

Il y avait eu nuit de danse, chez les Micmacs. Les tambours, lancinantes passerelles entre le monde des vivants et celui des esprits, avaient retenti jusqu'à l'aube, dans les hurlements des hommes et l'éclat fauve de leurs muscles en transes. On achevait d'exorciser les dangers. Entêtants et sans fin, les rythmes avaient accompagné les fantômes des Anglais jusqu'à leurs très lointains embarcadères et salué la naissance de Jérôme, l'enfant sans père, sous le ciel étoilé du pays sauvage.

Catherine terminait son baluchon lorsque les nourrices entrèrent sous la tente, accompagnées d'un vieux qui parlait français et vinrent vers elle, portant des offrandes pour l'enfant et pour sa mère. Elles étaient pleines de joie, montraient avec fierté les nourrissons devenus frères de lait de Jérôme Lestang. Il y eut bientôt à leurs pieds une rangée de nids d'anges en bois, en corde et en tissu, au fond desquels vagissaient le petit Acadien et sa fratrie sauvage.

Les femmes firent asseoir Catherine et, s'étant installées devant elle, ouvrirent leurs sacs, d'où elles tirèrent leurs cadeaux. L'une d'elles coiffa Jérôme d'un treillis de tiges d'orties et de fils de tissu, en forme de toile d'araignée, d'où pendaient des plumes.

— L'attrape-rêves, expliqua le vieil Indien. Tu le placeras au-dessus du lit de ton fils. Cela empêchera les mauvaises choses de venir dans son esprit et ne laissera passer que les bonnes.

Catherine tendit les mains, reçut le présent. Les femmes lui donnèrent des sachets d'herbes sacrées à faire brûler pour emplir la maison de bonnes fumées, et d'autres, pour la médecine.

— Ce sont des poudres de racines et de feuilles de mélèze, dit le sorcier. Elles soignent toutes sortes de diarrhées, de maux de tête, de toux et de rhumatismes, et même la tristesse de l'âme. Et puis, elles font revenir les menstrues quand les *papooses* [1] sont nés.

Les femmes avaient aussi tissé un foulard pour leur sœur d'Acadie, des ceintures, et des linges, encore, pour l'enfant. A la vue du trésor amassé à ses genoux, Catherine ne put s'empêcher de pleurer. Des brassées de souvenirs lui revenaient, et, parmi eux, la silhouette menue de Jeanne Lestang penchée sur une jeune mère, au milieu d'autres femmes, dans une métairie du Béarn.

— Je n'ai rien à leur donner, dit-elle d'une petite voix.

— Ça ne fait rien, la rassura l'homme. Elles sont heureuses

1. Petits.

de te savoir en bonne santé avec ton fils, et cela suffit. Elles prieront le dieu des chrétiens pour toi et pour lui.

— Alors, nous prierons ensemble, murmura Catherine dans un souffle.

Il avait été décidé que la colonie renaîtrait de ses cendres et ce fut, d'un bout à l'autre des prairies de Beaubassin, un chantier qui durerait jusqu'aux premiers assauts de l'hiver. Revenus des forts que les Anglais avaient finalement renoncé à prendre, des Micmacs s'étaient portés volontaires pour aider leurs amis français à reconstruire. On releva en premier les étables, puis les maisons, que l'on habilla de torchis, entre des colombages assemblés à la va-vite, pour leurs maîtres. D'incessants va-et-vient de charrettes entre plaine et forêts fournissaient en bois les constructeurs et, partout, l'on se rompait le dos et les reins à lier les poutraisons et les murs de rondins que l'on coiffait de chaume, de feuilles et de branchages.

Tandis que Catherine se reposait chez des Bourgeois, à l'abri d'une des rares fermes épargnées par Church et ses hommes, Ti'Pierre s'activait au milieu des groupes de jeunes gens chargés de remettre en état les digues écrêtées ici et là au canon par les assaillants. Les nuits étaient délicieuses, on dormait sous les étoiles. Au petit matin, lorsque les maringouins, découragés par l'odeur des onguents micmacs dont s'enduisaient les travailleurs, avaient cessé de tourner autour des corps à l'abandon, on s'éveillait dans la brume tiède. Les prairies encore salées, remises en état par la fermeture des aboiteaux, luisaient sous le soleil. Les pluies d'octobre les laveraient comme elles patineraient la tombe de l'Anglais, sur laquelle les miliciens avaient planté une petite croix. Ainsi allait la guerre, en Acadie et ses traces disparaissaient comme la buée d'une vitre au soleil.

Les voiles du *Locmaria* apparurent au large de Beaubassin au début du mois d'octobre. Ses occupants s'étaient battus à Jemseg et à Naxouat, forçant les Anglais à rompre, et le Bellilois pestait de n'avoir pu suivre Church à la trace. L'Anglais avait soigneusement évité de se faire surprendre à Port-Royal. Il était loin, désormais. Son coup de main par l'est avait réussi et le sac de l'isthme de Beaubassin vengeait la défaite de ses pairs en baie d'Hudson.

— Eh bien, matelot, tu sais tenir ta parole, dit le corsaire à Ti'Pierre après que celui-ci eut aidé ses compagnons à échouer la chaloupe. Cette fois, je t'embarque pour de bon. Les Anglais ne sont plus là mais, sais-tu, nous avons tout de même perdu une sorte de bataille. Le corsaire Baptiste est mort, tué par une décharge de mousquet. Foutre, sa place ne sera pas facile à prendre.

Ces capitaines avaient le cuir décidément épais. Ti'Pierre admirait leur acceptation des hasards de la guerre. Gagner, perdre, survivre ou périr, ces gens n'étaient pas des nobles, pourtant il y avait du panache dans le jeu cruel auquel ils se livraient. Beaubassin avait été dévasté mais l'Acadie tenait bon et ses Français avaient de la volonté à revendre. Il fallait les aider à rebâtir, armer leurs milices, courir d'une zone de faiblesse à l'autre, tout au long des huit cents lieues de rivage. Une œuvre à la mesure des pionniers et des hommes d'armes français.

— Petit Béarnais, nous allons faire la course, et ardemment, tu peux me croire, annonça le corsaire à Ti'Pierre. Les vaisseaux du roi sont retournés à La Rochelle ou se sont abîmés au milieu de l'océan, et Dieu sait quand on en reverra nous faire escorte. Alors, en attendant, nous prendrons tout ce qu'il sera possible de prendre, jusque dans les ports de la Nouvelle-Angleterre, et ce sera la seule façon de tenir à distance Church et les autres. J'apporte ici des masses, des mousquets et des semences, dit-il à Catherine, mais pas de prêtre, j'en ai peur. Votre petit attendra encore un peu pour être sûr de gagner un jour son ciel.

Catherine fut heureuse de retrouver le bateau dont elle savait pourtant la rude ordonnance. Tout ce qui hâterait son retour vers les siens lui serait agréable, fût-ce au milieu des tempêtes d'équinoxe. Elle supposa pourtant que les vents d'automne seraient comme le ciel d'Amérique, paisibles, et doux au visage d'un innocent de quelques semaines à peine.

— Nous voguerons comme sur un lac jusqu'à Port-Royal, lui dit Long-Nez. Ensuite, ce sera une autre affaire, mais vous avez déjà fait la route de la Penobscot avec l'amiral des fourmis, alors...

Ainsi avait-il nommé Ti'Pierre, le terrien arpenteur de sentiers pyrénéens, épris des platitudes atlantiques et des écumes surgies des tempêtes, le cadet capable de mener une coque de noix de Pentagouët à Port-Royal, sans carte ni astrolabe. Amiral des fourmis, voilà qui seyait à son allure de matamore, à son regard d'enfant découvrant chaque jour l'océan et l'aimant toujours un peu plus.

Et parmi les vieux bougons et les flibustiers de l'équipage, Long-Nez s'était mué en cuisinier, en nounou, à moins que ce ne fût l'inverse tant il mettait de soin à nourrir ses hôtes et à les dorloter. Le Bellilois le regardait faire, levait de temps en temps les yeux au ciel.

— Plus tôt nous aurons débarqué cette crèche, mieux nous nous porterons. Il ne manque plus que des anges, auxquels tu ferais une telle peur, mon pauvre.

Le *Locmaria* avait pris la mer au milieu de la Baie française, sous une lune pleine, par une de ces marées d'eaux vives gonflant les estuaires de leur calme flot. On ne rencontrerait pas beaucoup d'Anglais dans ces parages-là. Pour la course, il faudrait faire le tour de la péninsule et aller croiser en plein Atlantique, sur la route des convois. On passait au large de Saint-Jean lorsque Catherine se mit à frissonner et dut s'allonger.

— Elle ne veut même pas boire, se lamentait Long-Nez, et pourtant, il le faut. Regardez comme elle se dessèche.

L'enfant hurlait, de faim et de colère, tandis que sa mère s'enfonçait peu à peu dans une torpeur entrecoupée de cauchemars et de spasmes ressemblant à des convulsions.

— Le grand mal, s'inquiétaient les hommes. C'est du malheur pour nous tous, la malédiction de Dieu sur ce navire.

Leur chef les fit taire. Il était bon catholique et sujet aux mêmes inquiétudes et superstitions que ses marins. Mais ceux qui ne supporteraient pas le voisinage de sa passagère seraient débarqués sur la côte acadienne, sans autre forme de procès.

Il fit mettre la voilure entière une nuit durant et, le jour suivant, entra dans la nasse de Port-Royal alors que Catherine râlait sur le châlit. A bord, on commençait à trouver que son souci pour la malade dépassait le simple devoir de charité. Il y avait des promesses de prises, loin de là, et l'on cabotait d'une rive à l'autre de la baie, comme de vulgaires pêcheurs de homards.

— L'équipage renâcle, lui dit Long-Nez. On n'a déjà pas pris les Anglais à Jemseg, ni leurs vaisseaux, qui sont repartis intacts.

Ces gens veulent en découdre et se dispenseront sans barguigner de faire escale à Port-Royal.

Le Bellilois acquiesça. Il regardait Catherine, questionnait le hasard qui la lui avait confiée enceinte puis mourante, songeait avec assez de pitié à ce qu'avait été la vie de la jeune femme. Cela ne l'empêchait pas de trouver sa passagère embellie par la fièvre, au point qu'il lui était arrivé de demeurer à son chevet, à simplement la contempler, guettant l'instant où elle ouvrirait les yeux et le verrait.

— Soit, finit-il par concéder. Nous aborderons près de l'ancienne habitation de Champlain, et Dieu protège cette pauvre fille, car nous repartirons aussitôt, et avec son frère, cette fois.

8

La mule de Julien avait des velléités de dévaler les collines au galop, et son chargement de peaux, loin de la gêner, la propulsait encore plus vite vers l'avant. Julien suivait l'animal comme il pouvait, retenant du bâton ses propres dégringolades. Il pestait et hurlait, attendait les chemins plats pour la rejoindre et lui déverser à l'oreille des litanies d'injures qu'elle écoutait, l'œil rond, superbement indifférente. De temps à autre, le manchot assurait l'amarrage de son butin, les amoncellements de castor, de loup et de caribou constituant la partie proprement française de sa chasse, le reste ayant été depuis longtemps livré aux Anglais et dûment payé.

De février à août, la chasse avait été longue, entre les campements indiens désertés et les cabanes enneigées parfois jusqu'au toit, où l'on se réfugiait des semaines entières quand il n'était pas possible d'avancer. Julien avait marché et marché encore. Des lacs gelés aux sources des torrents, il avait franchi des cols dans la réverbération aveuglante du soleil, courbé l'échine sous l'assaut des vents, cherché en vain, des jours durant, la trace des animaux, leur odeur, même, qu'il avait eu parfois l'impression de humer comme les Sauvages le lui avaient enseigné.

Si parfois les traques avaient été infructueuses, il était le plus souvent arrivé qu'il trouvât ce pourquoi il était allé risquer sa vie, si loin de tout. Gentils castors, endormis par l'hiver ! Des dizaines avaient payé de leur fourrure le choix des emplacements de leurs cités lacustres, et la glace des lacs s'était rougie de leur sang en maints endroits.

— *Aï dio*, bestiasse, encore un effort et tu seras à la maison.

Julien encouragea la mule, et lui-même, aussi. Sa longue

absence, les paysages découverts et les horizons rejoints l'un après l'autre, l'immense solitude supportée dans la seule compagnie de son chien lui laissaient l'impression de revenir de quelque lune ignorée des hommes. A la fin de l'hiver, les Anglais lui avaient même ramené un enfant enlevé l'année d'avant par les Iroquois, aux abords d'un campement abenaqui, en réponse à une affaire du même ordre.

Julien avait conduit l'enfant dans sa tribu, où on les avait fêtés tous deux comme s'ils descendaient des nuages. Julien avait changé. Son visage émacié par la marche, les privations, d'où son nez, immense, émergeait tel un pic, s'était tanné sous le soleil, sa silhouette semblait plus haute, avec ce qu'il fallait de maigreur pour inspirer la crainte. Un autre homme, qui gardait sur lui, contre sa peau, le sac de pièces d'or et d'argent empli au fil des rendez-vous avec l'Anglais. Le jeu en avait vraiment valu la chandelle. Maintenant, qui viendrait le questionner ? Saint-Castin ? Il vieillissait. Ses fils n'avaient pas comme lui la chasse dans le sang. Et puis le maudit baron avait en son temps commercé avec l'ennemi malgré les ordres royaux. Quant aux Indiens, on disait d'eux qu'ils étaient capables de garder au fond de leur cœur d'inextinguibles rancœurs, qui ne cessaient qu'une fois assouvies, tôt ou tard.

— Waldron, murmura Julien.

Il serait bientôt en vue de l'estuaire de la Penobscot. Curieusement, le récit fait par Barnett d'une récente affaire lui venait à l'esprit. Waldron était un officier marchand de Boston, un vieil adversaire des Français que Saint-Castin avait combattu sans toutefois pouvoir l'abattre. Un jour, le Bostonien avait tendu un piège à des Sauvages, à la limite des deux empires. Quatre cents Indiens venus parlementer avaient été faits prisonniers puis emmenés aux Antilles, esclaves. Près de quinze années plus tard, Waldron se trouvait replié avec quelques troupes dans la région même du rapt. Les Indiens l'avaient appris et s'étaient mis à sa recherche, pour le débusquer. L'homme était seul, avec son fils et sa bru. Il était devenu un vieillard de quatre-vingts ans passés mais toujours aussi habile au commerce. « Ah ! Tu te souviens comment tu appuyais du pouce, sur le plateau de la balance, quand tu achetais nos fourrures ? » lui demandèrent les Sauvages. Certes, il n'avait pas oublié.

Ils étaient une dizaine, des Abenaquis originaires de Nouvelle-Angleterre, qui avaient défoncé sa porte. « Tu te souviens, Waldron ? » Un coup de hache et sa main droite gisait au sol.

« Et tes yeux, Waldron, qui ont vu arriver nos frères désarmés dans la clairière de Cocheco, et tes oreilles, qui les ont entendus crier grâce quand tu les faisais emmener aux îles ? »

Lorsque, les yeux crevés, il avait eu la bouche bien pleine de ses propres oreilles, et de son nez par la même occasion, le vieillard avait été achevé. Son fils avait subi le même sort, quant à sa belle-fille, elle avait été emmenée et nul ne l'avait jamais vue reparaître.

Julien chassa le méchant fantasme. Waldron n'était pas coureur des bois mais marchand, bien à l'abri derrière ses milices puritaines et ses postes de traite. Julien n'avait rien à craindre des Sauvages. Seuls ceux qui se fondaient dans les Appalaches et y affrontaient le terrible hiver savaient ce que chasser voulait dire, qu'ils fussent sauvages ou européens. La guerre était bien autre chose ; elle ne concernait en vérité que fort peu les coureurs des bois.

Julien retrouva des familles de Madokawondo, séjourna quelques jours parmi elles. Puis il s'arrêta au manoir de Saint-Castin pour y abandonner ses fourrures.

— Té, regardez qui nous revient de Nouvelle-Angleterre !

Le maître de Pentagouët était heureux de revoir son jeune métayer et lui fit servir un dîner censé lui faire oublier les rigueurs d'un long périple. Il l'interrogea sur son itinéraire.

— As-tu croisé des Anglais ? Des Iroquois ? On me dit qu'il en passe quelques-uns chez nous. Agents de Boston ou simples coureurs en quête de peaux ?

Troublé par la confiante franchise du baron, Julien mentit avec un aplomb qui le surprit lui-même. Au regard de Saint-Castin qui fouillait le sien, il opposa une candeur fatiguée, une surprise de bon aloi. Le pays était assez vaste pour que l'on évitât de s'y rencontrer entre adversaires.

— Vos Abenaquis de l'extrême Ouest ont aperçu des Anglais qui montaient vers le lac Champlain, sans déborder sur la Nouvelle-France. Les Iroquois se tiennent tranquilles en ce moment. Les manœuvres de monsieur de Frontenac, ainsi que vos victoires autour des villes anglaises, semblent les avoir calmés.

— Tu as raison. Iroquois et chasseurs anglais ne doivent pas se risquer bien loin sur nos espaces. Et tes prises ?

Julien étala les fourrures sur le plancher du salon. Il y avait là un butin raisonnable, eu égard à ses capacités physiques réduites. Saint-Castin lui en donnerait quelques dizaines de livres, de quoi faire agrandir la maison familiale et mettre en culture un ou deux arpents de terre. Julien le laissait dire. Son projet était encore vague mais ne concernerait que de loin la pitoyable exploitation des Lestang. Il y avait mieux à faire en Amérique que décaillasser des collines pour en tirer des moissons étiques.

— Ton père n'est pas au mieux, lui dit Saint-Castin. Je l'ai vu il y a peu, il souffrait du ventre. Et tes puînés ont quitté la colonie il y a maintenant près de cinq mois. On les a vus à Beaubassin, où ils se sont employés quelque temps.

Julien haussa les épaules. Le destin de sa sœur lui importait moins que celui de ses peaux. Quant à Ti'Pierre, son attirance pour l'océan l'entraînait, et c'était aussi bien comme cela.

— Tu n'as guère de sentiment pour eux, Julien Lestang. Il leur est peut-être arrivé malheur. Beaubassin a brûlé, les gens ont dû fuir vers les villages micmacs.

— J'ai beaucoup marché, cet hiver, rétorqua Julien. Il m'est arrivé de chuter dans des ravins où j'aurais bien pu demeurer mort. J'ai dû m'habituer à penser à moi, le souci des autres ou la nostalgie, cela m'aurait amolli le corps et l'esprit.

Bien qu'il affectât un ton déférent, il ne considérait plus le baron que comme un égal. Saint-Castin avait beaucoup couru les bois, lui aussi, avant de devenir traiteur de peaux et de s'enrichir considérablement. A l'approche de la cinquantaine, le maître de Pentagouët devait songer à laisser les jeunes émigrants faire leur pelote. Le baron hocha la tête, détailla les fourrures. Sa femme était entrée dans la pièce et peinait à reconnaître le visiteur. A la voir sûre d'elle au milieu de son salon aux meubles venus de France, dans la beauté épanouie de son âge, Julien se disait qu'il aurait lui aussi un jour des murs solides comme ceux de cette habitation, des serviteurs à la cuisine et au ménage et des petits jouant entre verger et potager.

— Comment t'y prends-tu pour tirer le loup, Lestang ?

Julien refit le geste. Il levait son moignon, calait le fusil au creux du coude, pour un simple appui. L'habitude et un talent à viser juste faisaient le reste. Saint Castin apprécia. Sa besogne de chirurgien avait certes été radicale, mais, après tout, le bougre charcuté par ses soins vivait, c'était bien là l'essentiel.

— Un ours, aussi ! s'exclama-t-il. Où l'as-tu pris, celui-là ?

— Loin vers l'ouest et les montagnes Adirondacks. Je l'avais perdu de vue mais je l'ai reniflé, près de son abri de branches et de feuilles.

— Chez les Anglais.

— Presque, oui.

— Et tu as une mule, désormais.

— Je la tiens de gens de Montréal qui repartaient chez eux et qui me l'ont cédée contre quelques peaux.

Le baron lui souriait. Etait-il dupe ? A affronter son regard, Julien ressentait un malaise. Saint-Castin avait poursuivi des déserteurs loin à l'intérieur de la Nouvelle-Angleterre, et des coureurs, aussi, qui avaient tenté de l'attirer dans un piège, quelques années auparavant. Cet homme fait pour l'aventure gouvernait sa colonie avec une autorité de tyran. Commerçait-il encore avec l'ennemi par des moyens détournés, lui dont la tête était toujours mise à prix à Boston ? Etrange époque, où l'on pouvait se faire la guerre et se parler, tout de même, pour l'argent ou pour la politique. Saint-Castin avait à sa façon gagné sa liberté. Il avait trafiqué mais était prince en Amérique, et, quoi qu'il en soit, sa loyauté envers le roi de France ne souffrirait d'aucune compromission.

— Les fourrures vous conviennent, monsieur ? lui demanda Julien.

— Elles conviennent, mon ami, elles conviennent. Tu comptes repartir bientôt ?

Le visage de Julien s'éclaira. Le Béarnais ne s'éterniserait pas à Pentagouët. Repartir, oui, et le plus tôt possible.

— Alors, lui dit Saint-Castin, tu risqueras de trouver sur ton chemin des Anglais ou leurs serviteurs sauvages. Je veux désormais que tu fasses part de ces rencontres, fidèlement, à moi ou à mes fils. La guerre pourrait bien prendre un tour inattendu dans les mois qui viennent. Pour l'instant, nous avons le dessus mais une escadre venue de La Rochelle a été démembrée par l'océan, cet été. J'attends des renforts qui n'arrivent pas.

Beaubassin a été saccagé. Dieu veuille que ces revers n'annoncent pas quelque catastrophe irréparable.

Julien avait un peu de mal à avaler sa salive. Le baron se confiait à lui comme à un ami. Pour un peu, il lui aurait livré le détail de ses projets militaires pour l'hiver à venir. Julien se sentait plein de colère. Il avait donné une main à la cause royale et devrait encore recevoir des ordres et faire l'espion, comme si son malheur ne suffisait pas à la gloire du monarque. Saint-Castin lui tendit une bourse avec, à l'intérieur, dix fois ce que Jean Lestang pourrait espérer de ses récoltes. Il y avait là le prix des fourrures, augmenté d'une aumône pour des gens méritants.

— Tes parents ont droit à une part de cet argent, dit le baron, le visage grave, comme s'il avait deviné dans l'instant les pensées de Julien.

Jean Lestang s'était couché deux jours auparavant, la douleur irradiant tout son ventre l'empêchait de se relever. Sa femme était assise près du lit, dans la pénombre, et devant ce spectacle Julien serra les dents. Les pièces qui s'entrechoquaient sous sa veste de peau entrouverte signifiaient la fin de quelques siècles de pauvreté et de sujétion, et la maison se révélait soudain pour ce qu'elle était, une masure, une sale bicoque de manants dressés au métayage, la continuation de la géhenne béarnaise avec ses coutumes et ses usages, saluer à cul ouvert les riches et leurs nourrissons, même, être à disposition, servir, du jour de sa naissance à celui de son trépas.

Jeanne Lestang tourna la tête, aperçut son fils, son grand diable d'aîné, dans l'embrasure de la porte. Julien la laissa venir contre lui sans réagir. Elle n'avait jamais pesé bien lourd et s'était encore allégée de quelques livres.

— Il a une grande colique, dit-elle, inquiète, qui va empirant. Et cette bile qu'il rejette. J'ai bien peur, Julien.

Il n'était pas besoin d'être médecin pour voir que Jean Lestang agonisait. La pâleur cireuse de ses joues, les battements de ses narines, son regard, perdu entre souffrance et acceptation de la mort étaient des prémices de départ pour l'autre monde. Julien s'approcha, affronta la vision de la carcasse encore palpitante de son père, l'odeur qui en sourdait et se répandait dans la pièce. Jean l'interrogeait d'un regard muet. La chasse, les peaux, et la guerre contre l'hiver, dont son fils sortait vainqueur ? Julien lui montra une pièce, qu'il fit tourner longuement entre ses doigts dans la faible lumière. Puis il parla doucement, des montagnes du Nord et de leur répétition à l'infini, de la glace sur laquelle il fallait poursuivre le castor, et du froid, le juge suprême.

— Le froid, je ne vais pas tarder à connaître, lui dit Jean. Approche.

Julien écouta. Son père mourait dans la solitude et dans le sentiment de ne plus servir à rien depuis longtemps. Les petits avaient quitté Pentagouët et n'y étaient jamais reparus, laissant leur mère dans le chagrin et le ressentiment.

— On les a vus à Beaubassin, dit Julien.

— Je sais. Pardieu, s'ils avaient eu le courage de nous parler, on se serait sans doute arrangés. Le vieux pays de France ne manque pas de bâtards. L'Eglise ne les aime pas mais les familles les nourrissent tout de même.

Julien n'avait pas d'opinion sur la question. Rivé à sa terre en Amérique comme en France, Jean Lestang n'avait jamais eu le goût des espaces et de l'aventure de ses fils. Semer, récolter, peser et suer sur quelques outils, cet ordinaire paysan lui avait suffi de tout temps. Il en mourait, sans doute, et s'il y avait quelque chose à faire désormais en souvenir de lui, c'était d'accorder à sa pauvre femme une vieillesse paisible.

— Dieu t'y aide, Julien. Seigneur Jésus, je vais partir sans avoir revu le minois de cette gouyate.

La disparition de Catherine lui avait ruiné le cœur quand l'absence de sa fille entretenait chez Jeanne un fond de colère et de rancune vivifiant, en fin de compte. Julien regardait son père et n'éprouvait pas grand-chose. Ils ne s'étaient jamais beaucoup parlé, tous les deux. Mais leur âme était bien la même, taciturne et secrète, jalouse de sa liberté.

Jean Lestang grimaçait, la douleur faisait perler des larmes à ses paupières, son ventre durcissait, à la mesure de sa souffrance. Des femmes indiennes avaient fait infuser pour lui des tisanes que Julien et sa mère burent tandis qu'il s'en allait. Jeanne passa ces heures en prière, à genoux sur le tabouret qui lui servait de prie-Dieu.

— Nous sommes dans un pays sans prêtre, répétait-elle, bouleversée.

Julien regardait le lit désert de la fratrie. Quitte à mourir, mieux valait sans doute le faire au fond de quelque lit de torrent, loin des hommes, veillé par les loups, les rochers, les arbres et les nuages auxquels les Sauvages donnaient des noms de dieux.

Il n'y avait pas de cimetière à Pentagouët, ni de curé pour y dire la messe des morts. Jean Lestang fut enterré entre le fort et l'estuaire, sous un monticule hanté par les tombes erratiques de soldats, de vieilles servantes et de chevaux. Le baron de Saint-Castin lut un paragraphe d'Evangile puis on dîna au logis des officiers et chacun rentra chez soi.

— Ta mère ne manquera de rien, Julien, avait promis Saint-Castin. Ma Méchilde va s'en occuper pendant que tu seras sur les lacs. Et si tu veux entrer un jour à mon service, à l'habitation ou au fort, tu n'auras qu'un mot à dire.

— Il reste trop de castors, de loups et de cervidés, là-haut.

— Tu as raison.

C'était encore de l'aumône. Julien se souvint du serment qu'il avait prêté dans la cour du fort de Pentagouët. Pas de maîtres ! S'il avait quelqu'un à servir, il se persuadait que c'était lui-même et personne d'autre. La baronne de Saint-Castin se portait au secours de Jeanne Lestang, les choses allaient bien ainsi. Le sort de ses cadets ne préoccupait guère le chasseur. Catherine ? Son enfant avait dû naître. Peut-être avait-elle suivi un soldat en rupture de contrat, ou un Basque, sur un chalutier luzien. Julien ne pouvait de toute façon rien pour elle. Quant à Ti'Pierre, son attrait pour la mer l'entraînerait vite sur les navires. C'était cela aussi, l'Amérique, de l'espace plus qu'il n'en fallait, l'affranchissement des vieilles tutelles, et la liberté de se faire maître ou serviteur selon l'humeur, les saisons du cœur, de la guerre ou même encore celles de la chasse.

Lorsqu'il fut seul avec Jeanne dans la pièce unique et comme démesurée, soudain, de leur maison, Julien sut qu'il repartirait dès que cela serait possible. Jeanne régnait sur un désert où l'ennui de quelques hivers la ferait sans aucun doute périr à son tour. Les racines Lestang n'ont pas pris à Pentagouët, pensa-t-il. Il hasarda une question :

— Mère, vous ne voudrez pas rejoindre Pierre et Catherine, lorsque vous saurez où ils se trouvent ?

— *Macareou !* Ça m'étonnerait, tempêta-t-elle. Ces foutus gouyes sauront bien me retrouver, eux, s'ils en ont envie.

Elle hochait la tête, furieuse. Repartir vers la France ? L'idée de remonter sur un bateau ravageait par avance son corps et son esprit.

— Té, je vais crever là et ce sera mieux pour tout le monde. Les pauvres champs de ton père retourneront sous la caillasse d'où ils n'auraient jamais dû sortir. Je le lui avais dit, à Jean : ce voyage n'est pas pour nous, laisse donc les jeunes s'embarquer. Et en plus, un métayer de Béarn qui s'en allait en Amérique ! Le beau projet !

Julien avait besoin de repos. Il lui fallait préparer ses traîneaux, pour sa prochaine campagne d'hiver. Il promit à sa mère de demeurer le plus longtemps possible à Pentagouët. Jeanne observa son fils. Le petit fugueur d'Escout, l'enfant autrefois attiré par la vallée d'Aspe, par ses défilés hostiles, ses roches bordant de hautes forêts, comme une aiguille par un aimant, s'était fait homme, et comment ! Julien se fixait désormais des buts dont rien, ni dieu, ni roi, ou famille, ne le distrairait.

— Bon, té, laissa-t-elle tomber sur un ton las, tu feras bien comme les autres. Ceux des aboiteaux nous disaient que leur pays était fait pour les familles. Grand bien leur fasse, ils me donneront peut-être un jour la recette.

La première chose que vit Catherine lorsqu'elle ouvrit les yeux fut une énorme araignée, immobile entre les rondins d'une poutraison. Du chaume pendait çà et là en longs filaments, une très vague clarté baignait l'angle d'un toit. Des ballots ficelés, des tonneaux étaient entreposés sur le plancher d'un grenier, au-dessus d'elle.

Dans son semi-coma, elle distinguait les montants d'une échelle de meunier et, au bas de celle-ci, d'autres sacs, rangés contre un mur. Des odeurs flottaient, qu'elle ne reconnaissait pas. Elle voulut tourner la tête mais ce simple geste lui était impossible. Tout pesait trop lourd, son front, ses yeux, ses mains qu'elle sentait près d'elle sans pouvoir les bouger. Elle gémit. Son esprit s'en allait en balade et ne pesait rien. Ainsi libéré, il quittait cet endroit où elle n'était jamais venue, gagnait la haute mer, cinglait vers des ports ouverts entre des torrents déferlant des montagnes. Et des gens se mettaient à psalmodier à l'infini, bercés par leur propre chant. C'était une impression de liberté et d'enfouissement, le corps en terre et la tête dans les nuées.

— Elle s'éveille, dit une voix douce.

Des visages apparurent à Catherine, l'un, masculin, en lame de couteau, avec des yeux bleus au regard intense, enfoncés profond, l'autre, d'une femme, attentif lui aussi. Un chien grogna, avant de s'affaler en soupirant devant la cheminée. Catherine fut soudain pleine d'une angoisse qui la fit respirer plus vite.

— Votre enfant est vivant, dit l'homme aux yeux de mer. Regardez-le.

Catherine eut un petit cri, voulut ouvrir les mains. La femme tendait le bébé emmailloté vers elle, comme une offrande qu'elle retira cependant promptement à sa vue.

— C'est ma sœur Anthomine, dit l'homme. Elle allaite aussi et s'occupe de ce petit. L'Acadie n'est pas avare de nourrices.

Catherine fronça les sourcils. Une fatigue immense la rivait à sa couche. Où étaient le bateau et ses occupants, Ti'Pierre et les Sauvagesses qui donnaient elles aussi de leur lait à Jérôme ?

— Je suis Jacques Hébert, lui dit l'homme et vous êtes dans ma maison. Vous vous souvenez, lorsque vous êtes arrivés en Acadie, vous avez habité chez les miens, à Port-Royal. Nous nous sommes vus alors, et puis de nouveau à l'automne quand vous cherchiez le moyen de vous rendre à Beaubassin.

Il se mit à lui parler, doucement, tenant sa main dans la sienne. Le *Locmaria* avait mouillé devant ses digues et déposé ses passagers chez lui. Hébert était allé quérir sa parente et l'on avait sauvé l'enfant, pendant que la mère baguenaudait dans ses fièvres. Maintenant, il fallait se reposer, dormir et manger aussi, mais de cela, Catherine se sentait incapable.

— L'enfant, murmura-t-elle. Je veux le voir.

— Un vieux corsaire l'a baptisé sur le navire du Bellilois en attendant mieux, dit la femme.

Long-Nez ! Ainsi procédait-on souvent dans ces contrées

pauvres en prêtres. Anthomine s'approcha, s'assit au bord du lit, le nourrisson dans ses bras et Catherine se mit à pleurer, de plus en plus fort, sans retenue, comme si le paradis promis jadis par le religieux s'ouvrait devant elle et qu'elle y entrait, dans la gloire et la lumière de Dieu.

— A la bonne heure, dit Jacques Hébert, de sa voix calme et grave.

Catherine serra son fils contre elle. Rien, ni les victoires des guerriers, ni la bonne ordonnance de la société de Nouvelle-France, ne vaudrait jamais qu'on la privât de cette jouissance, sentir la peau du petit être contre la sienne, son odeur, son souffle mêlé au sien. Ce qui s'était passé entre les Français et les Anglais, les coups de main, les offensives navales, les prises de forts et les scalps aux ceintures indiennes, tout cela avait infiniment moins de prix que le visage apaisé de son enfant, la palpitation de son corps et le sentiment inconnu d'avoir surpassé tout cela en donnant simplement la vie.

Lorsqu'elle ouvrit les yeux, ce matin-là, Catherine vit que son hôte avait disparu. Anthomine Hébert était là. Vigilante et silencieuse, elle allaitait Jérôme près d'elle, dans un fauteuil à bascule en bois grossièrement taillé.

— Jacques est allé traire, dit-elle. Ainsi cet ange pourra-t-il manger un peu plus à sa faim.

Elle parlait une langue poitevine que Catherine s'évertuait à comprendre, se contentait le plus souvent de souriants silences en guise de conversation. Catherine observa les agapes de son fils. La fièvre avait reflué d'elle petit à petit mais un épuisement s'ensuivait, ressemblant à de la paralysie. Cette incapacité à se mouvoir autrement que par quelques gestes l'attristait et la faisait douter de se lever un jour.

— Tenez, dit Anthomine, je le mets sur vous.

L'enfant était repu. Catherine le sentit remuer doucement sur sa poitrine, fléchir ses doigts sur le lin de sa chemise et faire avec sa bouche les petits bruits inimitables des nourrissons. Si la maladie devait l'emporter, Catherine partirait avec au cœur ces sensations intenses, ces privilèges de mère à côté de quoi la gloire ou la richesse ne sont qu'accessoires des vanités.

— Il est fort, dit Anthomine. Celui-là, vous ne le ferez pas grandir avec des coques de chataîgnes. Un beau petit Acadien, qui saisira un jour sa terre et la fera donner.

Le cœur de Catherine battait plus fort. Où irait-on, désormais ? Et quelle terre prendre ? Celle de Pentagouët, caillouteuse et trempée d'eaux croupies, où ne pousserait jamais rien d'autre que des fortins et des tranchées militaires ? La terre de Port-Royal ? Les jeunes d'Acadie, déjà trop nombreux sur les rives de la Dauphin, regardaient ailleurs, vers Grand-Pré, Beaubassin et plus loin encore, rêvaient de Memramcouk, de Petitcodiac, ces proies que l'Anglais reviendrait saccager à la moindre occasion. Catherine fut saisie de vertige. La pièce calme et ombreuse où le feu crépitait devant un chien assoupi était hors du temps, un lieu trompeur où elle oubliait les précarités de sa jeune existence, les dangers d'une course vaine et jusqu'aux humeurs du ciel dont elle apercevait les reflets par les minuscules fenêtres de la maison.

— Mère, si vous étiez là, murmura-t-elle.

Elle désirait se rendormir dans les ondes complices de son extrême fatigue. Anthomine reprit doucement l'enfant, le posa dans un berceau de bois à quenouilles et à bascule que des mains indiennes avaient joliment décoré de fleurs et de feuilles peintes. Catherine ferma les yeux. Tout était paix et chaleur, dans cette maison.

Ti'Pierre avait repris la mer, et cette fois ce ne serait plus pour caboter le long de la Baie française. Les expéditions anglaises, tel l'incendie de Beaubassin, libéraient le zèle des corsaires acadiens. Ce serait une joyeuse et féroce curée, de Terre-Neuve à Boston et même plus loin, et à ce jeu les Français s'étaient toujours montrés meilleurs que leurs adversaires.

A demi assise contre des oreillers, au fond de la pièce commune, son fils près d'elle, Catherine pensa à ses frères, à ceux qui étaient restés au bord de la Penobscot, aux fugitifs de Beaubassin. Des visages passaient devant elle, des coques de navire battues par les flots, les noires silhouettes des baleines aperçues au large de Port-Royal, et le regard du Bellilois, mi-souriant, mi-narquois. Cela faisait maintenant plus d'une demi-année qu'elle avait quitté Pentagouët. Ce voyage intérieur, fait de mille souvenirs entremêlés, l'emplissait de mélancolie.

Elle éprouvait encore une fatigue intense, malgré les soins prodigués par la petite tribu de son hôte. Elle était incapable de se lever. Sa présence au bord de la Dauphin avait provoqué un mouvement de curiosité autour de la ferme Hébert, et il n'était de jour qui ne la vît recevoir une ou plusieurs visites. On arrivait de chez Belliveau et de chez Bourg. Des Babin, des Melanson et des Robichaud, tous voisins, venaient aux nouvelles, les femmes, surtout, suivies ou précédées de leur nichée et prétextant le prêt de quelque linge, une offrande de lait, un souci maternel à partager avec Catherine. Ainsi la frêle enfant aperçue deux ans plus tôt à Port-Royal avait traversé l'Acadie de bord à bord, et dans quelles circonstances !

— Laissez-la se reposer, leur disait Hébert.

— Elle serait peut-être mieux dans une famille, lui objectait-on.

Et l'on pensait que, tout de même, une jeunesse comme celle-là, chez un vieux garçon approchant les quarante ans et encore célibataire, un coureur d'allumette sans doute, oui, une jeunesse comme celle-là serait bien mieux employée dans une vraie maison.

— Laissez-la, vous dis-je, se défendait le fermier. Elle est très bien ici. Elle prend ses médecines et vous êtes assez nombreuses pour lui donner des soins. Tout ira comme il faut. Je n'ai jamais vu autant de femmes chez moi. Alors ! On commencerait à penser que je suis peut-être un bon parti !

Ses coups de gueule mettaient ses amis en joie. Il était chef de milice à Port-Royal. Sa connaissance des pays sauvages et de leur lointaine histoire en faisait un personnage aussi important que le gouverneur. Mais son expérience et l'influence qu'il exerçait sur la colonie ne pouvaient freiner la curiosité de celle-ci pour cette drôle d'aventure et pour le moutard qui en était sorti, dont on se demandait, à le regarder sous toutes les coutures, à qui il pouvait bien ressembler. Des familles à fronts bombés à celles à courtes jambes, de ceux qui tenaient de la blonde Normandie aux Poitevins noirs et raides de poil en passant par les quelques Basques au cheveu frisé que le commerce de la pêche entraînait par la capitale, il n'était de clan qui n'ait un jour ou l'autre pensé que le petit Jérôme était des siens.

Hébert se moquait bien de ces ragots. On pouvait même supposer que le père de Jérôme Lestang fût un de ces Sauvages

Abenaquis proches du baron de Saint-Castin, cet exemple ! La crainte d'Hébert était ailleurs ; que le curé de Port-Royal, conseillé par le jésuite, décidât de laisser la mère et l'enfant en dehors de sa communauté. Les religieux de Nouvelle-France ne prisaient guère les bâtardises et, parmi la nombreuse progéniture acadienne, les enfants naturels n'étaient pas leurs préférés.

— Ne pensez qu'à votre petit, répétait-il à Catherine. Vous savez, des enfants, il en naît ici chaque mois que Dieu nous donne. Ils sont en fait d'une seule famille et d'un seul cœur. Ma maison fait partie de cela et les gens qui y entrent aussi. Reposez-vous. Cela vous fera une activité bien suffisante.

Il lui arrivait de s'absenter pendant plusieurs jours, en compagnie de son ami Basson, jamais cependant sans avoir obtenu d'Anthomine qu'elle prît régulièrement des nouvelles de sa pensionnaire. Et lorsque sa sœur lui objectait à son tour que la malade serait mieux dans une vraie famille, il lui clouait le bec. Catherine avait besoin d'un calme dont les marmailles acadiennes s'ingénieraient à la priver.

— Regarde, disait-il, comme elle se plaît ici.

C'était peut-être vrai, au fond. Face à l'onde égale de la mer, la maison silencieuse, le verger ponctué de rouge et d'or, les bêtes en liberté dans les prairies alentour constituaient un décor où la jeune femme reprenait peu à peu des forces, et des couleurs. La fièvre avait bien failli l'emporter. Maintenant, elle se retirait très lentement d'elle et Jacques Hébert en venait à souhaiter que cette convalescence durât le plus longtemps possible.

Il revenait de ses chasses sur les territoires indiens, posait sur la table des lièvres et des faisans, des perdrix deux fois grosses comme celles de France et des champignons dont il faisait humer à Catherine les senteurs de sous-bois. Les marmites ronronneraient des jours durant, on en sortirait des civets, des confits et de quoi faire des pâtés pour l'hiver, le terrible et interminable hiver. Catherine posait un châle sur ses épaules et se laissait porter jusqu'au fauteuil devant l'âtre. A voir les bulles crever la surface des ragoûts, à sentir les fauves ou doux effluves des viandes, elle en oubliait sa maigreur, sa fatigue continue et les efforts que lui demandait le moindre geste.

— Je voudrais revoir ma mère, dit-elle un jour d'octobre.

Elle avait fait une courte promenade au bras d'Anthomine

Hébert et dû lutter pour ne pas être renversée par le vent pourtant bien tempéré. Des nuages gris traversaient lentement le ciel. Ils venaient de l'est, où était la colonie de Pentagouët, apportaient avec eux des souvenirs, de la nostalgie, des visages vieillis.

— C'est un long voyage, lui dit Jacques Hébert.

Elle observait depuis un moment les allées et venues de son hôte, entre la cheminée où fumait une marmite et la table sur laquelle il avait disposé de la vaisselle. La maison était silencieuse, après qu'Anthomine, ayant aidé Catherine à faire sa toilette, eut emmené avec elle la petite tribu d'enfants qui l'avait accompagnée.

— Si vous voulez, nous allons écrire une lettre, dit Hébert. En attendant, buvez ceci.

Il tendit un bol à Catherine. Il faisait la navette entre les fermes françaises et les villages micmacs et lui apportait régulièrement des herbes, des feuilles et des racines, ainsi que les recettes qui allaient avec. C'était pour le sang et pour l'énergie, pour retrouver l'appétit et la lactation, aussi, même si la fièvre avait asséché les seins de Catherine.

— Les Sauvages savent mille choses que nous ignorons. Ici, les gens vivent plus vieux qu'en France. Ainsi peut-on connaître ses aïeux à la quatrième génération, et il est arrivé à des femmes de fêter leurs cent ans. Ces herbes y sont sans doute pour quelque chose. La nourriture, aussi, le gibier que nous sommes libres de chasser et les fruits des potagers que personne ne grève d'une dîme. L'Acadie, cela doit ressembler au paradis. Tout y pousse, qui plus est sans impôt.

Elle avala une gorgée de tisane.

— C'est très mauvais, dit-elle avec une grimace de petite fille. Pour la lettre, je ne sais pas écrire.

— Moi, oui. Vous me dicterez ce que vous avez à l'esprit.

— Tout ?

— Eh bien, oui ! Je serai comme le prêtre, dans le secret de votre âme. Vous savez, j'ai entendu vos rêves, lorsque vous étiez sans conscience. Grâce à eux, je connais votre famille comme si j'en faisais partie. Ils m'ont appris aussi par quoi vous êtes tourmentée, cette fâcherie avec vos parents, votre décision de ne pas accepter leurs choix. Votre courage vous libère et vous blesse en même temps le cœur.

Il y avait sans doute bien d'autres choses dans les songes de Catherine, mais de cela, Jacques Hébert ne parlerait pas. Catherine le trouvait touchant. Il lui avait laissé son lit et couchait à côté de son chien, sur le sol de terre de sa maison. Maigre de corps et de visage, le nez trop long, les tempes et le front dégarnis, avec ce regard de loup qui durcissait encore ses traits d'ascète, il était laid, pouvait inquiéter. Les filles de Port-Royal lui avaient préféré des gars plus avenants, plus causants aussi. Hébert avait le goût de la solitude, ses chasses pouvaient durer des semaines et son tempérament plutôt taciturne n'invitait pas les femmes à rechercher sa compagnie.

— Je me souviens de vous, dit-il. Je ne vous ai pas oubliée, jusqu'à aujourd'hui.

Il s'était assis au bout du lit, parla de l'adolescente qui ouvrait grand ses yeux sur le Nouveau Monde et le trouvait sans doute trop vaste et si peu habité. Port-Royal ! Quel nom, pour une bourgade prise et reprise au canon, pillée par les uns et par les autres, bâtie de bric et de broc au pied de son fort vétuste et mal défendu. Mais le patient travail des hommes l'avait prolongée loin en amont sur la Dauphin. Quatre-vingts familles ! Un jour, oui, on irait jusqu'à Grand-Pré à travers des vergers et des champs bien ordonnés. Il y aurait des étables et des bergeries partout, jusque sur les collines où tourneraient les ailes des moulins.

— Votre Jérôme verra ça, Catherine, nous l'aurons fait pour lui, ce sera sa France d'Amérique, où il vivra en homme libre.

Son visage s'éclairait tandis qu'il regardait l'enfant dans son berceau. Hébert n'avait personne avec qui partager sa besogne et son bien, ses cousins s'étaient installés à l'est de Port-Royal. Près de la vieille habitation de Champlain, sous les bois qui descendaient vers la mer et cernaient au plus près ses deux arpents de blé, il figurait une sorte de proue de la colonie, un cap endigué au-delà duquel la nature canadienne redevenait toute-puissante. Là était sa fierté.

— Vous pourrez bientôt marcher d'un bon pas, Catherine, alors je vous ferai longer les levées, traverser les bois, et vous irez respirer l'air de la passe quand le vent d'est se lève. Les Sauvages disent que c'est l'esprit de leur dieu Gisolg qui souffle, et purifie tout.

Il souriait, son expression d'austère enfermement s'effaçait.

Il avait supposé que sa pensionnaire préférerait bien vite émigrer vers une autre ferme, pour s'y trouver au milieu de vraies familles, avec des femmes à qui parler et des marmailles pour égayer ses heures de convalescence. Mais non. Catherine lui avait dit qu'elle resterait chez lui tant qu'il supporterait sa présence et celle de son fils, et il en était tout étonné.

— Avez-vous demandé au prêtre de me visiter ? lui demanda-t-elle. J'ai tant de regrets et d'espérances à lui confier.

— Le père jésuite est parti pour les hautes terres mais l'abbé Mandroux reste bien à Port-Royal, lui. S'il n'a personne à marier ou à enterrer sur la Dauphin, il viendra, un jour prochain.

— Il craint de me voir, murmura-t-elle.

Elle ferma les yeux. Il y avait dans le regard des femmes sur elle des questions et des arrière-pensées qu'elle préférait éviter de provoquer le plus longtemps possible. La piété des Acadiennes, leur vie exemplaire d'épouses et de mères, leur fécondité consentie quoique bien souvent éreintante et le soin qu'elles apportaient à l'éducation de leurs enfants en faisaient des parangons de vertu, des modèles. Mais elles étaient femmes, toujours capables de juger et de condamner au fond d'elles-mêmes, sans recours. Que pensaient-elles, en vérité, de la fille-mère débarquée d'une goélette corsaire un soir d'automne ? Catherine se disait que sous leur charitable prévenance dictée par le respect des préceptes chrétiens, ces esprits-là devaient être troublés.

La chapelle de Port-Royal, que d'aucuns, sans doute éblouis par sa seule présence, s'obstinaient à nommer église, était en torchis et en colombages, semblable aux maisons qui l'entouraient. Une cloche y annonçait du même son aigu et dur les messes, mariages, baptêmes et enterrements. Lieu de prière minuscule dominant la baie, elle avait été bâtie entre le fort et la maison du gouverneur, un peu à l'écart du bourg. A l'intérieur, une double rangée de bancs faisait face à l'autel qu'une offrande basque avait enrichi d'une vierge en bois tenant dans ses bras un fils curieusement hilare et potelé. La lumière, grise, y était tamisée par un mélange de verre et de papier. Seuls la ferveur de ses nombreux fidèles, leurs chants, leur plaisir de s'y retrouver pour la messe y mettaient ordinairement de la gaieté car, pour le reste, l'endroit dévasté par les pillages laissait toujours la même impression de grande précarité.

Lorsque Catherine y entra, son enfant contre elle, le lieu était désert et la jeune femme éprouva un choc. Cela faisait bien des mois qu'elle n'avait pas pénétré dans une église, en vérité, depuis qu'elle avait quitté Pentagouët. Elle se signa, s'assit, se mit à prier, la tête fléchie. Elle implorait, honteuse, cherchait les mots pour demander pardon, sanglotait. Elle avait tant à dire, à penser, s'efforçait de calmer le tumulte de son esprit.

— Eh bien, ma fille, que de transports !

Elle leva les yeux, découvrit le visage austère du père jésuite Xavier-Emmanuel, un peu plus figé encore lorsqu'elle lui eut dit qui elle était. Allait-il lui demander de quitter les lieux ?

— Je me souviens de vous, maintenant, dit le prêtre, vous étiez sur l'*Oranger*. Alors, c'est votre petit qui est dans vos bras. Il faut que je vous entende en confession.

Elle fut soulagée, suivit à pas très lents son hôte vers le fond de la chapelle, où des menuisiers pressés avaient érigé un isoloir percé d'un grossier treillis cannelé. Catherine s'agenouilla, le ventre du nourrisson contre son épaule. Elle distinguait les traits du confesseur, ses paupières à demi closes, entendait son souffle régulier, dans le silence de la chapelle. L'homme en noir avait pérégriné, lui aussi, entre fermes acadiennes et campements indiens. Son regard n'avait pas changé, interrogateur et froid, avec des lueurs fugaces ressemblant à de l'inquiétude.

— Le père de mon enfant s'appelle Aubin de Terville, dit-elle avant même que le prêtre l'eût questionnée. J'ai cru que je pourrais vivre avec lui sous son toit mais je me trompais.

— Terville, ceux de Beaubassin ?

— Je n'en connais pas d'autres.

— Aubin de Terville était ce gentilhomme qui voyageait avec nous, ce jeune officier plutôt bavard...

— Oui.

— Qui est au courant ?

— Mon petit frère, seulement, qui m'a accompagnée et protégée tout au long de mon voyage.

Elle raconta le pillage de Beaubassin, la folie de son amant et sa propre incapacité à divulguer son secret aux gens du manoir, déclara qu'elle se repentait, du fond de son âme. Puis elle demanda pardon, pour tout le mal fait aux siens, pour son silence qui se prolongeait malgré elle et lui taraudait la conscience. L'homme en noir lui donna sa bénédiction et Catherine sentit alors son esprit s'apaiser. Prier la Vierge et son fils, des heures durant, lui serait une punition bien légère. L'absolution la réintégrait dans le monde.

Elle se leva, serra son fils contre sa poitrine. Les yeux à nouveau mi-clos, le jésuite était absorbé dans de profondes et secrètes pensées. Elle vint vers lui, chercha son regard, puis elle lui montra l'enfant, sourit.

— Baptisez-le, mon père, je vous le demande.

Le missionnaire sembla surpris. Personne n'avait donc posé la main sur ce front ? Catherine hocha la tête, vivement.

— Un marin, sur le navire du Bellilois, mais ce n'est pas assez, je pense. Vous êtes là, maintenant, vous m'avez entendue en confession. Il faut bénir ce petit. Je suis venue pour cela, aussi.

Hésitant, il lui parla de la famille, absente, des parrains à convoquer. Le curé de Port-Royal était parti dans les campements micmacs de la côte ouest. Ne pouvait-on attendre son retour ? Elle le supplia. La fête viendrait plus tard. Pour l'instant, la guerre était partout, avec ses cortèges de maladies et de mort. Le père Xavier-Emmanuel considéra l'enfant, puis la mère, avec son visage plein d'angoisse et d'espoir, implorant.

— Eh bien, soit, dit-il.

Il posa sa main sur la tête du nourrisson, puis, du pouce, fit des signes de croix sur son front, tout en prononçant les mots du baptême. Rayonnante, Catherine oublia pour un temps sa fatigue. Elle eût traversé l'Amérique pour obtenir d'un prêtre le sésame, ces quelques mots dits à voix basse qui faisaient d'un innocent sans âme un vrai chrétien, promis à la vie éternelle. Jérôme Lestang entrait dans la famille de Dieu. Le reste n'avait plus d'importance.

Elle se retrouva face au jésuite, sous l'auvent de la chapelle. Le prêtre avait l'air un peu ennuyé.

— Comptez-vous fréquenter l'église, comme il se doit pour une bonne catholique ? lui demanda-t-il.

Elle fit oui, de la tête, eut une mimique d'incompréhension. Le prêtre la rassura d'un geste.

— C'est qu'il y a des habitudes prises, n'est-ce pas, depuis que cette maison a été construite. Les personnes nobles de Port-Royal, à commencer par le gouverneur, les chefs de milice, le lieutenant-général, s'asseyent sur les chaises, devant l'autel, les autres sur les bancs, et cette église est déjà presque petite pour ses fidèles. Ils ont parfois du mal à y prier sereinement.

Catherine écoutait, les sourcils froncés. A Port-Royal, on avait prié ailleurs qu'à l'église, quand pirates ou Anglais s'éloignaient enfin. Dans des entrepôts, des granges. Cette chapelle n'était pas vraiment un monument considérable et les préséances y faisaient figure de bizarreries. Catherine sentait venir la demande, décida de la devancer. Il n'y aurait pas de scandale par sa faute, ni même de distraction, le dimanche, à Port-Royal.

— Je saurai me faire discrète, mon père. Je ne suis jamais allée à l'église pour me faire voir.

Il n'avait pas l'air tout à fait satisfait.

— C'est bien, ma fille, concéda-t-il cependant. Je connais les paroissiens de Port-Royal. Ils ont bon cœur et savent se montrer solidaires. Personne ne reste longtemps sans ressources, ici. Mais ces gens ont de la rigueur et tiennent au bon ordonnancement de leur société. Ils éprouvent déjà les angoisses et les incertitudes de la guerre, surtout dans cette place. Leurs esprits doivent demeurer en paix.

La France d'Acadie tout entière était moins peuplée qu'un gros bourg de Touraine ou de Normandie, tout le monde s'y connaissait. Les gens n'avaient pas besoin de troubles ménagers, Catherine devait le comprendre.

— Comptez-vous demeurer encore longtemps chez Jacques Hébert ? s'inquiéta le prêtre. Vous avez l'air assez ragaillardie, à cette heure. Vous n'avez pas envie de quitter ces rives ?

— Pour aller où ?

— Eh bien, à Québec, par exemple, ou à Montréal, dans ce qui ressemble à une ville et où vous pourriez trouver à vous employer dans une bonne famille d'officier ou de notaire. Savez-vous qu'il y a deux fois plus d'âmes à Québec que dans toute l'Acadie ?

Catherine ne répondit pas. Son confesseur l'avait écoutée, questionnée puis absoute comme l'ordonnait sa compassion chrétienne, avant de baptiser son fils. Hors de l'église, il changeait de ton, et, la jugeant, lui demandait d'être à l'avenir une ombre, plutôt silencieuse. Et en plus, il s'inquiétait d'une coexistence avec un vieux célibataire, de quoi faire jaser derrière les digues. Catherine se raidit intérieurement. Les recommandations du jésuite étaient une flagellation, un ajout aux pénitences de la religion.

— Je tâcherai de retourner à Pentagouët, finit-elle par avouer d'une voix lasse. Ma mère me manque et j'ai dû lui faire tant de mal. J'ai eu la fièvre, pendant le voyage. Je ressens encore une grande fatigue, le courage me manque pour décider quoi que ce soit. Québec, certes. Mais c'est loin.

La guerre rôdait le long du Saint-Laurent. Les Iroquois massacraient des colons aux portes des villes, les corsaires anglais croisaient dans le grand fleuve, saisissaient des bateaux, provoquant des disettes aggravées par des épidémies de petite vérole. Mieux valait demeurer sur les rivières d'Acadie.

— En attendant de vous rétablir, vous me promettez de songer dès maintenant à vos futurs devoirs de bonne chrétienne ? s'inquiéta le jésuite.

Elle se demanda si cet homme éprouvait des sentiments, tant il mettait de froideur et de distance derrière le ton cauteleux de sa voix et la mécanique fatiguée de son sourire. Les capucins ou les frères récollets, habituels bergers du troupeau acadien, savaient aussi montrer leur autorité, mais c'était derrière une compassion vraie, une fraternité chaleureuse, un souci des autres sans calcul, plein de la sincérité des humbles.

La paix avec Dieu a un prix, pensa-t-elle, se transformer en ombre ou partir loin. Elle promit, avec au cœur une vague amertume, que confortait son état d'épuisement. Elle n'avait pas obéi ni cédé à ceux de Pentagouët, qui voulaient son bien malgré elle, sans aucun souci pour ce qu'elle pensait, désirait ou redoutait. Elle avait maintenant purgé son âme, pris le soin d'entendre la voix de l'Eglise. Elle se sentait libre, les menaces à peine voilées de l'homme en noir la laissaient indifférente. Elle désirait retrouver au plus vite la quiétude de la ferme Hébert.

Jacques Hébert l'attendait sur la rive sud, à l'embarcadère, des sacs de semences à ses pieds. Il avait vu le pêcheur Labandibar. Lorsqu'elle apprit que Jean Lestang était mort et qu'on l'avait enterré près du fort de Pentagouët, elle ferma les yeux, baissa la tête, comme pour prier. Une mort, une vie, pensa-t-elle, bouleversée.

— Est-ce que le Basque a dit quelque chose sur ma mère ?

— Votre frère Julien est resté quelque temps auprès d'elle puis il est reparti vers le pays abenaqui.

— Alors, il faudra que je retourne sur la Penobscot, dit-elle. Je ne peux pas la laisser ainsi, toute seule. Il n'y a rien, là-bas.

Elle guetta son assentiment. Hébert était sceptique. Il faudrait voir, quand les journées se feraient plus douces. L'entreprise était hasardeuse, de toute façon. Rejoindre Pentagouët par les terres était une sacrée expédition : la forêt et ses dangers, des portages par dizaines, les incursions iroquoises toujours possibles. Quant à y aller par la mer, si les corsaires français faisaient régner l'ordre le long des côtes d'Acadie, leurs homologues de Boston et de New York ne se privaient pas de sévir jusqu'à la rivière Saint-Jean ou au large de l'île Royale.

Il s'approcha d'elle, prit doucement son bras. Il ferait son possible pour l'aider. Ne lui avait-elle pas fait confiance jusque-là ? Elle se souvint des doutes dont il lui avait fait part quelquefois. L'Acadie, c'était bien joli, mais fragile. Port-Royal avait déjà changé six fois de mains, en moins d'un siècle ! Pourtant, l'on vivait, dans ces incertitudes, avec des semailles et des moissons, des jours de fête et d'autres de deuil, des enfants en nombre et d'autres à venir, un peu partout dans les fermes.

— Vous vous retrouverez bientôt, votre mère et vous, aussi vrai que le printemps chasse l'hiver, dit-il.

Catherine abandonna sa main dans la forte paume d'Hébert. En quelques semaines, elle avait appris à connaître son hôte : un homme secret, à l'esprit plein de candeur et de bonté sous un maintien austère, farouchement épris de la liberté offerte aux émigrants par l'Amérique.

— Est-ce qu'une bonne soupe, avec du tendron, vous ferait plaisir ? lui demanda-t-il.

Elle dut faire un effort pour ne pas pleurer. Son père était mort. Qui était-il ? Pensant trouver en Nouvelle-France un peu de cette terre interdite aux petits de son espèce, Jean Lestang avait accepté de s'expatrier, à quarante ans passés. Catherine ne connaîtrait jamais les pensées de cet homme mutique, incapable depuis toujours du moindre geste de tendresse envers elle. Son père ? Un inconnu.

— Allez, montez dans la barque, dit doucement Hébert.

Il baisa ses doigts, serra encore sa main. Des rafales irisaient l'eau de la Dauphin. Il faisait froid, soudain. Catherine couvrit l'enfant de sa cape.

— Le vent tourne, lui dit Hébert, et l'hiver n'est pas encore mort. Il y aura du vent pour plusieurs jours et des tempêtes que vous n'êtes pas en état de supporter.

Il y eut des semaines de tumulte dans le ciel de Port-Royal. Mue par des marées gigantesques, déferlant vers les terres en puissants mascarets, la mer passa par-dessus les digues, rompant en maints endroits les défenses érigées le long des rivières. On craignait la ruine, pour l'établissement de Port-Royal, les prières montèrent, implorantes, puis, la colère de Dieu s'étant calmée, on refit ensemble les gestes appris depuis toujours ; les brèches furent colmatées, les aboiteaux laissés ouverts pour vidanger la manne salée. On chanta et on dansa au son des violons, des cornemuses et des guimbardes. Quelques petits Acadiens vinrent fortifier les familles de la Dauphin et de l'Allain, et le soleil enfin revenu commença à sécher les ouvrages des hommes.

Le baptême de Jérôme Lestang fut fêté un matin d'avril 1698, à la ferme de Jacques Hébert. L'hiver avait fini par se retirer dans ses glaces du Grand Nord. Le père jésuite était reparti lui aussi, en mission dans les tribus micmacs ; on avait donc convié le curé de Port-Royal, un récollet, et Catherine trouvait cela plutôt bien. Les voisins Melanson étaient là, faisant leurs adieux au lieutenant Basson et à sa femme, qui partiraient bientôt pour Québec. Anthomine et son mari, un Doucet, de La Chaussée, qui cultivait un arpent de blé à une demi-heure de charrette des digues de son beau-frère, complétaient l'assemblée.

Le marmot de Catherine avait pris de la force et assez de voix en même temps pour faire connaître jusqu'aux collines son avis sur cette célébration décalée. Il hurlait de faim et fit honneur à sa décoction de lait et de sirop d'érable.

— Eh bé, dites, répétait le père Mandroux, abasourdi par l'intensité de la plainte et par sa durée.

Catherine n'avait cure des humeurs de son fils. Transfigurée, elle assistait au parrainage de son entrée dans le monde. Avec ces quelques témoins autour d'elle et de Jérôme, c'était comme si elle était enfin réintégrée dans la société des humains, au bout d'une longue errance.

L'abbé ne s'attarda pas. On se mourait à une demi-journée de charrette de là, sur la rive nord de la Dauphin, un vieux Dugas arrivé de France cinquante années plus tôt avec les premières familles.

— La vie le matin, et pour le reste, à Dieu plaise, dit Hébert, rêveur. Ce Dugas était un peu notre grand-père à tous, pensez donc, il a connu les grands seigneurs d'autrefois, les d'Aulnay, La Tour, et d'autres. Il a vu passer les Hollandais, les Anglais, ferraillé contre eux. Ah ! Ces hommes-là avaient de la moelle.

Il raccompagna le prêtre jusqu'à sa charrette. Au-delà des digues, le bassin de Port-Royal étalait ses eaux sans rides, sous le ciel pacifié.

— Cela ressemble presque à la paix, dit le père Mandroux. Les Acadiens sont gens admirables, décidément. Quand je vois à quelle vitesse vous avez réparé un peu partout les dommages des coups de vent...

— Dites-le vite, mon père. Entre les colères du ciel et celles des gouverneurs de Boston, je me demande parfois ce qu'il est préférable de subir.

— Il faut continuer à se battre contre les deux.

— Vous avez raison, dit Hébert. Tâchons de ne pas nous laisser endormir par les gentilles brises de terre.

Ils rirent, se saluèrent. Hébert était bon pratiquant, auxiliaire dévoué de l'homme d'Eglise. Il avait aussi tiré au mousquet sur les Anglais et sur les pirates qui s'étaient succédé à l'assaut du fort quelques années plus tôt. Le commerce des Sauvages lui était facile, celui des peaux indifférent. Avec l'âge, il prenait une stature de sage et de chef.

— Que ferez-vous, désormais ? demanda-t-il à Catherine.

Ils marchaient sur une digue, en vue de la vieille habitation de Champlain. Mai les caressait doucement, tout était en ordre, au ciel pacifié comme sur le miroir bleu de l'estuaire. Catherine s'arrêta. Hébert avait fabriqué pour Jérôme un landau aux allures de brouette, aux roues grossièrement arrondies mais assez facile à pousser devant soi sur la terre meuble des chemins et des levées.

— Vous désirez retourner à Pentagouët, poursuivit le colon, et les forces qui vous reviennent jour après jour vous laissent penser que c'est possible.

Il la regardait avec intensité. Elle le considéra longuement, à son tour, le vit qui pâlissait un peu. Il se dit qu'elle avait sans doute compris comment il vivait, entre les rivages français et les collines indiennes. Il espéra qu'elle avait aussi perçu son besoin viscéral de liberté expliquant cette existence aux frontières de la société acadienne, à laquelle il appartenait pourtant par le cœur et la mémoire.

— Vous souriez, dit-il.

Etait-ce de son accoutrement d'endimanché ? Hébert avait troqué son éternelle veste de chasseur contre un gilet de propriétaire et ses pantes de toile serrées aux mollets contre du velours, le tout dessinant davantage le vêtement d'un notaire que celui d'un colon d'Acadie. Il éclata de rire.

— J'ai tout de même gardé mes sabots de paysan de Loudun, non mais !

Il prit un air navré, écarta les bras et, pour la première fois depuis des mois, Catherine se laissa aller à rire, elle aussi. Il n'y eut que l'enfant pour trouver que l'on cessait un peu vite de le bercer et de le promener, et pour le manifester à sa bruyante façon.

Ils poursuivirent leur balade vers les taillis et les friches de l'habitation de Champlain. A un moment, Jacques Hébert, qui était demeuré longtemps silencieux, marchant les mains croisées derrière le dos, prit une profonde inspiration, se tourna vers Catherine.

— Si je vous dis que je vous aime depuis que j'ai croisé votre regard, lorsque vous avez débarqué de l'*Oranger* et que ma fierté sera de faire de votre fils mon propre fils, accepteriez-vous de porter mon nom ? Si je vous promets que ma maison sera la vôtre et celle des gens que vous aimez, à jamais, avec ma pauvre vie en partage, un peu comme une dot, cela suffira-t-il à arrêter ici votre voyage ?

Il posa sa main ravinée par les travaux des champs sur le front de Jérôme, comme s'il le baptisait à son tour. Puis il prit la main de Catherine, baisa ses doigts.

— Il faut encore vous reposer et réfléchir, poursuivit-il avec un peu de précipitation. Je vous ai dit ça parce que je ne peux plus le garder pour moi. Vous voyez, les temps sont rudes pour les colons d'Acadie. La guerre nous serre, les navires du roi n'arrivent plus. On manque, désormais, l'hiver nous laisse nus. La vie nous est presque aussi difficile qu'aux gens de Québec, en ce moment. De quoi rêver au vieux pays de France. Je comprendrais que vous vouliez aller plus loin, jusque là-bas, même, avec votre petit.

Il allait parler encore, semblait indécis, soudain troublé par son silence. Catherine se laissa aller doucement vers lui, appuya sa tempe contre son torse puissant, laissa les bras de l'homme se refermer sur elle dans un geste d'une telle douceur qu'elle en fut bouleversée.

— Pardieu, s'il en est ainsi, alors l'hiver cessera de nous faire peur et nous trouverons tout le bonheur du monde, murmura-t-il.

Catherine regardait le spectacle du bassin aux eaux scintillantes dans la lumière vive. Le corps de son fils palpitait contre le sien, les bras de Jacques Hébert étaient comme les racines d'un arbre, fermes et forts, et les enserraient tous deux, prévenant l'hiver, le froid, la mort. Catherine savait que la beauté de cet homme était tout entière dans son âme aventurière et fraternelle, loyale avant tout. L'amour ? Les mois passés en avaient été chargés, et de malheurs aussi. Catherine ferma les yeux. Elle se sentait bien, ainsi immobile dans le temps arrêté au bord de la rivière Dauphin.

Il y eut très vite pour Ti'Pierre les premières prises saluant la fin d'un siècle et le début d'une vie d'adulte. C'étaient pour la plupart des bateaux de faible tonnage, chargés de produits des Antilles et de matériel américain, à destination de la métropole anglaise. Les coups de vent, qui déroutaient en quelques heures les imprudents, faisaient alliance avec les Français. Profitant autant qu'il le pouvait des colères célestes, bordant ses voiles au maximum, le *Locmaria* montrait soudain, à l'horizon, son mât penché tel un point d'exclamation sur une page grise. En quelques minutes, il fondait sur sa proie, manœuvrait à l'extrême limite de l'éperonnage et, ayant coupé le vent à l'Anglais, revenait se coller à lui pour l'abordage.

Ti'Pierre jubilait. S'enhardissant à mesure que leur moisson prenait de la couleur et du volume, les corsaires d'Acadie s'attaquèrent à du gibier plus imposant, vaisseaux de haut bord, goélettes armées, frégates, même, que d'habiles coups sur la ligne de flottaison immobilisaient avant la curée. Seuls les puissants vaisseaux de ligne de la reine Anne demeuraient au-dessus des moyens de la flotte, qui ne leur cherchait pas querelle.

La reddition des autres se faisait en général aussitôt, l'usage du canon demeurait l'exception. Renforcé en cours de route par une dizaine de marins, l'équipage du *Locmaria* prenait possession de la proie, au nom du roi de France, mettait les chaloupes à la mer et l'adversaire dessus, avec de quoi subsister jusqu'à la côte la plus proche, puis voguait mettre sa prise en sûreté. Les havres ne manquaient pas tout au long des rivages d'Acadie, au cap Sable, à La Hève, à Chedabouctou, à Pentagouët même, où il arriva parfois que la goélette eût à faire escale.

« Ces eaux ne sont plus les vôtres, tout simplement, et le roi de France nous y accorde le droit de course et de prise », annonçait le Bellilois aux capitaines du Massachusetts, du Connecticut ou de Virginie, et il s'amusait de leur étonnement !

Comment ! On ne pouvait longer plus longtemps ces rivages réputés n'appartenir à personne, et surtout pas aux Français ?

« Eh non, messieurs, on ne peut plus. Vous m'en voyez ravi. »

Ti'Pierre tenait la comptabilité du butin. On ne manquerait pas de bananes des Antilles, ni de couvertures en laine d'Ecosse, encore moins de thé, de porcelaines diverses, d'eau-de-vie, de chevaux ou de métiers à tisser. Quant aux armes, il en était fait une moisson capable de fournir l'ensemble des postes acadiens pour toute la guerre à venir.

Assez vite, les excentricités des pêcheurs reconvertis dans la course cessèrent d'amuser les stratèges de Boston et de New York. Le Bellilois n'était pas seul à s'être mis ainsi en chasse, et les Anglais, éberlués, voyaient apparaître, jusqu'à portée de canon de leurs comptoirs et de leurs ports, la floraison vénéneuse des voiles fleurdelisées. Leurs navires marchands étaient déviés par dizaines vers les havres de Frontenac et de Saint-Castin.

« Comment une bande de paysans oubliés par leur roi depuis

près d'un siècle peut-elle enfanter pareils soldats ? » se demandait-on.

Les corsaires acadiens apportaient quelques éléments de réponse. Les gens oubliés par leurs rois sur la trop lointaine terre d'Amérique ne se laisseraient pas percer le ventre sans réagir et le faisaient savoir.

— Alors, fiston, tu as le cœur qui bat un peu plus fort ?

Long-Nez préparait une soupe sur le pont du *Locmaria*, et Ti'Pierre, qui en terminait avec le rangement d'un lot d'herbes médicinales anglaises, l'observait, pelant ses légumes. Il cuisinait assez bien le poisson, Long-Nez, dont il faisait des marinades succulentes dans le jus des citrons de La Barbade ou de Sainte-Lucie.

— Tu sens des odeurs familières, peut-être, ajouta le cuistot. Bouse de vache, bauge à cochon et toutes ces belles puanteurs de la campagne acadienne ? Ça t'a manqué, hein, pendant ces mois à courir l'Anglais ?

Ti'Pierre haussa les épaules. Le bateau suivait la côte sud de la Baie française à moins d'un mille, assez près pour que le jeune homme pût distinguer les criques, les caps, et jusqu'aux courts chemins menant aux premiers villages indiens.

— Le p'tit soldat va revoir sa grande sœur, plaisantait Long-Nez.

Ti'Pierre espérait et appréhendait en même temps cet instant. Le paysage ne changeait guère, sous ses yeux. Des collines douces, rompues par de longs à-plats de forêts, formaient l'essentiel du décor. Long-Nez n'avait peut-être pas tort. Il devait y avoir dans l'air, si près des digues et de leurs aboiteaux, des effluves d'étables et de bergeries.

— Té ! C'est là, derrière l'Ile-aux-Chèvres ! Et c'est bien abîmé, tout ça, comme chaque année ou presque.

Le bourg et les rivières avaient subi les rigueurs de l'hiver. Se succédant à travers la Baie française, les tempêtes avaient rompu en maints endroits les digues que l'on s'activait encore à réparer. Les granges de Beaubassin avaient brûlé. Les champs de Port-Royal et de Grand-Pré s'étaient en partie noyés, de toute l'Acadie montaient les murmures et les soupirs des pauvres colons, mais il en faudrait plus pour ruiner le patient travail des hommes, leur acharnement à construire, comme des fourmis, leur monde rêvé.

— L'habitation de Champlain, dit Long-Nez, le doigt pointé vers un boqueteau.

Catherine, pensa Ti'Pierre. Dieu l'aie gardée en vie.

Ayant dépassé un cap au relief doucement incliné vers la mer, le *Locmaria* déboucha devant la colline de Port-Royal. Il n'y avait pas de doute. Le minuscule clocher que Ti'Pierre, cœur battant, apercevait était bien celui de l'église, et les levées de terre, serpent écrêté, démantelé, au bord de l'immense champ acadien, étaient bien aux Arsenault, aux Bourg, aux Dugas et autres Robichaud. Ti'Pierre n'avait jamais pensé à cela mais l'idée de posséder un jour une patrie sur ces rivages-là lui venait pour la première fois à l'esprit.

— Le corsaire et sa garde ! Dieu tout-puissant, ce sont des hommes.

Les voiles de la goélette avaient fait se rassembler les gens. Au fil des semaines, la disette s'était installée dans les marches de la colonie, épuisant les réserves, obligeant à manger les semences, la volaille et jusqu'aux animaux de trait. A Port-Royal, la situation était à peine moins angoissante. On avait attendu, au fil d'une année, les bateaux promis régulièrement par la France. En vain. Les tempêtes avaient là aussi coulé bien des espoirs, en même temps que les cargaisons. Les exploits des armées royales avaient-ils suffi à la gloire du souverain ? Nourrir la colonie semblait être devenu accessoire aux yeux du monarque. Pourtant, l'on avait continué à prier pour lui. Dans les esprits sans malice des Acadiens, il ne pouvait y avoir d'autre raison à cet abandon que les tempêtes et les hivers terribles de la décennie.

Une floraison de barques et de canots eut tôt fait de cerner le navire. Le Bellilois fit décharger du *Locmaria* deux charretées pleines de ses prises, et il en restait encore à bord. Des cadeaux par quintaux, pour les gens de Port-Royal, outils et draps, vaisselle, graines et médecines. Trois mois de course avaient transformé la goélette en un énorme et ventru Roi mage par quoi la Nouvelle-Angleterre livrait une partie de ses trésors dans la rade dévastée. Et les gens, alertés par les cris des enfants, firent escorte à la petite bande de corsaires lorsqu'elle eut mis pied à terre. On traversa ainsi la colline, avant d'aller à la rencontre du gouverneur. Ti'Pierre marchait en tête de la troupe, au côté de son capitaine. Le roi Louis entrant dans Maastricht n'eût pas éprouvé davantage de fierté.

— Catherine !

Il y avait, à deux cents pas de la maison, le long d'un minuscule bras de la rivière, entre ciel et mer, un paysage pacifique, une prairie où paissaient les bêtes de Jacques Hébert. Ti'Pierre sauta de la charrette à l'arrière de laquelle il avait parcouru la rive nord, se mit à courir. Catherine était assise sous un pommier, un bâton de berger dans la main. Lorsqu'elle reconnut son frère, qui lui faisait de grands signes depuis le chemin des digues, elle se leva, courut à son tour vers lui. Ti'Pierre réalisa dans l'instant à quel point elle avait changé, toujours aussi svelte et fine mais grandie, avec un buste de femme, des hanches un peu plus larges, et des fesses, enfin, au lieu des reliefs plutôt plats dont il s'était tant moqué, les jours où l'on se disputait.

Ils se reconnaissaient en riant, se toisaient, se touchaient. Combien de temps cela faisait-il ?

— Au moins six mois, dit le garçon. Un hiver à se cacher dans les criques et à courir sus à l'Anglais. Ah, je peux dire que je connais le rivage d'Acadie, désormais ! Pardieu, tu vas voir ce que je rapporte, de quoi te faire oublier les rigueurs de la mauvaise saison. J'ai su par des pêcheurs que tu étais restée chez Hébert, poursuivit-il, intarissable. Tu vivais, quelle joie ! Tu m'as manqué, après ces voyages que nous avions faits ensemble. Il y a tant de choses à se raconter. Ton fils vit, lui aussi, Dieu est juste avec nous, finalement. Tu me diras tout cela, ton mariage, ta vie à la ferme. Mais tu vas voir d'abord qui j'ai retrouvé, aux marches de la Nouvelle-Angleterre. Dieu la bénisse.

Il ne laissa pas à sa sœur le temps de lui répondre. Il désigna la charrette au fond de laquelle il avait entassé ses cadeaux personnels pour Catherine, prit la main de la jeune femme, marcha vers l'attelage sur lequel il se hissa. Catherine tendit le cou. Il y avait là des meubles, de la ferraille, des tissus, des sacs et des ballots. Elle vit une forme noire émerger de ces amoncellements, soutenue par Ti'Pierre, crut qu'elle allait tomber à la renverse.

— Mère.

Elle eut l'impression que le sang quittait son cerveau, sa poitrine, en même temps qu'une chape de plomb tombait sur ses épaules. Jeanne Lestang était devenue une vieille femme. Le deuil et ses chagrins, l'angoisse, le silence dans lequel ses enfants l'avaient abandonnée en avaient fait une ombre au dos voûté, aux lèvres amincies, aux paupières plissées comme du lin. Catherine s'approcha de ce fantôme, affronta son regard d'outre-tombe à l'expression d'infinie détresse.

— Eh bien, en voilà une famille réunie ! lança Ti'Pierre, qui ne manquait pas à terre du courage qu'il mettait à l'abordage des ennemis.

— Votre père est mort, fit sèchement Jeanne. Il a beaucoup souffert et beaucoup prié, mais Notre-Seigneur semble ne pas connaître la terre de Pentagouët, ou alors il l'a oubliée, tout comme vous trois.

Elle s'était raidie. Au moment où elle allait la toucher, Catherine retint son geste, tomba à genoux, la nuque ployée. Il y avait eu de l'injustice, dans tout ce qui s était passé depuis un an, de la mort, et de la vie, aussi, de la sanquette jeune et vigoureuse qui ruait dans ses langes, à l'intérieur de la maison. L'Amérique avait disloqué la pauvre famille Lestang, l'Amérique, avec ses espaces trop grands, son ciel où la liberté courait en compagnie des nuages, et ses glaces gigantesques qui prenaient tout en elles, hommes et roches, dieux et animaux relâchés comme à regret dans la boue des printemps. Et voilà que l'Amérique s'ouvrait à sa façon aux survivants, rapprochés cette fois par la disette et les nostalgies.

— Montre-nous ton fils, dit Ti'Pierre.

Il aida sa sœur à se relever, sortit de sa poche un mouchoir qu'il lui tendit. Jeanne gardait la tête basse, le visage fermé d'où fusait de temps à autre une expression de courroux. Elle évitait de regarder sa fille, décourageait ses élans. Ti'Pierre eut une mimique d'apaisement. On connaissait les Evangiles, chez les Lestang, les paraboles et les lettres aux croyants.

Catherine pensa à son père, à l'absence de ses enfants au moment de mourir. Il ne s'était pas passé des lustres depuis son départ de Pentagouët mais elle avait l'impression d'avoir vécu plusieurs vies, loin des siens. Jeanne pesait sur elle de tout son chagrin. Catherine se dit que sa mère avait pourtant accepté de suivre Ti'Pierre jusqu'à Port-Royal. La solitude était terrible, à l'embouchure de la rivière Penobscot, aux extrêmes limites de la Nouvelle-France. Maintenant, Jeanne apercevait des champs, des moutons, des toits de granges, un autre monde, ordonné, sur le fil de la Dauphin. Peut-être cette découverte la consolerait-elle un peu de son nouvel exil.

— Le Bellilois te dit son bonjour, murmura Ti'Pierre à l'oreille de Catherine. Je crois qu'il sera content de savoir que vous allez bien, ton fils et toi.

La rencontre avec Jeanne laissait Catherine abasourdie.

— Il ne t'a pas accompagné ? demanda-t-elle d'une voix neutre.

— Il a des gens à voir au bourg, le gouverneur, les officiers. Et puis, nous devons repartir avant deux jours.

Elle hocha la tête. Il lui était souvent arrivé de penser au corsaire, à son regard insistant posé sur elle comme une rude caresse. C'était un souvenir parmi d'autres, d'errance, de froid, de précarité, mais celui-là, vibrant comme une flamme dans un courant d'air, lui donnait à chaque fois un petit frisson.

— J'ai des choses pour les femmes de cet endroit, cela vient d'Angleterre ! clama Ti'Pierre à la cantonade. Un métier à tisser, et de quoi coudre des robes, couvrir les fauteuils, et j'ai les fauteuils, aussi, ils étaient dans la cabine d'un capitaine de Londres qui me les a cédés sans contrepartie.

— C'est de farine que nous avons besoin, lui dit Catherine dans un soupir, et de bêtes à cornes et à laine, pour remplacer celles que le terrible hiver nous a enlevées.

Hébert rentrait de sa digue. Il avait aperçu le petit groupe et la charrette. Ti'Pierre sauta sur l'attelage, héla, joyeux, l'Acadien qui ne le reconnaissait pas. Hébert n'avait pas de famille, les Lestang s'occupaient de lui en fabriquer une. A voir son cadet ainsi ignorer, ou feindre d'ignorer, tout ce qui lui chavirait le cœur, Catherine éprouvait un sentiment confus de reconnaissance et de tristesse mêlé à un intense bonheur éclairé par la gaieté du jeune homme.

— De la farine, en voici ! s'écria le marin. Quatre sacs pleins à craquer. Je n'ai pas les bœufs mais regardez cette demi-douzaine de moutons offerte par un caboteur de Boston qui avait choisi le mauvais cap. Il convoyait aussi de la volaille, le bougre. Poules et canards, oies, et le jars pour leur faire des petits. Et ça, Jacques Hébert, ne me dites pas que vous n'en avez pas besoin !

Triomphant, il exhiba tour à tour des faux, des haches, une masse, des rabots pour les bardeaux, des sacs pleins de pointes et de lames, toute une quincaillerie offerte par les équipages de Londres, de Cardiff et de Boston.

— Et merde pour le roi d'Angleterre, qui nous a déclaré la guerre ! Ah, par Dieu, c'est bon de vous revoir, tous ! Allons, mère, regardez ce ciel, et les grasses prairies épargnées par les tempêtes. Cette terre est bonne, et si les Anglais se tiennent tranquilles, elle nourrira nos petits-fils, et d'autres, aussi.

Anthomine était sortie de la maison, son neveu Jérôme dans les bras, suivie par une marmaille en guenilles que la vue de la charrette et de son contenu excitait au plus haut point. Ti'Pierre donna ses ordres. Il fallait délier les bêtes, vider l'arche de Noé et conduire les nouveaux arrivants à leurs habitations respectives. Les femmes s'empressèrent autour de Jeanne tandis que les enfants se ruaient à l'assaut de l'attelage. Catherine prit Jérôme contre elle. Elle avait encore du mal à le porter longtemps.

— C'est mon fils, dit-elle.

Jeanne accorda un rapide regard au bébé emmailloté, marmonna. La maison, le verger, les terres toutes proches que l'obstination des hommes fertiliserait à nouveau, étaient les signes d'une vie certes précaire et fragile, mais vibrante, sous le vent léger. Là s'organisait, contre les éléments, la dureté des temps, une chaîne humaine ondulant, solidaire, au gré des courbes paresseuses de la rivière, une chimère prolifique que des enfants peuplaient par dizaines.

Jeanne se décida enfin à regarder sa fille. La trouvait-elle changée, elle aussi, par ces quelques mois d'errance ? Maigre, sans doute, les joues creusées par la maladie et par les privations, ridée, même, aux coins de la bouche, Catherine n'avait plus grand-chose de l'enfant rêveuse qu'elle avait connue. Jeanne saurait tout, bientôt, l'angoisse et le secret, les longues marches et les tempêtes de la guerre, la fièvre et l'ombre effrayante de la mort. La vieille femme gardait les lèvres closes, respirait plus vite. Son fils était revenu près d'elle, la soutenait à nouveau.

— Venez, mère, dit-il. Vous avez fait un bien long voyage.

Hébert le considérait, interdit. Le bougre investissait son domaine, distribuait sa manne, lui déclarait que l'on allait pétrir des pains de dix livres et fêter le retour des enfants prodigues avec du vin et des crêpes, et lui offrait sa mère pour filer le lin au coin de la cheminée !

— Eh bé, le Ti'Pierre ! s'exclama le fermier.

Le jeune homme se tourna vers lui, le visage grave, presque encoléré, soudain.

— Ti'Pierre Lestang ? Ah oui, je l'ai croisé, celui-là. Il est mort en mer au nord de l'île Royale, je l'ai jeté moi-même par-dessus bord. C'était juste après qu'il eut percé son premier Anglais de part en part.

On le regardait sans comprendre. Il hocha la tête, plusieurs fois, l'air pénétré, posa la main sur le pommeau de son épée.

— Il y a désormais un Pierre Lestang, corsaire du roi, qui a trouvé ici l'un de ses ports d'attache.

Il éclata de rire, le poing tendu vers le ciel, et sa joie était comme un second soleil sur la terre boueuse de Port-Royal.

DEUXIÈME PARTIE

1710-1755
Les Acadiens

Où trouve-t-on des biens si doux ?
Ce pays pourrait être un pays de cocagne.
S'il avait seulement un coteau de Champagne,
Il serait le meilleur de tous...

Dans un pays qu'on va rarement secourir
Et qui souffre souvent la dernière misère,
On s'étonne de voir que le père et la mère
De leur petit travail en puissent tant nourrir...

Ils ne voulaient point être anglais
Et de tout leur courage ils défendaient leurs droits.
Contraints de céder à la force,
Tout vaincus qu'ils étaient, ils demeuraient français.

DIÉRÉVILLE, *Voyage à l'Acadie*, 1699-1700.

9

Il sembla aux Acadiens, et à bien d'autres aussi, qu'entre les dernières années d'un siècle et les premières du suivant les guerres d'Europe n'auraient jamais de fin. On se battait maintenant pour mettre un roi sur le trône d'Espagne, et, à ce jeu de dupes, le monarque vieillissant de Versailles connaissait des fortunes bien diverses.

La rumeur selon laquelle Louis XIV avait ordonné de fondre sa vaisselle d'or et d'argent pour lever des armées contre ses pairs coalisés parvint en Amérique au moment où les Anglais menaient des offensives contre les colonies françaises. Ainsi le chef de la nation la plus peuplée d'Europe, le guerrier triomphant cuirassé d'invulnérabilité par cent victoires, faisait-il feu de ses derniers bois. Un frisson parcourut les rives du grand fleuve, traversa l'Acadie, vint mourir sur les marches de la Nouvelle-Angleterre. La France était donc à ce point ruinée. Et les émigrés songèrent avec tristesse à leurs grands capitaines emportés par l'âge, la maladie, et la mort, enfin. Frontenac et son ami Madokawondo, qui avaient dansé ensemble au son des tambours sauvages pour sceller leur alliance, reposaient, l'un à Québec, l'autre sous la terre de ses collines abenaquis. Avec eux, l'époque où l'on assiégeait New York et où l'on conduisait les puritains à brûler des sorcières était bien révolue.

Le baron de Saint-Castin était rentré en France pour régler des affaires de famille, et personne ne savait quand il traverserait à nouveau l'Atlantique. Las de chercher l'impossible chemin vers la Chine, cette chimère, Iberville était parti loin dans le Sud. Il explorait le Mississippi, la Louisiane. Seuls les corsaires poursuivaient leur ouvrage au large des côtes acadiennes, avec la vigueur de frelons s'abattant sur des fruits mûrs. Aux escadres anglaises devenues maîtresses de la mer, ils opposaient leur audace et leur génie de la manœuvre, esquivant les coups des plus gros pour surgir sous l'étrave des autres et les forcer. L'hiver pouvait accabler les colons, les cales anglaises regorgeaient d'assez de nourriture et de matériel pour leur faire passer sans disette la saison terrible.

A Port-Royal, où séjournait une maigre garnison, l'on dut par deux fois faire le coup de feu contre des Anglais, et par deux fois les milices acadiennes, les corsaires et leurs alliés sauvages sauvèrent la cité. Grâce à cela, la colonie continua à se répandre vers l'amont des rivières. Entre 1698, l'année qui vit le petit Jérôme Hébert enfin baptisé, au grand soulagement de sa mère, et 1710, il naquit assez d'enfants en Acadie pour faire de la petite greffe française une ébauche de territoire, un possible pays. Tandis que le royaume, pétrifié par des hivers d'une grande dureté, réduit en partie au dénuement et à la charité, se recroquevillait sous les assauts de ses adversaires, le cœur acadien battait à Port-Royal, aux Mines, à Beaubassin reconstruit, chaud et bien rouge de son jeune sang. La guerre, soit. On la savait toujours proche, prête à déferler sur les petits morceaux de Poitou, de Béarn ou de Bretagne perdus en Amérique. Mais, pardieu, on vivrait bien en l'attendant !

Comme Jacques Hébert avait pensé cela très fort, Catherine lui fit deux enfants, des sœurs pour Jérôme. Marguerite était ronde et gaie, bavarde, « une Ti'Pierre en jupons », disait d'elle sa grand-mère, Jeanne. Madeleine, qui tenait de la nature secrète et silencieuse de son père, offrait au monde son visage soucieux aux sourcils marqués, aux lèvres minces toujours en mouvement. Et quand les échos des batailles ou ceux des tempêtes laissaient la première indifférente ou presque, puisqu'elle était simplement confiante en Dieu et en l'Acadie, ils courbaient la seconde en prière, la mine assombrie, l'humeur mauvaise, des jours durant.

Pour Jérôme et ses deux sœurs, la France eut longtemps le visage étrange et quelque peu inquiétant des fées, des ogres et des bêtes fabuleuses tout droit sortis de ses forêts et de ses lacs. Un fil invisible et solide les reliait au vieux pays de leurs anciens. Jamais ils ne devraient le rompre, ni le laisser se dissoudre dans l'océan. Elevés dans l'amour d'une contrée lointaine dont on leur décrivait avec émotion les villes, les marchés, les métiers et les gens, ils foulaient chaque jour le sol d'une patrie infiniment plus sommaire mais bien suffisante. Des mots leur seraient étrangers, leur vie durant : métayers, gabelle, corvées. On les remplacerait par espace, castors, aboiteaux, et de cela leurs parents étaient fiers. Ces Acadiens-là seraient libres dans les immensités offertes à leur curiosité, à leur goût du voyage et de l'aventure. On leur avait conquis une terre. Ils auraient à l'agrandir pour y vivre un jour hors des guerres.

A la différence de son frère Julien, que les montagnes et les torrents des hauts pays indiens des Appalaches et des Adirondacks semblaient avoir entraîné à jamais, et dont on n'avait plus aucune nouvelle depuis plus de dix années, Pierre Lestang revint souvent à Port-Royal. Il s'enrichissait, comme ses semblables de la course, mais son tempérament dispendieux et l'habitude qu'il avait prise de tout donner à ses pays des aboiteaux le forçaient à rechercher sans cesse du gibier. Il n'avait en vérité pour fortune que sa goélette, *Béarn*, un oiseau de mer, cadeau du Bellilois, pris aux Anglais entre Terre-Neuve et Anticosti à l'aube du siècle, pour maison qu'une chaumine dans la baie de Chedabouctou, où il séjournait le plus brièvement possible, pour maîtres que Dieu et le vent, et pour femme que la vague marine frappant la coque de son bateau.

Il avait vu Québec et Montréal, la baie des Chaleurs et la pointe de Gaspé, aperçu un jour, mû par une curiosité enfantine, l'île de Manhatte [1], où mouillaient dix vaisseaux anglais de haut bord. Il avait couru l'allumette sur tous les rivages de la Nouvelle-France et failli épouser à Trois-Rivières une veuve de marin, qu'hélas l'idée même de son départ pour la course mettait chaque fois par trop en transes. Il avait perdu quelques cheveux, pris un peu de rondeurs à la taille et acquis la réputation de ne faire grâce à l'adversaire que si l'on s'arrangeait entre gentilshommes, sans faire couler le sang.

Il était devenu, au fil des années, le dieu vivant de son neveu, Jérôme, celui par qui la gloire du roi de France serait un jour consacrée une bonne fois pour toutes sur la terre d'Amérique. Mais, avant cela, il faudrait aux Acadiens défendre leur sol contre les assauts anglais. C'était là une besogne de terriens à laquelle les navires en maraude sur l'océan n'apportaient guère

1. Manhattan.

de renfort. Jacques Hébert savait cela. Son fils serait d'abord laboureur, défricheur de marais et milicien. L'aventure serait pour plus tard, si l'on avait su préserver le petit royaume des aboiteaux et lui donner un vrai statut de province, comme à la grande sœur québecoise.

A la ferme Hébert, Jeanne Lestang prit peu à peu sa place de grand-mère, et le Nouveau Monde lui sembla plus facile à vivre que sur la caillasse et le marécage de Pentagouët. Au fil des mois, elle apprit à redécouvrir sa fille, dans leur mémoire commune du Béarn. On oublia les noms qui faisaient souffrir, on pria, chaque jour, pour les absents, pour Jean Lestang endormi sous le sable gris de la Penobscot, pour Julien, devenu coureur des bois, pour les cousins de France dont personne, jamais, ne leur donna la moindre nouvelle.

La maison de Jacques Hébert se peupla, à l'image de toutes les fermes d'Acadie. A vivre ainsi réunis dans une pièce unique où les enfants jouaient, se chamaillaient, criaient, près des adultes cherchant le repos, il y avait de quoi se tendre et s'affronter. En devenant la *daoune*[1], Catherine mit une bonne part de son énergie à apaiser les mille raisons quotidiennes pour chacun de perdre patience, d'empiéter sur l'étroit territoire des autres. Hors la liberté de posséder la terre et d'en toucher le fruit, sa vie paysanne ressemblait assez à celle de France.

— Mais voilà ! lui disait Pierre, il y a justement la liberté et la jouissance de cette terre, sans partage. Pardieu, ce n'est pas rien.

Elle acquiesçait. Sa mère occupait ses quartiers de fileuse, sur le métier pris aux Anglais, le plus magnifique de toute la colonie. Chez Hébert, on cultivait le lin depuis toujours et désormais des mains féminines le travaillaient, ce qui ravissait le maître de maison. Ainsi sut-on, très jeune, égrener, rouir, teiller et peigner, à la ferme.

— Ici, cela ressemble au paradis, répétait Pierre lorsqu'il faisait escale sur la rive nord de la Dauphin.

Hébert le tempérait. Venues des rives du Saint-Laurent, des épidémies de grande picote[2] frappaient les familles au hasard, tuant sans distinction les femmes enceintes et les petits, les

1. Dame douairière.
2. Variole.

vieux et les laboureurs les plus robustes. Et les hivers restaient ce long passage entre la mort et la vie, la quiétude du bassin sous les soleils d'été portait en elle son mensonge, ces tempêtes d'équinoxe devant quoi hommes, bêtes, chaumes pliaient ou se dispersaient. Le pays à peine domestiqué par les bâtisseurs de digues n'était pas pour autant apprivoisé. Il faudrait pour cela des bras en supplément, par milliers, quelques générations de plus, et la paix, enfin obtenue pour assez longtemps.

La paix, le gouverneur Vetch, du Massachusetts, n'y pensait que comme l'aboutissement de sa prochaine victoire. Debout sur le château arrière du *Dragon*, son vaisseau amiral, il détaillait l'ordonnancement de la flotte dont il avait reçu la charge, avec mission de lui faire prendre Port-Royal avant l'hiver de 1710.

Près de quarante bâtiments avaient été rassemblés devant Boston. Il y avait là, outre le *Dragon*, les *Falmouth*, *Lowestoft*, *Feversham* et *Stanbomb*, précédant deux navires-hôpitaux et une trentaine de bateaux de ravitaillement, en vérité une escadre comme on n'en avait encore jamais vu devant les côtes de la Nouvelle-Angleterre.

« Les échecs précédents furent la traduction d'un certain sentiment de supériorité de notre part, avait expliqué Vetch à ses officiers, avant le départ. Nous avons sans doute affaire depuis vingt ou trente ans à une population de gueux encadrée par quelques soldats s'ennuyant de la France. Mais ces colons d'Acadie ont de la moelle, et le sens de l'esquive. Les Sauvages sont leurs amis et leur offrent l'asile à la moindre alerte. D'autre part, les Français savent tirer au fusil, leurs milices sont redoutables et plutôt courageuses. Nous n'allons donc pas faire une petite excursion campagnarde, comme par le passé, mais culbuter pour de bon ces gens, leur gouvernement et leurs défenses. »

L'affaire avait été préparée en grand secret, les navires, jusque-là dissimulés au fond de criques d'accès difficile, avaient convergé vers Boston au dernier moment. L'embarquement des cinq mille hommes et de leur train, la plus grosse troupe jamais lancée contre un objectif en Amérique, avait été achevé en moins d'une demi-journée. Au matin du 18 septembre

1710, la flotte cinglait vers l'Acadie. Elle était passée devant l'embouchure de la Kennebec, puis au large de la baie de Pentagouët. Aux approches de l'île Sainte-Croix, où les hommes du huguenot Duga de Mons avaient débarqué un siècle auparavant, sur ordre d'Henri IV, Vetch avait ralenti un peu l'allure. La nuit et les premières brumes d'automne seraient désormais les alliées de ses vaisseaux. On traverserait la Baie française le lendemain, puis l'entrée dans la passe de Port-Royal, aux premières lueurs de l'aube suivante, créerait la surprise.

Vetch leva les yeux vers la vigie. Les corsaires d'Acadie semblaient occupés ailleurs, et c'était bien ainsi. L'Anglais ne craignait rien pour ses vaisseaux de combat, mais les ravitailleurs constituaient des proies idéales pour les rapaces français.

— Le vent est avec nous, dit-il à ses officiers. De nord-est, et léger. Regardez, messieurs, la belle ordonnance de notre escadre. Décidément, je me dis que cette fois risque bien d'être la bonne. Si aucun grain ou coup de tabac ne vient nous disperser avant la passe, Port-Royal sera à nous avant la fête des Trépassés, je vous le dis.

Les puritains de Boston avaient parlé de guerre sainte. On avait fait une prière publique, imploré Dieu de donner enfin la victoire à la Nouvelle-Jérusalem, au bout d'un siècle d'efforts, de peurs, d'espoirs. La ville tout entière avait jeûné, en signe d'alliance avec ses soldats et ses marins.

Vetch soupira. Le roi de France était ruiné, bien incapable de parer le coup. Cette fois, la ruée de la flotte du Massachusetts vers Port-Royal ne serait pas entravée.

Jacques Hébert se leva avec peine de son fauteuil, alluma une pipe, alla se camper devant la fenêtre de sa maison. Il se perdit dans la contemplation du verger aux feuilles roussies entre les arbres duquel ses filles gardaient quelques moutons. Septembre s'annonçait, splendide comme chaque année que Dieu accordait aux Acadiens de vivre. Par-delà les arbres fruitiers et les espaces de prairies et de champs labourés que l'on avait gagnés sur la friche et la forêt, Hébert apercevait les frondaisons plus éloignées de la grande sylve, ce monde qu'il avait apprivoisé depuis son enfance d'émigrant ébloui et terrifié en même temps par l'Amérique.

— Tu crois que nous pourrions perdre un jour cela ? lui souffla Catherine.

Elle s'était approchée de lui, avait saisi son bras, l'avait maintenu serré dans le creux du sien.

— Ce serait bien dommage de s'être aussi bien battus, tant de fois, pour voir partir ces pauvres choses en fumée, dit-il d'une voix altérée.

Elle soupira, le cœur perdu dans la mémoire de ses fuites vers la forêt, les enfants dans les bras, tandis que les hommes des deux rives s'armaient et couraient sus à l'Anglais. Par deux fois depuis le début du siècle, les Bostoniens avaient lancé des flottes contre Port-Royal, en vain. Malgré les pillages, les assauts, les canonnades et les débarquements, la province avait tenu bon. Tous, Sauvages et Français, miliciens, soldats, avaient participé aux combats, perçant et assommant de l'Anglais entre Port-Royal et Grand-Pré, forçant l'agresseur à rembarquer ses troupes et à rentrer à Boston essuyer la colère des puritains.

Church, le bourreau de Beaubassin, puis Vetch, ces noms qu'il avait fallu apprendre et redouter, et March, enfin, surpris par la providentielle arrivée de Saint-Castin et de ses Abenaquis, autant de conquérants mis en déroute par les défenseurs de Port-Royal. Hébert se redressa. Oui, vraiment, ces héroïques sursauts avaient valu la peine et les blessures reçues par tant de combattants avaient eu leur raison d'être.

— Ha ! Le bon temps des corsaires ! s'exclama Hébert. Ils piquaient les navires anglais comme des guêpes, retardaient les débarquements, canonnaient les imprudents débarqués au bord de l'estuaire. Tu te rappelles, pardieu, Morpain et le Bellilois passant il y a deux ans devant nos digues, avec leurs marchands de New York en remorque ! Et ton frère, qui les suivait sur son *Béarn*, tirant un bateau trois fois gros comme lui !

— J'ai peur, dit Catherine. La guerre ne me plaît pas et je crains que tes miliciens ne soient fatigués de devoir faire face, seuls ou presque, à des armées. Ici, c'est comme à Pentagouët, à peine un peu plus grand. Jamais nous ne pourrons forcer les Anglais à demeurer chez eux. Quelques fusils, contre deux cent mille colons. Les forces ne sont pas égales.

Hébert se tourna vers sa femme. Il se souvenait de la jeune fugitive perdue dans ses délires, avec le nourrisson contre elle, qui tétait son sein vidé par la fièvre. Ah, comme il avait redouté alors que la frêle maynade aperçue à son arrivée en Amérique ne lui fût à nouveau enlevée. Douze ans avaient déjà passé et il demeurait l'homme le plus comblé du monde, malgré la maladie qui le rongeait, dévorant ses forces, raccourcissant jour après jour sa marche.

— Es-tu heureuse, ici ? lui demanda-t-il. Je me demandais ça, tout à l'heure, sur la digue.

Elle appuya son front contre son épaule. S'éveillant de son long coma au bout du voyage sur le *Locmaria*, elle avait vu ce grand diable penché sur son enfant et qui le regardait avec une telle candeur qu'elle s'était dit « c'est un ange » et s'était crue arrivée à la porte du paradis.

— Tu ne m'a pas répondu.

Elle murmura oui, se blottit un peu plus contre lui. Avec lui, elle avait découvert l'humilité des colons du Nouveau Monde et reconnu, derrière leur effacement, leurs silences, leur obscure et pénible besogne de chaque jour, la vraie noblesse de leurs cœurs simples et patriotes. Le roi, et la terre. Quelle fidélité, et à des choses pourtant si contraires l'une à l'autre ! Ceux-là, les Hébert, Comeau, Bergeron ou Belliveau, et tous les autres, ils pouvaient se dire les égaux d'un Saint-Castin, d'un Subercase, d'un Villebon, car, s'ils n'en avaient pas la naissance, ils en partageaient à leur manière le panache, la fougue, méprisant le danger et, par-dessus tout, le goût pour la liberté.

— Oui, répéta-t-elle, je suis heureuse ici. Je ne savais plus où aller. Tu m'as ouvert ta maison quand tant d'autres redoutaient d'y entrer. Sauvage parmi les Sauvages. Etaient-elles bêtes, ces filles de Port-Royal, de te préférer leurs donzelons en sabots !

— Nous sommes tous en sabots. Et nous pataugeons.

Elle rit. Il grommela, une excuse ou un compliment. Il tirait sur sa pipe, rêveur. Deux ans à peine auparavant, Catherine était allée mettre les enfants et leur grand-mère à l'abri dans un village micmac, puis elle était revenue au plus fort de la bataille, pour faire le coup de feu entre les fermes de la rive nord. Et c'est qu'elle tirait, la bougresse, au pistolet ! Pierre avait fondu avec le Bellilois sur les navires anglais coincés au fond de la baie tandis qu'à terre on fracassait le crâne des soldats de March, à coups de crosse, et au corps à corps.

— Sauvagesse chez les Sauvagesses, murmura-t-il.

Leur couple s'était formé dans ces instants-là, les doutes qui les assaillaient l'un et l'autre dans leurs étreintes s'étaient dissipés dans la fumée des salves de mousquets, au milieu des volées de flèches lâchées par les Micmacs vers les tuniques rouges. Deux cents cadavres anglais ! Ce temps était déjà loin. Maintenant, Hébert sentait la pourriture gagner le combat contre ses os, cela lui faisait des sensations étranges, comme une poche de liquide dans sa hanche, ou bien, parfois, comme le crépitement d'un bois sec dans une cheminée.

— Tu souffres, dit-elle.

Elle ne savait que faire pour soulager la douleur torpide qui minait son compagnon et flambait parfois à l'intérieur de lui. Les baumes de sapin, les poudres de feuilles de hêtre ou de népenthès, le cerfeuil et les onguents, toutes ces médecines rapportées des villages micmacs ne faisaient plus le moindre effet, depuis longtemps.

— Laisse donc, lui répétait-il, tes décoctions sont bonnes pour la goutte au nez, pas pour ce qui me bouffe la moelle et l'os.

Elle le regardait se traîner d'un coin à l'autre de la maison, serrer les dents lorsque des chasseurs cheminant vers la Baie française passaient par la ferme. On lui rapporterait quelques prises, un lièvre, deux ou trois de ces perdrix énormes qui faisaient oublier les pénuries et les bateaux qui n'arrivaient jamais. Il frappait le sol de sa canne, fulminait. La guerre, qu'il haïssait de tout son être, lui donnerait peut-être un jour l'occasion de secouer sa mortelle apathie.

— Je voudrais voir ce pays pacifié, protégé de cette détestable époque, et le roi de France venir un jour le visiter, dit-il, songeur. Nous lui montrerions notre ouvrage, la lisière de nos champs, tout le long des rivières, et la forêt tenue à distance, nous lui dirions à quel point nous avons aimé le regard qu'il portait autrefois sur nous. Oui, j'aimerais vivre un pareil instant mais, tu vois, la mer est vide comme l'estuaire, devant nous. Regarde. Il devrait y avoir sur ce fil d'eau la succession des voiles petites et grandes, celles des marchands et celles des capitaines. Il en viendrait de Saint-Jean et de Pentagouët, à Cap-Breton et de Miramichi. Elles croiseraient leurs pareilles en partance pour la baie des Chaleurs et pour l'île Saint-Jean, au lieu de quoi nous voyons passer quelques rameurs transbordant une barrique ou un sac, des rogatons pour leurs maisons que l'hiver menace chaque année de pétrifier. Pauvre Acadie. On fait les fiers, mais tu as raison, on n'est rien, ou presque. Les quelques colonies qui tâchent de survivre aux Mines ou sur les rivières du Nord sont des cache-misère. Trente familles ici, quinze là. Heureux ceux qui plongent leurs pieds nus dans le sel des marais à endiguer. Ils n'auront pas à penser à autre chose qu'à planter leurs troncs dans la terre des aboiteaux.

— Pourtant, dit Catherine, la vie pourrait bien se borner à ça. Que rêver d'autre ?

Se posait-elle pour de bon la question ? Jacques Hébert la regarda, un petit sourire au coin des lèvres. Catherine avait aperçu un jour les limites que la vie en Nouvelle-France imposait à ceux qui tentaient de s'y affronter. Pour un Julien Lestang coureur des bois, pour un Pierre Lestang pêcheur ou corsaire selon l'humeur des temps, il y avait cent femmes assises devant des métiers, des marmites ou des bassines, attendant le retour des laboureurs en se racontant des histoires sans mystère. C'était ainsi. Mais Hébert sentait bien que dans le sang de sa compagne bouillaient des envies d'horizons encore mal assouvies, des restes de rêves enfantins brutalement brisés, qui ne demandaient qu'à se reformer.

— Té, c'est Henri Melanson, notre voisin, dit-il. Et il a l'air pressé. Pardieu, il viendrait nous annoncer une prochaine guerre que ça ne m'étonnerait pas.

L'arrivant était un petit-fils d'Ecossais convertis au catholicisme et devenus colons français. Il sauta de son attelage, une carriole au cul d'une mule, grimpa en courant la pente menant à la maison Hébert. L'homme était essoufflé, toussait fort.

— Une escadre entière, souffla-t-il entre deux quintes, et je ne sais combien d'hommes de troupe... Seigneur, cette fois, je crois bien que nous aurons du mal à nous en sortir.

— Combien de navires ?

Melanson ne savait pas. Les Indiens avaient aperçu des mâtures en grand nombre au large de la côte nord d'Acadie. Depuis, la cloche de l'église de Port-Royal appelait les hommes à se rassembler. Le gouverneur Subercase rassemblait les milices et devait se préparer à la défense de la place. Hébert eut un geste d'agacement. Il en terminait avec une semaine de fièvre et de suées nocturnes qui le laissaient pantelant, amaigri si cela était encore possible.

— Ce n'est pas le bon moment, soupira-t-il, mais baste, on ne choisit pas cette sorte de désagréments. Les Anglais, et en nombre, pardieu, oui, cela pourrait nous faire du mal, cette fois.

— Je t'emmène, lui dit Melanson.

Il convenait de faire vite. La milice était rodée à ce genre d'exercice et les mousquets voisinaient avec draps et chemises dans toutes les armoires d'Acadie. Hébert se hissa en grimaçant sur le frêle attelage. On l'attendait, en face du fort. Les responsables de la défense des rives s'étaient réunis près des barques échouées sur la rive nord. La petite troupe s'embarqua aussitôt et mit à la rame pour franchir le bras de rivière.

Hébert regarda la masse grise du fort, ondulant et grossissant à mesure que la barque s'en rapprochait. Il observa la batterie de canons face à l'estuaire et les silhouettes des vigiles sur les remparts de pierres et de rondins. La forteresse lui paraissait tout à coup bien petite et vulnérable du côté des marais, à la sortie est du bourg. Le gouverneur avait fait renforcer le bâti sur ce flanc-là et les vaisseaux ne se risquaient pas face aux soixante canons français qui défendaient les piquants ouest. Mais cela suffirait-il, si les Anglais débarquaient leur armée quelque part entre la baie et la Dauphin ?

Dans la barque, les hommes gardaient le silence. Il y avait là ce que la rive nord comptait de chefs de famille, des Doucet et des Comeau, des Granger, des Bourg et quelques autres, tous bons chasseurs et fins tireurs au mousquet.

Les Anglais à l'assaut de Port-Royal, cela ne fera jamais que la quatrième fois, fit remarquer un Granger avant de rappeler les six fois où l'on avait vu les bannières de l'étranger remplacer la fleur de lys au sommet du fort, ou l'inverse. Hébert ruminait ses pensées. L'effet de la douleur, la perspective d'avoir à se battre de nouveau et par-dessus tout le pressentiment qu'il s'agirait cette fois d'une attaque massive, tout assombrissait son humeur.

— Nous ne sommes plus au temps du roi Henri, dit-il d'une voix rauque et nous ne devons pas prendre ces choses à la légère. Ce sont des armées qui se mettent en marche désormais en Amérique, comme en Europe. Des armées, oui, sauf celles du roi de France, hélas. Quant aux gens de Québec, ils ont si fort à faire avec les Iroquois, qui les assiègent et les tuent, que nous aurions tort d'espérer de leur part le moindre secours. Nous avons cru trop longtemps qu'il n'y aurait ici que des escarmouches, des coups de main pour le pillage ou pour la gloire. Dieu veuille que nos adversaires ne nous estiment pas à la valeur de nos pauvres défenses. S'ils nous craignent un peu, nous gagnerons peut-être un répit de quelques mois.

L'air avenant sous sa haute perruque noire, imberbe, le regard bleu éclairé par un sourire amène, le gouverneur de Subercase avait belle allure et beau parler, mais les Acadiens de Port-Royal, méfiants par nature, se tenaient sur leur réserve, comme leurs anciens du Poitou ou de Normandie. Instruits de quelques désastres plus ou moins récents en terre américaine, ils écoutaient poliment les explications de leur chef.

— C'est en effet une grosse escadre qui se dirige vers nous, leur dit Subercase. Il y aurait une dizaine de navires, dont le *Dragon* et le *Falmouth*. Ceux-là, les gens de Beaubassin ont pu hélas pour eux les voir à l'œuvre il y a deux lustres.

On murmura. La grande salle du fort Royal était pleine de gens raclant le parquet de leurs talons, bavardant ou consultant des cartes posées sur la table. Il y avait là des notables du bourg, quelques marchands, des officiers et marins, et la délégation de laboureurs, fusil à l'épaule, sauf Jacques Hébert, que l'on avait installé dans un fauteuil, près de Subercase.

Le gouverneur considérait son auditoire sans manifester d'émotion particulière. Les assaillants joueraient leur rôle d'envahisseurs et les défenseurs feraient en sorte de les décourager. Ces choses allaient de soi, sans que l'on ait besoin de hausser la voix.

— Et combien d'hommes sur ces navires, monsieur ? demanda Pierre Lestang. Un vaisseau de haut bord peut faire cracher soixante canons et embarquer de deux à trois cents hommes. Nous sommes à une semaine de mer de Boston et c'est aujourd'hui lundi. Devons-nous nous attendre à voir débarquer une force de deux ou trois mille soldats avant dimanche ?

— Avant, sans nul doute, dit Subercase. Il est dommage que

vous ayez dû réparer si longtemps ici, monsieur Lestang. Votre œil aurait repéré la meute avant tout le monde.

Pierre écarta les bras. La côte d'Acadie mesurait plusieurs centaines de milles, les corsaires ne pouvaient la surveiller en permanence. Le notaire Amigault interpella Lestang :

— Vous comptez les arrêter en route, monsieur ? Au fond, ce serait en effet peut-être à vous de vous interposer, vous et vos pareils, qui n'avez cessé de faire la course aux marchands anglais depuis dix ans, au risque de voir ce que nous voyons aujourd'hui.

Pierre s'était raidi. Sa réputation de corsaire se doublait de celle d'un fameux bretteur. Mais l'heure n'était pas aux duels. Il se disait en effet qu'à tant chatouiller le commerce anglais dans ses propres eaux l'on finirait bien par s'attirer une grosse foudre.

— L'état de guerre a conduit notre roi à nous laisser toute liberté pour la course, dit Pierre. Je pense, moi, que nous avons affaibli en permanence l'adversaire et retardé sa mise en route, autrement que par des actes de donation et des partages d'héritages devant la cheminée d'un bureau de notaire. Et si de plus vous doutez de la sincérité de notre engagement sur l'océan, je vous invite à m'en rendre compte devant témoins.

— Messieurs, allons, dit Subercase d'une voix ferme, il n'est pas opportun de nous diviser au moment où l'ennemi approche.

Hébert souriait tristement. Le notaire n'avait sans doute pas tout à fait tort et, à courir les voiles anglaises, les marins d'Acadie avaient pris des habitudes de fauves. Mais la guerre imposait ses règles et l'offensive de Boston en faisait partie, au même titre que les prises en haute mer. Pierre se détendit et s'approcha de son beau-frère tandis que le gouverneur dévoilait ses plans de défense.

Les Anglais débarqueraient à coup sûr. On ne déplaçait pas une escadre de cette importance pour le simple plaisir de canonner une position ou de saisir quelques têtes de bétail. La destruction des digues, proposée par certains, n'avait aucun intérêt tactique. Autant garder les fermes en l'état et prier pour que l'on n'y mît pas le feu, comme on l'avait fait à Beaubassin.

— Eh bien, murmura Hébert, on dirait que c'est la guerre, pour de bon et qu'il faut y croire.

Par une fenêtre de la salle, il apercevait l'entrée du fort et la mer calme reflétant l'azur du ciel. Son pressentiment l'obsédait ; la poussée anglaise aurait des allures de tempête, et, cette fois, aucune colère de l'océan ne viendrait la contrarier.

— Le roi nous laisse en piètre situation ! lança Villain, un meunier de Port-Royal. Le dernier vaisseau de ligne que nous ayons aperçu était l'*Olivier*, il y a plus d'un an, et encore était-il allé s'amarrer à Québec, en fin de compte. Ne voit-on pas, en France, que perdre l'Acadie reviendrait à laisser le reste de la Nouvelle-France à la merci des Anglais et des puritains du Massachusetts ?

Subercase foudroya l'importun du regard. Le roi savait ce qu'il faisait, quant aux secours, il était toujours possible d'assister à un miracle. Les cous fléchirent un peu. Cela faisait des années que les gens de la Nouvelle-France avaient perdu la foi en ces prodiges-là. On ne pouvait en vérité compter que sur soi-même. Pierre Lestang soupira. Le temps était bien révolu où l'on allait semer la terreur avec deux cents Abenaquis, jusqu'aux villes du Massachusetts. L'ardeur de Versailles s'était éteinte avec Frontenac, ses grands alliés indiens, ses capitaines. Et les corsaires auraient bien du mal à gagner à eux seuls la guerre navale.

— Bertrand de Saint-Castin est en route pour nous rejoindre, par les terres, annonça Subercase.

— Avec combien de Sauvages ? s'inquiéta Hébert.

— Trois à quatre cents, peut-être plus.

Le fils cadet du baron avait hérité l'ardeur guerrière de son père. Son secours serait cependant insuffisant. Hébert considéra ses amis. On se battrait, certes, à l'intérieur du fort et autour des digues. Quant à armer les deux collines marquant l'entrée dans la nasse de Port-Royal, il était bien tard.

— C'est la stratégie du désespoir, murmura Pierre à l'oreille d'Hébert.

— Hé, que veux-tu faire d'autre ? Même avec le Bellilois, Morpain, Bonaventure, toi et d'autres encore ? Des coques de pêche, contre des vaisseaux de soixante canons, la belle bataille en perspective !

Il flottait soudain dans la pièce un courant d'impatience et de nervosité. Beaubassin, c'était douze ans auparavant, un épisode presque oublié d'une longue guerre. Une fausse paix, seulement troublée par les lointains coups de canon des goélettes françaises et les brèves incursions anglaises, avait endormi les esprits, laissé croire aux optimistes qu'on en resterait là pour toujours, et aux autres que l'irréparable prenait heureusement du retard. Maintenant, il fallait se compter et faire face. Ayant distribué rôles et positions, Subercase conclut :

— A la différence de quelques autres, je me battrai pour ce fort, pour cette terre et pour les gens qui y vivent. Des situations aussi menaçantes que celle-ci se sont réglées plusieurs fois à notre avantage. Dieu nous aide et vive le roi Louis, notre souverain bien-aimé !

Un vivat fit écho à son cri. L'issue des conflits précédents avait bien souvent tourné en faveur de la France autour des tables de négociation, et les redditions à la sauvette avaient été amendées par le bon travail des diplomates.

— Oui, vraiment, dit Hébert lorsque Pierre l'eut aidé à descendre l'escalier, il risque de nous manquer des hommes de la trempe du baron, de monsieur d'Iberville et de quelques autres.

Il constatait l'évidence. Avec le roi Louis, déjà bien vieux, risquait de s'éteindre la flamme française en Acadie. On se battrait, oui, au nom de ce piètre stratège dont il se rapportait que le royaume tout entier souhaitait qu'il s'effaçât, enfin.

Pierre Lestang soutint son beau-frère, qui ne pesait plus bien lourd et prenait pour marcher des postures de vieillard. Devant eux, la nasse de Port-Royal était vide de tout bateau, symbole parfait de la situation du pays, et de ses habitants.

— Je m'en vais mettre mon *Béarn* à l'abri à l'autre bout du bassin, décida-t-il, puis je reviendrai ici, à condition que Dieu m'épargne de croiser l'escadre promise. Nous avons tout de même suffisamment de Poitevins, de Normands et de Bretons dans la colonie pour enfourcher deux mille de ces foutus Anglais au sortir des marais. Toi, repasse le gué avec tes amis. Et Dieu fasse que nous nous revoyions sous la bannière de France.

— Je reste ici, lui rétorqua Hébert. Tu me vois assistant à tout cela depuis mes aboiteaux ?

Les Acadiens de la rive nord se concertaient. Subercase s'était opposé à leur projet de former des petits groupes mobiles avec les Indiens, comme les fois précédentes. La perspective de s'enfermer dans le fort ne les séduisait guère, eux qui connaissaient les rives, les collines et les forêts comme leur poche.

— Je pense comme vous, mais ce sont les ordres, leur dit Hébert.

Ils décidèrent de rester, mais avec la liberté de se retirer à n'importe quel moment. Pierre leur confia Hébert, que la réunion avait achevé d'épuiser. Le malheureux n'avait plus que le nom de chef et Pierre en vint à souhaiter qu'il n'assistât pas au probable triomphe de ses ennemis.

Dans la matinée du 23 septembre 1710, les navires anglais se mirent en rang, en travers de l'estuaire de la Dauphin, formant une muraille de bois, de toile et de mâts face aux cinq cents hommes dont disposait le gouverneur de Subercase.

De la digue où elle s'était juchée, entre la ferme Hébert et celle des Melanson, Catherine apercevait de loin le formidable rassemblement des navires ennemis. Des silhouettes peuplaient les ponts par centaines. On pouvait même distinguer les tuniques rouges des compagnies anglaises et les vigies, agrippées aux cordages les plus hauts. Cela n'avait rien à voir avec les précédentes tentatives bostoniennes et les assaillants paraissaient bien sûrs d'eux pour s'avancer aussi loin vers la colline de Port-Royal.

Cette fois, Catherine avait refusé de suivre l'exode vers les villages indiens. Elle avait abandonné ses deux filles à la garde des femmes Melanson, aidé sa mère à se hisser à l'arrière d'une charrette. Elle avait ordonné à Jérôme de suivre les fuyards mais le garçon n'avait rien voulu entendre. A douze ans passés, il était hors de question pour lui de laisser sa mère sans protection. Et puis, qu'aurait pensé le chef de la milice d'une telle désertion face à l'ennemi ? Hébert avait rejoint ses hommes au fort Royal. Catherine avait essayé de l'accompagner, marchant à côté de la charrette qui l'emmenait vers la citadelle. Mais les femmes seraient interdites dans l'enceinte du fort. On l'avait découragée. Elle était seule, désormais, avec son fils, à veiller ainsi à l'extrémité des terres cultivées.

Jérôme serrait les poings.

— Pourquoi le fort ne fait-il pas parler ses canons ?

Bien campé sur ses jambes, au-dessus d'un aboiteau, il scrutait l'horizon encombré par l'escadre. Avec l'arrondi de la colline de Port-Royal dans le fond, cela faisait comme une de ces gravures qu'il avait aperçues dans le bureau du gouverneur lorsqu'il était allé, avec son père, visiter une fois l'illustre personnage. Et ce fort qui restait muet. Comment pourrait-on aider ceux qui tenteraient sûrement une sortie ? Mille pensées se bousculaient dans l'esprit du jeune garçon. Jacques Hébert l'avait toujours dit et répété. S'enfermer pour un combat de front serait une erreur. A Port-Royal comme à Pentagouët ou à Naxouat, les succès français avaient toujours reposé sur la méthode indienne, de petits groupes harcelant l'ennemi, de jour comme de nuit, surgissant de la forêt pour agir et se replier aussitôt.

— Ils ont des milliers de soldats, dit Jérôme, qui avait déjà dénombré les navires. Et nos parents qui se sont enfermés avec monsieur de Subercase. Ils ressemblent à des bêtes dans une cage.

— Le gouverneur sait ce qu'il fait, dit Catherine.

Comme son égal de Québec et comme le roi de France, qui n'avait même plus assez de canons pour ses armées ! Jérôme Hébert découvrait l'incroyable : quarante bâtiments ancrés devant ce qu'il avait toujours considéré comme un monstre capable de cracher sur les assaillants tout le feu de l'enfer, et, autour de cela, le silence, sous la jolie brise d'automne. S'installait-on pour déjeuner entre amis sous les frondaisons roussies de la forêt acadienne ? Catherine entoura les épaules de son fils. Elle le sentait frémir sous ses vêtements de toile légère. Les milices prenaient les gars de plus de quinze ans, les autres devaient rejoindre à l'abri des collines femmes, enfants et vieux, qui ne portaient pas de fusils. Jérôme ressemblait à son oncle Pierre trois lustres plus tôt : même impatience, même énergie contenue dans un corps adolescent et même désir d'être considéré comme un adulte quand il n'avait même pas encore de poil au pubis.

— Ton père n'aurait pas dû suivre ses amis, dit Catherine. Le pauvre peut à peine marcher. Si les Anglais débarquent, nous devrons tout de suite entrer dans la forêt, tu m'entends, ajouta-t-elle, avisant les mâchoires crispées de Jérôme et les larmes qui lui venaient aux yeux.

— Vous êtes pourtant restée pour attendre père.

— Nous ferons comme j'ai dit, trancha-t-elle, abrupte.

C'était un cri, autre chose que les petits houspillages habituels. Cet élan d'autorité la surprit elle-même. Elle régnait sur sa maison, à sa façon patiente, tolérante, et sa foucade de jeunesse faisait partie d'un passé rangé dans les tiroirs de sa nouvelle vie. Hébert et elle avaient trouvé leurs espaces respectifs pour une existence paisible. Maintenant, la situation était différente. Catherine devait prendre des décisions engageant les siens dans leur survie. Elle regarda Jérôme, bouleversée. Un jour, son fils alors âgé de huit ans lui avait demandé ce qu'était un bâtard. Quel mioche trahissant un secret jusque-là bien gardé au creux des familles de Port-Royal avait lâché ce venin ? Un bâtard, c'était un enfant aimé comme n'importe quel autre enfant, au regard de Dieu comme à celui de ses parents, avait-elle répondu. Et l'importun, qui le tenait d'un adulte ? Ressentant l'insulte sans la comprendre, Jérôme lui avait envoyé à tout hasard son poing dans l'œil, ce qui avait fait taire ses sournoiseries. C'était au sortir d'une messe de Pâques, derrière l'église de Port-Royal.

— Viens, il faut manger un peu, dit-elle.

Elle se retourna et le grand vide de la campagne acadienne lui apparut soudain. Pas de charrettes sur les chemins, personne devant les granges, enfourchant le foin fraîchement coupé, même les chiens avaient déserté, suivant les troupeaux réfugiés eux aussi chez les Sauvages. Les champs avaient été moissonnés, le grain rentré ; il y aurait assez de farine pour le pain des autres et les moulins de la rivière Allain, cette année-là. Le souvenir des disettes s'en était allé, quand revenait rôder le spectre de la guerre. Quels temps étranges, sous le ciel d'une absolue pureté.

C'était la meilleure saison de l'année, la plus douce et indolente. On la vivait d'ordinaire avec d'autant plus de délectation qu'elle était courte, deux ou trois semaines, guère plus. Catherine n'osait regarder vers la rivière. Peut-être qu'ouvrant les yeux elle verrait le bassin délivré des navires anglais. Jérôme n'avait pas bougé, immobile sur la digue, menton levé vers les miniatures aux voiles baissées. Et il narguait la flotte, avec toute l'orgueilleuse inconscience de son âge.

C'était un petit jour gris de brumes lointaines, avec, sous la ligne d'horizon, rouge comme un salut aux combattants des deux partis, un soleil ovale qui ne tarderait pas à triompher. Catherine s'éveilla, un pressentiment avait troublé son sommeil. Elle se leva promptement, appela son fils, découvrit la couche des enfants vide.

— Pardieu, j'aurais dû l'attacher, ce bougre !

Elle inspecta les alentours désertés de la maison, scruta le chemin menant aux fermes des Melanson, en vain. Jérôme avait pris la poudre d'escampette, sans doute au milieu de la nuit. Catherine rentra, furieuse, s'assit au bord de son lit, le visage dans ses mains. Il y avait décidément dans sa famille cet hôte de toujours, l'aiguillon de l'aventure, pour piquer tour à tour garçons et filles. Et ces jeunes Acadiens, nés loin de France, étaient de toute façon des exaltés, le jour aux champs ou à la garde des troupeaux, la nuit à rêver d'ours débusqués, de course en mer et d'Anglais en charpie. Quelle engeance !

Elle lava ses mains et son visage, s'habilla, ouvrit la porte et resta pétrifiée. Deux soldats anglais s'apprêtaient à entrer. L'un d'eux leva aussitôt son mousquet prolongé par une baïonnette. Catherine tenta de s'écarter. Les intrus étaient déjà contre elle, la poussaient à reculons dans la maison.

Elle voulut parler mais les mots restèrent coincés dans sa gorge. Les soldats avaient dû débarquer dans la nuit. Ils étaient tous deux très jeunes, portaient des foulards blancs autour du cou et des chapeaux bizarres, sortes de tricornes comme Catherine n'en avait jamais vu. Leur uniforme était à quelques détails près le même que celui des compagnies de marine françaises, mis à part la couleur rouge de leur veste. Catherine essaya de parlementer, finit par penser qu'ils cherchaient des miliciens ou des soldats du fort. Au moment où elle réussissait à leur faire comprendre qu'il ne restait plus personne dans les fermes, le bruit de la canonnade se fit entendre et les Anglais quittèrent la pièce commune après s'être brièvement concertés.

Ils n'avaient pas mis le feu, le ciel de la rive nord demeurait libre des fumées noires signalant les saccages comme lors des incursions précédentes. Catherine vit les Anglais s'éloigner vers la lisière de la forêt. Ainsi, c'était cela, une invasion, deux garçons de vingt ans envoyés en reconnaissance avec quelques autres, avant une bataille. Catherine marcha jusqu'à la digue à la recherche de son fils, aperçut d'autres silhouettes en rouge et blanc longeant des prairies Leroy et Robichaud. Au loin, sur les flancs de la flotte anglaise, éclosaient de toutes parts les panaches blancs annonciateurs de désastres, un nuage de vapeur s'élevait en majesté au-dessus des navires, tandis que les échos des coups de canon, traversant champs et chemins, fermes et granges, grondaient en chapelets jusque sur les collines du pays indien.

Ces bruits lointains et terrifiants, pourtant, venaient rompre le calme d'une matinée d'automne acadien. Catherine laissa éclater soudain son chagrin en longs sanglots. Les miliciens d'Acadie étaient encore bien souvent des enfants, malgré les assurances et les rodomontades de leurs quinze ou seize ans. Catherine avait vu des femmes résignées, laissant partir leurs fils vers les digues et les champs à défendre, tandis qu'elles-mêmes mettaient leurs petits à l'abri. C'était dans d'autres guerres. Désormais, elle était à son tour mère d'un petit manieur de fronde tout prêt à se précipiter sur des baïonnettes, pour la gloire du roi de France.

Elle eut le sentiment d'abanbonner son enfant et cette abomination lui fit l'effet d'une gifle. Elle se reprit, essuya ses larmes avec son tablier. Jacques Hébert avait sans doute eu raison, lui qui avait pressé dix fois le gouverneur de réclamer à Versailles des renforts jamais arrivés et fait écrire à Québec vingt suppliques du même acabit, au nom des Acadiens de Port-Royal. Cette fois, il faudrait bien plus que des petits groupes franco-indiens disséminés entre rivière et forêts pour arrêter les envahisseurs.

D'autres soldats approchaient, par les digues. Bientôt, la rive nord de la Dauphin serait sous leur contrôle, et si le même débarquement avait eu lieu au sud, le fort et le bourg seraient vite pris en tenaille et bombardés de trois côtés.

— Sale gouyat, je vais aller te chercher, crois-moi !

Catherine se couvrit d'une cape, sortit de la maison en coup de vent. Résister à la ferme ne servirait à rien d'autre qu'à prendre un coup de baïonnette, quant à ses tourments à l'idée de Jérôme pris dans la mêlée, mieux valait les confronter à la réalité de la bataille. Elle décida de suivre le chemin des collines, entre vergers et forêt rougeoyante, par lequel son fils avait coutume d'aller chasser. Le bougre marchait vite, la fugue avait dû lui donner, en prime, des ailes. Le cœur battant, Catherine longea la grange Hébert, traversa la pommeraie. Des champs d'amont rendus à la terre brune d'automne s'étendaient jusqu'à la lisière des bois, sur plus de deux cents pas. On y avait moissonné le blé, l'avoine et le seigle. Sans un regard pour eux, Catherine se mit à courir, à mesure que l'angoisse d'agir trop tard accélérait son pas.

Le chemin serpentait en bordure des marais, après les parcelles Bourg et Granger. Une digue parallèle au cours de la Dauphin courait là, sur près de sept cents pas, abandonnée deux fois par jour par la marée. A l'intérieur du rempart de terre et de rondins, les chaumes dorés attendraient encore quelque temps les brûlis d'automne.

Le jour même de sa fugue, Jérôme avait rencontré du monde, un groupe de quatre garçons, des Lord et des Leveron, à peine plus âgés que lui mais déjà tous concernés par les obligations de la milice. L'un d'entre eux détenait un pistolet. On lui avait donné pour recommandation de vérifier qu'il restait le moins de monde possible dans les fermes. Pour le reste, ces garçons étaient libres de courir à leur tour vers les bois, s'ils en ressentaient l'urgence.

Désœuvrés, ils rôdaient le long de la rive nord, cherchaient à se rapprocher du petit détroit séparant la rive nord de la colline de Port-Royal. Ils avaient vu eux aussi les éclaireurs anglais prendre pied entre les aboiteaux et avancer à vive allure vers les fermes. Passant devant des maisons, ils avaient aperçu quelques vieux assis devant les portes de leurs habitations, de ces hommes que les échos guerriers n'impressionnaient plus depuis longtemps. Ceux-là n'avaient pas voulu suivre le mouvement des civils.

L'escadre anglaise apparaissait de temps à autre, au détour du chemin et Jérôme la trouvait tout à coup infiniment plus menaçante que la veille, lorsqu'il l'avait vue de loin, mouillant, tranquille, dans la largeur de l'estuaire. Les aînés de sa petite troupe avaient d'ailleurs là-dessus des avis divergents, selon que l'on considérait la flotte ennemie comme une simple ambassade ou comme le poing de la reine Anne s'abattant sur l'Acadie.

— On s'en fout bien, trancha Guillaume Leveron, un blond trapu au regard mauvais, chef du groupe. Nous ne gagnerons rien à rester de ce côté-ci de la rivière. Le fort est à quatre heures de marche. Notre seule possibilité est de le rejoindre. Nous nous en approcherons à la nuit, pour voir ce qui s'y passe pour de bon.

Jérôme observait les jeunes miliciens. Ils sentaient les Anglais sur leurs basques et n'étaient guère rassurés, mais, comme tous les enfants, ils s'en remettaient finalement à l'avis du plus âgé, et ce Leveron avait l'air un peu plus bravache que ses amis. Il était de plus sur ses terres, ou presque, et n'avait pas caché son envie d'aller se battre dans le fort, aux côtés des adultes.

La canonnade ne connaissait pas de répit depuis le petit matin. Sept navires de guerre armés à ras bord et qu'aucune tempête n'avait endommagés, cela devait bien faire trois ou quatre cents canons capables d'entretenir un feu continu. Les jeunes gens franchirent la ligne des digues, cherchèrent la protection des ajoncs dont la houle blonde allait se confondre, très loin, avec le fil invisible de la rivière. Puis ils se tapirent, les pieds dans l'eau boueuse, près d'une barque à demi engloutie dans laquelle ils écopèrent à l'aide de leurs chapeaux.

— Nous entrerons dans le fort par l'arrière, dit Leveron d'une voix ferme.

Jérôme acquiesça. Ainsi, on irait se battre. Devant lui, à moins de deux cents brasses, la colline de Port-Royal et le fort crachant lui aussi le feu mais sur un rythme bien moins soutenu, avaient l'air inaccessibles.

— Tu regrettes le coin de ta cheminée, petit ? Ou le sein de ta mère, peut-être ?

Leveron toisait Jérôme, qu'il dominait d'une bonne tête. Ils s'étaient vus quelquefois, à l'église ou à l'occasion d'une cérémonie sur la rive nord. Le milicien, quinze ans à peine, avait besoin de se donner des allures de chef ; il sortit de sa poche une pipe, réalisa qu'il n'avait rien pour l'allumer, la rangea, irrité. Au bout d'une journée entière de marche entre forêt et marécages, les jeunes Acadiens avaient l'air de ce qu'ils étaient en vérité, des paysans aux sabots crottés, aux chemises et aux vareuses déchirées, aux culottes empesées jusqu'au mollet par la boue et l'eau des cloaques où il avait fallu se dissimuler. Lorsqu'il se relevait, Jérôme apercevait, toute proche, la ligne sombre de la forêt, si facile à rejoindre. Transi, mouillé jusqu'au creux de ses reins, l'enfant se demandait ce qu'il était venu faire là mais pour rien au monde il n'eût avoué que sa compagnie lui paraissait tout à coup bien fragile, perdue en terre et pour tout dire assez ridicule face à la force, étalée, des envahisseurs.

— C'est sûr, ceux de Port-Royal essaieront de sortir, dit-il.

— Qu'est-ce que tu en sais, bâtard de Beaubassin ?

Les garçons se mirent à rire. En une fraction de seconde, Jérôme les découvrit hostiles, sans doute pleins de ces ragots sur les uns et les autres, courant la colonie. Une rage, une violente envie de piquer leurs faces hilares, le prit. Ils se ressemblaient tous les quatre, sous leurs chapeaux ronds frangés de tissu noir. Jérôme mit la main à la poche, toucha le bois de son couteau. Il les considéra, l'un après l'autre. Par qui commencer ? On était en pleine guerre, après tout. Une salve du fort, suivie d'une bordée anglaise qui fit voler en éclats un angle des défenses, ramena tout le monde à la réalité de l'instant, et dans la boue jusqu'aux genoux. Jérôme posa la main sur son cœur battant, tenta de se rassurer. Les éclaireurs anglais ne se risqueraient pas si loin de la terre ferme. C'était là un genre de cachette pour chasseur, d'où l'on tirait tranquillement le canard. Jérôme avait faim mais, à trois lieues de chez lui, auprès de fermes visitées par les Anglais, il ne risquait pas de se restaurer avant la nuit.

Ruminant ses pensées de vengeance, il s'enferma dans le silence. Anglais et Français s'échangeaient de la fonte au rythme régulier de leurs décharges. Guillaume Leveron attendit le crépuscule, et les basses eaux, pour donner le signal du départ. On passerait au plus étroit du bras de rivière, face à la « digue à Clément Vincent ». Au moment de se mettre en route, deux des quatre miliciens décidèrent de renoncer, et leur chef leur donna la permission de rejoindre la forêt. Les Acadiens s'étaient bien défendus, depuis toujours, mais jamais ils n'avaient obligé l'un quelconque d'entre eux à risquer sa vie dans la milice, surtout les plus jeunes. De quinze à soixante ans, les gens avaient leur fusil chez eux, un territoire à couvrir et des missions à exécuter en cas d'attaque. Infime était le nombre de ceux qui s'étaient dérobés.

— Tu les suis ? demanda Leveron à Jérôme.

Tout, à l'intérieur du jeune Hébert, criait que oui, il fallait suivre les deux prudents dont les silhouettes avaient déjà disparu derrière les ajoncs. Et, en même temps, des visages se penchaient sur le garçon, imaginés, comme ceux des chefs indiens de Pentagouët et de leur capitaine français, ses compagnons d'enfance, ou familiers, sous les traits de l'oncle Pierre, et tous lui susurraient que bon sang d'Acadie ne pouvait couler ailleurs que contre l'Anglais. Jérôme eut un coup de menton vers Leveron.

— Et toi, tu acceptes de marcher à côté d'un bâtard de Beaubassin ?

L'autre eut un petit ricanement niais. Poings serrés, Jérôme soutenait son regard, le défiait. Le troisième larron, un Babinot, éclata d'un bon rire.

— Tu es Jérôme-à-Jacques Hébert, dit-il, et ton père a souvent montré son courage.

— Alors, je reste avec vous, dit Jérôme, d'une voix blanche comme l'étaient ses joues imberbes.

Il n'avait pas rompu face à Leveron. Le chef du groupe le considéra d'un œil soudain différent.

— A la bonne heure, Jérôme-à-Jacques Hébert. Tu connais tes prières ?

Il crânait, se voulait inquiétant, et cela eut curieusement le don de détendre Jérôme. Leur compagnon, un Laurent-à-Louis Babinot dont les terres se trouvaient à une lieue de celles d'Hébert, revenait, porteur de bouts de bois moisis avec lesquels il était question de pagayer jusqu'à l'autre rive. Poussant et tirant l'esquif, ahanant, les trois garçons quittèrent l'abri des ajoncs, pataugèrent dans la vase découverte par la marée puis se hissèrent l'un après l'autre à bord.

— Le courant va nous aider, déclara Guillaume Leveron, qui avait l'air de s'y connaître. Le reste sera l'affaire de deux ou trois cents coups de pagaie.

Il fallut écoper tout de suite. Quant au courant, la marée, étale, n'en offrait guère. Le jeune Babinot s'était dressé entre deux efforts, son chapeau entre les mains, qu'il plongeait avec ardeur au fond de la barque. Lorsque la salve de mousquets retentit, il poussa un cri, porta la main à sa tête et s'effondra.

— Ecope, Hébert, pardieu, écope ! cria Leveron.

Jérôme ne pouvait plus bouger. Le visage de Laurent Babinot le fascinait, avec ses yeux grands ouverts sur lui, leur expression de douce surprise et ce petit filet de sang sourdant de la tempe comme d'une simple écorchure. Leveron se pencha, gifla Jérôme.

— Au nom de Dieu, prends ton chapeau et fous-moi cette eau dehors !

Il se remit à pagayer tandis que Jérôme, prenant garde de demeurer sous le rebord de l'embarcation, s'activait. Babinot respirait par saccades, cela ressemblait à des tremblements, sa bouche s'ouvrait sur des cris muets. Il y eut des coups de feu, sans autre effet que de minuscules gerbes à distance de la barque. Au milieu du passage, Jérôme se souvint qu'il ne savait pas nager et se mit à prier, murmurant, imité, à voix haute et scandée, par Guillaume Leveron :

— Je vous salue, Marie pleine de grâce...

— Prie, petit, prie, répétait le rameur.

La rive se rapprochait. C'était à un quart de lieue au nord du fort, entre un bois et des marais laissés de tout temps en l'état pour ralentir l'éventuel agresseur. On verrait bien, cette fois, s'ils seraient de quelque utilité. Jacques Hébert n'avait jamais assez de doutes et d'ironie quant à la propension des stratèges français à planter des défenses dans des culs-de-sac entourés de boue. Au lieu de fortifier la passe de Port-Royal et de la fournir en canons !

— A terre ! dit Leveron.

La barque chargée d'eau raclait le fond. Les deux garçons, immergés jusqu'au buste, vite épuisés, la halèrent aussi loin qu'ils purent, avant de faire basculer le corps de leur compagnon qu'ils poussèrent, plus qu'ils ne le portèrent, jusqu'au sec.

— Il va mourir, tu crois ? demanda Jérôme.

L'autre n'en savait trop rien. Son ami gardait les yeux mi-clos, paraissait ne plus respirer ; Leveron le contemplait, son pistolet à la ceinture n'avait strictement servi à rien. Jérôme se retint d'éclater en sanglots. Pour un peu, il eût appelé ses parents au secours, mais quelque chose de plus fort que sa peur, un sentiment violent de colère et de ressentiment, le fit se mettre debout, dominant Leveron de ses cinq pieds et quelques pouces.

— C'est quoi, un bâtard de Beaubassin ? lui jeta-t-il au visage.

Ils étaient trempés tous les deux, leurs sabots étaient restés dans la vase de la rive nord, la fraîcheur du soir les faisait frissonner. Leveron leva la tête, hébété. Une telle question, en pareille circonstance ! Un bâtard de Beaubassin ? Bé, comme tous les autres, un mioche né par hasard à qui l'on essayait de trouver un père. Jérôme pâlit.

— Et merde, se défendit le milicien, tu n'as qu'à demander, chez toi.

La canonnade s'amplifiait. Des projectiles erratiques tombaient à quelques dizaines de mètres de l'embarcadère. Il fallait rejoindre le fort et ne pas laisser Babinot tout seul. Jérôme insistait, voulait en savoir plus.

— Je me fous de cette guerre, dit-il.

La rumeur de sa bâtardise avait dû courir depuis longtemps sur les digues. Le milicien se leva à son tour, le toisa et, l'ayant traité de puceron, le flanqua par terre d'une bourrade.

— Laisse-moi en paix, morveux.

Le corps de Laurent Babinot fut vite bien lourd à porter ; ils décidèrent de le laisser en lisière du bois et de marcher vers le bourg, distant d'une demi-lieue. Sur la rive d'en face, d'où ils venaient, ils distinguaient vaguement les fermes pareillement abandonnées, aux cheminées muettes ; l'obscurité emportait avec elle les horizons, tout, dans le décor lugubre de la forêt, prenait les teintes inquiétantes des hivers canadiens.

Les deux garçons finirent par trouver le chemin du fort, entre deux champs vaseux, par où l'ennemi ne manquerait pas de compléter bientôt son encerclement. Ils longèrent des maisons désertées, se ruèrent dans les celliers et les poulaillers, où ils gobèrent des œufs, firent un festin de pain dur et de fruits. Des bêtes à cornes avaient été livrées à elles-mêmes devant leurs mangeoires, dans les étables et meuglaient de douleur, la mamelle trop gonflée. Des chevaux allaient en liberté çà et là. Jérôme se souvint des contes de son enfance et des villages que des sorcières malfaisantes débarrassaient de leurs habitants, d'un coup de baguette. Port-Royal ressemblait à cela, ce soir du 24 septembre 1710.

S'approcher du fort en pleine nuit était dangereux et il était trop tard pour retourner vers Babinot, dont on retrouverait le corps dès l'aube si des chiens errants ne l'avaient pas dévoré. Guillaume Leveron se montrait moins fier, son expédition tournait mal, la fatigue l'accablait bien plus que son cadet, le poussant au repos immédiat sur la paille d'une grange.

— Nous rejoindrons le fort à la première lueur, dit-il avant de sombrer.

Une vague clarté entrait par les interstices du toit lorsque Jérôme s'éveilla, tourmenté par l'idée que Laurent Babinot avait pu être mangé par des bêtes. Il sortit, découvrit l'horizon des marais, vide de toute présence humaine. Tout, autour de lui, était de la même teinte grise, le ciel sans étoiles, les frondaisons de la forêt, la terre du chemin et même le fil de la Dauphin. Le fort, dont il n'apercevait que les bannières, minuscules points blancs, semblait écrasé par la colline elle-même, et nul bruit de canonnade, ni panache de fumée, ne s'en échappait. Quant à la flotte anglaise, silencieuse elle aussi, elle était invisible derrière l'arrondi du coteau. Jérôme laissa son aîné dans son sommeil et se mit en marche, cherchant ses propres traces sur le chemin, puis à travers le bois au sortir duquel il retrouva sans mal le milicien laissé la veille à l'agonie.

Des marais aux lourdes senteurs de vase s'étalaient tout autour, jusqu'à la rivière. La rive nord sortait lentement de la nuit, révélant un paysage désolé d'où montaient, aériennes, des écharpes de brume. Jérôme éprouva un brusque chagrin à ce spectacle, fondit en larmes. Puis, lorsque sa détresse se fut épanchée, il se pencha vers le milicien allongé dans la boue. Laurent Babinot était-il mort ? Il gardait les yeux à demi ouverts, recouverts d'une morve blanchâtre, ses lèvres, sèches, étaient closes. Jérôme le secoua, plusieurs fois, le trouva raide. Les morts qui n'avaient pas reçu les derniers sacrements erraient pour l'éternité dans des pays sans Dieu, souffraient dans la nuit glacée des temps. Il y avait un curé, à Port-Royal, qui éviterait peut-être à celui-là l'enfer promis par les livres saints.

Jérôme traîna le corps par les pieds sur quelques centaines de pas, comprit bien vite que la tâche le dépassait. Parfois, la boue sur laquelle Babinot glissait facilitait la progression, ailleurs, les cailloux du chemin, la terre plus dure des sous-bois obligeaient le porteur à s'arrêter pour de longues pauses. Jérôme tentait de réfléchir. Leveron avait dû s'éveiller à son tour et rejoindre la forteresse. A quoi bon s'entêter ? Il décida de couvrir le corps à la manière des Sauvages et d'aller au fort une fois sa macabre besogne accomplie. Le vacarme de la première salve anglaise du jour le surprit alors qu'il revenait vers Babinot, les bras chargés de branchages et de feuilles, et le projeta à terre, le cœur affolé.

C'était tombé vraiment très près. Des fumées s'élevèrent au-dessus du bourg, tandis que les marais se hérissaient de gerbes d'eau sale, tout autour. Jérôme s'agenouilla, s'en remit au Seigneur comme tout bon chrétien en danger se devait de faire. Au milieu de ses prières, il entendit des cris, des jurons en patois de France. Une petite troupe achevait à grand-peine de traverser les marais, en sortait couverte de boue et de vase jusqu'aux cuisses. Jérôme se leva, agita son chapeau.

— Hé, petit, qu'attends-tu, tout seul sur ce chemin ? lui demanda-t-on.

Il y avait là un grand gaillard costumé en marin, l'épée au côté, deux pistolets sous la ceinture. Une bande de civils et de Sauvages l'entourait, bien armés eux aussi. Jérôme se leva d'un bond. Les canons ennemis pouvaient bien tonner, trente corsaires parmi les plus redoutés d'Amérique sortaient à leur tour du bois pour aller se battre à Port-Royal.

— Vous allez rejoindre mon père et mon oncle Pierre, alors ?

Le chef lui frappa l'épaule.

— Je suis le Bellilois et je crois que je te connais, dit-il. Tu es Jérôme Hébert, presque né sur mon bateau.

Il s'accroupit à côté du corps de Babinot.

— Il est mort, d'un plomb dans la tête.

Il se releva, considéra Jérôme avec un mélange de surprise et d'admiration. Qu'avait-il fait de sa mère, le petit bougre, lui que Catherine appelait son « biquet » ?

— Tu vois, je sais des choses sur toi, dit-il dans un grand rire. Ton oncle est bavard, quelquefois.

Jérôme lui conta son odyssée, conclut, tandis que retentissait la seconde salve anglaise :

— Ma mère est restée à la ferme et mon père est avec monsieur le gouverneur, dans le fort.

— Le fort, nous y porterons ton ami entre deux humeurs de l'adversaire. Quant à toi, nous verrons à te mettre dans de bonnes mains. Je pense que ta mère est en train de te courir au cul. Tu l'imagines apprenant que je t'ai eu sous ma garde et t'ai laissé à l'abandon ?

Surpris par l'irruption de la flotte ennemie dans la Baie française alors qu'il pêchait au cap Sainte-Marie, le corsaire avait abandonné son bateau dans l'anse de Pisiquid, au fond du bassin des Mines, puis traversé à pied la péninsule, de Grand-Pré à Port-Royal. En chemin, il avait levé quelques Indiens, de ceux qui ne renâclaient pas trop devant la pingrerie grandissante du roi de France et la maigreur de ses cadeaux aux nations sauvages. Cela ne faisait plus beaucoup de monde, pour s'en aller affronter quarante vaisseaux de la reine Anne.

— En route ! ordonna-t-il.

Deux marins avaient épaulé le corps de Babinot. Rasséréné, stimulé par la présence d'autant d'hommes en armes, Jérôme voyait la vie différemment, soudain. Ses héros déboulaient au moment exact où il avait besoin d'eux. Leveron pouvait bien les chercher, Babinot et lui. Il se débrouillerait tout seul, le fier-à-bras.

Les hommes se mirent en marche à découvert, dépassèrent l'alignement des premières maisons, puis la demeure vide du gouverneur.

— Tu vois ce qu'est la guerre sous ces latitudes, fiston ? dit le corsaire à Jérôme, tandis qu'ils s'engluaient dans la vase à une portée de fusil du fort. On vient se battre pour une bonne cause et ceux qui devraient nous emmener à la victoire se lient les poings tout seuls. Quelle idée de s'enfermer là-dedans, hé ? On appelle ça fort Royal. C'est pourri, vermoulu, ça tombe en ruine, à l'image de la France tout entière. Quand l'immense Acadie est ouverte de tous côtés et qu'on peut faire la guerre sur l'eau, en liberté, et à terre, comme les Sauvages, qui ont à nous apprendre sur la chose, quelle pitié ! Cerner tout en restant invisibles, frapper, repartir sans laisser de traces. Voilà la guerre qu'il faut faire ici, petit. A un contre vingt, c'est la seule que nous puissions gagner, celle des Micmacs et des Abenaquis. J'espère que monsieur de Subercase ne regrettera pas de nous avoir tous fait venir dans ce piège. Car je peux te dire que pendant que nous sommes là, nos amis anglais emportent, de mes pêcheries et de quelques autres, de quoi nourrir Boston, Albany, Salem et New York jusqu'au printemps prochain !

10

La porte est du fort se referma derrière eux au moment où une nouvelle bordée de Vetch venait s'éparpiller entre les rondins de l'enceinte et le bâtiment des officiers. A quoi répondit une salve française accueillant le premier contingent ennemi qui ait pris pied au bas de la colline de Port-Royal. Un siège commençait, par terre et par mer, et tandis que les artilleurs de Subercase raccourcissaient leurs tirs, Jérôme Hébert, que le Bellilois avait fini par faire entrer avec lui, se mit à la recherche de son père.

Quelque trois cents personnes, civils et militaires, s'étaient enfermées là, apprenant à coexister. Le gouverneur inspectait sans relâche, ordonnait et surveillait. Au moment où il courait vers Pierre Lestang occupé à régler le tir d'un canon, Jérôme, interloqué, vit monsieur de Subercase tomber avec son cheval foudroyé, se relever et, s'étant épousseté, jusqu'à la perruque, remise en place d'un geste vif, marcher vers une meurtrière comme s'il sortait de sa chambre.

Il y avait là, en sus des Micmacs rameutés par le Bellilois, quelques Sauvages abenaquis difficilement convaincus par le jeune baron de Saint-Castin de partir une fois encore au combat. Le gros de la garnison était formé par les soldats des compagnies de marine et leur train domestique, chacun ayant son poste, ses charges, son itinéraire d'un coin à l'autre de la forteresse.

Des femmes étaient restées à l'intérieur des défenses. Une cuisinière courait se mettre à l'abri sous une casemate quand elle aperçut Jérôme que le ballet des guerriers en action laissait pétrifié, au beau milieu de la cour.

— Eh, petit ! Sauve-toi ! cria-t-elle. Ils ne vont pas t'envoyer des cuisses d'outarde, à cette heure !

Le Bellilois avait disparu. Jérôme se hissa sur une crête de pierre épaisse derrière laquelle on avait placé un canon, se précipita vers son oncle. Pierre était littéralement fasciné par la proximité des gros navires anglais.

— Regarde donc ça, Jérôme. Ils ont bien pris quelques coups, perdu de la mâture et reculé, mais pardieu, pour un trou dans leur coque, ils nous démolissent une tour d'angle. Et bonté divine, que fais-tu ici, gouyat ?

Il réalisait, tout à coup. Jérôme lui dit qu'il était venu retrouver son père et qu'il n'était pas besoin de le tancer pour avoir faussé compagnie à Catherine. Pierre leva la main.

— Il y a ici un Acadien plutôt vieux, assez malade et de surcroît blessé au cou, dit-il. On le soigne, à la chapelle. Fais attention, petit, l'église en question s'est fait hacher son clocheton il y a moins d'une heure.

Jérôme redescendit l'échelle. Des blessés ensanglantés, couverts de bandages, avaient été installés à la place des bancs du petit lieu de culte. L'abbé Durand, prêtre de Port-Royal, s'activait auprès d'eux, et des femmes, aussi, qui les faisaient boire et leur parlaient doucement. Jacques Hébert était étendu sur une simple paillasse, à côté de l'autel. Il avait le cou entouré par une charpie sanglante et Jérôme crut tout d'abord que son père était mort.

— Par Dieu tout-puissant, qu'est-ce que tu viens faire dans ce trou à rats ?

Comme Pierre, Hébert réalisa soudain que c'était bien Jérôme, dans le fort à cette heure, et en demeura incrédule. Jérôme lui prit la main, fit le récit de sa tentative réussie pour le rejoindre et à cette évocation les yeux du chef des milices de Port-Royal s'embuèrent.

— Je ne suis plus chef de grand-chose, d'ailleurs, dit-il. Et ce fort ne sera bientôt plus qu'un tas de bois et de caillasse. Mes Acadiens sont bien découragés. Pardieu, je ne peux pas leur en vouloir. Ici, on fait la guerre à l'envers. Les corsaires deviennent artilleurs et les cavaliers font le coup de feu à pied, par-dessus les palissades.

Il regardait son fils avec un mélange de fierté et d'angoisse. Mais que penserait Catherine ? Maintenant que les Anglais débarquaient de toutes parts, sans personne en face pour les ralentir, le sort de la place était scellé. Et les quelques renforts indiens et corsaires ne feraient que retarder un peu l'issue. Jérôme tenta de le rassurer. Sa mère avait dû gagner un village micmac. Et les Anglais ne mettaient pas le feu, ce qui était peut-être un signe favorable.

— C'en est fini de l'Acadie, souffla Hébert. Les mauvais augures, dont je crains bien d'avoir été, avaient raison. Trop peu de monde, pour un monde trop vaste. Tu vois, petit, même les gens de Pentagouët, ceux qui ont poussé la lame française jusqu'au cœur du pays ennemi, ne peuvent plus grand-chose pour elle. Le roi vend ses meubles comme un simple paysan et dépense en même temps des milliers de livres pour éclairer son palais de Versailles. Alors tu penses bien que la poudre pour nourrir nos canons passe après tout ça. Nous n'avons qu'à nous effacer, maintenant.

Jérôme ne comprenait pas bien. Il découvrait l'envers de la guerre, la peur sur les visages et la souffrance aussi, le sang sur les linges sales et cette population assiégée qui tentait de s'organiser sous le feu de la flotte anglaise. Ah, comme elle était jolie, la gravure, avec son décor paisible de navires au mouillage au fond de la Baie française ! Vu de la rive nord, cela aurait pu avoir l'air d'un voyage de retour vers la France, un peu comme le triomphe d'une escadre victorieuse en partance pour La Rochelle, mais la réalité était bien différente. Jérôme s'assit près de son père. Il était engourdi, presque indifférent au spectacle de la chapelle pleine de sa population gémissante. Le bruit de la canonnade lui parvenait, un peu assourdi. Il avait envie de s'allonger près d'Hébert, qui semblait s'assoupir.

La chute d'une bombe devant l'entrée du fort fit vibrer les planches de la petite salle. Jacques Hébert s'était endormi. Jérôme se leva, sortit de la chapelle, chercha son oncle qu'il retrouva sous une tour d'angle, au milieu des corsaires, préparant une sortie malgré les consignes du gouverneur.

— Nous ne nous laisserons pas brûler dans cette nasse puante, affirma le Bellilois. Ce n'est pas à nous de payer les erreurs de nos brillants statèges. Les Acadiens s'en sortiront. Nous, nos têtes sont mises à prix depuis belle lurette. Il n'est pas question que nous restions ici à attendre la reddition.

Les défenses ouest du fort se couvrirent de fumées blanches, dans le fracas d'une salve française. Tous les canons orientés vers la mer servaient, l'un après l'autre. Bouche bée, Jérôme contemplait le ballet des artilleurs autour de leurs pièces avec un vertigineux sentiment d'impuissance. Cette débauche de fer et de feu finirait-elle par décourager l'ennemi, à moins qu'elle ne l'excitât davantage ? Il y avait là une grande anomalie et Jérôme se prit à hurler des hourras d'encouragement, chaque fois qu'il apercevait les canonniers français courbés à l'arrière d'une pièce, les doigts dans les oreilles.

— Bien, mon neveu, bien, le complimenta Pierre. Mais les Anglais creusent déjà des tranchées. Lorsqu'ils se seront suffisamment approchés, nous serons à la fin de cette affaire. Il faut que je m'occupe de toi, ajouta-t-il, tu ne vas pas rester ici, non plus.

Il dispersa ses hommes aux quatre coins de la place, recommanda à Jérôme de ne plus se montrer à l'extérieur des casemates. La défense se faisait sans heurts ni panique mais les visages étaient graves, les courses à découvert calculées. Laissé libre de ses mouvements, Jérôme fit le tour de la forteresse, croisa ses voisins de la rive nord et d'autres, postés au sommet des palissades, tentant de localiser les avancées ennemies. L'artillerie donnait de part et d'autre. Cela faisait des fumées blanches au-dessus des canons français et d'autres, bien moins gracieuses et légères, qui s'élevaient de la terre et des remparts de Port-Royal. Debout dans l'embrasure d'une casemate, Jérôme badait le spectacle. Quelqu'un le prit par le bras et le força à réintégrer l'abri. On ne s'amusait pas avec la guerre.

— Quelques femmes s'obstinent à demeurer ici et il serait plus raisonnable de les faire sortir avec les Acadiens les plus jeunes et tous ceux qui le veulent aussi, dit le père Durand. Monsieur le gouverneur, je crois que rien ne servirait d'exposer plus longtemps ces gens.

La pointe de la botte sur un chenêt, le coude sur la cuisse, le buste incliné vers la cheminée de la grande salle du fort, monsieur de Subercase réfléchissait. Dans la lumière grise du soir, Jérôme distinguait sa silhouette, parmi la quinzaine de personnes occupant la vaste pièce. Il y avait là, outre le récollet, curé de Port-Royal, les officiers des compagnies de marine, les corsaires Bellilois et Lestang, deux chefs de milice acadiens, un Sauvage, près du jeune Bernard de Saint-Castin, qui lui ressemblait comme un cousin, et Jérôme Hébert, que le gouverneur d'Acadie avait félicité pour son courage, sa compassion et sa disponibilité.

A voir le fils du fameux baron de Pentagouët, sa mine légèrement cuivrée, ses pommettes saillantes, son regard dur de chasseur aux aguets, Jérôme se demanda la différence qu'il pouvait bien y avoir entre un métis et un bâtard. Il avait compris l'essentiel : Jacques Hébert n'était sans doute pas son père. La révélation faite par le fils Leveron l'enfermait désormais dans le lourd secret de ses parents, eux ne sachant pas qu'il savait. Dans cette histoire, il n'avait pas forcément la bonne place mais, pardieu, il se garderait avant longtemps d'interroger qui que ce soit. Hébert l'aimait, le principal était là. Il ne servait à rien de les piquer à la mémoire, Catherine et lui.

Jérôme s'ébroua tandis que Pierrre Lestang plaidait d'une voix forte pour des sorties répétées, des opérations de harcèlement sur les positions avancées, et, à l'entendre, il l'imagina se montrant à la porte du fort et mettant en fuite le commodore anglais, ses marins et ses navires. Mais tout n'allait pas si simplement. Saint-Castin n'avait avec lui qu'un maigre bataillon de cinquante guerriers, les Acadiens avaient envie de retrouver leurs fermes, leurs enfants et les mères réfugiés en forêt ; quelques dizaines d'entre eux s'en étaient déjà retournés nuitamment dans leurs fermes. Quant au prêtre, ses intercessions auprès des assaillants ne pourraient éternellement faire cesser, comme cette fois encore, la canonnade.

— Nous leur ferons de nouveau du mal, dit le gouverneur, mais sans risquer nos vies pour la gloire. Quatorze jours de siège, messieurs, la famine qui guette et aucun espoir de voir la moindre voile de France venir à notre secours. Dieu me juge, mais je m'interdis d'engager inutilement ce qui me reste de forces. Il faudra que chacun interroge sa conscience et choisisse sa propre destinée. Je ne ferai de procès à personne à ce sujet. Vous savez, il faudra que je rende moi-même des comptes dès mon retour en France.

Ceux qui livraient des places à l'ennemi étaient tenus de venir s'en expliquer devant les tribunaux. Pour Subercase, ce serait à

La Rochelle, devant un aréopage de capitaines et de gens de Versailles.

— Alors, nous harcèlerons cette flotte jusqu'à ses eaux de Nouvelle-Angleterre, promit le Bellilois. Il y aura bien deux ou trois coups de vent pour nous livrer quelques-uns de leurs ravitailleurs. Pardieu, monsieur, Vetch et Philipps ne rentreront pas chez eux sans nous rendre un peu de leur butin.

Le gouverneur d'Acadie eut une mimique navrée. Il avait fait ce qu'il avait pu. Peut-être regrettait-il de n'avoir pas écouté ceux qui lui conseillaient la guerre à la façon indienne. La suite ne lui appartenait plus, de toute façon. Sentant que la réunion touchait à sa fin, Jérôme en grava un à un chacun des détails dans sa mémoire : les lueurs rouges des flammes dansant sur le plafond, les hommes, pétrifiés dans leurs pensées, le silence, prolongé comme une oraison pour cette guerre qui semblait devoir bientôt finir.

Le gouverneur Subercase libéra ses invités. Souriant à chacun, il tendit les mains vers ses hôtes, qui s'approchèrent de lui et, ayant fait cercle, le congratulèrent avec effusion. Jérôme vit ensuite les Acadiens se dépêcher de quitter la salle et les corsaires se réunir avec les volontaires de Pentagouët. Il régnait dans la pièce, entre ces hommes parvenus au bout de leur combat, une atmosphère de tristesse calme et de recueillement comme si l'on se confessait par petits groupes, sous le regard du prêtre. Pierre s'approcha de son neveu. Que pouvait-il arriver à un tel héros ? pensa l'enfant. Jérôme ouvrait grand ses yeux, persuadé que l'oncle, tout seul, était encore capable de gagner cette bataille.

— Tu vas sortir du fort avec ceux qui choisiront de quitter la place, dit Pierre.

— Et mon père ?

— On s'en occupera. Tu iras avec lui. Promets-moi, petite fouine, je veux ta parole de gentilhomme.

— Tu vas sortir, toi aussi ?

Pierre rit de bon cœur.

— Oui, mais pas par la même porte que toi, et dans la nuit noire. Et tu sais quoi ? Costumé en Anglais. T'as qu'à voir !

Jérôme sentit son cœur se serrer. Les Anglais avaient mis depuis longtemps la tête des corsaires acadiens à prix. Ceux-là ne bénéficieraient d'aucune mansuétude en cas de reddition.

— Viens, lui dit son oncle. Tu vas profiter d'un dernier spectacle, avant d'aller retrouver ta mère. Biquet !

Dans la cour, ils rejoignirent des civils rassemblés en colonne, que le prêtre allait guider jusqu'aux lignes ennemies afin de les confier à la mansuétude des vainqueurs. Il y avait là des paysans des deux rives, désarmés, des femmes de la domesticité du gouverneur, quelques enfants blafards et apeurés que l'on avait tenus jusque-là dans les souterrains du fort. Jérôme suivit son oncle vers une échelle montant à un poste de guet, à l'angle nord-ouest de la place. Il ne pouvait détacher son regard de la chaîne humaine bientôt libérée, la trouvait pitoyable, digne de mépris. Il se parjurait à l'avance lorsqu'il se souvint avec soulagement que Pierre ne lui avait pas redemandé sa parole de gentilhomme.

— Regarde, dit le corsaire lorsqu'ils furent parvenus au sommet de la défense. Tu vois ces fossés, certains courent du nord au sud, d'autres s'en détachent et viennent vers nous. Les Anglais sont dessous et ont concentré des canons là-bas.

Il indiquait une direction, au bout de laquelle Jérôme n'apercevait rien de particulier. Au-delà des positions anglaises, la nasse de Port-Royal était couverte de l'armada immobile et silencieuse des bateaux ennemis, d'où se dégageait une impression de puissance et de patience, aussi.

— Maintenant, petit, il faut attendre, dit Pierre.

Dans la cour, les choses ne traînaient pas. L'abbé Durand avait fait ouvrir la porte et s'avançait déjà vers les lignes adverses, agitant un mouchoir blanc. Lorsque les assiégés eurent été comme convenu remis aux Anglais, il fit demi-tour et revint s'enfermer dans le fort. La trêve était terminée. Monsieur de Subercase était venu se placer derrière ses canonniers. Pierre Lestang saisit l'épaule de son neveu et la serra, fort.

— Regarde bien ce qu'un gentilhomme de France doit faire avant de remettre une place, dit-il, et n'oublie jamais que l'on ne se rend pas sans combattre.

Tandis qu'au loin tonnait déjà l'escadre anglaise, une salve partit du fort, suivie d'une autre, et Jérôme vit s'élever vers le ciel des débris de toutes sortes et du tissu rouge, dans des cônes de terre et de poussière. Subercase avait fait mouche sur les positions ennemies les plus avancées.

— C'est notre sauf-conduit pour cette nuit, dit Pierre. Le

fort tiendra quelques heures de plus. Allez, petit, on s'embrasse. Tu sortiras dès la prochaine trêve, s'il y en a une, quant à ton père, on va le porter au fond d'une casemate et tu feras bien de l'accompagner et de ne plus bouger de sa garde. Juré ?

— Juré.

— Alors, va le rejoindre et ne le quitte plus.

Les grandes personnes avaient des jeux, des codes, des signes de reconnaissance entre elles. En le prenant contre lui, Pierre Lestang faisait faire à son neveu une bonne partie du chemin qui séparait Jérôme de ce monde longtemps étranger. On avait fait des choses ensemble, et la plus importante, la guerre.

Qu'adviendrait-il du corsaire Lestang et de son aîné de Belle-Ile ? Jérôme se mit à sangloter et Pierre dut le prendre par la main pour l'emmener à l'abri de la chapelle.

Il se passa encore quelques jours pendant lesquels on continua à se battre contre l'Anglais, puisant dans les réserves, colmatant des brèches, tenant jusqu'aux derniers projectiles des arsenaux. Et ce fut une troupe composite de près de deux cents personnes, exténuées et affamées, que le gouverneur de Subercase réunit dans la cour, un matin d'octobre, pour la dernière évacuation du siège. Jacques Hébert avait refusé jusqu'au dernier moment de quitter la place, prétextant que la dizaine de miliciens qui résistaient encore et faisaient le coup de feu avec les compagnies de marine avaient besoin de lui. On l'avait installé sur une civière, près des autres blessés. Ils formaient une cohorte gémissante et plutôt sanguinolente qui ouvrirait la procession des vaincus.

Au bout d'un incessant pilonnage qui avait fait des derniers jours et des nuits de la garnison un enfer, le gouverneur avait obtenu une reddition en armes, la promesse que ses blessés seraient dignement soignés. Enfin, la troupe livrant l'Acadie au bout d'un long siècle de guerre rentrerait en France sans passer par l'humiliation d'un séjour à Boston. On perdait tout, sauf l'honneur.

Jérôme Hébert serra la main de son père. Le chef de la milice de Port-Royal s'était considérablement affaibli, moins par les rigueurs et les privations du siège que par la course accélérée de sa maladie. Les joues creusées, livide et couvert de ces suées qui trempaient en quelques minutes ses vêtements, l'Acadien vit la porte du fort, tant de fois touchée et rafistolée, s'ouvrir à deux battants sur une double rangée de vestes rouges.

— Messieurs, c'est fini ! cria Subercase. Vive le roi et que Dieu nous garde tous !

Un écho de voix mâles lui rendit son salut. La colonne s'ébranla, les civières en premier, qu'accompagnaient le gouverneur et ses officiers, puis la troupe en ordre, fusil à l'épaule, les trente Sauvages de Saint-Castin qui survivaient, et les quelques civils, domestiques et paysans demeurés jusqu'au bout près des garde-manger vides.

— La bannière royale ! s'écria quelqu'un. On l'aurait laissée à l'ennemi ?

On se tourna vers le mât du fort au bout duquel plus rien ne flottait. Subercase eut l'air contrarié puis se détourna. Les derniers bombardements avaient dû emporter l'oriflamme sans qu'on s'en rendît compte.

— Messieurs, au garde-à-vous ! ordonna un officier anglais, en français.

Les épées sortirent des fourreaux. Une foule de civils doublait la haie des vainqueurs. La faim tenaillait Jérôme mais la fierté d'être le plus jeune des assiégés à avoir survécu eût poussé l'enfant jusqu'à Londres. Il cherchait des visages, finit par apercevoir celui de sa mère, une lune marmoréenne parmi des joues empourprées par l'émotion, la joie, le chagrin, le soulagement. A quelques pas de lui, les chefs de guerre se congratulaient poliment, à petits coups de tête et de menton. Une partie prenait fin, les gens se reconnaissaient, les uns portés par la victoire, les autres, plus ou moins hébétés, voûtés, tâchant de faire malgré tout bonne figure. Et déjà la société, un temps mélangée, retrouvait son ordre : les nobles et officiers, entre eux pour rendre les armes, entraînant leur troupe, la tête haute, vers les quartiers des hôtes de marque, le reste, miliciens rescapés, civils de la forteresse, blessés allongés, laissés à la charité de la paysannerie coloniale.

Des femmes se précipitèrent, Catherine parmi elles. Elle s'agenouilla près de la civière de son mari ; son regard allait de celui-ci à Jérôme. Jacques Hébert s'efforça de sourire. Par l'échancrure de sa chemise souillée de sueur et de poussière, Catherine aperçut le relief de ses côtes, un gril d'os et de peau blême. Hébert lui dit quelques mots à l'oreille. Elle hocha la tête. Jérôme avait fermé les yeux, tendait la joue pour la gifle ou le baiser, au choix de sa mère.

— Au Nom de Dieu, vous êtes là tous les deux, dit-elle, éperdue.

Elle rendit grâce au Seigneur, caressa le visage d'Hébert, ce masque de souffrance que la mort avait sculpté un peu plus, entre les murs du fort Royal. Catherine errait depuis des jours autour de la bataille. Elle avait dormi dans les bois, traversé à son tour les marais dans l'espoir de reconnaître quelqu'un sur les créneaux de la citadelle. Les dernières nouvelles qu'elle avait eues des vivants dataient de près de dix jours. Elle avait vécu un calvaire, sous l'œil indifférent des Anglais, et formé avec les femmes de Port-Royal la petite armée des prieuses acadiennes.

Elle vit Jérôme, qui l'observait. Lui aussi avait choisi comme elle un chemin hasardeux, à un moment important de sa vie. Catherine ne pouvait lui en vouloir, sauf d'être resté si longtemps sous la canonnade anglaise quand d'autres avaient décidé de s'y soustraire. Mais le sang de Terville bouillait dans les veines du garçon et la calme détermination de Jacques Hébert, son exemple de dévouement à la cause acadienne, avait forgé son caractère.

Jérôme soutint le regard de sa mère. Une flamme de colère et de soulagement, de fierté, aussi, le brûlait, plus ardemment que ne l'eût fait une bombe anglaise. Chacun s'était engagé à sa façon dans cette bataille. Maintenant, c'était fini et l'on vivait. Jérôme eut un pâle sourire qui se fit grimace, son menton se mit à trembler et le regard de Catherine changea d'expression. Jérôme se laissa tomber près de la civière, et Catherine, s'étant agenouillée de nouveau, embrassa à la fois ses deux hommes, le moribond murmurant et le fils redevenu soudain petit enfant, serré contre elle comme un poussin.

Comme souvent, lorsqu'il en avait terminé avec ses labours, Henri Melanson était venu rendre visite à son voisin Hébert et, chemin faisant, il avait fait quelques comptes. Sur les terres acadiennes et tout autour d'elles, la bataille de Port-Royal avait laissé les choses en l'état. Personne n'avait donné le moindre coup de pelle dans les digues, ni incendié de grange ou de maison, les aboiteaux fonctionnaient comme au jour de leur baptême et les robes claires des bêtes à cornes et des moutons égayaient de nouveau le paysage. A part la bannière de la reine Anne claquant, altière, au-dessus du fort dans les premiers coulis du vent d'hiver et la citadelle rebaptisée à son nom, rien n'avait changé le long des rives de la Dauphin.

— Rien, sauf deux ou trois choses, tout de même, dit Henri Melanson lorsqu'il se fut assis devant la cheminée, un bol de soupe bouillante entre les mains.

Son ami Jacques Hébert s'en allait doucement, consumé par la maladie, et dans sa mansuétude le Seigneur lui épargnait de trop grandes souffrances. C'était comme une braise qui allait tiédissant, avec de petites et fugitives lueurs, dans le regard et dans la parole.

— Eh bien, dit Catherine à voix basse, si cela doit lui faire du mal de les connaître, autant les garder pour nous.

Elle frottait l'une contre l'autre ses mains durcies par les manchons du soc. Les Melanson lui avaient prêté un bœuf, pour remplacer celui qui n'était jamais revenu de son voyage en terre indienne, et l'avaient aidée une fois ou deux à peser sur la lourdre pièce de bois. Jérôme s'y était mis, à son tour. Comment avait bien pu faire le maître de maison pour creuser ses sillons pendant tant d'avrils et de novembres, malgré sa hanche ankylosée ? Ces hommes étaient vraiment d'une trempe hors du commun et à voir celui-là, tout maigre et cireux, le visage décharné, privé de force au point de ne pouvoir faire mieux que s'appuyer sur un coude, les gorges se serraient.

— On raconte que notre Acadie s'appellera désormais la Nouvelle-Ecosse, murmura Melanson, et notre bourg, Annapolis Royal. La reine d'Angleterre honore ses nouveaux sujets écossais, réduits par le fer pendant qu'elle nous faisait la guerre. Cette femme a décidément de la moelle, quand notre vieux roi n'en finit pas de vieillir et perd toutes les guerres qu'il entreprend.

Jérôme Hébert lâcha les châtaignes qu'il tenait dans sa paume, se leva, alla fouiller sous le matelas de plume et de crin qu'il partageait avec ses sœurs, au fond de la pièce commune.

— Qu'est-ce que c'est que ce chiffon ? lui demanda sa mère.

— Ha, fit Jacques Hébert d'une voix faible, je sais ce qu'il tient là. Et c'est bien, pardieu !

Jérôme déplia l'étoffe effilochée, noircie aux coins, les fleurs de lys blanches apparurent, sur leur fond d'azur stigmatisé de gris par la bataille.

— C'est la bannière de monsieur de Subercase, dit Henri Melanson, celle qui était sur le fort !

— C'est d'abord la bannière de France ! s'écria Jérôme.

La tenant comme le Saint-Suaire, il la leva à bout de bras devant son père, qui se signa et retomba, épuisé, sur son oreiller. Jérôme serrait les poings sur sa relique. De semblables bannières allaient se lever en France et voguer vers l'Amérique. Qui pourrait les arrêter, cette fois, sinon les tempêtes de la colère divine ? Cette guerre n'était tout de même pas finie sous prétexte que l'on avait perdu une place. Un temps occupés à la défense de Port-Royal, les corsaires étaient repartis à la chasse, au large des terres françaises de Cap-Breton et de l'île Saint-Jean. Jérôme exultait. Allons ! On pouvait bien changer le nom des pays et celui des villes, les cœurs demeuraient de France et la terre acadienne vibrait elle aussi pour la vieille patrie.

Marguerite et Madeleine battaient des mains, sans bien comprendre ce qui se passait. Catherine entendait son fils, et la joie qu'elle épouvait à voir le visage de Jacques Hébert transfiguré lui déchirait le cœur. Jérôme allait se réveiller devant ses châtaignes, face aux hêtraies décharnées par l'automne. L'Acadie n'existait plus, les bateaux anglais allaient déverser au pied du fort conquis leurs contingents de soldats aux vestes rouges, et un jour, peut-être, comme pour une mise au tombeau, les premières familles anglaises ou écossaises débarqueraient à leur tour pour coloniser.

— C'est une jolie bannière, dit Melanson. Il est dommage que dans son procès, en France, monsieur de Subercase ait prétendu qu'il avait perdu Fort-Royal à cause de notre défection et de celle des Canadiens. A trois cents contre six mille, que pouvions-nous faire ?

— Il s'est sauvé en disant cela, murmura Hébert, dans un souffle. Dieu le jugera, comme quelques autres.

Le front contre la vitre de la petite fenêtre, le drapeau sur l'épaule comme une cape, Jérôme contemplait les prés et les arbres du verger, le chemin boueux, la forêt, tout ce qui allait bientôt se pétrifier dans l'hiver. Il y eut dans la pièce un tel silence que l'on pouvait entendre le souffle du maître, plus ténu et irrégulier qu'une flamme de bougie dans un courant d'air. Les Melanson buvaient leur soupe. Il n'y avait en vérité plus rien à faire pour le moment.

— Il se dit aussi que les Anglais n'occuperont qu'une demi-douzaine de milles autour du fort, précisa l'un d'eux. Le pays nous restera pour la culture, jusqu'à l'isthme de Chignecto, et plus loin, même.

La reine Anne avait donné des ordres pour que chacun continuât à vivre sans crainte ni tracasserie, et les vainqueurs accordaient aux vaincus l'étrange compagnie de leur indifférence. Pour un peu, l'on eût cru avoir rêvé. Jérôme replia la bannière, alla s'asseoir, bouillant d'impatience et de colère, sur le lit où son père s'était endormi. Les Acadiens s'étaient battus, plus d'une fois, pour éviter ce qui leur était finalement arrivé. Jérôme ne comprenait pas leur résignation. Il regardait ses sœurs blotties devant la cheminée, le chien couché devant l'âtre, la porte close, enfin, d'où surgiraient sûrement bientôt l'oncle Pierre et ses corsaires, et les officiers du roi de France, de bleu vêtus. Sa tête était encore pleine des bruits de la bataille, des cris des blessés, des visions sanglantes côtoyées trois semaines durant, dans l'inconscience du danger, comme à la promenade. Maintenant que tout était fini, des peurs lui broyaient le ventre, le tenaient assis, suant, en pleine nuit, des envies de fuir le prenaient, irrépressibles, le jetaient dehors, en chemise, sous la lune froide de novembre. Il se mit à gémir, enfonça son visage dans le drap fleurdelisé et se laissa doucement tomber contre son père.

Les filles s'étaient habituées à la présence du mourant près d'elles et vaquaient à leurs occupations comme si de rien n'était. A la fin de l'automne, il n'y avait pas grand-chose d'autre à faire que manier la quenouille et surveiller la marmite au fond de laquelle clapotait un ragoût. On avait terminé les confitures de pommes et déjà commencé à manger celles de mûres. Tandis que Jérôme installait le tout jeune porc offert par les Melanson entre les planches de sa future bauge, Marguerite et Madeleine Hébert avaient passé leur après-midi à écosser pois et haricots pendant que leur mère sortait du four à pain quatre énormes miches. La guerre avait épargné les moulins de Port-Royal, d'où coulait en abondance la farine de cette année semblable à nulle autre.

— Regardez, père, comme ce pain est beau.

Marguerite tenait l'objet entre ses bras potelés. Jacques Hébert ouvrit un œil noyé, considéra la miche, ouvrit la bouche pour parler. En vain. L'enfant courut chercher Catherine. Bien qu'il ne neigeât pas encore, le froid était tombé sur les champs d'Acadie, obligeant les paysans à se couvrir d'épaisses capes, de fourrures, parfois.

Catherine s'approcha du lit où chaque nuit passée lui rendait un mari plus maigre et geignard que la veille, vit qu'Hébert perdait conscience et respirait de plus en plus difficilement. Elle appela Jérôme puis tous s'agenouillèrent autour du lit et se mirent à prier. Il fallait unir les demandes de grâce. Mourir en Acadie n'était pas bien différent d'ailleurs, mais cela se faisait souvent dans la solitude des grands espaces, loin de tout et des prêtres, surtout.

— Par Dieu, c'est fini, je crois, murmura Hébert.

Il avait reçu les derniers sacrements l'avant-veille. Il aurait tout vu de la gloire française en Amérique, de sa décrépitude, aussi. Tout, sauf les couleurs de la reine Anne sur le fort de Port-Royal, et cela était mieux pour lui, car pour les autres le morceau d'étoffe qui flottait dans le ciel d'Acadie était un dard, une lame de poignard enfoncée à chaque instant loin dans le cœur et dans l'âme.

Catherine guettait la respiration moribonde de son mari. Hébert avait eu pour elle les prévenances d'un noble et la passion d'un jeune amant. Elle lui avait fait deux enfants avant que la nature lui refusât d'en mettre d'autres au monde, s'était peu à peu habituée à son corps sans grâce, à sa peau rude comme son souffle amoureux. Jamais elle ne s'était refusée à lui et jamais il ne lui avait reproché de le faire bien souvent sans élan, comme enfermée dans une cage invisible. Il lui souriait, simplement, pour la remercier d'être là, près de lui.

Hébert réclama de la lumière mais, à cette époque de l'année, il n'en entrait pas beaucoup par la petite fenêtre de la pièce unique. Jérôme approcha une chandelle de son visage et se mit à pleurer, sans bruit. Hébert l'avait élevé entre les digues et les bois, de la moisson à la chasse et de la chasse aux semailles.

A lui, qui était né loin de Loudun, il avait donné l'amour de la terre lointaine dont l'Acadie n'était qu'un prolongement sauvage et beau, un don de Dieu au roi de France et à ses sujets les plus aventureux. Et puis, surtout, il l'avait aimé, lui, Jérôme, qui se savait désormais bâtard et n'éprouvait plus de cela qu'une vague curiosité. De Beaubassin ou de n'importe où ailleurs, quelle importance ? L'agonie de Jacques Hébert, suivant de quelques semaines à peine son séjour dans le fort assiégé, achevait de transformer en homme l'enfant longtemps protégé par ceux qui savaient tout de lui.

— La main.

Hébert répéta ce mot, plusieurs fois. Les vivants se rapprochèrent, mêlant leur souffle à celui du mourant. Les doigts d'Hébert se crispèrent autour des leurs puis se détendirent, tout doucement. Une grosse larme apparut, au coin de chaque œil, sa bouche s'entrouvrit et il n'y eut bientôt plus que le silence, total, suspendu dans le temps, avant qu'enfin chacun pût donner libre cours à son chagrin devant la mort accomplie.

Jacques Hébert fut enterré en bordure de la vieille habitation de Champlain, à quelques dizaines de pas de l'estuaire. C'était le début du mois de janvier. Il neigeait fort. La cinquantaine d'Acadiens réunis autour de sa tombe grelottèrent, battant des sabots sur la terre durcie ; aucun de ces compagnons-là n'aurait manqué le dernier devoir à son chef. Malgré la boue, la glace, le vent et les misères qu'il leur avait fallu endurer pour rejoindre la ferme Hébert, il en était venu de la rive nord et de l'autre côté aussi, avec le curé de Port-Royal. Un violoneux joua un air triste de Touraine, des femmes chantèrent.

« Je ne veux pas que nous défilions sous le regard des Anglais, avait dit Catherine. Jacques ne sera pas mis en terre comme les autres, près de l'église. »

Les hommes de Vetch se fichaient des morts comme des vivants. Ils tenaient le fort et ne se privaient pas d'avertir les Français que leurs jours sur la terre d'Amérique étaient désormais comptés. Vainqueurs, ils ajoutaient l'arrogance et le mépris à leur supériorité guerrière.

« Reposer près de sa terre, c'est mieux ainsi, pour notre ami chef de la milice », avait admis le curé.

L'enterrement terminé, il y eut une réunion à la ferme Hébert. On pria de nouveau puis on se restaura. La neige recouvrait tout, champs et chaumes, collines et rivages. Il fallait montrer que l'on restait unis, pour s'encourager et continuer à vivre dans l'hiver et sous une nouvelle autorité. Mais comme le roi Louis avait été imprévoyant ! Les gens n'en revenaient toujours pas. Subercase avait noblement combattu et avec raison. A La Rochelle, on l'avait innocenté de ce désastre. C'était le moins ! Pour les paysans d'Acadie, Versailles restait une île peuplée de gens étranges où les jésuites conduisaient à leur manière ombrageuse et secrète des esprits bien oublieux des colonies.

On se jura de ne jamais prononcer les mots brûlants : Annapolis Royal, Nouvelle-Ecosse. La rivière resterait à jamais dédiée au dauphin de France. Tout, de la terre aux moindres cailloux des rivages, serait français de cœur et de langue, pour toujours.

— Et maintenant ? dit Jeanne Lestang.

Elle avait soixante ans. La fin provisoire de la guerre serait peut-être pour elle l'occasion de revoir ses fils. Elle se faisait petite chez Catherine et discrète, pour ne pas gêner, sentait bien malgré tout le poids de sa présence sous un toit qui n'était pas le sien.

— On continuera à vivre, lui dit Catherine.

Jérôme avait cherché de la révolte sur les visages et dans les discours des adultes, n'avait trouvé que de la résignation, une acceptation morose de la situation présente. Les fermes n'avaient pas été incendiées, le nouveau gouverneur avait eu des paroles apaisantes, aucun colon étranger n'avait débarqué d'un navire de Boston ou de Londres. Et l'hiver allait arrêter le temps pour six mois, de toute façon.

Catherine serra l'épaule de son fils. Elle aurait besoin de lui, dorénavant. Il devenait chef de famille et, comme les autres, poserait le fusil du milicien pour peser à son tour sur le soc de la charrue. Jérôme considéra l'assemblée des Acadiens. Son équipée à Fort-Royal, le zèle avec lequel il s'était transformé en messager, en infirmier, en palefrenier ou en pourvoyeur de poudre, en avait fait une figure de la bataille, et bien des jeunes de la rive nord, honteux d'être restés en dehors de la bataille, ne s'étaient pas pressés d'aller le retrouver. Mais le siège avait cessé, les soldats redevenaient laboureurs. Il fallait vaquer à des occupations moins glorieuses, garnir les garde-manger pour l'hiver, compter les sacs de semences, mettre les légumes sous la glace et prier pour que janvier de l'année 1711 fût un peu moins terrible que ses devanciers.

On continuerait à vivre. Marguerite avait neuf ans et Madeleine huit. Ces hilhètes seraient un jour capables de travailler dans les champs. Pour l'instant, elles apprenaient à tisser et à broder, craignaient l'hiver. Jérôme regarda ses sœurs. Il les aimait bien, aiderait sa mère à les élever. Autour de la maison, tout était silence, et tapis de neige. Jérôme ferma les yeux. Les échos de la bataille lui revenaient en tête, lui donnaient le vertige. La guerre était finie, bel et bien.

11

Il n'y avait guère plus de boutiques dans l'Annapolis Royal des Anglais que dans l'ancienne capitale de l'Acadie française. Les emplettes y étaient donc vite faites, et lorsque les femmes de la colonie parlaient d'étoffes, de robes et d'objets de coquetterie, c'était en pensant à Québec et plus encore à La Rochelle, ces bouts-du-monde que, dans leur dénuement, elles finissaient par imaginer aussi bien approvisionnés que Paris.

Au sortir de l'hiver, les ruelles du bourg étaient des cloaques ravinés par les roues des charrettes et les sabots des bêtes. On s'y engluait tout aussi sûrement au fond de trous que dans les marais ou le long des rives vaseuses de la Dauphin. Catherine avait marché avec ses filles dans la gangue entourant le fort, et croisé à cette occasion des gens qu'elle n'avait pas vus depuis des mois. La guerre, dont les conséquences ne se mesuraient pas encore très bien, avait temporairement dispersé les familles et entraîné quelques exils. Des gens avaient quitté la ville pour toujours, dans les bagages du gouverneur, d'autres avaient choisi le refuge au nord de la Baie française, là où l'on parlait déjà d'installer de nouvelles colonies, sous la garde de forts puissamment armés.

D'autres, les plus nombreux, étaient restés. De ces visages entrevus au baptême d'une digue, d'un enfant, ou lors d'un mariage, « au temps d'avant les Anglais », il y en avait quelques-uns abîmés en prière à l'intérieur de l'église, où l'on était allé se recueillir à l'heure de midi. « Seigneur, accorde Ta miséricorde à Jacques Hébert, Ton serviteur, que nous aimions plus que tout, maintenant que Tu l'as délivré du mal qui le fit tant souffrir. » A confesse, Catherine n'avait pas eu grand-chose à dire, quand d'autres y semblaient intarissables et séjournaient là comme à plaisir.

— Regardez, mère, elles ont les pieds qui bougent quand elles avouent leurs péchés, avait dénoncé Marguerite, avec amusement.

L'aînée des filles, espiègle et bavarde, avait repéré les sabots des pénitents, dépassant du rideau, qui s'agitaient, entre murmures et silences. Le père Durand avait eu du travail, ce matin-là, et Catherine s'était demandé ce qui pouvait bien se passer sur les rives de la Dauphin pour susciter autant de confidences. Sans doute des histoires de petites jalousies et de serments rompus ; l'Acadie n'était pas terre de scandale.

— Je suis sûre que la Nathalie-à-Henri Melanson est amoureuse du Jean-à-Abraham Bourg, affirma Marguerite, tandis que sa mère inspectait des ballots de laine et de tissu alignés derrière la vitre sale d'une échoppe.

— Ça m'étonnerait, protesta Madeleine, qui avait un an de moins que sa sœur et faisait la même taille, avec déjà des petits seins pointant sous la double barrière de son corsage serré et d'un gilet boutonné jusqu'au cou, le tout couvert par une cape rouge.

Et de poursuivre :

— Nathalie-à-Henri Melanson s'était promise à un Comeau, très précisément au Pierre-à-Pierre-à-Jean Comeau, rejeton d'une des plus anciennes familles de Port-Royal et, par là même, de l'Acadie tout court. Mère, j'ai raison ?

Catherine ne savait rien des amours de ses jeunes voisins, les rumeurs et les cancans de la colonie ne l'intéressaient pas. Les travaux sur les digues et dans les champs, le ramassage des fruits et la garde des troupeaux étaient autant d'occasions de rencontres pour la nombreuse progéniture acadienne. Et quand un orchestre s'en mêlait, la danse achevait vite de parfaire ce que la routine avait initié.

Les filles insistaient. Qui aimait qui, une bonne fois pour toutes ? Elles-mêmes s'étaient promises à des cadets Melanson, André et Jean, des dénicheurs de douze et onze ans, plus intéressés par leurs collets et leurs *nigeagans* que par les mines et les petits secrets de leurs voisines.

— L'hiver est passé, dit Catherine à ses filles, les champs et les prairies vont se peupler à nouveau, alors, vous verrez bien.

Ces choses-là n'attendent guère plus de deux ou trois saisons pour se faire savoir. Vous feriez mieux de vous occuper de vos jupes, qu'il va falloir rapiécer en bien des endroits.

Tout manquait aux ménagères d'Acadie, singulièrement à celles de Port-Royal. Catherine s'arrêta devant un entrepôt voisin qu'elle n'avait pas remarqué jusque-là. C'était une grange de plain-pied, bâtie de guingois entre deux maisons de notables, un abri aux abords bourbeux comme il en existait quelques-uns dans le bourg. On s'activait à l'intérieur, dans la pénombre. Des peaux et des fourrures étaient empilées juste derrière l'ouverture béante qu'aucune porte ne condamnait. Catherine pensa immédiatement au baron de Saint-Castin ou à l'un de ses fils. Ils avaient établi un comptoir bien des années auparavant, au sud de la colline, en lisière des collines micmacs. Les Anglais avaient fermé l'établissement, dont les propriétaires étaient proscrits tant que la paix ne serait pas signée. Mais ces guerres d'Amérique étaient étranges par bien des côtés. Ne continuait-on pas, d'après la rumeur, à s'enrichir en maints endroits, tout en se livrant bataille ?

Catherine pénétra dans l'entrepôt. La seule lumière éclairant l'endroit était celle de la rue, grise et voilée comme cette journée de mars que rien ne semblait pouvoir égayer. La jeune femme chercha la silhouette trapue du baron, distingua, courbée entre des amoncellements de fourrures, une forme qui sembla se déplier et vint vers elle.

— Monsieur de Saint-Castin ?

Elle pensa, soudain, que les gens de Pentagouët étaient peut-être bien passés eux aussi sous la domination anglaise et ne se risqueraient pas de sitôt loin de chez eux. L'homme approcha. Il était râblé, le visage couvert d'une pilosité ne laissant apparaître que ses yeux sombres et son nez, que Catherine reconnut aussitôt.

— Julien.

Stupéfaite, elle découvrit son aîné, massif et large d'épaules, les cuisses, énormes, serrées dans des pantes trop étroites pour elles. Un colosse au teint cuivré comme celui des Sauvages et dont Catherine avait fini par tout oublier, sauf le moignon, levé vers elle comme un signal d'alerte.

— Hé bé, c'est notre Catherine Lestang ! dit-il avec son accent béarnais intact.

— Il y a longtemps que tu es là ?

— Assez pour commencer à rassembler ma fortune, comme tu vois.

Les fillettes étaient entrées à leur tour dans la grange qu'elles inspectaient avec la prudence de chattes. Catherine ébaucha un sourire que son frère fit disparaître aussitôt en se détournant pour vaquer à ses rangements.

— Notre mère est toujours vivante ? lui demanda-t-il, de loin.

— Elle l'est. A l'automne, elle s'était réfugiée chez les Sauvages, avec les autres des deux rives.

— On m'a dit que ton mari est mort après la reddition du fort. C'était le père de ces deux gueuses ?

— Oui. Mon fils Jérôme va continuer sa besogne à la ferme, où tu seras le bienvenu. Mère sera heureuse de te voir. Elle parle souvent de toi.

— Comme elle le faisait à ton sujet, là-bas, sur la Penobscot. En a-t-elle versé, des larmes, sur l'épaule de notre pauvre père.

Ils avaient l'air de s'être quittés la veille mais Catherine sentait la joie intense qu'elle avait éprouvée laisser la place à une amère désespérance. Avant le mois du malheur, Pierre Lestang était revenu assez régulièrement à Port-Royal, entre ses courses en mer, et chaque fois chargé de cadeaux qu'il posait aux pieds de Jeanne, agenouillé comme à l'église, fils prodigue inversant les rôles et apportant la manne à ceux qui manquaient de presque tout. Et voilà que l'aîné réapparaissait à son tour, plus glacial que les lacs indiens en janvier mais avec ce qu'il fallait, apparemment, pour se protéger du froid et de la misère.

Catherine demanda à Julien s'il comptait tenir commerce à Port-Royal, ce qui en soi serait une bonne nouvelle, et la promesse de pouvoir réunir ce qui restait de la famille après la mort du père.

— Cela se peut, dit-il, évasif. Le gouverneur Vetch m'en a donné la permission. Mais lorsque j'aurai vendu ces fourrures, je repartirai pour les monts Appalaches, où je m'approvisionne. Ensuite...

Il laissa sa phrase en suspens. Une femme était apparue, venant du fond de l'entrepôt, une Sauvagesse, vêtue pour moitié d'un corsage et d'un gilet de laine et, pour l'autre, d'une jupe indienne couvrant jusqu'à ses chevilles. Son visage était rond, lune bistre percée de fentes oblongues, et ne souriait pas. Julien lui lança quelques mots en un dialecte que Catherine ne comprit pas. Catherine se retint de demander à son frère s'ils avaient fait des enfants ensemble, ce qui serait plausible et coutumier. L'indifférence du coureur des bois, derrière laquelle elle sentait une vague hostilité, l'en dissuada. La femme s'était remise au travail, déballant des peaux qu'elle étalait et triait. Il y avait là le chargement d'une colonne entière de traîneaux, un véritable trésor accumulé par Julien au fil de ses courses. Catherine se pencha un peu, chercha le regard de son frère.

— Tu viendras à la ferme, tout de même ? Elle se trouve près de la vieille habitation de Champlain, de l'autre côté de l'estuaire.

— Je sais où elle se trouve, figure-toi. Si je finis à temps pour le départ de la *Victorious*, je viendrai, oui, pour voir ma mère.

Catherine se redressa, le visage empourpré. Julien et elle auraient dû se disputer pour que chacun fasse entendre à l'autre son récit de ces années. Au lieu de quoi une espèce de Sauvage, hirsute et de méchante humeur, disait quelques banalités, tournait le dos à sa sœur pour couper des liens enserrant des ballots de peaux. Et l'on ne s'était pas revus depuis près de douze années ! Catherine s'efforça au calme. Julien avait mené une vie difficile et dangereuse, dans la solitude et les hivers, avec au bout de son bras ce vide qui devait l'obséder et le rendre malheureux. On disait assez que ces coureurs des bois finissaient par ressembler à leur gibier.

— Que fait Ti'Pierre en ce moment ? demanda Julien sur un ton neutre et sans lever les yeux.

— Il navigue et pêche, je suppose. Il a un bateau à lui et une sécherie de poisson dans l'île Royale.

— Seulement pêcheur ? Hé, sais-tu, les exploits de monsieur ton frère sont parvenus jusqu'aux Grands Lacs. Corsaire d'Acadie, le titre a l'air d'en valoir bien d'autres. Le bougre ne pêche pas que de la morue et du homard. Bah ! Les Anglais vont le chercher quelque temps puis il pourra revenir ici et vivre comme un gentil pêcheur pacifique.

Il savait des choses, parlait des Anglais comme si leur commerce lui était familier. Catherine eut envie de l'interroger sur les bruits qui couraient d'un possible déplacement des mille Français d'Acadie vers d'autres cieux. Cela se disait aux alentours du fort. Ainsi serait réduite la maudite propension des Acadiens à se croire maîtres de territoires qui ne leur appartenaient en rien.

— Eh bien, dit-elle sur un ton pareillement neutre cachant mal son courroux, il faut croire que les choses iront bien ainsi, l'un dans les entrepôts de fourrures, l'autre sur l'océan et la troisième en Acadie. Mais tu es libre de penser que l'un d'entre nous, moi, par exemple, devait passer le reste de sa vie à gratter les cailloux de Pentagouët.

Julien la considéra longuement et, pour la première fois, une lueur d'intérêt, mêlé à de l'amusement, passa dans ses yeux. Elle avait changé, elle aussi, la rêveuse de la Penobscot qui trompait son ennui dans la contemplation des rochers et des vagues, aux confins de la province. Droite dans sa jupe noire et son gilet sagement boutonné, rouge de colère sous sa coiffe, Catherine était devenue l'une de ces paysannes de Port-Royal, ou des Mines, dont il se disait qu'elles menaient leur monde, et leur bien, avec assez de poigne. Julien choisit de rompre.

— Tes filles sont jolies, dit-il. Elles ont donc un frère, dont j'ai entendu parler. Tu ne l'as pas avec toi ?

— Il perce un aboiteau avec des voisins. Lui restera à la terre. Il est né acadien.

Elle avait insisté sur ces mots, sa voix avait vibré comme celle de Jacques Hébert lorsqu'il parlait de la France. En même temps, l'envie de demeurer plus longtemps dans l'entrepôt de Julien l'abandonnait.

— Ton navire anglais passera entre nos terres et l'Ile-aux-Chèvres, dit-elle en relevant le bas de sa robe. Peut-être te débarquera-t-il à cette occasion. Tu feras comme tu voudras. Maintenant, il faut que je rentre. Les eaux sont basses à cette heure et la traversée vers la rive nord plus facile.

Elle se rendit compte qu'elle ne parviendrait jamais à dire le nom d'un vaisseau anglais, pas plus que ceux, nouveaux, de la ville conquise, des douces rivières Dauphin et Allain, et, au-delà, du pays tout entier. Ses filles caressaient les fourrures avec des gestes de gourmandise qui la détendirent. Le trésor amassé par leur oncle ne risquait pas d'alourdir leurs épaules. Il était destiné aux seules dames du royaume qui avaient fortune ou rang et les deux, bien souvent.

— Du royaume, murmura-t-elle.

Quel royaume ? Julien Lestang attendait un bateau anglais. Ses peaux n'iraient pas à La Rochelle mais à Londres. L'Indienne approchait de la lumière.

— D'où est cette squaw ? demanda-t-elle. Elle n'est pas abenaqui.

— Hé, tu as bonne mémoire.

Il la fixa, mâchoires serrées comme un étau, une lueur de défi dans les yeux, et Catherine eut soudain la certitude que cet homme, sorti des lointaines forêts appalaches au bout de douze hivers, possédait du pouvoir, sous ses apparences d'ours.

— Elle est iroquoise, dit-il et porte notre nom. Et j'ai aussi, ajouta-t-il avec un coup de menton vers les filles, une enfant, de l'âge de celles-là, qui sera bientôt ici. Dieu te garde, petite sœur. Dis à notre mère que je viendrai la voir dans quelques jours, avant de repartir en mer.

Catherine soutint son regard sans ciller. Julien ferait bien ce qu'il voudrait, elle n'irait pas le chercher. Elle empoigna le bas de sa jupe et ordonna à ses filles de la suivre dans la ruelle.

Des étés que Catherine avait passés sur la rive nord de la rivière Dauphin, celui de l'année 1711 s'annonçait le plus torride, le plus riche en orages, et les vieux Acadiens de la colonie, qui en avaient vécu quelques dizaines, estimaient les chaleurs à venir au nombre de piqûres que leur infligeaient dès juin les nuées de maringouins échappés des marais. Comme une réponse aux rigueurs de la guerre, la moisson de cette année-là serait elle aussi exceptionnelle et les moulins de Port-Royal auraient sans doute à moudre un grain superbe, aussi gros et lourd que celui de Beauce ou de Picardie.

Catherine avait fait le tour des parcelles endiguées, où ne mûrissait pas seulement le blé, mais aussi le seigle et le lin, à côté du chanvre, au creux de sillons séparés. Parvenue au bout de ses possessions, elle avait prié sur la tombe de Jacques Hébert ainsi qu'elle le faisait chaque fois que ses pas la menaient jusque-là. C'était un rituel pour elle et pour les siens. Hébert dormait là son dernier sommeil, veillé par les fantômes des premiers conquérants, contemplant sa Baie française tant aimée, que les géographes anglais avaient, disait-on, affublée du nom étrange de Fundy.

Elle avait pris par le sentier. C'était un long fil de terre courant d'une ferme à l'autre, jusqu'en face du fort, interrompu çà et là par des rus d'eau douce et par d'étroits bras de mer. La blondeur naissante des épis colorait tout cela, jusqu'aux alignements des vergers acadiens, comme un calque de la lointaine Normandie.

Un homme marchait sur un chemin parallèle à celui de Catherine, sans sabots, sur le sommet de la digue. Dans la lumière crue de midi, elle apercevait sa silhouette coiffée du chapeau rond à rubans des colons de Belle-Ile ou de Brest. La jeune femme s'arrêtait-elle, l'homme aussi. Il repartait lorsqu'elle reprenait son pas régulier. A la même distance, les mains croisées dans le dos, il avait tout du promeneur, semblait s'intéresser particulièrement à la pointe de ses souliers. Catherine mit les mains sur ses hanches. Ce n'était là ni un Melanson, ni un Robichaud, ses voisins. Un marchand, alors, ou un pêcheur débarqué au pied de la vieille habitation de Champlain ? L'homme lui fit un signe puis obliqua vers elle. Il était grand et mince, portait une chemise de soie largement échancrée sur sa poitrine, une veste de drap rouge simplement jetée sur ses épaules et gardait le cou fléchi. Le pistolet dans la ceinture trahissait son militaire. Catherine chercha à apercevoir le visage de cet étrange promeneur, un Anglais peut-être, après tout. Il en passait parfois, affairés à des tâches de mesures et de comptabilité, arpenteurs découvrant un terrain pour leurs calculs et leurs relevés.

— Eh bien, monsieur, vous montrerez-vous enfin ?

L'homme tendit une main réclamant obole. Catherine aperçut son sourire, se sentit traversée par une onde chaude comme le soleil de juin.

— Pardieu, c'est vous ?

Bastien Le Dantec, dit le Bellilois, releva la tête, éclata de rire. Il avait blanchi, de cheveu et de moustache. Son regard sombre brûlait de la même fièvre qu'autrefois, de ce feu dont Catherine devinait qu'il avait dû subjuguer plus d'une femme.

— Mais les hommes du gouverneur anglais vous cherchent depuis des mois, dit-elle, les yeux ronds.

— Des mois ? Seulement ? Je suis un peu déçu, je pensais que ma tête les intéressait depuis quatre ou cinq lustres.

Il rit, saisit les mains de Catherine, qu'il baisa, et dont il caressa les callosités. A ce contact, Catherine pensa que le travail de la terre avait dû la changer au point de l'enlaidir, sans doute, et dégagea ses doigts, d'un geste vif. L'homme la dévisagea, exactement comme il le faisait dans l'entrepont du *Locmaria*, treize années plus tôt.

— Vous ne devriez pas rester en vue, dit-elle. Les Anglais traversent les champs, de temps à autre.

— Bah ! Ils sont deux cents, serrés dans le fort comme morues en caque, et s'ennuient déjà du Massachusetts ou de l'Ecosse. La diarrhée les vide et beaucoup désertent. A vrai dire, je ne suis pas ici pour eux.

Catherine s'empourpra. Le corsaire s'était fait déposer à terre à quelques encablures de la vieille habitation de Champlain, par un simple bateau de pêche, ce qui était en soi d'une hardiesse assez singulière.

— Mais si vous jugez que je vous mets en danger, vous pouvez me dire de rejoindre le *Locmaria*, de l'autre côté de la Baie française. C'est de là que je viens vous visiter !

Ce fut au tour de Catherine de s'amuser. Son cœur s'emballait, elle redoutait que son trouble ne fût visible et, pour rompre, ordonna au Bellilois de la suivre jusqu'à la maison. Elle craignait malgré tout qu'une sentinelle, apercevant une épée là où les hommes portaient ordinairement des fourches, ne donnât l'alerte. Il la suivit sous les alignements de pommiers. Des bêtes paissaient à l'ombre des arbres, des moutons, énormes, et des vaches, aussi. Le petit cheptel de Jacques Hébert s'était enrichi de quelques têtes, par des naissances à la ferme. Le Bellilois s'étonnait :

— Je me souviens de cet endroit comme si je l'avais quitté hier. Il a grandi. Cinq arpents de prés et de champs, ce n'est pas rien. Vous vous occupez seule de tout cela, désormais ? Et des labours d'automne, aussi ? Rude besogne pour une femme.

— Mon fils m'aide, les filles un peu, à leur façon, et puis mes voisins Melanson, Robichaud et Belliveau ont du cœur et de la vaillance. Il en vient d'un peu partout lorsqu'ils ont du temps.

Le visiteur s'était assis à la table, laissait flotter son regard sur toutes choses dans la pièce au bout de laquelle Jeanne Lestang dormait, toute de guingois dans le fauteuil du maître, sous la fenêtre donnant à l'ouest. Il s'inquiéta :

— Où sont vos enfants ?

— Les filles préparent des teintures chez Henri Melanson, quant à Jérôme, il chasse le cochon sauvage depuis trois jours, avec André et Jean, les fils Melanson. Ils sont dans les collines, au nord, près de la Baie française.

Le Bellilois semblait songeur, et Catherine, qui l'observait parfois du coin de l'œil tout en lui préparant une assiette de soupe, devinait sa pensée. Il y avait de la place pour un homme, sous ce toit, et dans le lit bordé de lourds draps blancs. Catherine brûlait d'interroger le corsaire sur sa propre famille et sur la femme qui devait l'attendre dans quelque territoire encore français. Elle feinta :

— Je me souviens que vous avez séjourné dans le fort assiégé avant de disparaître, avec Pierre. Lui n'a pas encore reparu ici.

— Il est reparti à la course, au large de Terre-Neuve. Loin. Nous ne pouvions rester plus longtemps enfermés au fort Royal. Nos pauvres goélettes, contre la plus grosse escadre qui ait jamais assailli la Nouvelle-France ! J'ai convaincu votre frère de fuir avant la fin, les Anglais se seraient fait un plaisir de l'enchaîner sur une place de Boston, pour le montrer aux gens avant de le livrer aux confesseurs puritains. Nous sommes passés sous leur nez en pleine nuit. Pardieu ! Une bordée et nous envoyions le *Dragon* par le fond. Mais les temps n'étaient pas à la prise, hélas.

Il donna des nouvelles de son ami. Pierre cherchait encore et toujours le sillage des bateaux ennemis, de ceux qu'en tout cas il pouvait forcer et piller. La différence était qu'à l'avenir il lui serait bien difficile de venir déverser ses trésors à Port-Royal.

— Mais nous allons bientôt changer tout cela, dit-il dans un soupir. Il faudra que je voie vos voisins à ce propos.

Catherine sursauta. En vérité, le Bellilois devait être chargé d'une mission, comme toujours depuis qu'il faisait la guerre. Ces hommes-là redevenaient armateurs de pêche et saleurs de poisson, quand l'ennui les prenait sur les océans vides, c'est-à-dire fort rarement. Excités par le droit de prise que leur accordait le roi, ces marins préféraient lancer leurs brûlots sur des transports anglais que leurs filets sur les morues de Terre-Neuve. Catherine vint s'asseoir face au corsaire, posa devant lui la soupe fumante, dans une assiette creuse.

— Il y aura de nouveau la guerre, ici ?

— Parce qu'elle a cessé ? Rassurez-moi, Catherine, nous

n'avons pas signé la paix pendant que j'étais en mer ? A la bonne heure. Nous savons en revanche que les Anglais se préparent à lancer des flottes sur le Saint-Laurent jusqu'à Québec. La prise de Port-Royal les a mis en appétit. Si, cette fois, le roi nous aide, comme il semble bien que cela doive être, alors oui, nous récupérerons ce fort, une bonne fois pour toutes.

Catherine gardait la tête basse. Son mari avait cru cela tant de fois, avant d'admettre l'évidence : les affaires d'Amérique achevaient d'épuiser le vieux monarque. La guerre, encore. Combien de temps les Anglais toléreraient-ils la complicité des Acadiens avec les régiments de France et de Québec ? C'était là une autre hantise de Jacques Hébert. On ne pourrait indéfiniment prendre le risque de provoquer la puissance anglaise. Un jour ou l'autre, c'est la colonie tout entière qui serait broyée par les vestes rouges de la reine Anne.

— Il s'est élevé des voix, chez les Anglais, dit-il, pour suggérer que vous soyez tous bannis d'ici, hommes, femmes et progéniture, et remplacés par des huguenots de leur foutue reine, qui ne sait trop quoi en faire chez elle, et à Boston. Bannis, Catherine, chassés à coups de crosse. Imaginez-vous une chose pareille ?

— Quoi que vous deviez décider ici, je vous supplie de ne pas y mêler mon fils. Donnez-moi votre parole que vous ne chercherez pas à l'engager.

Le corsaire eut un large sourire. La randonnée de Jérôme Hébert, sa position de plus jeune combattant de Port-Royal en avaient fait un héros, sans qu'il s'en rendît bien compte lui-même. Sans doute sa mère, jouant sur ses émotions d'enfant et sur les cauchemars qui le ramenaient dans l'enfer du passé, avait-elle tout fait pour qu'il oubliât le vacarme du siège et ses odeurs de mort. La chasse, en compagnie d'amis et de jeunes Sauvages, était pour cela une bonne médecine, recommandée par les Micmacs. Le Bellilois leva la main. Il promettait mais verrait tout de même les fermiers de la rive nord. Catherine se détendit un peu.

— Ils fêtent la Saint-Jean ce soir, chez Henri Melanson, à un quart de lieue d'ici. Il y aura des musiciens, à ce qui se dit. Dansez-vous parfois, dans votre île du Cap-Breton ?

— J'ai le souvenir de cela, en effet, pour d'autres Saint-Jean. Nous n'étions guère nombreux, il y avait, je crois, un joueur de vielle, un autre de guimbarde et un tambour, tous trois corsaires en même temps. Ils pratiquaient la musique avec les mêmes prévenances que la prise en mer. Mais à Québec, oui, il y a de vrais bals, au palais du gouverneur. J'y fus, quelquefois.

— Votre dame doit pourtant aimer danser. Qu'elles soient du Poitou, de Bretagne ou de Touraine, les femmes d'Acadie sont assez coquettes pour cela.

Le Bellilois soutint le regard de Catherine. Son épouse était morte trois ans auparavant, en mettant au monde leur unique enfant. Il coursait les débris de l'escadre de Marsh au large de la baie des Chaleurs, loin de chez lui. L'agonie, la mort, la naissance, il n'avait assisté à rien de tout cela. Chez lui, on avait choisi depuis longtemps de vivre et de trépasser à distance les uns des autres. A le voir ainsi mélancolique et comme détaché en même temps, Catherine se souvint de son voyage vers Beaubassin et des silences qu'entretenait le capitaine du *Locmaria*. Chacun à bord portait en lui ses secrets, ses nostalgies et ses espérances. Treize ans avaient passé. Que restait-il de ce temps enfui ? Les échos de quelques batailles, des deuils et des callosités aux paumes.

— Vous avez un fils ? demanda-t-elle.

— Ma foi non, c'est plutôt une petite gueuse rousse mais déjà solide en mer !

Les yeux mi-clos, il goûtait le silence ombreux de la maison écrasée par la chaleur. Catherine desservit, emplit le verre du Bellilois de bière d'épinette. Passant près de lui, elle vit ses bras fins, ses doigts craquelés par les cordages et le sel, sa nuque musculeuse, le pli joliment ourlé de ses lèvres. A quelques pas d'eux, Jeanne s'éveillait en grognant un peu. Catherine retint son geste vers l'homme assis là, devant elle, se détourna.

Jeanne voulait se lever. Elle dormait sur un petit lit séparé de celui des enfants par une toile, près de l'échelle menant au grenier. Catherine alla vers elle, l'aida à se mettre debout. Dans les limbes où l'entraînait la sénilité, la vieille femme désirait sans cesse voir son fils aîné, une lubie depuis que Julien avait réapparu dans son existence.

— Il est reparti, lui répéta plusieurs fois Catherine. Vous l'avez vu, tout de même, en avril.

Jeanne s'obstinait, balayait l'espace de sa main parcheminée. Sa fille disait n'importe quoi, pour la tourmenter. Elle,

elle savait qui l'aimait et la respectait, Julien, Pierre, à la rigueur et qui donnait en revanche le change pour d'anciennes turpitudes. Catherine essayait de ne pas entendre mais les injustes colères de sa mère et son acharnement à ne rien lui pardonner la choquaient et l'attristaient bien souvent, quand ils ne lui donnaient pas l'envie, fugitive mais bien réelle, de la faire taire d'un bon coup de gueule.

Elle l'installa sur le pot, derrière le rideau, attendit, lui fit la toilette puis l'aida à faire quelques pas vers la porte. Jeanne aperçut le visiteur, qui la salua.

— Qui c'est, celui-là ? demanda-t-elle d'une voix rogue.

— Un capitaine de Bretagne, corsaire.

— Hommes de guerre, tout ça ! Mauvaise graine.

Elle jura, en béarnais. L'invité acquiesça, d'un sourire. La vieille avait encore des traits de lucidité. Catherine la fit asseoir à l'ombre, près du seuil. Jeanne réclamait qu'on lui amenât son fils aîné, mordicus. En l'engloutissant un peu plus chaque jour, la vieillesse lui laissait en gage son lot d'obsessions. Catherine rentra dans la maison. Elle avait envie de changer de conversation.

— Mon frère Julien a installé un entrepôt de fourrures à Port-Royal, lança-t-elle. Vous savez, il court les bois depuis notre arrivée en Acadie.

— Les héritiers de Saint-Castin s'y sont fait confisquer le leur, et au vu des circonstances, c'est assez normal. Il leur faudra trouver temporairement un autre endroit pour commercer, loin de la vigilance anglaise. Mais comment Julien a-t-il fait, de son côté ? Et si vite. Est-il délégué ici par le baron ? Il fut son serviteur et son messager, si ma mémoire est bonne.

— Les Anglais l'y autorisent, semble-t-il.

— Il les fréquente, alors.

Catherine lui parla de la Sauvagesse.

— Une Iroquoise ! s'écria le Bellilois. Pardieu, ce garçon a davantage fréquenté les marchands du Massachusetts que les capitaines de Pentagouët ! Et amassé de quoi s'installer sous le fort. Certes, il peut se le permettre et trouvera sans peine de l'espace. Monsieur de Subercase n'a pas ramené en France que ses soldats et ses cantinières. Le pauvre négoce de Port-Royal l'y a suivi tout entier. Dieu préserve cette race de valeureux combattants et ceux qui les remplacent désormais.

Il haussa les épaules, se leva, s'étira longuement. Catherine le trouva beau, ainsi délié comme au lever d'une courte nuit.

— Je pense que votre frère a trafiqué le castor avec les Anglais, dit-il soudain. Il a profité de l'absence du baron et des expéditions de ses fils en terre bostonienne. En temps de guerre, ce genre de collusion avec l'adversaire est sévèrement puni et, autant que je sache, la paix n'est pas encore signée.

Il paraissait contrarié. Ayant aperçu le regard vaguement intrigué de son hôtesse, il sourit à nouveau, écarta les bras.

— Votre mère a raison, tout ça n'est qu'histoires d'hommes occupés à se battre les uns contre les autres. Eh bien, nous irons de toute façon narguer les Anglais en dansant pour la Saint-Jean et je verrai quelle coquette vous faites hors de votre cuisine...

On avait chassé les mauvais souvenirs, l'escadre anglaise étalée en travers de l'estuaire, et jusqu'aux derniers coups de boutoir annonçant la reddition du fort. Huit mois avaient passé, la vie des Acadiens de la Dauphin suivait son cours fluctuant, semblable dans ses crues et ses creux à celui des eaux mêlées de la baie. Juin venait après un hiver de la même rigueur que les précédents, et les exilés d'Amérique s'étaient fort amusés de savoir qu'en France même, au long d'une demi-année de froidure, les confitures avaient gelé dans les placards et quelques vieillards de Versailles dans leur lit.

La guerre qui continuait en Europe rôdait aussi de l'autre côté de l'océan et le Bellilois avait passé l'essentiel de sa soirée en conciliabules avec les uns et les autres. La protection du Saint-Laurent, et de Québec, passait avant toute chose. Les corsaires iraient à l'embouchure du grand fleuve barrer la route à l'adversaire, aussi longtemps qu'ils le pourraient. Et si Dieu le voulait, on en profiterait pour reprendre Port-Royal, avec l'aide des Abenaquis de Saint-Castin.

Catherine captait des bribes de conversation. Il lui semblait entendre Jacques Hébert, quelques années plus tôt. Les mêmes projets, les mêmes espérances, les mêmes prières s'élevaient vers un Dieu pourtant bien indifférent aux malheurs des Acadiens. Autour des feux ponctuant les digues de présences humaines, les visages reflétaient la joie de la fête et aussi le souci, l'angoisse, l'incertitude des temps à venir. Beaucoup penchaient pour que l'on cessât enfin de se battre au nom d'un roi oublieux. Ce vieillard n'avait-il pas dit que ses colonies lui coûtaient trop cher ? D'autres s'apprêtaient à combattre encore, et le corsaire les y encourageait.

Catherine retrouva le maître du *Locmaria* près du feu des Melanson. Le Bellilois faisait le compte de ceux sur qui il pourrait s'appuyer pour contraindre les Anglais au siège, à leur tour, et Catherine se félicita que son fils ne fût pas là, cette nuit-là. Jérôme Hébert se fût sans aucun doute drapé dans sa bannière trouée comme dans une toge, pour haranguer à son tour les jeunes paysans de sa génération.

— Ah, le feu, dit le marin, les yeux grands ouverts sur le brasier.

A cette distance du fort, il pouvait de temps à autre apercevoir un fanal, dans la nuit noire. Etait-ce une lanterne anglaise sur une tour de défense ou une poupe de bateau jetant l'ancre sous la citadelle ? La proximité de l'ennemi lui faisait serrer les poings. Il se tourna vers Catherine, la vit sourire dans la pénombre, se détendit. Un violoneux grattait ses cordes à quelques pas, des jeunes gens, pieds nus dans l'herbe de la prairie, avaient entamé une ronde mais ils n'étaient pas assez nombreux pour faire le tour du feu et réclamaient un complément de danseurs, à grands cris.

Catherine se laissa caresser le visage par la brise de la nuit. Cela venait de l'estuaire, avec des senteurs marines, sous le halo blanc de la lune dessinant comme à la mine le contour des arbres. Elle sentait la présence du Bellilois, tout près, des ondes de désir la parcouraient. Elle ne se souvenait pas d'avoir jamais connu pareille sensation, croisa les bras sur sa poitrine, se mit à battre la mesure de la gigue, de son sabot.

Bombarde et guimbardes, tambourins, un petit orchestre s'était constitué à distance du feu. Des enfants accoururent, prirent le Bellilois et Catherine par la main, les entraînèrent. C'était un peu désordonné, tous ne savaient pas très bien les mouvements de la danse, regardaient les plus anciens lever la jambe et les bras, tourner et galoper. Le corsaire serrait la main de Catherine. Il avait bien remarqué la réserve qu'éprouvaient encore quelques adultes à l'endroit de la jeune femme et la modestie de celle-ci face à eux. Treize années n'avaient donc pas suffi pour étouffer le scandale, et voilà que la plus jolie veuve de Port-Royal s'habillait de couleurs et rejoignait la fête au côté d'un corsaire. Quelle étrange façon de vivre. Aucune guerre, aucun désastre ne pourrait jamais éteindre ce genre de feu dans les têtes. Le Bellilois choisit d'en rire, s'amusa à frôler de son épaule celle de Catherine. Une flûte de berger s'était mêlée à la musique ; la danse s'harmonisa peu à peu, devint répétitive, comme à l'orée d'une transe. Des couples se détachaient de la chaîne, se saluaient et tournaient ensemble puis revenaient se fondre dans les autres.

— Grâce, demanda Catherine, au bout d'un quart d'heure de cette folie.

Il la lui accorda, sans lâcher sa main.

— Cela fait tellement de temps, dit-elle, essoufflée, lorsqu'ils eurent fui la chaleur du brasier.

— Du temps, oui, beaucoup de temps, murmura-t-il. Peut-être même dix ans et plus.

Ils firent quelques pas, se retrouvèrent dans la pénombre, à l'écart du joyeux sabbat. Elle le regardait sans comprendre. Dans les éclats changeants et lointains du feu, les yeux du corsaire luisaient et Catherine fut bouleversée par la beauté du visage qui s'approchait du sien, par la peau rude caressant sa joue, par les mains posées sur elle comme de la rosée sur des jonchées. Un instant, elle pensa à la durée normale du deuil. Le curé de Port-Royal, dont les avis pesaient sur la communauté sans qu'il eût besoin d'en faire des ordres, l'estimait à un an, sauf dans les endroits où les célibataires étaient trop nombreux. Etait-ce le cas de la rive nord ? On s'en moque bien, pensa-t-elle. Les lèvres du corsaire touchaient les siennes, ses doigts frôlaient sa nuque, son dos, sa taille. Pour la première fois de sa vie, Catherine frissonnait au simple contact d'un homme, désirait sa peau, tout entière et nue. C'était la Saint-Jean, une fête un peu étrange, nocturne et secrète, où il était souvent question de s'accorder à la saison et de former des couples, comme à la danse. Catherine chavirait et lui aussi. Elle songea qu'il en irait ainsi jusqu'à ce qu'ils se soient séparés l'un de l'autre et que ce serait le plus tard possible.

— Viens, chuchota-t-elle.

Il y avait, au fond de la pommeraie d'Henri Melanson, un pré gardé par une digue, le long d'un étroit bras de mer où l'eau de la marée montante clapotait doucement. Des grenouilles menaient là grand tapage, que l'intrusion des amants fit taire et sauter à l'eau, l'une après l'autre. Loin du feu dont ils apercevaient les reflets, et des danseurs, minuscules silhouettes dans la nuit de juin, le Bellilois s'étendit, sentit sur lui le poids de Catherine et cette peau blanche que ses mains capturèrent, presque violemment, aux hanches.

Elle le contempla longuement. Leurs existences avaient divergé au bout d'une brève et intense rencontre, suivi des cours différents. Parfois, ils avaient pensé l'un à l'autre, comme ça, entre deux évocations de leur passé avec leurs proches. Il y avait eu pour lui la fille de métayer ballottée par les tempêtes de la vie, touchante enfant attendant son bâtard et manquant en mourir dans un entrepont humide ; pour elle, le rapace ombrageux aperçu dans les brumes de la Baie française, ruminant sa solitude et ses pensées guerrières devant sa bouteille de marc.

Catherine serra le visage du Bellilois entre ses doigts. La guerre n'était pas finie et, à l'idée que le corsaire allait sans doute repartir en mer, elle sentit une impatience creuser ses reins. Elle exultait, ne reconnaissait plus grand-chose de l'amante inconsciente et de la sage épouse qu'elle avait été successivement. Et c'était bon, déjà, les mains de l'homme sur ses hanches, ses lèvres qui montaient vers elle et frémissaient. Il aurait disparu dans la nuit de juin avant d'avoir entendu les mille choses qu'elle avait à lui dire. Il eût été sans doute plus raisonnable pour elle de commencer par là. Ce serait pour plus tard. Elle voulait le regarder encore, avant de le posséder, appuya ses deux coudes sur son torse, pour résister à son étreinte. Il eut l'air étonné, ce qui la fit rire. Elle céda.

Il n'était guère besoin de caresses, d'approches amoureuses, de perte de temps en paroles. Catherine s'ouvrit sur le ventre du Bellilois, et le cri qu'ils poussèrent tous deux ensemble, rauque, brûlant leur gorge, fut comme une exhalaison de la terre, vers le ciel noir d'Acadie.

A la fin d'un pluvieux mois d'avril 1714, le gouverneur Vetch avait convoqué les représentants des colons pour les informer des conséquences de quelques événements très importants survenus en Europe. A Port-Royal comme dans les autres colonies d'Acadie, la rumeur de la paix s'était déjà répandue. Quel que fût le sentiment profond de chacun, soulagé, frustré ou révolté, il était clair pour tous que, dans les tractations entre les souverains du Vieux Monde, leur destinée ne pèserait pas bien lourd. Le roi Louis avait eu beau remporter une ultime et tardive victoire à Denain, la France, sauvée, était épuisée, le Trésor vide, la campagne affamée. Quant au monarque, il se disait que sa fin était proche et souhaitée par beaucoup.

Jérôme n'était pas revenu au fort depuis le siège, il y avait quatre années de cela, et trouva le lieu dans le triste état où l'avaient laissé les Français de Subercase. A peine avait-on pris le soin de remonter les murs effondrés et le clocheton de la chapelle décapité par un boulet. Les portes des casemates béaient toujours, de guingois, les vitres brisées laissaient passer le vent dans maints endroits, tout offrait un sentiment d'abandon et de ruine prochaine.

— Peut-être vont-ils le quitter et nous le rendre pour qu'on le répare, dit quelqu'un.

La délégation acadienne, forte d'une quinzaine d'hommes, avait été priée d'attendre dans la cour où elle observait le ballet routinier des civils et des soldats aux vestes rouges. Pour beaucoup d'anciens miliciens, cela rappelait, à la couleur des uniformes près, un épisode encore bien récent de leur existence.

— Si nous cessions de les nourrir, cela viendrait plus vite, dit Henri Melanson.

Mal ravitaillés par Boston et comme oubliés au milieu de leur conquête, les Anglais de Port-Royal dépendaient en grande partie des greniers et des poulaillers acadiens. Mais c'était bien leur damnée bannière qui flottait au-dessus des restes de la grandeur française, et Jérôme serrait les poings, au souvenir de ce fantôme fleurdelisé dont il conservait précieusement la relique.

Jérôme avait traversé la Dauphin en compagnie de Melanson et de ses deux fils, André et Jean, ses compagnons habituels pour les jeux, la chasse et les travaux des champs. Jérôme aurait bien aimé entrer le premier dans le bureau du gouverneur mais la préséance voulait que les représentants des Acadiens de Port-Royal y fussent introduits d'abord, et le jeune homme ne faisait que les accompagner. Jérôme attendit donc que ses aînés eussent pénétré dans la grande salle du conseil pour les suivre.

Des peintures présidaient le lieu austère où, assis sous le

portrait d'un jeune souverain dont personne ne connaissait encore le nom, le vainqueur de 1710, entouré de quelques officiers, accueillit ses hôtes, sans toutefois se lever. Ayant fait signe à son interprète de le rejoindre, il attaqua sans perdre de temps :

— Messieurs, la paix que nos souverains ont signée dans la ville hollandaise d'Utrecht a mis fin à une longue et cruelle guerre. Beaucoup de choses vont changer en Europe.

Et d'énumérer les conquêtes des uns et les abandons des autres, la France se rangeant dans la seconde catégorie sans toutefois être amputée, sauf en Amérique.

— La Nouvelle-Ecosse, autrefois appelée Acadie, est anglaise, à jamais, dans ses limites actuelles, ainsi que l'île de Terre-Neuve. Sa capitale est Annapolis Royal, anciennement Port-Royal. Les Français sont autorisés à y demeurer ainsi qu'au Cap-Breton, à l'île Saint-Jean et dans le comté de Pentagouët. Quant aux sanglantes affaires dont nous eûmes à souffrir ici, il n'y a guère longtemps, je veux parler de la pénible affaire de Bloody Creek...

Il se tut, scruta les visages dans un silence absolu, comme un maître inspectant une troupe de mauvais élèves. Les Français gardaient la tête basse et Jérôme pensa un instant que l'on était venu là pour recevoir une sentence. La tuerie restait dans toutes les mémoires. Elle avait eu lieu un peu après la Saint-Jean 1711. Un fils Saint-Castin avait débarqué aux Mines et marché vers Port-Royal avec ses Sauvages, tandis que les corsaires, renforcés par des troupes de Québec, tentaient une action par mer en direction d'Annapolis, depuis Terre-Neuve. Hélas, les goélettes françaises avaient par malheur rencontré les restes d'une flotte anglaise elle-même démantelée par la tempête mais encore assez puissante. Le corsaire Morpain avait coulé avec les canons promis à Saint-Castin, Lestang et le Bellilois avaient dû rompre, pendant que ceux de Pentagouët, renforcés par les miliciens de Port-Royal, massacraient une trentaine d'Anglais sur la côte nord. La bataille de Bloody Creek. Petite victoire, sans lendemain.

Jérôme avait alors vibré pour les guerriers d'Acadie, en compagnie des fils Melanson. Tous trois avaient cru que les cadavres alignés sur le sable et les rochers suffiraient à décourager le reste de la troupe anglaise. Le gouverneur Vetch lui donnait une petite leçon d'Histoire, trois ans après ce fait d'armes. Il en avait donné une autre, à l'époque, aux Acadiens vaincus : prise d'otages, fermes brûlées sur la rive sud, exécutions sommaires, rien n'avait manqué à la manifestation de la colère anglaise.

— Votre souverain a libéré quantité de huguenots de ses galères, reprit le gouverneur d'une voix égale. Dans sa mansuétude, notre roi George Ier, succédant à la reine Anne rappelée à Dieu au début de cette année, consent à oublier la sanglante traîtrise à laquelle il est fort probable que certains d'entre vous ont participé, et vous autorise à continuer de vivre sur ses terres, avec vos familles et vos biens. A une condition, toutefois.

Et merde pour le roi d'Angleterre, pensa Jérôme. Il ressentait le soulagement de ses compagnons, en même temps qu'il trouvait les délégués d'Acadie bien silencieux, acceptant la morgue et le mépris du gouverneur sans réagir. En vérité, le nouveau roi d'Angleterre tolérait les Français afin qu'ils continuent à nourrir ses troupes. Le danger de voir arriver un jour prochain des colons huguenots existait plus que jamais. Jérôme Hébert se sentit soudain devenir un étranger sur sa terre natale. Vetch ouvrit le carton qu'il tenait sur ses genoux, exhiba la condition en question, un manuscrit d'un seul feuillet, que les Acadiens, déjà incapables de lire, eussent été bien en peine de déchiffrer. L'interprète s'en chargea.

— « Moi, je promets très sincèrement et jure que je veux être fidèle et tenir une véritable allégeance à Sa Majesté le roi George, tant que je serai en Acadie et Nouvelle-Ecosse et qu'il me sera permis de me retirer là où je jugerai à propos, avec tous mes biens, meubles et effets, quand je jugerai à propos, sans que nulle personne puisse m'en empêcher. »

Jérôme laissa échapper un cri de surprise. Un serment ! Stupéfait, Henri Melanson prit le document que lui tendait le gouverneur. Demandait-on aux Acadiens de signer tout de suite, sans s'être concertés ?

— Non, dit Vetch, mais il convient de le faire assez vite. C'est une bonne proposition qui vous montre à quel point nous sommes prêts à pardonner les violences que vous nous avez fait subir. Vous avez la liberté de rester et celle de partir pour les îles encore françaises.

« Still french »... Il avait appuyé sur ses derniers mots, comme pour signifier que tout cela n'était que provisoire. Il consentit à

sourire, avec la mine de quelqu'un encourageant un ami à se jeter à l'eau sans savoir nager. L'essentiel était dit, le sourire disparut de l'auguste visage, en même temps que le soleil derrière un gros nuage de mer. Jérôme serrait les mâchoires. Si un seul des délégués présents signait ce texte abject, il lui mettrait son poing dans la figure. Les Acadiens saluèrent leur hôte, se retirèrent. « Infâme », répétait Jérôme dans l'escalier en bois, délabré, béant sur le vide en plusieurs endroits.

— Tais-toi, lui dit Melanson. Je sais ce que tu penses et je pense comme toi.

— Alors, dites-le, pardieu !

Trahir le roi de France ! La brutalité de la proposition avait saisi les paysans qui se hâtèrent de quitter le fort et demeurèrent immobiles et muets, un long moment, sous la pluie froide. Jérôme étudiait les visages, devinait ceux qu'un tumulte intérieur agitait et les autres, plus nombreux, que crispaient la colère et le refus.

— Vous doutez, pour certains ! s'exclama-t-il. Eh bien, je dis non tout de suite, moi, je fais même le serment inverse, au nom de mon père. Jurez, vous aussi, en son nom et en celui de quelques autres qui dorment ici, sous la terre de France !

Sous leurs chapeaux ronds et leurs capes de laine, nuque ployée, les Acadiens de Port-Royal avaient des allures de pénitents. Leurs sabots collaient à la boue de la colline, leur humeur ressemblait à celle du ciel. Jérôme voulut saisir le document, pour le piétiner ; Melanson arrêta son geste. Ce n'était pas la peine d'en rajouter lorsque l'on n'était de surcroît qu'un blanc-bec de seize ans. On se réunirait bientôt pour prendre une décision.

— Nous aurons sans doute à répondre que non, dit Abraham Comeau, un grand roux au visage carré.

Il était de la rive sud, sa soixantaine passée lui donnait des allures de patriarche.

— En attendant, poursuivit-il, il s'agit de calmer quelques exaltations. On ne peut pas faire la guerre tout le temps, nos champs, nos digues, nos vergers sont les seuls biens que Dieu nous ait accordés, leur sauvegarde est plus importante que tout le reste. Et puis, que pouvons-nous faire, avec nos pétoires et nos fourches ! Cette guerre a été perdue et le roi de France est à ce point vieux, malade et mal conseillé qu'il ne le sait peut-être même pas encore.

On opina. Les anciens d'Acadie savaient de quoi ils parlaient. Jérôme pensait à ceux qui choisissaient l'exil loin de Port-Royal. Il en partait ainsi chaque mois depuis la chute du fort, pour Les Mines et Beaubassin. Un exode, qui risquait de dépeupler un jour pour de bon la région de Port-Royal. Jérôme soupira. La tentation de mettre le sac à l'épaule pour rejoindre les rivières du Nord le tenaillait, tout à coup. Certains parlaient même de forts à construire à Cap-Breton et dans l'isthme, de ces bastions d'où partiraient un jour ou l'autre les troupes de la reconquête.

— Ne rêvons pas, conclut Abraham Comeau. Ils nous laissent nos terres, quoi de plus important ? Quant à signer leur serment, ce sera comme d'habitude entre nous, liberté sera laissée à chacun. Moi, je ne signerai pas.

Jérôme rentra à la ferme Hébert de fort méchante humeur, houspilla ses sœurs qui bavardaient à la fenêtre de la pièce commune et tardaient à aller traire. Puis il expliqua, la voix rogue, les raisons de sa fureur.

— Eh bien, lui dit Catherine, Abraham Comeau a bien raison. Personne ne signera cette feuille infâme et nous resterons ici. Qu'attendais-tu de plus de la part de ces gens qui nous gouvernent désormais ? Ils nous haïssent, nous traitent de papistes et n'attendent qu'une occasion de s'installer à notre place.

Jérôme lui dévoila les projets d'exil qu'il avait échafaudés sur le chemin du retour. Sa mère le moucha bien vite.

— Hé ! Tu redoutes qu'ils s'installent ici et, dans le même temps, tu leur laisses la place, tout cela manque de jugement. Tu ferais mieux de décrotter tes sabots et de mettre du lard à cuire.

Il insista. Catherine abandonna l'écossage de ses haricots, se leva et le rejoignit devant la cheminée.

— Tu partiras si tu le désires, mon fils. Pour ma part, j'ai bien assez voyagé dans mon existence et je ne bougerai pas d'ici pour je ne sais quelle aventure à Cap-Breton ou à l'île Saint-Jean. Regarde ma pauvre vieille de mère. Elle ne sait même plus où elle se trouve, ni comment nous nous appelons. Et puis, tant que tes sœurs ne seront pas mariées, il faudra que je continue l'ouvrage de ton père.

— Mon père...

Il s'était assis au bord du fauteuil en bois de Jacques Hébert, sans un regard pour Jeanne, sa grand-mère recroquevillée, bavant et tremblant dans un fauteuil. Il offrit la plante de ses pieds à la chaleur de l'âtre, taquina le chien du bout de ses orteils. Catherine se raidit. Elle posa son regard sur la nuque de Jérôme, épaissie par l'entrée dans l'âge adulte, sur ses mains, pressées l'une contre l'autre. Jérôme réfléchissait intensément, l'ombre de Jacques Hébert rôdait autour de lui comme elle l'avait fait autour des délégués de la colonie.

— Mère, vous ne voulez vraiment pas vous rapprocher des ports français de l'océan ?

Il affectait un ton neutre, pour évoquer la possibilité de rejoindre le Bellilois à Cap-Breton. Entre deux traques à l'anglais, le corsaire était revenu quelquefois sur la rive nord, nuitamment. Jamais cependant il n'avait séjourné dans la maison de Catherine. Jérôme avait seulement aperçu sa silhouette, dans le crépuscule. C'étaient là les affaires de la *daoune.*

— Boh, fit Catherine, pour toute réponse.

Jérôme la considéra, un drôle de sourire au coin des lèvres.

— Beaubassin est en terre non anglaise, dit-il. On y réclame des gens pour augmenter la colonie. J'en connais qui forment déjà le projet de s'y installer, tenez, Jean et Edouard-à-Claude Pitre, des Comeau fils de la rive sud et même de chez nos voisins Melanson, qui laisseraient partir leurs enfants sans trop de discussion. Beaubassin, n'êtes-vous pas tentée, mère ?

Elle perçut son ironie, sa gorge se serra. Elle baissa la tête, essuya ses mains sur son tablier. Son fils ne la quittait pas des yeux.

— Vous ne me répondez pas ?

Elle revint vers lui, tendue, le regard dur.

— Je te répète que j'ai assez à faire ici et que je n'ai pas l'intention de m'engager comme domestique ou cuisinière à Beaubassin ou ailleurs. Quant à toi...

— Quant à moi ?

— Tu es libre, comme tous les gens de ce pays. Je ne sais pas ce qui te court dans la tête, Jérôme, mais pardieu, j'y devine bien du tourment. C'est parce que la guerre a pris fin ? Alors, la belle affaire ! On ne s'égorgera plus dans les criques et tu le regrettes. Pas dans cette famille, au roi, à la France, à l'Acadie. La paix, ce n'est pas mal non plus, je t'assure. Demande à tes oncles, je suis bien sûre qu'ils pensent comme moi.

Il avait pâli, hochait la tête. Catherine lui montra sa mère qui les contemplait, hébétée, la bouche ouverte, la tête penchée sur le côté.

— Il faut lui donner à manger comme à un oiseau malade, souffla-t-elle, et entendre ses reproches, son chagrin, ses amertumes. Tu me vois sur une charrette, avec elle, partant vers Beaubassin ou Grand-Pré ? Ou la laissant là, toute seule ? Qui moucherait son nez, laverait sa peau, torcherait son cul ? Toi, le chasseur tellement soucieux de son mousquet, de ses raquettes, de sa poudre et de ses collets ?

Il était interloqué. Jeanne s'était mise à rire, à parler toute seule comme si elle commentait la scène et la trouvait drôle. Catherine avait changé de visage. Tout s'y était durci, le pli des lèvres, les rides au front, les yeux. Elle alla chercher le fusil de Jacques Hébert, devenu la propriété de Jérôme.

— Tiens et va. Tu auras bientôt tes seize ans. Fais ce que tu crois être le mieux pour toi. Mes frères ont agi ainsi et moi aussi, en fin de compte. Pauvre Jeanne Lestang, ses enfants ont eu trop vite le vertige de l'Amérique, comme je la plains.

Elle se calmait un peu, alla vers sa mère, la redressa, l'appuya contre ses coussins. Les filles rentraient de l'étable, portant à deux une jatte. Elles riaient. La traite du soir donnait un lait onctueux dont elles étalaient la crème sur le pain blanc de la ferme, se délectaient.

— Si c'est ainsi, murmura Jérôme.

Il sortit, croisa ses sœurs, s'éloigna sans leur dire un mot.

Il était monté dans les collines surplombant la vieille habitation de Champlain, à une demi-lieue de l'estuaire, avait essayé de mettre de l'ordre dans ses pensées. Du haut des promontoires, il avait aperçu le fil de la Dauphin rebaptisée Annapolis River, jusqu'à la butte du fort dédié à une reine haïe. La colonie s'étalait à ses pieds, brune de sa terre d'avril ou luisante comme un miroir, longeait la rive nord, fumant de toutes ses cheminées. La guerre ne l'avait pas abîmée. Jérôme avait mis un nom sur tous les sombres boqueteaux de saules, de charmes et de sycomores cernant les fermes : Robichaud, Leroy, Melanson, Hébert, les plus proches, et Bourg, Babinot, Granger, Leveron, confondus par la perspective. Ses pays d'Acadie. Il avait le cœur gros, se sentait impuissant et inutile. En même temps, le refus de ces gens de prêter serment au roi d'Angleterre, leur calme détermination et leur ardeur intacte à féconder la terre l'impressionnaient et lui donnaient un peu d'espoir.

Il avait désiré ne plus voir cette géographie, s'était enfoncé dans la forêt jusqu'à une cabane de chasseurs, sur le chemin des villages indiens. Sentant venir le sommeil, il s'était allongé sous une couverture, sans faire de feu, veillé par un visage inquiet ressemblant à celui de Jacques Hébert.

L'aube l'éveilla, grelottant, affamé. Il sortit dans un épais brouillard, retrouva le chemin qu'il suivit jusqu'aux ruines auprès desquelles reposait son père. Là, il pria, réalisant que quatre femmes avaient passé la nuit, seules, dans la ferme Hébert. Il rejoignit la rive où les brumes devenaient légères, marcha vers les premières digues.

La marée était basse. On avait ouvert les aboiteaux, pour drainer l'eau des dernières pluies, et Dieu sait qu'il en était tombé en avril, ajoutant leur manne à celle des neiges fondantes. Génie des Acadiens ! Des silhouettes s'activaient autour des clapets, l'eau coulait, vive, par tous les rus et canaux limitant les parcelles. C'était assurément un beau spectacle que ces fleuves en miniature libérés par les hommes pour assécher le sol. Jérôme répondit à quelques lointains saluts, pressa le pas. Les parcelles Hébert ne tardèrent pas à apparaître, encore noyées vers le bas. Il aperçut un attelage sur les terrains d'en haut, de la terre prise autrefois à la forêt par Jacques Hébert, où l'on cultivait le lin.

— Mère.

Il contourna la maison, traversa le verger, prit l'étroit chemin conduisant à la parcelle. Catherine avait traîné derrière elle un soc en bois, l'avait attelé au bœuf, pesait dessus. Jérôme posa son fusil, s'approcha.

Catherine tentait à grand-peine de maintenir droite la lourde pièce de chêne, au pas régulier du bœuf. Roulant de droite et de gauche, elle devait s'agenouiller, parfois, dans la boue, lâchait à demi les manchons qu'elle tentait ensuite de maîtriser à nouveau, courant presque. La profondeur de son sillon s'en ressentait, tout comme sa rectitude. La besogne était mal faite, pour le moins.

Jérôme entendit les gémissements de sa mère, vit ses sabots englués, ses chevilles maculées. Il savait faire, lui, son père lui avait appris. Puis, quand la maladie avait réduit Hébert à la simple promenade, les Melanson étaient venus l'aider à labourer. Il y avait toujours une main fraternelle en Acadie, un plus fort pour soulager un plus faible d'un poids trop lourd. Au-delà des bisbilles, des fâcheries, et même des affaires sérieuses de partage dénouées par le notaire de Port-Royal, les colons savaient ce que les mots peine, chagrin, misère, solitude voulaient dire.

Catherine était tombée une nouvelle fois, tentait de se remettre sur pied. Elle vit la main de son fils se tendre vers elle et la relever doucement, demeura un long moment immobile, le souffle court. Elle avait essuyé son visage de ses doigts boueux, ressemblait à une hilhète tombée dans quelque ornière. Des mèches dépassaient en désordre de sa courte coiffe, avec des fils blancs, nombreux. Jérôme la regarda avec ferveur, attendit qu'elle ait un peu repris ses esprits.

— Ce n'est pas un travail pour vous, lui dit-il.

Elle fit non de la tête. Elle ou quelqu'un d'autre, il fallait bien le commencer. A la voir ainsi épuisée mais têtue, Jérôme éprouva une sorte de fierté. D'où il se trouvait, il apercevait les terres basses qu'il faudrait bientôt drainer, les digues, l'estuaire en partie masqué par des bancs de brume en lent transit.

— C'est à nous, dit-elle d'une voix rauque. Ce n'est pas beaucoup mais c'est notre bien.

Sans doute y avait-il en Acadie des havres pour elle et ses petits, auprès de son frère Pierre ou même chez le Bellilois, qui la pressait de le rejoindre à Grande-Anse. Elle ne migrerait pas une nouvelle fois, s'accrocherait à ces quelques acres où l'on vivait certes durement, craignant les hivers, manquant, parfois, du nécessaire, mais libres.

— Ici, nous ne devons rien à quiconque, Français ou Anglais, dit-elle, une flamme dure dans les yeux.

Elle tendit la main vers la lisière des bois, toute proche. La végétation y était encore jeune, et tendre par endroits. Un petit cours d'eau s'attardait ici et là entre les arbres, sur des espaces plats d'accès facile.

— Et regarde, il y a de la terre à gagner, là-haut, pour tes sœurs. Hébert l'aurait défrichée, sans la maladie et la guerre.

Ruisselante de sueur, debout dans la glèbe collante, elle avait l'air d'un général donnant un ordre de bataille. Jérôme alla vérifier la solidité de l'attelage. Dans l'air coupant du matin, il revenait aux choses simples de son existence. Loin des forts assiégés, des escadres en mouvement, des milices armées pour la bataille, il enfouissait les questionnements sur sa naissance dans un tiroir secret de sa mémoire. Et sa mère lui disait à sa façon qu'elle aussi était acadienne, attachée à son petit carré de blé, de lin et de pommiers, autant qu'il pouvait l'être à la bannière de France. A chacun son royaume.

— Vous l'avez bien attelé, dit-il.

Il donna une tape sur la croupe du bœuf, marcha vers la charrue, qu'il empoigna fermement.

— Rentrez, maintenant, lança-t-il à Catherine, vous allez prendre mal par ce froid.

Elle ne répondit pas, s'en alla saisir le licol et, l'ayant assuré dans ses deux mains, tira dessus, de tout ce qui lui restait de forces.

La mort du vieux monarque de Versailles, le 1er septembre 1715, passa sur l'Acadie comme un nuage de fin d'orage. Le long règne de Louis XIV avait vu New York et Boston assiégées, Terre-Neuve et la baie d'Hudson conquises par des capitaines téméraires, et la Nouvelle-France capable d'en imposer à sa cousine anglaise, à un contre vingt. Puis le vent avait tourné, s'était mis au mauvais, finissant par porter dans ses rafales l'ennemi, jusqu'à Port-Royal.

Pour les Acadiens, qui gardaient au cœur la nostalgie des temps français mais demeuraient à l'abri des taxes, libres de cultiver, de chasser, d'entreprendre et de commercer, les desseins de la Régence à leur égard demeuraient flous, marqués par une grande prudence. L'Europe se reposait d'une guerre de près de trente années, qui avait dévasté des régions entières, ruiné des Etats. En Amérique, les positions devaient rester figées pour quelques lustres. Nouveaux maîtres des mers, ayant écarté les menaces françaises pesant sur eux, les Anglais s'activaient désormais au peuplement de leurs propres colonies, au renforcement de leurs citadelles et de leurs réseaux commerciaux. Un nouvel ordre se mettait en place, insensiblement. Et la paix se révélait profitable pour tous, ennemis d'hier, partenaires d'aujourd'hui.

Les traités laissaient dans le vague la délimitation des frontières de la Nouvelle-Ecosse, notamment vers le nord, et l'isthme de Chignecto. Pour ceux des aboiteaux, l'Acadie française commençait à Beaubassin et à la baie Verte, pour d'autres, d'Annapolis, de Boston et de Londres, la question n'avait guère d'importance puisque, un jour ou l'autre, l'Angleterre triompherait et prendrait tout. C'était une affaire de patience, jusqu'à ce que l'on cessât d'entretenir quelques garnisons dans des forts vétustes pour se répandre et conquérir, une bonne fois pour toutes.

La paix, donc. De tout temps et sous tous les climats, les paysans en ont tiré sans tarder les fruits. L'Acadie, où trois cents soldats anglais bivouaquaient au milieu de trois mille colons français, n'échappait pas à la règle. Pour les gens des nouvelles colonies des Mines, de Cobequid et des rivières du Nord, le retour au calme signifiait la perspective de s'agrandir, sans autres limites que celles d'un bien maigre renfort humain venu de France. Puisqu'il en était ainsi, on resterait entre soi. Les familles se feraient nombreuses, sur les meilleures terres d'Amérique. La paix, cela voulait dire aussi de l'espace et de quoi manger pour tous, avec, au fond des âmes et des cœurs, enfouie comme une braise sous la cendre, l'espérance qu'un jour le rouge des vestes anglaises laisserait place au bleu de France.

12

Pierre Lestang martelait de la voix et du poing ses arguments.

— Il ne faut signer à aucun prix et les Acadiens le savent bien. Les Anglais n'attendent qu'une occasion pour vider ce pays de ses habitants et les remplacer par des Ecossais, des huguenots, des Irlandais, que sais-je encore.

Soumis, à l'automne 1720, à une nouvelle demande des Anglais, les Acadiens avaient été tentés pour partie de signer une promesse d'allégeance excluant toutefois d'avoir à se battre contre la France, une nuance que d'aucuns jugeaient digne d'intérêt.

— Hé, que voulez-vous, dit à Pierre l'abbé Durand, il faudra pourtant bien parvenir à s'entendre. La paix avec les Anglais perdure, et, de toute façon, ce n'est pas le régent de France qui nous enverra des escadres. On dit cet homme-là plus préoccupé de passer agréablement ses nuits que de conduire les affaires du royaume pendant la journée.

Il écarta les bras, implora le ciel de novembre où brillait un soleil encore tiède. Pierre et lui se tenaient devant l'église de Port-Royal, que l'on avait longtemps craint de voir transformée en temple protestant. Les Anglais semblaient hésiter entre l'envie de se débarrasser des colons et la nécessité de les conserver à demeure, comme garde-manger. Etranges vainqueurs... Et leur chantage à l'allégeance durait depuis deux lustres.

— Cent années ou presque de guerre, cela fait beaucoup, dit le prêtre, songeur. Le temps est sans doute venu de penser à prospérer sans crainte sur cette terre, même si nous devons la partager avec des gens que nous n'aimons pas beaucoup.

Il était fier de son église de bois blanc, agrandie, où la lumière entrait désormais par deux grandes fenêtres. Pierre se souvint du pitoyable état de la chapelle au début du siècle.

— La cloche avait disparu, emportée par les pirates, raconta-t-il au prêtre. On battait tambour pour appeler les fidèles. Dedans, tout n'était que paillons, torchis, colombages disjoints. On s'asseyait sur des rondins. Pour objets du culte, vos anciens n'avaient en vérité que leur foi... et la nôtre !

Il se détendit. Il était arrivé le matin même de la forteresse de Louisbourg que les Français achevaient de construire sur la lointaine île du Cap-Breton et avait mouillé sa goélette sous le fort, à l'endroit même où s'ancraient autrefois les grands vaisseaux des rois de France. Quatre mariages le même jour dans la paroisse, dont ceux de ses nièces, cela valait la peine d'avoir entrepris le voyage. Et puis il y avait cette garantie longtemps attendue que les têtes mises à prix resteraient dorénavant sur les épaules françaises.

— Nous cessons d'être des proscrits, dit-il, matois. Mais nous restons des Français, d'Acadie ! Et pardieu, si un jour on nous le demande, nous saurons retrouver nos élans de jeunesse. Ah, mon père, c'est un beau jour pour moi !

Revoir Catherine et ce frère aîné perdu de vue depuis près de vingt années !

— Votre frère Julien n'a pas besoin de signer le moindre serment, dit le prêtre. Sa connaissance des nouveaux maîtres l'autorise à séjourner ici sans formalités, depuis un bail.

Pierre hocha la tête. Ceux qui tenaient boutique en Acadie-Nouvelle-Ecosse n'avaient pas à se plaindre. La paix favorisait le commerce, tout comme le blé continuait de pousser à l'abri des digues et le grain de couler en farine dans des sacs ventrus.

Ceux de la rive sud commençaient à arriver, avec leurs tribus entourant et fêtant les deux *nobis*. Des Dugas et des Bergeron, ceux-là mêmes qui avaient hébergé les émigrants un quart de siècle plus tôt. Certains, quelque peu martiaux, étaient montés sur leurs bons gros chevaux de trait, femme et enfant en croupe. Les rejoindraient bientôt un Granger de la rive nord et un Doucet des fermes amont qui épousaient les demoiselles en question. Pour clore le ban, on attendait aussi les deux filles à-Jacques-à-Jean Hébert, fiancées quant à elles à leurs amis d'enfance, André et Jean-à-Henri Melanson.

Pierre Lestang avait un peu de mal à se repérer dans ces alliances qui devaient engendrer un joyeux cousinage.

— Détrompez-vous, lui dit l'abbé Durand, je veille au grain. Quatre générations étrangères les unes aux autres éviteront l'abaissement de la race. C'est ainsi, par ordre de l'évêque de Québec. Donc du régent de France ! Mais vous savez, ajouta-t-il, malicieux, avec nos familles de dix, douze ou seize enfants, le risque est minime. L'Acadie se peuple, capitaine.

— Trop tard, mon père, regretta Pierre, qui ajouta, malicieux à son tour : elle aurait dû le faire bien avant, mais il ne sert à rien de se lamenter. Si Dieu nous tient en amitié, nous resterons assez nombreux pour faire pièce aux Anglais.

La procession des charrettes commençait. On avait dû se lever au milieu de la nuit, puis on s'était groupés d'une ferme à l'autre pour emplir jusqu'à ras bord les attelages dont les bœufs et les mules avaient été pomponnés. Pierre vit descendre des lourds véhicules une foule de paysans endimanchés et des marmailles qui s'éparpillèrent aussitôt en criant, autour de la petite église. On se reconnaissait, les femmes coiffées à la normande ou à la poitevine, en jupes noires et corsages blancs sous des capes légères et des châles aux couleurs vives. Elles étaient chaussées pour l'occasion de souliers en peau. Les hommes portaient foulards, rubans aux chapeaux et chemises aux amples manches, serrées sous des vestes et des gilets de drap gris.

Pierre reconnut des visages ; deux décennies de bourlingue lui avaient fait contourner et traverser le pays sous tous les caps possibles. Il avait dû changer, lui aussi, certains peinaient à la reconnaître. Le ventre un peu bedonnant, les tempes et le haut du crâne dégarnis, la ceinture libre de tout fourreau d'épée, il ressemblait à ce qu'il était devenu, un armateur de l'île Royale salant de la morue pour la vendre aux Anglais, un promeneur qui regardait passer au large les lourds vaisseaux marchands du roi George et les saluait civilement lorsqu'il les croisait en haute mer. C'était la paix, qui allait bien aux visages de Catherine et de ses filles, apparus dans la lumière d'un frais samedi de début novembre.

Pierre se précipita, les bras grands ouverts, serra contre lui ses femmes, ainsi qu'il les appelait. Il en manquait pourtant une, la plus précieuse à son cœur. Jeanne Lestang avait cessé de souffrir depuis cinq ans et reposait derrière l'église, où il était allé prier un long moment, dès son arrivée.

— Tudieu, les jolies gouyates, fit-il, découvrant les promises toutes menues sous leurs coiffes, leurs dentelles et le long fuseau de leurs jupes de lin. Et leur mère, s'écria-t-il, qui a l'air d'être simplement leur sœur aînée !

Il n'avait pas vu Catherine depuis la chute du fort, retrouvait, sous les rides apparues au coin des yeux et des lèvres, sa grâce paisible et volontaire à la fois, la patience et la bonté inscrites dans son regard sans malice. Il essuya une larme, garda longtemps contre lui le corps un peu alourdi de sa sœur, puis il embrassa son neveu, la petite mascotte de Port-Royal, devenu un homme au corps délié, aux longs doigts à peine marqués par les travaux des champs et semblant faits davantage pour l'écriture ou la musique que pour la besogne paysanne. Jérôme Hébert, beau gars de vingt-deux ans, avait les traits fins et réguliers de sa mère, sous des cheveux bruns et bouclés. Pierre croisa son regard pénétrant, exalté par éclairs, et eut l'impression fugitive de voir venir vers lui Aubin de Terville sortant de l'entrepont de l'*Oranger*.

— Mon oncle ! Il faudra que vous me parliez des îles françaises et de Louisbourg ! s'écria le jeune homme.

— C'est ainsi, releva Catherine. Jérôme a attendu que ses sœurs se marient, et maintenant il veut réaliser son rêve, quitter Port-Royal.

Pierre claqua l'épaule de son neveu d'un geste chaleureux de la main. Louisbourg, l'île Royale, on verrait ça plus tard.

— Novembre, joli mois des mariages en Acadie. Pas de carême, ni d'Avent, ni de moissons, un peu de répit pour les bons vivants comme moi. Et les *nobis, diou biban* ! Montrez-moi un peu cela.

Les filles avaient rejoint leurs fiancés. Les quatre jeunes gens s'étaient appariés selon leurs tempéraments. Madeleine, la cadette, avait dix-sept ans. Des deux sœurs Hébert, elle était la plus jolie. Fine, bien faite de buste et de jambes, elle portait sur son visage ovale aux traits sans défauts une réserve semblant parfois mélancolie, ou tristesse. Ses gestes, comme ses réactions, étaient accordés à sa physionomie : mesurés, discrets, démonstratifs par exception, sous la colère ou sous la peur. Elle se mariait avec Jean Melanson, un grand maigre à qui l'aïeul écossais avait fait don d'un reflet roux dans les cheveux et d'une sorte de celtitude du caractère, ombre et silence, qui lui donnait des allures de jeune vieillard ou de vieil enfant, selon l'humeur.

A l'inverse de sa sœur, Marguerite Hébert, brune rondelette au corps appétissant comme du pain chaud, éprouvait un besoin viscéral de parler, de remuer, d'agir. Danseuse infatigable, elle avait entraîné dans sa vie l'André-à-Henri Melanson, un fort jeune homme aux sourcils en broussaille, aux rassurantes épaules et aux idées bien arrêtées, que d'aucuns considéraient comme le futur représentant des colons de Port-Royal. Autant Jean était échalas, presque malingre, avec son nez d'aigle et ses airs de vigilance inquiète, autant André, affublé depuis la naissance d'un pied équin qui le faisait boiter un peu, affichait de la force, et la sérénité d'un jeune sage.

— Ah ! Les donzelons ! répétait Pierre, hilare.

Leur maintien emprunté, leur tignasse raide dépassant des chapeaux fleuris, leurs gilets et leurs vestes d'endimanchés le mettaient en joie, tout comme le reste de l'assemblée acadienne en sabots, ruche joyeuse assortie aux fiancés.

Une silhouette familière achevait de grimper la colline, d'un homme svelte, botté haut, portant un tricorne militaire, un gilet et une veste noirs, sur un pantalon rouge comme ceux des pêcheurs arcachonnais.

— Sans lame ? s'amusa le Bellilois lorsqu'il eut rejoint le petit groupe.

— Sans épée, comme toi, lui répondit Pierre. Nous sommes au bord de l'Annapolis River, *my dear* !

Des soldats anglais dépenaillés, chemises ouvertes sous les foulards, l'épée raclant le sol, rentraient dans le fort, portant des sacs. Les deux anciens flibustiers firent le geste de chercher quelque chose à leur ceinture, éclatèrent de rire, s'embrassèrent à leur tour. Ils s'étaient associés à Grande-Anse, faisaient le commerce de la morue et du homard, trafiquaient un peu, pour garder la main corsaire. Le Bellilois prit une profonde inspiration, ferma les yeux.

— Il flotte tout de même encore ici comme un parfum de liberté, à moins que cela ne soit celui de la plus jolie femme d'Amérique. Ce pays reste doux à ceux qui l'aiment. Tu sais,

Pierre, j'ai longtemps cru que mon île bretonne serait mon tombeau parce que, loin d'elle, je ne pourrais mourir décemment. Et voilà qu'au moment où je devrais songer à y retourner, je m'enracine dans ce bout de France qui n'est même plus la France.

Il avait débarqué une semaine auparavant et, cette fois, Catherine l'avait gardé chez elle. Deux veufs s'aimant, au milieu de vies déjà bien remplies, qui donc cela pouvait-il bien heurter ? Il s'était couché chaque soir devant la cheminée, puis au milieu de la nuit, il avait rejoint son hôtesse. Ensemble, retenant leur souffle, leurs cris, leurs rires, ils avaient redécouvert la chaleur de leurs corps, la réalité de caresses et de désirs inconnus et le bâillon de leurs lèvres jointes pour que durât, intense et silencieux, leur plaisir. Courtes nuits, maintes fois prolongées à l'abri des rochers et des sous-bois de la vieille habitation de Champlain. Il était insatiable et infatigable, Catherine en gardait au creux des reins une courbature, comme une trace brûlante et généreuse que dissiperait la nuit suivante.

Les filles avaient rejoint leurs promis. Cela faisait maintenant une belle réunion de familles, de coiffes blanches et de chapeaux ronds au sommet de la colline de Port-Royal, sous l'œil indifférent des militaires anglais. On se prépara à investir l'église que le capitaine Doucett, nouveau gouverneur d'Annapolis Royal, avait permis de ceindre d'un double mur de planches, à la place des rondins et des torchis originels.

Jérôme et Pierre marchaient en queue de colonne. Sentant une présence dans son dos, tout près, Pierre se retourna. Ses yeux se plissèrent puis s'écarquillèrent, incrédules. C'était bien Julien Lestang qui cheminait là, le chapeau de feutre emplumé à la main, au côté d'une jeune métisse absolument ravissante, vêtue d'une longue robe ourlée de dentelle, sous une coiffe elle aussi finement brodée.

A l'anglaise, pensa Pierre qui serra la main que lui tendait son frère. La gorge nouée, l'armateur de Grande-Anse ne pouvait proférer une parole. Julien avait troqué sa barbe de coureur des bois contre une simple moustache, drue, poivre et sel. Son visage avait pris de la dureté, si cela était encore possible, ses yeux paraissaient avoir gagné le fond de leurs cavités et dardaient sur les autres leur feu mauvais. L'apparence restait sauvage mais l'habit était celui d'un bourgeois, avec de la dentelle aux manches et au jabot, et des rubans de soie aux mollets, là où les paysans de la noce n'avaient que du vil fil de chanvre.

— C'est ma fille, Lucrèce, qui m'accompagne, dit-il. Elle vient pour la première fois à Annapolis Royal.

Il se faisait très rare dans le bourg capitale, naviguait souvent entre Acadie et Nouvelle-Angleterre, laissant planer une sorte de mystère sur ses lieux de résidence. Les gens de Pentagouët le considéraient comme assez peu recommandable, d'autres, qui affirmaient que le manchot traquait et négociait le castor jusqu'à la baie d'Hudson, ne voyaient en lui qu'un chasseur assez habile pour avoir construit une fortune au péril de sa vie. Beaucoup, en tout cas, marins, pelletiers, boutiquiers et Sauvages aussi, profitant de la paix, vivaient du négoce de Julien et trouvaient cela suffisant pour ne pas s'interroger davantage à son sujet.

Jérôme s'était approché tandis que les familles disparaissaient dans l'église trop petite pour les accueillir toutes.

Cela faisait quelques années que le fils de Catherine n'avait croisé l'aîné de ses oncles. Il gardait le souvenir d'une ombre couverte de barbe, de tignasse, et de loup. C'était aux premiers temps de l'occupation anglaise. Il avait alors posé des questions, lui aussi, sur l'existence aventureuse de Julien, n'obtenant de sa mère que des réponses évasives. Maintenant, l'individu à jabot qu'il avait sous les yeux lui rappelait davantage le notaire de Port-Royal, invité lui aussi, que le héros de la prise du fort Pemaquid.

— Vous êtes venu prier pour grand-mère Jeanne, mon oncle, ou bien ouvrir quelque nouvel entrepôt en ville ? lui demanda-t-il avec un léger sourire.

Il se trouvait insolent, sans en connaître vraiment la raison. Mais il y avait en ville une génération de négociants et de courtiers arrivés comme Julien dans les fourgons des Anglais. Ils commerçaient ouvertement avec Boston, achetaient et vendaient tout ce qu'il était possible d'acheter et de vendre, grains et farine, pommes et broderies, bois et fourrures. « C'est la fortune acadienne ! » clamaient, impressionnés, nombre de fermiers satisfaits de commencer à s'enrichir un peu eux aussi, grâce à ces intermédiaires.

Julien toisa son neveu. Ils auraient eu pourtant des choses à se dire, tous deux, sur la façon de prendre ou de perdre les forts et sur cette drôle de guerre d'Acadie qui avait duré un siècle et n'était peut-être pas terminée. Mais, dès qu'ils levaient la tête, ils apercevaient, à une portée de fusil de la chapelle, la bannière du roi George et tout devenait caduc et impossible.

— Les entrepôts, il n'y a pas de mal à cela, dit Julien en s'efforçant de sourire à son tour. Tout le monde rêve peu ou prou d'en ouvrir, dorénavant. Quant au commerce, il se fait avec ceux qui ont les moyens d'acheter. La part de ton grain que tu vends voyage. Sais-tu où elle va ?

— Pardieu, je sais où je ne veux pas qu'elle aille. Aux ventres anglais !

Pierre s'interposa, sourit à la jeune métisse qui découvrait, sans la comprendre, la tension, chargée d'animosité, entre les deux hommes.

— C'est fête, aujourd'hui, dit-il. Julien Lestang marie ses nièces, dame, deux le même jour, et avec une frérèche qui plus est. Entrons dans ce lieu où les guerres elles-mêmes se taisent, ajouta-t-il en désignant l'église.

Il y avait juste la place de front, pour les quatre couples, face à l'autel. Pour le reste, on s'était casés comme on pouvait entre les six rangées de prie-Dieu et de bancs, les hommes d'un côté, les femmes de l'autre. Debout près de la fenêtre donnant à l'ouest, par où l'on apercevait, en se haussant un peu, la rade de Port-Royal et les courbes jaunes des premières terres acadiennes, Catherine Hébert contemplait ses filles toutes de blanc vêtues, les épaules couvertes des plus fines broderies anglaises offertes autrefois par leur oncle Pierre et leurs fiancés. Cela sentait les habits neufs et le cuir lustré, et, en fermant les yeux, on aurait pu croire que le gouverneur français de Port-Royal allait entrer à son tour et féliciter les jeunes gens, comme autrefois.

Jérôme Hébert était resté à la porte de l'église, au milieu d'une compagnie de garçons de son âge que le démon du mariage ne tarderait sans doute pas à piquer à leur tour. Au fond de la minuscule nef, les jeunes filles, rassemblées elles aussi, bavardaient et pouffaient, jetant œillades et regards de défi aux donzelons, en prémices aux danses de la soirée. Puis, à mesure que l'on avançait vers l'autel, les adultes se tenaient plus sagement, les héros des guerres à côté des humbles paysans. Les miliciens des derniers combats de 1710, redevenus laboureurs, soutenaient les très vieux, dont certains étaient allés se battre contre les Iroquois, jusqu'autour de Québec et avaient été bénis à l'époque par l'évêque du Canada !

Jérôme observait son oncle Julien que le mouvement de foule avait éloigné de Pierre, et la métisse de seize ans, au teint d'ambre et aux yeux de faon, toute droite à son bras. Lucrèce ne perdait rien du peuple rassemblé autour des mariés. Elle paraissait un peu étonnée de se trouver là, détaillait avec son regard de femme avisée le costume des jeunes Acadiennes. Elle devait venir d'une tribu des Grands Lacs, peut-être même de plus loin, et, bien qu'il éprouvât du mal à se départir de son aversion pour son oncle et pour tout ce qu'il représentait, Jérôme ne pouvait s'empêcher de bader sa cousine, comme un insecte tournant autour d'une fleur et finissant par s'y poser.

Le père Durand avait revêtu une aube blanche serrée à la taille par une simple ceinture de tissu. Il traversa la chapelle, se tourna vers les fiancés et les bénit. Puis il interrogea les parties selon les coutumes, faisant naître quelques sourires sur les visages des adultes et pouffer les plus jeunes. Avait-il bien face à lui les gens supposés devoir se marier, et le faisaient-ils librement, sans lien matrimonial antérieur ni de cousinage trop proche ? Avait-on prononcé auparavant des vœux ou prié dans une autre religion ? Quelques mots de bénédiction suffisaient d'ordinaire, avant l'échange des serments. Mais, cette fois, le prêtre parla plus longtemps, de la paix revenue, de la nécessité de demeurer ensemble dans la fidélité au vieux pays de France.

— Ne jamais oublier qui l'on est et d'où l'on vient.

Les peuples s'éteignent parce qu'ils sont fatigués, pensa Jérôme. Il faisait le compte des hommes présents, une bonne trentaine, tous émus par le charmant spectacle des promis mais serrés comme dans une caisse de poissons, sous la garde du fort anglais. Il y avait là comme un raccourci de la Nouvelle-France tout entière et le sang du jeune Hébert en bouillait de révolte. Catherine priait, près du Bellilois, à le toucher ; ces deux-là s'étaient trouvés au milieu d'un long chemin. Ainsi les corsaires vieillissaient-ils, au coin des cheminées d'Acadie, ou prenaient-ils de l'embonpoint, comme cet oncle Pierre qui salait désormais des morues et relevait des cases à homards. Jérôme ferma les yeux, implora Dieu d'ouvrir sur les Anglais et leurs colonies tous les aboiteaux du ciel. Il éprouvait tant de haine pour l'occupant que l'envie le tourmentait de lancer les hommes de la noce contre le fort et de tout y brûler.

Les fiancés échangèrent les serments. On se jurait fidélité et assistance, jusque dans les moments les plus graves. Et l'on ferait des enfants en quantité.

— Mes petits, faites les familles les plus nombreuses possible, dit l'abbé Durand. Elles trouveront de la place pour chacun, le long des rivières et loin dans les collines, s'il le faut. Elles seront le gage de votre survie sur cette terre. Elles enchanteront leur Créateur et forceront notre jeune roi à les reconnaître un jour comme ses propres frères d'Amérique. Allez et multipliez.

Jérôme croisa le regard de sa cousine Lucrèce qui lui sourit aimablement. A côté d'elle, Julien demeurait impassible, près de gens paraissant l'ignorer. La petite société de la paix revenue se mettait en place, certains sortaient de l'ombre et rejoignaient le troupeau avec ceux qui étaient chargés de le tondre. Après tant d'années, était-il possible aux vieilles lunes de l'antagonisme de s'éteindre ? Les rois cessaient les guerres pour des raisons aussi obscures que celles qui les poussaient à les déclencher. Loin d'eux et jusqu'au-delà des océans, leurs sujets devaient s'en remettre à Dieu pour deviner ce que l'on ferait de leur pauvre sort. Jérôme savait à quel point la méfiance des Acadiens envers les Anglais demeurait vivace. Mais quand les granges déborderaient d'épis, les celliers de fruits et les entrepôts de mille choses à acheter aux marchands de Boston, que resterait-il du désir de se battre ? Julien Lestang montrait depuis longtemps le mauvais exemple.

Les époux quittèrent l'église. On avait mis des croix au bas du grand registre des mariages, sous les noms écrits par le prêtre. Catherine suivait ses filles des yeux avec fierté mais c'était bien autre chose qui l'illuminait tout entière et la faisait resplendir. Jérôme fut sidéré tant par sa beauté que par l'intensité des regards échangés avec son compagnon. Le corsaire rangé des guerres avait pour de bon touché le port. Il avait tant de fois longé les rivages de la mort, mettant sa vie au bout de son engagement. Ce que les vaisseaux du roi d'Angleterre n'avaient pu obtenir, lui faire mettre sac à terre, une femme était en train de le gagner à leur place.

— Le temps des corsaires français est passé, murmura Jérôme, dépité.

Pierre lui frappa l'épaule. C'était décidément une belle journée et l'on allait s'attabler à une lieue de là, chez un Melanson dont il se disait que ses volailles étaient les plus grasses de Port-Royal.

— Té, regardez qui est là, à c't'heure ! dit quelqu'un.

Un homme tout de noir vêtu se tenait debout, seul, à l'abri d'un jeune sycomore. Il était de petite taille, entre deux âges, portait une de ces perruques claires et bouclées comme il commençait à en être la mode de l'autre côté de l'Atlantique, sous un large chapeau de feutre, noir lui aussi.

— Mascarène, dit André Melanson. Quand je pense que cet homme fut français.

Oui, mais huguenot. L'édile s'avança vers les Acadiens, ôta son chapeau pour un cordial hommage. La tradition pouvait ainsi perdurer mais cette fois le symbole n'en était plus tout à fait le même. Jérôme s'éloigna de quelques pas, observa l'étrange situation, des Français d'Amérique saluant par obligation un compatriote devenu l'un des personnages les plus importants d'une position anglaise. Mascarène complimenta les époux. Il était de Castres, avait fui les dragons de Louis XIV et trouvé refuge en Angleterre, après avoir prêté serment et bien plus que cela, à la reine Anne. Et c'était lui que les nouveaux maîtres avaient délégué à Annapolis en tant qu'adjoint du gouverneur Doucett, lui aussi Français rallié.

Deux traîtres, aux yeux de Jérôme Hébert, qui y décelait comme certains autres un piège mortel pour les Français d'Amérique. Mais le conseil des Acadiens appréciait la pondération, l'apparente absence de ressentiment et la compétence de Mascarène. Ne disait-on pas qu'il passait son temps à calmer les colères de Doucett contre ces maudits papistes usurpateurs de terres ? Et puis, préférait-on comme gouverneur un puritain de Boston ou de New York, voire un de ces méprisants capitaines sortis tout droit de la piétaille anglaise ?

Mascarène avait des choses à dire aux représentants de la colonie présents ce matin-là. Jérôme se rapprocha. Les hommes discutaient, l'édile avec son accent rocailleux du Sud, les autres avec leur oïl mâtiné de français. L'allégeance, encore et toujours, mais avec un courrier que le huguenot adressait à

Londres et à Boston pour hâter la meilleure proposition possible. On vivrait ensemble, par Dieu tout-puissant ! Les Acadiens se recoiffèrent de leurs chapeaux. Ils étaient habitués aux promesses anglaises et attendraient pour voir.

La journée serait chaude et il y avait de la route jusqu'à la ferme Melanson. Les charrettes s'emplissaient de leur joyeux chargement de mariés et de témoins, d'enfants endimanchés et de corsaires en rupture de prises. La joie des Acadiens devait s'entendre jusqu'aux casemates du fort tout proche. C'est déjà cela, pensa Jérôme Hébert, de quoi donner aux soldats du roi George, croupissant dans leur fort, la nostalgie de leurs noces saxonnes.

Dès le débarquement de la noce et de son curé sur la rive nord, opération pour laquelle il avait fallu bon nombre d'allées et venues en barque, Jérôme se mit à la recherche de sa cousine Lucrèce. Des filles le taquinèrent au passage. Avec qui danserait-il, cette nuit-là ? Etait-il toujours en mal d'amour ? Et finirait-il par choisir l'une ou l'autre, au lieu de rester invisible, entre ses terres et les villages indiens où il allait chasser ? Il ne répondit pas, poursuivit son exploration des charrettes. Il avait autre chose en tête, revoir sa cousine, entendre le son de sa voix.

Le petit flot des invités grossissait, au fil du retour des charrettes vers les fermes des mariés. On charroyait les cadeaux : du drap et des étoffes, des pots d'étain et des broderies, des bassines et toutes sortes de récipients d'argile. Les plus habiles à la scie et au rabot avaient fabriqué des meubles, chaises et tabourets. Lorsqu'ils s'en iraient construire leur maison, sur la Dauphin ou à Grand-Pré, les époux ne manqueraient de rien ou presque.

On se hissait à bord, on se congratulait, des musiques résonnaient dans le crépuscule limpide et froid. Il y aurait des feux, chez les Melanson, de la viande fumée et des pâtés, des galettes et des tartes aux pommes. La danse réchaufferait les corps et le cidre les esprits, même si le prêtre en recommandait la tempérance. Et la nuit ferait le reste. Les quelques rejetons illégitimes de la colonie étaient nés de ces fêtes-là.

Jérôme acheva son inventaire dans la lueur des torches et dut se rendre à l'évidence : Julien et sa fille n'avaient pas traversé la rivière. Il aperçut Pierre, assis sur le banc d'un attelage, qui frappait dans ses mains et s'amusait de voir des tout-petits danser la gigue au milieu de leurs aînés.

— Julien ? lui dit son oncle. Je crois qu'il n'avait guère envie de se perdre en terre acadienne. Il a revu sa sœur et cela semblait lui suffire avant de repartir pour la Nouvelle-Angleterre. Eh, mon neveu ? Es-tu bien sûr qu'il s'agit du seul Julien ?

Il éclata de rire.

— La petite Iroquoise t'est entrée dans l'œil, c'est ça ? Mon gars, ces filles-là ne sont pas faciles à comprendre, tu peux me croire.

Il eut un geste circulaire, du bras.

— Allez, regarde toute cette jeunesse, pardieu, si tu ne trouves pas là-dedans un cœur qui batte pour toi, c'est que tu es aveugle, sourd, que sais-je encore ?

Pierre sauta à terre. Son humeur prenait les teintes du jour finissant. Les violonades l'excédaient, comme les rires et les joyeusetés de ses cousins et amis, au passage. Sa famille s'agrandissait. On avait fait le compte de ce que chacun apportait dans ce double mariage. Terre, linge et volailles, cuillères et draps, tout avait été passé en revue, aligné sur une liste et contresigné par le notaire. Les mariés n'étaient pas les aînés Melanson. Ils logeraient à la ferme Hébert, où l'on avait besoin de bras pour augmenter le domaine. Cela ferait du monde, sous le toit de la *daoune* Catherine.

Les mains dans les poches, Jérôme remonta le cours des attelages. Ses sœurs lui tendirent les mains. Elles exultaient, même Madeleine. Ce jour était le plus beau de leur vie.

— Allez, grimpe !

Il se laissa hisser à bord à contrecœur. Une cornemuse poitevine y couinait fort, soutenue par un tambour micmac. On chanta.

Le roi s'en va delà les monts,
Il mènera force piétons,
Ils iront à grand-peine, l'alaine,
L'alaine, me faut l'alaine.

Le tambour prit un rythme indien. Un Belliveau, bon chasseur avec lequel Jérôme avait coutume de courir les bois, se mit à psalmodier. Jérôme connaissait ce chant aux paroles entêtantes que les Sauvages entonnaient au retour de leurs expéditions.

Aloet, ho ho hé hé ha ha,
Aloet, ho ho hé
Egrina hau, Egrina hé hé hu hu,
Ho ho ho Egrina hau hau hau.

Le chanteur sollicita ses compagnons. Il y avait d'autres couplets, apparemment semblables, en vérité subtilement différents, dans le temps. Il en fit un jeu, *Egrina ho ho ho, Aloet ho ho hé ha ha*, provoquant la confusion, les cris puis les fous rires.

— A toi, Jérôme !

Les filles martelaient de leurs talons le bois de la charrette. Elles saisirent les mains de leur frère, se mirent à tourner, courbées comme les Sauvages. Lucrèce rentrait à Boston, son port d'attache. Bon vent, pensa Jérôme. Il y avait tant de gaieté sur le chemin, présente et à venir, que le jeune homme finit par se laisser emporter. *Egrina ho, Aloet ha ha ha.* A son tour, il frappa les planches du pied, le plus fort qu'il put. Cette fête serait la dernière avant l'hiver. Pierre avait raison. Il ne fallait pas en faire un motif de regret.

13

Au printemps de l'année 1724, de retour de Boston après une longue absence, Julien Lestang avait élu domicile à deux cents pas du fort, dans une maison dominant le bassin d'Annapolis Royal. Une quinzaine d'habitations bordaient un chemin raviné par les pluies. Construites par les nouveaux maîtres de l'Acadie ou occupées par eux après que les délégués de Versailles et leurs affidés les eurent abandonnées, elles constituaient un quartier anglo-français où se traitaient les affaires les plus importantes de la colonie, sous l'autorité du gouverneur Doucett. Délaissant le fort que Boston se refusait à restaurer, des officiers de la garnison étaient venus à leur tour se loger là, à distance des remugles d'animaux et des boues de la citadelle.

Jérôme Hébert n'était pas familier de cet endroit, et la vue qu'il avait sur les goélettes et la frégate ennemies mouillées devant la colline n'était pas pour égayer son humeur en ce jour de juillet. Si d'aucuns s'accommodaient de vivre sous la bannière d'un roi d'Angleterre, protestant de surcroît, et commençaient même à s'enrichir entre aboiteaux, moulins et entrepôts, le fils de Jacques Hébert gardait au cœur, à près de vingt-cinq ans, la blessure jamais refermée de la défaite des siens. Ses sœurs cultivaient les rives en compagnie de leurs maris, vivaient le bonheur simple des paysans d'Acadie. Des enfants étaient nés à la ferme, un Paul pour Marguerite et André, un Sylvain chez Jean et Madeleine. Ces parents-là n'étaient pas des guerriers, juste des possibles miliciens que la paix anglaise eût démobilisés de toute façon et qui s'en trouvaient finalement bien. Chez eux, comme chez beaucoup de colons, on s'installait dans une vie nouvelle, débarrassée pour l'instant des menaces de la guerre. Jérôme Hébert, lui, ne rêvait que d'une chose, quitter Port-Royal dès que possible.

Louisbourg...

C'était loin, dans l'île Royale, demeurée française. On y construisait une ville portuaire défendue par une forteresse dont il se disait qu'elle serait la plus puissante de toute l'Amérique. L'Anglais y viendrait, sans doute, mais comme client de pêcheries et des entrepôts de fourrures, et peut-être que des corsaires, ayant armé leurs bateaux dans la course, iraient de nouveau leur mordre les fesses jusque devant New York.

Jérôme pesta intérieurement. La foutue paix entre les souverains d'Europe tenait depuis deux lustres. Les corsaires étaient devenus marchands, à l'image du Bellilois et de Pierre Lestang. Les deux compères faisaient fructifier leurs pêcheries à l'extrême sud de l'île Royale, d'où ils devaient apercevoir la côte de la Nouvelle-Ecosse et les navires qui l'abordaient en toute quiétude. Mais si Jérôme les avait taquinés sur ce sujet, il se serait attiré une réponse du genre : « Hé, tête chaude, nous ne pouvons pas déclarer la guerre à nous seuls ! »

Le jeune homme haussa les épaules, s'engagea dans l'espace fangeux séparant deux bicoques. Il guetta un long moment, appuyé contre le torchis d'un mur, vit une jeune Indienne quitter la maison Lestang, un panier de linge sous le bras, et prendre le chemin de la rivière Allain. Quand les Français avaient considéré de tout temps les Sauvages comme leurs alliés et leurs égaux, les Anglais et leurs commensaux en faisaient des serviteurs convenables, silencieux et dociles, ou les voyaient comme des voisins qu'ils s'efforçaient de maintenir le plus loin possible de leurs possessions. Ainsi allait la paix entre les peuples d'Amérique, et Julien Lestang y tenait son rôle de commerçant et de chef de famille, depuis la victoire anglaise.

Jérôme se glissa vers l'entrée de la maison, poussa la porte entrouverte, pénétra dans une vaste salle servant de cuisine et de pièce à vivre, davantage encombrée de ballots de peaux que de meubles. Dans un coin, un étroit escalier de bois menait à l'étage où devaient se trouver les chambres. Ainsi construite, la maison de Julien Lestang était l'une des plus imposantes de Port-Royal, exhibant la fortune et la position de son propriétaire. Jérôme s'avança dans la vaste pièce par les fenêtres de laquelle la vue portait loin sur les deux rives du bassin. La mer y prenait des teintes argentées, sous le brûlant soleil de juillet. Les gens qui vivaient là devaient connaître des soirées paisibles, à contempler les humeurs de la baie et des voiles des navires lentement abaissées pour le mouillage. C'était autre chose que le commerce de la mer face à l'Ile-aux-Chèvres, près de la vieille habitation de Champlain, où les digues parfois hautes de dix pieds fermaient le décor aussi sûrement que des portes de grange.

Jérôme huma le parfum de la maison. La peausserie y laissait une odeur douce, un peu fade. Lucrèce était-elle là ? Jérôme savait son oncle en mer, quelque part entre Port-Royal et Boston. Il songea à se retirer. Il n'avait rien à faire ici quand les travaux des champs réclamaient des bras dans les fermes acadiennes, mais, de passage au bourg pour quelques achats, il avait éprouvé la soudaine envie de grimper jusque chez son oncle. Julien ne se montrait pas sur la rive nord, et les conversations à la ferme Hébert n'évoquaient que fort rarement cette famille si proche et d'autant plus pleine de mystère. Aussi avait-il été tenté par une visite, peut-être par simple curiosité pour des personnages réputés proches des Anglais, encore qu'il ne pouvait se départir d'un reste d'attachement familial pour ces étrangers-là.

S'étant accoutumé à la pénombre qui baignait la pièce, Jérôme navigua entre les peaux et les meubles. Ceux-ci offraient un contraste, d'un côté la rusticité du vaisselier, de la longue table, des chaises, de l'autre le luxe du secrétaire luisant de son vernis noir et or, que Jérôme caressa. S'étant assis face au lourd meuble, dans le fauteuil de velours qui lui tendait ses accoudoirs, le jeune homme laissa ses doigts errer d'un tiroir à l'autre et sur le buvard constellé de taches d'encre noire. On savait donc écrire, ici. L'oncle Julien, coureur des bois, époux d'une Sauvagesse ? Des documents remplissaient certains tiroirs. Les patientes leçons de Jacques Hébert n'avaient pas été oubliées et Jérôme se trouva capable de déchiffrer les en-têtes de courriers. Boston, le nom compliqué d'une compagnie anglaise, des dates, certaines récentes, d'autres, bien plus anciennes, d'avant la chute de Port-Royal, même. Le cœur de Jérôme se mit à battre plus fort. Il y avait là des documents remontant aux temps déjà anciens où les raids anglais poussaient les Acadiens à se réfugier dans les villages micmacs. 1704, 1707. Des commandes de peaux, loutre, castor et loup, des primes pour les dépouilles d'ours, d'orignal et de pékan, signées par des Anglais, Nelson, Barnett, et par Julien, d'une simple croix.

Jérôme se souvint qu'à ses questions concernant l'oncle Julien et ses relations avec les Anglais Pierre et Catherine répondaient des banalités du genre : « Oh, tu sais, Julien était déjà un sauvage en Béarn. Un peu plus, un peu moins... » Si mystère il y avait eu, le voile s'en levait tout à coup devant ces documents, comme le rideau sur la scène d'un théâtre nomade. Julien Lestang avait bénéficié de la neutralité des siens. Ceux-là n'avaient pas vu, ou voulu voir, le double jeu de leur aîné, Pierre, surtout, qui avait pourtant porté si longtemps le fer contre l'Angleterre. Etrange famille, vraiment, résistant à sa manière aux roueries de la guerre.

La guerre, pensa Jérôme, on la perdait ainsi, en oubliant que les traîtres y tenaient leur rang, tout comme les héros. Le regard rivé aux colonnes chiffrant la fortune de son oncle, l'Acadien en venait à penser que Julien avait précipité le destin de la France en Amérique à lui tout seul. Le coureur des bois devenu grossiste en peaux avait dû commander des armées secrètes entre les colonies en lutte. N'avait-il pas épousé une Iroquoise, tout comme son maître des premières années l'avait fait d'une Abenaqui à l'époque, pour asseoir sa puissance ?

— Ah, le gueux, dit-il tout haut. Il pouvait bien nous donner le conseil de mettre bas les armes et de devenir les amis de Mascarène !

Dans ses habits de drap et de velours de paysan, avec la paille qui dépassait de ses sabots, Jérôme ressentait le poids d'une terrible humiliation, à côté de quoi la reddition de Port-Royal et l'acceptation de la défaite par ses aînés faisaient figure de souvenir presque anodin. Les Français ne s'étaient pas mal battus, mais qu'espérer quand certains des leurs s'enrichissaient avec les ennemis les plus acharnés à leur perte ? Jérôme remit les papiers à leur place, referma le tiroir. Le secrétaire luisait, avec des éclats de brasier. Jérôme se leva, aperçut, près d'une lourde et haute armoire aux portes vernissées, une chose inconnue, une sorte de guéridon au fond parcouru par des fils métalliques, au-devant duquel s'alignaient des rectangles en ivoire. Il posa ses doigts sur cette étrange denture, recula lorsque le meuble eut répondu à leur pression.

— On en fait de la musique, monsieur. Puis-je vous demander ce que vous cherchez ici ?

Jérôme se retourna, aperçut la silhouette de Lucrèce Lestang sur la dernière marche de l'escalier.

— Je suis Jérôme Hébert, votre cousin.

Elle s'approcha, les paupières plissées, hocha la tête lorsqu'elle eut reconnu le visiteur. Jérôme tournait son chapeau entre ses mains, trouvait sa cousine jolie bien qu'assez peu souriante. Comme souvent les métisses vivant en ville, Lucrèce portait une jupe indienne sous un corsage de soie blanche et un foulard de paysanne d'Europe. Deux longues tresses de cheveux noirs tombaient sur ses épaules, ses yeux brillaient d'un éclat dur à peine tempéré par une inquiétude que Jérôme tenta d'apaiser.

— Je suis venu au bourg pour acheter des clous, de la filasse et quelques autres objets. Cela doit bientôt faire quatre années que nous nous sommes vus, alors, je me suis dit...

Elle se détendit un peu, toujours immobile à trois pas de Jérôme, qui se tourna vers le clavecin. Cela avait l'air de faire une jolie musique, en tout cas des sons jamais entendus en Acadie. Jérôme écarta les bras, comme pour une invitation à jouer. Lucrèce fit non de la tête.

— Une autre fois, peut-être.

Il y eut du bruit devant la porte, des jurons en anglais mêlés aux frémissements de nasaux équins. Quelqu'un se désengluait, pestant. Lucrèce fit un pas, recula lorsque la silhouette d'un officier du fort en veste rouge se fut encadrée dans l'embrasure. L'homme s'excusait, montrait ses bottes crottées jusqu'au pantalon de drap blanc. Lucrèce lui dit quelques mots en anglais, décrocha une cape qu'elle jeta sur ses épaules. Elle se préparait à le rejoindre, parut redécouvrir son cousin.

— Il vous faudra revenir, si vous le voulez, dit-elle. Maintenant, je vais fermer cette maison. Ces peaux doivent demeurer en lieu sûr en attendant d'être livrées.

Jérôme marcha vers la porte toujours barrée par le lieutenant d'Annapolis. Le bruit de ses sabots sur le bois du parquet lui sembla du plus parfait ridicule. Même boueux et plutôt décoiffé par une chevauchée, l'officier avait belle allure. Un brun aux yeux clairs, imberbe comme le voulait désormais la mode militaire, qui daigna s'écarter de quelques centimètres et jeta sur

Jérôme un regard de maquignon découvrant une pustule sur un pis. Les Acadiens fréquentaient peu ce quartier de leur ancienne capitale. Lucrèce expliqua sa parenté avec Jérôme, ce qui n'avait aucune espèce d'importance pour l'Anglais.

— Au revoir, mon cousin, dit-elle avec un de ces sourires exaspérants qu'avaient les filles de la rive nord lorsqu'elles éconduisaient gentiment un galant.

Jérôme soutint la morgue de l'Anglais, finit par rompre. Le capitaine Mascarène exigeait de ses troupes le respect des indigènes, Français ou Sauvages, mais tout, dans le maintien de la garnison à leur égard, n'était que distance et mépris, comme si ces paysans crottés puaient vraiment par trop. Jérôme regarda le couple s'éloigner, et soudain il n'y eut plus à ses yeux d'autre femme en Amérique que cette métisse de seize ans à peine, au corps élancé, aux fesses bien rebondies sous la jupe iroquoise. L'Anglais se penchait vers sa compagne avec la déférence de quelqu'un faisant sa cour. Il tenait son cheval par la bride, comme il tiendrait sans doute bientôt Lucrèce, et Jérôme trouva cela humiliant et insupportable.

Il embarqua au pied du fort, rama vers l'extrémité de la rive nord, l'esprit tourmenté. Les champs d'Acadie étaient pleins de leur peuple joyeux et insouciant, sous l'ardent soleil de juillet. En dix années, on avait achevé de conquérir ce qui restait de marais et de rivages. Le domaine des colons s'étendait jusqu'en bordure de forêt, aussi loin qu'il était possible de cultiver. Ici et là, quelques acres humides, laissés en l'état, témoignaient de ce qu'avait été le paysage dans des temps déjà anciens.

— La fortune de la France d'Amérique...

Jérôme appuya plus fort sur ses rames. Sur les chemins littoraux, entre digues et rivage, les charrettes acadiennes s'emplissaient de grain et de paille, d'enfants, aussi, juchés sur les montagnes dorées de la moisson. La paix anglaise avait calmé les angoisses. On vivait, plutôt mieux, et la place manquait désormais à Port-Royal pour la génération des jeunes adultes. Car ce n'était partout que mariages et naissances et, avant de mourir, la reine Anne n'avait-elle pas ordonné que l'on traitât les Français de Nouvelle-Ecosse comme ses sujets ordinaires ?

Jérôme continuait de penser qu'il y avait là un piège dans

lequel ses compagnons se laissaient enfermer. Personne n'avait encore défini avec précision les frontières des Etats. Les colonies de Grand-Pré, de Beaubassin, étaient-elles françaises ? Mais bien sûr, lui rétorquait-on, il était même question d'y construire des forts. Il doutait, se rappelait la méfiance de son père envers les promesses, tant anglaises que françaises. L'insouciance des Acadiens, cette joie tranquille avec laquelle ils regardaient croître leurs familles et leurs troupeaux, ajoutait à son malaise.

Il accosta à une demi-heure de marche de la ferme Hébert. Partout, la moisson était splendide, sous les silhouettes courbées des paysans. On travaillait à la faucille, avec des instruments que l'on ne craignait plus d'acheter aux marchands de Boston ou d'Albany. Jérôme salua ses voisins, autour desquels gambadait une marmaille criarde. Les femmes étaient bras nus, avec de simples jupes de lin, les hommes, chemises ouvertes sur leur torse luisant de sueur, liaient les gerbes que les plus jeunes hissaient à bord des lourdes charrettes. Bœufs et mules attelés par deux, bordes neuves, sous leur chaume, l'aisance des Acadiens d'Annapolis Royal se montrait, aussi bien que dans les misettes où vaches et moutons paissaient l'herbe à l'abri des digues.

Jérôme rejoignit ses beaux-frères Melanson, courbés eux aussi sur les blés. Au début de juillet, des orages avaient achevé de gonfler les épis, avant que la canicule ne les séchât. Les moulins de l'Allain auraient du grain à moudre cette année-là et les vaisseliers acadiens se garniraient de porcelaine et de verre blanc.

— Jérôme, à c't'heure ! lui lança Jean Melanson, le mari de Madeleine. Tu reviens pour boire un peu d'épinette ?

L'échalas aux membres grêles et aux cheveux crépus avait déjà fait trois petits à sa femme. Son frère, André, dont les filles de la rive nord avaient longtemps badé le visage d'ange, n'avait qu'un fils, mais son épouse, Marguerite, qui travaillait près de lui, attendait le second pour la fin de l'automne. A eux quatre, ils figuraient la force toute neuve de la ferme, son espérance, aussi. Jérôme saisit l'outre que lui tendait son beau-frère, avala une longue rasade de bière. La boisson avait séjourné au fond d'un ru, dans l'eau vive. Elle était fraîche.

— Tu as la faucille dans la charrette, et il reste de l'ouvrage, lui lança Jean, dont la rudesse des traits s'accordait, le temps passant, avec son caractère plutôt taciturne. Les clous et la filasse ne t'ont pas trop pesé sur l'épaule ? Et c'était comment, au bourg ?

— Les Anglais sont toujours là, dit Jérôme.

— Boh, ceux-là, on ne les voit pas derrière les charrues et c'est tant mieux pour nous. Qu'ils crèvent donc, dans leur fort.

Jérôme se pencha, aperçut sa mère qui s'approchait par le chemin de la maison, portant le panier du dîner. L'été, on se restaurait au travail, de pain, de saucisse et de viande séchée. Les pommiers de Port-Royal, alignés par centaines tout le long des rivières, fournissaient le dessert en quantité. Les enfants acadiens qui, du sein à la table des adultes, n'avaient manqué de rien, ni de lait, ni de farine et encore moins de viande, d'œufs ou de poisson, grandissaient ainsi en force, ignorant les miasmes, les maigreurs et les fatigues de leurs cousins du vieux pays français.

Jérôme salua Catherine, à qui il trouva un air assez rêveur. Il supposait qu'elle était ainsi, souvent, parce que son corsaire devenu morutier vivait loin des rivages de la Baie française. Il n'y avait pas que cela. La mort de Jeanne Lestang avait laissé une toute petite place dans la maison, insuffisante pour que chacun pût se répandre un peu. Deux couples et leurs enfants, cela aurait déjà été bien assez dans un espace aussi réduit. Il fallait en plus voisiner jour et nuit avec Catherine et Jérôme et celui-ci voyait bien, aux mines de ses sœurs, que cette promiscuité commençait à leur peser.

— J'ai vu Lucrèce, ce matin, dit-il à Catherine, tandis qu'elle passait près de lui, distribuant ses provisions.

— Oui ?

Elle souriait, la tête légèrement penchée. Ses joues se creusaient avec le temps, ses cheveux s'argentaient, aux tempes et au front, mais la quarantaine sonnée lui donnait aussi, au buste, aux hanches, la charnelle magnificence de l'âge mûr. Muette, elle semblait l'interroger, avec dans les yeux la sollicitude et la tendresse d'une mère aimante. Jérôme la trouvait belle, splendide, à vrai dire. Passé son deuil, Catherine Hébert n'avait pas manqué de prétendants, des veufs pressés de se remettre en ménage et d'autres, libres ou non, qui eussent fréquenté sa couche sans en éprouver de remords. Mais la dame avait éconduit les soupirants. Les longues solitudes ne lui déplaisaient pas, et les escales de son corsaire assagi à Port-Royal étaient de telles fêtes de la chair que les affadir sous la férule du quotidien lui avait longtemps paru inutile, tout simplement.

— Elle est plus que jolie, cette petite Sauvagesse, dit Jérôme.

— Je le crois, en effet. Tu as rencontré son père ?

— Il voyage de nouveau. Et elle tient la maison, à ce qui semble. Il y avait là-dedans assez de peaux pour vêtir et réchauffer toute la cour du petit roi de France [1].

Il eut envie d'évoquer sa trouvaille chez Julien, ces notes accusant son oncle, mais dans l'ambiance joyeuse des moissons, et maintenant que le pays connaissait la paix depuis près de dix années, ces vieilles histoires d'avant la conquête anglaise valaient-elles la peine d'être exhumées ? Il s'abstint. Le souvenir de Lucrèce le hantait. Etait-il amoureux, à l'image de ce qu'il avait ressenti lors de sa première rencontre avec sa cousine ? Il n'en savait rien, désirait simplement posséder cette fille. Par défi.

— Le quêteux est passé par chez nous quand tu étais au bourg, lui dit Catherine. Il soupera à la ferme et dira des choses importantes pour tes sœurs. Et puis moi aussi, je dois vous en conter une.

Jérôme la considéra, un petit sourire au coin des lèvres. Il devait savoir de quoi il s'agissait mais faisait en vérité comme s'il allait en être surpris. Non, décidément, même grisonnante et coutumière de silences qui pouvaient durer le jour entier, sa mère n'était pas encore une jeune vieillarde, comme bon nombre de ses payses. Et tandis qu'il la contemplait, offrant le pain et la saucisse à ses gendres, il se disait que l'homme choisi pour l'étreindre et la contenter était un rude chanceux.

Il était malingre, marchait dos voûté, boitait bas, sa barbe sale et ses petits yeux gris faisaient peur aux plus jeunes. Les enfants lui auraient sans doute jeté des pierres, si les adultes ne s'étaient mis en tête d'en faire une sorte de saint, d'intouchable que l'on s'honorait d'avoir à sa table. Le quêteux. Un diable malicieux, à moins que ce ne fût un esprit micmac dérangé dans ses

1. Louis XV, alors âgé de quatorze ans.

contemplations, l'avait affublé d'une gibbosité et d'une répugnance instinctive pour les outils de la terre. Alors, il allait de maison en maison, s'installait dans un coin de la salle commune, échangeait une soupe, un pilon de volaille, des fruits, contre le récit des derniers potins de la colonie. Et il en savait ! Sur les hommes et sur leurs femmes, sur les cochons d'Anglais, et sur le curé, même. De turpitudes, assez peu, l'Acadien était sage et n'offensait pas son Créateur. Mais pour cancaner fiançailles et promesses rompues, donations à venir et jalousies d'héritages, le quêteux n'avait pas son pareil.

— Eh, André-à-Henri Melanson, dit l'homme entre deux lampées de soupe, j'ai une nouvelle qui va t'intéresser. Ça se passe au bassin des Mines, tu sais, là où il n'y a qu'à se baisser pour trouver de la terre à cultiver. Tu y as même des cousins, à ce qu'on raconte, des Landry, Aucoin et même des Robichaud.

— Et un Hébert, parent de Jacques, ajouta Catherine. L'Acadie est une grande famille.

— Elle le devient, dit Jean Melanson. Et alors, ta nouvelle, quêteux ? On y aurait trouvé une rivière de bière d'épinette, à Grand-Pré ?

Jérôme et ses sœurs s'étaient penchés vers leur hôte, attentifs. Lorsqu'il avait quelque chose d'important à raconter, le quêteux aimait bien faire languir, jusqu'à exaspérer les moins patients. Marguerite Melanson était de ceux-là et frappait le sol du pied. Au bout de la table, immobile sous son châle, Catherine observait, un vague sourire sur les lèvres.

— Eh bien ? gémit presque Marguerite.

L'homme leva son verre de cidre vers Catherine. La nouvelle devait en effet être d'importance.

— Eh bien, dame Hébert, finit-il par lâcher, la paroisse de la rivière Pisiquid s'agrandit de quelques centaines d'arpents, et à Sainte-Croix aussi, on déclare ouvrir les seigneuries en amont. Votre cadette et son mari vont pouvoir aller s'y installer. Ils n'y seront pas seuls, les jeunes bougres. Des Thibodeau, des Le Blanc, des Thériault et vingt autres familles vont se répandre ainsi au bout de la baie.

Il y eut un silence. Marguerite savait son époux désireux de quitter la maison Hébert devenue trop petite pour la dizaine de personnes qui s'y côtoyaient, et réalisa soudain que cela signifiait aussi l'exil, à une grande semaine de marche de chez elle. Jérôme applaudit, tapota l'épaule de sa sœur en pleurs, soudain.

— Alors, nous irons vous aider à bâtir votre maison avant l'hiver, c'est aussi simple que cela, dit-il. Le temps d'engranger ici. Ma foi, quêteux, la nouvelle n'est pas mauvaise.

André Melanson s'était levé et enlaçait sa femme. Son frère restait pensif, échangeait avec sa Madeleine des regards furtifs. Jean Melanson devenait pour de bon chef de famille à Port-Royal, et son propre domaine s'agrandissait tout à coup, du double très exactement. Ainsi la vie des gens changeait-elle naturellement, au bord de la Baie française, quand la colonie décidait de conquérir de nouveaux territoires.

— Eh bien, dame Catherine, dit le quêteux, vous voilà bien songeuse, vous aussi. Mais il est vrai que partout où passe une nouvelle comme celle-ci, l'humeur n'est pas forcément à la gaieté.

Catherine joignit ses mains sous son menton. Elle avait elle aussi quelque chose à dire. Elle contempla longuement le petit monde rassemblé devant elle dans la pénombre et la fraîcheur de la pièce commune.

— Votre annonce doit être une fête pour ceux qui vont enfin pouvoir vivre dans leur propre maison, dit-elle. Ils auront de la place pour leurs enfants et des granges pleines du meilleur grain de tout le Nouveau Monde. Et puis, six ou sept journées de marche pour se réunir à eux, c'est tout de même moins que de retourner à La Rochelle

Elle regardait son fils avec intensité, poursuivit :

— Jérôme pourra demeurer ici, à travailler avec Jean et Madeleine, ou faire sa pelote ailleurs, à son tour, lorsqu'il aura pris femme. Pour ceux qui ont connu les tourments de la guerre, les temps que nous vivons sont incertains mais ils ont tout de même la douceur et la dureté des saisons d'Acadie, et d'elles seules. C'est bien suffisant, je pense, pour notre peine et notre pain de chaque jour...

Un nourrisson vagissait faiblement au fond de la pièce. André Melanson fixait son assiette. Seul le quêteux poursuivait son repas comme si de rien n'était, mastiquant bruyamment avec les quelques chicots qui lui restaient. Catherine lui sourit, prit une profonde inspiration.

— Et puis, quêteux, vous pourrez, si vous le désirez, conter aux gens que le corsaire Bellilois m'ayant demandé pour la millième fois de l'épouser, je vais enfin accepter.

Ce fut au tour de Madeleine Melanson de fondre en larmes. Jérôme trouvait sa mère admirable. Quand d'autres fussent devenues grands-mères dans l'ombre des plus jeunes, occupant leur place immémoriale entre les paniers de haricots à écosser, les chemises à rapetasser et les marmites à surveiller pendant que l'on était aux champs, celle-là tendait son buste, d'un mouvement presque imperceptible, comme si une caresse la frôlait.

— Eh bien, lança-t-il pour rompre un long silence entrecoupé de sanglots, voilà qui fera un peu de place dans cette maison ! N'est-ce pas, quêteux ?

— Boh, vous savez, dit l'infirme, il n'y a pas moins de dix ou quinze personnes sous chaque toit de Port-Royal. Même les Anglais, tenez, derrière la barricade du fort, ils se dorment dessus les uns les autres, tant il y a de rats et de courants d'air dans leur ruine. Au pays le plus vaste de l'univers, les gens se collent les uns aux autres comme la boue à leurs sabots ou à leurs bottes !

Il rit. Marguerite pensait déjà tout haut et avec un peu d'angoisse à ce que serait sa vie sur la rivière Pisiquid, dans une maison inconnue. Madeleine l'observait sans mot dire, sachant ce que serait sa propre existence sur la rive nord : un peu d'aisance gagnée et du silence. Le mariage convenait parfaitement à son tempérament. Les hommes étaient partis de leur côté dans le calcul mental des acres et des bêtes à cornes dont ils disposaient isolément.

— Vingt vaches, quarante moutons, quatre cochons et dix pintades, chantonna, narquois, le quêteux, sur l'air de *Tous les bourgeois de Chartres*, comme s'il devinait le souci de ses hôtes.

Catherine s'approcha de Jérôme. Leur pacte tacite touchait à sa fin. Jérôme l'avait respecté, allant même au-delà de sa limite, par accoutumance ou peut-être simplement par ennui. Elle avait un regret, que son fils n'ait point profité de son long séjour à Port-Royal pour prendre femme et fonder une famille. Mais Jérôme avait toujours considéré que sa liberté passait avant cet amarrage-là. Il ne manquait pourtant pas de maynades, à Port-Royal, à qui une danse, un baiser, une promesse derrière une meule de foin avaient laissé croire qu'elles seraient l'élue.

Beaucoup s'étaient découragées, avaient convolé. D'autres espéraient encore.

— Ta route passera peut-être un jour par le Cap-Breton, lui dit-elle à voix basse.

Il ne répondit pas. La dispersion prochaine de sa famille, les états d'âme de ses sœurs et la sereine tristesse de Catherine l'occupaient moins que le souvenir d'un corps gracile et félin, dans une jupe iroquoise. Sa rencontre avec Lucrèce lui laissait le goût exaspérant des rendez-vous manqués. La présence d'une ganache anglaise dans ce jeu à peine commencé ajoutait à sa fureur.

Catherine lui caressa la joue, se détourna.

— Eh bé, c'est un juillet pas comme les autres, et je vous laisse à votre joie, tous autant que vous êtes dans votre bonne maison, conclut le quêteux en se coiffant de son chapeau de paille, une charpie grisâtre bonne depuis longtemps à jeter aux corbeaux.

De toutes les saisons d'Acadie, Jérôme préférait l'automne. En cela, il rejoignait le goût ancien de sa mère pour les langueurs, les murmures et les lumières d'octobre. Catherine, ainsi que des vieux des fermes voisines, émigrants arrivés avant la chute de Port-Royal, lui avait décrit les automnes de France, en Béarn, en Poitou ou en Bretagne, mais cela lui avait toujours paru la simple réduction de ce qu'il découvrait chaque année avec l'émerveillement d'un enfant.

Sous le ciel où transitaient, paisibles, des troupeaux de nuages blancs, les feuillages des sycomores et des hêtres agonisaient dans la rousseur d'un gigantesque incendie, jusque dans les collines du pays indien. A quelques dizaines de pas des hommes peinant sur leurs socs et sur leurs herses, le bassin d'Annapolis se mettait au bleu intense, tout comme les rivières qui venaient s'y déverser. La terre, la bonne glèbe d'Acadie déjà maintes fois retournée par les labours, mettait ses taches brunes dans ce décor qu'oies et grues dominaient dans les cris et les froissements d'ailes de leurs rassemblements. L'hiver paraissait encore loin, tenu à distance par la douceur d'un été qui ne voulait pas finir et le faisait savoir.

« Le Seigneur se repose un peu avant la froidure », avait alors coutume de dire Catherine.

Jérôme aborda la rive sud, et comme chaque fois qu'il passait ainsi d'un bord à l'autre de la Dauphin, les images du siège et de la reddition lui revinrent à la mémoire, chassant dans l'instant l'infime considération qu'il éprouvait, parfois, pour les Anglais.

Il cracha par rituel en direction du mât où flottait la bannière honnie, avec ses lions rouges couchés et sa géométrie cruciforme. Le vent se levait, de l'est, les nuages défilaient un peu plus vite, prenaient des teintes grises au-dessus des remparts délabrés du fort. Ainsi l'océan annonçait-il ses prochaines colères. Les Indiens descendraient bientôt de leurs montagnes, à la recherche de havres pour la saison de gel. Et les fermiers d'Acadie se pressaient déjà de terminer leurs sillons avant les premières grosses pluies.

Jérôme gravit la colline, longea les maisons autrefois ruinées par les guerres, habitées désormais par les envoyés de Londres. C'était étrange. Certains, civils et militaires, y avaient fait venir leur famille ; des enfants jouaient dans l'herbe, des domestiques astiquaient des cuivres dans les arrière-cours, ce petit monde s'interpellait dans une langue incompréhensible, et cela donnait au quartier des allures de colonie. Jérôme ne s'attarda pas. Lorsqu'il découvrait des Acadiens badant ces gens, il les morigénait, raillait leur curiosité de manants. Il passa devant l'entrée du fort et s'engagea dans la venelle fangeuse que d'aucuns s'obstinaient encore à nommer rue principale du bourg.

Un marchand de La Rochelle, intermédiaire toléré par les occupants, tenait vaguement boutique entre quelques granges et maisons de notables. C'était là le quartier des affaires, où les nécessités de la survie faisaient que l'on se parlait entre anciens ennemis, parfois pour l'administration de la cité, le plus souvent pour le commerce et les échanges. Jérôme poussa la porte de l'échoppe, descendit les trois marches menant à la caverne du Rochelais, dans les odeurs de cuir et d'épices, de grain et de peaux humides.

— Hé ! Jérôme-à-Jacques Hébert ! Décidément, on ne voit que toi au bourg, ces temps-ci. De quoi manques-tu, cette fois ?

L'homme s'appelait Gramont. Il était rond et chauve, marchait courbé dans la lueur jaune d'une unique chandelle, comme écrasé par les poutres de sa demeure. Entre ses tonneaux d'huile et de vin, ses ballots de peaux et ses étagères couvertes d'outils, de pots, de vaisselle et de verroterie, il allait et venait, semblait compter et recompter sans trêve le détail de son trésor. Jérôme serra sa main grassouillette et moite.

— J'ai besoin d'une lame neuve pour une serpe, de sucre aussi et de mélasse.

— Une lame ? Je pensais que tu voulais une pointe de baïonnette ?

Jérôme haussa les épaules. Les Anglais avaient laissé aux colons la jouissance de leurs fusils, mais surveillaient autant qu'ils le pouvaient les allées et venues des chasseurs et de leurs armes.

— Ils vont encore essayer de nous faire prêter serment, dit Gramont à voix basse. Je tiens ça d'une fille de la rive sud qui lave leur linge. La gouye est en amour avec un de leurs sergents, sans doute pour complaire aux instructions du roi George. En tout cas, amour ou pas, de 1713 à aujourd'hui, ces bougres n'ont guère changé de projet. Sont-ils têtus ! Tu crois que certains se laisseront tenter par l'allégeance, cette fois ?

— Ma foi, je n'en sais rien. L'Acadien est réputé têtu, lui aussi.

Jérôme apercevait des colis encore non ouverts, portant des inscriptions en anglais. Bien que d'origine huguenote, Gramont était fidèle au roi de France depuis toujours, mais en ces temps où il fallait garder ses confidences pour les cercles intimes, Jérôme se refusait à lui faire totalement confiance.

— Le quêteux nous a dit que les Sauvages étaient mécontents, ces jours-ci, dit Jérôme. Il est vrai que l'on n'en voit guère par ici, en ce moment.

— Ils se font rares, en effet. Mais tu sais, ceux-là...

Gramont faisait un peu de négoce de peaux avec des Bostoniens, mais comme tout le monde à Annapolis achetait, bien obligé, des produits en provenance de la Nouvelle-Angleterre, la chose était naturelle. Ce climat de molle coexistence navrait Jérôme, mais il n'y avait rien à faire pour le changer, tant que la paix demeurait entre les souverains d'Europe.

— Tu diras à ta belle-sœur que j'attends des étoffes de Manchester, par le prochain bateau de Boston, dit le boutiquier. Des serges et des dentelles, aussi. Les Anglais sont ce qu'ils sont, et comme toi, je ne les apprécie guère, mais il faut bien admettre que leurs filatures dépassent les nôtres en qualité.

Jérôme avait mis la lame à sa ceinture et sa besace pleine à l'épaule. Il s'apprêtait à quitter l'échoppe lorsqu'il vit entrer sa cousine Lucrèce. Elle était donc restée au bourg, quand il l'avait crue repartie pour toujours en Nouvelle-Angleterre. Un réflexe le fit reculer vers le fond de la pièce, où il demeura sans bouger tandis que la jeune fille, encore pleine de la lumière du jour, s'accoutumait à la pénombre. Jérôme pensa qu'il n'avait jamais vu un aussi joli minois que celui-là. Décidément, il devait en être amoureux, en tout cas ce qu'il éprouvait pour la jeune fille n'avait rien à voir avec ses émois adolescents. « Vous êtes bien difficile, monsieur », « Vous préférez sans doute courir l'allumette chez les Sauvages », « Eh bien, vous resterez vieux garçon, comme votre oncle le corsaire », lui jetaient, entre autres amabilités, les donzelles déçues de la rive nord dont il négligeait les sourires.

— Je viens chercher ma mercerie, dit Lucrèce avec l'accent indéfinissable, anglais et indien, qui ajoutait encore à son charme. Et les épices, aussi.

Elle détailla sa commande, du fil, des rubans, quelques pièces de velours, des clous de girofle, du sirop d'érable, de la cannelle et des fruits séchés des Caraïbes. Elle présentait à Jérôme son profil au nez bien droit, aux pommettes saillantes sous la peau ambrée. Ses yeux étaient grands et peu bridés. Le mélange des sangs lui donnait, plus qu'une réelle beauté, cet attrait souvent envié aux métis. Jérôme craignait que l'officier anglais n'entre à son tour dans la boutique. Lorsqu'il vit sa cousine se tourner et venir vers lui entre sacs et tonneaux, il retint sa respiration.

— Il y a quelqu'un, là, murmura-t-elle.

Jérôme fit un pas, se montra, reçut dans l'instant le sourire de Lucrèce, un rayon de soleil dans la semi-obscurité.

— Jérôme, vous étiez là.

Elle l'avait reconnu, bien qu'il eût cessé de venir au bourg dans ses habits de travail. Madeleine le voyait, à la ferme, s'apprêter pour de simples emplettes comme s'il se rendait à la noce, couvrant sa chemise d'un gilet de Jacques Hébert, coiffant ses cheveux et nouant une écharpe autour de sa taille. Quant aux sabots, passé la rivière, ils attendaient le retour de

Jérôme au fond de la barque, remplacés par des mocassins et des chausses propres.

— Je vous regardais, cousine, dit-il sur le ton de la confidence.

Il avait envie de la prendre dans ses bras et cela devait se voir, car elle baissa les yeux avec un petit rire dont il ne sut que penser.

— Voici votre mercerie, demoiselle, dit le marchand. Voudrez-vous avertir votre père que le bateau de Boston sera ici dans trois jours, sauf tempête et que nous pourrons y embarquer les peaux et les fourrures ?

Elle acquiesça, prit le bras de Jérôme.

— Vous m'accompagnerez, mon cousin ?

Jérôme sentait son cœur bondir dans sa poitrine. La pesée, toute légère, des doigts de Lucrèce sur son bras brûlait sa peau et la faisait frissonner, sous le drap épais de la chemise.

— Le vent se fait mauvais, dit-elle lorsqu'ils furent dans la ruelle.

Elle semblait aimer cela. Ses narines palpitaient, comme si elle sentait des effluves secrets dans l'air d'octobre. Les Sauvages savaient percevoir d'instinct ces choses étrangères aux autres. Jérôme leva les yeux vers le ciel où se succédaient des chapelets de nuées sombres. Lucrèce marcha jusque sous le fort, s'avança vers l'endroit de la colline où le bassin tout entier se livrait soudain au regard.

— C'est le plus bel endroit du monde, dit-elle.

Les bourrasques plaquaient sa robe sur ses fesses, faisaient voleter ses tresses noires. Jérôme s'astreignit à contempler le paysage, qu'il n'avait jamais trouvé particulièrement remarquable. Par un fait étrange, sa mère avait pour le décor du bassin de Port-Royal une tendresse analogue à celle de Lucrèce. Elle aussi venait parfois s'en pénétrer avant de repasser sur la rive nord.

— Cela m'étonnerait que le bateau de Boston ou d'ailleurs soit là dans trois jours, dit Jérôme.

Il connaissait les humeurs de l'automne acadien. Aux douces journées propices à la promenade et à la chasse pouvait succéder sans transition le désordre des éléments, jusque devant le fort où l'on avait déjà vu des cargaisons dispersées en quelques minutes et des navires jetés les uns contre les autres comme de simples tonneaux vides.

Lucrèce se tourna, face au vent, ferma les yeux.

— Eh bien, venez, tempêtes et emportez-moi.

Elle levait ses mains vers le ciel, paumes ouvertes, comme ses frères de sang iroquois lorsque les mystères de la vie et de la mort les figeaient ainsi, interrogeant les esprits. Offerte, le buste tendu, le ventre et le haut des cuisses dessinés par les rafales, elle était désirable, au-delà de ce que Jérôme avait pu imaginer.

Lorsqu'elle ouvrit les yeux, il s'était éloigné de quelques pas et lui tournait le dos, les mains dans les poches. Elle le rejoignit, prit à nouveau son bras. Elle paraissait heureuse, cherchait son regard, comme s'ils faisaient ensemble une promenade entre très vieux amis. Et Jérôme se sentit à son tour plein d'une joie jusqu'alors inconnue, de quelque chose d'aussi fort que la fierté éprouvée à sortir le premier du fort, quatorze années plus tôt.

Il épaula sa besace, prit les paquets de Lucrèce et se laissa mener ainsi jusqu'à la maison de son oncle, où la jeune métisse le fit entrer. La pièce commune avait été débarrassée de son parterre de sacs et de ballots. Le sol en était rouge, carrelé devant la cheminée, couvert de parquet ailleurs. Une odeur de cire remplaçait le parfum fauve des fourrures.

— Mais c'est mon neveu Jérôme, le héros de Port-Royal.

Julien Lestang se tenait devant l'une des deux fenêtres. Il observait la rapide irruption de la tempête dans le ciel lorsque les jeunes gens étaient arrivés. Jérôme ne put s'empêcher de jeter un coup d'œil vers le secrétaire.

— Eh bien, jeune homme ? lança Julien de sa voix rauque aux intonations sans nuances.

Jérôme posa sa besace sur le sol, demeura immobile au centre de la pièce. Avec sa moustache argentée de fils blancs, sa longue chevelure de coureur des bois, son moignon comme collé à sa hanche, Julien conservait dans son allure ce qu'il fallait d'inquiétant. Certains, à Annapolis, l'appelaient l'Anglais, mais personne, à travers toute la Nouvelle-Ecosse, n'eût été capable de prouver qu'il avait tourné de quelque façon sa dague ou son fusil contre le roi de France. Jérôme Hébert avait en face de lui un mystère et, d'abord, une sorte de colosse vieillissant à la peau craquelée par le soleil et par la neige, un ours se préparant à hiberner au creux de sa caverne.

Lucrèce alla ouvrir des tiroirs auxquels elle confia ses achats. Julien la regardait aller et venir, et Jérôme ressentit l'amour qu'enfermait en elle cette contemplation toute simple. Julien soupira.

— Les paysans d'Acadie boivent-ils autre chose que leur foutue bière d'épinette ?

Il fouilla une armoire, à la recherche d'une bouteille qu'il posa sur la table.

— Le héros de Port-Royal ne doit pas craindre les boissons fortes, dit-il. Et ici, le curé ne se mêle pas trop de régenter les goûts.

Jérôme s'approcha de la table, saisit le verre que lui tendait son oncle. La première gorgée de marc de Bourgogne faillit l'obliger à s'asseoir, dessinant dans ses entrailles un trajet d'incendie qui le fit rougir, de la tête aux pieds. Le visage de Julien s'égaya, le temps d'un sourire disparu aussi vite qu'il y était né.

— Je crois que ta cousine t'aime bien, dit-il d'une voix égale. Moi, je voudrais savoir qui tu es vraiment, Jérôme Hébert. Je sais ce que tu as fait il y a longtemps, mais cela ne me suffit pas, vois-tu.

Jérôme suffoquait. Il rêvait de poser semblable question à son oncle depuis des années, et voilà qu'il était sommé d'y répondre. Il serra son verre entre ses doigts. Il se sentait soudain à l'image de quelques autres, un fort-en-gueule un temps anobli par la guerre et rendu à son statut de paysan d'Acadie par la paix anglaise. Rien de plus, rien de moins. Le fils de Jacques Hébert ? Peut-être aurait-il dû être plus curieux de savoir de qui il était en vérité le fils. Julien choisit de rire, très doucement, s'excusant presque, tendit la bouteille vers lui, pour une seconde rasade d'alcool.

Des Sauvagesses apparurent, sortant de la cuisine où se préparait un dîner. Etaient-elles épouses, servantes, les unes et les autres, tout à la fois ? Elles gardaient le silence, sacrifiaient à un cérémonial de respect en présence du maître, et Lucrèce, qui les accompagnait avec les mêmes gestes et les mêmes attitudes, appartenait soudain à leur tribu. Jérôme avait souvent chassé avec les Micmacs, mangé dans la marmite et dormi en lisière des villages, mais jamais il n'avait pénétré l'intimité des familles indiennes, comme si son existence de fermier de la rive nord le lui interdisait. Si près de Port-Royal, en terre civilisée, on ne courait pas l'allumette, ce jeu pour coureurs aux lointains territoires. Les prêtres disaient que c'était là se montrer civilisé et soucieux de l'ordre divin.

— Assieds-toi, ordonna Julien.

Jérôme s'exécuta. Ses anciennes envies d'en découdre avec les ennemis du roi de France fondaient et se répandaient autour de lui comme la cire d'une bougie qui se consume. Il devinait, onde tiède rôdant autour de lui, la présence de Lucrèce, croisait le regard de son oncle, où ne brillait nul éclat de haine ni de ressentiment. Julien s'était assis en face de lui, l'observait. Son moignon exécutait de petits mouvements, précis, comme pour rassembler des miettes sur une nappe. Jérôme se souvint d'un récit de bataille que lui faisait sa mère quand il était enfant. Les Français étaient partis à la conquête de la Nouvelle-Angleterre, à un contre vingt et Julien était parmi eux. On l'avait ramené à demi mort, avec cette plaie horrible au bout du bras et tant de tristesse dans le cœur. Dieu des chrétiens ! Saint-Castin avait remporté des victoires, terrorisé les puritains, mais Julien avait souffert et Jérôme, se souvenant du vacarme des batailles, trouvait soudain différent, parce que homme, celui qui eût pu être aussi bien son compagnon entre les défenses de Port-Royal.

— Que penses-tu de cette tisane, mon neveu ?

Jérôme fit un effort pour se redresser. Il n'avait jamais rien bu d'aussi puissant, à côté de quoi la bière d'épinette, qui faisait chanter les hommes sous les fléaux, n'était qu'une banale infusion. Une chape pesait sur ses épaules, bienfaisante, pourtant. Dans la maison longtemps considérée comme celle du diable flottaient des odeurs de soupe, allaient et venaient des femmes, sous l'autorité sereine de la plus jolie d'entre elles.

— Elle est bonne, par Dieu, oui, dit-il d'une voix qu'il voulait assurée. Vous savez, mon oncle, nous nous sommes battus pour notre roi, mais il faut bien dire que celui-là ne s'est guère préoccupé de nous.

Au bout des guerres, il y avait donc des vainqueurs qui ouvraient leur porte, offraient à boire, et des vaincus acceptant l'invitation et repartant, des doutes plein la cervelle, inconscients de ce qu'il adviendrait d'eux. Julien hochait la tête et Jérôme, qui guettait, dans un brouillard étrange, ses expressions de mépris ou de commisération, en fut pour ses frais. La discussion allait-elle ressembler à mille autres, entre Français, quand on se remémorait la litanie des erreurs, des occasions manquées, des trahisons et des quelques miracles hélas insuffisants pour sauver l'Acadie ?

— Il faut vivre, tant que l'on en a encore le temps, dit Julien.

Il était apaisé, souriait. Jérôme sentait le marc chauffer son corps, ajouter à la touffeur humide de cette journée d'automne. Le ciel s'assombrissait au-dessus du bourg, de la mer moutonnante et des quelques bateaux au mouillage dans la nasse de Port-Royal. Encore lointains, des éclairs annonçaient l'orage pour le début de la nuit. Jérôme chercha Lucrèce des yeux, mais la jeune fille avait disparu vers la cuisine, avec ses sœurs indiennes. Dans un angle de la pièce, une pendule balançait doucement ses secondes. L'Acadien se perdit dans la contemplation de son verre. Il connaissait les colères dormant encore au fond de lui sous le drap des années et ce qui pouvait à tout instant les ranimer, l'allégeance réclamée, l'inéluctable arrivée de colons anglais, l'impôt de Londres, qui viendrait lui aussi peser sur les libres paysans d'Acadie. Mais dans la maison de son oncle, silencieuse sous le ciel noir, il se sentait loin de ces tourments, goûtait à l'intérieur de sa propre bouche les fauves remontées de l'alcool, brûlantes et caressantes en même temps.

— Vivre en paix une bonne fois pour toutes, murmura-t-il, on y arrivera bien un jour.

Julien acquiesça. Il n'imposait rien à son neveu, sauf l'évidence de sa fortune, la quiétude de son existence et son absence de mystère, en fin de compte. Il se mit à parler du commerce des peaux, que la guerre avait longtemps entravé. Il y avait là des espérances pour des garçons dégourdis, désireux de devenirs courtiers et de voyager, de Boston à Québec et jusqu'en France, même. C'était autre chose que de lier des gerbes derrière les aboiteaux. Jérôme écoutait, buvait, bercé par la voix de son oncle. Julien le connaissait donc si bien. Jérôme n'avait pas la fibre d'un laboureur et en était bien conscient. Mais les emplois de guerrier n'étaient plus de saison, le temps qui passait le rivait aux digues de la Dauphin, et puis le départ de Jean Melanson et de sa famille allait lui faire de la place à la ferme Hébert, s'il le désirait.

— J'ai vu ta mère alors qu'elle s'en allait à Cap-Breton, dit Julien. Pierre Lestang prospère là-bas aussi, comme tes sœurs le feront sur la terre d'Amérique. La paix que tu désires, Jérôme, c'est peut-être tout simplement celle-là. Des gens qui conservent la liberté d'aller et venir, et le droit de lever le front vers leur destin. L'Amérique est immense et reste à conquérir. Qu'importe la bannière.

Jérôme vida d'un trait son verre de marc. Il voyait son oncle rouler comme une barque sur un mascaret, et la table, et la pièce tout entière avec lui. Un froissement d'étoffe l'avertit que Lucrèce devait être de retour dans la grande pièce. Il était incapable de situer sa cousine, gardait la bouche entrouverte, le verre dans sa paume, fixant un nœud de bois sur la table pour lutter contre la nausée. Partir, la bonne idée. Mais pour cela, il fallait d'abord se lever, pousser sa chaise et se mettre à marcher vers la porte, des velléités auxquelles il dut vite renoncer.

— Hé. Le vent m'empêchera de passer la rivière, articula-t-il d'une voix pâteuse.

Lors de tempêtes, des étourdis avaient bien failli se noyer dans les remous et les courants de la Dauphin. Et le vent qui sifflait par rafales annonçait une de ces bourrasques à crever la coque d'une frégate.

— Par Dieu, mon oncle, je dois m'en aller.

Il sentit qu'on le soutenait, vit les yeux de Lucrèce grands ouverts, pleins d'un mélange d'inquiétude et d'amusement, éprouva une honte aussitôt chassée par une envie de s'allonger.

— Ma cousine, je vous aime très fort, dit-il.

Il s'en remettait à ses hôtes, comme sa mère l'avait fait à Dieu sur l'*Oranger*. Il avait encore des choses à dire à Lucrèce. Ses jambes le trahirent. Il s'effondra.

Le vent s'engouffrait par la minuscule fenêtre de la chambre, venait gifler les poutres basses et caresser les joues de Jérôme. Le lit était douillet, couvert d'un épais édredon rouge au bout duquel le jeune homme apercevait ses pieds nus, avec leurs orteils bien rangés remuant sur commande. Il porta la main à son front, que barrait une douleur accentuée par le moindre mouvement. L'entrée de Lucrèce dans la chambre fut pour lui une délivrance, en même temps qu'elle l'emplissait d'un sentiment de gêne.

— Il vous faudra boire ceci, mon cousin, annonça la jeune métisse.

De la tisane, encore ? Et quelle heure était-il ? Lorsque Lucrèce l'eut informé que le soir venait, Jérôme pensa qu'il avait fait une sieste et serait juste à temps dans sa barque

— Nous sommes demain, lui dit Lucrèce.

— Comment ça, demain ?

— Eh bien oui, vous êtes arrivé ici hier.

— Alors, nous sommes aujourd'hui.

— Oui, le demain de hier.

Il voulut se lever, dut renoncer, la tête en feu. Lucrèce s'était assise sur une chaise, près du lit, sa jupe iroquoise remontée jusqu'aux genoux à hauteur du visage de Jérôme. Les Acadiennes montraient rarement leurs jambes. Là, c'était charmant, et il se retint de le faire remarquer.

— Buvez, ordonna-t-elle.

Elle le regardait avec intensité, sans sourire, et Jérôme se dit qu'il demeurerait bien ainsi jusqu'au jour suivant, à regarder du coin de l'œil les jambes de sa cousine se frôler et s'écarter. Des voix d'hommes montaient du rez-de-chaussée, on parlait anglais chez Julien Lestang. Jérôme but la décoction indienne, dont la chaleur lui fit du bien. Un rire retentit, peut-être celui de l'officier qui tenait autrefois Lucrèce par le bras.

— C'est votre fiancé qui rit ainsi ? demanda-t-il, agacé.

Il regretta aussitôt ce ton, haussa les épaules. Il était un passant hébergé par de bonnes âmes au bout de libations excessives et n'avait aucun droit de regard sur leur façon d'être.

— C'est le lieutenant Potter, un vieil ami de mon père.

Elle avait prononcé le nom à l'anglaise, s'exprimait avec l'accent et les tournures de phrase des vainqueurs, et Jérôme se sentit soudain étranger dans cette chambre, sous ce toit que griffaient la pluie et le vent.

— Je ne suis pas fiancée, dit Lucrèce, l'air terriblement sérieux. Est-ce que je peux toucher votre visage ?

Elle posa ses doigts sur le front de Jérôme, les retira presque aussitôt. Jérôme apprendrait qu'elle avait fait bien plus que cela pendant qu'il dormait de son sommeil d'ivrogne, l'aider à soulager son estomac, le débarrasser de ses vêtements souillés, le mettre en chemise avec l'aide des Sauvagesses.

— On vous prépare à manger, dit-elle, ensuite vous dormirez

encore une nuit ici. Le lieutenant ne restera pas avec nous pour souper.

Elle promettait. Jérôme lui sourit, au prix d'une flambée de sa migraine, et, brusquement, posa ses lèvres sur son genou. Lucrèce eut un petit rire, presque un cri, saisit les tempes de son cousin, pour le repousser, puis soutint un long moment son regard plein de fièvre et de défi. Ses narines palpitaient, elle était soudain biche en arrêt sentant une présence, un danger tout proche. Un petit animal à l'accent anglais, que la vie sauvage avait couvé, nourri, élevé, aux confins des empires. Jérôme ferma les yeux, la sentit s'éloigner, demeura dans son aura. Si l'amour était ce flot qui se répandait en lui aussi violemment que les premières vapeurs de l'alcool, alors, oui, il aimait Lucrèce, de tout son être.

Il avait décidé qu'il ne repasserait pas sur la rive nord ce soir-là. Après tout, la découverte d'un pan mal connu de sa famille valait bien qu'il s'attardât un peu au bourg. Julien Lestang ne semblait pas fâché de devoir l'héberger une nuit de plus, et, cette fois, leurs libations s'étaient limitées à du vin de France et du lait.

Et puis, il y avait Lucrèce, que Jérôme parait de tous les mystères de la nation sauvage. Quel diablotin malicieux poussait l'un vers l'autre deux êtres que tout séparait en principe ? Jérôme réfléchissait à cela tandis que les Indiennes s'affairaient autour de la table. Son regard croisait celui de sa cousine, comme les canards leur sillage, dans les ajoncs de la Dauphin. C'était peut-être bien leur naissance qui les rapprochait. Qu'importait qu'elle ait eu lieu chez les Micmacs ou chez les Iroquois, c'était aussi leur enfance, au milieu des guerres et des peurs, avec la nécessité de survivre sur une terre éloignée des lois et de leurs agents. C'est tout cela, pensait Jérôme, et dans son esprit pointait le soleil des victoires. Lucrèce serait à lui, il en avait la certitude et cela ressemblait à la revanche impossible par les armes. Le lieutenant irait méditer au fort, ah oui, comment s'appelait-il, déjà, Potter et Jérôme se récitait ce nom, avec l'accent convenable, comme s'il souffletait vingt fois le visage qui le portait.

— Des Micmacs ont pillé un marchand de Boston, aux Mines, il y a quelques semaines, dit Julien à brûle-pourpoint.

Il avait cessé de parler des chapeliers peu curieux de l'origine des peaux et fourrures débarquées sur les quais de La Rochelle, triturait un pilon de poule dans de la porcelaine, guettant la réaction de son neveu. Les tribus de Nouvelle-Ecosse étaient agitées par des mouvements dont Jérôme commençait à comprendre les raisons. Il y avait les tentatives de contrôle plus ou moins adroites des Anglais, que l'on raillait faute de pouvoir s'y opposer, mais aussi, sans doute, une action occulte des Français de l'île Royale en direction de leurs alliés. Jérôme se rangeait parmi les plus fervents opposants à toute forme de collaboration avec les vainqueurs. Julien ne pouvait ignorer cela. L'allégeance, le commerce, la simple coexistence, tout devait passer par l'avis clandestin des Acadiens décidant en dernier ressort ce qui était permis et ce qui ne l'était pas. Jérôme eut soudain le sentiment que la nature brutale et exigeante de son oncle paraissait, derrière son calme et sa bonhomie apparente. Julien était sans doute, comme Catherine l'avait décrit, taciturne et opiniâtre, patient, un vrai chasseur capable de silence, de calcul et de brusque colère.

— Les sauvages de notre région sont tranquilles, dit Jérôme. J'ai souvent chassé avec eux, cette année. Ils savent que vous achetez leurs fourrures et en sont satisfaits. Et puis, personne ne vient leur proposer d'abandonner un pouce de leur territoire. Comme vous le savez, mon oncle, que l'on soit français ou anglais, l'alliance avec eux suppose avant toute chose qu'on leur laisse leur précieuse liberté. S'ils tiennent cela, ils peuvent trouver leur intérêt chez les uns comme chez les autres.

Julien hocha la tête. Il avait installé ses entrepôts à la place de ceux des Saint-Castin, réduits désormais, quant à eux, à l'espace consenti par les traités, sur la Penobscot. Fini, pour eux, les grands domaines de chasse et de course, la baronnie bâtie dans un autre siècle et aujourd'hui démantelée, le droit de guerre jusqu'à New York. Les anciens maîtres de Julien, les fils du baron, traitaient encore les peaux avec leurs Abenaquis, mais, loin d'Annapolis où ils ne venaient plus depuis des années, tout cela n'avait plus que les dimensions d'un domaine de chasse semblable à pas mal d'autres entre la baie James et le Massachusetts.

Julien regardait Jérôme, et Jérôme ne pouvait s'empêcher de regarder Lucrèce. Pour le héros de Port-Royal, la stratégie des hommes de guerre et celle des marchands, croissant et se multipliant dans leur ombre, ne valait pas l'ébauche d'un sourire de la métisse, ce soir-là. Les Micmacs pouvaient bien piller les bateaux anglais qui accostaient trop près de leurs campements, la perspective d'aller faire quelques pas dans le vent en compagnie de sa cousine tenait Jérôme dans un état d'exaltation bien difficile à masquer. Et quand, ayant fini de débarrasser la table, Lucrèce lui eut proposé cette promenade, il se retint pour ne pas bondir à ses côtés.

— Ce sera sans doute plus intéressant que de parler des campements sauvages des Mines, dit Julien dans un soupir. Marcher dans la boue et le noir, quand la tempête hurle sa colère, vous ne m'en voudrez pas de rester ici, à fumer la pipe. Mais c'est vrai, Jérôme, le grand air finira de dissiper les vapeurs de ma tisane.

Il riait, semblait malgré tout un peu contrarié. Lucrèce offrit une cape à son cousin, qui la jeta sur ses épaules et sortit dans son sillage.

Il la tenait contre lui, respirait les senteurs musquées de son cou, sentait qu'elle le devinait aussi à sa façon, les narines dilatées, presque collées contre sa peau. Lucrèce avait posé ses mains sur son torse et ce simple contact le bouleversait. C'était étrange. La jeune fille s'offrait, avec cette passivité indienne bien connue des coureurs d'allumettes, et, dans le même temps, Jérôme la sentait capable de se détacher de lui et de se détourner, sans un mot.

— Je crois bien que je suis épris de vous, ma cousine, murmura-t-il.

Il la désirait, avant toute chose. Le vent couvrait en partie ses mots, la pluie froide le giflait. L'automne fuyait dans la nuit d'octobre et il en éprouvait de la joie, comme si le gel désormais proche devait les river l'un à l'autre au creux d'une chambre. Lucrèce avait des seins petits et ronds, qui venaient se poser sur lui par instants et se pressaient contre le drap de sa chemise. Il se savait malhabile, encombré par ses propres bras. Lucrèce ne faisait rien pour l'aider, elle était là, passive et aux aguets, pourtant. Cela voulait-il dire qu'elle se promettait, à sa façon ? Les Acadiennes étaient plus délurées, directes. Il y avait chez Lucrèce un mélange de soumission et de vigilance qu'il ne savait comment démêler. Et ce silence, accompagnant ses caresses et le voyage désordonné de ses lèvres sur son cou.

Elle le rompit pour lui dire à l'oreille qu'elle partirait bientôt pour Boston, où son père désirait l'avoir à ses côtés pour ses affaires. Ouvrant brutalement les yeux, Jérôme eut l'impression de dévaler une digue et de chuter dans la vase d'un marais.

— Boston. Pour combien de temps ?

— Quelques mois, sans doute, une année, peut-être.

Une année. Il se demanda si elle jouait avec lui et le ployait à sa guise, comme le vent le faisait avec le faîte des saules et des grands sycomores. Il devinait son regard dans l'obscurité, distinguait la faible lueur de ses dents. Ce fut elle qui vint chercher sa bouche, et Jérôme ne se souvint pas d'avoir ressenti quelque chose d'aussi doux et prolongé, fût-ce les caresses de sa mère à l'enfant qu'il avait été ou les baisers volés aux filles de la rive nord.

Il attendrait et le lui dit. Un an, cela suffisait aussi pour que Lucrèce, qui grandirait encore en beauté, trouvât le mari que Julien devait avoir en tête pour elle, en Nouvelle-Angleterre. Catherine avait raconté à Jérôme comment le baron de Saint-Castin avait doté ses filles et les avait alliées à des gens de leur rang, des Mius d'Entremont, des La Vallière et d'autres, tous nobles. Julien Lestang avait enfanté cette créature à nulle autre semblable. Il se prolongerait de la même façon, vers la bourgeoisie de Nouvelle-Angleterre. Pour cela, il éloignait Lucrère d'Annapolis, de son fort délabré, de sa paysannerie sans surprise ni relief. Et de son cousin, ce niais incapable de cacher ses sentiments.

Jérôme se détourna, fit face à la tempête hurlante, mit les mains dans ses poches, tel un enfant boudeur. Il avait vécu deux journées hors du temps, saoûl, puis fou d'un amour qu'il se savait incapable d'exprimer. Autant rompre, sans souffrir davantage.

— Je t'aime aussi, très fort, dit Lucrèce.Tu me crois ?

Il la croyait. Désirait glisser sa barque sur le courant montant et gagner l'autre rive dans les remous de la rivière en colère.

— Tu vas attraper la mort, Jérôme. Rentrons.

Elle le touchait, le happait, l'entourait, soudain, comme mue par un souci tout neuf de mère inquiète. Il la laissa faire, heureux malgré tout de la sentir ainsi empressée à le consoler. Ils ne se promettaient rien, s'en remettaient au hasard des voyages et des retours toujours possibles. Lucrèce se contentait de savoir qu'il acceptait ce pari, et lui, qui n'avait guère d'autre choix, espérait que la tempête durerait suffisamment longtemps pour interdire à jamais aux bateaux de quitter les côtes d'Acadie.

Il ne parvenait pas à trouver le sommeil. Lorsqu'ils étaient rentrés de leur promenade, les jeunes gens avaient découvert les domestiques indiennes endormies devant la cheminée de la cuisine et le lit de Julien Lestang fermé par le drap qui en faisait le tour. Le coureur des bois devenu chef de famille était un sacré ronfleur. Etait-ce son embonpoint naissant, son penchant pour le marc ? L'écho de sa lourde respiration parvenait jusqu'à l'étage, où Jérôme avait longtemps tenu Lucrère dans ses bras. Immobiles tous deux, guettant les accès de rage du vent de mer comme autant de balises sur le court chemin qu'il leur restait à faire ensemble, ils avaient fini par se séparer, la mort dans l'âme, au plus fort de la tempête.

Jérôme se tournait et se retournait dans son lit. Des flots de mémoire l'assaillaient, se chassaient les uns les autres. Sa jeune vie défilait devant lui, avec le point d'interrogation de son commencement et le tumulte si vite passé du siège de Port-Royal. La nuit, noire et épaisse comme les bourrasques déferlant sur la colline, ajoutait à son malaise. Dans quel piège était-il venu se jeter ? Les filles de la rive nord n'étaient pas toutes promises, il en connaissait qui se départiraient aussitôt de leur réserve s'il leur disait les quelques mots qu'elles attendaient. Il y en avait de jolies, une Melanson et des jumelles Dugas, entre lesquelles il serait même difficile de choisir.

Mais de l'autre côté du couloir, sous les poutres d'une mansarde, dormait Lucrèce. Vingt fois, il voulut se lever, vérifier si, comme lui, elle scrutait l'obscurité de ses yeux immenses où il avait envie de se noyer. Incapable de rester allongé, il finit par s'asseoir au bord du lit, puis il alla ouvrir la porte, fit quelques pas dans le couloir.

Il entendit des bruits étouffés. Par moments, cela ressemblait à la plainte du vent, à d'autres, il lui sembla que l'on chuchotait, au bas de l'escalier. Il s'avança, descendit une demi-douzaine de marches avant de s'immobiliser, pétrifié.

La pièce était éclairée par une simple chandelle que tenait un homme, debout devant la cheminée. Les domestiques gisaient à l'entrée de la grande salle, dans une flaque sombre. Au fond de la pièce, le lit de Julien avait été débarrassé de son drap. Trois silhouettes s'activaient autour de la chemise blanche du Français, deux, torses nus, peau cuivrée, portant des lanières autour des bras, la troisième, revêtue d'un long vêtement indien couvrant jusqu'à ses chevilles. Julien était à genoux sur son lit, les mains dans le dos. Il observait les trois hommes avec attention, le bouche fermée, semblait étrangement calme. L'espace d'un instant, son regard croisa celui de Jérôme, sans changer d'expression, et le jeune homme ressentit cela comme si une dague lui perçait la poitrine.

Les sauvages agissaient en silence, sans faire le bruit que de toute façon la tempête eût couvert. L'un d'eux empoigna la chevelure de Julien tandis que les autres sortaient leurs poignards. Tout allait trop vite. Jérôme recula dans l'escalier. Les intrus avaient déjà tué deux personnes. Jérôme songea à fuir, mais descendre dans la salle équivalait à se faire égorger séance tenante. Il murmura :

— Lucrèce.

Il se pencha un peu, croisa de nouveau le regard de son oncle. L'homme qui tenait la bougie s'approcha de Julien et, à la fin d'une courte psalmodie, prononça un nom :

— Christian.

Julien regarda Jérôme et lui donna un ordre muet. Les Abenaquis abattirent leurs armes en même temps, l'un contre la gorge de Julien, le second sur son thorax, le dernier plus bas, au milieu du ventre. Il y eut un gémissement, d'horribles gargouillis, et, au moment où il se retirait, Jérôme vit le corps de son oncle basculer vers l'avant pour s'étaler en travers du lit.

Jérôme referma derrière lui la porte de la chambre de Lucrèce et, très doucement, y appuya une chaise afin d'en condamner l'ouverture. Puis il s'approcha de la jeune fille, qui dormait profondément et l'éveilla, étouffant son cri de la main.

— C'est moi, Jérôme. Lève-toi, il faut sortir de cette maison.

Affolée, elle se débattait, et il dut peser sur elle pour l'immobiliser, jusqu'à ce qu'enfin elle l'eût reconnu.

— Il y a quatre hommes en bas, armés. Des Sauvages.

— Seigneur, mon père.

— Plus tard, souffla Jérôme. Viens ou ils nous tueront.

Il alla ouvrir la fenêtre, laissant entrer une bourrasque, dans un vacarme de vitres brisées. Le temps de prendre Lucrèce par la main et d'enjamber le rebord de la fenêtre, les Indiens montaient déjà l'escalier, pénétraient dans sa chambre vide, regagnaient le couloir. Jérôme aida sa cousine à se hisser sur le toit. Tout, autour de la maison, était plongé dans l'obscurité, même la masse du fort que l'on devinait pourtant d'ordinaire, dominant la colline. Il s'accroupit sur le chaume transformé par la pluie en planche savonneuse, agrippa des paillons, força Lucrèce à faire de même. Consciente d'un drame dont elle ne savait encore rien, la métisse sanglotait et se mordait les lèvres.

— Il faudra sauter, au besoin, lui dit Jérôme, ou se laisser glisser, et courir, n'importe où, mais vite et loin. Je crierai.

Elle serrait sa cuisse, la griffait de ses petits ongles acérés. Jérôme guettait les voix des Sauvages, qu'il finit par distinguer, tout près de lui, à la fenêtre de la chambre. Les hommes allaient suivre son chemin. Il se raidit, prêt à bondir, lorsque le bruit de quelques détonations résonnèrent dans la nuit. On tirait au mousquet, aux environs du fort. Quelques pauvres lumières éclairèrent des fenêtres dans la ruelle. Il y eut des cris. On se poursuivait à quelques dizaines de pas de la maison Lestang.

Jérôme entendit les Sauvages refluer dans la chambre de Lucrèce, sortir de la maison et fuir, leurs pieds clapotant dans la boue de la venelle.

— Ils sont partis.

Il souhaitait presque rester là sans bouger, sur le toit, tant ce qu'il aurait à montrer à Lucrèce allait entraîner de désespoir. Mais la jeune fille avait déjà regagné sa chambre, puis le couloir, et il fut bien forcé de la suivre.

Il la vit, immobile au milieu de l'escalier, les yeux écarquillés sur le lac écarlate où gisait son père. Elle se tenait le visage, semblait incapable du moindre geste. Il la prit par les épaules, sentit la raideur de tout son corps, ses tremblements, puis son rapide abandon entre ses bras.

— Il n'y a plus rien à faire pour lui, répéta-t-il tandis qu'il la portait jusqu'à son lit.

Elle était vêtue d'une courte chemise de nuit dont elle avait déboutonné le haut, dans son premier sommeil. Etait-elle consciente, maintenant ? Jérome posa la main sur son front puis sur sa bouche. Il l'appela doucement, vit ses yeux entrouverts se tourner vers lui, ses lèvres remuer. Il se pencha vers elle, caressa sa gorge. Il tremblait à son tour. Lucrèce était bouillante, une braise sous son apparente absence. Il la prit sous la nuque, porta son visage vers le sien, sentit les doigts de sa cousine serrer doucement ses flancs.

Il la désira d'autant plus fort qu'il voulait chasser de son esprit les rouges reflets du massacre et la peur éprouvée lors de sa fuite sur le toit. Tout se mélangeait dans sa tête, la plainte ténue de Lucrèce au creux de son oreille rendait encore plus aiguë l'envie qu'il avait d'elle. A son tour, il lui murmura des mots, mon petit, mon amour, comme un écho à ce qu'il croyait entendre. Puis il s'étendit et pesa doucement sur elle. Plus rien ne pouvait l'arrêter, et les gémissements de Lucrèce étaient une invitation à poursuivre.

Il chercha son regard, au moment où il la possédait, ne trouva au début qu'une vague expression d'éveil vite muée en surprise, puis en effroi. Lucrèce se mit à le griffer en hurlant. Il tenta de la calmer, rompit brusquement, dut la secouer et la gifler par deux fois pour qu'elle consentît enfin à se taire, puis à le regarder et à l'entendre. Il se sentait honteux, la prit contre lui comme un petit animal terrorisé, lui parla doucement. Elle était de nouveau sans réaction, tremblait des pieds à la tête.

— Je vais chercher des gens, lui dit-il. Ne descends pas, surtout, tu as compris ?

Il la frictionna, la couvrit d'une épaisse couette. Elle ne répondait pas, gardait les yeux fixés sur un point imaginaire, dans la pénombre de la chambre. Il sortit, traversa la pièce commune sans un regard pour les cadavres, se retrouva dans la boue de la ruelle. La garnison d'Annapolis s'était répandue dans le bourg. Des torches jetaient un peu partout leurs éclats fugitifs, des hommes couraient sous les rafales, vociféraient des ordres.

— *Eh, you !* lui lança un homme.

Jérôme se figea, pensa aussitôt qu'il devait avoir une allure acceptable de fuyard. De sa brève étreinte, de sa fougue de conquérant, il gardait un sentiment de bâclage et de lâcheté, surtout.

— *What are you doing here ?*[1]

Il reconnut le lieutenant Potter, le trouva encore moins urbain que précédemment. L'Anglais l'identifia à son tour, parut surpris. Les paysans de la rive nord séjournaient peu dans ce quartier d'Annapolis. Jérôme lui dit d'où il venait, hésita quelques secondes avant de lui révéler ce qui s'était passé chez Julien. Potter jura, appela du renfort.

— Vous ne bougez pas d'ici, ordonna-t-il, soudain suspicieux, à Jérôme.

Les Anglais se hâtèrent vers la maison Lestang. Jérôme les suivit à distance, resta derrière la fenêtre éclairée par des torches et des chandelles. Impassible, il observa le remue-ménage à l'intérieur de la maison, finit par apercevoir la silhouette claire de Lucrèce, debout dans une encoignure. Une statue, aux épaules couvertes par un châle, auprès de qui l'officier anglais s'empressait. Jérôme détourna le regard, s'appuya contre le mur. Lucrèce lui devenait étrangère. Que s'était-il passé ? Il s'était mépris sur ses véritables sentiments pour elle. L'envie de vengeance confondue avec le désir charnel, rien de cela n'était amour. Jérôme sentait son cœur battre à son rythme habituel. Sa froideur le stupéfiait, devant une tromperie aussi bien exécutée, face à un tel désastre.

Il s'éloigna de quelques pas. Potter finit par le rejoindre, l'air intensément intrigué.

— Vous ne comptez pas rentrer chez vous, n'est-ce pas ? lui dit l'officier d'une voix cassante. Moi, j'ai besoin de vous entendre, aussi vous prierai-je de me suivre jusqu'au fort, où vous séjournerez, le temps que tout cela soit éclairci. Pardieu, monsieur, vous avez l'air de vous ficher de ce qui s'est passé dans cette maison.

Jérôme haussa les épaules. Il était fatigué, soudain, se sentait couvert de boue, voulait dormir. La rude hospitalité des militaires anglais ferait l'affaire.

1. « Que faites-vous ici ? »

Le lieutenant Potter avait pris les choses en main et, pour tous, il était clair qu'il en faisait une affaire personnelle.

On lui avait tué deux hommes, blessé une demi-douzaine d'autres, au pied du fort, pour des raisons encore mystérieuses. Tout cela, plus l'assassinat de Julien Lestang et de ses domestiques ; il était difficile de ne pas y voir un lien, et si l'on remontait à l'agression du marchand anglais aux Mines, quelques mois auparavant, on trouvait les éléments d'une stratégie dont le but était de nuire à la Nouvelle-Ecosse et aux gens chargés de la défendre.

Sourd aux arguments extrêmes de ceux qui, à Annapolis, plaidaient depuis toujours pour une prompte et complète expulsion de tous les Français de la province, Mascarène avait donné à Potter un blanc-seing pour mener l'enquête, trouver les coupables et les châtier de la façon la plus exemplaire. Des Micmacs avaient été arrêtés. On les soupçonnait de l'attaque contre les soldats, mais la mort de Julien Lestang demeurait une énigme.

Jérôme avait passé une semaine dans l'obscurité d'une casemate, à s'interroger sur ce qu'il allait advenir de lui. Le lieu lui était familier. Pendant le siège, il avait servi d'entrepôt de poudre, et Jérôme avait eu le temps de se remémorer ses allées et venues entre les réserves de guerre et les tenants français du fort.

Lorsqu'il pénétra dans la grande salle, celle-là même où, dix années auparavant, il avait assisté aux adieux de la garnison royale, il sentit une vague de détresse le submerger. Il se sentait sale et puant, avait faim et soif, et, bien que non entravé, redoutait de passer à la question pour une affaire à laquelle il était totalement étranger. On le fit attendre sur un banc, à la porte de la salle, puis un soldat vint le chercher.

La salle du conseil achevait de se délabrer, à l'image du fort tout entier, qui ne serait bientôt plus qu'une ruine envahie par les ronces et les orties. Les fenêtres bâillaient, rafistolées avec de la ficelle et du rafia, le plancher cédait sous l'assaut répété des bottes et des éperons, seule la masse de la grande table attestait la gloire ancienne de la pièce. Un portrait du roi George Ier remplaçait, entre les ouvertures donnant sur la mer, celui du Bourbon, quatorzième Louis de la dynastie. Et le lieutenant

Potter se vautrait dans le fauteuil du gouverneur Subercase, devant la cheminée.

— Votre cousine m'a conté par le détail ce qui s'est passé chez elle, dit-il en se levant. Votre oncle vous avait offert une grande et sincère hospitalité.

Il lissait sa moustache, parlait un français ampoulé, que Jérôme supposa être celui des Anglais de l'élite.

— Pourquoi m'avez-vous enfermé ? lui demanda Jérôme. La mort de mon oncle m'attriste, et je ne la comprends pas plus que vous.

— Le raid des Micmacs contre le fort, vous ne le comprenez pas non plus ?

Jérôme commençait à saisir. Il haussa les épaules. Potter le parait de pouvoirs qu'il ne possédait pas. Soulever les Sauvages de la Nouvelle-Ecosse devait être possible, mais c'était l'affaire des gens de l'île Royale. Potter se mit à marcher à travers la pièce, les mains croisées dans le dos.

— Je sais des choses sur vous, monsieur l'Acadien. A commencer par votre séjour ici même, lors de la défaite française. Vous étiez en compagnie de quelques corsaires de votre famille. Et je connais vos opinions parmi les colons, aussi. Votre père les affirmait déjà, avant vous, et sans doute est-il mort en les professant. Vous êtes contre la proposition d'allégeance que nous vous faisons, vous entraînez vos jeunes amis à mépriser notre roi, vous fréquentez les Sauvages et chassez avec eux jusque sur les rivages de la baie de Fundy.

— Je dis à mes amis d'aimer le roi de France, et de lui demeurer fidèle. Est-ce un crime pour un Français d'Amérique ? Et comment chasser sans passer par les territoires indiens ?

Jérôme se retint de sourire. Potter l'avait forcé à réfléchir en l'emprisonnant et le traitait en fin de compte avec une certaine considération. Quant aux opinions des colons, hors le refus viscéral de prêter le serment d'allégeance, elles se résumaient à un profond désir de labourer, de semer et de moissonner en paix des terres durement acquises sur la mer et les rivières, un argument qui laissa l'Anglais sceptique.

— Vous ne me demandez pas de nouvelles de votre cousine ? lança l'officier à brûle-pourpoint.

Jérôme soutint son regard, devinant que sans l'intervention

de Lucrèce l'Anglais l'eût soumis à un tout autre régime. Il se tut. Potter se raidit, son expression de ruse et de colère froide changea. Le chagrin de la jeune fille avait dû le toucher. Jérôme songea à son oncle. Qui avait suivi son cercueil ? Catherine était loin, désormais et Pierre aussi. Les Melanson ? Ils n'avaient aucune relation avec cet étranger-là. Julien s'était choisi un destin où la solitude lui avait tenu lieu de compagne ordinaire. La solitude, et Lucrèce. Il avait supplié Jérôme de l'emmener loin des poignards indiens, au moment de mourir. Jérôme baissa les yeux, plein d'un horrible sentiment de culpabilité.

— Ecoutez, monsieur l'Acadien.

Potter toisait Jérôme, à sa manière de militaire. Ils devaient avoir tous deux le même âge, vingt et quelques années, mais l'Anglais, botté haut, dominait d'une bonne demi-tête le paysan aux pieds simplement couverts de chausses pointues et crottées, plutôt ridicules dans un pareil endroit. Jérôme gardait la tête basse. Il allait subir une brimade, au lieu des tortures réservées aux suspects et ne savait trop s'il devait s'en réjouir.

— Vous allez retourner à vos champs, à vos haricots, à vos petits clapets qui font aller et venir l'eau de la rivière, poursuivit Potter d'une voix tendue où perçait le mépris. Vous et quelques autres de votre acabit, dont vous aurez la liste, devrez rester dans les limites de vos fermes jusqu'à nouvel ordre, demander une autorisation pour vous rendre au bourg et patienter pour qu'on vous la donne. Quant à l'affaire qui nous intéresse, à savoir les raisons pour lesquelles on a tué du monde ici il y a huit jours, attendez-vous à être interrogé à nouveau et priez pour qu'on ne découvre pas bientôt que vous y étiez mêlé.

— Je suis libre ?

— Oui, d'aller vous laver le cul, avant toute chose. Vous puez, pire qu'un cochon d'Acadie dans sa bauge, c'est à vomir.

Jérôme leva les yeux vers lui. L'insulte ne le touchait pas. L'ombre de Lucrèce flottait entre eux, frôlait l'un puis l'autre. La mort de Julien, l'étreinte de Jérôme avaient effacé pour un temps le sourire de la jeune fille et, pour toujours, son insouciance, sa gaieté candide, sa pureté pleine de grâce. Lucrèce allait devoir elle aussi se choisir une destinée, et Potter ne la possédait pas encore. Jérôme faillit lancer à la figure du lieutenant qu'il avait pris de l'avance sur lui, mais cette seule pensée, insoutenable et vulgaire, lui fit honte. Il haïssait l'Angleterre, sa bannière et ses soldats, sa morgue et son roi, pas au point cependant de se commettre ainsi. Il se leva.

— Je dois sans doute vous remercier, murmura-t-il.

— Je ne le mérite pas, dit Potter, narquois.

— Alors, cela ne s'adressait pas à vous.

— Fous le camp, sale petit cul-terreux, laissa tomber l'officier en lui tournant le dos.

14

Jean Melanson s'assit à la table, empoigna sa cuillère et se mit à manger la soupe débordant presque de l'assiette creuse. Il était midi, mais le ciel bas et gris, alourdi de nuées et de crachin, donnait aux champs, aux buttes, aux bouquets d'arbres du verger et des fermes voisines, des teintes crépusculaires.

— Te voilà dans une méchante affaire, Jérôme, et certains de tes amis aussi, dit-il entre des bouchées brûlantes qui le forçaient à s'aérer la bouche à grand bruit. Tu sais ce que je pense. Les Anglais, moins je les vois, mieux je me porte, et puis je n'ai ni les canons ni les navires pour les renvoyer chez eux. Et toi non plus.

Debout devant la fenêtre, les mains croisées dans le dos, Jérôme contemplait le morne paysage balayé par le vent du nord. Le froid venait assez tôt, cette année-là, des pluies de feuilles rousses tombaient à terre en tourbillons, terre et ciel se rejoignaient dans la grisaille, à l'horizon des digues et des rus. Le charme de l'automne était passé. Chemins déserts, prairies luisantes, herbes sauvages couchées par les rafales, tout annonçait l'hiver.

Jérôme apercevait la borde sous laquelle séchait le foin coupé en septembre. Il y en aurait assez pour nourrir la douzaine de bêtes à cornes et le troupeau de moutons, et c'était la même chose sous tous les toits de la colonie, une belle année, vraiment, qui laisserait des bénéfices à la plupart des familles, de quoi compléter les trousseaux, doter un peu les fiancées, garnir armoires, cuisines et pièces communes de meubles et d'outils, de vaisselle et de drap.

Madeleine Melanson tournait la quenouille. Elle avait pris sa position d'hiver, sous la fenêtre donnant au sud, devant le métier autrefois offert par Pierre Lestang puis laissé en place par Catherine. Des granges pleines, des étables et des bergeries donnant assez de lait et de laine pour permettre un peu de commerce, c'était cela, aussi, l'aisance nouvelle et pourtant bien relative des paysans d'Acadie, un luxe que les guerres, les assauts, les incertitudes et les angoisses avaient longtemps interdit. Il y avait de quoi s'assoupir, tranquilles, devant la cheminée, en attendant que viennent la neige et sa demi-année de silence.

Jérôme regarda son beau-frère manger sa soupe. A trente ans passés, Jean Melanson faisait partie des sages de la colonie, tout comme son frère désormais installé aux Mines. Il parlait peu, mais Jérôme savait que derrière son apparente nonchalance se cachaient des inquiétudes, pour la terre, les aboiteaux, les tempêtes, bien sûr, mais aussi pour l'avenir de cette minuscule France en sursis. Qui donc se préoccupait de l'Acadie ? Québec se préparait à de futures attaques anglaises, subissait la colère sporadique de tribus, organisait ses défenses. Quant à Versailles, c'était à se demander si la nouvelle de la chute de Port-Royal était parvenue aux oreilles des ministres concernés, quatorze ans après !

— Les gens de Boston peuvent comprendre notre situation, disait Melanson. Ils l'ont connue avant nous, quand ton oncle leur mordait les fesses. Ce temps est mort et bien mort. Il faut se faire petit et travailler, voilà tout.

Jérôme prit son neveu dans ses bras. Madeleine attendait son quatrième, et il y en aurait d'autres, derrière, tant que son ventre pourrait en abriter.

— Le soldat Sylvain va bien, aujourd'hui ? s'inquiéta Jérôme.

L'enfant éclata de rire. Il avait trois ans, était clair de cheveux, joliment bouclé. Il avait hérité les traits fins de sa mère, laissant le nez aquilin, la noirceur du poil et l'austère longueur du visage paternel à ses deux puînés. Jérôme se demanda à quoi auraient bien pu ressembler les enfants qu'il aurait eus de Lucrèce et ce qu'il leur serait resté de leur filiation iroquoise. Et qu'en aurait-on fait ? Les métis ne couraient pas les fermes d'Acadie, on les croisait plutôt sur les chemins de chasse, autour des navires où ils trouvaient à s'employer ou dans les entrepôts. Rêveur, Jérôme posa l'enfant sur la terre battue de la pièce commune. Un jour, peut-être, il y aurait de la brique ou du plancher à la place de ce vil sol ondulant. Il ne se sentait soudain plus chez lui dans cette maison. Il s'y était endormi petit à petit, après la mort de son père, bercé par la famille rassurante qui l'entourait, pris par la nécessité de survivre. Trop d'années avaient passé ainsi. Une génération nouvelle occupait déjà le terrain, prenait sa place entre les adultes, réclamerait bientôt son dû.

Il se vêtit d'une cape de laine, se coiffa d'un chapeau rond à ruban rouge, sortit en sabots. La terre d'automne, encore craquelée par endroits quelques jours à peine auparavant, était devenue un immense bourbier, un cloaque où l'on s'enfonçait jusqu'aux genoux. Et le ciel s'obstinait à se vider, en longues traînées tordues par le vent. Novembre. Les chasseurs se terraient sous leurs abris, les Sauvages préparaient leur migration vers la mer et ses nourritures d'hiver, les guerriers remettaient à plus tard vengeances et coups de main. Jérôme avait le sentiment que plus rien ne servait à grand-chose dans ce décor dont il n'était plus le maître, lui, l'aîné de Jacques Hébert.

— Le bâtard de Beaubassin, grommela-t-il pour lui-même.

Il marchait vite, escalada une digue. Bien qu'il cherchât à s'en défendre, il devait admettre que l'officier anglais avait laissé en lui la trace de son mépris pour sa terre, sa peine, son espérance. Potter, Mascarène et ceux de Boston, il n'y avait rien à attendre de ces gens, sauf la honte et, un jour ou l'autre, le malheur. « Ici, c'est une guerre qui sommeille et que l'on veut souvent croire éteinte, lui avait dit son père avant de mourir, mais elle peut se rallumer à chaque instant, avec des armées toujours plus nombreuses, et broyer en quelques jours ceux qui l'auraient oubliée. »

— Mon père.

Jérôme sanglotait sous la pluie battante. Comme il eût aimé le savoir à la maison, ce père dont il savait bien qu'il n'était pas le sien, attendant son retour dans le grand fauteuil de bois, la main posée sur sa canne, et si fier de tout ce que faisait son diable de fils, y compris ses bêtises d'enfant.

Face au vent, Jérôme avançait sans but, les poings fermés dans ses poches. Il était le bâtard des saisons défilant l'une après l'autre, celui des gens agrippés à leur terre comme le lierre sur un tronc de sycomore, et celui des Anglais, même, qui pouvaient l'envoyer d'un mot aux Caraïbes, dans une prison de Londres ou, pire, le laisser libre, enfermé entre les digues et les ruisseaux qui quadrillaient sa ferme, la limitaient.

— Bâtard ! Bâtard !

Il hurlait, s'engluait dans les ornières creusées par les charrettes. Il perdit ses sabots, les récupéra, boueux jusqu'à ras bord, les jeta au loin, dans le champ inondé. Il avait trouvé, quelque part au milieu de l'horizon gris, une frontière inconnue qu'il allait franchir en quittant Port-Royal, la ville dont le nom s'était perdu dans le grand vent des guerres.

— Par Dieu, je n'ai plus rien à faire ici. Père, je fais bien de partir, dites-le-moi.

Il chercha en vain une réponse, n'entendit que le vent sifflant entre les herbes folles des digues. La face ricanante du lieutenant Potter lui apparaissait, ruisselante de pluie et de ce bonheur maîtrisé du maître donnant la leçon à un esclave. Potter le laissait en paix depuis ce que l'on appelait l'affaire d'Annapolis. L'avait-il oublié, en quinze jours ? Et Lucrèce, par Dieu ? Le mal que Jérôme lui avait fait, des bêtes ne se le seraient pas infligé.

— Partir, au nom de Dieu.

Jérôme se mit à courir. Au bout des digues longeant le bassin vers l'est, il y avait la terre conquise par les Anglais, et au-delà, l'océan, les îles encore libres. Et plus loin encore, le vieux pays de France. Comment était-ce, là-bas ? Lorsqu'il eut assez dépensé de ses forces, Jérôme se laissa tomber dans la boue, la face vers le ciel. Il était à la place exacte où ses ennemis se contenteraient de le voir vivre, travailler et se dissoudre. La pensée qu'il pourrait ainsi s'enfoncer tout entier dans ce suaire le flagella. Il s'assit, le cul trempé, se mit à rire et, les poings levés, remercia son père de lui avoir donné le bon conseil.

Lucrèce ignorait la raison pour laquelle le lieutenant Potter lui avait demandé de se rendre au fort, par cette triste journée de novembre 1724. Elle avait passé sa matinée à ranger les papiers de son père, des traites, pour la plupart, lisant avec application des bordereaux de commande, comme elle faisait dans les pensions de Boston, ces prisons qu'elle avait fini par fuir pour revenir auprès de Julien et le servir, à la manière des filles de sa race.

La maison était vide. Il avait fallu enterrer les morts de l'attaque indienne, français, indiens, et anglais aussi. Lucrèce gardait en mémoire les cadavres hâtivement clos de bois, les cercueils que l'on avait laissés glisser au fond de trous. C'était dans ce qui servait de cimetière à Annapolis, un champ en lisière des marais, près de la ruine noircie d'une demeure détruite au siècle d'avant. Le père de Breslay, nouveau curé d'Annapolis, avait récité une prière avant de s'éclipser, soutenu par deux jeunes Français du bourg.

« Nous sommes arrivés par là pour prendre le fort, il y a dix ans », avait révélé Potter à Lucrèce tandis qu'en compagnie du gouverneur Mascarène et d'une escorte de soldats ils suivaient la charrette portant les corps.

La belle affaire. On avait sans doute trouvé les coupables. Des Sauvages étaient fortement soupçonnés. Ils venaient d'une tribu côtière, au nord de la Nouvelle-Ecosse, et n'avaient pu expliquer leur présence dans les marais lorsqu'on les avait découverts. Sitôt l'enterrement terminé, et tandis qu'elle regagnait le bourg sous les regards indifférents, souriants ou carrément hostiles des passants acadiens, Lucrèce avait demandé des nouvelles de son cousin.

« Ce Hébert ? il faudra qu'il réponde à quelques questions. Votre cousin a partie liée avec ceux qui agitent les tribus.

— Jérôme ?

— Qui d'autre ? s'était écrié Potter. Regardez ce paysage, mademoiselle. Tout y est en ordre, et si calme. Mais vous savez bien, hélas, qu'il suffit d'une nuit d'orage pour que le sang y coule. »

Lucrèce s'arrêta à l'entrepôt. Des hommes s'y activaient, sous la houlette d'un marchand anglais que Julien s'apprêtait à rencontrer lorsqu'on l'avait tué. L'homme était petit, bedonnant, transpirait malgré le froid vif. Il ôta son chapeau de feutre, s'inclina.

— Tout est en ordre, oncle Barnett ? s'inquiéta la jeune fille.

— Oui, princesse. Tu as vraiment pris ta décision ?

Il avait l'air un peu gêné. Lucrèce le connaissait depuis toujours, il avait été son parrain, jusqu'à Boston, où il l'avait hébergée, le temps de ses études. Bourgeois en Nouvelle-

Angleterre, il se faisait coureur des bois aux limites des territoires, troquait le gilet, les escarpins vernis et les chausses de laine pour des mitasses et des peaux de bêtes. Marchand chez les puritains, dont il n'était pas, il devenait indien parmi les Indiens et trouvait là sa joie de vivre. Pour l'enfant qu'elle avait été, le quinquagénaire au souffle un peu court achevant de régler ses affaires en Nouvelle-Ecosse avait été ni plus ni moins qu'un héros aussi grand, fort et indestructible que son père.

— Ils ont pris des Micmacs et les ont enfermés au fort, dit-il. Les Français ont tort. A force d'asticoter le gouverneur Doucett, ils finiront par prendre les gens de Boston sur le rable.

Lucrèce n'avait que faire de ces considérations stratégiques. En vérité, ni les militaires ni Barnett ne savaient ou ne voulaient lui dire qui avait assassiné son père et pour quelle raison. A quoi bon fouiller cela, de toute façon ? Elle connaissait l'âme sauvage et ses capacités à tenir secrètes les choses de la vie, au fil des années. Julien Lestang était mort. Sa fille en conservait une blessure bien plus douloureuse que le fugace trait de feu tracé par Jérôme dans sa chair.

Potter la mandait, sans doute pour l'informer des avancées de son enquête. L'homme était autoritaire, charmeur et attirant, ce qui ne troublait guère la jeune fille. Marchant vers le fort, elle se rappelait la brutale maladresse de Jérôme, s'interrogeait sur l'élan venu du plus profond d'elle-même qui la poussait encore vers son cousin. Sans un regard pour la baie noyée de pluie, où l'horizon n'était que nuées, elle pénétra dans le fort. Elle souhaitait que cette visite fût la dernière, après quoi, ayant chargé Barnett des affaires de son père, elle quitterait pour toujours Annapolis.

Il y avait du monde à l'intérieur du bastion, des soldats, l'arme au pied, derrière lesquels s'était rassemblée une petite foule de civils, hommes, femmes, et des enfants qui jouaient à la guerre entre les casemates fermées. Des Sauvages étaient accroupis près de l'entrée du fort, à quelques pas de la chapelle, surveillés par deux soldats. Le centre de la place, où la volaille picorait en liberté, d'ordinaire, était vide.

Potter vint vers Lucrèce à grandes enjambées, prit son bras, la fit monter à l'étage. Dans la salle où une flambée crépitait joyeusement, se tenaient une douzaine de personnes, parmi lesquelles Paul Mascarène, qui salua l'arrivante, des officiers et des femmes, toutes anglaises. Potter ne lâchait pas Lucrèce. Il lui parlait à voix basse, d'un jugement et du châtiment qui se préparaient. Emue, encore épuisée par le chagrin et par trop de nuits sans sommeil, la jeune fille sentait ses jambes mollir. Potter tira vers elle une chaise et la fit s'asseoir de manière à ce qu'elle vît la place dans son entier.

Le lieutenant Potter avait l'air satisfait. Ainsi rassemblé sur la place, le peuple d'Annapolis se saluait, tandis que les Indiens, muets et impénétrables, tête basse ou à demi relevée, semblaient en prière. Lucrèce vit son parrain, Barnett, entrer à son tour dans la cour et venir se placer au premier rang du public.

— Il y a aussi des Acadiens, dit Potter, le doigt pointé vers un angle de la place. L'exemple devrait les inciter à la prudence ajouta-t-il, sibyllin.

Une dizaine de Français avaient été conviés. Tous portaient des capes grises, des chapeaux ronds desquels s'échappait leur noire chevelure, raide ou bouclée. Debout dans leurs sabots, figés, ils formaient une fresque lugubre, derrière les jupes colorées des femmes et le rouge des vestes militaires anglaises.

Potter expliqua. Enfant en Nouvelle-Angleterre, il avait tremblé au récit de ses aînés sur les attaques françaises. Les centaines de Sauvages armés par le « maudit baron », les coups de main sanglants contre les forts et les fermes, la ville de Boston, même, assiégée et terrorisée. Une bonne fortune avait renversé l'ordre des choses. Elle valait bien qu'on la défendît, par tous les moyens.

Pour faire bonne mesure, le gouverneur Doucett et ses conseillers avaient convié sur la place des Sauvages rameutés dans les tribus amies, Iroquois et Onondagas. Ceux-là ne s'étaient pas fait prier. L'affaiblissement des Abenaquis et des Micmacs d'Acadie leur ouvrait des perspectives de chasse et de traite vers les rivages atlantiques de la Nouvelle-France. Assis en cercle dans un autre angle de la place, ces invités voisinaient avec quelques *Praying Indians*, membres de tribus vaincues mais que leur conversion au puritanisme préservait de possibles représailles.

Le ciel s'en mêlait, libérant d'un plafond gris et bas des rafales de neige fondue. Dans la cour, les femmes se mirent à sautiller sur place, tandis que les hommes relevaient le col de leurs manteaux. Lucrèce sentait son cœur battre plus fort. Anxieuse, elle attendait un événement, qui vint, salué par quelques cris. Une charrette tirée par des bœufs se frayait un chemin à l'angle opposé de la place. Il y eut un chahut, un mouvement de foule duquel émergèrent les shakos dorés des soldats occupés à contenir les gens. Des enfants s'étaient glissés au premier rang et montraient leur frimousse entre les vestes et les bottes des soldats. Surexcités, ils voulaient mieux voir, approchant au pas lent des bestiaux, la cargaison humaine aux bustes nus et cuivrés, crièrent lorsqu'on l'eut déposée au centre de la place.

Des « Djisus-Chraïst ! », des « oh, God ! » et des « Damned Savage ! » fusèrent dans la grande salle du conseil. Il y avait dans la charrette une demi-douzaine d'hommes entravés, seulement vêtus de leurs pantalons de peau. L'un d'entre eux, qui semblait être le chef, dardait sur la foule son regard de braise noire. Lucrèce vit ses lèvres bouger. Insultes ou incantations ? Ces guerriers ignoraient la peur. Seule la perspective de devoir quitter les vivants hors des rituels funéraires de leur peuple les effrayait.

Potter s'était penché vers Lucrèce, comme s'il se préparait à lui parler à l'oreille.

— Que va-t-on leur faire ? demanda la métisse.

— Les punir. Il se pourrait bien que certains d'entre eux aient aussi participé à l'assassinat de votre père.

— Vous n'en avez pas la certitude ?

— La conviction. Ils faisaient partie de ceux qui ont attaqué le fort.

Déjà, on empoignait les Sauvages. L'un après l'autre, les condamnés furent descendus de la charrette et mis en file, puis forcés à s'agenouiller dans la boue. Lucrèce les compta. Ils étaient huit, autour de qui les poules, comme rassurées, recommençaient à picorer en caquetant.

Les enfants avaient rompu le cordon de soldats et s'étaient précipités vers les prisonniers, poursuivis par les gardes. Un capitaine tout de rouge vêtu, coiffé d'un tricorne bleu, lut une proclamation dans laquelle il était question du roi George d'Angleterre, de rebelles et de crimes. A son énoncé, chacun devait comprendre que finissaient ainsi tous ceux qui portaient atteinte à la souveraineté de Londres sur ses colonies d'Amérique. L'avertissement, universel, concernait au premier chef les Indiens toujours assis à la même place dans la même position de prieurs, mais valait aussi pour les Français qui les armaient en Nouvelle-France et les poussaient à la guerre en Acadie.

— D'habitude, on les pend, mais aujourd'hui, nous avons choisi la manière française, puisque nous avons des Acadiens parmi nous, dit Potter d'une voix douce. Ainsi procède le gouverneur de Québec, en pareilles circonstances.

Le chef micmac fut le premier vers qui un officier s'avança, avec en main un casse-tête iroquois. C'était une arme de poing massive et redoutable, terminée par une pierre arrondie enchassée dans une cupule de bois. Lorsque l'Indien se fut redressé, Lucrèce le vit regarder dans sa direction, par hasard sans doute, semblant la chercher. Il n'avait guère plus de trente ans. C'était un gaillard superbe aux membres longs, tout en muscles, un guerrier, coureur et chasseur. Lucrèce en avait connu des dizaines pareillement bâtis, ses frères dans la nation iroquoise. Ils avaient veillé sur son enfance. L'homme eut un coup de menton vers les condamnés, jeta un cri rauque, bref :

— Vengeance !

Le mot aussi était universel, à la portée du plus petit enfant de la plus modeste et lointaine tribu indienne d'Amérique. Il disait que la guerre continuait et, à l'entendre, Lucrèce, croisant le dernier regard que l'homme ait porté sur un être humain, se sentit transpercée et glacée d'effroi.

Elle se leva, au moment où l'officier abattait l'arme sur le crâne du condamné, de toutes ses forces. Du public et dans la salle jaillirent les « han » des hommes et les cris de femmes s'évanouissant. Lucrèce désirait ne pas voir, mais le bruit que fit la tête en éclatant la sidéra. Elle rouvrit les yeux sur une flaque rouge au bout d'un corps sans vie, se tourna vers Potter. L'officier fit un pas vers elle, tandis qu'en bas une deuxième tête était fracassée.

Potter eut l'air inquiet. La bouche ouverte, les lèvres tremblantes, ses pupilles dilatées par la terreur, Lucrèce le fixait comme si elle allait à son tour subir le châtiment. Tout près d'elle, des officiers accroupis s'affairaient autour d'une femme inanimée.

— Allons, mon petit, dit Potter, vous en avez vu d'autres, dans votre enfance. Ces gens ont tué mes hommes, et votre père, peut-être.

Elle voulait hurler, mais aucun son ne sortait de sa gorge. Elle voyait son père ensanglanté en travers de son lit, d'autres bourreaux qui en terminaient avec leur ouvrage et s'approchaient d'elle, leurs lames rougies à la main. Potter eut l'air surpris. Elle fit un bond en arrière.

— Ne me touchez pas, dit-elle d'une voix rauque.

Des cris annoncèrent une nouvelle exécution. Potter tendait les mains vers Lucrèce, avec la mine de quelqu'un qui ne comprend pas et va s'excuser. La jeune fille recula jusqu'à la porte, s'appuya contre la cloison de l'obscur couloir. Elle se sentait mal, hoquetait. Potter se trompait. Bien qu'ayant épousé une Iroquoise, Julien Lestang n'avait jamais toléré que sa fille assistât à une torture. Barnett et ses semblables en étaient friands, pas lui.

Nauséeuse, l'esprit vide, elle haletait, ressentait son propre corps comme une charge intolérable. Elle vit l'officier venir à nouveau vers elle, avec son assurance haïssable, son sourire, « dans son bon droit », comme il se plaisait à répéter. Sans doute aurait-il la même allure lorsqu'il lui demanderait de devenir sa compagne. Lucrèce se précipita sur lui, gifla ses joues, cogna son torse de ses poings fermés, décocha des coups de pied dans ses bottes, jusqu'à ce qu'ayant jeté là ses dernières forces elle se laissât tomber en sanglotant.

Pendant ce temps, Jérôme avait franchi les limites de son monde connu. C'était à cinq lieues à l'est d'Annapolis, au bout des dernières digues acadiennes. La rivière avait perdu de sa majesté, son cours se rétrécissait insensiblement. Les pommeraies, qui donnaient à ce pays des allures de Normandie, laissaient place à des landes désolées au fond desquelles la forêt, l'éternelle forêt d'Amérique, faisait figure de décor, d'horizon, d'aboutissement.

Puis l'Acadien avait quitté la Dauphin, pris droit vers le nord et la baie de Fundy, autrefois française. Des tribus micmacs demeuraient là, été comme hiver, au bord de la mer. Lorsque le temps se mettait au gel, elles vivaient de pêche et de coquillages, à l'abri des criques, chassaient un peu quand brillait le soleil. Son sac sur l'épaule, où il avait fourré son maigre trousseau, du pain et de la saucisse, le mousquet de son père en travers du dos, Jérôme avait marché deux longues journées. Son souci premier avait été d'éviter les Anglais ; il n'avait pas le droit de s'éloigner de Port-Royal. Mais, si loin du fort, il n'y avait aucun risque de croiser des patrouilles. Les hommes de Doucett et Potter ne se déplaçaient qu'en troupes d'au moins trente ou quarante hommes, évitant les pièges et les humeurs de la mauvaise saison autant que la rencontre avec les Sauvages.

Jérôme avait chaussé les bottes de Jacques Hébert, deux magnifiques pièces de cuir offertes par le gouverneur Subercase au chef de la milice acadienne. Etrangement, elles étaient restées confinées dans une armoire, et personne, Jérôme le premier, n'avait eu l'idée, ou peut-être le désir, de les en sortir. Maintenant, le jeune homme les investissait un peu plus à chaque pas, et la boue des chemins, des collines et des vallons où coulaient les rus ne pesait pas sous ses talons.

Il y avait quelque chose de militaire dans la représentation que le marcheur se faisait de lui-même. Il se souvenait des officiers français, splendides cavaliers. Leurs vainqueurs anglais étaient à leur image. A quoi tenaient ces guerres ? Jérôme traversait un pays assez vaste pour contenir tout le monde, un terrain aux frontières incertaines où il avait joué un tout petit rôle d'assiégé. Annapolis se passerait de lui. Ce nom, déjà, rien que lui, restait en travers de sa gorge. D'ailleurs, il avait continué à dire Port-Royal, corrigeant verbalement ceux qui se laissaient aller à le nommer de l'appellation honnie.

« Port-Royal. Il n'est d'autre capitale pour l'Acadie », insistait-il.

Il irait au bassin des Mines, à la recherche de sa sœur Marguerite, travaillerait un peu à leur ferme pendant l'hiver, après quoi il prendrait la route de l'île Royale, reverrait sa mère et les corsaires vieillissants, ses héros qu'il avait longtemps crus capables de chasser l'Anglais à eux tout seuls.

— Acadie, par Dieu tout-puissant, qu'adviendra-t-il de toi ?

Ainsi allaient, à mesure qu'il marchait, ses pensées changeantes, de l'écho assourdi des canonnades à la crainte de croiser la route de quelque ours de méchante humeur, de la prière pour le salut de sa patrie au souvenir de sa nuit chez

Julien. La forêt ruisselait, mais il suffisait que le visage de sa cousine s'inscrivît sur les arbres, se reflétât dans les flaques d'eau, ondulât avec les rubans de brume montant de la terre, pour lui faire oublier dans l'instant les caprices du ciel.

Il ne l'avait pas revue. Dès sa sortie du fort, il était repassé sur la rive nord, sans éprouver l'envie de revoir la maison de son oncle. Ce qui s'y était passé était de l'ordre du rêve ou du cauchemar, jusqu'au cri de Lucrèce réalisant qu'il la prenait. Dans les immensités obscures de la forêt, tout devenait irréel, improbable. Que s'était-il passé, au juste ? Il n'avait rien ressenti, sauf cette froide honte qui le faisait encore respirer plus vite, par moments.

Il avait eu, dans les premières heures de sa marche vers la baie, des velléités de faire demi-tour, mais la forêt l'avait peu à peu fondu en elle, lui chuchotant à l'oreille de continuer sa route. Des voix, portées par le murmure du vent, chuchotaient des choses suaves qui l'emplissaient d'une joie sauvage. La pluie, les craquements, les mille feulements de ce monde attirant comme un gouffre lui parlaient. « Tu t'en vas, toi aussi, lui disait Lucrèce. Je ne resterai pas en Acadie, cette terre n'est pas la mienne. Boston, les marches iroquoises de la Nouvelle-Angleterre, voilà ma patrie. »

Elle y retournerait, et c'était aussi bien pour elle. Peut-être lui aurait-il demandé si elle voulait demeurer avec lui à la ferme Hébert, vivre comme une femme d'Acadie, filant le lin, torchant les petits, le ventre gros d'un prochain enfant. Il n'y avait là rien d'infâmant, au contraire, mais, par une rouerie de son imagination, il s'entendait proposer en retour de devenir commis en peaux à Boston ou à New York. Que ferait-il alors de son envie de liberté, de son aversion pour les Anglais ?

Il devait aller plus loin, au-delà de quelques rivières et de quelques collines. Vivre sous contrôle lui était insupportable. Et puis, quels que fussent ses doutes et ses tourments, il n'aimait en fin de compte pas assez la jolie métisse pour vivre avec elle l'une ou l'autre de ces deux destinées. Cette pensée suffisait à lui faire poursuivre son chemin.

Jérôme était parti depuis deux jours et, ne l'ayant pas vu revenir encadré par une patrouille anglaise, Jean Melanson supposait qu'il devait désormais se trouver à l'abri des forêts du nord, quelque part entre le Dauphin et la baie.

Il tombait de la neige, par averses. La terre n'était pas encore assez froide pour la retenir et en faisait une boue collant aux sabots. Le vent se mettait au nord, annonçant pour bientôt l'hiver et ses longues périodes de gel.

Avec Madeleine, Jean finissait de préparer l'étable pour le retour des bêtes à cornes. On les y laisserait, désormais. Il y avait de la paille et du foin en abondance, sous les toits de la ferme Hébert. Le chien qui veillait, couché en travers de la porte, se mit à grogner, se leva, museau pointé vers le chemin. Lorsqu'il vit une dizaine d'Anglais approcher, à pied et en ordre de marche, sous la conduite d'un officier à cheval, Jean posa sa fourche contre le mur de la grange, sortit.

— Où vont-ils, ces ladres ? s'inquiéta Madeleine.

— Chez nous, j'en ai bien peur.

Les patrouilles n'étaient jamais aussi fournies. A la queue de celle-ci, une mule tirait une carriole emplie d'un bazar d'où dépassaient des manches de bois. La petite colonne quitta le chemin commun pour prendre celui de la ferme Hébert.

— Je n'aime pas cela, grommela l'Acadien.

Il songea à aller décrocher son mousquet, mais l'armement des arrivants l'en dissuada aussitôt. Le lieutenant Potter venait déjà vers lui, un document roulé dans la main.

— Jean Melanson, à la ferme Hébert ?

Jean calma le chien d'un geste, fit oui, de la tête. Intrigués par les uniformes rouge et blanc, ses enfants s'étaient groupés autour de lui, sauf le dernier, que Madeleine tenait entre ses bras.

Potter déroula son parchemin, lut, à haute voix et en français :

— « Suite aux regrettables incidents qui ont causé la mort de deux soldats de Sa Majesté le roi George et blessé une dizaine d'autres, et parce que les meurtriers ont trouvé aide et protection parmi la population des colons d'Annapolis Royal, il a été décidé, par ordre de Son Excellence le gouverneur, monsieur Doucett, de détruire par le feu douze fermes en mesure de représailles, sur les deux rives des fleuves Annapolis et Allain... »

Madeleine avait poussé un cri et aussitôt enfoui son visage

dans les langes de son enfant. Son mari demeurait figé, comme s'il avait du mal à comprendre ce qui lui était dit. Potter en avait terminé avec sa déclamation. Il fit un pas de plus vers le couple, leva le menton.

— Son Excellence monsieur le gouverneur vous offre sa mansuétude. Les troupeaux ne seront pas brûlés mais simplement confisqués. Vous disposez de dix minutes pour évacuer vos biens des bâtiments et vous assurer que personne ne demeure à l'intérieur.

Jean Melanson parut sortir d'un rêve, s'ébroua.

— Ma femme est grosse, dit-il à Potter, d'une voix douce.

L'officier ne broncha pas. Les soldats s'étaient mis en rang, fusils braqués dans sa direction, ce qui amusait pour l'instant les enfants. Jean évalua la situation. C'en était fini d'avance de la récolte de grains, que l'on ne pourrait sauver. Il se rua vers la maison, ordonna à sa femme de le suivre, décrocha en quelques secondes les outils de leurs clous, pour aller les jeter sur le chemin. Puis ce furent les sacs de semences, qu'il descendit en hâte du grenier, tandis que Madeleine, ayant posé son nourrisson à même le sol, au pied des soldats, courait sauver ce qu'elle pouvait de sa vaisselle.

— Laissez le fusil à l'intérieur ! hurla Potter. Et toutes les sortes d'armes, aussi !

Le cœur affolé, l'esprit en tumulte, Melanson l'entendait à peine. Il lui fallait choisir entre des objets sacrés, le métier de Madeleine, sa lingerie brodée avec tant de patience, des outils, encore. Il choisit le drap et la ferraille parce qu'il faudrait se vêtir et travailler chez les autres, au long d'un hiver qui s'annonçait sinistre.

Il restait un peu de temps. Le souffle court, ils allèrent détacher le cochon, que Jean chassa à coups de pied et de pierres vers la ferme Melanson. Quelle pitié ! Ses voisins étaient encore chez lui au milieu du jour, à affûter des lames sur sa meule. Jean avait empoigné deux sacs de blé d'Inde fraîchement moissonné et les tirait, trébuchant, vers le salut, lorsque Potter donna l'ordre de mettre le feu. Madeleine se précipita vers lui, tomba à ses genoux, implora. Potter se dégagea, tira son pistolet de sa ceinture, l'arma.

— Ma femme !

Jean levait les mains, comme s'il se rendait. Il guetta le coup fatal, fut soulagé de voir Madeleine s'effondrer d'elle-même, les mains dans la boue. Les soldats étaient déjà à l'œuvre. La mule avait tiré un chargement de torches, qu'ils allumèrent l'une à l'autre, et de fagots de petit bois. Chargés de leur combustible, les hommes avancèrent vers les bâtiments.

Jean Melanson serra les poings. On avait plusieurs fois évacué la ferme, lors d'assauts déjà anciens, mais jamais, depuis le sac de la vieille habitation de Champlain, ce coin de l'estuaire n'avait eu à vraiment souffrir des violences de la guerre.

— Et il n'y a pas de bataille, aujourd'hui, murmura-t-il, hébété.

La grange brûla en premier. Une fumée noire s'éleva de son toit, semblant le soulever comme pour s'en libérer, puis le feu prit en une seconde et le souffle de l'incendie se fit entendre tandis que les flammes surgissaient de toutes parts. Madeleine s'était à demi relevée, tandis que Jean maintenait contre ses jambes ses enfants soudain terrorisés.

Il fallut quatre torches et une longue couvaison pour que le brasier commençât à dévorer la maison de Jacques Hébert. Madeleine sanglotait à ce spectacle, qu'elle décida de fuir en se couchant à nouveau, le front contre la terre. Des silhouettes apparaissaient, en bout de champ. On accourait. Potter cria un ordre, des soldats revinrent se mettre en position à travers le chemin, au moment où le verger subissait à son tour la froide colère des incendiaires. Melanson se détourna. La destruction de la maison où son beau-père avait vécu ses derniers instants lui importait moins que celle de sa récolte. Le fourrage, le blé broyé au moulin de l'Allain, le blé d'Inde, tout s'envolait en une colonne épaisse et sombre comme la nuit.

— Par Dieu tout-puissant, répétait-il, les yeux rougis.

C'était trop dur. Il s'assit le cul par terre, face aux amis qui, apercevant les vestes rouges, ralentissaient leur pas et venaient se mettre à leur tour en rang, impuissants, humiliés eux aussi. Les Anglais commençaient par lui, il n'y avait pas là grand mystère, et Jérôme devait avoir sa part dans ce choix. Qui seraient les prochains ? On se regardait entre possibles victimes, de l'autre côté du rang de soldats. Douze fermes, sur les cent cinquante que comptait la colonie, cela faisait beaucoup, et les pièces communes des Acadiens ne manqueraient pas de dormeurs errants, tout cet hiver.

Potter donna un ordre, ses hommes se groupèrent, mirent le fusil à l'épaule, s'éloignèrent. L'incendie allait durer une bonne partie de la journée. Contre lui, il n'y avait quasiment rien à faire. Reprenant leurs esprits, les Acadiens envoyaient déjà des coureurs vers les fermes voisines, par les chemins hauts longeant la forêt. Jean Melanson ne voyait plus rien, n'entendait plus rien. Il s'était allongé à son tour et respirait calmement, le visage vers le ciel d'où tombait la sale petite pluie neigeuse de novembre.

Le visage impénétrable, le vieux Micmac tirait avec application sur son calumet. Il était sagamo, et *puoin* aussi, capable de soigner, de prévoir les tempêtes, de communiquer avec les esprits. Assis face à lui sous la tente enfumée, Jérôme cherchait en vain la colère sur ses traits austères piqués par la petite vérole.

— Les Anglais ont tué nos frères innocents à Annapolis et ils commettent bien des massacres au-delà de la rivière Kennebec, depuis trop de lunes, dit le vieux chef. Ils sont cruels, et le roi de France ne veut plus rien faire pour les empêcher de nous tourmenter.

— Le roi de France est encore un enfant, c'est son oncle qui gouverne en son nom. Le royaume est en grande difficulté, les guerres du roi Louis l'ont saigné.

L'Indien secouait la tête. Le roi Louis avait beaucoup promis à ses alliés et peu tenu et s'il avait perdu des guerres, c'était qu'il les avait mal faites. Les aléas de la puissance française importaient moins au Micmac que l'abandon dans lequel l'allié de toujours les laissait, lui et la trentaine d'habitants de son village.

— Des femmes et des enfants, pour la plupart, dit-il. Les hommes ont été décimés par les maladies, ceux qui ne sont pas morts chassent l'élan et le loup marin, pêchent les éperlans, pour les provisions d'hiver. Regarde mon visage. J'ai survécu, moi, quand tant d'autres sont morts dans les fièvres, avec le mal trouant leur peau et coulant sur leur corps. Et demain, les Anglais viendront peut-être nous tuer ou nous obliger à partir, comme ils le font avec nos voisins abenaquis. Pourtant, quand leurs ancêtres ont débarqué du premier bateau de proscrits, à

Shawmut [1], ce sont nos ancêtres qui leur ont offert de quoi ne pas mourir de faim et de froid.

Jérôme acquiesça. Il n'avait à proposer à son hôte que son sourire et le désir de revanche qu'il sentait monter en lui avec la même force qu'au jour de la reddition de Port-Royal. Quelles armes, pour reconquérir un pays !

Pourtant, tout, autour de la tente où il se reposait près de ses hôtes, révélait la paix. Des femmes allaitaient leurs petits et bavardaient en regardant fumer la marmite, d'autres rapportaient du linge de la rivière, des enfants, certains à peine capables de marcher, jouaient aux chasseurs, exerçaient leur adresse à l'arc sur des troncs d'arbres. Bientôt, les hommes reviendraient, silencieux et souples, portant sur le dos les quartiers de viande, et des fourrrures, peut-être, que l'on irait vendre à Annapolis. Ainsi allait le peuple sauvage, avec ses habitudes millénaires, et des inquiétudes, nouvelles, encore imprécises, que les Acadiens éprouvaient, eux aussi.

— Je sais que les nations micmac et abenaqui sont allées en délégation chez les gouverneurs anglais, dit Jérôme. Cela n'empêche pas les massacres, du côté de la rivière Kennebec.

Au bout d'un long silence, le vieux chef hocha la tête. Il y avait eu des courriers et des rencontres. Des Mines à Canso, de La Hève à Annapolis, les tribus de Nouvelle-Ecosse avaient fait accord pour indiquer aux nouveaux maîtres de la colonie les limites qu'ils ne devraient pas dépasser.

— Nous leur avons dit ce qu'autrefois nous avions expliqué à nos amis français. Que cette terre que Dieu nous a donnée ne nous paraît devoir être disputée par qui que ce soit. Que nous voyons bien leur projet de l'occuper et de nous réduire à leur servitude. Que nous sommes maîtres et dépendants de personne, et que nous voulons garder notre pays libre.

Jérôme écoutait. Il y avait, dans une balance imaginaire, d'un côté ces êtres sûrs de leur droit, qu'un siècle de coexistence avec les colons d'Acadie avait mis en confiance, de l'autre, pesant juste assez pour faire bouger le fléau, l'once anglaise, chaque jour un peu plus présente et lourde. C'était le poids exact d'une arrière-pensée somme toute très simple : tout prendre, de la rivière Penobscot à la baie d'Hudson. Pour

1. Future Boston.

Jérôme, qui marchait depuis des jours à travers un pays sans maître ni affidés, espace sans frontières ni bannière pour en définir la propriété, il devenait clair que si rien n'était fait par la France, les Sauvages subiraient à leur tour le sort de Canso, d'Aldon et de cent autres lieux investis sans avertissement par les Anglais.

On avait écrit à Doucett, parlé avec lui. L'Indien se satisfaisait de ces échanges pleins de promesses formelles. Il poursuivit, le buste droit :

— Nous avons dit à l'Anglais que si nous allions dans son pays pour y habiter, il nous en ferait retirer, et que pour cette raison nous disputerons à tous ceux qui voudront nous en faire partir le pays que Dieu nous a donné. Et nous avons dit aussi que nous étions maintenant sur la défiance de tout le monde, en Nouvelle-France comme en Nouvelle-Angleterre, car nul ne sait où ira la guerre entre les étrangers, sur notre terre.

— Que Gloscap t'entende, mon ami, murmura Jérôme.

Il y avait au fort des Potter, des Doucett et des Mascarène qui se chargeraient sans doute un jour, à moins que ce ne soit leur progéniture, de mettre ces gêneurs à moitié catholiques hors course. Jérôme acquiesçait. Le vieux Micmac se méfiait des Anglais, posait une question, « mais où sont donc les Français ? », à laquelle Jérôme n'avait pas la réponse.

— La nuit de l'affaire de Port-Royal, dit l'Acadien, des guerriers ont tué le marchand Julien Lestang. Les Anglais disent que c'étaient les mêmes.

— Le marchand a payé, fit le vieil homme, qui était au courant de cela et sans doute de bien d'autres choses concernant le Français assassiné.

— Payé. Quoi ?

— Payé.

Il leva la main, n'en dirait pas plus. Jérôme se pencha vers lui, interrogateur. L'Indien le fixa de son regard comme lavé par les siècles.

— Pour que les esprits puissent enfin dormir en paix, dit-il. Maintenant, laisse-moi sans parler et prépare-toi à manger.

Lorsqu'il arriva en vue de la plaine de Grand-Pré, Jérôme avait quitté la ferme Hébert depuis quinze jours. Il avait marché sur les pas des chasseurs micmacs de la baie, entre les signes qu'ils se laissaient un peu partout sur les arbres, les pierres. Il les avait parfois croisés, partageant alors le cuissot ou le rable, avait porté avec eux les canots, entre lacs et rivières. Il savait assez de leur langue pour se faire comprendre, et lorsqu'il leur révélait qu'il était le fils d'Hébert, chef de la milice de Port-Royal, il voyait leurs visages s'éclairer. Ainsi la mémoire de ce combat, auquel des Sauvages de leur tribu avaient participé, n'était-elle pas éteinte, et Jérôme s'en était senti fier, soulagé des fatigues de sa route.

Parvenu à la Baie française, il avait longé, aussi loin et longtemps que possible, le bord de mer, descendant vers les criques, marchant sur les grèves de sable noir où s'abouchaient les rivières aux vases traîtresses délaissées par la marée.

L'esprit au repos, il avait observé, de loin, les groupes de loups marins alanguis sur les rochers. Sa liberté lui plaisait, les paysages vides de toute présence humaine lui faisaient douter qu'il y ait eu un jour cette honteuse défaite aux conséquences encore imprévisibles. A aucun moment il n'avait éprouvé l'envie de rebrousser chemin pour regagner la ferme où, à la vérité, les gens vivaient de mieux en mieux. Grand bien leur fasse, pensait-il, si leur bonheur est là. Lui partait à la recherche de l'endroit où la face polie du lieutenant Potter, le visage triste du capitaine Mascarène, la silhouette pansue du gouverneur Doucett ne viendraient pas corrompre le décor. C'était plus loin vers l'est, là où flottaient encore des bannières dignes d'être regardées.

Au sommet d'une colline où s'élevait une jolie église toute blanche dédiée à saint Charles, au clocher pointu comme une flèche, la vue embrassait de tous côtés la pente douce d'une plaine immense peuplée de troupeaux, piquée de fermes, parcourue de rus et de canaux, et au bout de laquelle, très loin, la mer dormait, étale entre des embouchures de rivières sous le ciel bas.

Grand-Pré. Cela paraissait plus riche et mieux entretenu que Port-Royal. Un village était né au pied de l'église, quadrillé par quelques ruelles boueuses sur lesquelles donnaient une forge, des entrepôts et les portes de petits notables, comme une ébauche d'organisation sociale. Au-delà de ce bourg minuscule, le domaine agricole poussait ses conquêtes le long de rivières dont on apercevait les ondulations, entre des rangées d'arbres. Les fermes comptaient là des annexes, bordes et granges, plus nombreuses et plus larges que partout ailleurs, et les vergers aux arbres dépouillés ressemblaient à de larges taches grises à l'arrière des maisons. Assis le dos contre son sac, Jérôme comprenait la fierté des habitants de cette colonie que, par chance, les vicissitudes des guerres passées avaient jusque-là épargnée.

On baptisait, ce matin-là. Une petite procession de gens capés et chaussés de sabots entrait dans l'église, au milieu de feuilles mortes tourbillonnant dans les rafales d'un vent froid. Jérôme la suivit. A défaut d'une confession qu'il remettait sans cesse à plus tard depuis la mort de Julien, il désirait prier avant de continuer son chemin vers la rivière Pisiquid, où les André Melanson s'étaient installés. Il s'assit sur un banc de chêne brut, laissa son esprit vagabonder.

La chapelle était petite, la lumière du jour la pénétrait avec générosité. Un autel tout simple, recouvert d'un drap blanc, portait un crucifix et un tabernacle. Une famille d'une bonne vingtaine de personnes, dont deux tiers d'enfants et de jeunes gens de tous âges, ainsi que les parrains, s'était groupée autour du plat d'étain monté faisant office de fonts baptismaux. Jérôme rendit grâce à Dieu de l'avoir mené jusque-là sans encombre, au bout de sa marche hasardeuse, puis il observa la cérémonie dont les participants ressemblaient aux gens de Port-Royal.

La famille acadienne, pensa-t-il.

Le nourrisson, coiffé de fin tissu marial, disparaissait dans la blancheur de sa robe de baptême, que l'on avait voulue assez longue, brodée au col et aux manches. Sa mère, petite, le ventre encore bien rond sous sa jupe de laine couleur de la paille, le regardait avec amour. Elle devait bien approcher la quarantaine, comme le père, corpulent, le teint rougeaud, laboureur aux doigts épais et rougis, à la taille prise dans une large ceinture d'étoffe fléchée, écarlate. Les autres étaient à l'unisson, blonds ou filasse, de cheveux comme de sourcils et Jérôme pensa qu'il devait bien s'agir de Normands ou de Bretons.

Il se signa, sortit. La marmaille plus ou moins dissipée, éparpillée dans l'église, l'attristait, en fin de compte. Une fois de plus, il se demanda à quoi auraient bien pu ressembler les enfants qu'il aurait faits à sa cousine. A des bâtards ? Cette obsession l'exaspérait, le plus souvent, et, curieusement, les traits de Lucrèce s'estompaient en même temps dans sa mémoire. Il les retrouvait, les perdait de nouveau et, las de les chercher ainsi dans le décor de Grand-Pré, finit par ne plus y penser.

Plus encore qu'à Port-Royal, les fermes de la colonie révélaient les origines de leurs propriétaires. Les bretonnes étaient de pierres cimentées par de la terre séchée, les normandes en torchis maintenu par des colombages et coiffées de chaume. D'autres étaient couvertes de bardeaux sous des toits de planches, et Jérôme pensa que celles-là étaient la création de l'Acadie, tout simplement. Il les longea, l'humeur joyeuse sous la pluie neigeuse qui tombait une fois de plus. Grand-Pré n'était pas à l'abri au fond d'une nasse, comme Port-Royal. La côte dessinait à ses pieds de longues courbes enrocaillées où s'étalaient ici et là des grèves de sable gris ou brun. L'air marin sautait par-dessus les digues, déferlait en liberté sur les prés et les champs. Mais redoutables devaient être ici aussi les colères du vent.

— Et pas d'Anglais, par le Dieu de justice !

Ni de fort, ou de bannière du roi George. La frontière de Nouvelle-France avait certes laissé Grand-Pré et le bassin des Mines en terre ennemie, mais la colonie donnait une impression de totale liberté. Jérôme s'en emplit la tête et les poumons, le jour durant. Puis il s'invita pour le souper au hasard. Ce fut dans une ferme tourangelle, chez des Thibault, de Châteaudun, où on le fêta comme il se devait avant de le faire coucher au coin de la cheminée.

La rivière Pisiquid coulait à une huitaine d'heures de marche de l'église, au-delà des gués de la Gasparots. Jérôme se mit en route après la prière du matin, sous une neige capricieuse et fine. Parfois, les senteurs aigres-douces de feux d'herbes et de feuilles lui chatouillaient les narines, évoquant d'autres flambées d'automne, plus douces, au fond des cheminées acadiennes.

Il traversa des étendues de terre brune, des collines couvertes d'une végétation dépouillée, des bois profonds, atteignit la rivière à deux bonnes lieues de son embouchure dans le bassin des Mines. C'était plus qu'un simple cours d'eau comme il y en avait des centaines en Acadie : un fleuve aux dimensions d'un bras de mer, aux eaux mêlées par le puissant mouvement des marées. Large d'au moins deux cents brasses, majestueux, il était bordé de fermes en amont comme en aval et sur ses deux rives, aussi loin que portait le regard. Le soir venait, la neige tombait à flocons serrés lorsque, ayant parcouru des digues si récentes que l'herbe n'y avait pas encore poussé, le jeune homme aperçut, à deux cents pas, la ferme Melanson, coiffée de son chaume blanchi. Un potager ceint d'une triple rangée de rondins la précédait. Sur le côté sud, un auvent abritait le four à pain. Du bois était entassé au nord, sous un abri semblable.

Sous une borde où s'alignaient, au pied des murs, ballots et tonneaux, André Melanson était occupé à fabriquer des bardeaux devant sa charrette, entre ses outils aratoires, soc en fer, herse, fléaux et fourches. Assis à califourchon sur un socle de chêne prolongé par un axe oblique au bout duquel était fixée une pièce de bois blanc, grossièrement cubique, il tenait à deux mains une lame effilée, brillante, avec laquelle il découpait, s'arc-boutant, des lamelles dont il faisait des tas, à ses pieds.

— Alors, avec ça pour la recouvrir, ta maison sera donc d'Acadie ! lui lança Jérôme.

Melanson se retourna, surpris, peina à reconnaître, sous son large chapeau de feutre, son beau-frère, dont la barbe avait poussé.

— Jérôme-à-Jacques Hébert, à c't'heure, tout maigrichot mais bien vivant, c'est là une bonne nouvelle !

Ils s'embrassèrent. Depuis la borde, Jérôme admira la maison aux murs de rondins et de planches que les bardeaux achèveraient d'habiller et de protéger. Melanson avait quasiment tout construit de ses mains, et rapidement ; l'entraide avait fonctionné. Ses voisins s'installaient, tout comme lui, sur des terres vierges que l'on avait défrichées ensemble, puis endiguées en partie.

— Il fallait se presser, dit-il, l'hiver n'est pas loin. Viens, ta sœur se demande souvent ce qu'il advient de toi. Tu sais qu'il nous vient des mauvaises nouvelles de Port-Royal.

Jérôme se tendit. Sa randonnée entre les collines indiennes et les rivages déserts de la baie avait fini par lui faire oublier que l'on vivait toujours, sur la Dauphin et l'Allain.

Des marchands de peaux avaient raconté la mise à feu, par le lieutenant Potter, d'une douzaine d'habitations autour de la citadelle. Parmi celles-ci, la ferme à Jacques-à-Joseph-Hébert, tenue par son gendre. Jérôme ferma les yeux. Assigné à résidence, il était parti sans se poser la moindre question sur les conséquences de ses actes. André lui frappa l'épaule. On ne savait encore rien de précis et il y avait d'autres Hébert, lointains cousins, un Alexandre et un Emmanuel, en amont du bourg de Port-Royal.

— Viens, te dis-je, lui répéta André.

Ils entrèrent. La pièce commune était petite mais confortable, avec un plancher, des fenêtres d'aplomb, à petits carreaux, donnant sur levant et couchant, une large cheminée rougeoyante près de laquelle s'ouvrait la porte carrée du four. Un buffet vaisselier exhibait quelques porcelaines, des pots à épices et à bière, des cruches et une carafe. Sur des étagères s'alignaient miches et récipients d'argile rasant les charcutailles et les poêles appendues aux poutres. Cela sentait la résine, le bois fraîchement coupé, et la soupe, aussi. Dans un grenier, en haut d'une échelle, reposaient les sacs de semences, pour avril, et des ballots de tissu ainsi que des petits tonneaux d'huile, de mélasse, de sirop.

Devant la cheminée, près du berceau à bascule qui avait hébergé les deux premiers, Marguerite allaitait son enfant dernier-né, une braillarde affamée prénommée Anne. Assis par terre, l'aîné, Paul, jouait avec des morceaux de bois et des poupées de chiffons, badé par sa sœur Marie, un moutard d'à peine un an et demi. Lorsqu'elle aperçut l'arrivant, la jeune femme plissa les yeux, intriguée, avant de se lever, joyeuse.

— Par Dieu, mon frère bien-aimé, au bout de tout ce temps ! Mais tu ressembles à un coureur des bois, à c't'heure ! Qu'est-ce qui nous l'a changé ainsi, le Jérôme ?

A vivre chaque jour près de lui, à Port-Royal, dans la suite sans surprise des saisons et de leurs travaux, elle ne l'avait guère vu se transformer et voilà que sortait des épaisses forêts d'Acadie une espèce de vagabond aux joues creuses, hirsute et crotté, mais bien debout dans ses bottes. Port-Royal ? Bien sûr, on s'angoissait pour Jean et Madeleine. Mais l'heure présente était celle de l'enfant prodigue. On lui ferait fête, à celui-là. Le froid qui venait, chaque jour un peu plus vif et coupant, allait rassembler un morceau de la famille Hébert dans la colonie toute neuve de la Pisiquid et de la Sainte-Croix. Jours bénis ! Jérôme fut poussé sur le banc, assis de force ou presque devant la table aux solides pieds en chevrons, sommé de plonger sans délai sa cuillère dans un large bol fumant.

— Du potiron.

Et bien d'autres choses, dans cette soupe. A mi-chemin entre l'embouchure de la rivière et sa rencontre avec la Sainte-Croix dans les collines d'amont, André Melanson avait touché un lot de terre où tout poussait, un vrai don du Dieu des Acadiens et de Marie, sa mère, que l'on remerciait, chaque jour. Les blés venaient là bien hauts, et l'avoine, le seigle, le blé d'Inde et le lin, tout ce que l'on choisissait de planter. Déjà, près de quelques ares de tabac, le potager de Marguerite avait donné haricots et pois, melons, radis et navets. Et ce potiron, qui parfumerait la maison tout l'hiver.

— Tu vas demeurer avec nous, Jérôme, dit l'hôtesse, péremptoire. Il faudra que tu voies ces moissons, ici, aux Mines. Sais-tu ? On va bâtir un moulin sur un bras de rivière, tout près. Tu te rends compte, un moulin, à cinq cents pas à peine de notre maison ! On t'a, on te garde, sale gouyat ! s'écria-t-elle, joyeuse.

Elle s'était arrondie, de joues, de buste et de fesses. Ses hanches larges abriteraient encore de ces marmots dont elle accouchait vaillamment, sans les déchirures, les fièvres, les éventrations et autres misères qui tourmentaient et tuaient bien des femmes. Jérôme reconnaissait sa sœur cadette : une nature, faite pour supporter sans plainte les rigueurs de la vie de colon.

— *Diou*, si notre pauvre grand-mère, Jeanne, pouvait nous voir.

A pas encore trente ans, elle avait le rable béarnais des Lestang : un corps trapu, tout en épaules, épais de mollets et de chevilles. Sous sa chevelure couleur de nuit, son visage était de cuir mat, à l'expression rouée, au sourire plein de tendre malice, au nez marqué au-dessus d'une bouche faite pour la gouaille, le réconfort, le jugement net et acéré, et, enfin, pour le bavardage.

Car elle bavardait. Le jour durant, et toute seule, au besoin, et ses prières avaient l'air d'en être la simple continuation murmurée. Tout était prétexte à sa logorrhée sans trêve ni fin, la taille des haricots et les pucerons sur les fleurs, les fiançailles de voisins, les penchants de celui-ci pour le marc ou de celui-là pour la course à l'allumette en territoire micmac. Personne n'échappait à son tribunal, ni les Anglais qu'elle envoyait chaque nuit se faire tarauder l'âme par des diables papistes, ni les gens de Versailles, qu'elle devinait se vautrant dans la luxure, les bains de lait, les amours scandaleuses, depuis la mort de Louis XIV et la mise au couvent de sa Maintenon. Les mains sur les hanches devant ses marmites, sa broche, ses poêlons et ses pots d'argile, elle était tout à la fois un phare lançant des signaux, une batterie tirant des projectiles, un amiral fonçant pour éperonner. Redoutable et redoutée.

Mais elle avait aussi, comme bien des gens excessifs, un cœur immense, prêt à s'ouvrir à chaque instant pour quiconque frappait à sa porte. Chez Marguerite Hébert, femme-à-André Melanson, le marcheur égaré, le quêteux aux genoux gonflés ou à la main morte, le chasseur trop fatigué pour aller plus loin, chacun avait son assiette, sa soupe, sa toile de sac ou sa botte de paille pour dormir, et le bénédicité, qui commençait pour lui : « Seigneur, regarde tes pauvres enfants d'Acadie et prends soin de celui-là, surtout. C'est ton petit, parmi les petits de ton peuple. »

Ainsi était Marguerite Hébert, qui discutait pour un sol le prix de la demi-livre de mélasse et donnait ses broderies les plus fines, celles qui valaient le plus cher, à qui les porterait pour se marier, enfanter ou mourir. Ainsi était cette femme encombrante et précieuse, que son calme Melanson d'époux aimait pour tout cela et pour les enfants qu'elle lui faisait avec vaillance et sans jamais se plaindre.

— Nous avons bien de la chance, quand d'autres sont dans le besoin, répéta-t-elle, tourmentée par les incertitudes sur le sort de Jean et de Madeleine.

André Melanson avait déjà regagné son appentis. Jérôme termina son souper, le rejoignit. A deux, le travail avancerait plus vite, une fois qu'il aurait appris les gestes.

— A la bonne heure, dit l'Acadien. Et tu m'aideras aussi à les poser sur les murs.

— Ma foi, si je dois mériter ma pauvre pitance.

Jérôme pensa qu'aux moissons prochaines il serait là depuis presque une année, ce qui lui sembla long. Va pour l'hiver, se dit-il. L'endroit lui plaisait, on y chassait comme ailleurs, et ces Melanson-là étaient somme toute plus causants que ceux de Port-Royal.

André éclata de rire. L'hiver pouvait venir, sa maison disposerait de deux bras supplémentaires pour finir de se consolider. Cela vaudrait bien quelques rasades de bière d'épinette.

Il y eut, pour le début de l'année 1725, un de ces hivers ni doux ni glacial, une saison moins terrible que celles du siècle à son début, et qui en suivait quelques autres du même tonneau. Cent fois, les vieux et même ceux qui étaient encore tout jeunes à l'époque, avaient évoqué cette dizaine d'années de froidure et de mort, sous les yeux ébahis des enfants.

« Le gel, à pierre fendre, la neige, comme un suaire, les gens que l'on retrouvait parfois, en avril, rejetés par les glaces au bas des torrents, et pourtant, c'était le temps de la grande gloire du roi de France dans sa province d'Amérique. On prenait Terre-Neuve, et les voiles anglaises demeuraient invisibles. Autres temps... »

Jérôme hiberna sous le toit des Melanson, clouant et colmatant, réparant outils et meubles, fumant et veillant au fil interminable des jours et, plus encore, des nuits. Il chassa de temps à autre, traqua l'anguille à la *nigogue*[1] indienne, sous la glace des rivières. Quelques nouvelles lui parvinrent de Port-Royal par les traîneaux des coureurs des bois et des commis en fourrures. La froide colère des Anglais s'était calmée. Eux aussi se terraient dans leurs maisons et dans leur fort.

Jérôme eut ainsi le temps de penser à ceux qu'il avait laissés derrière lui, au bord de la Dauphin. Avec la distance, il lui semblait parfois avoir rêvé la nuit sanglante d'octobre, le jugement du lieutenant Potter sur sa façon d'être et de réagir, la peau de Lucrèce, sous ses doigts de rapace impatient. Peut-être même tout cela appartenait-il à un étranger, dont il aurait simplement été le témoin. A d'autres moments, au milieu des vastitudes glacées de la campagne acadienne, ou la nuit, dans le silence

1. Assemblage de pièces de bois permettant de happer les anguilles.

absolu de la nuit boréale, le cri de douleur et d'effroi de sa cousine lui revenait aux oreilles, au cœur, au ventre, l'emplissait et le recroquevillait, haletant, contre un arbre ou au fond de sa couche.

Ainsi passa l'hiver de Jérôme Hébert, jusqu'au jour d'avril où, au pas lent d'une charrette, Jean et Madeleine Melanson rejoignirent enfin à leur tour la rivière Pisiquid.

Ils avaient voyagé durant près d'un mois, subi des crues de rivières, plongé dans la boue des chemins, marché. Epuisés, au sortir d'une saison passée tels des coucous, dans le nid des autres, ils s'étaient plusieurs fois perdus en cours de route. Le cœur acadien avait battu très fort, dans la solidarité, la compassion. On avait poussé les murs des maisons épargnées par la fureur anglaise, monté à la hâte des lits, mis des rallonges aux tables, afin que chacun des spoliés, une centaine au total, pût aussitôt trouver de quoi apaiser l'amertume, le chagrin, et endiguer la colère qui, de toutes parts, montait.

« Comme des chiens, répétait Jean Melanson. Et ma foi, on aurait dit qu'ils ne trouvaient même pas de plaisir à le faire. Moi, je ne pouvais plus rester là-bas, à devoir passer devant le bois noirci, les prés vides de bétail, par Dieu non, je ne pouvais pas, même en me mettant sur la rive sud ou plus loin encore, de l'autre côté du fort, vers chez Richard ou Bastarache. »

Il hochait la tête, incapable de chasser les fantasmes de son esprit. Et sa femme, le visage déformé par les grimaces, revivant ces instants de braise, revoyait l'horizon noirci par la fumée et tous ses chers objets s'évanouissant à jamais dans le ciel de la rive nord.

« Comme des chiens. Et maintenant, il faut tout refaire » répétait-il et, passé la tension du voyage, il se renfermait dans le souvenir du désastre et la hantise de l'avenir.

— Il y a de la terre à prendre au nord d'ici, sur l'autre rive de la Pisiquid, lui promit son frère. Dès que la neige aura fondu, nous passerons en barque et je te montrerai ces lopins. Ils ne sont pas directement sur la rivière, donc, pas besoin de les endiguer. Il y court de l'eau en abondance et l'herbe y est grasse. Un peu de bois à couper, et tu auras là-haut quatre ou cinq acres, de quoi te donner le nécessaire et un peu plus, même.

Pardieu, Jean, nous ne sommes pas encore des vieillards. Nos bras sont solides et ceux de nos voisins aussi, tu verras.

La gêne de Jérôme, ses silences trahissaient sa culpabilité. Souvent, il avait discuté sereinement avec ses hôtes, au coin du feu, de ce qu'il faudrait faire, puisque la présence anglaise perdurait. La position d'André Melanson était simple : refuser l'allégeance tout en acceptant l'Anglais et en composant avec lui. Comment procéder autrement ? Résister ? Certes, mais avec quelles armes, à cent lieues de Louisbourg et de ses canons ? Les questions sans réponse ne manquaient pas et Jérôme avait fini par ne plus très bien savoir ce qu'il devait penser.

L'arrivée de Jean et de sa femme changeait désormais la donne chez André Melanson. Madeleine avait eu son quatrième enfant juste avant de quitter Port-Royal. Avec les petits de Marguerite, cela en faisait huit dans la maison. Sans doute l'arrivée prochaine des beaux jours leur permettrait-elle d'aller courir, crier et se fatiguer à l'air libre. Mais, de toute façon, que de soucis, de bruit, de motifs de tension, dans un espace aussi réduit.

Un soir, à table, Jérôme s'étonna qu'on ait pu ainsi s'effacer, si nombreux, pour laisser des incendiaires mettre à mal grains, murs et meubles d'une douzaine de fermes. Madeleine, qui depuis son arrivée le couvait d'un regard plein d'aigreur et de ressentiment, se dressa d'un coup, face à lui.

— Et qu'aurais-tu fait, toi, bougre de vantard ? Ils étaient dix, et dix fois plus qui n'attendaient sans doute qu'un geste de révolte pour anéantir la colonie tout entière. Et puis, tu étais parti, si je me souviens bien ? Pourquoi n'es-tu pas resté avec nous ? On aurait vu, alors, le héros de Port-Royal à l'œuvre ! Seul contre tous !

Jérôme se dressa à son tour. André Melanson le calma d'un geste. On allait bâtir une ferme avec les arrivants, cela les aiderait à se débarrasser du souvenir de leur calvaire.

— Tu sais, dit-il à Jérôme, manière d'apaiser les esprits, chaque fois qu'on piquera leur foutu orgueil, les Anglais procéderont de la même manière. Qu'on leur tue deux soldats et ils brûlent douze fermes. Qu'on leur montre un navire avec ses canons et c'est toute l'armée du roi d'Angleterre qui risque bien de sortir de ses ports et de ses garnisons pour tout passer au sabre.

— Alors, j'irai à Louisbourg, dit Jérôme en se rasseyant.

— Tu iras où tu voudras ! lui lança Madeleine, hargneuse. Tu as le feu dans la tête. Regarde donc un peu autour de toi. Jean a le cœur qui saigne, moi, j'ai cru devenir folle devant l'incendie. Hors un baiser de bienvenue et quelques bonnes paroles, que nous as-tu proposé, toi qui nous as mis dans cette situation ?

— Pardieu, ça suffit ! s'écria Marguerite. Le mal est fait de toute façon et il ne sert à rien d'attiser ce feu-là.

Elle montra les ondulations de la rivière, les rives plates déjà rehaussées par des digues et, partout, la glèbe brune et bien grasse qui ne demandait qu'à se faire féconder. Il y avait de la place pour tout le monde dans les nouveaux territoires. Jérôme considéra son beau-frère. Sa décision se précisait, toute naturelle, assoupie dans l'hiver, bien éveillée, désormais. Il quitta la table, alla vers la fenêtre.

— Je refuse de tendre le dos à la baguette anglaise, dit-il. Vous ferez ce que vous voudrez en attendant qu'on vienne de nouveau brûler quelques fermes et pousser des malheureux à l'exil. Moi, je connais les Mascarène, Doucett et ceux qui les servent, comme l'officier qui a donné l'ordre de mettre le feu à la maison de mon père. Potter, un lieutenant. Tous ces gens n'ont qu'un but, nous voir déguerpir, tous autant que nous sommes.

— Peut-être, dit André, songeur. Moi, je pense qu'il faut continuer à travailler, tout en gardant notre liberté. Les Anglais, si on leur fout la paix, ils feront de même avec nous.

— Vous ne serez ni blancs ni noirs, mais gris comme les rivages d'Acadie, lui rétorqua Jérôme. C'est là une couleur pour les rochers ou pour les tempêtes, pas pour les gens. Moi, des couleurs, je vais aller en chercher d'autres dans l'île Royale, et Dieu me garde de supporter plus longtemps celles du roi d'Angleterre.

André Melanson le rejoignit. La présence amère et murmurante de Madeleine alourdissait l'atmosphère de sa maison. Même la bavarde et gaie Marguerite s'en inquiétait. Il y aurait bientôt des disputes, si on laissait les choses aller ainsi. Il mit la main sur l'épaule de Jérôme, dit qu'il était libre, lui aussi, d'aller où bon lui plaisait.

— Tu es un solide compagnon, Jérôme Hébert, et le courage ne te manque pas. Mais je vais te dire, la guerre n'est pas l'affaire des paysans, au vieux pays comme ici. Laisse-là à ceux qui sont nés et ont été élevés pour elle. On les connaît, ils chevauchent et portent l'épée. Les rois d'Europe ont signé un traité, les canons ont cessé de cracher le feu. Des Sauvages se révoltent, tuent des soldats à Port-Royal ? Que veux-tu faire avec eux, toi qui n'es ni micmac ni abenaqui ? Tu risques bien d'être seul à donner l'assaut. Ici, on pense que provoquer Doucett ou son successeur ne peut que nous attirer le malheur. Vois ce qui arrive à mon frère. Nous aurons à peine assez de nos bras pour lui redonner de quoi vivre.

Jérôme hocha la tête. L'hiver était la saison des bavardages et le sujet en avait alimenté suffisamment. Les conseils acadiens prônaient la prudence en tout. Les quelques fermiers qui avaient signé l'allégeance, une vingtaine en dix ans, ne représentaient qu'eux-mêmes. La majorité s'y refusait, comme elle écartait toute velléité de s'armer à nouveau en milice. Ni bleu ni rouge. Cela devait porter un nom, que Jérôme chercha longtemps après qu'ayant fait son baluchon et embrassé les siens il eut pris la direction de Louisbourg, plein est.

15

L'ancien vainqueur de Port-Royal, celui qui avait lancé Vetch à l'assaut de l'Acadie, avait été nommé gouverneur à la place du major Doucett, à la fin de l'année 1725. Peu désireux de séjourner dans les débris, les remblais et les odeurs du fort, Philipps recevait chez lui plutôt que dans cette ruine par trop inconfortable. Les Français avaient procédé ainsi avant lui et avaient aménagé assez douillettement le logis de leur gouverneur.

Ces gens savaient vivre, pensa Philipps, au moment où il se levait de son fauteuil pour saluer son hôte.

— J'ai lu votre rapport, capitaine, dit-il. Il est fort intéressant et plein de bon sens. Les relations que vous entretenez avec les Français de la colonie vous servent en quelque sorte d'excellent conseil.

Le capitaine Paul Mascarène s'inclina. La toute récente prise de fonctions de Philipps le soulageait d'un grave souci.

— Votre prédécésseur, le major Doucett, avait des intentions parfaitement compréhensibles mais sans doute un peu radicales, expliqua-t-il.

Philipps eut un petit rire.

— Expulser d'un trait tous les Français de Nouvelle-Ecosse, voilà bien une idée de Français devenu puritain du Massachusetts et assoiffé de revanche. Mon cher Mascarène, je préfère votre conception de la paix religieuse. Il est vrai qu'entre Français, vous pouvez trouver des points d'accord inaccessibles au pauvre Britannique que je suis.

Le capitaine ne daigna pas sourire. Dans les Cévennes, pas mal des siens s'étaient retrouvés promptement couchés sous la terre, pour le seul crime de protestation. Un long et périlleux voyage l'avait mené en Hollande, puis à Londres, où il avait obtenu asile, aide et, pour finir, un uniforme d'officier aux compagnies royales de Nouvelle-Angleterre.

— Ah, le thé, dit Philipps, conscient d'avoir heurté la sensibilité de l'officier.

La servante, une mulâtresse des Caraïbes, avait suivi son maître depuis Boston. Elle était ronde, charnue, drapée dans une ample jupe plissée. La tête enturbannée de jaune, elle semblait heureuse de son sort d'esclave au service d'un tel homme. Elle posa le plateau sur la table de jeu, vérifia que tout était en ordre autour de la théière, s'éclipsa de sa démarche souple et froufroutante, suivie par le regard un instant distrait de Philipps.

— La passion pour le thé nous perdra, nous autres Anglais, renchérit le gouverneur en souriant.

Il servit son hôte. En cette période de paix, Boston avait délégué en Nouvelle-Ecosse un négociateur connu pour sa modération et son sens politique.

— Il faut se garder de faire partir ces Acadiens, lui dit Mascarène. Monsieur Doucett tenait pour la manière forte : faisons le vide et repeuplons ensuite. Cela laissait notre position ici dans un isolement total et privée de son ravitaillement habituel. Il ne faut pas oublier que nous ne contrôlons en fait pas grand-chose. Le bourg, quelques lieues carrées le long des rivières. Autorité n'est pas mainmise. Et puis, quel renfort offririons-nous aux Français de Louisbourg, voire à ceux de Québec ! Trois cents familles, ce n'est pas rien. Cela fait des miliciens en quantité et pas mal de soldats réguliers.

Philipps approuvait. Le rapport de Mascarène insistait aussi sur les dommages que causerait la destruction de leurs digues par des gens furieux d'être expulsés. Philipps brandit le document.

— Et je vous approuve aussi concernant les Sauvages, capitaine. Ils deviendraient un danger en puissance dès lors qu'ils seraient livrés à eux-mêmes. J'ai écrit à Londres, convaincu par ce que vous exposez. Vous savez, Mascarène, je suis bien persuadé que ces Acadiens ne seront jamais de bons et loyaux sujets de Sa Majesté le roi George. Mais patientons. Il se pourrait que le cabinet décide de peupler enfin cette terre de gens d'Angleterre, enfin, je l'espère et plaide en ce sens. Quant à garder ou non ces colons de Bretagne ou du Poitou, en fin de compte ? Londres n'exclut pas leur départ. Moi, que voulez-vous, je les vois vivre, sur leurs bouts de terres durement conquis. Vous pensez comme moi, n'est-ce pas ?

Mascarène acquiesça, poursuivit sa réflexion à haute voix :

— Le serment d'allégeance...

Philipps l'interrompit d'un geste.

— Je pense là aussi comme vous. Doucett était allé trop loin. Pas de pression inutile sur ces gens. Ils craignent trop que leurs amis Indiens ne se considèrent comme trahis et ne se retournent contre eux s'ils prêtent serment à notre roi. Tout cela est subtil. Passé les excès d'octobre dernier, les Micmacs sont calmes en ce moment. Gardons-nous de leur donner une raison supplémentaire de nous craindre. D'autant que Boston règle en ce moment leur compte aux Abenaquis de la Kennebec. L'allégeance, nous ferons une tentative un jour ou l'autre, ici ou aux Mines, rien ne presse.

Mascarène hocha la tête. Débarrassés de la menace française par la prise de Port-Royal et le traité d'Utrecht, les Anglais réglaient leur compte aux tribus frontalières, en toute quiétude. Dans cette œuvre sanglante et méthodique de nettoyage, les puritains du Massachusetts, longtemps terrorisés par leurs voisins, donnaient de la lame et du mousquet avec la même ferveur qu'ils mettaient à implorer la clémence divine pour eux-mêmes, aux offices du dimanche.

— Alors, je crois que tout est bien ainsi, monsieur le gouverneur.

— Certes, capitaine. Vous êtes un homme précieux, je vous remercie.

Il raccompagna son hôte à la porte du salon garni de tentures et meublé avec goût par son épouse. De toutes les demeures d'Annapolis Royal, celle du gouverneur était sans aucun doute la plus cossue ou la moins précaire, selon les regards.

— Capitaine, vous n'avez point de haine contre vos pays de France, s'étonna-t-il.

Il avait l'air un peu étonné, oubliait que des milliers de ses compatriotes du Devonshire ou du Kent, autrefois huguenots ou désormais catholiques, avaient peuplé l'Amérique et le faisaient encore pour fuir des persécutions religieuses. Mascarène se coiffa de son tricorne, noir comme le reste de son vêtement, ébaucha un sourire.

— La haine n'est pas toujours bonne conseillère, dit-il. De Port-Royal à Québec, la route est encore longue, mais les choses vont à un train qui me convient, monsieur le gouverneur.

Jérôme parvint à Grande-Anse à la fin du mois d'avril 1725. C'était en territoire français, au sud de Cap-Breton et faisant face à l'île Madame, une baie profonde, rocheuse quoique facile d'accès. Revenu à la vie civile et peu désireux de travailler en Nouvelle-Ecosse, le Bellilois avait choisi ce lieu pour installer son comptoir. Il avait toujours vécu dans ces parages, profitant des nombreux replis de la côte pour cacher sa goélette et ses prises. L'isthme de Canso, un bras de mer d'à peine cent brasses de large, séparait la possession française de l'Acadie perdue.

— Je ne suis pas maître du meilleur mouillage d'Amérique, expliqua le corsaire, mais ici, je touche l'Acadie des yeux. J'y serai d'autant plus vite, le jour voulu par Dieu... et par le roi de France ! Ta mère est en promenade. Tu sais son attirance pour les rivages, les rochers. Suis-moi.

Jérôme avait à peine posé son sac sur le bord du chemin que le corsaire l'avait convié à visiter son domaine. Des bâtiments s'étageaient sur la pente douce d'une colline herbeuse terminée par des chaos de roches. Un entrepôt plein de filets, de voiles, de pièces de bois, de tonneaux, imposait sa masse au chantier des saloirs et des séchoirs étalés sous le timide soleil, en bordure de rivage. Plus haut encore, la maison du maître, un cube blanc, trapu, généreusement fenêtré et couvert de chaume, dominait tout cela, à distance de quelques dépendances, dont le logis des ouvriers et des pêcheurs de passage.

— Beau, n'est-ce pas, jeune homme ? Les marchands de Manchester et de Liverpool ont été soucieux de mon établissement !

Au milieu de l'anse, deux voiliers à l'ancre attendaient la prochaine expédition. Des hommes y travaillaient, parmi lesquels quelques vieux du *Locmaria* qui en terminaient là, tout doucement, avec leur vie autrefois aventureuse.

— Et de l'autre côté, Jérôme... Suis-moi.

Le Bellilois entraîna le jeune Hébert jusqu'en haut de la colline et Jérôme admira les côtes jumelles de Cap-Breton, de la Nouvelle-Ecosse et de l'île Madame, proches au point de paraître fusionner en maints endroits. Puis les deux hommes marchèrent dans une lande de rocaille, de genêts et de buissons épineux, traversèrent un cap le long d'un chemin escarpé, débouchèrent enfin d'un bois, par un à-pic vertigineux, sur une crique d'eau verte et limpide. L'abri était minuscule, invisible de la mer comme de la terre. Une goélette était ancrée en son milieu.

— Le *Locmaria*, pardieu, premier amour de ma vie, Jérôme. Ah ! Tu avais failli le voir au moment du siège ! Eh bien, le voilà, et je peux te dire que quelques Anglais ne seraient pas fâchés de l'envoyer par le fond, aujourd'hui encore.

Le fin navire était désarmé, voiles brassées, bercé par les molles ondulations du ressac. Le Bellilois le réservait aux campagnes de pêche autour de Terre-Neuve. Jérôme contempla la goélette, longuement. D'elle aussi, il avait attendu un miracle quand les défenseurs de Port-Royal tiraient leurs dernières charges de poudre. Ses yeux d'enfant l'avaient imaginée gigantesque, au moins autant que les navires de Philipps. C'était un beau bateau, mais petit, finalement.

— Tu n'as pas trop l'âme à la mer, n'est-ce pas, Jérôme ? releva le Bellilois. La grâce ne t'a pas touché comme elle l'a fait pour ton oncle Pierre, en son temps.

Il voyait juste. Jérôme avait depuis toujours vécu le dos tourné à l'océan. L'estuaire et le bassin de Port-Royal ? Un décor familier, sans plus. La Baie française ? Un monde différent du sien, qu'il n'avait jamais eu envie d'explorer. Il était de la terre, comme Hébert et les siens, sa patrie n'était pas faite d'écume, de houle et de tempêtes, mais de collines, de bois noirs et d'herbe bien grasse.

— A chacun son royaume, admit le corsaire, mais tu vois, mon petit, s'il le fallait, je réarmerais aussitôt le *Locmaria*, et par Dieu oui, nous referions la course ensemble.

— Cela s'appelle la neutralité, Jérôme. Les Anglais nous appellent les *French neutrals*, on ne peut être plus précis.

Le Bellilois se leva de son fauteuil, alla vers la large cheminée de brique, dans l'âtre de laquelle il saisit un brandon.

— Ainsi vont les choses, dit-il en allumant sa pipe. Vues d'ici, elles ressemblent en effet assez à une sorte de sieste. On s'endort doucement dans des draps neufs et on laisse les Anglais patrouiller dans les rues et sur les chemins. Dormez en paix, braves gens.

— Pendant qu'on brûle vos fermes, renchérit Catherine. Pauvre Madeleine et pauvre Jean. Ils ne méritaient pas cela. Et ce que tu m'as dit de la mort de Julien, par Dieu tout-puissant, Jérôme, tout cela fait un malheur bien trop grand pour notre famille.

Jérôme fit quelques pas dans la grande pièce baignée par le soleil de midi, posa la main sur l'épaule de sa mère. Catherine avait su les drames. Elle leva vers son fils ses yeux d'onde sombre, rougis, que des rides en pattes d'oie prolongeaient vers les tempes. Jérôme était ébloui. Même effondrée sous le chagrin, Catherine était assortie à sa nouvelle demeure, lumineuse et blanche, à l'océan qui venait battre les roches à trente pas d'elle et rendre hommage à sa beauté sereine, au ciel où des nuages sans méchanceté jouaient avec le vent.

— La maison de Jacques Hébert, Seigneur, quelle injustice et quelle cruauté, murmura-t-elle, éperdue.

Jérôme baisa ses mains, son front. Au bout de ces années de séparation, elle avait eu du mal à reconnaître dans ce grand diable barbu l'adolescent mal terminé de la rive nord.

— Mère, comme je suis content de vous trouver ainsi paisible, loin des mauvaises fumées de la Nouvelle-Ecosse.

— J'ai l'œil sur ces fumées-là, dit le Bellilois, le doigt pointé sur la côte ennemie, si proche que l'on pouvait la rejoindre à la nage. Si mon Cap-Breton doit former un jour le dernier champ de la France en Amérique, autant en surveiller les abords au plus près.

Jérôme se releva. Tout, autour de lui, était différent de Port-Royal et de la Pisiquid : la lumière, crue, violente, les bruits de l'océan sur les rochers, les odeurs, salines et fortes, saumâtres par bouffées.

Quant au visiteur dont il avait reconnu la silhouette empâtée, à peine était-il entré dans la pièce que Jérôme bondissait sur lui et l'embrassait. L'oncle Pierre avait encore un peu grossi et perdu une bonne moitié de sa chevelure, mais son œil brillait toujours de la même flamme gaie, comme insouciante.

— Le dernier sauvageon de Subercase ! s'écria-t-il. Montre-toi, sale gouyat. Par Dieu, les années t'ont joliment endurci. Et regardez cette mine de coureur des bois. Tu veux prendre la place de mon pauvre frère et monter toi aussi chez les Abenaquis de Saint-Castin ?

Jérôme n'en demandait pas tant. Il goûtait un parfum de liberté absolue dont il avait perdu l'essence. A Grand-Pré, même, pourtant terre de colons que les Anglais ne hantaient guère, cela sentait malgré tout la contrainte et le doute. Rien de cela à Cap-Breton. Les lis fleurissaient sur les bannières de France comme autrefois au sommet de la colline de Port-Royal. Les gens allaient sans se soucier des édits de Londres ou de Boston. Et Pierre Lestang prospérait en association avec son vieil ami.

— Il faut voir les choses telles qu'elles sont, mon neveu, dit Pierre lorsque Jérôme eut vidé son sac de nouvelles sur les uns et sur les autres. En perdant l'Acadie, nous avons perdu l'essentiel. Ici, c'est de la roche, de la forêt d'altitude, et quelques arpents cultivables autour d'un lac intérieur. Parce que Versailles nous le demande, nous essayons d'attirer des colons, mais ceux-là ne sont pas fous, qui préfèrent la douceur de Grand-Pré et de Beaubassin aux gifles que le vent d'océan nous donne l'année durant. Si le jeune roi Louis le quinzième pouvait nous voir, il nous demanderait pourquoi nous avons choisi de nous retirer dans un endroit aussi étroit et réduit.

— Parce que tu aimes ce pays autant que ton roi, Pierre, quoi que tu en dises, lui répondit Catherine, et que tu te bats pour qu'il survive, même rétréci comme laine à l'eau chaude.

Catherine se moquait de son frère avec gentillesse. Elle traversait les temps de paix comme elle l'avait fait de ceux de la guerre, avec son regard lucide, chaleureux et comme détaché en même temps des tourments de l'univers. L'exil et ses voyages, les fuites éperdues vers les villages indiens, au bruit du canon, le deuil et mille patiences avaient fortifié son âme, sa foi et sa confiance dans un ordre des choses qu'elle espérait finalement bon, malgré tout. Le Bellilois, qui chérissait son corps au point de le caresser chaque fois qu'il le pouvait, comme aux premiers instants de leur union, l'aimait aussi pour cela. Jérôme les avait vus tous deux, rajeunis et touchants, s'étreindre, le temps d'un baiser, entre cuisine et pièce de vie, là où il faisait sombre.

— Par Dieu, dit Pierre, les poings serrés, il ne faudrait pas grand-chose pour que nous reprenions ces terres et le reste. Des navires, deux ou trois mille soldats, et nous forcerions l'Anglais comme il y a vingt ans.

— Tu oublies la volonté de quelques-uns, en France, lui rétorqua son associé. Elle manque, pour le moment.

— Jérôme, parle-nous de Julien et de ce qui s'est passé à la ferme ! lança Pierre.

Il s'assit sur un banc, près de la porte de la maison, dans un rai de lumière, la pipe à la bouche, prêt à entendre le récit du voyageur. Des marins, moins rapides que les tambours indiens mais assez véloces pour apporter des nouvelles de moins d'un mois, avaient annoncé à Cap-Breton les événements d'Annapolis. Jérôme ne se fit pas prier, sentant, pour la première fois depuis des jours, l'ombre de Lucrèce rôder autour de lui. Tandis qu'il parlait, il lui semblait que Boston et toute la Nouvelle-Angleterre se détachaient du continent, s'éloignaient, finissaient par disparaître à l'horizon. Des bouffées d'amertume altéraient sa voix. Que lui importaient au fond l'ancienne trahison de Julien, sa fortune construite aux marches des empires, sa mort, enfin, exorcisant Dieu sait quelle autre mort.

— Eh bé, *macareou*, mourir de cette façon et si loin des monts Appalaches, murmura Pierre lorsque Jérôme lui eut décrit la fin de son frère.

Pierre croisa le regard de Catherine. Des flots de souvenirs leur revenaient au même instant, Pentagouët et sa misère, le *bloody baron* et sa marmaille métisse, les serments d'adolescents, respectés en fin de compte. Et les Sauvages dans leur splendeur guerrière ! Défunte époque.

— Adieu, baronnie, dit Catherine, en écho.

Jérôme redécouvrait cette génération d'émigrants et de soldats qui avait eu le temps de se faire une histoire et disposerait désormais des saisons de la vieillesse pour se la raconter cent fois. Lui avait commencé comme eux et s'en trouvait orphelin depuis le siège de Port-Royal. La paix revenue en Amérique le privait de quelques chapitres.

— Et que comptes-tu aller faire à Louisbourg ? lui demanda le Bellilois.

Inventer la suite, pensa-t-il.

— Voir ce qui s'y fait et comment y prendre ma part.

— Si mon associé nous prête sa goélette, nous t'y mènerons, c'est l'affaire d'une paire de jours, par la côte sud, lui promit son oncle.

A Louisbourg, on achevait de construire le fort et la ville, une vraie cité de marins et de soldats avec des maisons à étages, des boutiques comme à Québec et des tavernes, même, où l'on pouvait boire sans faire froncer les sourcils des hommes en noir.

— Boire, tu ne penses donc qu'à ça, mon pauvre frère, plaisanta Catherine. Tenez, regardez qui vient.

Une toute jeune fille pénétra dans la pièce. Elle était tête nue, rousse, ses lèvres charnues riaient, découvrant une denture bien alignée. Sa peau piquée de taches gracieuses aux joues et au front, ses cheveux épais, une flambée en liberté. Jérôme croisa son regard profond, interrogateur, du même bleu de nuit que l'océan, par grand soleil. Sous l'étole qui lui couvrait le dos en partie paraissait le haut de son buste, la naissance de ses seins, où une nature bien disposée avait fait pleuvoir là aussi une charmante grêle d'éphélides.

— Eh bien, ma fille, dit le Bellilois, tu as devant toi l'homme qui faillit bien nous garder le fort Royal à lui tout seul.

Isabelle avait vu le voyageur dès qu'elle était entrée, et continuait à le fixer, sans rompre. Son teint était un peu hâlé, sans doute parce qu'elle devait rechigner à porter une coiffe ou des chapeaux. Jérôme vit ses mains, rougies et creusées par le sel ou les cordages. Naviguait-elle ? Elle ne portait pas la stricte camisole boutonnée jusqu'au col des Acadiennes, et Jérôme pensa aussitôt que les fins travaux de couture ne devaient pas la passionner. Pierre appréciait.

— *Macareou*, nous voici aussi nombreux qu'une vraie famille de colons d'Acadie. Imaginez que j'aie eu ma portée de sept ou huit lardons, on ne saurait où se mettre.

— Tu les as dans les tribus, lui lança le Bellilois, j'en ai vu, je te le jure, jusqu'à Terre-Neuve. Il leur manquait déjà la moitié des cheveux.

Il rit, de ce qu'il venait de dire et de voir son associé prendre la couleur des briques. Catherine frappa du pied, furieuse. Le temps des courses à l'Anglais reviendrait peut-être, mais pour l'instant on était à terre, et sous un toit chrétien, où l'on ne soufflait pas l'allumette. A voir son oncle s'empourprer et mâcher sa pipe en jetant à Catherine des regards contrits, Jérôme ne put s'empêcher de rire à son tour, et cela lui fit du bien, car sa longue route n'avait guère était égayée et son séjour à Grand-Pré avait été plus propice aux veillées murmurantes qu'aux récits de gaudrioles.

— Bienvenue à Jérôme Hébert, lança le Bellilois, l'air réjoui.

— Bienvenue à Jérôme Hébert, lui répondit en écho la maisonnée.

— C'est une bien jolie diablesse, la petite, hé, Jérôme-à-Catherine Hébert ? Nous, ici, on l'aime bien, notre Isabelle, tu sais pourquoi ? Parce que si jamais un homme venait à manquer, à bord comme à terre, elle s'emploierait si bien à le remplacer qu'on ne s'en apercevrait même pas. Par tous les dieux des marins, c'est bien le sang du corsaire de Belle-Ile qui coule dans les veines de cette fille.

Long-Nez s'était voûté au point de perdre un bon tiers de sa haute taille, mais son œil avait conservé sa vivacité et suivait de loin, ému, la silhouette d'Isabelle portant un panier de poisson vers le séchoir. Le vieil homme cracha un long filet de jus noirâtre, bourra sa pipe, qu'il se mit à téter sans l'allumer.

— Et toi, tu es tout beau aussi, comme ta mère. Je vais te dire, petit, la femme qui t'a mis au monde n'avait pas sa pareille dans toute l'Acadie, tribus comprises, et je m'y connais. Dieu me ramène à lui dans la minute si je mens.

Jérôme séjournait à Grande-Anse depuis un mois. Assis sur un rocher, les pieds nus dans le sable gris de la crique, il vérifiait avec minutie, ce matin-là, les filets promis à la prochaine campagne. Il considéra Long-Nez, qui lui offrait, hilare, le spectacle de sa bouche édentée, un four, puant de surcroît, bruni par le tabac. Une question vint aux lèvres du jeune homme, qu'il tenta d'étouffer, trop tard.

— Et mon père ?

Long-Nez cessa de rire, surpris, toussa, cracha, finit par avouer qu'il n'avait guère eu le temps de connaître Jacques Hébert. Jérôme hocha la tête. Personne en vérité ne lui parlerait de quelqu'un d'autre, jamais. Il se remit à tirer sur les mailles, aperçut Isabelle, qui venait vers lui. Long-Nez alla s'asseoir à son tour sur une roche, alluma sa pipe en souriant.

— Eh bien, les poissons n'auront vraiment aucune chance de passer ! plaisanta la jeune fille.

Elle portait une chemise de marin en gros drap, joliment ouverte sur son buste. Sa jupe laissait paraître ses chevilles, et plus haut, même. Elle s'agenouilla, saisit à son tour le filet, présentant sa gorge à Jérôme, qui dut faire un effort pour finir par en détourner son regard. Isabelle ne craignait pas le vent aigre de mai, dont les risées faisaient frémir la mer. Elle avait des bras ronds, que Jérôme eut soudain envie de pétrir. La fille du Bellilois rayonnait, tel un soleil, dans la santé de ses dix-huit ans.

— Où est ton galant ? lui demanda Jérôme.

Il savait bien qu'elle n'en avait pas, le temps passé depuis son arrivée à Cap-Breton l'en avait persuadé. Isabelle, qui naviguait chaque fois qu'elle le pouvait, tenait à sa liberté et attendait bien trop impatiemment les départs de la petite escadre de son père pour s'embarrasser d'un promis.

Elle haussa les épaules. Il lui était arrivé quelquefois, fermant une armoire, entrant dans l'entrepôt ou s'activant à la cuisine, de frôler Jérôme et son regard avait alors changé, l'espace d'un instant ; humble, un peu, en alerte bien davantage. A table, elle se plaçait face à lui et le harcelait de questions sur Port-Royal, la rive nord, les tribus, au point que son père devait régulièrement lui demander de bien vouloir se taire un peu pour laisser aux autres la possibilité de parler. Catherine prenait son parti.

« Tu as raison d'être curieuse. Jérôme a beaucoup de choses à raconter, mais seulement, il n'est guère bavard de nature. »

Jérôme s'exécutait pourtant, cherchait du pied sous la table les orteils de la jeune fille, qu'il tapotait, l'air de rien, puis les sentait s'éclipser, légers, avant de les retrouver, déplacés d'un côté ou de l'autre. Maintenant, il avait envie de les toucher de ses doigts, les orteils et même davantage.

— Il faudra rentrer ces filets avant les ondées, décida Isabelle.

Tandis que les corsaires reconvertis s'occupaient de l'armement des bateaux et de leurs réparations, elle régnait sur la pêcherie, abandonnant sans regret la tenue de la maison à sa belle-mère. Lorsqu'il faisait beau, Catherine venait parfois la voir au séchoir, pour bavarder et prendre quelques nouvelles des campagnes et de leurs résultats. Les morues étalaient leurs ventres blancs sous le soleil. Cela ressemblait à du linge qu'une tempête eût lacéré. Quant à l'odeur, personne, à Grande-Anse, ne la sentait plus.

— Tu n'auras qu'à donner l'ordre, lui dit Jérôme.

Elle travaillait plus vite que lui, décelait les mailles rompues d'un simple coup d'œil, dans l'amoncellement des fins treillis noirs. Un nœud clair, là où il faudrait ravauder, le tour était joué. Jérôme demeurait fasciné par la différence entre la peau d'Isabelle, blanche avec ses taches de rouille un peu partout, et le vilain état de ses mains. Lui aussi avait des callosités aux paumes, mais cela n'avait rien à voir avec les crevasses, les rougeurs et les éraflures qui épaississaient les doigts de la jeune fille.

— Aide-moi, dit-elle.

Ils soulevèrent le filet, le portèrent sous l'abri de l'entrepôt. Il y faisait sombre, l'endroit était désert. Ils étalèrent le filet sous ceux qui séchaient déjà, pendus à la poutraison. L'entrepôt regorgeait de tonneaux, de coffres, de harpons, de cordages. Les vieux corsaires pêchaient, certes, et tiraient de la morue l'essentiel de leur fortune. Mais ils importaient aussi des épices et de la mélasse des Antilles, des tissus et de la ferraille de France, du bois précieux de Louisiane, et allaient bientôt ouvrir un comptoir à Louisbourg.

— La caverne au trésor, dit Jérôme.

Isabelle se releva, fourragea dans sa tignasse, d'un mouvement qui haussa et arrondit son buste. Jérôme lui tendait un bout de filet. Elle le saisit, ses mains restèrent aussitôt prisonnières de celles du garçon, qui se rapprocha d'elle.

Jérôme respirait plus fort. Isabelle l'avait laissé venir contre elle et le regardait, avec une telle intensité qu'il pensa un instant rompre. Mais il la désirait assez fort pour prendre appui contre elle, qui résistait à sa poussée, et la forcer à lâcher le filet pour l'enserrer de ses bras.

— Hé, là, fit-elle, décontenancée.

Les lèvres de Jérôme s'ouvraient sur son cou. Sa nuque, prisonnière d'une poigne fébrile, ployait en arrière. Elle s'abandonna, un temps, puis tenta de repousser le garçon, recula jusqu'à des cordages au creux desquels ils chutèrent tous deux. Isabelle haletait, se défendait en même temps, de plus en plus mollement. Il fallut une quinte de toux, bien grasse, de Long-Nez, à l'entrée de l'entrepôt, pour que les deux jeunes gens se remettent sur pied, le souffle court, les vêtements en désordre.

— Par tous les diables, on y voit autant que dans le trou du cul du roi George ! clama le marin. Y a-t'y quelqu'un, à c't'heure ?

— On est là, grogna Jérôme.

Il serrait le bras d'Isabelle, et ce simple contact avivait encore l'envie qu'il avait d'elle.

— C'est mal, chuchota-t-elle.

Jérôme dévorait des yeux la gorge d'Isabelle que l'émotion soulevait par saccades, dans la pénombre. Quelques instants auparavant, il avait posé la main sur ce trésor, infiniment doux, ferme comme les outres indiennes faites avec la tendre peau d'orignal, lorsqu'on commençait à peine à les vider. Il se dit qu'il lui fallait tenir la fille du Bellilois dans un lit. Un instant, une ombre qui ressemblait à Lucrèce vint lui traverser l'esprit. Il la chassa. Catherine avait essayé d'en savoir un peu plus sur la métisse, mais il avait éludé, prétextant que la brutalité des événements lui pesait pas trop. Lucrèce allait se dissoudre dans le flamboiement des cheveux d'Isabelle.

Long-Nez cherchait son chemin dans l'entrepôt.

— Ah, vous êtes là, dit-il. Il me fallait un crochet pour voiler, mille diables. Où les mets-tu, fille de l'eau ?

Isabelle alla chercher l'objet, qu'elle lui tendit. Elle semblait soulagée, et un peu contrariée, en même temps. Jérôme se sentit gauche, tout-à-coup. Long-Nez ne lui laissa pas le temps de s'appesantir. Il avait besoin de jeunes bras pour soulever une grand-voile.

Ce fut sur la goélette où il aurait bien pu voir le jour et au fond de laquelle sa mère l'avait serré contre elle avant de sombrer dans la fièvre, que Jérôme Hébert demanda à Isabelle Le Dantec si elle acceptait de devenir sa femme.

— Je ne te connais finalement pas très bien, ami, lui dit le Bellilois, alerté, mais il me paraît que tu as fait deux ou trois choses dans ta vie qui méritent attention. Ma fille en a éconduit quelques-uns avant de te laisser approcher, mais si elle est à ce point piquée d'un petit paysan de la rive nord de la Dauphin, ma foi...

Cette acceptation donnée à l'heure où le *Locmaria*, toutes voiles dehors dans le vent de noroît, doublait la pointe nord de l'île Royale et mettait le cap sur Terre-Neuve, eut le don de réjouir Jérôme. En même temps, par un effet surprenant, elle disciplinait d'un coup le désir charnel qu'il avait de sa promise. Ainsi aurait-il ce qu'il voulait, et de ce jour, le Bellilois cessa de le considérer comme il l'eût fait d'un simple neveu en pension chez lui, pour lui parler d'égal à égal et le mettre peu à peu dans la confidence de ses affaires. Tandis que l'on approchait des bancs de morue, Jérôme apprit ce qu'il fallait savoir de la contrebande à laquelle ses aînés continuaient de se livrer et des moyens à employer pour contourner ceux, de tous bords, qui prélevaient des taxes, entre Louisbourg et Boston. Le corsaire en riait.

— On ne se refait pas, mon garçon. Tiens, en ce moment, il se peut bien que ton oncle soit quelque part sur les côtes de Nouvelle-Angleterre, à embarquer nuitamment du tabac, des épices, et de cet alcool que les Ecossais tirent du grain. Je te ferai goûter ça.

On naviguait sous des vents forts, à l'abri des tempêtes. Terre-Neuve était redevenue anglaise en 1713, mais il était toujours possible d'y pêcher entre le cap Bonavista et la pointe Riche, sur ce que les Français appelaient la côte du Traité. Et puis, on était entre marins et l'on pouvait se réfugier n'importe où en cas de coup dur.

— Après la chute de Port-Royal, il y a eu comme une seconde malédiction pour les Acadiens, cette fois en mer, expliqua Long-Nez à Jérôme. Le poisson s'est fait rare pendant une dizaine d'années. Et puis le bon Dieu a eu pitié de nous, faut croire. Il a repeuplé l'océan, un peu comme il le fait en ce moment en petits d'hommes par toute l'Acadie et nous, on a pu repartir pêcher vers le nord. Le voyage est plus long que pour aller sur les bancs de Cap-Breton, mais entre avril et août, le jeu de la pêche en vaut la chandelle, et tu sauras bientôt pourquoi.

Long-Nez scrutait chaque matin le ciel et faisait sa prévision. Au soir du troisième jour, il annonça pour le lendemain le grand calme, et Isabelle, qui alignait des harpons derrière la lice de la goélette, dit à Jérôme :

— Alors, si l'eau est claire, tu verras quelque chose que tu n'oublieras pas, de toute ta vie.

— C'est toi que je veux harponner, lui dit-il.

— Le père Caulet viendra de Louisbourg pour t'en donner la permission. C'est un missionnaire des Sauvages, voilà qui devrait bien t'aller.

Elle rit. Jérôme sentit son cœur battre plus fort. Il emprisonna Isabelle entre ses bras, avec douceur. Il ressentait toujours le même désir, mais il y avait en lui un élan de tendresse encore plus puissant. Isabelle se tourna, lui offrit ses yeux soudain rêveurs de femme amoureuse et sans défense.

— Je veux être libre d'embarquer quand cela sera possible, dit-elle. Je mourrai si tu m'enfermes dans un fort ou une ferme, ou même à Grande-Anse. Tu promets ?

Elle se donnait, exigeait simplement qu'il respectât son mariage de toujours avec la mer. Jérôme eut le sentiment, fugace comme un coup de lame dans la poitrine, qu'il allait posséder une femme qu'il ne méritait peut-être pas. Sous son bonnet pointu, sa chemise de drap grossier, sa cape et son pantalon d'homme, Isabelle montrait le défaut de sa cuirasse : son regard, d'ordinaire plein du souci des choses du quotidien, fondait. Jérôme promit. Il ne se sentait pas marin, de toute façon.

— Tu es joli, pour de bon, dit-elle. Et je t'aime, je crois bien.

Elle lui échappa, dans un rire enfantin. Les harpons devaient être prêts, dès l'aube. On s'efforçait de ne pas traîner trop longtemps en avril, dans les parages de Terre-Neuve. Des glaçons gigantesques descendaient vers le sud, croisant trop souvent la route des pêcheurs.

Le *Locmaria* avait dérivé, très doucement, pendant que son équipage prenait un peu de repos. Lorsque Jérôme remonta de l'étroit entrepont où il avait dormi, plus serré que morue en caque, dans les vapeurs de l'haleine de Long-Nez, il aperçut le Bellilois et sa fille, penchés sur des cordes de harpons qu'ils déroulaient et mettaient en bon ordre dans la lueur d'une torche. Des hommes les entouraient, pareillement occupés. Des lignes avaient été fixées au bastingage, leurs fils pendant, rectilignes.

Jérôme alla se placer près d'Isabelle, qui le salua d'un coup de menton tandis que son père faisait mettre à la voile. La nuit, opaque et froide, noyait toutes choses, la goélette glissait en silence sur une onde plate, captant le faible vent à des hauteurs connues d'elle seule. Dans l'obscurité, Jérôme avait l'impression de voler à travers un éther vaporeux, tel un grand oiseau nocturne. Les premières lueurs du jour, paraissant dans un voile de brume, brisèrent ce charme.

— Les autres bateaux sont toujours là, dit Isabelle. Parfois, on ne se retrouve pas au matin, et c'est chacun pour soi.

Ils étaient partis à trois, le navire amiral, comme disait Isabelle, et ses deux compagnons habituels, le *Béarn* de Pierre Lestang, tenu par la main ferme d'un Basque de Grande-Anse, et un bâtiment plus petit, ventru et court de mât. Posté en vigie sur la goélette du Bellilois, le mousse, un fils de fermier de Chedabouctou passé à Cap-Breton avec toute sa famille, scrutait la mer. Lorsqu'il eut enfin aperçu quelque chose et crié, le *Locmaria* changea de cap, piqua droit vers la côte dont les ondulations émergeaient de la nuit, au loin. Au bout d'une grande demi-heure de navigation silencieuse, à petite allure, sur une mer étrangement étale, le mousse avertit qu'on y était.

Jérôme contempla le rivage de Terre-Neuve. De près, c'était hostile et magnifique : de la roche en falaises abruptes, entre des pentes couvertes d'herbe rase, de la forêt, des rivières descendant droit vers la mer dans le blanc de leur écume. Des pêcheurs du cru s'étaient installés à quelques centaines de brasses. Eux travaillaient sur des biscaïennes [1] ou des charrois à rames servant au transport des morues.

— Les yeux, il te faut les baisser, à c't'heure, dit Isabelle. En Acadie, on doit laisser des lignes à l'eau et attendre que ça morde. Ici, tu vas voir, quand on a de la chance, ce n'est pas pareil.

Au début, Jérôme ne distingua pas grand-chose, sinon la teinte un peu argentée de l'eau, et des reflets, comme des courants, gris sombre, blancs, se succédant sans trêve sous le flanc de la goélette. Le Bellilois avait donné l'ordre de descendre le filet, que retinrent une demi-douzaine d'hommes, tandis que

1. Petits voiliers, surtout employés en Biscaye, équipés pour la pêche de l'anchois et de la sardine.

les autres mettaient à l'eau les deux barques placées à la poupe du bateau et se laissaient glisser dedans.

La flottille s'était disposée en un triangle d'une cinquantaine de brasses de côté. Avec leur lice bas située, les petits bateaux n'avaient pas besoin de barques. Penchés, les marins y étaient immobiles, prêts à relever leurs lignes.

Isabelle avait entraîné Jérôme dans un des canots du *Locmaria*. Elle s'agenouilla, observa la surface de l'eau.

— Tudieu, fit Jérôme, nous remuons, tout à coup.

Il tanguait et roulait doucement, sur la mer pourtant étale.

— Ça vient de dessous, dit Isabelle.

— Allons, dit simplement le Bellilois.

Jérôme se pencha, vit enfin les poissons, si nombreux qu'ils se touchaient et semblaient attendre leur tour pour se mettre à avancer. C'était cela, les reflets aperçus du Locmaria, un banc épais comme de la roche que les crochets des marins pénétrèrent d'un coup, troublant la surface de l'eau de coups de queue, d'écume et, très vite, de sang. Jérôme avait empoigné un harpon. Les morues allaient sans doute plonger et disparaître. Eberlué, le jeune homme en voyait toujours autant qui s'offraient à leurs prédateurs. Il lança à son tour le crochet, le geste était en vérité court et bref, un coup de dague bien plus qu'un jet, pour lequel la corde n'était pas utile. Et la proie se laissait tirer vers le haut, frétillante.

Isabelle y allait de bon cœur, ses doigts n'avaient pas épaissi sans raison. Au fond de la barque s'agitait une cohue de ventres et de dos, un butin que l'on ne se donnait même pas la peine d'achever. Tout, autour, avait pris la couleur du sang, dans une pataugeoire d'où l'on continuait à extraire la moisson, pièce après pièce, comme dans un jeu auquel Jérôme se prenait.

— Hardi ! lui lançait sa promise.

Elle visait juste, touchait les cibles au milieu du corps, épargnant ses forces. Jérôme se sentait pour sa part faiblir à mesure que trop de ses coups se perdaient, glissant, perçant les queues ou les museaux.

— Hardi, Jérôme !

Il la regarda, agenouillée aux prises avec sa besogne d'homme. Près d'elle, dents serrées, ahanant à chaque coup porté, le Bellilois harponnait avec la noueuse vigueur de ses cinquante-cinq ans. Jérôme les observa, tous deux unis dans les mêmes gestes, échangeant de temps à autre de rapides coups d'œil, pour s'encourager. Il apercevait tout à coup la porte donnant sur le monde secret d'Isabelle. C'était là, en effet, sur ces navires jetés à travers les tempêtes, dans ces contrées de brumes, de roches, de glace. Jérôme devrait partager sa *nobi* avec ce rival plein d'exigence et imprévisible.

Et puis, il y avait le maître de Grande-Anse, dans cette affaire ; l'homme silencieux dont les yeux brillaient de calmes passions. Catherine devait aussi le partager avec l'océan. Ainsi les deux femmes du Bellilois, celle qui n'avait pas de mère et l'autre, qui n'avait plus d'enfants, avaient-elles dû se découvrir et s'accepter auprès de lui, au fil des années. Jérôme comprit la demande d'Isabelle. Son père lui appartenait dès que le *Locmaria* levait l'ancre et cinglait vers le large, et ce serait toujours ainsi, tant que l'un et l'autre seraient capables de monter ensemble à bord d'un bateau.

Jérôme apprendrait cette patience-là. C'était bien autre chose qu'être demeuré à Port-Royal, collé à la terre entre granges et marées, le temps pour ses sœurs de grandir sous sa tutelle d'aîné. Il allait désormais se confronter à quelques devoirs nouveaux, face à la mer dont il n'était pas et ne serait jamais l'enfant. Il contempla Isabelle dans son rude office de harponneuse. Chaque mouvement de la jeune fille le rapprochait d'elle, de tout son corps plein de désir. Il leva à nouveau son crochet, visa, manqua une fois de plus la cible, ce qui fit rire aux éclats sa voisine et le laissa pantois.

Il y avait tant et tant de poissons dans le filet que les hommes risquaient de ne pouvoir le remonter. Trois d'entre eux, aidés du mousse, s'agrippèrent aux mailles, entreprirent d'alléger le piège en lançant les prises sur le pont, jusqu'à ce qu'enfin il devînt possible de hisser le reste.

On risquait de manquer de place pour le voyage de retour. Des centaines de morues s'étalaient sur le pont que l'on avait déjà commencé à vider. Le Bellilois donna ses ordres, que les marins connaissaient par cœur. Le filet fut noué et laissé à la poupe. On emplit la vingtaine de tonneaux embarqués d'un mélange de poisson et de saumure, et ce qui ne pouvait être ainsi rangé fut mis pour finir en filet.

Le pont dégouttait de sang. Tandis que le soir venait, on le lava à l'eau de mer en attendant des soins plus délicats, au mouillage. Les hommes étaient épuisés et il leur fallait encore vider les poissons. Certains s'étaient endormis pour un bref repos, à même le plancher mouillé. Le Bellilois hésitait. La richesse du banc, le calme du ciel l'incitaient à prolonger. On verrait bien, à l'aube suivante.

Isabelle avait conduit Jérôme dans la cabine de son père, où des vêtements secs attendaient les jeunes gens.

— Assieds-toi, ordonna-t-elle.

Elle l'aida à ôter sa chemise que la journée en barque avait transformée en une chiffe rougeâtre. D'un petit placard en tête de la couche du Bellilois, elle tira des linges qu'elle déplia.

— Penche-toi.

Il s'exécuta, sentit le drap frotter ses épaules, son cou puis son dos. Isabelle avait la poigne ferme, pour caresser comme pour harponner. Il attendit, les yeux fermés, que la jeune fille fût devant elle, la laissa sécher des deux mains son torse, se décida enfin à regarder ce qu'il devinait avec délice, le bout de la chemise, le nœud de corde tenant le pantalon et, entre les deux, un triangle de peau sur lequel il posa ses lèvres.

— Eh, marin.

Elle le laissait faire, tendait son ventre, tandis qu'il l'emprisonnait entre ses genoux et l'embrassait, caressant à travers l'étoffe un corps dur qui ne frémissait pas, mais venait à lui avec force et douceur. Ses doigts se mirent à voyager. Isabelle les prit entre les siens. Elle le dévisagea, les yeux grands ouverts, suspendit ses gestes, dans le seul bruit de leur souffle. Puis elle posa doucement les mains de Jérôme sur sa poitrine, s'inclina vers lui et le tint serré contre elle, un long moment.

Jérôme ferma les yeux. Isabelle et lui se connaissaient à peine. Il savait bien la crainte de sa future compagne : que valait en vérité cet homme surgi dans sa jeune vie un jour d'avril et tout de suite aimé, voulu, conquis ? Auraient-ils les mêmes rêves, les mêmes espoirs, et ce plaisir de vivre ensemble si joliment affiché par Catherine et son corsaire ? Jérôme avait lu en Isabelle comme dans un livre : le courage et la raison, la confiance et la passion. Il n'était pas sûr de posséder en lui-même un tel trésor, et si même cela était, il avait déjà dû en dilapider une bonne part.

Il ouvrit les yeux sur le cou d'Isabelle, baisa l'endroit charmant où naissaient ses cheveux. Il murmura « Je t'aime », sentit les lèvres brûlantes de la jeune fille sur sa nuque, au moment où un pas décidé résonnait sur l'échelle de coupée.

— Foutu bain de sang, grommela le Bellilois en entrant dans la cabine. Il faut que je me sèche un peu, à mon tour.

Cramoisie, Isabelle lui tendit un linge et le corsaire, torse nu, se frictionna sans autre forme de procès.

— C'est une fort belle pêche, mon futur gendre, dit-il, hilare. Oui, vraiment, une fort belle pêche.

— Père ! le tança Isabelle.

Il éclata de rire et la confusion de Jérôme ajouta encore à sa joie.

Le père Caulet, curé de Louisbourg et missionnaire des Sauvages, de passage dans le sud de l'île, bénit les noces de Jérôme et Isabelle à l'automne de 1725. Ce fut une grande fête. Les corsaires avaient battu le rappel de leurs compagnons des années de guerre. D'anciennes nounous, femmes de pêcheurs basques et bretons auxquelles le jeune Bellilois avait autrefois confié sa petite avant de partir à la course, avaient fait le voyage depuis l'île Madame et la rivière Denys. Isabelle était radieuse, un soleil, quant à Jérôme, il promenait une assurance nouvelle et semblait s'être fixé une fois pour toutes. Ce jour-là manquaient cependant ceux des Mines, à qui l'on pensa très fort tandis que bouillaient les homards et tournaient les broches.

On entrait dans une autre époque. Il semblait bien, au fil des ans, que la succession des guerres s'interrompait pour toujours sur la terre d'Amérique. La neutralité française cessait d'être le phénomène surprenant des premiers temps, pour devenir l'usage, sur la terre et dans les ports pacifiés de la Nouvelle-Ecosse et des dernières possessions françaises d'Acadie.

Face au pays perdu où l'on pouvait cependant accoster, pêcher, chasser et commercer en liberté, comme si c'était encore partout la France, la petite société de Cap-Breton s'organisait sous la lointaine protection de la forteresse de Louisbourg. A Grande-Anse, les affaires des corsaires vieillissants devenus tranquilles pêcheurs prospéraient, au point que l'on y disposait, au début de l'année 1730, d'une flottille de six bateaux sans compter les deux navires amiraux, le *Locmaria* et le *Béarn*, à bord desquels les filets et les harpons avaient décidément remplacé les couleuvrines et les boulets.

Jérôme avait peu à peu trouvé sa place dans cette existence familiale aux rouages bien réglés. Catherine régnait sur la maison avec l'assentiment d'Isabelle, continuant à assister, le cœur plein d'angoisse, au départ des navires pour les glaces et les rochers de Terre-Neuve. Certes, son Bellilois lui reviendrait, comme chaque fois. Nul ne connaissait mieux que lui les chemins d'océan menant aux bancs et, meilleur encore à parcourir, celui qui le ramenait dans son lit.

— Mais chaque année, il est des équipages qui ne reviennent pas, et de gros bateaux, même, disait Catherine, se signant.

— Dieu fasse qu'ils soient anglais, plaisantait Pierre.

Le démon de la mer n'avait pas lâché Isabelle, au grand dam de Jérôme, qui ne pouvait plus compter que sur le plein hiver pour savoir sa femme obligée de rester à terre. Mais il s'était engagé à ne jamais lui interdire ce plaisir de marin que lui-même ne partageait que rarement.

— Merci, mon beau, tu tiens ta parole, le remerciait-elle, lorsque, le cœur gonflé comme une voile, elle embarquait pour une de ces campagnes qui pouvaient durer six à huit semaines.

— Eh bien, voilà, disait alors Jérôme à Catherine, il y a ceux qui embarquent et ceux qui restent.

— Tu t'y habitues mal ? s'étonnait Catherine tandis qu'elle faisait un peu de ménage dans la maison toute neuve de son fils. Ton épouse a le cœur marin, toi, non. Es-tu donc mécontent de ton emploi de comptable ? Les autres ne savent pas écrire, et moi, pas plus. Remercie ton pauvre père de t'avoir enseigné ces choses, qui nous sont bien utiles aujourd'hui. Ici, tu le vois, chacun est à sa place.

Jérôme regardait la mer, pensait à Port-Royal. La fin de la guerre l'avait sans doute privé d'un destin analogue à celui de son oncle ou du Bellilois, dans les armées du roi de France. La comptabilité ne le passionnait que fort peu, les travaux à la pêcherie, partagés avec les ouvriers, à peine davantage. Quant à la frénésie possessive qui les avait tenus jour et nuit, sa femme et lui, dans les bras l'un de l'autre aux premiers temps de leur union, elle devenait pour lui, au fil des campagnes, une longue et inquiète patience, pour voir la flotte de Grande-Anse rentrer enfin au port.

— Elle me préfère son équipage, plaisantait-il. Et elle n'est pas raisonnable. Elle a tout de même fait deux fausses couches en quatre ans. Je suis bien sûr qu'à terre elle m'eût déjà doté d'un fils.

Catherine le tançait.

— Tais-toi, tes mots sont blessants. Isabelle est encore très jeune. La pêche est son métier mais elle préfère le vent de haute mer aux odeurs des saloirs. Veux-tu lui porter malheur, quand le Seigneur la garde des tempêtes ?

— Vous auriez dû lui conseiller de rester désormais au foyer, mère. Il y a bien assez d'ouvrage pour une femme, entre les maisons et les ateliers.

— Elle est du sang du Bellilois, que veux-tu, et elle a grandi sans mère, qui plus est. Des bonnes âmes, femmes de pêcheurs et de corsaires, l'ont élevée chaque jour dans l'espoir du retour de son père. Elle est montée toute petite sur les navires pour tenter de l'apercevoir, à l'horizon et s'est enracinée dans l'océan. Je te le dis, il est heureux qu'il n'y ait pas la guerre, car ce n'est pas à la pêche, qu'elle serait, mais bel et bien à la course, aux côtés du corsaire. Ces gens sont ainsi faits, tu le sais bien.

Jérôme savait, en effet et s'ennuyait ferme. Il avait fini par fuir les bavardages avec sa mère qui le ramenaient sans cesse à ses devoirs de mari. L'amour que Catherine portait au Bellilois devait gâter sa vue. Jérôme devenait peu à peu à ses yeux un meuble parmi les meubles de la pêcherie, tandis qu'Isabelle était parée des vertus de l'aventure et de l'audace. Et lorsqu'il considérait les choses avec recul, ce pour quoi il ne manquait pas de temps, Jérôme se disait qu'en s'arrêtant à Grande-Anse, sur le chemin de Louisbourg, il avait fait un choix qui le fixait pour de bon, en effet, terrien sans charrue et soldat sans guerre, au service exclusif de sa famille.

Isabelle était capitaine. Jérôme pensait souvent à elle avec angoisse. Il l'aimait et la désirait. Elle lui disait que ses retours au port n'en étaient que meilleurs à vivre, ce qui était vrai, chaque fois, mais le laissait insatisfait, avec dans la tête des envies nouvelles d'errance. Il partait chasser vers le nord, longeait les rives du Bras d'or, la mer intérieure de l'île Royale. Il voulait un enfant, regardait avec nostalgie les Sauvagesses de l'île couver les leurs sous le regard serein des pères. Ces gens savaient vivre et se contenter de ce que Dieu leur donnait.

Il se persuadait que les fausses couches d'Isabelle avaient été causées par cette vie rude et dangereuse, sur les bateaux. Un jour, si les esprits de la pêche et des rivages de Terre-Neuve le voulaient, sa rousse compagne déciderait de poser son sac sur les rochers de Grande-Anse. En attendant, le fils de Jacques Hébert comptait les poissons, les tonneaux et aussi les voiles et les mois, du haut des austères collines de Cap-Breton.

Assis devant ses cahiers de comptes, ses billets à ordre, ses bordereaux de crédit, face à la fenêtre par où entraient les humeurs et les senteurs de l'Atlantique, Jérôme laissait son esprit baguenauder, au spectacle de sa mère et de son oncle marchant entre les rochers. Catherine Hébert n'avait pas eu la jeunesse facile. Désormais, elle goûtait l'aisance d'une maison d'armateur et se maintenait en éveil par le souci qu'elle avait de son homme en mer. Pierre venait souvent lui tenir compagnie. Ensemble, ils allaient en promenade le long des rivages, c'était comme un rituel, quelle que fût la saison. Pierre n'y dérogeait jamais, lorsqu'il n'était pas lui-même dans un de ces voyages dont Jérôme ne savait en vérité pas grand-chose.

Que se disaient-ils, ainsi proches l'un de l'autre, au point qu'un passant les eût pris pour un couple ? Où allaient leurs pensées lorsqu'ils demeuraient muets, au long de leurs marches sur les chemins douaniers de Cap-Breton ? Jérôme observait son oncle, le célibataire de cinquante années passées, à qui personne ne posait la question de savoir s'il comptait fonder un jour une famille. Celui-là devait courir l'allumette et hanter les bouges de la côte atlantique. Sa gentillesse, son permanent sourire enveloppant les gens et les choses le mettaient à l'abri des critiques trop dures, comme des commérages. Bon corsaire il avait été, bon armateur il était devenu.

Sa petite maison en retrait des autres, la plus haute sur les à-pics de Grande-Anse, regorgeait d'objets achetés ou saisis, d'instruments de marine, de cartes et de globes terrestres. Un des plaisirs de Jérôme, lorsque s'étiraient les longues journées d'été, consistait à profiter de la présence à terre de son oncle pour aller boire quelques pots de bière avec lui et fumer de ces tabacs qu'on ne trouvait nulle part ailleurs que sur ses bateaux.

Pierre Lestang désirait parfois rentrer en France pour y profiter de sa petite fortune. Fils de métayer, il ferait construire sa maison d'homme libre au seuil de la vallée d'Aspe et vivrait sa vieillesse au rythme des saisons béarnaises. Le plus souvent, cependant, son cœur battait au rythme des tempêtes atlantiques, ses rêves voguaient vers les côtes de la Nouvelle-Angleterre. L'Acadie muette sous la bannière anglaise, l'arrangement de ses habitants avec la présence honnie des occupants, les regrets de ne plus sentir le moindre souffle venant de France le navraient. Il agissait, pourtant. Long-Nez avait laissé échapper deux ou trois mots sur le Ti'Pierre et ses abordages de la côte ennemie.

— Ce que je trame en vérité ? Eh bien, mon neveu, tu ne m'as guère interrogé là-dessus, depuis que tu vis ici.

— C'est ma foi vrai.

Pierre Lestang surveillait le chargement de son bateau et les barques en va-et-vient entre grève et mouillage. Le *Béarn* était plus petit que le *Locmaria* d'une bonne dizaine de pieds mais sa proue effilée tel un nez d'espadon, sa mâture altière, ses voiles que Pierre taillait au plus large, pour leur donner de la surface, en faisaient un redoutable coursier.

— Par vent portant, je laisse le Bellilois contempler ma poupe, à plein comme à vide, dit-il, fièrement.

Il pêchait rarement, préférait ses itinéraires de négoce entre l'île et le continent. « Mon associé harponne et je vends », se plaisait-il à répéter.

— Tu viendrais avec moi, cette fois, Jérôme ?

Il tirait sur sa pipe, les doigts dans les poches de son gilet de laine. Avec sa bedaine et sa tonsure, ses mollets bien ronds et ses souliers vernis, il avait l'air de ce qu'il était devenu, un marchand de morue séchée enrichi par la paix en Amérique. Jérôme ne prit pas le temps de réfléchir.

— Oui, mon oncle, je vous accompagnerai. Où comptez-vous aller ?

— Tu verras, mon cher, tu verras. Ce sera l'affaire d'un petit mois. Ta mère se plaindra de toi, tu sais cela ? Que sa bru aille harponner dans les glaces de Terre-Neuve, passe, elle le faisait avant de te connaître, mais que son fils embarque avec un vieux corsaire, c'est autre chose. Tu te souviens du souci que tu lui as déjà donné par le passé, à cette pauvre femme ? Et dis-moi, tu ne crains pas que ta belle épouse t'en veuille d'avoir préféré la balade en mer sur le *Béarn* à sa compagnie sur le *Locmaria* ?

Il observait son neveu, s'amusa de son embarras. Décidément, le donzelon s'était bien endormi, à Port-Royal. Jérôme haussa les épaules. C'est vrai qu'il était loin, le garçon de treize ans campé sur ses mollets de coq devant les Anglais de Philipps et Vetch.

— Prépare-toi, dit Pierre. On mettra à la voile dès l'aube.

Les vents étaient contraires, obligeant à tirer des bords. Au deuxième jour de mer, il y eut un coup de tabac, au sud de l'Acadie, obligeant le *Béarn* à s'abriter dans la baie de Chibouctou. Pierre Lestang avait craint un moment que cela n'amollît le pied assez peu marin de Jérôme. Mais à voir la proue de la goélette chercher le sud-ouest et tenir ce cap chaque fois que cela était possible, Jérôme avait fini par faire avouer son oncle, qui jouait à le faire réfléchir sur les cartes marines.

— On passera au large du cap Sable. Ensuite…

— Pentagouët.

— Ha ! J'aimerais. Il y a là-bas des Béarnais qui me sont chers, et en bien mauvaise situation, à l'heure qu'il est. Une autre fois, peut-être. Pour le moment, les douaniers et les marins du roi George sont un peu trop présents dans les estuaires.

La punition des Abenaquis se poursuivait entre Kennebec et Penobscot. Un missionnaire, le père Rale, avait été tué par les Anglais à Norridgework. On l'avait truffé de plomb, mutilé, décapité, exposé à la vue de ses ouailles indiennes. Sa tête avait pourri sur une pique. Interdiction d'y toucher, sous peine de mort.

« Les guerres se continuent par d'autres voies », disait Pierre. Et il ajoutait, sibyllin : « Les guerres ne se terminent jamais. »

Le commerce suivait les mêmes sinuosités. On toucha la côte de nuit, dans les parages de Cocheco. L'approche avait été dangereuse, on craignait une de ces bourrasques capables de drosser un navire en moins d'une heure et de le faire se fracasser dans le ressac. Lestang avait un rendez-vous qu'il ne pouvait différer. Nuit noire et mer formée, c'était cela, ou risquer d'inopportunes rencontres.

Il y eut un éclair bleu, à l'avant du bateau, et une faible lueur en réponse, sur la côte. Une demi-heure se passa. Des chaloupes abordèrent alors la goélette. La cale du *Béarn* fut ouverte et à demi transbordée. Les esquifs se balançaient, se heurtaient, manquant de déséquilibrer les hommes.

— Pardieu, pressez-vous ! hurla quelqu'un.

Jérôme vit passer, dans la lueur d'une torche, des tonneaux de vin et d'épices, tout ce pour quoi les colons de Nouvelle-Angleterre payaient de lourdes taxes aux fonctionnaires de Londres. Deux visiteurs se hissèrent à bord lorsque les manœuvres eurent pris fin. Pierre les mena dans sa cabine où ils s'enfermèrent, le temps de la tractation. Puis les hommes repartirent comme ils étaient venus, le visage dissimulé sous des foulards.

Le *Béarn* était face au vent, prêt à s'arracher à l'attraction mortelle de la côte. Des vagues de plus en plus puissantes le soulevaient et le poussaient vers l'arrière, balayant ses ponts, faisant siffler drisses et haubans. Pierre fit mettre le tourmentin et une moitié de grand-voile. Il fallait esquiver, sans laisser les rafales déchirer les toiles.

— C'est passé, dit le corsaire lorsque la goélette, penchée sur l'onde agitée, embarquant la mer par paquets, se fut échappée à tribord, vers le large. Une demi-heure de plus, et la marée nous déposait en morceaux sur le rivage du Massachusetts.

Jérôme exigeait une explication, non de la contrebande, dont il connaissait les codes et les rituels par ouï-dire, mais des clients de cette livraison-là, qu'il imaginait marins eux aussi.

— Par Dieu, non, ceux-là ne le sont guère ! s'écria Pierre.

Il faisait face à son neveu à la petite table carrée de sa cabine, dans la clarté chancelante d'une bougie, indiqua du pouce la direction de la côte.

— A deux heures d'ici vivent deux sortes de gens, trois si l'on considère aussi les Sauvages, mais eux ne sont pas mes clients par cette voie nocturne. Les autres, en renvanche, oui et comment ! Parmi ces clandestins, Jérôme, sais-tu qui ?

— Des Anglais ?

Pierre s'esclaffa.

— Certes ! Ils le sont tous, sur cette terre de colonie. Tu

penses aux marchands de Londres ou de Liverpool qui ont boutique en Amérique comme les nôtres, de La Rochelle, ont des comptoirs à Trois-Rivières ou à Louisbourg. Moi, je te parle de nos pires ennemis, mon neveu, de ceux qui nous verraient brûler avec plaisir dans les flammes de l'enfer.

Son hilarité encourageait Jérôme, qui finit par lâcher, entre deux gorgées de marc :

— Les puritains de Boston.

— Juste. Et tu sais pourquoi ? Ne perds pas ton temps à chercher, je te le dis. Ces gens haïssent leurs maîtres anglais tout autant que les pauvres papistes que nous sommes. Nous n'avons pas pu renverser leur Nouvelle Jérusalem quand c'était encore possible, il y a à peine trente ans. Trente ans, Jérôme, ce n'est rien et pourtant, quelle graine de malheur avons-nous laissée pousser ! Nous, corsaires et milices d'Acadie et les quelques soldats que la France nous négociait pour la survie, nous n'avons rien pu, rien, et eux sont toujours là, dans leurs foutus costumes noirs comme la mort, à Salem et à Albany, à Portland et à Saco. Personne ne pourra plus les déloger, mon neveu, ni toi, ni moi, ni même le petit roi de France.

— Mais alors, mon oncle, pourquoi faire commerce avec eux ?

Des vagues venaient frapper le flanc du bateau comme pour le redresser, dans des chuintements, des craquements, des râles, toute une musique annonçant une nouvelle bourrasque. Pierre se pencha vers Jérôme. Il avait cessé de rire. La bougie éclairait son visage devenu pâle, soudain.

— Parce que le jour où les Anglais auront décidé pour de bon de nous passer sur le corps et de jeter nos cadavres à la mer, rien ni personne ne les en empêchera, sauf peut-être ces mêmes clients que tu as vus s'en aller tout à l'heure, sous leurs écharpes.

Jérôme ouvrait grand ses yeux. Les puritains du Massachusetts se portant au secours des Acadiens, l'oncle devait avoir abusé du marc de Bourgogne ! Pierre expliqua ce qu'il pensait ; c'était un pressentiment, davantage qu'une conviction. Les colons ployaient sous les taxes et les contrôles de plus en plus stricts des délégués de Londres. Interdiction leur était faite de produire des denrées que leur terre pouvait leur donner, et obligation d'acheter aux négociants de Manchester ou de

Glasgow. En vendant moins cher et en les poussant au besoin dans les griffes des douaniers anglais, Lestang et quelques autres, qui pensaient et agissaient comme lui, mettaient le ver de la révolte dans le fruit de Nouvelle-Angleterre.

— Et s'ils s'allient ? s'inquiéta Jérôme. Jusqu'ici, les Anglais n'ont que fort peu mobilisé les colons, sauf aux frontières.

— Quand il y avait encore des frontières ! Mais crois-moi, il subsiste un espoir d'isoler la force anglaise et de la réduire. Ces puritains haïssent autant notre roi que le leur. Ils se croient pour de bon le sel de la terre, sa vérité première, ses prophètes. Il faut les y encourager, mon neveu, aviver leur dégoût pour tout ce qui ne leur ressemble pas. Qu'ils méprisent et raillent la mère du Christ ! Cela me gêne moins que l'action définitive qu'ils pourraient mener un de ces jours contre nous, avec les Anglais. Car si cela doit arriver sans que la France fasse pour nous dix fois plus en une fois qu'elle ne l'a fait en un siècle, alors, nous aurons à faire face à deux cents navires portant dix ou vingt mille hommes, plus que nous sommes tous à travers l'Acadie, et ce jour-là nous succomberons, Jérôme, sans le moindre doute. Et sais-tu ? Aussi vrai que le vent de cette nuit peut nous avoir tous envoyés par le fond avant l'aube, les établissements du Canada tomberont eux aussi, immanquablement, Québec, Tadoussac, Montréal et le reste.

Jérôme ne pouvait croire pareilles choses. Deux cents navires, vingt mille hommes, c'étaient là des chiffres pour les guerres en Europe. Son oncle avait dans le regard les reflets des exorcismes, quand les prêtres levaient la croix sur les pauvres esprits possédés. Ce devait être la mer, et la bouteille dont le niveau pourtant immobile paraissait tanguer avec le *Béarn*. Le visage de Pierre s'était transformé. Adieu la bonhomie, le sourire, l'ironie sans méchanceté. Jérôme découvrait à leur place la rage et la frustration.

— J'aime ce pays d'Acadie, Jérôme, autant que toi qui y es né, poursuivit Pierre. Je suis bien sûr d'avoir cette terre et l'océan qui la baigne dans les tripes, à en crever. Parce qu'ils ne ressemblent à rien d'autre et que les hommes y font en liberté une besogne digne d'être regardée par Dieu.

Il serra son verre dans sa large paume, but, d'un trait. Ses joues reprenaient une teinte plus naturelle, sous la colère.

— Et ce pays désarme, peu à peu, ses gens se mettent à

penser que la lointaine protection de Louisbourg suffira à écarter d'eux les orages qui s'amoncellent. Ils se disent aussi, ces myopes, que Québec, Montréal, et le Canada tout entier, viendront les aider s'ils claquent simplement du doigt. Ils ont tort, ces paysans de Cobequid et de Grand-Pré ! Québec les regardera disparaître en serrant les fesses. Je te montrerai bientôt pourquoi et par quoi ce malheur arrivera, mon neveu.

Jérôme lui parla de ses sœurs, réunies par la guerre à Grand-Pré, de leurs maris qui moissonneraient bientôt de l'or sur les terres les plus riches d'Amérique. C'était la douce Acadie, le paradis donné aux hommes et aux femmes qui le méritaient, parce qu'ils avaient su le mettre en valeur. Pierre hochait la tête. La douce Acadie, certes ! Et le paradis pour un peuple simplement heureux d'y vivre. Mais pour combien de temps ?

— Il faut les empêcher de s'endormir, Jérôme, et surtout, les garder à cette terre. Nous ne sommes pas bien nombreux à pouvoir le faire. Quelques vieux soldats comme moi, des hommes d'Eglise, des chefs de tribus micmacs et de villages français, et puis des jeunes gens de ton espèce, capables de parcourir sans cesse le pays pour tenir notre petit monde éveillé. Ça te dit, un ouvrage pareil ?

Jérôme but à son tour l'alcool brûlant. Acadien, il avait fui sa terre, comme d'autres que les gens de l'île Royale et de l'île Saint-Jean tentaient désormais d'attirer loin des aboiteaux et des digues, pour peupler les derniers bastions du roi. L'Acadie était nue, menacée dans son paisible endormissement. Or, tout se jouerait là où flottait la bannière détestée. Pierre avait sans doute raison, même si Jérôme ne suivait pas bien tous les contours de sa pensée.

— Bois, mon neveu. La mer forcit mais nous n'avons guère d'autre choix pour cette nuit que de l'affronter et d'éviter les côtes. Et demain, si Dieu te garde, tu verras la cité qu'à ton âge je rêvais de pouvoir habiller de lis français.

16

Boston prospérait à l'ombre de la paix par elle imposée. La bourgade apeurée du siècle d'avant, le camp retranché où colons et soldats avaient redouté, trente années durant, les assauts de Saint-Castin et de ses Sauvages, se mettait, en cette année 1732, à ressembler à sa pareille longtemps jalousée, Québec.

Touchant presque les pontons de bois où venaient s'amarrer barques et petits voiliers, une batterie de canons levait ses museaux de fonte vers le large. Au-delà du quartier portuaire, dont les édifices d'entrepôts et de douane faisaient face à la forêt de mâts des navires de mouillage, la ville étalait son aisance autour de rues pavées pour la plupart. Echoppes d'artisans et boutiques de négoce voisinaient avec les maisons des bourgeois et des administrateurs, que la pierre habillait plus souvent que le bois et le torchis. Ici et là, un temple, face à une chapelle anglicane. Au point de convergence de rues et de venelles, une vaste place carrée s'étendait, boueuse, pour le marché, où se donnaient aussi, c'était selon, les spectacles de théâtre, de parades ou de pendaisons. Un peu plus loin, passé les dernières habitations, les *blockhouses* des défenses s'alignaient, ponctuant une palissade de rondins percée de meurtrières et de quelques portes solidement armées.

Au pied des puissants bâtiments de pierre que ses parents avaient rêvé, souvent, d'investir, Jérôme avait du mal à réaliser qu'il se trouvait au cœur du dispositif colonial anglais d'Amérique. Ce qu'on lui avait dit de Québec et de Montréal lui avait toujours laissé penser que Port-Royal n'était en vérité qu'un village trop de fois ruiné par les guerres. Boston lui prouvait que la cité de son enfance était encore moins que cela.

— Tu vois pourquoi la guerre traversera tôt ou tard l'Acadie, de la Penobscot au Saint-Laurent, comme une lame dans du beurre, lui dit Pierre. Il y a ici, au mouillage, de quoi transporter cinq mille hommes et cinq ou six cents canons. Si tu sais que, plus au sud, New York peut héberger la même force, tu te dis qu'entre les deux nous aurons du mal, Jérôme, bien du mal.

On avait présenté aux douaniers anglais des papiers en règle, ainsi qu'une cargaison parfaitement déclarée, quant à elle. Des peaux, du grain, du sirop de sycomore, des herbes micmacs et du poisson séché, en tonneaux de deux cents livres. Le *Béarn* embarquerait pour le voyage de retour des outils, de la vaisselle, du drap et des chevaux. Ainsi allait le négoce entre les deux adversaires, en ces temps incertains. Pierre s'en amusait.

— Les gens d'ici ont longtemps redouté une goélette qui leur prenait tout, et le reste. Parfois, un marin se gratte le front en se disant qu'avant de sombrer il a dû apercevoir quelque part cette foutue coque française. Mais moi, personne ne m'a jamais pris !

Ils avaient suivi la noria des canots débarquant la cargaison au pied d'un entrepôt. Le négociant s'appelait Barnett. C'était un vieil homme, boiteux, courbé par une gibbosité, qui avait longuement considéré Jérôme, hochant la tête, l'air soucieux. Près de lui se tenait son fils, brun, râblé, le même âge que l'Acadien. Jérôme pensait à son oncle Julien, qui avait fait de Boston l'un de ses ports d'attache, et, sans qu'il sût vraiment pourquoi, il sentait son humeur devenir maussade. Le vent d'avril lavait le ciel à longues et sifflantes rafales, l'air glacé coupant le souffle, les averses, tout invitait à trouver le plus vite possible un havre où s'attabler devant un verre de marc.

— Où était l'habitation de Julien ? demanda Jérôme à son oncle, tandis qu'ils s'engluaient dans la boue mêlée de bouse d'une ruelle.

— Pas très loin de l'auberge où je t'emmène. Pourquoi cette question ? Il ne faut pas remuer ce passé-là. L'auberge est assez confortable pour n'y penser qu'à dormir, crois-moi et nous reprenons la mer dès demain.

Jérôme haussa les épaules. Pierre savait des choses qu'il apprendrait tôt ou tard à son neveu. Pour l'instant, tout revenait à sa mémoire en plein jour, comme dans les cauchemars troublant encore ses nuits : le sang de Julien sur le drap blanc, les bras des sauvages, muscles bandés, acharnés à tuer son oncle, la silhouette claire de Lucrèce, statue contemplant le massacre. Et un nom, aussi, Barnett, qu'il se répéta mentalement jusqu'à ce que Pierre eût poussé la porte de l'auberge.

— Mais oui, murmura-t-il à peine entré dans une vaste pièce enfumée où l'on jouait aux cartes sous le plafond bas.

— Mais oui quoi ? Mon neveu, je te trouve bien étrange depuis que tu as posé le pied sur la terre amie-ennemie.

Ainsi dénommait-on les Anglais, « nos amis nos ennemis », une expression claire pour stigmatiser des ambiguïtés de toutes sortes dans les relations avec eux.

— Ce n'est rien, mon oncle, éluda Jérôme.

C'était en vérité une signature au bas des documents découverts chez Julien, la trace d'un passé liant des hommes, des familles, peut-être. Mais Pierre était si différent de son frère et engagé d'une manière tellement opposée à celle de Julien. Comment avaient-ils pu se rejoindre, ces deux-là, au point de commercer sur les mêmes voies et avec les mêmes gens ?

— Voilà Marie, qui règne sur cet endroit, fit Pierre, triomphant.

Jérôme vit venir à lui une femme à la charpente solide, au buste avantageux, longue de nez, qui le toisa et le salua en français, avec l'accent des Béarnais. Elle était huguenote, avait fui la Navarre au tout début du siècle et serrait le bras de Pierre avec une tendresse gourmande de vieille maîtresse. Mais où sont les guerres ? pensa Jérôme. Il s'attendait à séjourner à Boston entre des soldats en armes et des puritains en prière, découvrait des marchands empressés à vider son bateau et une aubergiste française qui ferait du vieux corsaire papiste sa chaufferette pour la nuit.

« Tu comprendras mieux au retour », l'avait prévenu son oncle.

— J'ai mis au pot de l'outarde, pour les voyageurs d'Acadie, annonça Marie.

Cramoisi, Pierre épaula son sac. Il avait hâte de se faire conduire à l'étage, où il aurait une chambre pour lui tout seul, un privilège de gouverneur ou d'officier. Il se glissa dans les pas froufroutants de la tenancière, monta l'escalier, les yeux pleins d'une lueur gourmande, rivés sur les mollets de la dame. Jérôme le suivit du regard puis il sortit.

Le soir venait. Les bourrasques d'un vent tourbillonnant et capricieux arrachaient les chapeaux et faisaient grincer les enseignes, le long des ruelles de Boston. Ainsi figée par le froid, la ville n'avait rien de bien inquiétant. Ses habitants y cherchaient la chaleur des cheminées et des fauteuils, comme partout ailleurs en ces temps de fin d'hiver. Des ombres marchaient courbées, sautaient d'une flaque à l'autre. Jérôme en arrêta une, d'allure marine, à qui il demanda où se trouvait la maison Barnett.

— *Barnett house ? Yes, sir...*

Suivit un galimatias, Barnett père ou Barnett fils ? Et de précieux gestes indiquant une direction, ainsi qu'une centaine de pas suffisants pour toucher le but.

Jérôme marcha sous une brusque averse qui eut vite fait de ruisseler par les côtés de son chapeau et d'inonder sa cape de toile noire. La rue était bordée de demeures construites en pierre au milieu de parcelles herbeuses, coiffées de toitures de tuile rouge, percées de fenêtres régulières, à petits carreaux. Des portes de plain-pied donnaient accès aux habitations, d'autres, semblant émerger du sol, à des caves et entrepôts à demi enterrés. Par les fenêtres, qui ne possédaient pas toutes des rideaux, Jérôme distinguait des silhouettes, dans la clarté des chandelles. Des femmes vaquaient, des enfants montraient leurs frimousses intriguées par la pluie. Dans la rue, deux filles passèrent, riant de la pataugeoire où elles s'enfonçaient jusqu'aux chevilles. Des Indiennes. Jérôme les suivit, à distance, jusqu'à la grosse maison dont elles firent le tour.

Cela pouvait correspondre à l'habitation des Barnett, à leur statut de riches commerçants. Jérôme demeura un long moment à l'abri d'un auvent d'échoppe, attendit la fin de l'averse pour faire les quelques pas le séparant de la maison. Les fenêtres étaient doublées d'épais rideaux, au rez-de-chaussée comme à l'étage. Des échos parvenaient jusqu'à la rue, comme si l'on discutait ferme entre femmes, avec des cris, même. Jérôme longea le mur, par le jardin où bourgeonnaient des pommiers. On criait, en effet, à l'intérieur, des coups étaient portés contre le mur. Jérôme écouta. C'étaient en vérité des hurlements, tour à tour aigus et rauques, des pleurs, des supplications dans lesquelles aucun mot n'était reconnaissable. Jérôme pensa qu'il n'avait rien à faire là. La faim le tenaillait, l'outarde de dame Marie allait refroidir. Mais la curiosité et une angoisse étreignant soudain la poitrine et accélérant son souffle le poussèrent vers la porte donnant sur le potager.

Il entra. Un couloir desservait un cellier où s'entassaient, en bon ordre, sacs, ballots ficelés et tonneaux, dans une senteur de bois humide et de grain. A quinze pas de l'endroit où il se trouvait, Jérôme aperçut la lumière blanche d'un salon et des silhouettes allant et venant entre cette pièce et celle qui la précédait, une cuisine, sans aucun doute.

Une porte était ouverte à droite du corridor, donnant sur une chambre d'où sortit soudain une Indienne, qui fila vers les pièces éclairées. Une voix s'exprima, en langage sauvage, puis les plaintes reprirent, sur un mode plus doux, répétitif, psalmodiant presque. La voix répondait à ces gémissements que rien ne semblait pourtant pouvoir calmer. Jérôme fit les quatre pas le séparant de ces sons étranges. Une femme se tenait de dos, une chandelle à la main. Devant elle, un être haut comme une moitié d'homme allait et venait au milieu d'un bâti de planches et de ferrailles en forme d'enclos, ruait et gesticulait, feulait tel un animal puis riait d'un sale rire de gorge ressemblant à un gargouillis. Et la femme, immobile dans la lueur de sa chandelle, l'observait et lui parlait à voix basse, comme elle aurait fait pour encourager un enfant ou le complimenter.

— Julien, Julien.

Jérôme ferma les yeux. Il n'était pas nécessaire que la femme se tournât pour qu'il sût qui elle était. Lucrèce. L'enfant, car c'était cela, un simple petit de six ou sept ans, dont Jérôme ne distinguait pas les traits, la frôlait, prenait sa main entre les siennes puis la frappait sans raison, sautait vers elle comme pour la saisir, un rictus aux lèvres, puis se mettait à courir d'un bord à l'autre de sa prison avant de se rouler par terre en râlant et trépignant.

— Julien, mon petit.

En dire plus ne devait servir à rien. Lucrèce répéta ce nom jusqu'à ce que l'idiot se remît sur ses pieds, aussi mécaniquement qu'il s'était laissé tomber au sol. Jérôme le vit venir dans sa direction, distingua alors son visage, et ce qu'il découvrit dans le contre-jour, au moment où Lucrèce se tournait de moitié, le força à se retirer dans le couloir, le cœur au bord des lèvres.

— Sang de Dieu, ce n'est pas possible, murmura-t-il.

Il avait eu devant lui son portrait enfantin, les mêmes boucles claires autour des mêmes traits à peine cuivrés par le métissage, et les yeux, pareillement arrondis, avec leur regard surgissant d'un autre monde, candides et interrogateurs, l'espace d'une seconde. Jérôme pressa sa poitrine. L'enfant avait repris l'exploration sans cohérence de son espace. Vivait-il là jour et nuit, comme un singe dans sa cage ? Il flottait dans la pièce une odeur de linge souillé diffusant loin dans le couloir. Jérôme recula jusqu'au cellier puis se figea entre des sacs. Il était incapable de s'en aller, attendait que quelque chose se produisît, le concernant.

Il se passa du temps avant que Lucrèce sorte de la pièce, tandis que les geignements de l'enfant devenaient une sorte de chant, égal, sans rime ni fin. La jeune femme tenait la bougie à hauteur de son cou, qu'elle avait toujours aussi fin. Lorsqu'elle se fut tournée vers le cellier, Jérôme sentit son cœur s'arrêter, chercha l'appui d'un sac. Lucrèce demeurait immobile, statue éclairée par un astre mort. Seules ses paupières remuaient, accompagnant les balbutiements de son fils, rythmant avec douceur sa mélopée.

Elle avait maigri, perdu les joues d'adolescente qui bridaient ses yeux lorsqu'elle riait. Ainsi ressortait sa grâce européenne. Sa taille s'était élancée et Jérôme se souvint, effaré, qu'il avait tenu entre ses mains ce buste adorable serré dans une chemise de serge blanche à demi délacée. Vas-tu me reconnaître ? pensa-t-il. Hors cela, il ne se passerait rien. Il guetta, spectateur du plus incroyable des couchers, la tête bruissante d'une douleur inconnue qui le broyait. Lucrèce ne pouvait l'apercevoir. Ainsi sut-il que sa joliesse de Port-Royal s'était faite beauté en Nouvelle-Angleterre, absolue beauté magnifiée par la lumière douce de la bougie. Reste, implora-t-il. Il mourrait, sur l'heure ou dans cent ans, avec à l'âme le souvenir de cette apparition au chevet d'un pauvre idiot qu'ils avaient fait ensemble, elle et lui.

Elle disparut dans le silence, l'obscurité se fit et Jérôme se laissa tomber entre les sacs de grain. Venu des profondeurs de son ventre, un chagrin le secouait, en lames d'une puissance telle qu'il en gardait la bouche ouverte. C'était comme une mer à l'intérieur de lui, une tempête qui cherchait à se libérer et, ne le pouvant, affluait à ses lèvres, à ses yeux, à ses oreilles et le battait, dans des flots d'écume. Il s'entendit gémir ; il naissait à nouveau dans sa propre souffrance, venait au monde avec la question qui le taraudait depuis toujours et que ne se poserait jamais la pauvre chose gisant entre des planches enclouées, à cinq pas de lui.

— Misère de Dieu, Marie, mère de Dieu.

Son âme brûlait du même feu que sa poitrine. Il se leva, tituba, sortit. Il chercha la gifle de la pluie, ne trouva au-dessus de sa tête qu'un quartier de lune entre des nuages et le silence de la ville troublé par quelques aboiements. Il marcha dans la boue, se laissa happer par elle et engluer jusqu'au haut des chevilles. La ruelle menait droit à la place où l'on pendait les traîtres, les assassins et quelques Sauvages, aussi, pour l'exemple. L'endroit était désert, sinistre. Jérôme s'y agenouilla, au milieu, les bras écartés. Il désirait prier mais le seul nom qui sortait de sa bouche et dont il ne pouvait se débarrasser, au point qu'il dut le hurler, face au ciel, était celui de sa cousine.

Il fallait une semaine, par temps calme, pour naviguer de Boston à Louisbourg. Lorsque l'on fut parvenu à hauteur du cap sud de l'île Royale, Pierre pensa débarquer son neveu, dont l'humeur, accordée au ciel bas d'où tombait, droite et monotone, une pluie tiède de tropiques, l'inquiétait.

— A Louisbourg, mon oncle, lui dit Jérôme. Je veux voir cet endroit. Il sera bien temps de revenir à Grande-Anse, ensuite.

— Soit. Je t'y ferai connaître des gens intéressants pour notre Acadie.

Questionné devant des bouteilles de marc aux trois quarts vides, Pierre révéla à Jérôme ce que son frère Julien lui avait demandé autrefois : veiller à ses affaires, au cas où il lui arriverait malheur. Un vieux serment les liait depuis leur arrivée en Amérique. A l'annonce de la mort de Julien, Pierre s'était exécuté, entrant en relation avec les compagnons du coureur des bois, les Barnett, et d'autres, du côté anglais de l'Amérique.

Jérôme s'insurgea. S'associer ainsi avec des adversaires de l'Acadie, y compris en temps de guerre ? Tout, dans le comportement, la fortune, et jusqu'au mystère entourant son oncle, montrait que Julien Lestang était un traître.

— Qui a donné sa main pour le roi de France ! lui rétorqua vivement le corsaire. Allons, mon neveu, un peu d'âme ! Qui es-tu donc pour donner de telles leçons ? Julien a souffert, au-delà de ce que tu peux imaginer. Et ma foi, il a sans doute mieux valu pour lui ne pas voir ce qu'il advenait de sa propre chair.

Il darda sur Jérôme un regard pénétrant où brillait une petite flamme ironique. L'ombre de Lucrèce plana, dans le murmure lancinant de la pluie. Jérôme sentait sa gorge se serrer. Pierre lui avait déconseillé de chercher la maison de Julien. Etait-ce là où vivait désormais l'enfant possédé du démon ? Le rejeton maudit d'un père oublieux au point que, pas une seule seconde, Jérôme n'avait pensé à sa possible existence.

Jérôme but un verre, cul sec. Pierre l'aimait bien et lui faisait confiance, plus que le Bellilois, même, peut-être. Jérôme fut pris d'un sanglot, cacha son visage entre ses mains. Pierre l'observait sans rien dire, attentif et fraternel.

— Tu es allé chez Barnett, n'est-ce pas ? lui dit-il d'une voix douce.

Jérôme acquiesça, secoué par la détresse installée en lui depuis cette nuit maudite. Il chercha en vain l'ombre d'Isabelle, se laissa tomber contre le dossier de sa chaise. Il n'y avait rien à faire, de toute façon. Pierre lui raconta que Lucrèce avait épousé le fils de Barnett peu après la naissance de l'enfant. C'était son ami d'enfance, ils avaient le même âge et le drôle avait toujours été amoureux d'elle. Il avait reconnu le petit Julien et eu deux autres enfants de Lucrèce. Ainsi allaient les destinées, et celle de la fille d'un coureur des bois manchot en valait bien d'autres, dans l'une des plus belles maisons de Boston.

— Maintenant que tu sais, eh bien, tâche d'oublier. Ton salut est à Grande-Anse, mon neveu, dit-il en guise de conclusion.

Jérôme grimaça une espèce de sourire déformé par l'amertume et par le remords. Pierre se leva. La cabine du *Béarn* était dotée d'une lucarne à petits carreaux par où entrait une lumière grise. Pierre se perdit dans la contemplation de la houle en majesté, à la poupe de la goélette. On serait bientôt en vue des côtes de l'île Royale. Le corsaire se tourna, vit Jérôme en grande méditation, les yeux fermés, la face levée vers le plafond. Dormait-il ? Pierre pensa que c'était là ce qu'il aurait de mieux à faire, et le lui dit, au moment où il quittait la cabine.

La perspective de toucher enfin le lieu où se reconstituait la force militaire de la France d'Amérique sortit peu à peu Jérôme de son marasme. La goélette longeait des côtes marécageuses arrondies par des collines, couvertes d'une végétation composite de feuillus et de conifères. Ailleurs, l'île se présentait comme un énorme rocher détaché du continent, sans cours d'eau paresseux ni grandes marées. Rien, là, qui pût attirer les colons de Port-Royal ou de Grand-Pré si loin de leurs rivières bénies, comme tentaient de le faire les autorités de Cap-Breton.

Ce qui reste de l'Acadie libre, pas grand-chose, se disait Jérôme, anxieux de savoir s'il existait un seul arpent de terre cultivable de ce côté-ci de l'île.

Puis Louisbourg apparut, plantée sur sa colline de roche et de marais, et ce fut pour Jérôme comme si le *Béarn* arrivait à La Rochelle. Entre deux caps terminant une longue et étroite bande de terre, s'élevait la forteresse dominée par sa citadelle. Partout, ce n'étaient que créneaux, épaisses murailles défendues par dix bastions d'où pointaient vers l'horizon les gueules de cent canons. Des flèches de couvents et d'églises, les toits d'ardoise ou de bardeaux des entrepôts et des demeures s'élevaient à l'intérieur des formidables défenses, selon un plan au carré, le long de rues larges et pavées. Un port en pierre où les bateaux pouvaient s'amarrer étendait ses quais à l'abri, plein sud, séparé par la porte Dauphine et son corps de garde d'un faubourg disparate de pêcheries, de dépôts, de douanes et autres habitations.

Jérôme avait convoyé du poisson séché à Louisbourg, quelquefois, et n'y était plus revenu depuis trois ou quatre années. Près de deux mille personnes vivaient désormais là, sur plus de douze arpents, à l'abri de murailles à côté de quoi les *blockhouses* et palissades de Boston ressemblaient à des ouvrages de pionniers. Ah ! Comme la France savait se relever des défaites et jeter à ses adversaires le défi de sa grandeur ! Et comme ils étaient beaux, les canons de la batterie royale complétant le dispositif en lisière de marais. Pierre tapota l'épaule de Jérôme.

— Voilà qui semble te consoler de ta mélancolie. Dieu veuille pourtant que cette chose hérissée de bouches à feu arrête à elle seule le million de miliciens en puissance qui peuple désormais la Nouvelle-Angleterre.

— Alors, mon oncle, il faudra que nous partions d'ici pour reprendre l'Acadie à ces cochons d'Anglais, avant qu'ils ne nous jettent à la mer.

Jérôme désignait la forêt de mâts, dans le port. Des navires civils, pour la plupart, frégates et goélettes, quelques vaisseaux de haut bord, marchands, et la myriade d'embarcations de toutes sortes, à rames ou à voiles, qui faisaient du port et de la ville une ruche où tout pouvait se vendre et s'acheter.

— En voilà une idée ! s'exclama Pierre. Pardieu, tu ne seras peut-être pas venu ici pour rien. Débarquons d'abord.

— Eh bien, voici donc notre petit héros du fort Royal, dont monsieur de Subercase me parlait avec tant d'affection.

Le gouverneur de Costebelle avait fait à ses hôtes l'honneur de son cabinet privé, à l'intérieur même de ses appartements. Située dans l'aile du long et austère bâtiment principal, la résidence contrastait, par le luxe de ses tentures et de ses meubles, l'éclat de ses parquets et la richesse de ses vaisseliers, avec l'état précaire des casernes où s'entassait, dans des dortoirs-cuisines, la garnison de Louisbourg.

Jérôme s'inclina. Il avait passé sa matinée dans les rues de la citadelle à retrouver ou à découvrir, entre magasins, hôtels de pierre, maisons bourgeoises, remparts et places d'armes, la vie des citadins dans ce qui n'était encore, dix années plus tôt, qu'une terre inculte cernée de marais, un espace que nul colon ne se serait aventuré à vouloir semer. Mais tels avaient été les ordres de Louis XIV, l'une des dernières décisions d'un homme qui avouait avoir trop aimé la guerre. Ce serait là, et pas ailleurs, que l'on restaurerait son autorité, pour la défense du Saint-Laurent et de la province française entourant le grand fleuve.

— Et vous voulez ainsi reconquérir l'Acadie ! Par Dieu, jeune homme, c'est un projet qui mérite attention, comme celui que vous aviez d'en découdre tout seul au fort Royal.

Plutôt gras, l'air bonasse sous sa perruque poudrée avec soin, sobrement vêtu d'une veste, d'un gilet de bourgeois et d'un pantalon rouge serré aux genoux, monsieur de Costebelle jouait d'une main avec sa canne, caressant, de l'autre, sa large cravate de dentelle. « Il n'a guère de pouvoir, hors Québec et Versailles, avait murmuré Pierre à l'oreille de Jérôme tandis qu'ils patientaient dans l'antichambre, mais nous pourrons toujours lui faire des propositions. »

Pierre Lestang en imposait à l'illustre personnage, qui sortait pourtant du corps assez fermé des stratèges. Ce capitaine bedonnant avait écumé l'océan jusque devant New York, forcé des prises quatre fois grosses comme lui à se donner au roi de France, mis Boston sur la défensive, en compagnie de quelques autres du même acabit. Il appartenait à la génération Frontenac, ce qui était tout dire. Et devant Jérôme incrédule, il avait fait à son hôte un rapport complet, cartes à l'appui, de la situation de la ville de Boston, de son armement présent et de son trafic maritime, à la voile près. Puis, changeant de sujet :

— Mon neveu, Jérôme Hébert, et moi pensons très exactement ce que j'ai eu l'honneur de vous écrire, monsieur le gouverneur. Armer Cap-Breton est une chose, fort bien conduite par vos soins. Maintenir nos Acadiens en état de défense en est une autre, surtout dans les territoires sous contrôle anglais. Il y a là une tâche particulière, difficile, de messagers et de soldats, aussi. Sauf que ces soldats-là ne portent pas d'uniforme, en général.

— Comme les corsaires, en somme.

— Parfaitement.

— Nous œuvrons à rapprocher encore les Indiens Micmacs de nous, ce qui fait partie du même plan, dit Costebelle. Et ce, contre les efforts similaires que font les Anglais, à partir d'Annapolis. Le roi George ne lésine pas sur les cadeaux, vous pouvez me croire, mais, chose remarquable, ces gens nous demeurent attachés.

Il eut un petit rire distingué. Les choses de la politique lui passaient un peu au-dessus de la tête. Pierre Lestang et quelques autres prendraient un jour le temps de lui expliquer que, pour toutes sortes de raisons, la fin de la Nouvelle-France signifierait aussi celle des peuples sauvages, au Canada et partout ailleurs.

— J'ai l'homme qui travaillera avec vous sur ce projet, poursuivit le gouverneur. Il est né ici même, en Acadie, tout comme vous, monsieur Hébert. Il porte ce pays dans son cœur, et souffre de le savoir en partie enchaîné. Il nous vient de Beaubassin, en territoire français.

Il avait tiré un cordon pendant le long d'une fenêtre, demanda que l'on fît entrer son invité.

— Vous ferez une bonne besogne ensemble, enchaîna-t-il, l'air sûr de lui.

Jérôme s'attendit à rencontrer un coureur des bois, dans le genre de Julien Lestang, ou un corsaire. Il se tourna, lorsque la porte s'ouvrit, vit entrer un gentilhomme en tenue d'officier des compagnies franches de la marine et souliers à boucle, tout de blanc et de bleu vêtu, sous un tricorne noir frangé d'or. L'homme devait avoir une trentaine d'années. Il était grand, imberbe, les cheveux clairs réunis en catogan, portait l'épée. Il s'inclina devant son hôte avant de toiser les deux autres sans sourire, attendant qu'on le présentât.

— Messieurs, dit Costebelle, voici le capitaine Francis de Terville, de Beaubassin, qui brûle aussi de replacer le plus tôt possible la fleur de lis sur la pointe du fort Royal.

— Foutre, murmura Pierre.

Jérôme l'entendit et lui jeta un regard étonné. Terville était devant eux et s'inclinait.

— Le corsaire Lestang et son neveu, dit Costebelle.

Terville les considéra d'un œil froid. Acadien de naissance, il avait passé sa jeunesse en France, dans les écoles militaires de Sa Majesté puis à Québec. Son maintien plein de raideur et de distance n'était pas celui d'un fils de colon, fût-il d'extraction noble. Costebelle fit asseoir son monde. On allait parler des guerres à venir. Jérôme observait son oncle. Pierre avait rougi, cherchait encore une contenance. Sa surprise était réelle.

— Ce capitaine de Terville ne nous porte pas vraiment dans son cœur, dit Jérôme tandis qu'il traversait la place Royale de Louisbourg au côté de Pierre. Et s'il pense pouvoir commander les Acadiens comme il le fait de ses soldats, il risque d'avoir des surprises.

— Certes.

La conversation chez le gouverneur n'avait pas duré bien longtemps. Pour Terville, le salut de l'Acadie viendrait de

Québec et des canons de Louisbourg, avec le renfort de la France. Les Acadiens ? Il les connaissait et les trouvait passifs et plutôt arrangeants avec l'Anglais. Mais si d'aucuns trouvaient pertinent d'entretenir chez eux la flamme de la révolte, il les considérerait avec intérêt.

— Quel fat ! s'emporta Jérôme. Les renforts de la France ! Nous les attendons depuis assez longtemps pour savoir ce qu'ils valent.

Pierre badait les maisons entourant la place, l'air un peu absent. Une Sauvagesse était accroupie devant une demeure d'officier, avec devant elle son petit étalage de mocassins, d'étoffes, de ceintures brodées. Pierre se pencha, demanda le prix d'un calumet au large fourneau, dont il fit l'acquisition.

— Il ne reste plus qu'à y brûler notre tabac caraïbe de contrebande, dit-il, hilare. Tu vois, mon neveu, notre voyage en Nouvelle-Angleterre n'aura pas été inutile.

Jérôme changea de sujet :

— J'ai cru comprendre que vous avez eu à connaître cet officier, ce Terville, ou peut-être quelqu'un de sa famille. Beaubassin, j'aurais pu y naître, à ce qu'il paraît. Je n'ai jamais bien compris ce que diable vous alliez faire si loin de Pentagouët et de Port-Royal, avec ma mère. Ce voyage, contraint par les navires de l'Anglais Church... Vous ne pouviez donc rester à l'abri à Saint-Jean ou à Jemseg ? Pourquoi ne m'a-t-on jamais expliqué cela ?

— Ta mère et moi cherchions une condition meilleure que sur la Penobscot, où la vie était plus que rude et désolante d'ennui. Beaubassin, oui... La colonie était en feu, les colons se pressaient vers les collines, en file de ces charrettes acadiennes venues de partout. Il y avait là toutes sortes de gens, des nobles et des domestiques, et les autres, cela faisait une belle égalité, tu peux me croire, de quoi forger une morale et une manière de vivre à un peuple neuf.

Pierre digressait, peu sensible en apparence au zèle que son neveu mettait à le faire parler des siens. Jérôme eut un geste de dépit. Il doutait, depuis toujours, mais le mur de silence de la famille au moment de répondre à certaines questions avait tenu et résistait encore.

— C'étaient les incertitudes de la guerre, dit Pierre, ses nécessités brutales, mais on a survécu, quand d'autres ont sombré, ou se sont dissous dans l'humus des forêts. Qui se souviendra de ceux-là, déchirés par les bêtes et digérés en fin de compte par la terre d'Amérique ? Mais tout cela te tourmente donc à ce point, à trente et quelques années ?

Jérôme regarda son oncle, sidéré. A Port-Royal ou à Grande-Anse, il avait souvent réussi à oublier le mystère de sa naissance. Mais, cette fois, son passage par Boston le laissait profondément déchiré, rongé en secret par la malédiction informe qu'il sentait planer au-dessus de lui. Julien eût sans doute compris, lui qui avait brûlé son âme au feu de la trahison. Pierre traversait la vie comme il coursait autrefois l'Anglais, et, désormais, la morue. Par devoir. Jérôme faillit l'interpeller, se ravisa. Pierre Lestang protégeait en vérité sa sœur Catherine. Il l'avait toujours fait et continuait, tout simplement, par devoir, tout autant.

— Séjourne quelque temps ici, Jérôme. Les voiles de Grande-Anse ne tarderont pas à apparaître à l'horizon. Parcourir l'Acadie des digues et des pommeraies est une chose, connaître et côtoyer ceux qui devront en assurer un jour la défense en est une autre. Revois l'officier de Costebelle et ses compagnons. Ces hommes sont presque tous des francs-maçons, ce qui leur donne ces allures d'initiés d'on ne sait trop quelle science, mais tu n'as pas besoin d'entrer dans leur cénacle pour montrer la valeur de tes idées. Nous faisons tous la même guerre, chacun à sa place, n'oublie pas cela.

Il allait caboter entre les rivières Penobscot et Kennebec, sur ses propres pas de jeune émigrant. En vérité, il débarquerait, chargé cette fois d'armes et de vivres, pénétrerait en profondeur ce qui restait de territoire français, pour chercher les derniers fils de Saint-Castin et ravitailler leurs tribus.

— Il ne faut plus se bercer d'illusions, Jérôme. Les territoires de la Penobscot sont perdus à jamais. Trop loin et truffés désormais de postes anglais. Avec mes compagnons, j'essaie de boucher quelques trous dans un tissu impossible à réparer. C'est sans espoir et c'est donc ici que tout se passera, en fin de compte. A Cap-Breton et dans cette Nouvelle-Ecosse encore française malgré tout. Deux mille familles la peuplent aujourd'hui, ce n'est pas rien, pour moi qui ai connu le temps où elles n'étaient encore que quatre ou cinq cents. Un peuple, Jérôme, incroyablement vivace et prolifique, que je prie chaque jour le Seigneur de laisser vivre.

Il suivit, rêveur, les manœuvres d'un peloton de Suisses du régiment de Karrer, des mercenaires sur lesquels on comptait pour tenir la place, quand il eût fallu construire dix Louisbourg et les armer de quelques milliers de soldats de France. Jérôme était tenté de l'accompagner. A Louisbourg, il se trouverait jour et nuit seul face aux fantômes de Boston, ces apparitions diaboliques qui peuplaient ses rêves ou le tenaient éveillé, le cœur affolé.

— Je reste ici, en fin de compte, dit-il.

Il ne lui servait à rien de fuir encore. Quant à ses idées sur la défense de l'Acadie par ses habitants, Terville y avait répondu avec condescendance. Les guerres se gagnaient avec des navires, des canons et des armées. Les miliciens en sabots pouvaient y avoir quelque utilité, comme supplétifs des troupes régulières, à la rigueur, mais devaient se considérer avant tout comme des garde-manger.

— Il nous manquera toujours quelque chose, pour l'emporter, conclut Pierre en embrassant son neveu et en riant. Dépêche-toi d'aller faire quelques marmots à ta belle. Moi, j'ai failli à cette tâche et ne suis pas bon Acadien.

Jérôme s'était installé à l'auberge de l'Epée royale, en plein cœur de la cité fortifiée. Il partageait, avec des marins de passage, des courtiers en transit et des ouvriers du port, une chambre à six lits donnant sur les magasins royaux. Par la fenêtre, il apercevait le quai avec, en plein milieu, la haute porte Frédéric, ouverte, nue, sur l'océan, et qui en figurait symboliquement l'entrée.

Les clients de l'auberge étaient tous affairés, se levaient tôt et rentraient à la nuit, à la différence de Jérôme, que les langueurs océanes de mai tenaient dans un état de rêverie quasi permanente. L'Acadien avait attendu en vain le signal promis par le capitaine de Terville. On s'était quittés en se disant qu'on parlerait, de ce qui était possible et de ce qui ne l'était pas, des Sauvages à armer et des conseils de colons auxquels il faudrait participer le plus souvent possible. Tout était flou, à l'image des frontières et des droits de l'Acadie.

Dans cette molle attente, Jérôme avait pris ses habitudes, entre les promenades le long des rivages, les stations dans les cabarets à écouter des histoires de marins, devant un verre de rhum des Antilles. Discret, indifférent aux chicanes et autres bisbilles, il se levait de sa table et s'en allait au fil des rues, regardait les enfants jouer aux quilles et les bateaux venir s'arrimer au quai.

La société de Louisbourg lui apparaissait, avec ses différences entre les gens, ses failles, même. Rien à voir avec celle d'Acadie, où le riche était simplement quelqu'un d'un peu moins humble que le pauvre. A Louisbourg, il y avait les bourgeois et leurs domestiques, les enfants de ceux-ci pour servir la progéniture de ceux-là. Les palefreniers, les portefaix, les coursiers courbaient l'échine devant les officiers et les gouvernants. Et les filles des tavernes évitaient le regard des dames de cette société tout entière importée de France, meubles et porcelaines compris.

Peu à peu, l'austère ordonnance architecturale de cette ville pourtant grouillante et colorée se mit à peser sur Jérôme, la vue, de son lit, sur les toits pentus couverts de bardeaux perdit de son charme. Les voiles de Grande-Anse ne paraissaient ni au cap Noir ni à la pointe de Rochefort. Au bout d'une dizaine de jours de son errance, Jérôme prit une décision.

Il sortit de l'auberge au coucher du soleil, longea les maisons de quelques personnages de Louisbourg, celle, modeste, du lieutenant Benoist, un veuf qui élevait seul ses sept enfants, puis sa voisine, bien plus massive, pourvue d'un étage et de combles, où vivait le marchand Carrerot, magasinier du roi.

C'était le beau mai d'Amérique. Tandis qu'il marchait le nez au vent, vers les casernes de la citadelle, Jérôme songea au peuple d'où il venait, lui, Jérôme-à-Jacques-à-Joseph Hébert, né au milieu d'une guerre dont il avait vécu la fin, quatorze années plus tard.

— Né en route...

Il longea la maison Loppinot puis celle du forgeron Detcheverry, sans s'arrêter. Il avait eu le temps de découvrir avec quel soin chaque habitant enjolivait sa demeure, la meublait, en entretenait les abords. La Vallière, La Plagne, de Ganne, Pierre Lestang les connaissait tous et leur avait présenté son neveu. Jérôme avait dîné chez ces gens qu'une amitié de combat liait souvent au corsaire. Ceux-là vivaient entre boiseries, vernis et velours, possédaient des esclaves importés des Antilles. Ils cousinaient avec d'autres officiers et même des administrateurs de la ville, faisaient travailler avec générosité les corps de métier de Louisbourg et embellir ainsi leur maison de bois et d'ardoise. Des seigneurs, lettrés et puissants, à la porte de qui Jérôme n'oserait pas frapper sans la compagnie de son oncle.

A quoi bon, de toute façon ? pensa l'Acadien, qui avait en tête d'autres noms.

Terville. Beaubassin.

Il se répétait ces mots tandis que, passant devant la maison de Ganne, il apercevait, droit devant lui, la perspective de la place Royale déserte.

Beaubassin...

Jérôme longea le poste de garde, passa sous le porche surmonté d'un clocheton par où l'on accédait à la chapelle ainsi qu'aux casernes et logis militaires. Il se présenta à l'entrée d'une chambrée. Des soldats en manches de chemise garnies de dentelle et chausses de laine, désœuvrés, que n'attiraient pas à l'extérieur les mille et un petits travaux d'entretien, rétribués, de la citadelle, jouaient aux cartes et aux dés devant des bouteilles, fumaient ou dormaient. Certains, à demi allongés sur leurs châlits, sculptaient au couteau des morceaux de bois tendre. Cela puait assez dans cet endroit confiné aux vitres couvertes de buée, et Jérôme pensa soudain avec nostalgie aux senteurs marines des entrepôts et séchoirs de Grande-Anse. Il ne s'éterniserait pas.

— Le capitaine de Terville ? A cette heure, il réunit ses officiers, lui lança un homme.

Ce qui fit rire les autres. C'était au Billard, une taverne et pas à la maison des récollets, comme on aurait pu le croire. Finesses de Joli Cœur et autres La Fleurette. Jérôme laissa ses possibles compagnons de guerre à leur rude gaieté. Le Billard était sis face à l'emplacement prévu pour l'église paroissiale. C'était à l'extrémité est du quai, près d'un ensemble de magasins, de boutiques et d'entrepôts. Des chirurgiens habitaient près de là, La Grange et Bertin ; on évitait autant que possible d'avoir à se faire suturer, ou saigner, par eux, mais ils n'avaient pas mauvaise réputation, même si l'épidémie de petite vérole qui avait tué près de cent personnes, l'année précédente, les avait laissés totalement impuissants, dépassés, pour tout dire.

Jérôme pressa le pas, poussa la porte de la taverne où une dizaine de personnes étaient attablées, dans un murmure de conversations feutrées. Des dés roulaient au fond d'une boîte de jacquet, cela sentait la laine humide, la plume, et le foin pour des mules. Jérôme ôta le chapeau rond à rubans de capitaine breton, qu'il portait à l'imitation du Bellilois, alla s'asseoir à la table voisine de celle de Terville, devant la cheminée, et se fit servir du vin. Terville était au bout d'une tablée de militaires aux vestes déboutonnées, aux chemises ouvertes. Certains étaient bottés, portant l'épée, d'autres, désarmés, chaussés de souliers à boucles de cuivre, reposaient leurs pieds sur les bancs. Devant eux, des verres de vin, d'eau-de-vie et de hautes chopes de bière s'alignaient.

Jérôme guetta longtemps le regard de Terville, finit par le croiser brièvement, froid et distant, tout comme dans le bureau du gouverneur de Costebelle. L'officier lançait les dés, conversait avec ses amis, plaisantait. Lassé d'attendre d'être enfin salué, Jérôme se leva, son verre au bout du bras.

— A la santé du roi Louis et de nos vieux pays de France. A la santé de l'Acadie, que nous avons tous dans le cœur et à la vôtre, monsieur de Terville.

Il avait parlé fort, et net. Les dés se turent, les officiers, surpris, ne purent que se lever à leur tour et trinquer, tandis que Jérôme buvait, debout, le regard enfin planté dans celui du capitaine.

— Eh bien, Francis, qui vous célèbre de cette façon ? demanda un lieutenant. Présentez-nous.

Avec son foulard noué autour du cou, ses boucles en liberté, sa veste de pêcheur et son pantalon de toile écrue serré sur sa chemise de lin froissée, Jérôme ressemblait à ce qu'il était devenu à Grande-Anse, un saleur de morue de Cap-Breton, de passage parmi la garnison la plus fournie d'Amérique. Ces gens-là n'avaient pas pour coutume de lever leur verre à la table des officiers de Sa Majesté Louis XV.

— Il le fera lui-même, je suppose, dit Terville en se rasseyant.

Jérôme se sentit pâlir. Terville montrait sa contrariété et ses mauvaises manières. Il reprit les dés, les fit se frotter dans sa paume.

— Je vous saurai gré de me présenter à vos amis, monsieur, lui dit Jérôme, en se levant de nouveau.

— L'Acadien Hébert, qui fut au siège de Port-Royal, jeta Terville, sèchement.

— Allié aux corsaires Bellilois et Lestang, compléta Jérôme en s'inclinant.

Il n'était pas grand-chose par lui-même et ne s'appréciait que fort peu, depuis pas mal de temps déjà, mais sa parentèle fameuse lui donnait soudain l'envie, puérile et décidée, d'en découdre. Terville le considéra sans s'émouvoir, déclara que les corsaires ne manquaient pas de courage mais enfreignaient par trop librement les ordres royaux de course et de prise. Par bonheur, la construction du port de Louisbourg allait permettre de réguler un peu leurs ardeurs guerrières.

— Ils sont aussi l'honneur du peuple d'Acadie, souffla Jérôme d'une voix qui vibrait un peu sous la colère. Ils lui sont fidèles, qu'ils viennent ou non de lui, et à leur roi, aussi, comme le reste des Acadiens.

— Eh bien, soit, dit Terville.

— Lancez les dés, Francis, ordonna un officier.

Jérôme fit un pas vers leur table, toisa le capitaine.

— J'ai vu ces hommes se battre encore sur leurs goélettes alors que les forts s'étaient rendus aux Anglais avec leurs canons, leurs garnisons et même leurs officiers poudrés, lâcha-t-il.

— Eh bien, monsieur, fit un lieutenant, les mains ouvertes vers lui, nous vous félicitons et vous souhaitons le bonjour.

La main de Terville se crispait autour des dés. On congédiait Jérôme, qui s'engagea plus avant :

— Vous deviez me faire signe, monsieur de Terville, afin que nous parlions. J'attends depuis près de dix jours.

— De quoi deviez-vous parler, Francis ? demanda un lieutenant.

— Boh, de vagues projets.

Pâle, Jérôme prit un air inquiet.

— Vagues projets, vraiment ? Et si demain la flotte anglaise mouille devant ce bastion et bombarde, attendrez-vous aussi longtemps que l'on convoque les renforts acadiens ? Et devrai-je vous faire une demande par écrit pour avoir l'honneur de vous en parler avant la reddition ?

Il y eut soudain silence dans la salle. Terville avait blêmi à son tour. Ses amis se figèrent, intéressés, tout à coup, par cet homme sans épée, aux allures paysannes, qui interpellait ainsi leur chef. Jérôme se pencha un peu, baissa la voix :

— Vous êtes né en Acadie, à ce qu'il paraît. Alors, dites-moi en quoi les Acadiens de Beaubassin se distinguent de ceux de Port-Royal, s'il vous plaît ? J'en connais de très nobles dans les deux endroits qui épousèrent des filles de fermiers et s'en portent encore très bien. Moi, sachez-le, on m'appelle de temps à autre le « bâtard de Beaubassin ». Nous sommes pays, du même âge ou à peu près. Vous ne trouvez pas ça drôle, le « bâtard de Beaubassin », votre cousin, peut-être bien ?

Il avait lancé ça sans réfléchir parce que la seule chose qui occupait son esprit à cet instant, était cette chape avec laquelle il coexistait, bon an, mal an, depuis bien trop longtemps. En Acadie, épouser plus bas que soi n'était pas se mésallier. La vie était assez dure et incertaine pour que les simples sentiments y puissent servir de ciment entre des gens d'origines contraires. Terville se leva, très lentement.

— La bâtardise m'indiffère, monsieur, dit-il, autant que la mésalliance. Mais si vous me demandez de choisir entre cela et trahir son roi en se ralliant à l'Anglais, qui plus est après avoir engrossé des Iroquoises, alors je serai votre obligé.

La main de Jérôme partit vers sa cible, fut arrêtée net par un officier qui avait senti venir le coup et le parait. Terville avait saisi le pommeau de son épée, d'un geste que l'on se hâta là aussi de prévenir.

— Monsieur, vous semblez avoir vraiment envie de mourir, fit l'officier. Le jour du Seigneur, cela ne se fait pas.

— Et pourquoi pas ?

La voix ferme d'un capitaine s'éleva :

— Francis ! Vous vous commettez.

— Et avec quoi, Seigneur ? grinça Jérôme. Avec un pauvre colon sans père né chez les Micmacs de Beaubassin ! Ah oui, vos amis ont raison, c'est se commettre, une chose pareille. Un milicien de Port-Royal, imaginez. Mais je connais l'histoire. Vous-même, monsieur de Terville, êtes aussi bien né pendant cet exode-là. Les fermes s'étaient vidées, la vôtre tout pareil, et à part quelques-uns de ces fermiers que vous méprisez tant, je n'ai pas connaissance que quiconque se soit fait tuer sur place, cette fois-là.

Terville cillait, troublé. On ne se battait pas avec un civil, fût-il parent de quelques héros d'Acadie. Jérôme se redressa. Il s'était préparé à se faire passer une épée au travers du corps et survivait, bien campé sur ses jambes, sous le regard à nouveau amusé d'officiers de Louisbourg désireux que l'affaire en restât là. Jérôme remit son chapeau, se détourna, sortit après avoir jeté une pièce sur sa table. Il était plein de sentiments contradictoires, voyait mal comment sa mission pour les autorités de Louisbourg pourrait désormais s'engager. En même temps, une sorte de fierté lui faisait tenir haut le menton. C'était un peu comme à la sortie du fort Royal, on était vaincu, on ne servait plus à rien, mais on avait combattu pour le panache et on tenait à le faire savoir.

Il marcha le long du quai où s'activaient ouvriers, marins et portefaix. Le travail ne manquait pas à Louisbourg, face aux mâts des navires qui se balançaient doucement. Jérôme allait s'engager dans la rue Royale lorsqu'on l'appela. C'était un des amis de Terville, un lieutenant portant perruque poudrée et Jérôme pensa que l'homme venait lui demander raison au nom du capitaine.

— Je suis Benoît de La Vallière, de Beaubassin, moi aussi. Je regrette bien ce qui s'est passé, dit l'officier. On dirait que, tout comme Terville, vous réglez Dieu sait quel compte mystérieux. Lui a souffert. Sa mère est morte de la grande picote, son père, que la guerre avait par trop tourmenté, à Pentagouët et près des Grands Lacs, s'est jeté du bateau qui le ramenait en France. Mais là n'est pas mon souci. Je connais votre projet de réarmer les Acadiens et de les tenir dans l'esprit qui fut le vôtre à Port-Royal. Nous aurons besoin un jour ou l'autre de cette mobilisation. Cela signifie contrer les velléités acadiennes de faire allégeance, en même temps que l'on tiendra les tribus sauvages, et préparer des actions avec les uns et les autres.

— Les Acadiens ne feront pas allégeance, monsieur. Au pire, ils signeront encore une fois, à condition de ne pas porter les armes contre la France. Ces gens ont de l'honneur, que croit-on ? Quant aux Sauvages, ils s'engageront tant qu'on respectera leur terre et leur liberté.

La Vallière eut un geste d'apaisement.

— Vous avez parlé de Pentagouët, remarqua Jérôme.

— Vous connaissez ?

— Mes oncles y ont vécu et ma mère.

Jérôme n'avait pas relevé le « lui a souffert », qui sentait son affinité de caste. La Vallière était petit, le regard bleu, son front puissant dégageait une aura de volonté sereine. Il entraîna Jérôme jusqu'à la pièce de la grave, une batterie protégeant le port sur son flanc, à distance d'un poste de garde. Passé cette ultime défense, commençait une vaste étendue, hostile, de marais, les mêmes qu'à Port-Royal. La Vallière était très jeune, parlait avec douceur et amitié, presque.

— Dans cette cité orgueilleuse où se fait un commerce qui commence à rendre jalouses les villes de Nouvelle-Angleterre, les gens prennent peu à peu le maintien et les défauts de la cour de Versailles. C'est un tort. Je pense que nous sommes ici dans une position faussement rassurante, en vérité fort fragile. Vous pensez la même chose que moi et votre oncle le corsaire aussi, je le sais. Nous n'avons donc pas trop d'hommes comme vous, monsieur, pour les décourager par des disputes sans objet. Je tenais à vous le dire et je tâcherai de vous réconcilier avec Terville. Pardieu, vous savez vous tenir en société. N'avez-vous jamais songé à la carrière des armes, au lieu de celle de morutier ? Soit dit sans vous offenser le moins du monde.

Il était intrigué, son visage ouvert souriait, faussement candide. Jérôme fit non de la tête, serra la main que lui tendait le gentilhomme. Puis il pointa du doigt les vastes étendues luisantes d'eau prolongeant Louisbourg vers les terres.

— Les officiers du fort Royal comptaient beaucoup sur les marais pour tenir l'ennemi à distance, dit-il d'une voix calme. Je me souviens qu'ils furent fort déçus lorsque les Anglais les traversèrent pour encercler la place. Tous les marais d'Acadie ne valent pas des canons placés aux bons endroits.

— Raison de plus pour agir avant qu'il nous arrive la même chose ici, dit La Vallière en s'inclinant.

Catherine s'était laissé entraîner vers la crique où Long-Nez voulait à tout prix lui montrer les vernis dont son maître avait fait enduire le pont, les lices et même la coque du *Locmaria*, qui brillait, comme neuve. Ils avaient marché dans la lande de Grande-Anse, avaient aperçu de haut, dans le scintillement de la mer, la côte de l'Acadie que les enfants de la colonie, dûment chapitrés par leurs parents, n'appelleraient jamais Nouvelle-Ecosse. Maintenant, le chemin descendait, en pente raide, vers l'abri de roches et de sable noir au milieu duquel le *Locmaria* était ancré, et Catherine, qui venait là fort rarement, se sentait emplie de mélancolie.

Le navire était superbe, en effet. Des marins pleins de respect pour lui et pour son capitaine l'avaient peint et verni avec infiniment de minutie. Ses deux mâts brillaient sous le ciel sans tache, dans la lumière de juin, ses voiles enroulées en paraissaient plus claires. Souvent, en juillet ou en août, lorsque le climat s'était mis au calme pour longtemps, repoussant à plus tard tempêtes, orages et brouillards, le Bellilois avait voulu emmener sa femme au large mais Catherine avait toujours refusé. Ce bateau enfermait en lui une partie de sa vie qui lui restait au cœur comme une blessure. Cela avait été l'affaire de quelques jours, certes, mais qui avaient compté pour mille, en angoisses, en doutes, en désarroi, au tournant de l'existence qui allait faire d'elle une mère.

— Ah, petite Catherine, dit Long-Nez, nostalgique, notre jeunesse dort entre ces planches-là. C'est le plus beau navire qu'on ait vu, n'est-ce pas ?

— C'est le plus beau, oui, murmura Catherine.

Il y avait bien d'autres goélettes en Acadie, et d'aussi belles, sans doute, mais celle-là avait une histoire semblable à nulle autre. Dans le temps calme, sous le ciel moutonnant, elle avait l'air d'un oiseau à l'abri dans un nid, les ailes repliées, paraissant dormir.

— Je crois bien que je lui ressemble, s'amusa Catherine.

Long-Nez saisit la phrase au vol. Il devenait pourtant dur d'oreille.

— La plus belle fille d'Acadie, pour sûr, vous l'êtes encore.

Elle avait pensé à autre chose et s'était mise à rire. Elle approchait la cinquantaine, sentait, au fond d'elle-même, le temps faire son patient travail d'endormissement. Elle vieillissait, sauf dans les yeux et entre les mains du Bellilois, son amant si neuf et désireux d'elle qu'elle devait parfois lui demander de la laisser se reposer et s'endormir de simple et bonne fatigue. Et le *Locmaria*, prêt pour des campagnes auxquelles elle ne participait pas, lui rappelait que sa jeunesse s'était éloignée d'elle à jamais.

— Eh ! Regardez, droit devant, une voile, dit le vieux marin.

Il s'était hissé sur des rochers, pointant le doigt vers le large où paraissait un des bateaux de pêche de Grande-Anse, le *Saint-Pierre*. Le visage de Catherine s'éclaira. Elle rejoignit Long-Nez et, ensemble, ils se mirent à faire de grands signes au voilier, qui vira de bord et obliqua vers eux.

Le Bellilois était à bord. Il avait caboté avec Isabelle, autour de Cap-Breton, livré le poisson séché aux colonies installées sur les terres difficiles de l'île. Lorsqu'elle distingua, à la proue, la silhouette de Jérôme, Catherine éprouva une vraie joie. Son fils avait quitté Grande-Anse avec Pierre, près de trois mois plus tôt, et depuis, personne n'avait eu la moindre nouvelle de lui.

L'ancre fut jetée, le canot mis à l'eau et la famille bientôt réunie sur la plage de sable noir et humide. Jérôme faisait grise mine, Isabelle aussi et le Bellilois, qui avait attrapé un mauvais rhume, sifflait en respirant, pis qu'un phtisique.

— J'ai trouvé ton fils qui cherchait peut-être une place dans les compagnies de marine, plaisanta le corsaire. Il n'arrivait plus à quitter la forteresse où, pourtant, il n'est guère d'occasions de se divertir, à ce que je sais.

— Seigneur Jésus, on dirait Julien, murmura Catherine.

Elle découvrait Jérôme, un diable hirsute au regard buté, au cou enfoncé dans les épaules. Il embrassa sa mère, serra la main noueuse de Long-Nez. La crique au décor familier lui faisait soudain l'effet d'une porte se fermant derrière lui.

— J'aurai à vous poser des questions sur Beaubassin, dit-il à Catherine tandis que la petite troupe, rejointe par les marins du *Saint-Pierre*, grimpait le raidillon herbeux menant à la lande.

— Sur Beaubassin, maintenant ?

— Eh, quoi. Aurais-je dû le faire il y a dix ou vingt ans ?

Il marchait à côté d'elle, les mains croisées dans le dos, provoquait sans cesse son regard, au point qu'elle dut presser le pas pour échapper à cette vigilance, qui la gênait. Jérôme l'avait habituée à ses humeurs changeantes, à ses silences de plusieurs jours, laissés en dot à Isabelle sans regret. Il s'était passé quelque chose à Louisbourg, ou en mer et Pierre n'était pas là pour préparer sa sœur à ce qui devait bien ressembler à un assaut.

La nuit de son retour, il émergea du sommeil avec des grimaces sur le visage, déformant ses traits d'ange, écouta sa femme sans paraître l'entendre. Jérôme revenait de Boston et de Louisbourg différent, comme si ce voyage l'avait mûri et, ce faisant, avait assombri ses pensées au point de peupler ses songes de diableries et de terreurs nocturnes. Isabelle vint contre lui.

— Mon petit, mon beau, calme-toi, regarde, tout est silence, ici, tenta-t-elle de le rassurer.

Sous ses dehors de marin sans autre peur que celle de Dieu, derrière les gestes précis et musculeux que lui enviaient bien des ouvriers de la côte, Isabelle cachait un vrai cœur d'Acadienne, assez grand pour héberger la misère des autres et de leurs enfants. Ne se plaignant jamais, fustigeant la misère trop souvent faite aux plus faibles, ouvrant sa table et ses magasins, sans peur des voleurs, à ceux qui cherchaient une assiette de soupe et un toit pour passer la nuit, elle était, au bord de l'océan, le juste pendant de ses belles-sœurs de Grand-Pré. Ces femmes-là eussent fait des prieuses à Québec et à Montréal, si leur vie aventureuse de colons et des amours très honorables ne les avaient éloignées des couvents et les destinées de leurs proches étaient inscrites dans leur propre chair jusqu'à l'instant de leur trépas.

Jérôme s'assit sur le lit, serra ses tempes dans ses doigts qui tremblaient un peu.

— Jérôme, par Dieu, dis-moi ce qui se passe dans ta tête pour te mettre dans cet état, supplia-t-elle.

Isabelle caressait sa nuque, ses joues, se pressait contre lui pour lui communiquer la rassurante chaleur de sa présence. Et lui, qui avait désiré ce corps au point d'infléchir le cours de son existence et de se fixer à Grande-Anse rien que pour la posséder, ne sentait rien, ou presque, mais tentait pourtant d'expliquer :

— Ce sont des choses qui viennent de loin, de Port-Royal et sans doute de Pentagouët, où était ma famille avant ma naissance.

— Mais quelles choses ?

Elle avait entendu parler de Julien Lestang et de sa fille métisse, de la fin sanglante du marchand de peaux. Pour elle, qui était de la mer depuis toujours, la destinée des coureurs des bois demeurait une sorte de mystère, de conte pour enfants, un peu comme les exploits des corsaires qui avaient bercé ses songes de toute petite fille. Jérôme hochait la tête. Les cauchemars, cela ne s'expliquait pas. Julien en faisait peut-être partie. Ça remontait du fin fond de la mémoire, déformé, hurlant, ça prenait la place de la raison, et il n'y avait rien à faire, sauf s'éveiller et espérer fuir dans la lumière du jour.

Elle eut envie de lui, à l'heure où les chrétiens dormaient. Il se laissa faire, les yeux fermés, dans l'obscurité, oublieux du temps pourtant proche où il la dévoilait dans la lueur de la bougie et dévorait sa peau blanche, chaude comme le bon pain tout juste sorti du four à bois. En avait-il goûté, de ces endormissements dans le bain de leur sueur mêlée, et des réveils qui allaient avec, signifiant la reprise de leurs étreintes. La maison du Bellilois et de Catherine avait une chambre pour les jeunes mariés, près du cellier. Une carrée minuscule, certes, mais où l'on pouvait gémir et rire tout son saoul, un vrai lupanar, chauffé l'hiver, où l'amour se faisait en liberté, sous les crucifix et l'eau bénite.

Maintenant, Isabelle se tendait, exultait. Puis, tout à coup, elle reconnut son époux, l'inertie qui se dégageait de lui, son souffle égal, ses yeux qu'elle devinait ouverts sur des pensées plus éloignées d'elle que les glaçons de Terre-Neuve. Ils habitaient leur propre maison, partageaient le lit et les repas et, pourtant, Isabelle se sentit devenir, cette nuit-là, étrangère à son compagnon, comme une présence banale, ni domestique, ni parente, libre toujours, mais presque détachée de l'amant autant que du mari.

« Jérôme a toujours rêvé, lui dirait comme à l'habitude Catherine. L'Acadie prisonnière le navre et maintenant, il brûle de retourner à Louisbourg et d'engager sa jeunesse dans la prochaine bataille. Quand on connaît nos familles et la vie qui nous est faite en Amérique, il est bien difficile de le lui reprocher. »

Isabelle ne voyait pas là matière à trouble. Son père lui avait montré la face aventureuse de la vie en Nouvelle-France, son élan épique longtemps vainqueur. Non, il y avait autre chose, peut-être le fait qu'elle n'ait pu mener une grossesse à terme, mais dès que cela était évoqué, la jeune femme voyait sa belle-mère piquer du nez dans son ouvrage ou partir fouiner au cellier, à la recherche de n'importe quoi.

— Eh bien soit, murmura-t-elle.

Elle baisa le front de Jérôme dans le noir, puis le crucifix, pria Marie de protéger les marins en mer et tous leurs enfants, puis elle se tourna sous son édredon et ne tarda pas à s'endormir, car c'était là son remède contre les soucis et les angoisses. Jérôme ne possédait pas le secret de cette médecine-là. Il resta en éveil, scrutant la nuit dans d'étranges lueurs jaunes, plein de tant de pensées contraires qu'il lui arriva de s'agenouiller au milieu du lit, la tête enfouie dans ses bras, et de rester ainsi, le cul en l'air, tentant de mettre ce tumulte en ordre.

Puis il retomba, épuisé, et l'horrible vision de Boston vint alors, ce double parfait surgissant en pleine nuit de sa bauge, avec ses griffes, ses cris, et la voix de sa mère, pour l'apaiser enfin. Et il avait cru, lui, Jérôme Hébert, avoir le droit de retourner dans la vie de Lucrèce, poussé par une angoisse prémonitoire, pour le plaisir imbécile de se montrer. Quel orgueil !

— Ah, Dieu des errants, montre-moi la route où se gagne le repos des âmes, implora-t-il.

Il y aurait de nouveau Louisbourg et l'Acadie, la rencontre avec ceux qui acceptaient la domination étrangère et ceux qui se révoltaient contre elle. Convaincre les uns, aider et protéger les autres, telle était la mission, et cela durerait un an, ou vingt. Il y aurait aussi, pour la conforter, la haine de l'Anglais et de ses affidés huguenots, cette aversion bien vivante et moindre pourtant, cette nuit-là, que celle éprouvée par Jérôme à son propre endroit.

Isabelle avait passé sa mauvaise humeur sur la trace des ouvriers de passage que Long-Nez, trop occupé à ses siestes, n'avait pas vus dérober du tabac. Ce n'était pas grand-chose, quelques ballots allégés puis ficelés à l'identique, mais ces hommes, qui cherchaient du travail entre Louisbourg et les colonies d'Acadie, étaient loin désormais.

— Oh, tenez, dame Isabelle, je suis trop vieux, à c't'heure, gémit le vieux corsaire. Vous pouvez me trancher et me mettre à saler, comme une morue, je ne vaux guère plus qu'une caque dans son baril.

— Tu peux encore servir, on attendra pour ça.

Il guettait un sourire, mais sa jeune patronne regardait ailleurs, vers la grève, où s'éloignaient Jérôme et Catherine, lui, tête nue, les mains dans les poches, elle, levant son visage vers un vol de grues, très haut dans le ciel. Long-Nez cherchait une contenance.

— Qu'est-ce que tu sais, toi ? lui demanda-t-elle, rogue. Tout est étrange ici, désormais. Tu les as connus avant moi, ces deux-là.

Il prit un air d'innocence navrée. Ce n'était pas à lui d'ouvrir le tiroir aux secrets. Isabelle le planta là.

A Louisbourg, Jérôme s'était comme engourdi. A aucun moment il n'avait désiré revoir Francis de Terville, histoire de poursuivre leur discussion sur les bons et les mauvais patriotes. Il avait passé la fin de son séjour entre sa chambre, où il restait allongé à fumer sa pipe des heures durant, l'hôtel de la Marine, où il buvait du marc en regardant les joueurs de tarot et le port.

Le lieutenant de La Vallière l'avait croisé parfois, marchant sans but, désœuvré ou assis au bout du quai à contempler les voiles qui venaient s'amarrer ou filaient vers le carénage. L'homme à qui le gouverneur de Costebelle avait confié la mission de garder les Acadiens prêts à se battre avait dû lui faire une étrange impression. Lorsque le *Saint-Pierre* avait rejoint Louisbourg, Jérôme s'était laissé embarquer sans joie ni plaisir, comme un simple passager obligé de migrer. A bord, dans l'espace confiné de l'entrepont, il était demeuré, le plus souvent assis contre un tonneau, à réfléchir ou à dormir, prétextant le mal de mer.

Isabelle avait attendu que Jérôme se fût un peu reposé, après le débarquement à Grande-Anse, pour parler.

— Eh bien, tu vas me dire maintenant et une bonne fois pour toutes, ce qui t'occupe l'esprit. Tu te mets à ressembler à ces vieux qui attendent de mourir, assis devant les arbres, ou à des enfants qui boudent sans fin. Que veux-tu, Jérôme ? De moi, des autres ? Rien, c'est cela ? Ou le silence des domestiques, ce qui revient au même ?

Sa colère se muait en un désespoir impuissant que trahissait sa voix, fêlée, soudain. Il la regardait sans réagir. Ainsi démunie, amoureuse demandant encore à croire et à espérer, il la trouvait belle et ne la désirait pas pour autant. Elle était venue vers lui, avait pris ses mains qu'elle avait posées sur sa poitrine, d'un geste familier. Sa demande de fiancée, qu'il la laissât naviguer à sa guise, elle l'avait rangée au fil des années dans les tiroirs de leur vie commune, prenant la mer le moins souvent possible afin qu'il ne se crût pas délaissé par une égoïste. Souvent, elle avait essayé de savoir ce qui agitait son sommeil. D'autres se seraient contentées de dormir, puis de s'éveiller et de soupirer. Elle s'était penchée sur lui, l'avait caressé, bercé, enveloppé de sa chaleur.

— Voilà, lui avait-elle dit, tu ne m'aimes pas, c'est tout. Je vis près de toi, comme les autres, et nous pourrions tous nous envoler, nous transformer en volaille ou en poisson séché, tu serais comme maintenant, Dieu seul sait où.

Il l'avait prise contre lui, d'un geste dont elle avait fini par oublier la douceur. Il avait encore un peu de chemin à faire pour guérir de ce qui lui dévorait l'âme à petit feu, en vérité depuis toujours. Il avait chassé à grand-peine l'idée pleine de déraison de rester à Boston, ouvrier ou valet, anéanti dans l'ombre de Lucrèce. A Louisbourg, il était entré plusieurs fois dans la chapelle de la forteresse, s'était assis, attendant son tour de confession, mais un élan plus fort que sa foi l'avait arraché au banc et jeté dehors, la tête bourdonnante.

— Alors, c'est que tu m'aimes un peu, assez pour que je ne meure pas, lui avait soufflé Isabelle.

Elle était sans force et toute petite, entre ses bras, elle qui, dans leurs joutes de jeunes mariés, ne touchait des épaules qu'après d'âpres luttes d'où ils sortaient tous deux épuisés. Par-dessus son épaule, Jérôme avait regardé la mer, du côté de l'Acadie.

— Il faut que tu accomplisses ce que tu as dans le cœur, lui avait-elle dit. Je sais bien que tu n'es pas des nôtres, ici. Toi, c'est la terre et ceux qui se battent pour y vivre libres. Tu as vu les officiers de Louisbourg, la citadelle, les canons. Ne pas être de cette famille-là te ronge !

Il s'était rendu compte qu'elle n'avait jamais cherché à brider ce rêve. Il s'était enfermé en lui-même, au fil du temps, tout seul, et cette femme qui l'aimait autant que l'on pouvait continuer à aimer un étranger dans sa propre maison le lui disait tout simplement.

Catherine avait toujours pensé qu'il lui faudrait un jour faire face aux interrogations de son fils. D'aucuns, pareillement nés d'absurdes rencontres, absorbés par la terre comme l'eau par une éponge, se confondaient à ce point avec le fil des jours, la routine paysanne et sa condition, que l'idée même de leur origine ne les effleurait jamais. Jérôme était d'une autre trempe. Les combats de Port-Royal l'avaient exalté, la vie sur la rive nord, faussement assoupi. Hébert avait pensé l'envoyer à Québec, où l'on formait les cadets à la vie miliraire, mais, à voir Catherine bouleversée par ce projet au point de ne plus en dormir, il avait renoncé. Jérôme serait des aboiteaux, comme tant d'autres qui ne s'en plaignaient pas.

— Devais-je céder, mon fils, lui demanda Catherine, et te laisser armer contre des Iroquois, à un mois de marche de Port-Royal ? Tu serais parti dans le terrible hiver de Québec ou de Montréal et je serais morte encore une fois, de solitude, de chagrin.

Ils descendaient vers Grande-Anse, d'où l'on voyait les maisons d'en face, en Acadie, avec leurs chaumes ou leurs tuiles grossières, leurs minuscules fenêtres, points clairs dans un décor de roches grises, d'herbes et de vent.

— J'aurais été officier comme ces gens de Louisbourg. Pierre Lestang pense que je leur ressemble.

Il lui parla de ses rencontres, de ce qu'il aurait à faire et qui n'avait pour l'instant ni forme, ni vraie raison. Pourtant, il fallait bien se préparer à la guerre. Elle l'écouta, attendit. Les officiers de Louisbourg venaient de France pour la plupart et il y en avait de Beaubassin, aussi.

— Ah, fit-elle.

Il l'observait qui pâlissait et se cherchait une contenance, poursuivit :

— Mon oncle sait bien des choses mais jamais il ne les dira avant vous. Il semblait en tout cas connaître certains de ces officiers et ne désirait pas en parler. Ce sont des nobles, dont les anciens sont arrivés en Acadie dans les navires de monsieur

Champlain. Un La Vallière et un Terville, cousin de ceux de Beaubassin et dont le père s'est noyé entre ici et le vieux pays.

Elle s'arrêta de marcher, le temps pour Jérôme de voir et de sentir qu'elle était soudain pleine d'un trouble comme il ne lui en avait jamais connu. Elle répéta ce simple petit mot, « ah », qui sortit, à peine audible, de sa gorge.

— Vous avez connu cette famille ou une autre, mère. Peut-être étaient-ils de cet exode pendant lequel je suis né, chez les Micmacs. C'est cela ? Vous avez fui ensemble et il y avait quelque part dans ce désastre quelqu'un que vous cherchiez, avec Pierre, et avec le Bellilois ? Oh, j'aimerais tant savoir ce que tous, vous me cachez depuis si longtemps.

Elle était immobile, la tête baissée. Jérôme lui jura que si cela la faisait par trop souffrir, alors il cesserait pour toujours de la tourmenter, y compris par ses silences qui valaient à leur façon questionnement de chaque instant. Mais le bâtard de Beaubassin n'avait-il pas le droit de savoir ? Pouvait-on passer une vie entière à esquiver, à ne pas oser, à ruminer sans cesse cette herbe sans nom au goût amer ?

— Lorsqu'elle était en colère contre moi, sur la rive nord, dit-il d'une voix calme, grand-mère Jeanne marmonnait entre ses dents et je croyais reconnaître ces mots-là, bâtard, Beaubassin. Et si je lui demandais ce que cela voulait dire, elle avait un de ces gestes bien à elle, vous vous rappelez, comme si elle fendait l'air avec un sabre. « Fous-moi la paix, gouyat ! »

Il y avait eu les enfants trop bavards, près de l'église, les jeunes miliciens, aussi. Catherine leva les yeux vers lui et il reçut, comme un coup de poignard, leur expression de petite fille perdue. Il sut, dans l'instant, et se mordit les lèvres. Ainsi, c'était donc cela, une affaire somme toute banale de cuissage qui l'avait conduit à naître si loin de Pentagouët. Catherine chancelait. Il la soutint, et, au moment où sa mère se laissait aller, vaincue, contre lui, le visage de Lucrèce lui apparut, avec une telle force qu'il vacilla à son tour, et dut s'agenouiller.

— Tu n'es le bâtard de personne, tu es du sang des Terville, voilà tout, murmura Catherine. Tu es né de gens très jeunes, qui s'aimaient pour de bon, au milieu d'événements trop importants pour eux. Pierre m'a emmenée à Beaubassin parce que je ne pouvais plus vivre à Pentagouët, ou alors attachée à une niche, comme une chienne dont on se serait méfié jusqu'à la fin de ses jours. Veux-tu que je te conte cela par le détail ?

Il était le frère champi de Francis de Terville, d'un gentilhomme vivant près des siens sans même les voir. Jérôme secoua la tête. La révélation l'indifférait, soudain. Il y avait eu Jacques Hébert, l'Acadien plus noble que bien des propriétaires de sang bleu, ce qui suffisait bien à clore l'histoire.

— Ce n'est pas la peine, dit-il. Je comprends votre souffrance parce qu'elle fait partie de la mienne.

Catherine s'appuya sur son fils. Ensemble, ils pleurèrent, un long moment. Par instants, Jérôme désirait parler, conter à sa mère l'effrayante rencontre de Boston, partager avec elle le plomb pesant sur son cœur. Mais il en était incapable. Et puis, à quoi bon ajouter, à l'ancienne blessure de Catherine, la forfaiture au visage d'ange qui gémissait à Boston ? Grand-mère de ce monstre enfermé à vie dans une cave ? Catherine avait assez souffert comme cela.

Il se releva, la contempla qui lui souriait avec son visage creusé par les années, les secrets, les silences. Il était arrivé bien souvent à Isabelle de le considérer de la même façon, avec son simple amour de femme, et lui avait été bien incapable de répondre autrement que par son élan charnel. Quelle pitié ! Elle devait se consumer de cela, et maintenant, elle allait se détacher de lui, de guerre lasse, à force de ne rien comprendre à ce qu'il pensait, voulait, était.

— Pardieu, j'ai fait du mal, dit-il.

Catherine caressa ses cheveux. Il avait honte, se sentait en même temps soulagé et, par-dessus tout, doutait que ce qui lui restait d'existence suffît à réparer.

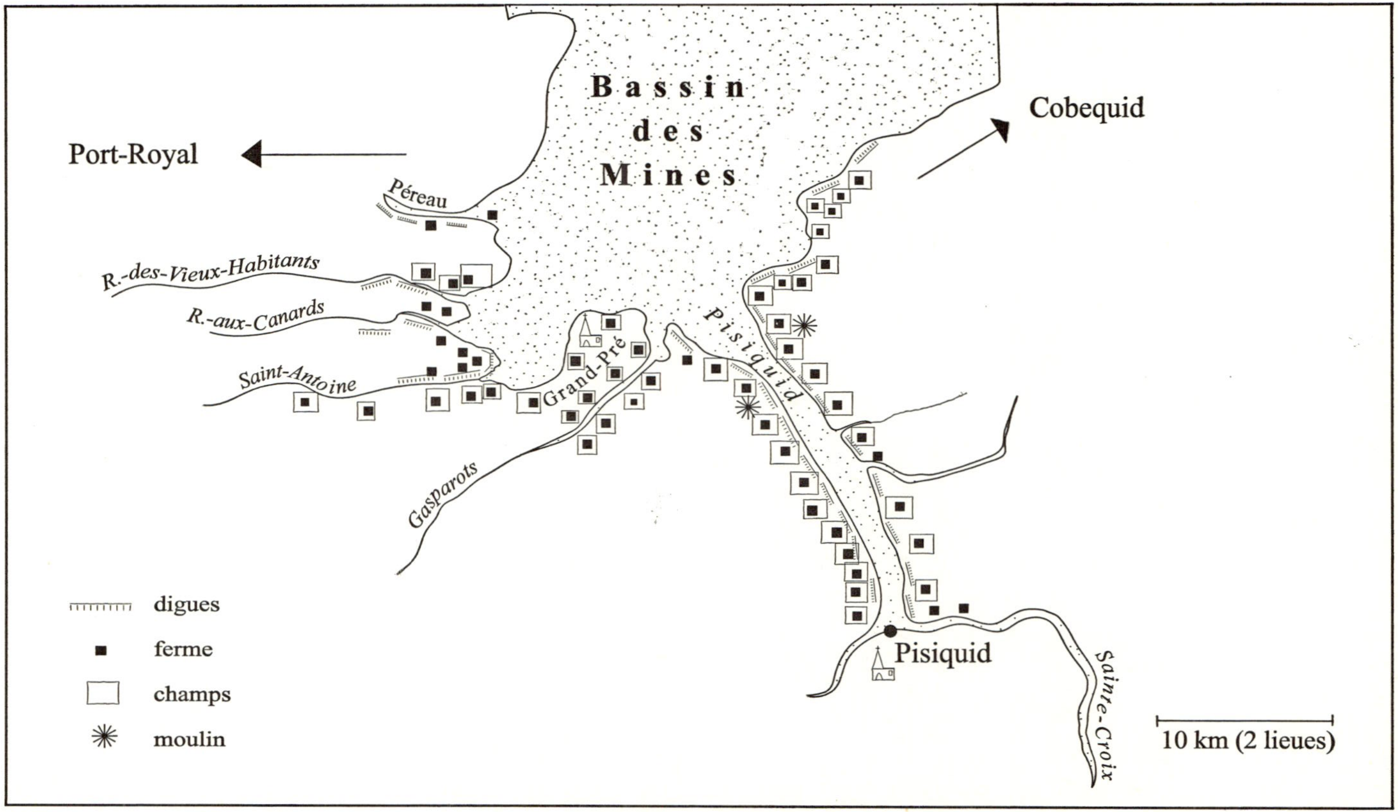
Bassin des Mines
Port-Royal
Cobequid
Péreau
R.-des-Vieux-Habitants
R.-aux-Canards
Saint-Antoine
Grand-Pré
Gasparots
Pisiquid
Pisiquid
Sainte-Croix
digues
ferme
champs
moulin
10 km (2 lieues)

LES MINES

17

Puis il y eut des hivers, au secret desquels tout s'endormait en Acadie, et les printemps qui leur firent suite, comme autant de libérations, avant que la grande fête des champs ne tînt les gens entre ses gerbes, ses chaleurs et ses danses.

Pour les Acadiens, chez qui pointait l'idée, encore vague, qu'à une telle distance de la mère patrie et dans l'état d'abandon où ils se sentaient, il devenait possible d'espérer fonder, un jour ou l'autre, avec ceux de Québec, une nation capable de se défendre seule, le temps qui passait n'était en vérité qu'un point d'interrogation grandissant à l'horizon. A Grand-Pré, à Beaubassin, à Memramcouk et jusque sous le nez des Anglais d'Annapolis, des voix s'élevaient, feutrées, dans le secret des maisons et des granges, pour dire que le silence des vieux pays valait licence de se libérer un jour des tutelles, quelles qu'elles fussent.

Mais pour cela, il faudrait encore compter les années. Sans l'appui des flottes de France, des armées royales et des canons, dont on manquait cruellement, aucune illusion n'était possible.

Il y eut aussi, à Grande-Anse, quelques vœux exaucés, à la joie de tous. Par trois fois, le ventre d'Isabelle s'arrondit et des petits naquirent, roux comme leur mère. On les baptisa sur le *Locmaria*, histoire de leur donner sans tarder le goût de la mer, et celui de la liberté, aussi. Il y eut d'abord Thomas, un gros moutard bien joufflu, vorace et fort, puis Charlotte, qui ressemblait tant à Isabelle qu'à la découvrir dans les linges où sa propre fille avait vu le jour le Bellilois y alla d'une larme. Puis vint Jacques, qui manqua mourir de fièvre et de toux en venant au monde et en garda longtemps une fragilité de poussin trop couvé.

Jérôme fut heureux de ces naissances. Elles venaient égayer l'une après l'autre les longs hivers à Grande-Anse. La maternité allait bien à Isabelle, l'épanouissait, l'ancrait peu à peu à la roche de Cap-Breton. Toujours anxieuse de savoir si son Jacques n'avait pas péri de quelque mauvaise grippe, Isabelle ne partait plus en mer que pour de brèves courses vers Canso, Louisbourg ou la baie Sainte-Anne.

— Tu ne souffres pas de devoir vivre notre pauvre existence de terriens ? lui demandait Jérôme.

— C'est une autre vie. L'océan me voulait seule, pour lui. Il est jaloux, je crois, et tu vois, il m'appelle moins fort.

— Alors, il emportera d'autres marins, et je préfère cela.

Elle le considérait, étonnée. A mesure qu'il prenait ses distances avec Grande-Anse, pour voyager à travers le pays acadien, Jérôme se rapprochait d'elle, par le cœur et la pensée. Des choses avaient changé en lui, profondément. Ses accès de mélancolie se faisaient plus rares, duraient moins longtemps. Il lui semblait, à elle qui recevait le moindre geste de son mari, sa plus furtive caresse, comme un don de Dieu, que Jérôme revenait lentement vers elle et s'apaisait en même temps.

Et puis, il y avait les enfants, libres oiseaux de Grande-Anse. Long-Nez s'était nommé capitaine de cette petite bande de pirates rapidement répandue à travers la pêcherie. Secondé par Pierre Lestang, il avait fort à faire, subissait, stoïque, les mille avanies de son équipage turbulent et parfaitement indiscipliné. A peine surent-ils marcher que les trois petits à-Jérôme-à-Jacques Hébert furent sur ses talons, le jour durant, à inventer niches et tourments de toutes sortes, jusqu'à bourrer sa pipe de saumure ou son lit de morue séchée. Le vieil homme se laissait faire, défendait aux femmes de Grande-Anse de sanctionner trop sévèrement ces broutilles. Et à écouter les récits des exploits de sa progéniture, Jérôme se disait qu'au moins elle ne manquait ni d'imagination ni de malice.

Pour l'Acadie officiellement neutre, mais où, en vérité, germaient tous les ferments des guerres et des malheurs à venir, la construction de la forteresse de Louisbourg avait ouvert une ère de prospérité telle que le pays n'en avait jamais connu. Les plus sceptiques des Acadiens, ceux qui doutaient, au fond d'eux-mêmes, de la pérennité de leur minuscule civilisation, étaient obligés de reconnaître que l'état de paix donnait jour après jour à ceux qui désiraient s'enrichir le temps, l'espace, les espérances et les possibilités pour y parvenir.

D'autres, les plus nombreux, parmi lesquels les colons fraîchement installés et ceux qui avaient dû abandonner, ailleurs, des digues détruites par les marées ou les tempêtes, des terres et des granges brûlées par les hommes, bénissaient le Dieu des *French Neutrals* qui les couvrait de son silence approbateur, et les accompagnait avec tant de bienveillance. Les Melanson étaient de ceux-là. Leur patriotisme n'était pas en cause, ni leur attachement de cœur à la France et à son roi.

— Dieu tout-puissant, répétaient-ils à la fin de leurs prières du soir, ce jour sans tumulte a rempli nos âmes de reconnaissance, et chacun des jours qui lui ressemblera nous sera aussi doux à vivre que celui-là.

— Serons-nous aussi riches que Joseph Le Maigre ou Nicolas Gauthier ? plaisantait Marguerite. Seigneur, fasse que oui.

Ces deux-là avaient fait fortune entre moulins et entrepôts, scieries et séchoirs à morues. Ils commerçaient le bois et le poisson mais aussi les fourrures, le sucre et les épices.

— Femme, tu rêves, lui rétorquait André. Les tiens non plus ne sont pas trop mal lotis, à Grande-Anse. Et nous, nous nous contenterons de ce que le gel et les canicules nous laisseront.

C'étaient tout de même trente moutons, sur les deux fermes des parents, et vingt bêtes à cornes que les enfants conduisaient aux gras pâturages. On avait installé les aînés au bord de la Pisiquid, le Paul-à-André Melanson sur la rive droite, en bordure de forêt, et le Sylvain-à-Jean Melanson, en face ou presque, sur le chemin d'un village micmac. Tous étaient des Mines, désormais, et cela ferait bientôt de Marguerite et de Madeleine des grand-mères de quarante ans, et de Catherine Hébert, là-bas, à Cap-Breton, une aïeule que quelques-uns, et pas seulement des veufs, n'auraient pas hésité à installer jusque dans leur lit.

— Jolie famille, disait Jean Melanson.

Et il fendait son bois de toutes ses forces, pour conjurer l'hiver, et pour les bardeaux dont il faudrait couvrir les murs des maisons nouvelles.

D'aucuns s'étaient lancés dans la construction navale. L'argent des prairies d'Acadie prenait le galbe des goélettes que l'on lançait hardiment, chargées de grain, de sirop, de légumes et de fruits, vers les froides régions du Nord soumises aux pénuries, où ne poussaient que la neige et les sapins. Le Saint-Laurent devenait voisin, et Louisbourg, où ne sortaient de terre que des baïonnettes, des affûts de canons et des étais pour ses quais et ses carénages, réclamait sa part.

Comme tant d'autres, les Melanson, qui savaient tondre leurs moutons et ne s'en privaient pas, regardaient en sus croître de leurs marais dessalés le lin et le chanvre dont les doigts précis, agiles et pour tout dire inspirés de leurs femmes feraient les tissus brodés, les écharpes, les jupes et les chausses réclamés jusqu'à Québec, Montréal, Trois-Rivières, et plus loin, même. Jean Melanson trouvait cela presque trop beau.

— Un bœuf pour trente sols, un mouton pour cinq, si nos pauvres anciens voyaient ce que l'on peut aujourd'hui se payer avec leur argent d'une année, ils retourneraient se cacher sous terre.

Les jeunes ne pensaient pas de la même manière. Paul était l'aîné de six, Sylvain, celui de sept. Leurs promises, une Dupuis, de Grand-Pré, et une Bourg, de Cobequid, avaient partagé leurs couches avec des fratries encore plus nombreuses. Ces jeunes-là avaient des envies légitimes de liberté, d'aisance, de place. Les souffrances des pionniers les concernaient, certes, mais de loin, à mesure que passaient les années. Les incertitudes des temps présents suffisaient à leurs angoisses, et par Dieu, chaque jour était donc bon à vivre malgré cela, en Acadie.

« Mais les Anglais sont là », entendait-on, dans les réunions des conseils et sous l'auvent des églises.

Certes, mais ils étaient clients, aussi, venaient boire aux outres des Acadiens, achetaient leurs gracieux vêtements au col de loutre, de martre ou de castor, leurs saucisses et leurs gigots, et traversaient leurs vergers comme le faisaient les créatures de Dieu aux premières pages de la Bible.

Ainsi passaient les saisons et les années auxquelles ces réalités donnaient le goût du bonheur. On oubliait l'Europe et ses germes mauvais, Port-Royal sur quoi flottait la bannière haïe, les gouverneurs et leurs armées. On se croyait en sécurité parce que des gens raisonnables avaient décidé de ne pas se faire la guerre, ou fini par se rendre compte que l'Amérique offrait de la place à tous, et à bien d'autres, qui naîtraient, ou n'avaient pas encore débarqué.

— C'est nous seuls qui peuplons l'Acadie, marmonnait Jean Melanson. Dieu fasse que cela suffise.

Il parlait peu, le plus souvent pour laisser tomber un jugement, une décision, une considération sur ce qu'il convenait de faire ou d'éviter. Sa désignation comme victime, à Port-Royal, lui avait fait sentir l'odeur âcre de la cendre et du désastre. Sa femme priait, chaque jour et jusque dans les bénédicités, pour que la paix en cours durât l'éternité. Les nuits de Madeleine Melanson étaient peuplées de ces fumées montant dans le ciel de la rive nord. Plus jamais ça. Et plutôt l'Anglais de New York ou de Philadelphie, commerçant avec ses navires, que les armées du roi de France et leur mitraille.

Jean Melanson finissait par penser comme sa femme. La colonie des Mines grossissait au point qu'on allait bientôt la diviser en districts, le long des rivières. Grand-Pré devenait une petite ville, avec ses notables, son forgeron et son chirurgien, où l'on pouvait vendre et acheter, armer et recevoir des bateaux. En amont de la Pisiquid, un village était né au confluent avec la Sainte-Croix. Une église y avait été construite, et un poste de traite où les Sauvages venaient faire le négoce des fourrures. Le temps des pionniers était passé, bel et bien.

Bien que souhaitant, au fond de lui-même, le retour de la France en Acadie, André Melanson comprenait l'angoisse de sa belle-sœur. Madeleine était devenue irritable, acariâtre, souvent, et même la bonne Marguerite en avait été heurtée plus d'une fois.

— Dieu sera bon pour les Acadiens, qui l'aiment et chantent sa gloire, disait-elle.

— Et se servent de leurs bras, ajoutait André. Et puis il faudra nous étendre vers l'est et la baie Verte.

Il entendait le vacarme que faisaient ses plus petits, et ceux de son frère, contemplait la troupe mêlée des moyens, et se réjouissait de pouvoir bientôt envoyer les plus grands au défrichage, près des deux aînés. Les Paul et les Marie, les Anne, les Philippe, les Antoine et les Cécile-à-André-à-Jean-à-Henri Melanson, les Sylvain et les François, les Jean-Pierre, les Catherine, Anne-Marie, Gilles et autres Petit Pierre-à-Jean-à-Henri

Melanson, ça ferait des Anselme et des Denis, des Abraham et des Renée, et toute une descendance que le hasard des rencontres et des amours allierait au reste du peuple acadien. Oui, Dieu était bon, qui veillait sur cette pousse encore fragile, mais si vigoureuse, et accrochée à sa terre au point de se confondre avec elle.

En mars 1743, Jérôme fit étape sur les bords de la Pisiquid encore enneigée, au retour d'un long voyage qui l'avait mené l'hiver durant loin au nord de l'isthme, dans les territoires sous contrôle français. La guerre pour la succession au trône d'Autriche enflammait l'Europe depuis plus de deux années, France et Angleterre se tournaient autour, attendant le moment propice pour en découdre.

Le vieux souhait de Pierre Lestang et de Jacques Hébert allait être exaucé, si Dieu et le roi Louis XV le voulaient. De Louisbourg à Québec, des marches oubliées de la Nouvelle-France aux rivages de l'île Saint-Jean, il n'était plus question que de l'imminence du conflit. Une première incursion française avait abouti à la prise de Canso, victoire minime mais suffisante pour mettre les Anglais sur la défensive. Depuis, l'on s'armait et se préparait, au bout d'une paix longue de trente années, au creux de laquelle beaucoup s'étaient assoupis.

André Melanson se leva de table, se moucha, alla allumer sa pipe aux braises de la cheminée. Il s'alourdissait avec les ans et sa boiterie en était un peu plus visible. Il tisonna le feu, regarda monter les flammes jaunes et bleues, au milieu d'étincelles. Puis, hochant la tête d'un air pénétré, il retourna s'asseoir près de son beau-frère.

Cela faisait deux bonnes semaines que Jérôme séjournait chez lui, un Jérôme différent, vieilli comme tous ceux de la génération qui avait fui Port-Royal, vingt années plus tôt, mûri surtout, sombrement obstiné à vouloir en découdre avec l'occupant malgré les avis de la communauté des colons.

— Le temps n'est pas venu, lui dit André. On tourne en rond, à raisonner ainsi, et le mieux est encore de labourer nos terres, de semer le blé, et de le moissonner. Rien ne permet de se lever ainsi contre l'Anglais, à ta manière. Tu as entendu les conseils de Grand-Pré, de la Saint-Antoine et de la Pisiquid. Tous sont d'accord, ce n'est pas à nous de commencer cette guerre et, pour notre part, nous ne prendrons pas le fusil contre Mascarène. Tiens-le-toi pour dit.

Jérôme croisa le regard de Madeleine, un brûlot qui lui fit baisser les yeux. On s'était réunis chez André Melanson, pour fêter le passant, et le printemps de 1743 aussi, qui s'annonçait plein de soleil quoique venteux, et encore bien froid. Derrière les vitres à petits carreaux de la maison, une frérèche de tous âges, excitée par la perspective d'une dégustation géante de crêpes et de galettes, faisait le siège des cuisinières, Marguerite et Madeleine, tandis que les aînées filaient et bavardaient devant la cheminée.

— Jean, je te jure que ce qui se prépare en Nouvelle-Angleterre n'a rien à voir avec tout ce que nous avons connu, dit Jérôme. Cette paix dure certes depuis près de trente années mais elle est trompeuse, dangereuse. Par Dieu, écoute-moi. Un jour ou l'autre, le roi de France décidera de reprendre l'Acadie et nous devons nous préparer pour cette fête-là dès maintenant. Il faut harceler les Anglais, et surtout ne pas désarmer. Nous avons l'appui des Micmacs pour cela.

— Ah, oui, le roi de France. Sais-tu que nous l'aimons autant que toi. Nous allons donc chevaucher nos bœufs, lancer nos charrettes à l'assaut des postes anglais et enfourcher les soldats de Mascarène comme nos enfants épinglent les papillons. Pour lui. Hé bé ! Allons-y. Mais tu passes devant, si ça ne te fait rien.

— Une fois suffit, renchérit Madeleine, la mine fermée. Les Anglais, on s'en moque bien, l'essentiel, Seigneur, c'est de continuer à vivre sans craindre de voir brûler les granges, avec les récoltes dedans. Tout, plutôt que revivre ça.

— Et tes petits, pauvre, dit Marguerite à son frère, en manière de diversion, tu ne nous les montres guère, c'est comme si tu en avais honte. Et ils ne sont que trois, par Dieu, ton épouse n'a donc pas la volonté d'en faire davantage ?

Jérôme les lui avait décrits, des roux, bretons comme le grand-père, corsaires en herbe et déjà marins. Il promit que les hasards de la pêche finiraient bien par les mener tous du côté de Grand-Pré.

— Dieu t'entende, Jérôme, dit Marguerite. Les distances ne sont pas si grandes, par ici, que l'on ne puisse réunir les familles comme dans les vieux pays. On ne connaît pas tes enfants, et leur mère, pas plus. Nos grandes se désolent de n'avoir jamais vu leurs cousins.

Elle avait envie d'en savoir davantage sur Isabelle, cette fille plus jeune de quinze ans que Jérôme, et pratiquait à sa manière, faisant les questions et les réponses, accablant son frère d'un mélange ininterrompu de certitudes et d'interrogations. Au lieu de la baigner dans les mélancolies de l'âge, seules capables de la réduire peu à peu au silence, les années qui passaient augmentaient sa capacité de jacasserie. A côté d'elle, sa sœur Madeleine vaquait avec l'air de porter le poids, croissant jour après jour, d'un exemplaire malheur.

— Et notre mère, pardieu, Jérôme, cela nous fait peine de la voir si peu souvent, regretta Marguerite.

Catherine avait rendu visite à ses filles, quelques années auparavant. C'était Pierre qui l'y avait décidée. Il avait fallu contourner la péninsule, longer la côte nord, naviguer pendant presque deux semaines. Enfin, on avait débarqué du *Béarn* en aval des fermes Melanson. Jérôme avait été du voyage, sans Isabelle, partie en mer avec le Bellilois.

Assis près de la cheminée, dans un fauteuil de bois que Melanson avait muni d'une bascule et adouci aux accoudoirs et au siège par des coussins encloués, Jérôme tirait sur sa pipe, et se rappelait cette gloire déjà ancienne, le petit clan-à-Jacques Hébert réuni loin de sa terre originelle. On avait remonté le temps, ri et prié, convié quelques fantômes chers à ces retrouvailles.

— L'hiver est fini, dit Jean Melanson, qui fumait lui aussi, assis à la table. Les regrets que nous avions des vieux pays ont fondu comme la neige. Nous sommes d'Acadie, nous, et ces drôles aussi.

Il désigna les progénitures du menton. Les plus grands des gars, son Sylvain, et le Paul de son frère, avaient passé leurs vingt ans. Ils étaient fiancés et installés depuis peu sur de la terre bien à eux. Quant aux plus jeunes des filles, la coutume permettait de les marier dès leurs douze ans, mais à Grand-Pré le prêtre veillait, qui déconseillait aux parents de les doter aussi jeunes.

Jérôme avait eu le temps de découvrir les derniers-nés de ses sœurs, futurs colons, une tribu à eux tout seuls. Il y en avait là de toutes tailles, des bruns pour la plupart, quelques roux ou filasse, Ecosse obligeait, et une gouyate de six ans, une Anne-Marie-à-Jean Melanson, blonde comme les épis d'Acadie, dotée de surcroît d'une nature rebelle et boudeuse signalée par tous.

Jérôme observa les aînés, venus de leurs fermes pour le saluer. Il appartenait à une génération que Paul et Sylvain Melanson devaient imaginer pionnière, affrontée aux barbaries de temps révolus. La paix anglaise faisait de ces jeunes gens pourtant nés dans les tumultes de Port-Royal de paisibles laboureurs de la Saint-Antoine ou de la Pisiquid. Quant aux plus âgées de leurs sœurs, trouver des maris aux Mines leur serait aussi simple que filer la laine comme elles le faisaient tous les soirs ou presque de l'année.

— Dans des districts ! s'extasia André. Quand on se souvient de nos pauvres établissements, à Port-Royal. En vingt années, Seigneur, quelle besogne accomplie !

Madeleine servait les galettes de froment aux plus petits. On avait le choix entre les enduire de crème ou de sirop de sycomore, ce qui n'allait pas sans provoquer quelques bisbilles arbitrées à leur profit par les adolescents. Madeleine gardait le silence depuis la fin du repas des adultes. Elle épiait son frère, allait entre les uns et les autres, dents serrées, avec aux lèvres un pli dur, revendicatif.

— De toute façon, notre frère n'est pas venu à Grand-Pré pour nous parler de la famille, des mariages à venir, et des districts des Mines, lâcha-t-elle soudain, d'une voix tendue, comme si elle en avait assez de l'ambiance lénifiante régnant dans la pièce. Il veut autre chose, que nous ne pouvons lui donner. Nous savons bien les dangers qui nous menacent, mais la raison veut que nous restions sages. Jérôme, quand l'ouvrage aux aboiteaux sera terminé, il y aura une réunion du conseil. Pour cette année, nous devons désigner nos représentants, faire enregistrer l'état de nos fermes, granges et troupeaux, c'est ainsi, et ce serait pareil si, au lieu de comptables anglais, nous avions en face de nous les fermiers généraux du roi de France. Jean et André en seront, de cette assemblée. Accompagne-les, tu pourras parler et entendre. Mais je te dis, moi, que tu n'armeras personne ici pour autre chose que le lapin ou la sarcelle.

Elle jetait des coups d'œil vers Jean et André, guettait leur assentiment. Marguerite se tut, pour une fois. Elle connaissait les pensées profondes des hommes de sa maison, les mêmes que celles des autres colons. Les Mines étaient peuplées de gens attachés à leur indépendance. La plupart avaient émigré de Port-Royal, fuyant les raids, les pillages, les incendies. Epargnés jusque-là par les ravages des batailles, ils étaient d'autant plus soucieux de ne pas déclencher l'irréparable.

Marguerite vint s'asseoir près de son frère, alluma à son tour une pipe en argile rouge fabriquée par l'un de ses fils. Femme d'Acadie, elle ne répugnait pas à inhaler les fortes nuées du tabac, à l'égal des hommes.

— Faire tout enregistrer par les Anglais, alors, adieu, liberté, persifla Jérôme.

Jean Melanson se leva, furieux. Il avait vu son bien partir en fumée au-dessus de la Dauphin, avait reconstruit à Grand-Pré et tâchait d'oublier, ce qui n'était pas facile. La liberté ? C'était un luxe que le gouverneur Mascarène préservait autant que possible, en évitant les taxations.

— Quant à quitter Grand-Pré pour aller s'installer au milieu de la caillasse de Cap-Breton, comme tu le proposes à nos plus grands, bernique ! s'emporta le fermier. Regarde ces fratries, Jérôme. L'Acadie les nourrira, sans doute, à Beaubassin, à Miramichi, à Tracadie et dans dix autres nouvelles colonies, mieux que les rochers de l'île Royale, sur quoi rien ne pousse. Nous restons, assez nombreux, je l'espère, pour qu'on ne puisse nous déloger une nouvelle fois.

Il avait pris son air buté que Jérôme connaissait bien, sa foutue tête de paysan cabochard. Car il était bien cela, le Jean Melanson, acadien, descendant d'Ecossais convertis au catholicisme : un madré cul-terreux, comme ses autres aïeux de Loudun ou de La Chaussée.

André Melanson observait Jérôme, un léger sourire aux lèvres. On pouvait parler de mille choses badines ou sérieuses, chez lui, mais la question de l'engagement des Acadiens des Mines dans les affaires à venir avait eu sa réponse depuis longtemps. On ne courrait pas sus à l'Anglais pour les beaux yeux du roi de France.

— Jean a raison, dit-il. Nous n'irons pas nous installer dans l'île de Cap-Breton et encore moins à Québec. Sais-tu bien ce qui se passe là-haut, sur le grand fleuve ? Des disettes, des invasions de chenilles qui détruisent tout ce qui pousse, des hivers terribles, ligués à la picote pour tuer de pauvres gens. On se bat à Montréal pour des anguilles, les pois s'y achètent six fois le prix des nôtres. Et pour laboureurs, le roi envoie au Saint-Laurent des vaunéants, des bélîtres et de la truandaille.

— Que l'on marie à des ribaudes ramassées dans les rues de Paris et mises de force sur les bateaux, renchérit Marguerite, dans un nuage de fumée.

Jérôme se le tint pour dit. A la quarantaine passée, les deux frères Melanson savaient se faire comprendre. Régnant sans partage sur leur tribu, massifiés par la bonne chère et les longs hivers autour de la table, les mains élargies par les labours, le bûcheronnage et cent autres travaux quotidiens, ils en imposaient. A Grand-Pré, leurs avis comptaient, comme ceux des Arsenault, Cormier, LeBlanc et autres Bourg, colons de la première heure. Jérôme éprouva soudain l'étrange sensation de se trouver sinon face à des étrangers, du moins à des gens en train de le devenir. Des générations viendraient dans ces fermes, pour lesquelles la France ne serait plus qu'une lointaine marraine et ses provinces des gravures jaunies, au fond d'une mémoire en fuite. Qui aurait raison, en fin de compte ? Peut-être les colonies étaient-elles faites pour s'émanciper un jour et former des nations. Pierre Lestang le rêvait bien, comme punition pour les Anglais !

Jérôme lut l'angoisse sur le visage de Madeleine et le désir qu'on en restât là sur celui de Marguerite. Les deux femmes étaient fort différentes et ne manquaient pas de s'affronter pour mille et une petites raisons de ménage, d'élevage des enfants, ou par le fait des inévitables jalousies entre gens de même condition. Mais elles étaient sœurs, avant tout, et conscientes des dangers de l'époque, ce qui suffisait pour les tenir solidaires et attentives au sort commun. Jérôme s'en voulut d'avoir provoqué ce malaise sous un toit d'accueil.

Il avait en face de lui un petit clan, plein de ses tensions internes, mais fort, et dur comme le basalte des falaises de Port-Royal. Il leva les mains, en signe de paix. On ne tarderait pourtant pas à chatouiller les Anglais. Et les Micmacs de la côte ouest, qui avaient à apaiser les esprits toujours errants des suppliciés d'Annapolis, y prendraient leur part.

Le père Chauvreulx en avait terminé avec son homélie dans l'église de Grand-Pré. Celui-là, qui tenait son peuple avec une souriante et ferme autorité pastorale, prêchait la neutralité, imité en cela par ses pairs d'Annapolis, de Cobequid et de Beaubassin. La paix arrangeait tout le monde, et le prêtre ne s'était pas privé de mettre en garde ses ouailles contre la tentation de prendre les armes.

— Et l'on pourrait aller jusqu'à excommunier ceux qui, par leurs actions déraisonnables, mettraient en péril la survie du plus grand nombre, s'était-il écrié, au plus fort de sa diatribe. Ne vous suffit-il donc pas que les Anglais aient réussi à ne percevoir cette année, pour tout impôt, que quelques pauvres boisseaux de blé et une trentaine de chapons ? N'avez-vous donc pas assisté à leurs vains efforts pour bâtir chez nous des postes militaires ? Allons ! Voulez-vous les pousser à nous occuper en totalité, quand ils ne peuvent se passer de notre farine, de nos légumes, de nos volailles et de nos bêtes à cornes pour nourrir leur garnison d'Annapolis ?

Jérôme serrait ses poings dans les poches de sa cape. Une mer de têtes acadiennes s'étendait devant lui. Nuque courbée, opinant, silencieux, en signe d'acceptation, les paysans de la colonie ne bronchaient pas à l'écoute de leur pasteur.

Tous, vraiment ? songeait Jérôme.

Il en voulait à ce curé pour son influence sur ses ouailles, plus encore qu'aux Acadiens, coupables à ses yeux de remettre leur sort à ce genre de stratège. Excommunier les réfractaires ! Qui eût osé proposer une chose pareille, trente années plus tôt ?

— Acadie, pardieu, tu te commets dans la bassesse, murmura-t-il, furieux et désorienté.

A la fin de la messe, tandis que l'abbé distribuait ses bénédictions et que sonnait, aigrelette, la cloche, on vint voir Jérôme, qui s'éloignait, seul, vers le bas de la colline. Des hommes, qui savaient pourquoi ce Hébert, pêcheur de la côte sud de Cap-Breton, visitait ainsi les colonies. Et parmi eux, Sylvain Melanson, avec son regard clair, candide et plein de douceur. Le contraire d'un guerrier, pensa Jérôme.

— Mon neveu, c'est plaisir de te voir ici.

Sylvain se joindrait à ceux qui prendraient les armes. Il en avait parlé avec son père, qui le lui avait formellement déconseillé, mais le laissait libre. Sylvain craignait assez les décisions des Anglais pour les combattre et, le cas échéant, les prévenir.

— Vous ne viendrez pas au conseil, mon oncle ?

— Je sais ce qui s'y dira, et il faut que je retourne dans l'île Royale.

Les hommes parlaient à voix basse, tournaient leurs galures entre leurs doigts. Jérôme se souvint du geste analogue des gens de Port-Royal allant rencontrer monsieur de Subercase. L'Acadien en tumulte intérieur triturait son chapeau. Ainsi le reconnaissait-on de loin.

— Il n'y a plus de milice en Acadie, à cause des Anglais, dit un Landry.

Jérôme l'avait croisé sur une digue en partie détruite par une tempête, et que l'on réparait. On avait discuté, tout en piochant au-dessus de l'aboiteau. Les Anglais, on pouvait les cueillir, en y mettant le prix. Leur soi-disant mainmise sur l'Acadie n'était qu'une rodomontade. En vérité, ils avaient peur de tout, de l'hiver et des Sauvages, du fort d'Annapolis qui s'émiettait sur leurs têtes et de ces foutus Acadiens, toujours capables de troquer leurs fourches contre des fusils.

— Eh bien ?

— C'est tout simple. Si un jour les gens qui commandent pour la France nous demandent de nous armer, nous obéirons, même si nous devons pour cela nous colleter avec d'autres, ici même, qui prêchent le contraire.

Jérôme sourit. La faiblesse des Anglais, il en était convaincu depuis qu'il avait dû se retirer du fort Royal. Malgré son voyage à Boston et les inquiétantes certitudes de son oncle. Ah ! Que le jeune roi tant aimé des Français en donnât l'ordre, et l'Acadie tout entière se lèverait pour se libérer.

— Il faut sans cesse le rappeler, dit-il, sur les rivages et les rivières, à ceux de Gasparots et de Cobequid, de la Rivière-aux-Canards à la Sainte-Croix.

Il voyait naître une armée qui, le jour venu, prendrait les quelques postes anglais des Mines puis, aidée des Micmacs, irait assiéger Annapolis, ce cloaque où se terrait une garnison vaincue d'avance. Quatre laboureurs en sabots lui promettaient de s'engager, et le spectre de ses cauchemars en serait peut-être bien terrassé, lui aussi.

— Et te voilà donc général ! s'écria Isabelle, lorsque, de retour à Grande-Anse, Jérôme lui eut conté par le détail son équipée jusqu'au Saint-Laurent, ou presque. Misère de Dieu ! Si tu voyages jusqu'à Québec pour un tel projet, ajouta-t-elle, alors, oui, le salage des morues doit te paraître bien ennuyeux.

Elle avait passé sa tête par le col d'une chemise longue et lissait ses cheveux avant de les rouler en chignon, pour la nuit. Depuis toujours, parce qu'elle vivait tête nue, elle procédait à l'inverse des autres femmes, qui lâchaient leur chevelure pour dormir et la mettaient sous coiffe le matin.

— C'est ton oncle qui t'entretient ainsi l'esprit ? se moqua-t-elle. Bah. Si mon pauvre père ne peinait pas tant à respirer, il t'aurait sans doute accompagné. Le roi de France a dit ! Le roi de France pense que ! Où êtes-vous, Majesté, que l'on puisse en discuter !

Jérôme choisit d'en sourire. Sa femme lui laissait la liberté dont elle avait joui lorsqu'elle était plus jeune. Les affaires militaires l'intéressaient peu. Elle était née peu après la chute de Port-Royal, ses seuls souvenirs de cette guerre-là étaient les récits que lui en avait faits Long-Nez, dans lesquels son père surgissait de derrière les caps et du fond des criques pour forcer l'Anglais à se rendre.

— La guerre tourne au-dessus de ce pays comme un rapace, disait souvent Jérôme.

Elle n'y croyait pas tout à fait. A part quelques affaires entre Sauvages et Anglais, il ne s'était rien passé de grave sur le plan militaire en Nouvelle-France, depuis près de trente ans. La guerre ? On verrait. Elle se faisait autour des forts, pas devant de simples pêcheries.

Jérôme laissa son regard baguenauder sur le décor de la pièce. Depuis que le soin de ses enfants l'avait éloignée peu à peu de celui des bateaux de pêche, Isabelle passait plus de temps à attendre son époux qu'à harponner la morue à l'ombre des grands glaçons frôlant les côtes de Terre-Neuve. Sa maison, fleurie dès les premiers beaux jours, meublée de bois verni où dormaient les porcelaines, les verres à pied, de l'argenterie, même, reflétait avec bonheur ce changement.

— Je vais voir ton père, dit Jérôme.

Il avait quelque chose d'important à dire au Bellilois. Isabelle s'approcha de lui, caressa son visage, son torse.

— Tu ne resteras pas à parler avec lui jusqu'au lever du jour ? Pas cette nuit, en tout cas !

Il la contempla longuement, la serra contre lui. Non, il ne s'attarderait pas dans la maison du corsaire, promis.

Le Bellilois s'éteignait doucement, mangé par l'emphysème, au seuil de sa soixante-dixième année. Catherine accompagna Jérôme à son chevet, posa la chandelle sur la table de chevet et s'assit au bout du lit. Dans la faible lueur, la chambre humblement meublée avait une allure monacale.

— Bonsoir, père, dit Jérôme à voix basse.

Il était parti depuis cinq mois, quittant un malade essoufflé mais encore capable de marcher jusqu'au rivage, retrouvait un vieillard décavé, aux yeux mangés par des cernes bistres, aux mains squelettiques. Le Bellilois ne dormait pratiquement plus. Sa consomption se voyait et s'entendait, le thorax était maigre et creux, la gorge sifflait à chaque goulée d'air péniblement négociée.

Il parvint à ébaucher un sourire. Son regard interrogea le visiteur. Jérôme se pencha vers lui, sentit les doigts osseux de son beau-père serrer son épaule.

— Je suis passé par Canso en revenant ici, chuchota-t-il à son oreille. La bannière de France y flotte toujours et c'est un beau spectacle, vous pouvez me croire.

Les doigts exigeaient plus. La guerre venait. Armait-on, et comment ? Quels navires, pour quelle destination ? Rien n'annonçait, où que ce fût, la moindre préparation. Jérôme mentit :

— On s'engage à Québec et à La Rochelle, dit-il. Une flotte se rassemblera à Louisbourg avant l'automne.

Le vieil homme voulait parler. Il fut pris d'une quinte asphyxiante qui le laissa pantelant, les yeux pleins de larmes. Catherine le fit cracher dans un linge.

— Quant aux corsaires, ils sont tous à Louisbourg et

harcèlent à nouveau les Anglais. Même mon oncle est de la partie, à soixante et quatre ans !

C'était vrai. Sans même attendre la déclaration de guerre officielle, Pierre avait repris du service et réarmé son *Béarn* pour la course. Le Bellilois hocha la tête. Ses yeux se fermèrent.

— Il faut le laisser, maintenant, murmura Catherine. Ce que tu lui as dit lui aura fait du bien. Peut-être dormira-t-il un peu. Pauvre corsaire.

Jérôme serra sa mère contre lui. Catherine aussi changeait, au fil de ses absences. Sa sveltesse avait disparu, son corps se tassait, sa démarche devenait un peu pesante. Et ses yeux la trahissaient parfois, dans la pénombre qu'elle prenait pour la nuit.

— Tu as vu tous ces petits de la Pisiquid, dit-elle lorsqu'ils furent sortis de la chambre. Combien sont-ils donc, maintenant ?

— Treize, pas moins, et les aînés vous feront bientôt aïeule. Je sais leurs prénoms et leur âge, à la semaine près. Imaginez cinq cents fermes tout aussi fournies en marmailles et vous aurez une idée de ce peuple des Mines. Pardieu, si de tous ces colons, les plus aptes à le faire acceptaient de s'armer et de se mettre en marche, l'Anglais n'aurait qu'à bien se tenir.

Elle caressa sa joue, sentit à quel point il vibrait.

— Va, lui dit-elle. Quelqu'un t'attend depuis des jours. Tu me diras tout ça demain.

Il sortit dans la nuit froide d'avril. Le vent d'ouest soufflait fort, balayait la lande et faisait mugir la mer, de rares étoiles se montraient, furtives, entre d'invisibles nuées. Jérôme pensa à Pierre Lestang. Aurait-il suffisamment monté les puritains du Massachusetts contre leurs maîtres de Londres, durant toutes ces années de paix ? Noire était la nuit, mais propice aux marches silencieuses des Sauvages, aux préparatifs d'assaut, à la guerre.

Par le volet entrebâillé de sa chambre, Jérôme distingua la silhouette d'Isabelle, agenouillée au pied du lit. La foi et l'amour, dans un esprit et un corps aimés. Il referma le volet. Il allait avoir quarante-cinq ans et courait encore l'Acadie, à la poursuite d'un rêve bien hasardeux. Mais il avait trouvé son port, sans jamais avoir été marin. Alors, il aurait une pensée pour tous ceux que prenait l'océan, au moment où Isabelle lui ouvrirait ses bras.

Le gouverneur Mascarène avait longuement mûri sa décision. Trois ans après le déclenchement de la guerre pour la succession au trône d'Autriche, France et Angleterre s'étaient officiellement déclaré la guerre. Des nécessités nouvelles autant qu'urgentes poussaient le stratège d'Annapolis à affermir ses positions à l'est de la Nouvelle-Ecosse, aux Mines, et jusque vers les limites imprécises de sa province, en vue de Beaubassin, où les Français se renforçaient, eux aussi. Les quelques postes d'où l'on surveillait de très loin, et mollement, la colonie acadienne allaient devenir de vraies garnisons.

L'affaire proprement militaire avait recommencé au printemps de 1744. Les Français, pressés de reconquérir l'Acadie, avaient attaqué, après quelques escarmouches sans conséquence. Mascarène pensait à la chance qu'il avait eue. Deux sièges successifs avaient été mis devant Annapolis par une armée fédérée de Québecois, d'Acadiens parjures à leur serment et d'Indiens rameutés du fond de leurs forêts par un petit-fils du damné baron de Saint-Castin. Mal organisés, les agresseurs avaient dû faire retraite chaque fois.

Puis, comme un coup de tonnerre dans un ciel serein, la nouvelle de la chute de Louisbourg était enfin parvenue. La forteresse imprenable, par où les corsaires français, Morpain, Lestang, Bonaventure et d'autres, se répandaient sur la mer comme autant de frelons, s'était rendue au bout de quarante-sept jours de siège. Pour la première fois, on avait fait se battre, contre elle, une armée fédérée de colons miliciens et de soldats du Massachusetts, qui l'avait emporté. Une guerre différente, vraiment, pensait Mascarène. Qu'importaient les affaires d'Europe. On allait désormais se battre pour des objectifs qui échappaient en partie aux souverains et aux maréchaux des vieux pays, et dans cette lutte à mort sur la terre d'Amérique, le vaincu serait purement et simplement éliminé.

Mascarène songeait aux personnages apparus à cette occasion dans le grand décor du conflit, parmi lesquels ce Shirley, gouverneur du Massachusetts, qui avait fait de la conquête totale de la Nouvelle-France son objectif, son obsession, même, à ce qui se disait. Son action victorieuse avait été rapide jusque-là, et remarquable. Triomphe parachevé. La flotte française de Larochefoucauld, quarante navires, huit cents canons et quatre mille hommes, expédiés par Louis XV à la reconquête de Louisbourg, avait été décimée par la peste et refoulée en débris, jusqu'aux Antilles, par les tempêtes. Un désastre de plus pour les armes françaises.

La chance fut avec nous, songeait Mascarène.

Le major Potter était parti renforcer la troupe du colonel Noble, dans la région de Grand-Pré. Louisbourg tombée, les Français ne disposaient plus que d'un tissu très lâche de défenses, en vérité presque plus rien, sauf la complicité, souvent ambiguë, des colons acadiens. Quant aux Canadiens de Ramezay, à Québec, Montréal et Trois-Rivières, ils étaient assez occupés à garder leur vaste domaine pour ne pas se risquer en masse si loin de chez eux.

Mascarène pouvait contempler le bassin d'Annapolis en toute quiétude. L'alerte avait été chaude mais le sort des armes semblait avoir basculé. Et puis, comment cinquante mille Français, dispersés entre Saint-Laurent et Nouvelle-Ecosse, sur un territoire trop grand pour eux, pouvaient-ils désormais menacer le million et demi d'adversaires solidement implantés dans leurs treize colonies, sur un rivage long de plus de mille cinq cents miles ?

Mascarène soupira. Cap-Breton avait été vidé de ses habitants, sur ordre express de Shirley, qui mettait là en pratique sa théorie politique. Le temps était décidément loin, des forts que se remettaient des gentilshommes, entre deux révérences et au grand soulagement des laboureurs. Le temps était venu, oui, de la guerre totale.

Le vent s'était levé, aigre, et sifflait, tordait les feuilles roussies des arbres et les lançait, tourbillonnantes, en tous sens. Entre Acadie et Cap-Breton, la mer s'était couverte d'écume. Des bateaux de pêcheurs, chahutés, regagnaient la Nouvelle-Ecosse, leurs voiles à demi amenées claquant, au risque de se déchirer.

Isabelle se coiffa de son bonnet rouge. Du côté français, c'en était fini de la pêche, comme de tout le reste, sauf à

Grande-Anse et dans quelques criques, où les Anglais avaient laissé l'industrie continuer.

On avait expulsé les colons, conduit la garnison et les citadins de la forteresse vers les navires qui les avaient emmenés à leur tour vers Brest. Disparus, les armateurs et les notaires, les soldats joueurs de dés et les filles, dans les tavernes. Shirley avait ordonné que l'on fît immédiatement place nette. L'île, autrefois peuplée de ses marins et de ses défricheurs, était devenue un désert où erraient çà et là des familles en charrette, à la recherche d'un parent, d'un bateau, d'une terre où se réfugier. De temps à autre, une patrouille anglaise passait à Grande-Anse, vérifier que tout avait été fait suivant les ordres de Boston.

Et le Bellilois se mourait.

Il n'avait pas voulu partir. La petite baie au rivage de rochers et de sable gris était son port ultime, face aux côtes acadiennes qu'il ne désespérait pas de voir un jour libérées. Si l'on s'en allait, les Anglais brûleraient tout. Autant demeurer là, assez longtemps pour voir comment la situation évoluerait.

On avait souvent parlé, comme chaque fois que les bannières étaient amenées, d'une flotte française en route vers l'Amérique. Les chênes de Colbert avaient poussé dans les forêts de France. On verrait bientôt de puissants navires à l'horizon de l'île Royale. Tout pouvait changer. Le Bellilois s'était tenu au courant de ce qui se passait à Louisbourg assiégée, que Jérôme avait rejointe, pour s'y battre. Atterré par la nouvelle du désastre naval, le vieux corsaire s'était résolu à s'embarquer, quand la maladie, une vilaine grippe, l'avait pris et, depuis, l'éteignait dans ses fièvres, jour après jour.

Isabelle rejoignit Long-Nez devant le séchoir. Une pêche s'alignait là, veillée par le vieil homme et deux acolytes, des marins du *Saint-Pierre* désormais débauchés depuis la saisie de leur bateau.

— C'est une chance que Pierre Lestang ait eu le temps de sortir la goélette, dit Long-Nez. Il se battra dessus, vous pouvez m'en croire.

Des navires anglais croisaient entre l'île et l'Acadie. A la chute de Louisbourg, Pierre était revenu à Grande-Anse, où il avait laissé son *Béarn* avant de se sauver nuitamment à bord du *Locmaria*. Jérôme avait fait savoir que, pour sa part, il était en vie et, proscrit, se réfugiait quelque part entre Québec et l'île Saint-Jean. Tout s'était volatilisé, même l'odeur de morue planant d'ordinaire sur Grande-Anse.

Isabelle empila quelques poissons, en fit un ballot qu'elle ficela. Seule, elle eût mis elle-même le feu à la pêcherie, mais il y avait Catherine, et puis le Bellilois, que l'on ne pouvait transporter sans le tuer.

Elle se dirigea vers la maison de son père, que protégeaient des rochers éparpillés sur un pré d'herbe encore verte. L'entrepôt était vide. On avait emporté tout ce que l'on pouvait, filets et barriques, claies et outils. Ne restaient, à l'abri, que les saloirs et quelques tonneaux de saumure. Il ne servait à rien de rêver devant ce spectacle. Isabelle entra dans la maison, vit Catherine assise près de la cheminée, qui brodait, comme à son habitude.

— Il dort, dit Catherine à voix basse.

Les enfants se faisaient rares chez leur grand-père, depuis quelque temps. La maladie du Bellilois, qui l'étouffait et rougissait son visage dans de violents accès de toux, les inquiétait, et Isabelle préférait les savoir chez elle ou dans le petit verger attenant.

Isabelle s'assit, massa ses joues, ses tempes. Le silence régnait sur la pêcherie, comme dans la grande pièce où les objets étaient restés en place : la Vierge en bois sculptée par Long-Nez, dans sa petite alcôve, à droite de la cheminée, le crucifix, près de la porte. Et les meubles, la lourde armoire où reposaient les trésors de la maison, le métier de Catherine, la table et ses bancs où l'on s'asseyait désormais pour de longs bénédicités, dans l'aura des absents. A part prier, il n'y avait plus grand-chose à faire, à Grande-Anse.

Catherine se mit à parler, de sa voix douce. Elle ne voyait plus assez bien pour ses travaux de broderie et devrait bientôt les abandonner. Et le souvenir de sa propre mère lui revenait. Elles allaient se ressembler, toutes les deux, dans l'absence et la mort. Catherine raconta à sa bru, pour la première fois, ses soirées à Pentagouët, dans la cabane qui servait alors de maison, les Sauvages silencieux en route pour le fort, et les enfants métis de Saint-Castin, qui chassaient en compagnie de Julien, et faisaient la guerre avec leurs frères des deux races.

— Dieu, mon pauvre père a tant souffert, dit-elle d'une voix émue. Il n'a pas connu ce que nous savons des guerres, mais bien pire, peut-être. Il était libre, enfin, et plus malheureux qu'un moineau dans la neige.

Ses yeux s'embuèrent. Catherine et sa bru avaient vécu comme deux roches sur une colline de Grande-Anse, voisinant sans fracas, muettes, le plus souvent, sur elles-mêmes et sur ce qu'elles pensaient des autres. C'était là un moyen d'éviter les conflits de la coexistence, auprès des hommes que l'on s'était appropriés. Maintenant, les deux femmes éprouvaient le besoin de se dire ce qu'elles avaient longtemps retenu. La faiblesse morale de Jérôme, son humeur longtemps inguérissable, la passion amoureuse du Bellilois et la gêne que Catherine avait longtemps éprouvée, à vivre un tel bonheur sous un toit étranger. Et des souvenirs des temps heureux leur revinrent, des cocasseries : Long-Nez pris dans un filet qu'il voulait replier tout seul, et se débattant, tel un cormoran, Jérôme tombé d'une barque dans l'eau, la pipe au bec, et émergeant, la bouche pleine d'un mélange de cendre et d'écume. La première à rire fut Catherine. Elle avoua qu'elle se bâillonnait du bras, parfois, pour ne pas réveiller la maison avec ses cris d'amour ; des histoires de femmes. Isabelle en connaissait aussi, sur quelques autres, épouses de marins ou de négociants, qui vivaient autour de Grande-Anse. Leur gaieté, qu'elles tentaient d'étouffer en parlant bas ou en enfouissant leur visage dans leurs jupes, résonnait malgré tout dans la pièce. Des enfants.

Une crosse cogna contre la porte. Elles firent silence. Des patrouilles étaient passées, en été, des soldats réguliers avaient dormi chez Isabelle, l'obligeant à décamper. Mais ils n'avaient touché à rien, se contentant d'exiger de quoi manger, et boire.

La jeune femme alla ouvrir en tremblant un peu. C'étaient des civils en armes, baïonnette au canon, quatre miliciens du Massachusetts, débraillés. Ils étaient coiffés de feutres bruns, chaussés de mocassins, vêtus de pantalons rouges, de chemises sales, ouvertes sur la poitrine, sous des vestes de laine.

— *Corsair Bellile ?* questionna l'un d'eux, sans préambule.

Ils entrèrent, découvrirent la pièce ordonnée, le feu crépitant doucement.

— *Lestang ? Peter Lestang, where is he ? Corsair Bellile house ?*

— Non, dit Isabelle d'une voix qu'elle tenta d'affermir.

Ils se mirent à fouiller, ouvrirent l'armoire, firent voler draps et chemises à travers la pièce. Ils voulaient de l'argent, commençaient à dévaster la pièce. Isabelle leur tendit une boîte en bois cloutée. Il y avait là des pièces d'or et d'argent qu'ils empochèrent. Celui qui semblait être le chef, un grand gars blond aux yeux rapprochés, à la barbe bouclée, répétait *Corsair Bellile*, frappait les meubles du pied pour les renverser. Catherine se leva lorsqu'il eut ouvert la porte de la chambre où dormait son mari.

— Ils sont partis ! cria-t-elle.

L'homme était déjà entré, jurait dans l'obscurité. Catherine se précipita, une bougie à la main, suivie par le reste de la troupe. Elle s'interposa entre les hommes et le lit où le Bellilois, les yeux à demi ouverts, faisait un effort désespéré pour se redresser.

Le milicien répéta sa question, *Corsair Bellile* ? De guerre lasse, Catherine finit par dire oui. L'homme se pencha vers le moribond. Ainsi, le vieillard décharné qui agonisait là avait écumé l'Atlantique, coulé ou pillé assez de bateaux anglais pour tapisser de bois pourri le fond de la mer, entre Terre-Neuve et le Connecticut.

— *He is dying*[1], dit un homme en se signant.

Il tira son compagnon par la manche. Il régnait dans la chambre une senteur veule, écœurante. Ces hommes, muets face à l'imminence de la mort, cherchaient les corsaires qui avaient sans doute accablé leurs parents, et dont les noms résonaient encore dans les colonies. Ils en tenaient un, dont ils n'avaient plus rien à faire.

Ils fouillèrent la chambre. Catherine avait pris contre elle le corps bouillant de son mari. Elle désirait qu'il ne vît point ses ennemis en liberté dans sa maison. Comme dans la pièce de vie, les miliciens firent un grand désordre, jusqu'à ce qu'enfin ils aient trouvé ce qu'ils cherchaient : des bourses pleines de pièces, sous les piles de draps, la fortune de l'armateur Le Dantec, dit le Bellilois. Puis ils quittèrent la maison, après un bref conciliabule.

Le mourant avait sombré de nouveau dans sa torpeur. Catherine caressa son front, ses joues. La ruine soudaine de la

1. « Il est en train de mourir. »

pêcherie lui importait moins que cette angoisse terrible : et si la dernière vision qu'emportait avec lui le vieillard devait être ces faces inconnues inspectant sa pauvre carcasse ?

Isabelle demeura un long moment appuyée contre la porte, pâle, la main sur le cœur. Les glaçons de Terre-Neuve, les tempêtes, les déferlantes sur le pont des navires, tout cela l'effrayait bien moins que la violence des hommes en guerre. Elle poussa un cri.

— Les petits ! Par Dieu, ils sont restés seuls !

Elle fit à la hâte les cent pas qui la séparaient de chez elle. Combien de temps avait duré son bavardage avec Catherine ? Essoufflée, elle se rua dans sa cuisine, puis dans la pièce commune, où les enfants n'étaient pas. Il y avait de la lumière, très faible, dans la chambre. Elle cria, courut.

Les deux petits se tenaient serrés contre l'aîné, Thomas, tous trois étaient accroupis, devant le lit de leurs parents. A leurs pieds gisait Long-Nez, raide mort d'un coup de baïonnette, la chemise couverte de sang. Il tenait encore à la main le sabre avec lequel il avait tenté de s'opposer aux intrus. Pauvre vieux, qui devait s'asseoir tous les trente pas. Catherine entra à son tour dans la pièce. Son premier geste fut de relever les petits, qui parurent s'arracher à un lourd sommeil et s'agrippèrent à sa robe.

— Il est très mort, monsieur Long-Nez, dit Charlotte, le doigt pointé vers le cadavre.

— Je les emmène, dit Catherine.

Les deux marins du *Saint-Pierre* rejoignirent les femmes. Ils avaient vu de loin la patrouille entrer, s'étaient dissimulés en attendant son départ. Ils étaient confus, un peu honteux de n'être pas intervenus. Ils n'étaient pas corsaires, mais simplement pêcheurs. Isabelle leur ordonna d'allonger Long-Nez sur son lit et de se retirer. Elle attendit leur départ pour se laisser aller. Ses forces la quittaient. Elle s'agenouilla, posa son front sur la paroi du lit et se mit à sangloter, le bras de Thomas, protecteur, autour de ses épaules.

Les marins avaient creusé les deux fosses en vue de la côte de Nouvelle-Ecosse, au bas d'une colline, là où les rochers laissaient la place à quelques acres de prairie. Sur cette portion de côte austère et grise prolongée, vers trois horizons, par des landes de broussailles et de marais, il n'y avait pas d'arbres, et peu d'abris, seulement du vent et le clapot du ressac pour compagnons.

« Ce sera là », avait décidé le Bellilois.

Catherine se souvint qu'elle avait souri. Grande-Anse ne manquait pas d'endroits autrement charmeurs que celui-là, ne fût-ce que l'anse boisée où mouillait le *Locmaria.*

« Tu ne veux pas que ce soit face à ton île de Bretagne, de l'autre côté de l'océan ?

— L'âme des marins morts vogue où elle le désire. Belle-Ile, j'y serai quand je voudrai. L'Acadie est ma patrie perdue, et si par malheur nous ne l'avions pas reconquise, je la verrais d'ici dans la lumière et la devinerais dans la nuit. Et sais-tu, ma belle, tu seras seule à venir me visiter dans cet endroit, alors je te contemplerai à loisir, sans que personne me dérange, dans le bruit de la mer. Et que viennent alors les tempêtes, pour m'empêcher de dormir. L'éternel repos m'inquiète. »

Les mules de la pêcherie avaient été confisquées, les hommes avaient dû tirer la carriole le long d'un chemin difficile. Ils en descendirent les deux corps enveloppés dans des draps, les étendirent à côté des tombes.

Catherine se baissa, dévoila le visage de Long-Nez, puis celui du Bellilois. Le corsaire était parti comme en s'endormant, son souffle s'était éteint doucement. Il n'avait pas souffert, ses traits creusés par l'âge et par la maladie étaient apaisés. Catherine s'agenouilla, se pencha vers Long-Nez, son compagnon de jeunesse, dont elle baisa le front, avant de se signer. Puis elle posa ses lèvres sur celles de son époux, que les mystères de la mort avaient à nouveau adoucies. Du pouce, elle traça sur elles un signe de croix, se releva.

Isabelle restait debout, à prier, le corps secoué de sanglots. Les petits faisaient cercle de leurs bras, autour de sa longue robe claire. Eux regardaient cela sans ciller, étonnés, leur mémoire déjà pleine de tout ce qui se passait dans leur monde, soudain différent, et qu'ils allaient quitter. Catherine se releva et se figea, la nuque fléchie. Les marins attendaient son ordre.

— Doucement, dit-elle. Tournez leur regard vers l'Acadie.

Lorsque les deux corps eurent disparu, les hommes empoignèrent des pelles et comblèrent les fosses. On ficha les croix, bien droites, le plus profondément possible, parce que, dans ce genre d'endroits, la force et l'obstination des vents débarrassaient la terre de tout ce que les hommes y laissaient dépasser. Et, comme des témoins de cette scène aucun ne savait écrire, les morceaux de bois grossièrement encloués ne portaient pas de noms.

Puis on revint à la pêcherie, prendre les sacs de vêtements, de draps et d'objets précieux que l'on emporterait de l'autre côté du détroit de Canso. Les deux femmes s'étaient mises d'accord. Il ne servait à rien de demeurer sur l'île, soumis à l'arbitraire des vainqueurs de Louisbourg. D'autres pillards viendraient, prendraient ce qui resterait, jusqu'aux vies. Il y avait un havre, en Acadie, sur la Pisiquid. On s'y rendrait.

Les marins chargèrent les sacs sur les dernières unités de la flotte, deux barques à rames dont on se servait habituellement pour aller d'une crique à l'autre. Isabelle leur avait donné congé et ils restaient, cependant, désireux de rendre service. Une torche allumée à la main, Isabelle les conduisit à l'abri où Pierre avait ancré le *Béarn*. C'était une bonne cachette, vraiment. Par terre ou par mer, les Anglais ne l'avaient pas encore découverte.

« Plutôt brûler nos bateaux que les voir sous la bannière du roi George. »

Au moment où les voiles enflammées basculaient dans l'entrepont, Isabelle se souvint de cette phrase de son père. La jeune femme ne s'attarda pas sur le rivage de la petite crique. Le souffle de l'incendie lui déchirait le cœur. Elle l'entendit, pourtant, avec ses craquements sinistres, ses sifflements, jusqu'aux parages de la pêcherie.

Il fallait terminer le travail d'effacement. Isabelle fit vider la borde de ses ballots de paille que les hommes alignèrent au bas des murs de la pêcherie. Entrepôt et maisons, filets et séchoirs, il ne resterait rien. Les enfants étaient déjà embarqués avec Catherine, à distance de la colline. Isabelle donna l'ordre de mettre à feu. Puis elle se détourna et prit le chemin de l'embarcadère, sans se retourner.

18

Depuis novembre, tout l'hiver de 1746 n'était que rugissement égal du vent sur la terre accablée de neige, ciel de plomb fixé au-dessus des êtres et des choses comme un rideau de cendre à des poutres de grange. Tout était crépuscule au bassin des Mines, midi sonnait un moment étrange où l'on se croyait au seuil de la nuit, et la nuit elle-même était un interminable boyau au fond duquel on écoutait siffler la colère de Dieu sur ses Acadiens.

Les chemins avaient disparu, les digues, autrefois visibles de loin, se confondaient avec le décor uniformément blanc, les maisons et leurs dépendances, enfouies, montraient ici et là une fenêtre, un bout de cheminée d'où s'échappaient les fumées des âtres. Parfois, le ciel était si bas que même ces ultimes traces de vie se fondaient en lui, et seuls les arbres des vergers, noirs squelettes ployés par les rafales, révélaient les présences blotties, les chaleurs partagées. En vérité, l'hiver.

Il faisait un petit jour gris. Paul Melanson jeta une bûche dans la cheminée, alluma sa pipe, puis, de la paume, effaça la buée sur la vitre d'une croisée. Le chemin qu'il avait creusé la veille dans la congère bloquant l'entrée avait été en partie recouvert, mais il était tout de même possible de sortir.

Paul chercha à apercevoir la silhouete d'Adeline, sa femme depuis la fin du mois de septembre. Elle avait insisté pour aller elle-même au potager extraire un chou, des navets et des pois de la neige. Paul maugréa en fouillant la brume du regard. Il tombait un crachin de verglas, on n'y voyait pas à dix pas, décidément, c'était un temps à ne pas mettre un Acadien dehors, et encore moins une Acadienne.

Il s'assit sur un banc, devant la table, reprit l'aiguisage d'une faux commencé la veille. A vingt ans, Paul Melanson prenait déjà les traits de son grand-père Jacques Hébert, son visage long aux reliefs accusés, ses yeux au regard pesant sur les autres et les scrutant. « Plus Poitou que Béarn, et dans le caractère, tout pareil, secret et volontiers rêveur, peu porté au bavardage », disait de lui Marguerite, sa mère ; « d'Ecosse, alors, par les Melanson », ajoutait-elle dans un soupir. Et pour la conforter, il lui disait : « Mère, je suis tout autant Paul-à-Marguerite-à-Jacques Hébert », ce qui lui faisait plaisir.

Adeline revenait enfin, son panier plein, la coiffe et la cape couvertes de minuscules glaçons. Elle se débarrassa du lourd vêtement, alla frotter ses mains devant le foyer, tandis que le chien Masca, entré avec elle, s'ébrouait, sous le regard amusé de Paul.

— Dame Melanson est donc allée prendre l'air des Mines, dessous la terre. Comment était-ce ?

Elle tourna vers lui son visage rond aux lèvres charnues où brillait un regard candide, le même que lorsqu'ils s'étaient trouvés assis à côté l'un de l'autre, à l'église de Grand-Pré, douze années auparavant. Depuis, ils ne s'étaient en vérité jamais quittés, malgré l'éloignement des fermes de leurs parents, l'une sur la rivière Pisiquid, l'autre au bord de la Sainte-Croix, à près de deux lieues en amont.

— Froid, dit-elle, la voix rieuse, les yeux espiègles.

Elle était légère, joliment tournée, avec des hanches sur lesquelles Paul aimait à poser ses mains et un buste qui convenait à ses lèvres. Il regarda son ventre, plat sous les jupons et la robe de laine bleue, pensa au petit qu'il espérait y avoir déposé. L'hiver en Acadie était propice aux étreintes fécondes. On était bien moins fatigué par la chasse que par les travaux des champs, les nuits duraient longtemps et se prolongeaient par des matinées où l'on cherchait, à deux, un petit supplément de chaleur, sous les édredons en plume et les draps de lin.

— Tu n'as pas vu le Micmac ? demanda-t-il.

— Dans ce brouillard, pardieu, non. Du potager, on aperçoit à peine les bardeaux.

Paul attendait une visite. Il se leva, alla à la jarre d'eau pure, de celle qui coulait à cinq cents pas de là, entre les rochers. On la trouvait, qui chantait, lorsque la glace recouvrant un tout petit affluent de la Pisiquid avait été brisée. De cette eau, les

Sauvages disaient qu'elle était habitée par les bons esprits des collines. Leur Gloscap, le premier homme, en avait bu, et s'en était trouvé bien.

Paul plongea une louche dans la jarre, se désaltéra, à longues gorgées. Dans la maison bien protégée par son double mur de planches et de bardeaux, derrière les quatre fenêtres de bois neuf, ajustées au plus près, le feu qui brûlait jour et nuit asséchait l'air autant que les gorges, et il fallait boire, souvent.

La maison qu'Adeline tenait propre, à la différence de quelques autres où l'on s'entassait dans le désordre et les remugles, embaumait la résine. Il y avait, aux fenêtres, des rideaux de lin blanc presque transparent, par où s'adoucissaient les lumières crues de l'été et entraient les pâles soleils d'hiver. De part et d'autre de la cheminée, le long des murs, des étagères portaient leurs alignements de pots, de poêlons et de porcelaines, même, ce luxe qu'auraient envié les anciens. Eux buvaient dans de la terre cuite, mangeaient dans de l'argile grossièrement tournée ou, parfois, à même les vasques creusées dans le bois de la table. Paul ralluma sa pipe.

— Ces couteaux de Boston sont tout de même bien outillés, apprécia-t-il, rieur. Epargne celui-là, on ne leur en rachètera pas sous peu, à mon avis.

Adeline tranchait ses légumes à l'aide d'une lame fine et brillante, un cadeau de Marguerite aux jeunes mariés. La louche en main, Paul la regarda faire. Tout était silencieux autour de la maison, et pourtant, un coup de main sur Grand-Pré se préparait. Le cœur de Paul Melanson battait un peu plus fort que d'habitude, comme avant de coucher un sanglier d'un coup de fusil.

Il fallait attendre. D'habitude, c'étaient des cousins ou des neveux, de retour de la chasse, qui frappaient à sa porte pour la nuitée. Longs étaient les rivages de la Pisiquid, et douillet, l'âtre-à-Paul Melanson, devant lequel on s'endormait après s'être conté dix histoires de caribous et d'outardes. Cette fois, les chasseurs pisteraient un tout autre gibier. Paul soupira. Son père ne voyait pas d'un très bon œil son engagement mais ainsi semblait être souvent cette jeune génération qui n'avait pas connu la guerre : fougueuse et rebelle.

Adeline plongea ses choux gelés dans la marmite et, bien vite, un appétissant fumet se répandit dans la pièce. Paul ferma les yeux. Adeline savait cuisiner la poule confite et pardieu, en février, cela tombait plutôt bien.

La nuit était venue, épaisse, sous le vent un peu calmé. Comme chaque soir, depuis que les hommes du gouverneur québécois Ramezay s'étaient mis en route vers l'Acadie, Paul avait laissé une bougie allumée derrière une fenêtre et s'était installé, la pipe au bec, dans son fauteuil en bois.

Adeline était allée se coucher, derrière le drap délimitant les territoires de la maison. Paul s'était assoupi devant les braises, lorsque des voix lui parvinrent de l'extérieur. Le chien grogna, à demi éveillé, lui aussi. Paul se leva, aperçut, par la fenêtre, des ombres dans la lueur d'une torche. Il ouvrit la porte, fit pénétrer les hommes, en même temps qu'une bourrasque glacée.

— Pardieu, vous avez marché dans cette nuit ?

Ils étaient cinq, de vraies statues de neige, leurs sourcils bleus de givre, leurs lèvres, des fraises écarlates ou, au contraire, en mouvement, du marbre livide. Paul alla secouer Adeline, qui se jeta hors du lit, se couvrit d'une cape et rejoignit le groupe. Il fallait activer le feu, faire chauffer de l'eau pour une soupe. Les hommes avaient délacé leurs raquettes et se dévêtissaient à gestes lents. Ils s'étaient couverts de laine, de peaux et de fourrures, leurs mitasses étaient en loques. L'un était le guide micmac, les autres des civils et un officier.

— Il était temps que vous arriviez, leur dit Paul. Pardieu, vous avez fait là une chose inhumaine.

— Mon père a pris Terre-Neuve de cette façon, avec quelques amis, il y a quarante ans, dit l'officier, sur un ton un peu affecté.

Commandés par La Vallière, les Acadiens des territoires français avaient débarqué une semaine auparavant, à la baie Verte, marchaient, depuis, guidés par les Sauvages, en compagnie de leurs deux alliées, la neige et la nuit. Paul s'activait autour d'eux lorsqu'il reçut une grosse bourrade sur l'épaule.

— Eh bien, Paul-à-André-Melanson ! Tu tardes un peu à me reconnaître, je trouve.

Paul écarquilla les yeux. Le barbu au regard fiévreux, aux lèvres encore pincées par le froid, qui dénouait de ses doigts gourds son écharpe de laine, était Jérôme Hébert.

— Mon oncle !

— Bé, dame, qui d'autre ?

Jérôme éclata de rire. Il avait pensé quelquefois périr de froid, dans le désert polaire de l'isthme. Il avait fallut marcher au large des colonies. Les Anglais étaient à moins de cinq lieues, à Gasparots, à la rivière Saint-Antoine, et à Grand-Pré, même, dans des maisons que les habitants avaient désertées, craignant d'être confondus avec eux en cas d'attaque française.

— Qui a dressé les plans de leurs positions, demanda La Vallière ?

Paul cita des noms de colons des Mines, Broussard, Gauthier, Landry, d'autres, tous volontaires pour aider l'expédition.

— Et mon cousin Sylvain, le fils de votre sœur Madeleine, ajouta Paul.

— Benêt ! Je connais tout de même ma famille, ironisa Jérôme.

Etait-il pressé d'aller tâter le terrain de l'adversaire ? questionna Paul. L'officier le calma, on aurait le temps de voir tout ça après avoir soupé et dormi. La Vallière avait réussi à se cacher dans les marais de Louisbourg, après la reddition de la forteresse. Il avait rejoint Pierre Lestang, qui cabotait sur la côte ouest de Cap-Breton, à la recherche de fuyards, s'était fait déposer au nord de la baie Verte, tandis que le corsaire allait mettre le *Locmaria* à l'abri dans la baie des Chaleurs. Ainsi la guerre se déplaçait-elle vers le nord et le grand fleuve, désormais à découvert.

Les deux derniers arrivants étaient des éclaireurs de Montréal, de ces lointains cousins que l'on ne fréquentait guère lorsque l'on était à la terre d'Acadie, sans bateau pour voyager si loin. Les hommes se déchaussèrent, massèrent longuement leurs pieds devant l'âtre, puis ils s'attablèrent. Le Micmac se tenait debout près de la porte, immobile, les bras croisés. On le fit s'asseoir. Paul servit du vin à tous, tandis qu'Adeline tranchait deux cordes à saucisses, sous une poutre.

— Elles viennent de chez votre sœur Madeleine, dit-elle à Jérôme. Ils ont tué un cochon en novembre, rien que pour nous.

Elle porta la marmite de soupe encore tiède jusque dans la cheminée, la suspendit à la crémaillère. Les convives, affamés, n'avaient pas traîné pour attaquer les saucisses et les dévoraient à grand renfort de pain blanc. Les moulins de Grand-Pré avaient bien donné, cette année-là, les fours d'argile aussi, et les miches s'étalaient, bien rondes et brunies, sur les étagères des fermes des Mines.

— Bon pays, dit La Vallière, presque aussi généreux que celui de Beaubassin.

Il rit, à voir Paul tordre un peu le nez, corrigea :

— Autant l'un que l'autre, allez ! Quant à votre soupe, madame, je n'attendrai pas qu'elle fume. De grâce, servez-moi sans attendre.

— Notre hôte me presse de passer la rivière dès ce soir et d'aller voir mon autre neveu, Sylvain Melanson, qui sera des nôtres à Grand-Pré, dit Jérôme. Et pour une autre raison, qu'il joue à ne pas me dévoiler.

La Vallière haussa les épaules. Il avait le ventre plein, tout allait plutôt bien. Adeline et Paul lui avaient proposé leur lit, qu'il avait refusé. Alors, l'hôtesse lui avait aménagé, ainsi qu'à ses compagnons, une couche de draps, de couvertures et d'édredons, devant la cheminée. L'Indien, quant à lui, s'était déjà endormi, assis sous sa couverture, et ronflait doucement, dos au mur, près du chien.

L'officier bâilla.

— Le rendez-vous sera donc chez ce Sylvain, dès demain, dit-il. Nous verrons alors à réaliser la tâche qui nous sera impartie.

Ils étaient aux confins sud de la colonie des Mines et des territoires micmacs, assez proches cependant des Anglais terrés à Grand-Pré. Réunir les Acadiens désireux de se battre et les alliés sauvages, dresser le plan de l'attaque par ce côté et s'assurer que le gouverneur Ramezay serait à son tour parvenu à destination avec sa troupe, au nord, tels étaient leurs objectifs premiers.

— Venez, mon oncle, dit Paul.

Ils s'habillèrent, lacèrent leurs raquettes, sortirent dans la lueur vacillante d'un flambeau. Il neigeait des flocons épais. Leurs pas les menèrent à la rivière, qu'ils eurent tôt fait de traverser sur la glace d'un gué. La ferme de Sylvain Melanson se trouvait dans une concavité de la Pisiquid, un peu en amont. Une digue en marquait la limite jusqu'à moins de cinquante pas de la maison. Dans l'obscurité complète, sous la neige, Jérôme avait du mal à trouver son chemin. Ce fut Paul qui aperçut un halo de lumière. La maison.

Sylvain Melanson vivait seul pour quelques semaines encore. Son mariage était prévu pour avril, sa promise ayant contracté la rougeole lors d'une épidémie et manqué d'ailleurs y laisser la vie, comme quelques autres. Un chien se mit à aboyer, à l'intérieur. Paul poussa la porte, s'effaça pour laisser entrer son oncle.

A la minuit passée, la pièce de vie était encore tiède. Là comme partout en Acadie, le feu vivait tout l'hiver du bois empilé sous les auvents. Sylvain Melanson quitta le fauteuil dans lequel il sommeillait, vint vers ses visiteurs. Il était en chausses, sur les planches de bois brut.

— C'est notre oncle Jérôme, dit Paul.

Sylvain parut étonné puis un large sourire éclaira son visage. A demi chauve, le regard bleu, vif et curieux à la fois, il ressemblait à son grand-oncle Pierre Lestang. Son corps tenait du bûcheron pour le buste et du bretteur pour les membres.

— Alors, j'ai quelque chose à vous montrer, mon oncle.

Il brandit une bougie, marcha vers le fond de la pièce, souleva le rideau. Des gens dormaient là, sous des couvertures indiennes. Sylvain abaissa la bougie et Jérôme découvrit, dans une lueur jaunâtre, sa famille alignée là pour la nuit, Isabelle, qui serrait le petit Jacques dans ses bras, puis les deux aînés, se soufflant dans le nez, et Catherine, le dos tourné à ce petit monde, le front dans le creux de son bras.

— Seigneur Dieu, c'était donc cela.

Il vit la satisfaction béate des deux cousins, tomba à genoux. Ses mains effleurèrent les corps allongés, sans les toucher. Rien de ce qu'il avait vécu jusque-là, et à Boston, même, n'avait ainsi fait bondir son cœur. Comment ces êtres étaient-ils arrivés là et depuis quand ? Il saurait. Les funérailles du Bellilois, l'incendie de la pêcherie par Isabelle et les marins. Puis les esquifs menés à l'Acadie toute proche, en quelques coups de rames. Les marins avaient accompagné les fugitifs pendant quelques jours, puis avaient bifurqué vers le nord, et l'isthme de Chignecto. Catherine et Isabelle avaient alors conduit les trois petits dans les territoires micmacs, jusqu'à Cobequid. Contre quelques pièces de menue monnaie, les Sauvages avaient épaulé les sacs, montré le chemin entre lacs et rivières, fait le feu pour les bivouacs et porté les deux petits lorsque, épuisés, transis, couverts de boue, ils se laissaient tomber, refusant d'aller plus loin. A Cobequid, l'hiver s'annonçait. D'autres rescapés de l'île Royale étaient arrivés. On les hébergeait ici et là dans des maisons déjà bien peuplées. Catherine désirait s'arrêter pour quelques mois sous un toit de colon. Il y avait là des Hébert, des Melanson, lointains cousins.

« Nous n'avons plus rien, mais nous ne sommes pas pour autant des quêteux », leur avait dit Isabelle.

Fatiguée, aimaigrie, souffrant de fièvre et de dysenterie, Catherine lui avait suggéré plusieurs fois de la laisser en route, dans quelque campement indien. N'avait-elle pas mis au monde son fils dans de semblables conditions ?

« Vous n'aviez pas soixante et huit ans, s'entendait-elle répondre, comme une antienne. Et qu'adviendrait-il de vous, dans l'hiver ? Les Sauvages vont bientôt quitter les collines pour les rivages. Vous les suivrez, un canot sur les épaules, pour aller manger des pétoncles sur le sable ? »

Elles s'étaient disputées, sous leurs couvertures trempées, criant que cela suffisait, que tout était folie dans cette aventure, que les pluies glacées finiraient par pétrifier tout le monde et que c'en serait enfin terminé de ces souffrances et de ces fatigues. Mutiques, des journées entières, puis serrées l'une contre l'autre autour du feu, couvant les enfants dans le silence des nuits claires et froides ou dans les gémissements du vent, elles avaient pleuré, s'étaient réconciliées, redoutant le jour suivant avec son cortège de courbatures et d'idées noires.

Isabelle avait tenu, aidé par son Thomas, un vrai petit coureur des bois, celui-là. Jamais elle n'avait cessé de penser à Jérôme. Il la chercherait sans doute aux Mines, si, par la grâce de Dieu, il revenait. L'idée de passer quatre ou cinq mois, terrée à douze lieues à peine de la Pisiquid, lui était insupportable. On continuerait. Des charrettes acadiennes avaient pris le relais des porteurs micmacs, pour rejoindre Grand-Pré. Sous la neige, la fin du voyage avait été une rude épreuve. Depuis Grande-Anse, il avait fallu huit semaines aux cinq proscrits pour rejoindre le reste de la famille.

— Pardieu, je les aime, chuchota Jérôme dans un sanglot.

Ah, ces femmes avaient de la race ! Et les petits, donc, qui avaient suivi. Jérôme se releva, alla chercher une chaise. Il mourait du désir d'embrasser sa tribu mais préférait la contempler, ainsi apaisée. Il posa la chandelle près de lui, s'assit. Il attendrait leur réveil. Celui de Catherine précéderait les autres, depuis toujours. Tandis que les jeunes Melanson allaient s'allonger devant la cheminée, Jérôme prit sa tête entre ses mains. Cette nuit, où tout n'était, dehors, qu'opacité, était la plus belle de sa vie. Les cinq cents Anglais qui avaient chassé des familles entières pour occuper leurs fermes pouvaient encore dormir tranquilles. Dieu veillait sur d'autres, en marche dans les ténèbres et bientôt prêts à les en déloger.

Les volontaires acadiens avaient fait du chemin eux aussi, pour assister à la réunion. Ils étaient une quinzaine, au soir du 9 février 1747, venus des rivières, de Grand-Pré, et de Pisiquid, même. Tous étaient célibataires, certains, proscrits pour avoir hébergé des Français en armes lors des sièges récents d'Annapolis, se cachaient depuis au fond des fermes. Sur le conseil de Jérôme, La Vallière avait écarté les pères de famille. Paul n'irait donc pas, et enrageait. Jérôme demeura inflexible. Un seul Melanson ferait l'affaire.

Ramezay n'allait pas tarder à arriver, sans doute par Pisiquid, avec ses deux cent cinquante hommes, ses miliciens québécois, et même les Abenaquis du dernier des Saint-Castin, refoulés eux aussi d'Annapolis, et qui se retrouvaient là, espérant enfin en découdre.

Il faudrait faire vite. La Vallière consulta les relevés que Sylvain, aidé de quelques autres, avait établis des maisons où stationnait la troupe de Noble. Cela en faisait pas mal, une vingtaine au total, qu'il faudrait investir en même temps, de nuit, et si possible sous la neige.

— Les Anglais ne croient pas à une attaque par un aussi mauvais temps, dit Sylvain. Des gens de Grand-Pré leur ont certifié que cela arriverait. Ils leur ont ri au nez.

— Rira bien qui rira le dernier, dit La Vallière, narquois.

L'hiver réussissait assez aux armes de France. Et si l'action à venir était le début de la reconquête tant espérée par tous et voulue par quelques-uns, réunis là en avant-garde des compagnies futures ? Jacques Hébert et le Bellilois avaient rêvé cela. Leurs corps pourrissaient en terre anglaise, à présent. La poitrine de Jérôme en était oppressée.

La main de La Vallière, posée sur son épaule, l'apaisa un peu. L'aristocrate de Beaubassin et le bâtard de Pentagouët étaient devenus amis pendant le siège de Louisbourg, puis au fil de leur fuite. Ils avaient eu pour cela quarante-sept jours, et pas mal de nuits de veille, tandis qu'un déluge de fer et de feu s'abattait sur eux. Que savait l'un de l'autre ? Vingt ans après Port-Royal, Jérôme avait fait le coup de feu avec les volontaires d'Acadie, gagné l'estime des militaires et croisé quelquefois celui qu'il savait être son frère dans les rues de la forteresse. Le temps n'était pas aux confidences, et La Vallière n'en cherchait pas. Jérôme ne lui avait rien dit de Terville, qui s'était laissé embarquer vers Brest, avec le reste de la garnison. C'était dommage. Il s'était bien conduit, lui aussi, mais ni plus ni moins que les miliciens de Cap-Breton, désormais captifs à Boston.

— Ami, vous êtes ailleurs ?

La Vallière se penchait vers lui. On allait choisir les fermes qui accueilleraient les Canadiens de Ramezay et les Sauvages de Saint-Castin. Cela ferait du monde, à dormir devant les cheminées.

Isabelle et Catherine pétrissaient de la pâte, sur la table d'Adeline Melanson. Auprès d'elle, les deux petits se disputaient les boules que l'on mettrait au four, et les taloches de leur mère ne faisaient que ralentir leur jeu.

Des hommes allaient surgir de la steppe enneigée, la faim au ventre. Leur ordinaire pourrait ainsi être amélioré par des pains tièdes, des tourtes, de la soupe, et par la charcutaille que l'on dépendrait tout entière du plafond. Il régnait, dans la grande pièce, une activité fébrile, et comme une atmosphère d'angoisse, aussi. On pensait à la guerre qui allumerait bientôt ses feux à Grand-Pré, et la contemplation des prairies et des champs blanchis donnait l'impression que cela n'était qu'un songe. Paul fumait devant sa fenêtre. Jérôme allait et venait de long en large dans la pièce. Des Sauvages avaient annoncé l'arrivée des Canadiens pour le lendemain. Ramezay s'était fort abîmé un genou, le commandement passait à quelqu'un d'autre. Qu'importait. L'attaque suivrait de près le rassemblement des hommes, le jour à attendre, et l'on marcherait dans l'obscurité totale, vers la cible.

— Tu vas patiner le plancher de ton neveu, dit Isabelle à son mari.

Elle souriait. C'était un beau parquet de chêne, encore neuf. Jérôme s'assit près d'elle, prit ses mains, les débarrassa de leur pâte. Puis il les baisa, les posa sur ses joues.

— Regarde, lui dit-elle. Maintenant, elles ne serrent plus de cordages et ont oublié la saumure. Elles se sont adoucies.

C'était vrai. Et la femme dont les doigts caressaient la barbe de Jérôme avait changé, elle aussi. L'exil, les fatigues de la longue marche, l'incertitude et la peur s'étaient ajoutés au deuil et à la ruine, avaient creusé un peu ses joues, plissé son front, mis des fils blancs à ses tempes. Restaient l'énergie, intacte, et l'amour qu'elle portait à son homme, à son rêveur revenu de Louisbourg le fusil au poing, avec une tête de coureur des bois.

Adeline s'assit à son tour, posa ses moules à tarte sur la table. C'était du matériel anglais, en métal léger. Jérôme le lui fit remarquer. Malgré les recommandations et les interdits de Versailles, les marchands, et surtout les contrebandiers de Boston, avaient su profiter de la neutralité acadienne. En avait-on encore beaucoup, de ces récipients et outils achetés plus ou moins officiellement aux Barnett, Nelson et autres Smith ?

— Ils sont meilleurs que nos fontes, là ! trancha-t-elle. Et font moins mal quand ils nous tombent sur les pieds.

— Et c'est ton oncle Pierre qui en a rapporté lui-même de Boston, plein son *Béarn*, et moultes fois, ajouta Catherine.

— Quand il ne pouvait pas les saisir !

Jérôme cessa de taquiner les femmes. Les guerres d'Amérique ne ressemblaient à aucune autre. Nos-amis-nos-ennemis !

Catherine observait son fils. Dans le brouillard de plus en plus épais qui gênait sa vision, elle croyait de nouveau reconnaître Julien Lestang. Avec l'âge, les sourcils de Jérôme devenait broussailleux, ses yeux s'enfonçaient dans les orbites, donnant à leur expression du poids, presque de la sévérité. Le petit milicien de Port-Royal, l'exalté redevenu simple fils de laboureur, s'était courbé pendant dix ans sur la terre avec l'humilité des siens, avant de s'employer à la pêcherie familiale. Il avait été longtemps le spectre des mauvais jours noyé dans ses humeurs, ses morosités, capable de garder le silence des semaines durant, dans des tourmentes auxquelles personne n'avait accès. Et en avait-il mis, du temps, à se rendre compte qu'il était mari, et père !

— Je dois aller chez André et Jean Melanson, dit-il. Il faut que je leur parle.

La guerre l'avait tenu éloigné de la péninsule pendant deux ans. On s'était battu à Louisbourg et dans l'île Royale. Le reste de l'Acadie n'avait pas été concerné. Jérôme pouvait aisément imaginer les pensées des siens en de telles circonstances, entre espoir et crainte. Désormais, le lieu du conflit se déplaçait vers eux et ils ne pourraient plus en faire abstraction.

— Allons-y, dit Paul. La neige a cessé de tomber.

Dehors, tout était plongé dans une grisaille de fin du monde, comme Isabelle en avait connu dans les parages de Terre-Neuve. Les marins y redoutaient l'attaque de monstres, les gueules des baleines ouvertes sur les bateaux, prêtes à les engloutir. Tout cela était loin. Les hommes mirent leurs raquettes. Isabelle monta sur celles de Jérôme et se laissa mener par son mari, enlacée, jusqu'à la porte, ce qui fit rougir Adeline et mit les enfants en joie.

— Père, je veux partir avec vous, dit Thomas.

L'aîné des enfants Hébert avait dix ans, un casque de cheveux roux sur le crâne et l'air décidé. Il chassait avec Paul et Sylvain, connaissait depuis longtemps le cours et les recoins de la Pisiquid, jusqu'à la Sainte-Croix et même plus haut. Celui-là reniflait la guerre et en frémissait d'impatience. La mort de Long-Nez ne l'avait pas impressionné, l'exode vers Grand-Pré l'avait endurci. Mais il n'avait pas l'âge d'aller se battre, et la sculpture de navires dans des morceaux de bois, exercice auquel il était habile, lui suffirait pour le moment.

Jean Melanson était avec sa femme, Madeleine, et deux de ses fils, à l'étable, où ses bêtes à cornes passaient l'hiver à ruminer l'herbe odorante des misettes de la Pisiquid. Il peina lui aussi à reconnaître Jérôme, serra sa main.

— Alors, tu nous reviens pour la guerre, à ce qui se dit ?

Il se détourna, enfourcha du foin, qu'il dispersa sur le sol, devant le museau de ses bêtes, tandis que Jérôme allait embrasser sa sœur. Il y avait là quinze vaches, toutes de robe beige, un troupeau magnifique. Dans un petit enclos, quatre veaux à peine nés s'exerçaient à tenir debout, tétaient leur mère sous le regard attentif des deux garçons.

— Et mon Sylvain sera des vôtres ? ajouta le fermier d'une voix sèche.

Madeleine s'était mise à sangloter, les mains couvrant son visage. Elle s'était encore amaigrie durant ces années, ressemblait à son grand-père Lestang, de nez, surtout. Jérôme considéra l'étable, un bâtiment plus grand que la maison des maîtres. La terre de la Pisiquid avait fini par bien consoler les réprouvés de Port-Royal. A quelques pas de là, des moutons bêlaient à l'abri de leur bergerie, et les porcs survivants à la tuaille de novembre ne devaient pas être loin non plus.

— Oui, dit-il, gêné. Mais pas Paul, qui le voulait, pourtant.

— C'est heureux. A peine installé dans sa ferme et déjà à courir l'Anglais...

Comme son frère André, Jean Melanson avait signé un serment d'allégeance partielle, un de ces contrats pipés de plus. Jérôme et quelques autres considéraient ces documents comme des torchons sans la moindre valeur. On restait sujet du roi d'Angleterre, mais on ne porterait jamais les armes contre la France. Où étaient-ils, ces papiers ? Dans quel obscur tiroir, au bureau du gouverneur d'Acadie ?

— Jean, nous n'aurons pas le temps de reprendre les anciennes discussions, dit Jérôme, tandis que Paul saisissait une fourche et se mettait au travail. Je voulais simplement prévenir que des Canadiens vont arriver après une longue route dans la neige. Ils sont en route pour Grand-Pré et feront jonction avec des hommes de Cobequid et de la Pisiquid. Ceux de Québec ne sont pas sujets du roi George. Ils méritent cependant qu'on les nourrisse et qu'on les aide à se reposer.

Jean Melanson se tourna vers lui, le prit par la manche, l'entraîna vers la porte de la grange. Un pâle soleil donnait au paysage la couleur du lin écru, tissé par les femmes. Jérôme vit la maison à demi engloutie, surmontée d'une spirale noire que le vent dispersait.

— Tu vois cette fumée, dit Jean, la voix pleine d'une colère contenue. J'ai senti la même, un jour, elle était immense, celle-là, elle puait la mort et se voyait de loin. C'était celle de notre maison en flammes. C'était ta maison, aussi, tu t'en souviens ? Eh bien, je vais te dire. Je ne veux pas voir pareille fumée monter un jour des ruines de cette ferme-ci. Les bêtes qui y mettent bas tranquillement ne me seront pas confisquées. La guerre, la France, le roi, et merde ! Qu'ils se débrouillent sans moi.

Madeleine les avait rejoints. Elle était bouleversée. Les mêmes terribles souvenirs lui revenaient en mémoire. Des enfants lui restaient à élever, sous ce toit. Les grands faisaient bien ce qu'ils voulaient, sa Catherine de seize ans à peine s'était déjà mariée, pour vivre à Trois-Rivières avec le fils du marchand de grain Bérard. Mais les autres, les plus petits, qui verraient monter les fumées des incendies à l'horizon de Grand-Pré, ils ne pouvaient se défendre et devraient fuir encore une fois ? Ah ! Laisserait-on un jour aux gens la liberté de vivre sans la peur ?

Jérôme eut un geste qu'elle ne lui connaissait pas. Il la prit contre lui et l'embrassa. La guerre était là, qu'on le veuille ou non. D'autres l'avaient décidée, loin de la rivière Pisiquid. Jean ne décolérait pas. Il rentra dans l'étable.

— Viens, Jérôme, dit-elle, en larmes. Il fait bien froid, ici.

Elle l'emmena dans la maison, emplit une assiette de soupe qu'elle posa devant lui, sur la table. Il y avait là, dans la vapeur des marmites, une fratrie, entre huit et quinze ans, de fillettes, occupées au ménage, et de garçons, plongés dans des petits travaux de cloutage et de menuiserie. Une grande filait la laine, près d'une fenêtre. Jérôme remarqua le sol de terre battue, ondulant, creusé, presque, par les milliers de pas faits sur les trajets ordinaires, la lèpre noire des vapeurs domestiques, tout autour de la cheminée. La maison de sa sœur était devenue un simple espace de vie, trop peuplé. Les gens y étaient aussi serrés que les jattes, les bassines, les mortiers et autres poêlons, sur les étagères. Les aînés avaient de la chance. Ils s'installaient sur du bois sec, et montaient des cloisons pour se ménager une intimité.

— C'est votre oncle Jérôme, dit-elle.

Tous n'avaient pas connu le passant d'autrefois mais tous en avaient assez entendu parler pour venir autour de lui et, l'ayant embrassé, rester à le bader, le menton dans les mains.

Madeleine essuya une larme, avant de couper du lard qu'elle offrit à Jérôme.

— Il ne faut pas nous en vouloir, dit-elle. Les récoltes sont bonnes, certes, mais la vie aux Mines devient incertaine. Ce gouverneur Mascarène n'est pas un mauvais homme. Il se souvient qu'il fut français et ne manque pas de nous le rappeler. Mais les autres ?

Jérôme ne répondit pas. Les autres ? Des fauves pressés de fondre sur leur proie et qu'il fallait arrêter par des coups hardis, des semonces capables de les faire réfléchir. Les Saint-Castin, Villebon, Bellilois avaient autrefois su faire cela. Mais il y avait eu depuis trop de désastres. Combien la France possédait-elle de navires, aujourd'hui ? Viendraient-ils tous en même temps, reprendre Louisbourg, Annapolis et le reste de l'Acadie ? Les puritains avaient participé à la prise de la forteresse. Maintenant, les Canadiens marchaient vers Grand-Pré. Le conflit s'élargissait. Jérôme pensa aux efforts de son oncle Pierre vers les colons du Massachusetts, à la contrebande utilisée pour leur faire détester les Anglais. Pierre s'était trompé. Boston n'aimait pas Londres mais on faisait la guerre ensemble contre la pauvre Acadie.

— Ta soupe est bonne, Madeleine, dit Jérôme.

Il avait du mal à l'avaler et le lard ne passait pas. Jean Melanson ne voyait pas plus loin que son verger, que les cornes de ses vaches. Ses cauchemars étaient peuplés d'hommes en armes, de granges brûlées, de terres rendues au sel des marées. Qui avait raison ? Jérôme redécouvrait la maison emplie de sa marmaille en tablier, semblable à cent autres. Le temps, qui pousserait un jour prochain le ciel vers la belle saison, verrait-il l'Acadie fondre comme la neige et se dissoudre dans les rivières ? Jérôme se leva. Il devait rencontrer André Melanson.

— Tu n'as rien mangé, lui reprocha sa sœur. Et regarde, il va neiger de nouveau. Reste avec nous, je t'en supplie. André pense comme son frère, tu perds ton temps si tu espères le convaincre. Il a changé, tu sais. Il a signé les serments, comme nous, la guerre l'effraie. Ne va pas à Grand-Pré, Jérôme, par Dieu tout-puissant, laisse agir les hommes de guerre.

— Vous n'êtes tout de même pas au roi George, souffla Jérôme, sidéré.

— Bien sûr que non, se défendit-elle. Mais il se peut bien que nous ne soyons plus au roi Louis. C'est ainsi.

Elle s'assit près de lui, les mains jointes sur ses cuisses. De tous ses proches, Madeleine était celle que Jérôme connaissait le moins bien. Elle avait vécu dans l'ombre bavarde de Marguerite, dominée, presque effacée. Silencieuse et dévouée, peu regardée par les garçons malgré sa froide beauté ou sans doute à cause d'elle, elle avait trouvé en Jean son double, bon pour elle et pour leurs enfants. A quarante ans passés, elle aspirait à la paix, pour toujours, et fermait les yeux quand passaient les patrouilles en vestes rouges.

— Dieu te garde, ma sœur, lui dit Jérôme en l'embrassant de nouveau.

Il sortit. Un rayon de soleil éclairait, au loin, les confins de la colonie de Pisiquid. C'était un paysage d'une grande pureté. Des lignes noires apparaissaient, talus de canaux, hauts de digues débarrassés de la neige par le vent, rus coulant à travers les aboiteaux. Et les arbres, nus, déployaient leur ramure sombre comme des griffes de sorcière, le long de ce réseau. Madeleine prit le bras de Jérôme.

— Dis à ces hommes qui vont venir que s'ils ont faim, et froid, ils trouveront ici de quoi ne pas souffrir davantage.

Elle souriait et pleurait en même temps, et c'était le Dieu des Acadiens qui parlait par sa bouche.

Isabelle était assise sur le lit, la chemise de nuit délacée jusqu'au milieu du buste. Une robe de chambre de grosse laine rouge sur les épaules, elle regardait Jérôme aller et venir dans la lumière de la bougie. On avait envoyé les enfants et leur grand-mère dormir chez Paul Melanson, avec mission de veiller sur le pauvre Sylvain, qui avait pris du plomb dans la jambe à l'assaut de Grand-Pré et se faisait soigner chez son cousin. Jérôme avait besoin de se retrouver seul avec sa femme.

— Ah, comme il neigeait bien, à trois heures, cette nuit-là, dit-il, de la poudrille [1] à te transformer en statue. Par Dieu, je voudrais sentir cette bourrasque sur moi, toute la vie.

Il était revenu indemne de l'affaire au cours de laquelle cent

1. Neige gelée poussée par le vent.

quarante Anglais avaient été tués, et plus de trente, blessés. La Vallière avait été poignardé aux dernières minutes de l'engagement, mais survivait, la poitrine percée. Six Canadiens avaient péri, et deux Sauvages.

— Nous ouvrions les maisons, l'une après l'autre, et c'était la ruée. Des diables blancs jaillissaient de sous les draps, il n'y avait qu'à tirer dans le tas, ils s'abattaient en hurlant et le vent faisait tellement de bruit, lui aussi, que dans la maison voisine personne n'avait encore rien entendu. Nous avions le temps de recharger nos fusils. J'en ai vu qui nettoyaient leur baïonnette sur les draps.

Il s'assit, prit sa tête dans ses mains. Cela avait été autre chose qu'à Louisbourg, où l'on avait fait la plupart du temps le coup de feu par-dessus les remparts et visé des silhouettes plus ou moins éloignées.

— Tu aurais vu, un tel désordre !

Il avait l'air d'un enfant perdu en forêt. Passé le chaos sanglant de l'engagement, il revenait au monde normal, dans le silence de l'hiver, et en restait incrédule. Ses yeux revivaient le massacre, sa tête bourdonnait de cris, de bruits, d'ordres donnés. La poitrine de La Vallière saignait. Jérôme avait fait boire le gentilhomme, déchiré sa chemise pour lui confectionner un pansement. Il s'était occupé de lui comme d'un frère, pendant que les Anglais, cachés dans des granges ou juchés sur les toits, se rendaient.

— Pardieu, ma mie, j'ai tué des hommes dans leur lit. Et j'ai pensé à toi quelquefois, au cours de cette nuit.

Il posa les mains sur ses seins, vint contre elle, dans sa chaleur. Elle se tendit. Jérôme tremblait un peu, comme aux premiers temps de leur union quand elle jouait à provoquer son impatience.

— Tudieu, tout ce sang, murmura-t-il.

Il désirait s'échapper du souvenir de la tuerie et n'y parvenait pas. Pourtant, il avait contre lui le corps rêvé de sa compagne. Isabelle avait perdu de ses rondeurs de Grande-Anse, se trouvait plutôt maigre, lorsqu'elle faisait sa toilette, à demi nue. Elle avait été surprise de savoir qu'elle plaisait ainsi à Jérôme.

Il s'agenouilla au-dessus d'elle, la contempla, la frôla du bout de ses doigts. Elle, demeurait bouleversée par le récit de l'assaut. Elle avait vu passer la troupe de Ramezay, la veille, des soldats, très jeunes, et des miliciens de Québec ou de Trois-Rivières, des trappeurs dont certains avaient la même dégaine et les mêmes têtes que les pillards anglais de Grande-Anse. Hommes en guerre. Elle les imagina, en ruée dans les maisons réquisitionnées par les Anglais, crut entendre monter les hurlements des blessés dans le ciel des Mines.

Jérôme respirait fort. Elle se redressa pour se blottir dans ses bras. Il se laissa tomber sur le côté, l'entraînant avec lui, ferma les yeux, cherchant à mettre de l'ordre dans son esprit. Elle se mit à le caresser doucement. Il s'était passé des choses effroyables à Grand-Pré. Isabelle ressentait le trouble de son mari. Elle le força à la regarder, lui murmura qu'elle l'aimait, se pressa contre lui.

Il y avait du sang sur le tissu gris du pantalon de Jérôme, une traînée brune, de la ceinture au genou, à laquelle elle n'avait pas prêté attention. Elle posa la main dessus, sentit que c'était chaud, et encore humide. Elle en fut terrrorisée, en même temps qu'une onde bouillante la traversait. Elle caressa la souillure, puis la cuisse, le ventre de son mari. Il lui fallait exorciser cette horreur. Jérôme semblait sortir d'un cauchemer et la fixait avec intensité. Elle guetta son souffle, auquel elle mêla le sien, sentit les doigts de son mari chercher sa peau, sous la chemise de nuit. C'était violent, soudain, comme un geste de noyé s'agrippant à une branche. Isabelle ouvrit la bouche, gémit. Jérôme vivrait en elle. Et elle voulait, de toutes ses forces, le tumulte qui apaiserait leur mortelle angoisse.

Jérôme ouvrit le yeux, vit le plancher du grenier au-dessus de lui, puis les cheveux d'Isabelle recouvrant son épaule. La pénombre leur donnait la teinte des feuilles mortes. Le silence était total. Il se leva, alla boire à la jarre, puis il alluma une pipe et s'assit face à une fenêtre, dans l'attente du jour.

Jacques Hébert devait être content, et le Bellilois aussi, peut-être. Tout avait brûlé à Grande-Anse, mais on avait aligné cent quarante Anglais sur la neige de Grand-Pré, et ceux-là même qui avaient tant redouté cette bataille étaient venus, à l'aube, défiler devant. A cette heure de la nuit, les Canadiens dormaient à leur tour dans les maisons de leurs hôtes, et tous ceux qui avaient pris leur parti et travaillé à leur succès devaient ressentir la fierté qui faisait battre un peu plus fort le cœur de Jérôme.

Il avait sommeillé, peu, mais suffisamment pour se trouver différent, au réveil. Il allait avoir cinquante ans, et si la nature, dans sa générosité, lui laissait son corps et ses jambes de trente, son ventre d'amant, et faisait à peine grisonner sa chevelure, son esprit accusait son âge. Jusqu'à cette nuit à Grand-Pré, qui avait vu la troupe anglaise survivante lever les bras et demander grâce devant son fusil, sa vie n'avait été qu'une succession de deuils, de fuites, de défaites. Il avait été moissonneur, marin et saleur de morue, milicien, perceur d'Anglais pour finir. Il ne possédait rien sauf trois frimousses qui le réclamaient, et le corps d'une femme aimante, ouverte sous le sien pour l'enserrer, et le garder en elle.

Une maison...

Il avait longtemps cherché ce qu'il découvrait enfin, à portée de ses mains, de son cœur, de son désir d'aimer. Face à lui, la nuit acadienne, la terrible nuit d'hiver, se laissait adoucir par un peu de lumière, à l'est. Tout était silence, depuis la veille, les cadavres anglais près de leur fosse commune, la campagne des Mines rendormie sous la neige, les pas des vainqueurs cherchant l'abri des fermes. Que s'était-il passé ? Dans les lueurs affolées des torches, au milieu des hommes se ruant, les doigts serrés sur les crosses et les canons des fusils, Jérôme avait traqué Potter. Il savait l'officier encore à Port-Royal ; le renseignement français fonctionnait bien, jusqu'à Louisbourg. Alors, pourquoi Potter ? Sur le coup, il n'avait pas cherché la raison de cette quête. On devait tuer le plus d'Anglais possible, pour faire réfléchir ceux de Boston. Et l'on tuait, dans les lits, les celliers, les étables, les granges.

Cent quarante, pardieu.

Noble avait perdu la vie. Potter n'était pas du nombre des tués. Mais il était prisonnier. Vieilli, humilié, l'uniforme couvert de sang, il s'était accagnardé dans un coin, chez un Landry, où l'on avait regroupé les survivants. Jérôme l'avait reconnu. Il s'était même approché de lui, pour en être sûr. L'homme avait réclamé de l'eau. Il lui avait tendu un bol. Leurs regards s'étaient croisés, mais sous sa barbe et son large chapeau de feutre, le visage dissimulé jusqu'au menton par son foulard, Jérôme n'avait plus rien à voir avec le jeune captif du fort Royal.

« *Acadians* », avait murmuré l'Anglais, méprisant.

Ces gens ne se décourageaient pas facilement. Vaincu, harassé, celui-là méditait déjà sa revanche. Cela se voyait à sa mâchoire serrée, à ses yeux, deux baïonnettes fouillant les visages canadiens, et les autres, comme pour les garder en mémoire. « Fusillons-les tous », avait proposé quelqu'un. « Pas question », avait tranché monsieur de Coulon, qui commandait à la place du gouverneur Ramezay. La guerre changeait d'allure en Amérique, mais on n'était pas encore tombé si bas. Et ce n'était pas parce que les gens de Boston conservaient leur détestable habitude de tenir en otages leurs prisonniers que l'on devait faire comme eux. Les blessés seraient soignés sur place ou renvoyés à Annapolis avec le reste de la troupe.

Jérôme se leva. Ces Québécois avaient de jolies manières, assez versaillaises, mais face à la froide détermination d'un Shirley, était-ce vraiment ainsi que l'on gagnait les guerres ? Jérôme haussa les épaules. Il avait tenu sa place dans un jeu qui dépassait désormais les individus et même les petits groupes humains comme ceux des colonies, aux Mines ou à Beaubassin. Il but à longues rasades l'eau fraîche de la source Melanson, raviva le feu.

Il se sentit apaisé, comme débarrassé d'un poids trop lourd. Il avait une dernière chose à faire pour en terminer avec cette jeunesse manquée qui lui collait aux fesses depuis trop longtemps. On cherchait vingt Acadiens pour escorter les Anglais jusqu'à leur citadelle d'Annapolis. Dès le lever du jour, ce 13 février 1747, il irait se remettre sous les ordres des Canadiens, à Grand-Pré.

La colonne des prisonniers anglais comptait près de trois cents hommes, chirurgiens compris. On avait ramassé ceux qui attendaient au mouillage de Grand-Pré avec le train d'équipage. Les blessés étaient transportés à dos d'homme. La marche durerait plus d'une semaine.

Jérôme s'était placé en queue de colonne. Il s'agissait de protéger les Anglais des coups de main micmacs, bien plus que de les contraindre à marcher. Ils rentraient chez eux, s'en trouvaient plutôt contents, avançaient sans se plaindre.

Mais ils étaient sans armes, par tacite convention avec les

Canadiens. Et Jérôme n'en croyait pas ses yeux. Trente officiers et plus de deux cent cinquante soldats, marchant les mains dans les poches de leurs vestes ou de leurs pantalons. « Regardez, Jacques Hébert, et vous aussi, corsaire Bellilois », répétait-il, les yeux levés au ciel. On n'avait pas repris l'Acadie et la réaction anglaise serait sans doute à la hauteur de l'affront, mais le plaisir de cette promenade valait mille fois les incertitudes de l'avenir.

Par moments, lorsque le chemin par trop enneigé obligeait à grimper sur une colline, Jérôme découvrait, à perte de vue, le pays que la paix française eût déjà peuplé, de Grand-Pré à Port-Royal, et cette vision lui faisait venir les larmes aux yeux. Il y avait là un désert, une steppe aux molles ondulations, où les pommiers auraient poussé par milliers comme ils le faisaient sur la rive nord de la Dauphin et partout ailleurs en Acadie.

Et la rivière fut là, soudain, d'abord pressée de couler entre glace et rochers, puis s'élargissant, prenant son temps, dessinant ses courbes alanguies entre ses rives où personne n'avait encore pesé sur un soc de charrue. C'était sauvage et beau, cela n'avait pas de propriétaire, appartenait aux nuages, aux vents obstinés, aux esprits indiens des oiseaux et de la liberté. A mesure qu'il approchait de Port-Royal, Jérôme sentit son humeur vagabonde et nostalgique se charger de cette vieille haine ressassée contre l'occupant. Il dut faire des efforts pour ne pas céder à la tentation d'humilier un peu plus les soldats, et la sagesse de son âge lui fut bonne conseillère. Les Anglais s'animaient eux aussi, pour des raisons opposées, et, lorsque, au bout de six jours de marche, les premières habitations apparurent, ils semblèrent soulagés.

Des vingt hommes de l'escorte, Jérôme était le seul qui fût né de ce côté-ci de l'Acadie. Les autres, plus jeunes, étaient des Mines ou du Saint-Laurent. Jérôme reconnaissait le cours de sa rivière, sa majesté toute de lenteur et cette fausse paresse démentie par les marées, les accès de mauvaise humeur, les crues qui chevauchaient les digues et les emportaient. C'était la Dauphin, le fil tissé là par le dieu micmac de la Fertilité, la rivière acadienne, perdue, où le chagrin de l'exil se lisait dans les courbes désertes.

— Il y a bien des foyers sans feu, remarqua un milicien.

L'hiver couvrait tout et nombre de cheminées ne fumaient pas. La région s'était vidée en partie de ses habitants. Des prêtres exaltés haranguaient les foules à la sortie des églises, poussaient les Acadiens à migrer vers les terres françaises de Beaubassin. Il fallait peupler le nord de l'isthme et l'île Saint-Jean, encore française. On allait tracer une vraie frontière, construire des forts d'où la reconquête serait possible. Tout cela était à voir. Au spectacle des fermes abandonnées, Jérôme oubliait les tumultes de la politique. Son cœur se serrait mais il avait voulu faire ce voyage, conscient qu'il en retirerait plus de souffrance que de plaisir.

— C'est là, dit-il. Interdiction d'aller plus loin.

L'habitation de Champlain était à cinq lieues, sur la rive nord, mais il fallait laisser les Anglais finir le chemin tout seuls. Il y eut quelques saluts. Les hommes des deux camps avaient lié connaissance aux bivouacs. Ni haine, ni amitié. Jérôme ne s'était mêlé de rien. La guerre n'était pas finie.

Potter avait marché en tête de sa colonne. Il en assurait désormais les arrières en compagnie de ses officiers. Jérôme le vit sur le point de passer devant lui. Il s'interposa entre lui et les derniers marcheurs. Potter le considéra, sans expression particulière. Pour lui, tous ces Acadiens coiffés de feutre, couverts de peaux de bêtes, chaussés de mitasses et ceinturés de rouge sur leurs chemises de toile grossière, se ressemblaient. De la paysannerie de France, transplantée par erreur, que l'on s'emploierait un jour ou l'autre à déraciner.

Lorsque il lui saisit le poignet, sans un mot, dans un greste presque amical que l'autre ne comprit pas, Jérôme eut le sentiment d'exorciser la troupe de démons qui lui avait tant tourmenté l'âme, depuis si longtemps. Puis il dit simplement : « A vous revoir, monsieur Potter, pour en finir, peut-être bien », sourit, décida du moment où il relâcherait sa faible étreinte. Puis il remit son fusil en bandoulière et se détourna.

Isabelle avait attendu dans l'angoisse le retour de Jérôme. Des bruits fous traversaient la colonie, malgré la neige et le froid. Boston allait envoyer une armée, Mascarène une autre, et tout serait détruit. Des navires armés en Nouvelle-Angleterre déverseraient à la baie Verte des flots de colons qui prendraient la place des Acadiens. L'hiver étalait sa chape de silence sur les êtres et sur les choses, et pourtant, l'assaut contre Grand-Pré ouvrait grandes les portes de la peur. Effarés par l'ampleur du massacre, quelques-uns avaient pris la décision de vendre leurs bêtes et de monter vers le nord, Beaubassin, Trois-Rivières ou Québec, même, dès que le climat le permettrait. Les autres se terraient jusque dans leur sommeil. Seuls la quinzaine de meneurs des Mines affectaient de considérer tout cela comme une simple péripétie, dans une guerre encore longue.

Les Canadiens s'en étaient retournés, sur leurs raquettes et derrière les traîneaux à chiens, en compagnie du petit-fils du « maudit baron » et de ses Abenaquis. Quant à La Vallière, soigné chez le notaire de Grand-Pré, il retournerait sans doute à Beaubassin, où vivait sa famille.

— Ah, le Saint-Castin, mère, il est plus cuivré qu'un cul de bassine. Je l'ai vu se battre aussi vaillamment que ses frères les Sauvages.

Jérôme s'était assis face à Catherine, devant la cheminée, caressait les mains d'Isabelle, posées sur ses épaules. Les enfants jouaient sur le plancher, avec des bouts de bois, des chiffons en forme de poupées, des billes d'argile. Catherine soupira. Saint-Castin, Pentagouët, tout cela était bien loin, aussi difficile à apercevoir que l'ouvrage posé sur ses genoux. Elle leva vers son fils ses yeux fatigués qu'une grisaille faisait briller d'un éclat étrange, dans la lumière.

— Les fils du baron étaient très différents les uns des autres, dit-elle, ils avaient été partagés entre les deux races. Leur mère s'appelait Méchilde, voilà bien un prénom que je n'ai plus jamais entendu par la suite. Méchilde. Elle avait le regard des louves, avec ses pommettes bien arrondies, et ses dents, fines et toutes blanches, quelle beauté. Seigneur Jésus, ces princesses sauvages valaient bien les nôtres.

Jérôme baisa les doigts d'Isabelle. Il sentait le corps de sa femme contre son dos, plus chaud et accueillant que la vie elle-même, le désirait comme aux premiers jours de leur mariage. C'était une délivrance, venue à son heure, et cette fois, la violence hébétée des lendemains de combats n'y était pour rien.

— Que va-t-il se passer, maintenant ? murmura Isabelle à son oreille.

Elle avait récupéré son homme une semaine auparavant, au retour de son pèlerinage aux terres de l'enfance, et le gardait, depuis, au secret. Sylvain Melanson leur avait laissé sa maison et guérissait lentement de sa blessure chez son cousin Paul. On verrait, passé l'hiver, ce qu'il conviendrait de faire.

Jérôme haussa les épaules. Maintenant qu'il avait récupéré survivants et prisonniers, Mascarène pouvait réagir de différentes manières. Le gouverneur d'Annapolis était froid et raisonnable et n'avait jamais désigné les Acadiens comme ses ennemis. Mais ceux de Boston, les Shirley, et autres, qui avaient pris Louisbourg ?

— Ils ne m'ont pas eu à la fin du siège, quant à ceux de Port-Royal, qu'ils viennent donc me chercher s'ils se souviennent que j'existe.

Il souriait. Potter devait avoir d'autres chats à fouetter que de traquer le prisonnier du fort Royal, dont il n'avait pas reconnu les traits vieillis. Jérôme contempla la pièce où sa famille, épargnée, était rassemblée. Manquait Pierre Lestang, qui finirait bien par réapparaître, fidèle à son habitude. Charlotte et Jacques, les deux cadets, longtemps agités par des cauchemars, dormaient enfin les nuits entières, apparemment paisibles. Jérôme leva les yeux vers Isabelle.

— Le temps est peut-être venu de nous arrêter un peu, dit-il. La terre est bonne, ici, ces petits ont assez voyagé. Et à moins de les emmener reprendre Louisbourg par surprise...

— Eh bien, te voilà raisonnable, dit Catherine.

Si la cécité gagnait jour après jour ses yeux, son ouïe s'aiguisait, à près de septante années. Parce que Dieu est juste, disait-elle. Il prend et il donne ; à quoi Isabelle répondait que l'Acadie des vergers, des troupeaux et des moulins, faisait des grand-mères solides et des maisons où l'on voyait souvent quatre générations vivre ensemble.

Jérôme attira la joue d'Isabelle contre la sienne, se laissa recouvrir par sa chevelure.

— Et toi, ma mie ? Tu ne veux pas voir la Belle-Ile de tes parents ? Ils venaient de là. Et la mer, ta compagne d'enfance, ne te manquera donc pas ?

Elle donnait l'impression de pouvoir s'habituer à se passer de l'océan, mais au fond d'elle-même brûlait toujours le feu du grand large, comme un soleil sur un désert de roches et de glaces. C'était dans une autre vie, partie en fumée avec la pêcherie et le *Béarn*. Alors, oui, on allait s'arrêter aux Mines, et donner aux enfants un peu de tranquillité.

— Ton cœur est immense, lui murmura Jérôme. Pardieu, c'est une source où il fait bon boire. Quand ces guerres seront finies, nous traverserons l'océan dans un grand navire marchand, et nous irons à Belle-Ile, je te le promets.

Elle haussa doucement les épaules.

— Un beau voyage, mais de toute façon, il faudra revenir ici, mon beau, dit-elle, fataliste, car ce n'est pas avec les quelques centaines de livres que j'ai sauvées de Grande-Anse que nous irons bâtir une ferme ou une pêcherie en France !

Par la fenêtre de l'église Saint-Charles, on pouvait apercevoir les champs enfin libérés de la glace, les ruisseaux séparant les parcelles, l'herbe, partout, frémissant sous le vent de mer. Le souffle de la vie parcourait la campagne où les silhouettes familières des bêtes à cornes avaient retrouvé leur place, aux mêmes endroits, le cou penché vers la terre, entre les taches sombres des vergers et des bois.

Grand-Pré. Son sommeil d'hiver avait été long, avec, en son mitan, la montée de fièvre de février, encore présente dans tous les esprits. Figés par les rigueurs du climat, peut-être désireux, au fond d'eux-mêmes, que ce repos durât encore, les Acadiens des Mines retrouvaient les chemins détrempés, les digues et les aboiteaux, qu'il faudrait ouvrir pour le drainage inaugurant les premières semailles de l'année 1747.

On mariait le Sylvain-à-Jean-à-Henri Melanson et la Françoise-à-Louis-à-Michel-à-Guillaume Bourg, et leurs enfants formeraient la cinquième génération d'Acadiens entre Port-Royal et Grand-Pré. Cent années de Bourg et de Melanson, pardieu, ce n'était pas rien ! Le père Chauvreulx avait fait le compte de ses ouailles. Il y avait là, dans sa chapelle inondée de lumière, une bonne cinquantaine de personnes, dont quelques alliés par les branches nombreuses et fournies de l'arbre acadien. C'était miracle. Tous étaient là, sauf Pierre Lestang, autour de Catherine Hébert. Les enfants s'étaient disputés toute la matinée pour savoir lesquels d'entre eux la conduiraient jusqu'à sa place, devant l'autel, et vivraient la cérémonie à ses côtés. En fin de compte, les adultes avaient désigné une jeune Bourg et l'Anne-Marie toute blonde, quatrième fille de Jean et Madeleine, qui avait su s'imposer.

Sylvain Melanson boitait encore un peu. La peau de son mollet laissait sortir de temps à autre des fragments de métal, avec des humeurs rosâtres qu'on lavait à grande eau. Des onctions de poudres indiennes étaient censées accélérer la cicatrisation et faire fuir les mauvais esprits.

« C'est le diable puritain qui se sauve, lui disait Paul. La chair acadienne ne lui convient pas. »

Ce matin-là, Sylvain oubliait ses petites douleurs, devenues pour lui comme une compagnie. En veste de velours noir, cravaté large, les mollets serrés sous des chausses flambant neuves, les pieds serrés dans ses sabots sculptés, il avait la belle allure des jeunes générations. Appuyé sur un bâton de berger, il se tenait debout devant le père Chauvreulx, sa fiancée, toute de blanc vêtue sous un châle brodé, près de lui, et le reste de sa famille derrière eux. Françoise Bourg en avait terminé avec le deuil de son père et pouvait enfin convoler. Il était temps. Les cadettes Melanson s'étaient laissé fiancer à leur tour et ne tarderaient pas à se présenter elles aussi devant le curé de Grand-Pré, qui levait les mains vers le ciel, en signe de gratitude.

— Mes enfants, quel beau jour. Vous avez dû faire exprès de choisir cette matinée où, pour la première fois depuis novembre, Dieu nous gratifie d'un bon soleil et de cet air qui fait de notre colonie un morceau du paradis.

Il hochait la tête, pénétré de la justesse de ses choix politiques. A la différence d'autres prêtres de la péninsule, soutenus et aiguillonnés par Versailles, il avait dissuadé les Acadiens des Mines de s'engager contre les Anglais. Maintenant, passé le choc du massacre de février, les Canadiens s'étaient retirés et les Anglais étaient revenus, ce n'était pas plus compliqué que cela. Homme de Dieu et de la patrie commune, il redevenait le berger désigné du peuple acadien et se tenait prêt à partager ce que subiraient ses paroissiens.

Jérôme l'observait. L'abbé Chauvreulx était un honnête homme mais en lui gîtaient toutes les ambiguïtés de la situation acadienne. Il était pour la paix dans la neutralité ; en même temps, l'action sanglante menée pour libérer le pays ne pouvait le laisser indifférent. Et le héros appuyé sur sa canne, devant lui, avait fait un choix qui engageait malgré eux une majorité de gens hésitants, voire hostiles, comme André et Jean.

— Dieu aime ses enfants d'Acadie, affirma le prêtre,

oubliant qu'il en avait menacé certains d'excommunication quelque temps auparavant. Réjouissons-nous, ce matin, d'être tous ensemble, vivants, dans cette période de trouble. Et que ceux qui trouvent aujourd'hui le bonheur dans la main et le regard du Seigneur pensent aux autres, qui ont fui et sont en grande misère, à ce qu'on dit, sur les terres au nord de l'isthme.

C'était un avertissement. Sylvain semblait l'ignorer, jetait des regards énamourés vers sa promise, une blonde bien charpentée au visage un peu mâle, aux hanches larges sous les épaisseurs de jupons, dont les ancêtres étaient venus de Normandie à la suite de monsieur de La Tour et de ses frères, des fameux du temps du roi Henri IV. Jérôme serra la main d'Isabelle. L'exil était la rançon des guerres. Certains s'en allaient, poussés par la crainte, d'autres s'installaient au milieu des tempêtes, creusaient un trou pour y planter une hampe à laquelle ils s'accrochaient en attendant l'embellie.

Les enfants s'impatientaient. Cela faisait une bonne demi-heure que tout ce beau monde était entré dans l'église et l'homme en aube blanche qui parlait tout seul ne parvenait même pas à les bercer. Des adolescents avaient profité de l'encombrement pour s'éclipser, et s'en aller bavarder sous l'auvent de l'église. Ils rentrèrent précipitamment.

— Des soldats anglais, chuchotèrent-ils.

La nouvelle se répandit aussitôt dans l'assemblée recueillie. Les patrouilles d'Annapolis étaient réapparues en mars, discrètes. Là, il y avait bien une dizaine d'hommes et un officier à cheval. Les murmures cessèrent, le prêtre se tut, le bruit des bottes augmenta, puis cessa, lui aussi.

La porte s'ouvrit. Un lieutenant en veste rouge entra, bicorne sur la tête, suivi de ses hommes, qui avaient du mal à trouver de la place pour se tenir. On leur en fit. L'officier tenait un papier à la main, qu'il déroula, et lut, en français :

— « Au nom du roi George et par ordre du gouverneur de Boston, l'honorable monsieur William Shirley, il a été décidé, à la suite des odieuses tueries qui ont eu lieu au village de Grand-Pré, que les sujets de Sa Majesté dont les noms suivent seront proscrits de la Nouvelle-Ecosse. Ils devront l'avoir quittée avant la fin de la semaine à venir... »

Jérôme sentit les doigts d'Isabelle se crisper sur les siens. Les noms défilaient. Joseph-Nicolas Gauthier et ses deux fils, anciens évadés des geôles de Mascarène, Joseph Leblanc, Broussard, dit Beausoleil, né à Annapolis Royal, Hébert Louis. Isabelle étouffa un cri. Ces hommes avaient hébergé des Canadiens. Leur engagement pour la France était notoire.

— Charles et Philippe Leroy, Armand Bigeau, Charles et François Raymond, Pierre Guidry !

Aucun fidèle dans cette église n'était désigné. Les Acadiens demeuraient comme pétrifiés. Le lieutenant poursuivit. Il y avait en outre des gens convoqués au tribunal d'Annapolis pour répondre du crime de rébellion, une douzaine, qui devraient se présenter aussitôt. Et parmi eux, avant-dernier de la liste, Sylvain Melanson.

Un mouvement dans l'assistance fut perceptible. On se regardait sans y croire. Le marié avait pris sa femme contre lui et la consolait. L'officier n'avait pas terminé :

— Le gouverneur du Massachusetts fait aussi savoir aux sujets de Sa Majesté qu'il n'y a pas le moindre fondemement d'appréhension concernant l'intention qu'aurait Sa Majesté d'éloigner les habitants de la Nouvelle-Ecosse de leurs établissements dans ladite province. Qu'au contraire son dessein est de maintenir et de protéger les sujets fidèles dans la possession paisible de leurs biens et de leurs privilèges.

Il roula son document, sortit sans saluer, suivi de sa troupe. Aussitôt, on entendit des pleurs dans l'église.

— Balivernes, maugréa Jérôme.

Isabelle avait rejoint les femmes, autour de la mariée. Jean et André Melanson serraient les dents, assis sur leur banc, les poings sous le menton. Des enfants circulaient en silence, fascinés par le spectacle de tous ces visages devenus soudain tendus, tristes ou en colère.

— Mon père, il faut achever cette cérémonie, ordonna Sylvain.

Il fit face à l'autel, se signa plusieurs fois. Le prêtre en avait terminé avec ses questions sur l'empêchement, avec son homélie politique, aussi. On se passerait de ses recommandations sur les devoirs du couple. Il fit échanger les serments, présenta le registre, sur lequel il inscrivit, à la plume, « ne sait pas signer », pour les deux mariés et pour les quatre témoins, qui firent des croix.

Jérôme s'approcha de Sylvain, le prit par le bras.

— Tu ne dois pas répondre à cette convocation, dit-il. Je connais les gens d'Annapolis, et leurs prisons, aussi. Ils t'y laisseront croupir des années, avant de t'envoyer, avec ta femme, comme esclave aux Caraïbes.

Un conseil s'organisa, en hâte. Dans le lieu sacré violé pour la première fois par les Anglais, il fut décidé que l'on ferait partir le couple vers les villages micmacs, dès ce jour. Et l'on vit cette chose étonnante, les pièces de monnaie quittant les poches des uns et des autres, pour remplir celles des proscrits. De l'argent, il en faudrait encore pour que les deux fuyards puissent s'installer, soit à Beaubassin, soit au Canada. On leur en ferait porter, avant qu'ils n'entament leur longue route à travers les landes, les épaisses forêts et les positions anglaises de l'isthme.

— Mon Dieu, mon Dieu, répétait Françoise Bourg devenue Melanson, tandis que les femmes de chez elle l'embrassaient, la cajolaient, tentaient de la consoler, mouillaient de leurs larmes le camelot blanc de son corps de jupe.

Sylvain prit Jérôme à part, au fond de l'église. Ils s'étaient battus côte à côte, le jeune homme ne regrettait rien. Il fallait bien payer, et si ce n'était que cela, des proscrits et quelques emprisonnés, le prix n'était pas trop élevé. Mascarène avait dû calmer la colère de Boston. Il répugnait décidément à faire couler le sang des Français, comme si une fraternité de réprouvés, ou de persécutés, le liait encore à eux par-delà les sièges, les combats, les massacres.

— Il reste une ferme, à la Pisiquid, dit le marié. On y aura besoin de bras. Certes, l'étable est vide, la bergerie aussi. J'attendais d'avoir convolé pour y mettre du bétail. Mais la terre est bonne, mon oncle, plus encore que celle de Grand-Pré. Tout y vient, sur six arpents gras comme cochon et je pense, moi, Sylvain Melanson, que ma grand-mère, et vous, avec vos petits, serez bien là-haut. Et si un jour je reviens, eh bien, je saurai où diriger mes pas pour trouver le gîte.

Il souriait. Jérôme le prit contre lui. Il tenta de masquer son trouble, n'y parvint pas, finit par laisser couler ses larmes.

— Je vous mènerai à l'isthme, murmura-t-il. Nous partons dans l'heure.

Il fallait s'éloigner sans tarder de la colonie, longer à distance la baie de Cobequid, puis traverser les vastes territoires sauvages de l'isthme par un long chemin de crêtes descendant, à découvert, par la baie Verte. Les Canadiens étaient repartis par là, et les neiges fondaient, rendant le voyage moins difficile.

— Ainsi verrai-je les tribus qui pourraient bien nous porter secours, un jour. Et puis nous resterons ensemble un peu plus longtemps, comme ça. Allez.

De jeunes miliciens retournés aux travaux de leurs fermes complèteraient l'escorte. Il allait se créer, le temps de traverser le village de Grand-Pré et ses champs, un courant fraternel qui doterait les fuyards d'un pécule suffisant pour se loger à Beaubassin, voire plus loin, à Québec même.

— Ainsi, tu repars sur les chemins, dit Isabelle à Jérôme. Et endimanché, de cette manière ?

Ils étaient sur le parvis de l'église, lui en costume de serge rouge, cravate blanche, souliers à boucles. La fête prévue à la ferme Bourg se transformait en prières pour certains, en rage pour d'autres. On s'était assis à même le sol, contre la chapelle, pour méditer sur les conséquences du coup de sang de février. Jérôme aperçut le visage ravagé de sa sœur Madeleine. Marguerite essayait de la consoler, tandis que Jean Melanson frappait le sol de son talon. Ah ! La belle guerre que l'on avait faite ! Il y aurait désormais un peu plus de haine dans les cœurs anglais et de désarroi dans les esprits acadiens.

— France ingrate ! Chienne sans yeux ni cervelle ! répétait-il, rouge de colère.

Ses amis l'entouraient, espérant le calmer. Peine perdue. Le fermier avait perdu ses dernières illusions. Des gentilshommes de Québec étaient venus chasser l'Anglais aux Mines comme leurs pairs forçaient le cerf dans les forêts de France. Au jeu de la guerre, leur coup les avait libérés d'un excès de patience, tant mieux pour eux, et puis après ? Les patrouilles anglaises violaient les sanctuaires, Sylvain se bannissait avant d'y être obligé, filait comme un voleur. Patriote ? Allons donc ! Où étaient-ils donc, les patriotes ? Qui se lèverait, demain, pour clamer « Je suis un patriote acadien » au museau des Anglais ? Jean Melanson ne décolérait pas.

Le père Chauvreulx lui parla doucement. Il y avait une justice, dont on célébrerait un jour le triomphe en Amérique. Des mots, semblaient lui dire les yeux du fermier à peine calmé, maudissant de leur regard enflammé tous ceux qui avaient mis les Melanson dans cette situation. Jérôme prit Isabelle par le bras, s'approcha de Sylvain.

— On s'est battus au bon endroit, lui dit-il. Il n'y a rien à regretter. Dépêche-toi. Nous passerons par la Pisiquid, ce soir, puis nous irons dormir chez les Micmacs de la Sainte-Croix.

Isabelle regardait son mari, la tête légèrement penchée sur le côté, dans une attitude de curiosité un peu incrédule. Jérôme avait des fourmis dans les jambes, la perspective de se fondre dans le pays indien l'excitait. Il prit Isabelle contre lui. Les hommes d'Acadie savaient se ménager un espace où les femmes ne pénétraient guère. C'était dans leur esprit, impalpable comme les nuages, les brouillards, comme sur les chemins de chasse que l'on parcourait avec les Sauvages.

— Je serai de retour dans un mois, pour semer, dit-il. Paul labourera la terre de Sylvain.

Il se retint de lui dire que, pendant ce temps, elle s'occuperait avec les petits et Catherine du potager et de la maison à embellir. Isabelle le désirait près de lui. Elle le lui avait dit, espérant que la fuite du temps les laisserait profiter ensemble de quelques bonnes saisons de la vie. Mais à peine avait-elle récupéré son voyageur qu'il repartait aux premiers vents printaniers.

Elle hochait la tête, ne souriait pas. Il perçut sa détresse. Isabelle admettait pourtant la dette de son mari envers Sylvain. Jérôme avait capté l'enthousiasme du jeune homme, avant de l'utiliser. Maintenant, il devait à son tour remplir son devoir de compassion et de fraternité.

— Ma Bretonne, crois-le, s'excusa-t-il, j'ai passé l'âge de courir l'allumette. Regarde-moi.

— Il s'agit bien de cela !

Il lui promit de demeurer ensuite dans ses chaînes autant de mois qu'il mettrait de jours à revenir de Chignecto. Elle n'avait pas le cœur à calculer.

— Eh bien, va, dit-elle, dépitée, puisque même le roi de France ne pourrait t'empêcher de faire ce qui te chante.

— Tant que mes jambes me le permettent, dit-il avec le sourire de l'enfant qu'au fond il était encore.

TROISIÈME PARTIE

1755

Les Maudits

Nous formons maintenant le grand et noble projet de chasser les Acadiens de cette province. Ils ont toujours été nos ennemis secrets et ont encouragé nos Sauvages à nous couper le cou. Si nous pouvons réussir cette expulsion, cela aura été l'une des plus grandes actions qu'aient jamais accomplies les Anglais en Amérique. Car, entre autres considérations, la partie du pays qu'ils occupent est l'une des meilleures terres qui soient au monde, et dans ce cas, nous pourrions placer quelques bons fermiers anglais dans leurs habitations.

Le Journal de Winslow

Brûlez tout !

Charles Lawrence,
gouverneur de la Nouvelle-Ecosse

19

Il faisait chaud sur la Nouvelle-Ecosse et sur sa toute neuve capitale, Halifax, ce 3 juillet de l'année 1755, une touffeur moite que le vent d'est ne rafraîchissait nullement. La ville, sortie de terre cinq années à peine plus tôt, sentait fort la vidange des pots et des eaux sales à même ses rues. La mer plate exhalait ses remugles lourds de caque et de poisson pourri, dans le port, les carénages, les chantiers de construction disséminés de part et d'autre du fort. C'était une de ces journées d'été où l'on ne se sentait bien que sur les collines ou derrière les éventails.

De son bureau dans la citadelle, le gouverneur Lawrence pouvait contempler, dans son entier, la ville nouvelle étalée à ses pieds et, surtout, la floraison civile et militaire des mâts et des voiles, sur le tapis bleu de la baie. Halifax avait été construite au sud de la péninsule, au fond de la baie de Chibouctou, un havre sûr. Elle se développait vite malgré le harcèlement des Sauvages par la terre, et serait bientôt mieux armée, plus puissante et bien moins prenable que Louisbourg.

Lawrence s'était mis en manches de chemise devant ses surbordonnés, ce qui n'était pas dans ses habitudes, mais diable, il y avait des jours où l'on pouvait se permettre ces fantaisies. Petit, fin de corps, les traits d'un ascète durcis par un regard bleu qui ne rompait jamais, le gouverneur de la Nouvelle-Ecosse tenait en main la dépêche lui annonçant qu'après la reddition du principal fort français de l'isthme, Beauséjour et de son second, à Gasparots, les troupes des colonels Monckton et Winslow n'avaient trouvé devant elles que la terre de Beaubassin, brûlée cette fois par les Acadiens eux-mêmes.

— Monckton est un génie militaire, s'écria Lawrence, mais

Dieu que ces Français de Versailles sont stupides ! Si, au lieu de courtisans incapables, ils mettaient de vrais soldats aux commandes de leurs verrous... Mais quoi, on ne s'en plaindra pas. Voici la région de Beaubassin vidée de sa population, huit cents familles, ce n'est pas rien. Si j'en crois les rapports, toute cette chiourme papiste est allée se terrer, sur ordre de ses chefs, dans les montagnes de Miramichi, les forêts de Cocagne et de Richibouctou. Le grand air leur fera du bien ! Au reste, désormais, de se soumettre ou de partir.

Les Anglais se regardèrent. Partir, cela pouvait vouloir dire des choses différentes, voire contraires. Tous connaissaient la rigidité du colonel Lawrence, sa farouche volonté de pacifier la Nouvelle-Ecosse. Les moyens en seraient donnés par Boston, quant à la forme que cela prendrait, Lawrence saurait bien que faire des quinze ou seize mille Français de la province.

Le gouverneur serrait les documents dans sa main, les brandissait. L'impatience, la rage de poursuivre les actions engagées se lisaient sur son visage. Face à lui, la demi-douzaine d'officiers et de membres du conseil approuvaient.

— Voilà qui nous console d'avoir dû rendre Louisbourg, dit un colonel du 47e d'infanterie.

Car il y avait eu, sept années plus tôt, cette incroyable rouerie de la politique, une paix signée en Europe, à Aix-la-Chapelle, Cap-Breton rétrocédé à la France, puis repeuplé par près de deux mille personnes. Jusqu'à quand ces gens compteraient-ils sur les conférences lointaines pour se maintenir en Amérique ? A Boston et dans tout le Massachusetts, l'humiliation avait été à la mesure de la trahison et mère d'un furieux désir de revanche trop longtemps entretenu.

— Oui, certes, dit Lawrence, il nous faudra récupérer cette forteresse et la réduire en caillasse, cette fois. Mais auparavant, messieurs, nous devons en finir une bonne fois pour toutes avec ces Acadiens dont on ne sait jamais s'ils vous caressent ou vous mordent. Neutres, la belle affaire. Leurs prêtres montent les Micmacs contre nos colons de Nouvelle-Ecosse et les font massacrer, des meneurs payés par Québec entretiennent les ferments de la révolte. Ces gens ne sont fiables en aucune façon. Et puis, dois-je vous rappeler qu'ils possèdent la plus grande étendue des terres, et les meilleures en cette province ? Pour en faire quoi ? Du commerce exclusif avec Québec et les Caraïbes, au détriment de nos établissements maritimes. Londres estime cette richesse ainsi accolée à la nôtre intolérable et nous presse d'agir.

— Nous avons recueilli une bonne cinquantaine de scalps, objecta le major Potter. Indiens et Acadiens.

— Foutaises ! J'ai lancé ces opérations, croyant que la terreur suffirait à calmer ces forcenés. Mais voici que des chefs de résistance sortent de l'ombre à Beaubassin, un Boishébert, un Brossard, proscrit de 1747, et cet abbé Le Loutre, qui se nomme général des Sauvages et prêche la guerre à trois lieues d'Halifax ! Il n'est jusqu'à leurs corsaires, qui surgissent du Canada et de Louisbourg et nous harcèlent de nouveau. Allons-nous revivre les affres de nos anciens, lorsque Sauvages, reîtres et marins les accablaient jusqu'à New York ?

Il retourna à son bureau, chercha d'autres papiers, qu'il rassembla. Puis il s'approcha d'une fenêtre, fit une rapide lecture.

— Le juge Belcher, qui préside à Boston, nous fait savoir qu'il déclare insoumis, et usurpant leurs terres depuis toujours, ces Acadiens. Et écoutez, il va loin : « Nous ne devons pas permettre aux habitants français de prêter le serment, ni les tolérer dans la province. » Je vous fais grâce des détails, le jugement est clair. Ceci est un document historique qui gomme près de deux siècles de flou et d'approximations. A nous maintenant de l'interpréter à notre manière, comme on nous en donne licence.

Il se tourna vers son ordonnance, demanda si la délégation attendue pour ce matin-là était arrivée.

— Ils attendent, Monsieur.

— Qu'ils entrent donc. Ces gueux ne pouvaient pas mieux tomber.

La porte s'ouvrit, laissant passer une troupe d'une quinzaine de paysans de Grand-Pré, de Cobequid et de Pisiquid, délégués qui avaient fait le voyage d'Halifax pour s'expliquer sur leur état et recevoir les doléances du gouverneur. Ils se rangèrent en silence le long du mur, attendirent. Lawrence congédia ses hôtes, sauf deux officiers, dont le major Potter, qu'il garda près de lui.

— Eh bien, avancez, maugréa le gouverneur.

Le chef de la délégation, un Arsenault de Grand-Pré, avait l'âge des anciens, soixante ans. Ses cheveux étaient blancs, son visage buriné par le soleil et les hivers, ses doigts épaissis et crevassés. Il fit deux pas, suivi par les délégués, parmi lesquels Paul Melanson et son père, André. Les hommes se tenaient droit, le chapeau à la main. Ils saluèrent leur hôte, d'une brève inclinaison de tête. Lawrence ne leur laissa pas le temps de s'exprimer. Il était pressé, des réunions l'attendaient, auxquelles les Acadiens présents eussent apprécié de participer. On y ferait l'état des fermes, des cheptels, des arpents, et des fratries, aussi.

— Il vous faut dorénavant signer le serment d'allégeance, et formellement, dit Lawrence.

— Mais, monsieur, objecta Arsenault, nous avons tenu notre serment depuis quarante ans. Nous avons signé la promesse de notre neutralité, à condition de ne pas porter les armes contre nos parents de France.

— Cela ne tient pas ! hurla Lawrence. J'ai ici le jugement qui dénonce cette lubie. Cela fait quarante ans que vous vous comportez comme des rebelles. Personne, vous m'entendez, personne, jamais, ne s'est engagé dans ce sens, de notre côté. Je vous mets au défi de trouver un document attestant ce que vous dites.

André Melanson baissa la tête. Il avait argumenté ainsi devant Jérôme, se souvint, contrit, de la vive réaction de son beau-frère : où étaient ces engagements au bas desquels s'alignaient les croix tracées par les Acadiens ? Dans quel bureau de quel fort du Massachusetts, au secret de quel cabinet de Londres ?

— Mais, pardieu, monsieur, nous avons des lettres, du temps de la reine Anne, protesta Arsenault.

— Assez. Vous êtes bien les seuls à posséder ces papiers. La reine n'est plus de ce monde. Et nous ne sommes plus en 1713, mais en 1755 ; qui plus est, la France nous a déclaré la guerre. Vous savez cela, n'est-ce pas ? La guerre !

William Shirley l'avait en vérité déclenchée de son côté, et sans préalable, en faisant bombarder et saisir deux navires de ligne française, le *Lys* et l'*Alcide*, au large de Louisbourg. En pleine paix.

— Que devons-nous faire, alors, monsieur le gouverneur ?

— Signer ceci, au nom des vôtres, de tous les vôtres sans exception vivant sur le territoire de la Nouvelle-Ecosse. Lesquels d'entre vous savent lire ?

— Je saurai, dit Arsenault.

Il lut à voix basse le document. Le serment se muait en un engagement pur et simple de l'Acadie sous la bannière du roi d'Angleterre, y compris dans la guerre. Sans quoi, toutes les armes seraient confisquées et la population se verrait interdire tout déplacement à travers le pays.

— Nous ne pouvons souscrire à cela, murmura Paul Melanson.

Les autres acquiescèrent. Charles Lawrence n'était pas le premier gouvernement à qui les Acadiens déclaraient leur désir de paix. Mais l'homme ne ressemblait pas à ses prédécesseurs. La haine froide, le mépris, le dégoût lui servaient tout frais ses arguments.

— Vous devez signer.

— Nous ne pouvons, répéta Arsenault.

Lawrence vint vers lui, furieux, l'insulta :

— Imbéciles, saleté de culs-terreux papistes ! Une dernière fois, signez, ou je vous fais enfermer à Halifax pour le restant de vos jours.

Le chef de la délégation acadienne hocha la tête, doucement, en signe de refus. Les hommes des Mines découvraient leur nouveau maître et en étaient atterrés. Ils savaient bien que la chute des forts de l'isthme et la disparition de la menace française les mettaient en situation plus difficile, mais une sorte de candeur, fortifiée par les expériences du passé, leur avait laissé espérer que l'on trouverait une fois de plus un terrain d'entente.

— Très bien, trancha Lawrence. Monsieur Potter, vous ferez transférer immédiatement ces gens dans l'île Saint-Georges, où ils prendront leurs quartiers d'été.

Les Acadiens s'étaient raidis. Potter tira son épée, alla ouvrir la porte, donna un ordre bref. Paul Melanson regardait ses compagnons. Des voix s'étaient élevées pour les dissuader de traverser ainsi la péninsule. Paul se souvenait de l'avertissement de Jérôme : « Reste ici, c'est un piège, et prépare-toi au pire. » Les plus indécis, même, comme son propre père, ne voyaient plus là que manœuvres et tromperies. André avait pourtant foncé dans la ratière, lui, le pondéré aux humeurs égales toujours prêt à écouter pour mieux arbitrer. Il pensait que son âge et son expérience feraient de lui un interlocuteur de poids pour le gouverneur. Balivernes. Les anciens d'Acadie se voyaient traités comme des chiens. Paul ferma les yeux. Le spectre de Beaubassin mise à feu par les Acadiens eux-mêmes lui apparut. Qu'allait-il advenir de l'Acadie des Mines ?

Des soldats entrèrent, armes en main. Les hommes se signèrent. Lawrence s'était détourné, regardait la mer, par la fenêtre de son bureau. Paul se laissa emmener à la suite de son père. Son cœur battait la chamade. Un pressentiment l'envahit, il ne reverrait jamais sa terre, ni ceux qui vivaient dessus.

C'était le 3 juillet de l'année 1755, à Halifax, Nouvelle-Ecosse.

Thomas Hébert n'était pas peu fier de son fusil, un mousquet modèle 1728, fabriqué à Saint-Etienne, cadeau de monsieur de La Vallière à Jérôme Hébert. L'arme était si facile à charger que l'on pouvait tirer trois coups dans la minute, comme les soldats des compagnies de marine de Louisbourg. Les temps étaient pourtant à la prudence. On pouvait se faire scalper par les patrouilles de Lawrence, le successeur du sage Mascarène, si l'on portait une arme.

Thomas était allé fureter toute la matinée aux abords de la Sainte-Croix, bien en amont des fermes familiales. Là-haut, tout près des premiers villages micmacs, il avait repéré depuis longtemps des terriers d'où sortiraient sans aucun doute quelques garennes. Isabelle savait comment ragoûter ces animaux-là, et, de fait, Thomas lui rapportait deux pièces d'au moins dix livres chacune, et des lapereaux pour les terrines.

Il faisait chaud depuis une bonne dizaine de jours. Heureux, ceux qui pouvaient se rafraîchir dans quelque affluent de la rivière, où l'eau était délicieuse, prête à boire et à se répandre sur le corps. Suant sous sa veste de toile et son pantalon, trouvant que la descente vers les fermes accentuait encore l'impression de fondre dans la chaleur, Thomas choisit un coude de la rivière, à l'abri d'une majestueuse hêtraie. Il se dévêtit, fit un tas de ses vêtements et de sa chasse, qu'il cala sous son fusil, puis, ayant tâté l'eau du pied et manqué glisser dix fois sur les rochers, il s'immergea, avec un long soupir d'aise.

Le cours de la Pisiquid, bien que déjà large à cet endroit, était vif et rapide. Thomas savait nager. Sa force physique de tout jeune homme et sa résistance, héritée de sa mère, Isabelle, lui avaient permis de sortir moult fois victorieux des dangers du canotage et de traversées de gués assez souvent scabreuses. Cette fois, il avait dû aller trop loin de la rive. Il sentit rapidement le courant l'entraîner, tenta de résister, décida de se laisser aller au fil de l'eau. Habile à poser de temps à autre le pied sur un caillou pour se remettre droit, il attendit que la rivière se fût un peu calmée, nagea comme il put, pour toucher finalement la terre ferme, au pied d'une digue bordant un champ. Il était complètement nu, échoué à un bon quart de lieue de ses vêtements.

Il resta un long moment immobile, les pieds dans de la vase mêlée à un sable gris et à des graviers bien coupants. Le champ était à des Terriot, arrivés de Port-Royal parmi les derniers, en 1750. Ces gens, cousins des premiers colons de Grand-Pré, avaient préféré comme tant d'autres s'éloigner des garnisons anglaises. Ils avaient une demi-douzaine d'enfants. L'aînée s'appelait Claire, une sacrée jolie brune aux yeux vairons, de dix-sept ans. Thomas l'avait vue grandir en même temps que lui-même prenait des muscles et de la carrure depuis peu.

Amis, c'était peu dire. Thomas était amoureux de Claire depuis toujours et ne s'était jamais déclaré. Peut-être l'avait-elle compris malgré tout, mais par timidité, par manque de confiance en elle ou plus simplement parce qu'elle ne partageait pas ce sentiment, jamais elle n'avait affecté de s'en apercevoir. Thomas enrageait. De la Pisiquid à la rivière des Gasparots, en passant par Grand-Pré, il ne manquait pas de donzelons de vingt ans et même plus attirés par la grâce sans apprêt de la douce Claire. Certains lui avaient déjà exprimé leur souhait de la marier, mais elle avait refusé, chaque fois.

Quant à Thomas, qui se demandait comment il allait remonter, nu, vers ses chausses, sa chemise et ses lapins, il se lancerait un jour, c'était sûr. Il y avait pour cela la perspective des moissons, toute proche. Les charrettes allaient sillonner la campagne entre champs et moulins, prairies et granges. Chargées de foin, de grain et d'un peuple joyeux dansant au son des violons, des guimbardes et des flûtiaux, elles seraient, comme chaque été, le lien entre les villages et les hameaux des Mines.

— Misère de Dieu. Il me faut prendre le chemin des bergers.

Remonter le courant par la rivière n'était pas possible. Les berges se brisaient sur des chaos de roches. Des plages de vase et d'ajoncs rendaient la marche aléatoire. Et les maringouins, attirés par l'odeur de l'imprudent, lui donnaient déjà l'assaut. La hêtraie plongeait dans l'eau mais n'était pas très longue. Thomas se baissa. Vers l'amont, il fallait emprunter une sente longeant les prairies où paissaient la douzaine de bêtes des Terriot. Une rapide inspection l'assura que les vaches se gardaient toutes seules, et c'était tant mieux. Bergers et bergères n'appréciaient rien tant que paresser à l'ombre, les pied dans l'eau.

— Personne.

Il se redressa, trouva d'abord plutôt agréable la marche en tenue d'Adam, malgré les misères que lui faisaient les insectes. Elle devint un peu pénible au bout de quelques minutes, puis insupportable, enfin, lorsque soleil et moustiques se furent ligués pour l'accabler.

Il retourna dans l'eau, progressa entre sable et cailloux, attentif à ne pas se blesser. Une petite bosse de terre bien sèche lui permit de reprendre pied sur le dur. Il accéléra, courant presque. La lisière de la forêt était toute proche, à moins de cent pas. Une nuée d'insectes l'entoura soudain, l'obligeant à se défendre par de grandes claques, puis par des moulinets des deux bras.

— Tudieu, les sales bestioles. On retourne à l'eau.

Il s'arrêta net. Occupé à se battre, tournoyant sur lui-même, il n'avait pas vu, droit devant, les lavandières rentrant déjeuner, leurs paniers de linge propre sur l'épaule, ou sur la tête. Six au total, des Terriot et d'autres aussi, leurs voisines de terre, de danse, d'église et de cancans. Thomas s'accroupit, tandis que des cris et des rires montaient vers lui comme autant de flèches micmacs. Les moustiques lui faisaient si mal qu'il courut, ainsi baissé, vers la rivière dont il ne foula que la vase, épaisse et gluante à cet endroit.

— Je vais puer, Seigneur, pire qu'un pot de nuit, gémit-il.

Il s'était enfoncé jusqu'aux genoux. Décida de ne plus bouger. Deux filles, l'ayant aperçu, s'avancèrent jusqu'à une roche plate sur laquelle elles s'assirent, rouges de fausse gêne et de vraie gaieté. Et lui les regardait, planté là comme un piquet auquel il ne manquait que la corde et le canoë. Claire lui lança un baiser, applaudit.

— Et où allais-tu, ainsi costumé ? A confesse ?

Elle rit. Sa compagne était Anne-Marie Melanson, fille d'André, cousine de Thomas et blonde autant que Claire était brune. Les meilleures amies du monde, des sœurs jumelles, en vérité, mais avec une différence, cependant, et de taille. Comme quelques autres, qui étaient même allées jusqu'à en épouser, Anne-Marie se laissait courtiser en secret par un soldat anglais que Thomas avait vu rôder en habits civils, le long de la rivière, justement. Un roux, comme lui, paysan d'Ecosse qui parlait le français avec un accent assez incompréhensible, et pensait pouvoir être, un jour prochain, présenté à la famille.

— Eh bien, tu réponds ?

Thomas finit par avouer sa mésaventure, du bout des lèvres. Les filles le raillèrent gentiment puis Claire lui proposa d'aller chercher vêtements, fusil et lapins, contre des danses, à la prochaine Saint-Jean. Thomas fut sidéré. D'ordinaire, les invitations se lançaient dans l'autre sens.

— Une danse ?

Il n'y avait là rien de bien extraordinaire. Thomas avait souvent tenu la main de Claire, le temps d'un rigodon ou d'une gigue.

— Toutes.

Voilà qui était moins habituel. Il trouva le regard de son amie soudain différent, presque triste. Il accepta, soupçonnant quelque rouerie ou malice. Mais la vase lui collait aux jambes et il se sentait assez ridicule, ainsi piégé.

Claire revint seule, une bonne heure plus tard. Elle déposa son butin sur la pierre plate, se détourna pendant que Thomas se lavait et s'habillait, un doute dans l'esprit.

— Tu étais sérieuse, pour la danse ?

— Bien sûr. Sinon je n'aurais rien dit.

Il lui fit valoir que les filles se laissaient le plus souvent convier à danser. Elle hocha sa jolie tête brune où brillait un regard dont l'expression de joie pouvait changer en un instant et passer de la colère à la mélancolie. Thomas s'approcha d'elle, s'assit sur la roche. Il craignait de sentir encore la vase, mais la fille semblait s'en moquer. Claire le regardait avec intensité, comme elle ne l'avait jamais fait.

— Tu crois qu'il y aura un jour le feu, jusqu'ici ?

Elle était inquiète. La guerre en Europe brûlait de ses flammes mauvaises.

— Je ne sais pas, dit-il. Mon cousin Paul est parti à Halifax avec son père. Cette saucisse pourrie de Lawrence pourrait bien les garder enfermés, avec les autres des rivières et de Grand-Pré. Les Anglais se renforcent ici, en hommes et en armes. Mon père semble inquiet.

Claire et lui avaient grandi entre deux orages. Ils avaient suivi de loin, comme ceux de leur âge, les affaires des adultes, entendu les prédicateurs exaltés haranguer Acadiens et Sauvages, les pousser à s'armer, à résister, à se préparer au combat. Aux Mines, on était restés plutôt calme, dans le souvenir de la seule victoire française de la guerre précédente et de ses conséquences. Lawrence avait ouvert la chasse aux scalps contre les prêtres et les chefs micmacs de l'isthme, avec quelque succès. Cela avait été une drôle d'époque de près de dix années, ni paix ni guerre, où chacun travaillait, hivernait, chassait, tâchant de ne pas trop penser à ce que décidaient les puissants. Maintenant, les hostilités étaient à nouveau déclarées et comme chaque fois, depuis des lustres, on attendrait le miracle, la flotte du roi de France, ses armées, sa force parfois montrée, si rarement victorieuse.

Thomas sourit. Claire avait le visage grave, comme à l'église, quand l'abbé Chauvreulx avait dit la messe pour son frère Louis Terriot, mort au printemps, le jour même de sa naissance.

— Eh bien, dit-il, je ne t'ai pas toujours vue comme ça.

Elle avait envie de parler, de jeter vers lui le feu changeant de son regard, finit par sourire. Il s'approcha d'elle. Souvent, ils s'étaient chamaillés, enfants, dans l'herbe des prairies de la Pisiquid et jusque dans le sable noir et dans la vase, retournant, penauds, crottés, subir la colère de leurs mères. Les coudes posés sur ses genoux qu'elle tenait écartés sous sa jupe, comme à son habitude, elle murmura, d'une toute petite voix qui ne lui ressemblait guère :

— Je pensais, enfin, je voulais te dire, si vraiment tu ne me détestes pas autant que tu l'as si souvent prétendu...

— Eh bien, nigaude ?

— Il y en a qui sont partis d'ici, pour l'isthme, ou Québec, ou les vieux pays, même. On ne les a jamais revus. Et ceux de Beaubassin, Seigneur, obligés de tout laisser derrière eux. Alors, si jamais il nous arrivait la même chose, que l'un de nous deux soit obligé de s'en aller, sache que je t'aime, de cœur, et que tous les autres m'indiffèrent.

Elle se renferma derrière son masque de petite fille butée. Il ne savait que faire, s'agenouilla.

— C'est vrai, une chose pareille ?

— Pardi.

— Alors, je peux t'embrasser.

— Oui.

C'était autre chose que de lui tordre un bras à la lutte ou de lui faire un croc-en-jambe. Il frotta sa joue contre la sienne, effleura ses lèvres. Elle avait bien dû recevoir des baisers d'un Duguay, d'un Boudrot ou d'un LeBlanc, tous ces gars de vingt ans et plus qui s'arrangeaient toujours pour danser la gigue en face d'elle ou grimper dans sa charrette. Les charrettes, Thomas connaissait. Pour le reste, il n'avait jamais eu de privilège. Il ferma les yeux, appuya un peu plus fort son baiser. C'était doux et ferme en même temps, comme le sein sur lequel il posa sa main. Claire lui caressa la joue, ouvrit ses lèvres, et ce fut pour lui comme une source d'eau vive dans laquelle il plongea tout entier. Adieu l'enfance, il en ferait des souvenirs, pour plus tard. Il prit le visage de Claire entre ses mains, le couvrit de baisers. Puis il bondit, triomphant, voulut aider la jeune fille à se lever, glissa et se retrouva dans la vase, assis, cette fois, la tête seule dépassant de l'eau noirâtre.

Claire riait, montrait ses petites dents bien rangées. Il la supplia de l'aider, ce qu'elle fit au bout de quelques moqueries, et assez courbée pour que, d'une simple pression sur sa cheville, il la forçât à le rejoindre.

— Sale petit gueux !

Elle se débattait, sa jupe faisait sur l'eau une corolle bleue qu'elle tentait de rabattre, maladroite, les cheveux pleins de sable aux senteurs de marée basse. Thomas voulut la prendre dans ses bras. Elle cria, se débattit, rampa vers le sec. C'était comme autrefois, des injures, des rires, au milieu de gerbes grisâtres et d'éclaboussures. Sauf que, cette fois, il ne lui tordit pas le bras pour lui faire demander pardon mais vint contre elle, ses mains dans les siennes. Ils étaient essoufflés, restèrent ainsi un long moment, à s'écouter respirer, arrêtant le temps sur la révélation toute simple de leur amour. Dans le seul chuchotement de la rivière, ils se promirent de ne plus jamais se quitter, quoi qu'il pût arriver.

— Tu pleures ? s'étonna-t-il.

Elle regardait le ciel laiteux de juillet, le grand ciel d'Acadie, ce drap sans autres limites que celles de son frère l'océan. Dans quel pays trouverait-on une telle liberté de vivre ?

— J'ai peur, dit-elle. Souvent. Je pense à ceux qui ont fui, aux fermes vides, aux animaux redevenus sauvages ou brûlés dans les étables.

Il lui ferma la bouche d'un baiser. Ils seraient deux pour conjurer le sort. Et puis, tous les Anglais n'étaient pas si méchants. A voir ce William, qui béait devant Anne-Marie, on pouvait espérer des arrangements. Claire mit ses bras autour du cou de Thomas. Il avait cessé d'être son ami d'enfance, devenait son promis.

— Voilà, mère, dit Thomas, nous sommes tombés ensemble dans la rivière et, en sortant, nous nous sommes dit que cela nous allait bien.

Isabelle étendait du linge sur l'herbe, entre les jeunes pommiers du verger. Il y avait là de l'ombre et un semblant de fraîcheur que Catherine, assise sur une chaise, les mains jointes, le regard perdu dans les limbes de sa cécité, était venue chercher auprès de sa belle-fille. Isabelle inspecta les jeunes gens se tenant par la main, sales de la tête aux pieds.

— Eh bien, il était temps de vous le dire. Mon grand benêt de fils n'avait pas dû remarquer grand-chose. Grand-mère Catherine sera contente de savoir que ces nigauds ont bien l'air de s'être promis.

Elle rit, les mains sur les hanches. Elle portait pour tout vêtement une chemise longue, délacée jusqu'au bas de la poitrine. L'été, les colons aux champs allégeaient leur costume au point que les prêtres avaient dû les avertir et tançaient les femmes chaque dimanche. Montrer ses jambes, et surtout ses cuisses jusqu'à leur milieu, attentait à l'ordre divin, ce dont on n'était pas vraiment persuadé, entre Pisiquid et Sainte-Croix.

— Viens là, gouyat, ordonna Catherine.

Sa voix avait changé. Lente et grave, brisée par instants. Ses cheveux, qu'elle ne couvrait plus et arrangeait en chignon, étaient blancs. Thomas s'approcha d'elle.

— Je sens fort mauvais, Mapou.

Cela ne faisait rien, Catherine prit la main de son petit-fis, la tapota. Thomas embrassa sa tempe, tachée de tavelures comme le reste de son visage. Il avait été le chef de bande de sa fratrie, avait conduit les siens à côté des Micmacs, à travers les forêts de l'Est, s'était fait petit homme, dans l'exode. Il avait reçu très tôt ce qu'il fallait des générations d'avant, le courage et l'humilité, et l'amour de la terre, par-dessus tout.

— Ton père te cherche, dit Isabelle. Et toi, ma fille, si tu veux m'aider dès que tu te seras décrottée, Dieu te bénisse.

Jérôme était courbé à l'orée d'une parcelle, une faucille en main et les cuisses à l'air, dans le même appareil que sa femme. Il avait près de lui son cadet, Jacques, un frêle garçon de treize ans au corps enfantin, à la santé fragile, ainsi que sa fille, Charlotte, âgée elle de quinze ans, qui grandissait à l'image de sa mère, ronde, rousse, et plutôt infatigable.

Thomas vit, à une portée de fronde des moissonneurs, la tête de son frère Baptiste, émergeant à peine des épis. Celui-là n'avait pas sept ans. Il était né le jour même de la rétrocession de Louisbourg à la France, ce miracle de plus dans la longue litanie acadienne, une grâce du Seigneur à ses parents, qui ne l'attendaient plus. Déjà, son sang bouillait autant que ceux du Bellilois et de Jérôme réunis, son attirance pour le monde sauvage cernant la colonie était pareille à celle de Julien Lestang. Il était fait, encore plus que Thomas, pour cette terre d'Amérique, pour ses rivières, ses forêts et ses chemins secrets, pour être le frère des Indiens orgueilleux et libres.

— Regarde, Thomas.

Il leva son poing, au bout duquel pendait un mulot gros comme un chaton, une courte flèche au travers du corps. Il tenait son arc en bandoulière, un vrai Sauvage. Jérôme se releva, aperçut Thomas qui prenait une faucille dans la charrette et le rejoignait.

— Il y aura du lapin à souper, demain, dit le jeune homme, ou du mulot, pour ceux qui préfèrent. Mais, père, je ne pensais pas que vous commenceriez à moissonner si tôt.

Il avait passé la nuit au fond d'une cabane, dans les hautes collines et s'en voulait de n'avoir pas été là quand débutaient les travaux. Jérôme lui dit que cela ne faisait rien. C'était simplement que des Micmacs étaient passés, la veille au soir. Les prisonniers d'Halifax ne seraient pas de retour de sitôt et la baie de Chignecto s'emplissait de gros navires commandés par un amiral de Londres, Boscarwen, celui-là même qui avait bloqué les ports de France dès les premières heures de la guerre et saisi des dizaines de bâtiments.

Jérôme s'épongea le front. Les Anglais renforçaient leurs positions autour des Mines. Certes, ils répugnaient toujours autant à installer des hommes dans le village de Grand-Pré. La leçon sanglante de 1747 avait été comprise. Mais des bruits circulaient, sur une possible convocation par Lawrence des représentants de la colonie, à Grand-Pré, cette fois. Moissonner, battre, moudre, tout devenait urgent, ne fût-ce que pour sauver ce qui pourrait l'être, en cas de coup dur. Jérôme regarda son fils, sans sourire.

— Il faudra faire dire à ta cousine, l'Anne-Marie, que ses promesses seront désormais pour plus tard. C'est la guerre, maintenant, Thomas, les petits jeux amoureux ne sont plus de mise. Je sais ce que pensent ma sœur Madeleine et son mari, que l'on peut ainsi apprivoiser les Anglais en leur donnant nos filles, espérer même les faire devenir acadiens, comme les Melanson du siècle dernier. Foutaises ! Dieu pardonne à celles qui se sont laissé tenter par des unions de cette sorte. Une vingtaine, je crois, entre ici et la rivière Péreau. C'était déjà beaucoup en temps de paix, c'est trop maintenant que nous avons à nouveau la guerre.

Il savait, donc. Rien d'étonnant. Les Acadiens connaissaient leur territoire et ce qui s'y passait à l'acre près et l'avaient jour et nuit à portée de regard et d'ouïe. Thomas se pencha à son tour vers la terre, se mit au travail au même rythme lent que son père, tandis que les deux plus jeunes poursuivaient leur besogne un peu plus loin. Des moissons, il y en avait déjà eu une demi-douzaine depuis le départ de Sylvain, et des bonnes, gâtées ni par les crues, ni par les orages. Jérôme avait acheté six bêtes à cornes, une par an, et une vingtaine de moutons. Les bâtiments de Sylvain avaient trouvé leur gentil peuple, dont les noms choisis par les enfants rappelaient le vieux monde : Saintonge et Normande, Roussette, Rochelle, Parise, et Reine.

— Et si je vous dis que votre bru à vous sera de chez nous, d'ici ? lança Thomas à brûle-pourpoint.

Jérôme liait une gerbe. Il se releva, questionna, d'un coup de menton.

— Et qu'elle s'appellera Claire Terriot, ajouta son fils.

— Hé, tu n'as pas choisi la plus sotte, ni la plus vilaine d'ailleurs.

Il lui frappa l'épaule, l'embrassa. Son champ lui semblait soudain plus blond et doré par le soleil. Les Terriot étaient des patriotes et tenaient eux aussi pour la résistance armée. On avait bâti des digues, ensemble, labouré et semé. Ensemble, on avait bu et dansé aux fêtes de l'été, humé les fumets des ragoûts, des soupes au lard et des cuissots de caribou sous les toits recouverts de neige. Et comme partout en Acadie, les enfants s'unissaient là aussi naturellement que leurs parents mettaient leur énergie, leur obstination et leur fraternité au service du bien commun.

La nature reposait dans la canicule, des insectes énervés tournaient autour des corps en sueur. Aussi loin que pouvait porter le regard, vers l'aval élargi de la Pisiquid, la terre n'était qu'océan de blé, promesse de grain. Jérôme contempla son fils, le cœur serré, soudain. Il se passait des choses, autour de ces îles de labeur et de paix, dont il redoutait les conséquences. Le conseil des Mines devrait prendre des décisions. Au fond de lui-même, Jérôme regrettait que l'on ne se fût pas levé dès la nouvelle de la guerre, pour s'armer et détruire les postes anglais. Avec quelques autres, il avait plaidé pour cela, arguant que jamais les Anglais n'avaient défait les Acadiens, sur leurs terres. On avait choisi d'attendre. Dieu saurait si la décision était bonne.

— C'est bien, mon fils, dit-il. Claire est une bonne fille, avec du cœur. Les femmes Terriot sont ainsi, d'ailleurs. Et elles font de la bonne cuisine, comme tu sais.

Il reprit sa besogne. Son corps avait changé, noueux, ses muscles avaient durci et s'étaient comme allongés. Son visage se creusait aux joues, aux tempes, des taches y paraissaient, foncées par le hâle du soleil. Jérôme faucha une brassée d'épis. Le grain était quasiment mûr, il ne lui aurait manqué, cette année-là, qu'un peu de rosée nocturne, et deux ou trois semaines de séjour au soleil. Mais les Anglais avaient pris le fort Beauséjour, rebaptisé Cumberland, et construit le fort Lawrence, pour achever leur maîtrise de l'isthme. L'orage venait dans le ciel blanc d'Acadie. Il fallait récolter, vite.

Thomas cherchait Claire dans les ruelles de Grand-Pré. Le village grossissait. Dominées par l'église et le presbytère de l'abbé Chauvreulx, les maisons cossues des notables s'alignaient sur la pente très douce menant à la mer. Des entrepôts et des ateliers marquaient de leurs massives silhouettes les limites du bourg.

Claire Terriot et Anne-Marie Melanson étaient venues au village dans une charrette de ceux de la Pisiquid, une trentaine de fermiers qui allaient se réunir avec ceux des autres rivières, pour répondre au gouverneur Lawrence. Claire n'avait pas de ces prétentions. Elle projetait d'acheter de la ficelle, des pots, et des graines de potager pour les prochaines plantations de sa mère. Quant à Anne-Marie, qui ne voyait pas plus loin que le bout de ses sentiments pour son soldat écossais, elle s'inquiétait de ne plus avoir vu son galant depuis près de quinze jours et espérait le croiser aux abords du village.

Thomas vit les deux jeunes filles sortir de la petite maison où tout se vendait, des rubans et des sabots aux couvertures indiennes et aux herbes médicinales, en passant par les cuillères en métal, les moules à tarte, les semences de pois ou la mélasse. Claire portait un panier plein de ses achats. Elle paraissait gaie, ce qui contrastait avec la mine préoccupée de son amie. Thomas se glissa derrière sa promise, masqua ses yeux de ses mains.

— Voilà les doigts d'un bûcheron, ou d'un voleur de quenouille, dit-elle. A moi, la garde !

Il lui fit face. Des gens passaient, en route pour la réunion, il fallait se tenir sages et réprimer l'envie que l'on avait de s'embrasser. Claire fronça les sourcils.

— Tu n'es pas avec les fermiers, Thomas ?

Il irait en suivant. Son père suffisait pour l'instant à protester contre la volonté de Lawrence d'obtenir l'allégeance sans condition. Dans la famille, on savait ce que l'on voulait, et, plus encore, ce que l'on ne voulait pas.

— Il me semblait que ne pas te voir un seul jour me rendait pauvre, dit-il. Et comme cela en fait bien trois, de ces jours, me voici quêteux, à tendre la main pour l'aumône d'un regard.

Il lui tournait autour, vit sa cousine Anne-Marie qui semblait intriguée par les allées et venues du village où les Anglais s'étaient faits discrets, comme s'ils avaient commencé un repli. Thomas hésita. Il avait envie d'entraîner sa conquête vers les grands sycomores bordant le chemin vers la mer. Et en même temps, les mines et les mimiques d'Anne-Marie le mettaient en fureur.

— Eh bien, lui lança-t-il, ton « veste rouge » est peut-être bien à la réunion des colons, où il épouse notre cause, à défaut de nos sœurs ! Sait-on jamais ? S'il lui prenait l'idée de venir faire la guerre de notre côté ? N'oublie pas que tu as des oncles en délégation chez les ennemis, à Halifax. Ce sont des William Jeffries qui risquent bien de les y garder un jour prisonniers. Peut-être même que le tien y sera employé à son tour.

Elle tapa du pied. Elle était à l'image de Claire, petite et bien faite, les hanches fines, la jambe nerveuse, son casque blond serré sous sa coiffe. Thomas connaissait l'Ecossais qui la courtisait. C'était un petit-fils de huguenots, des Geoffroy devenus Jeffries en passant comme beaucoup d'autres en Amérique via l'Angleterre. William était certes affable, discret et plutôt bien élevé en temps de paix, mais désormais, en temps de guerre, il devenait soldat anglais, ce qui changeait tout. Thomas avait tout juste toléré le penchant d'Anne-Marie pour le jeune homme. Leur amitié d'enfance n'en avait pas été rompue. Maintenant, chacun devait reconnaître son camp, et s'y tenir.

— Adieu, dit-elle, furieuse. Je rentrerai de mon côté.

Elle prit le chemin de l'est qui montait en douceur vers les collines. Claire voulut la retenir.

— Laisse-la donc, lui dit Thomas.

Il prit Claire par la main, la mena derrière le tronc d'un saule, l'embrassa. Elle se laissa faire, docile et pourtant rétive. Thomas lui plaisait, cela ne datait pas de très longtemps. Il avait fallu le long sommeil de l'automne au printemps. Chacun était resté chez soi, des semaines durant. Thomas s'était transformé pendant cet éloignement, un étranger, presque jeune homme éclos comme une fleur dans les prairies de la Pisiquid avec son visage tout de franchise, de candeur joviale, et de force, aussi. Elle chuchota à son oreille :

— Il te faut aller à la réunion.

Pour Thomas cela ressemblait à la voix de sa conscience, comme le murmure complice d'un ange gardien aux douces adjurations. Il ferma les yeux, dit qu'il n'avait pas très bien entendu, et elle répéta, ce qui le fit frissonner à nouveau. De tels ordres, il voulait bien en recevoir à volonté et prendrait le temps nécessaire pour bien les comprendre. Elle le repoussa.

— Ce n'est pas pour rire, Thomas.

Il ouvrit les yeux. Les fermiers s'étaient rassemblés en contrebas de l'église, sous un grand abri de chaume ouvert aux quatre vents où l'on entreposait du bois, de la laine, des peaux et des sacs de grain avant leur transport vers les bateaux ou les moulins. Claire avait raison. Ses frères étaient là, et cent autres, pour ce qui devait être un moment important.

— Je n'aime pas du tout qu'Anne-Marie se promène vers les postes anglais, dit-il. Je te charge de la retrouver et de la ramener au village. Cette fille n'a pas plus de raison qu'une outarde. Quelle inconscience ! Vraiment, je ne comprends pas mon oncle Jean. Il sait tout de même ce que l'on pense par ici des filles mariées avec des soldats anglais. Viens-tu avec moi ?

— Ce sont les hommes, en bas.

Il rit.

— La belle affaire ! Comme si les femmes étaient en dehors des guerres. Allez, suis-moi.

Il la prit par la main, l'entraîna sur le chemin ombragé, jusqu'à l'abri partagé entre fermiers et charrettes. Toutes les familles des Mines étaient représentées là. Thomas chercha son père, s'assit près de lui, contre un pilier de l'entrepôt. Jérôme avait son visage des mauvais jours. Des Micmacs étaient arrivés des abords de Beaubassin, rapportant que des navires de transport vides étaient venus du Massachusetts, s'ancrer à proximité et attendaient.

— Ils vont vider ce qui reste d'Acadiens dans l'isthme, prévint Jérôme et puis ils s'occuperont de nous. Nos délégués à Halifax ne sont toujours pas revenus, et l'on nous dit qu'ils risquent bien d'être emmenés à Boston ou plus loin encore.

Thomas observait l'assistance. Les hommes s'étaient distraits de leurs travaux champêtres, le temps de cette réunion. Avec leurs pantalons de toile bleue serrés aux genoux par des chausses de laine, leurs chemises blanches tachées de sueur et leurs chapeaux de feutre ou de paille, ils figuraient une compagnie pacifique, un comice devant lequel on aurait fait défiler des bêtes à acheter. Thomas serra la main de Claire. Il était heureux d'être de cette famille-là, ressentait à la fois sa force paysanne, sa fragilité dans le flot imprévisible des événements et son bon droit que reflétait l'humble fierté des participants.

Claire appuya sa tête contre son épaule, d'un élan plein de douceur qui le bouleversa et l'emplit en même temps d'assurance. Il entrait dans la communauté des adultes, serait bientôt des leurs pour les discussions, les écritures, les conseils, les décisions, et ce qu'il entendait ce matin-là le projetait tout entier vers cette nouvelle vie.

Il écoutait ceux, dont son père, qui plaidaient encore pour que l'on s'organisât sans tarder, armes à la main, à l'image de Boishébert, enfui du fort Beauséjour et harcelant depuis les Anglais dans l'isthme. Et les autres, qui ne considéraient que leur bon droit de laboureurs, leur fidélité aux engagements pris, la nécessité d'attendre. Thomas hésitait. Lorsqu'il tournait son regard vers la mer, il apercevait le paysage rassurant de Grand-Pré, ses repères immuables d'eau et de terre levée, avec, en cette fin de juillet, les dômes des meules balisant les champs, piqués d'enfants rieurs. Il voyait, un peu partout, des femmes en tabliers et robes rayées achevant de rassembler la paille et le foin, et leurs coiffes, minuscules taches blanches sur le drap des chaumes.

Et puis Thomas observait son père, nuque fléchie, dents serrées, portant au front les rides d'un souci dont il connaissait bien la raison. Cet homme souvent pris dans des rêves, ce roc dont parfois un soupir, un regard vers sa mère, une attitude de prière trahissaient d'anciens tumultes et quelques secrets bien gardés, ce héros d'une gloire acadienne hélas révolue, bouillait de ne pouvoir agir. Le pêcheur de Terre-Neuve, le volontaire de Louisbourg, le guerrier devenu laboureur, et sage parmi les sages de sa communauté, craignait cette prochaine guerre, et cette angoisse le durcissait un peu plus.

— Nous sommes dans notre droit, objecta Jean Melanson, et nos délégués le défendent en ce moment à Halifax. Les Anglais sont ce qu'ils sont et nous ne les aimons guère, mais ce sont tout de même des hommes, avec un jugement. Ici, il n'y a pas de fort, comme à Beaubassin ou à Cap-Breton, pas de menace pour eux. Jérôme, tu sais bien que je crains ces Lawrence et Shirley tout autant que toi. Mais que veux-tu que nous fassions ? Nous mettre derrière ces meules et ces charrettes, et tirer un coup de fusil avant d'être assassinés ?

Il y eut des murmures. Jean avait un fils en exil au nord pour cause de résistance à l'Anglais. En même temps, il laissait sa fille frayer, comme quelques autres, avec un ennemi. Ce faisant, le proscrit de Port-Royal avait perdu de son aura et suscité des réactions sévères. Cherchait-il à empêcher par avance que l'on incendiât à nouveau sa ferme ? Et comment Madeleine pourrait-elle un jour accepter sous son toit l'un de ces occupants honnis par la majorité des gens ?

Ce jour-là, à Grand-Pré, les arguments de Jean Melanson confortaient cependant le souci de la majorité des présents. Jérôme connaissait cette dialectique de prudence. Il avait envie de dire « Brûlons tout, comme dans l'isthme, et battons-nous à partir des forêts », mais il savait l'énormité de ce choix, son caractère inacceptable pour la quasi-totalité des familles.

— Soit, finit-il par admettre, répondons comme vous le souhaitez, mais disons-nous que c'est la dernière fois que nous nous abritons derrière ces fausses allégeances dont les Anglais n'ont finalement que faire.

Thomas soupira. On allait une fois de plus rappeler les serments de 1730, les promesses de Shirley à la fin de la guerre précédente, le refus des Acadiens d'accorder davantage. Jérôme paraissait accablé. Il voyait de sales nuées s'amonceler dans le ciel immaculé de juillet. Le décor de Grand-Pré, cette image du Paradis terrestre vantée depuis toujours par les abbés des Mines, devenait soudain irréel, étrangeté dans le silence et la canicule.

— Innocents, murmura-t-il.

Une bouffée d'angoisse le submergea. Ses amis bavardaient de leur destin dont ils ne maîtrisaient plus rien. Ils désarmaient, ouvraient grande la porte de leur colonie, croyant ainsi apaiser la faim des loups. Avaient-ils oublié les plaintes lugubres des carnassiers guettant des proies en lisière des forêts, l'hiver ?

Il se leva. Anne-Marie Melanson rejoignait les jeunes gens.

Jérôme la regarda marcher de son pas de grenadier, la mine boudeuse comme à son habitude. Elle était charmante ainsi, sa nièce et tellement inconsciente des conséquences que pourrait avoir son entêtement à rester entichée de son fantassin.

S'il n'y avait que cela, songea Jérôme.

Ses pensées allaient vers les délégués, à Halifax depuis le début du mois de juillet. Les Micmacs, qui rôdaient toujours aux marches de la capitale, prétendaient que Lawrence les avait fait emprisonner. On verrait. En pleine saison des moissons, les bras vigoureux de Paul et de son père manquaient, au bord de la Pisiquid.

Sylvain Melanson hésitait. Les hommes de l'isthme de Chignecto, région hautement stratégique entre la Nouvelle-Ecosse et les terres françaises du Nord, étaient convoqués au fort Cumberland, pour le 9 août de cette année 1755. On allait entendre la lecture des arrangements du gouverneur d'Halifax pour la conservation de leurs terres par les Acadiens.

— Jérôme te dirait de ne pas aller à cette convocation, lui répétait sa femme, Françoise.

Proscrit de Grand-Pré le jour même de son mariage, Sylvain n'avait pas été de ceux qui s'étaient dispersés dans la forêt lors des incendies de 1749. Les stratèges français, défaits et obligés de se replier, avaient pratiqué la terre brûlée. Sylvain avait alors préféré demeurer au sein de la famille parente qui l'avait accueilli après le massacre de Grand-Pré. Françoise l'avait pourtant adjuré de ne pas s'installer là, si près des territoires sous contrôle anglais. On pouvait aller à Québec, ou dans l'île Saint-Jean, comme tant de migrants. Mais l'homme était comme ceux de sa race, obstiné, têtu.

— Et acadien, pardi ! Ma terre est ici, et j'espère bien retourner un jour à la Pisiquid.

Face au fort Lawrence, balise extrême de l'occupation anglaise, les Français avaient construit à la hâte le fort Beauséjour, en 1751. Une rivière étroite, la Mistigouèche, séparait les deux forteresses. Beauséjour était, au milieu des quelques centaines d'arpents encore cultivés, une masse de pierre, de pieux et de remblais en forme d'étoile à six branches, puissamment armée, dominant le rivage de la baie de Fundy et les platitudes de l'isthme, du haut d'une butte. Deux cents militaires le tenaient.

Sylvain et Françoise vivaient dans une ferme abandonnée, épargnée par les destructions, à l'ombre du fort qu'ils avaient vu construire et qui les rassurait. La région avait été dévastée, et il s'était pourtant trouvé quelques dizaines de familles pour s'y accrocher, et vivoter dans les premiers temps de petit commerce avec le fort. L'afflux de réfugiés chassés par les Anglais avait compliqué les choses. Des clans s'étaient formés, pour ou contre la solidarité avec eux qui n'avaient plus rien. Fugitifs eux-mêmes, les Melanson avaient hébergé tout ce qu'ils avaient pu de ce petit monde-là.

Puis, comme partout ailleurs en Acadie, les aboiteaux de Beauséjour avaient à nouveau asséché les marais, fertilisé les sols, rendu la terre abandonnée à sa fonction première. L'énergie des hommes, leur travail de fourmis avaient redonné à la région un visage à peu près présentable. On exportait même du bétail et de la farine, des fourrures et du bois jusqu'à Louisbourg.

La reddition de Beauséjour par un incapable de plus, Vergor, sans qu'un coup de canon fût tiré pour le défendre, avait stupéfié les Acadiens. Des dizaines d'entre eux, dont Sylvain, s'étaient pourtant portés volontaires pour le défendre. Peine perdue. Beaucoup avaient fui vers le nord et la rivière Miramichi. D'autres, que tenaient l'attachement à leur terre, la foi en un miracle toujours possible, ou, comme Sylvain, refusant de devoir à nouveau se traîner plus loin, étaient demeurés là.

Sylvain se trouvait au milieu de la troupe des quatre cents fermiers convoqués lorsqu'ils arrivèrent en vue du fort. Il avait laissé Françoise et leurs quatre enfants à la ferme, leur promettant d'être de retour pour le souper.

De la colline dominant de toutes parts la plaine de Beaubassin, et la mer en contrebas, Sylvain Melanson apercevait sa ferme, les pommiers du verger, la bergerie, avec la charrette, rangée à côté. Quelques semaines auparavant, il s'était déjà trouvé là, prêt à se battre quand le gouverneur, Dieu le jugerait, avait choisi de se rendre. Sylvain et ses compagnons n'avaient dû la liberté qu'à la promesse faite aux Anglais qu'on les avait forcés à s'engager et à séjourner là.

Des officiers Anglais sortirent du fort, bicorne à la main. Ils saluèrent les délégués, invitèrent les Acadiens à les suivre. Lorsque la lourde porte du fort se fut refermée derrière lui, Sylvain eut la désagréable impression d'être entré dans une nasse. Les fermiers restaient debout, dans la cour qu'ils emplissaient aux trois quarts. Des soldats en vestes rouges se tenaient, impassibles, fusil au pied, de part et d'autre des hommes rassemblés qui faisaient silence.

Sylvain reconnaissait les lieux : le corps de garde, les casemates dans les angles des épaisses murailles, les magasins en rondins et, à l'est, l'élégant bâtiment à étages et au toit percé de lucarnes abritant les casernes et les appartements des officiers.

— Regardez ! cria quelqu'un. C'est Monckton.

Le vainqueur de Beauséjour apparut, suivi d'officiers. Il se campa devant les fermiers, et leur annonça qu'en tant que rebelles ils étaient tous en état d'arrestation, sur ordre du gouverneur Lawrence.

Le moment de stupeur passé, il y eut dans la cohorte des Acadiens des mouvements de houle, des cris. Le premier réflexe de Sylvain avait été de se diriger vers la porte, mais il fallait se rendre à l'évidence : une centaine de baïonnettes étaient pointées vers les Acadiens. Le piège s'était bel et bien refermé.

Sylvain s'en voulut de s'être ainsi laissé berner. La pensée des siens, abandonnés à eux-mêmes si près de lui, lui déchira le cœur, comme à ses compagnons. Dans la caserne où on les enferma, les Acadiens de Beaubassin, qui avaient tenu malgré les pillages, les incendies, les exodes et la ruine, prirent bien vite conscience qu'il ne s'agissait pas là d'une simple rétention, mais bel et bien d'une capture.

Et si les bateaux au mouillage devaient servir à nous transporter ? pensa Sylvain.

Les Micmacs avaient averti leurs amis colons. Ces navires étaient vides et n'avaient débarqué ni troupes, ni cargaisons.

Lorsque Sylvain Melanson se rendit compte qu'en effet le plan de Monckton était de faire embarquer les prisonniers, il se dit qu'au moins Françoise, avertie de ce qui se passait, aurait le temps de fuir vers le nord.

Désarmés, encadrés par une troupe nombreuse qui les piquait de ses pointes, les poussait à coups de crosse et de pied, les Acadiens de Beaubassin descendirent la pente menant à la mer, tandis que s'élevait un bruit étrange, une sorte de murmure aigu, tout d'abord, puis une plainte unique d'où émergèrent peu à peu cent cris de femmes.

Les hommes étaient montés sur les ponts des deux navires. On tâchait de rester entre voisins, amis, familles. Lorsque la cohorte des femmes parut à l'horizon du fort, les prisonniers se mirent à appeler, hurlant et gesticulant, face aux lames anglaises. Sylvain s'était précipité contre le bastingage. Il vit les soldats qui n'avaient pas encore embarqué se former en rangs, les fusils pointés vers le flot déferlant sur eux.

Sylvain cherchait à apercevoir Françoise, mais les femmes devaient être près de deux cents, et se ressemblaient, de loin, sous leurs coiffes blanches, leurs jupes et leurs tabliers. Certaines portaient des nourrissons, d'autres tenaient des enfants par la main. Les soldats attendaient un ordre. Des Acadiens tombèrent à genoux, suppliant qu'on ne fît point couler le sang. Les officiers se regardaient, embarrassés, attendaient la décision du colonel Monckton, resté à terre.

Au milieu des appels, il était bien difficile de se faire entendre. Sylvain cria le nom de sa femme, tandis que les paysannes se massaient devant les vestes rouges et commençaient à les pousser vers l'eau.

— Laissez-les passer, ordonna Monckton.

Elles avaient quitté en hâte maisons et champs, n'avaient rien, que leurs mains avec lesquelles elles agrippèrent tout ce qu'elles pouvaient, les cordages, la passerelle, tombant à la mer, implorant qu'on les aidât. Les Anglais embarqués observaient le spectacle avec un mélange d'inquiétude et de dégoût. Des fermiers prisonniers les empoignèrent, voulurent les frapper. Tout cela n'était pas humain. Une grêle de coups les força à reculer et Sylvain se retrouva sur le cul, la pommette ouverte, tandis que les femmes, parvenues à bord avec leurs petits, couraient vers les hommes, se jetaient à l'eau lorsqu'elles les apercevaient sur l'autre bateau.

— Marie !

Sylvain avait aperçu sa voisine, une Chiasson dont l'époux et les frères étaient prisonniers. Dans la cohue, il la saisit par le bras, lui demanda si elle avait couru au côté de Françoise.

— Elle est restée à la ferme, avec tes petits et les nôtres. L'abbé Le Guerne va les emmener dans la forêt.

Elle s'échappa. Ses hommes étaient là, se tenant par les bras, à dix pas. Sylvain tomba à genoux. Une faille s'ouvrait devant lui, déchirait le plancher du pont pour l'engloutir. Le monde cessait d'être. Il écarquilla les yeux, considéra le tumulte au milieu duquel il n'était plus qu'un otage, parmi d'autres otages. Il y avait une terre, des digues et des aboiteaux, de la vie, tout près, que l'on rayait d'un coup de baïonnette, d'une insulte. Au-dessus du bastingage ondulait la ligne des champs, devant celle de la forêt. C'était au-delà des landes et des mornes marécages de l'isthme, loin.

Sylvain tendit la main vers ce repère. Il pleurait, sans bruit. Des gens priaient, à côté de qui il avait semé, récolté, bûcheronné, aimé. Ils pleuraient, eux aussi, quelques-uns avaient été rejoints, les autres partiraient seuls. Sylvain ferma les yeux, se mit à prier à son tour. C'était difficile. Quel Dieu de justice et de bonté, jusque-là clément, malgré les guerres, les folies des hommes et leur soif de conquêtes, pouvait subitement désirer pour les Acadiens de Beauséjour une pareille destinée ? Sylvain gémit, longuement, comme une bête piégée. Les mots ne venaient pas à ses lèvres, ses pensées se brouillaient. Quelqu'un lui entoura les épaules. Il fit de même avec son voisin et ce fut bientôt une ronde de vingt nuques ployées, qui murmurait son désespoir.

20

William Jeffries avait été préposé, avec quelques autres, à l'accueil des deux cents hommes venus renforcer la garnison anglaise des Mines. Le major Winslow avait établi son camp entre l'église et le cimetière de Grand-Pré, ce qui le mettait au contact direct des Acadiens. Une atmosphère de secret planait sur ce déplacement qu'aucune menace française ne semblait justifier. On était à la fin du mois d'août. Le fort Beauséjour était tombé depuis plusieurs semaines, le rebelle Boishébert avait lui-même fait sauter sa défense de Gasparots. Certes, il s'était dit, parmi la troupe, que l'Acadien, soutenu par des Sauvages, avait fondu sur les Anglais et tué trente soldats au moment où l'on incendiait les églises de Chipoudy et Petitcodiac. Mais il ne s'agissait là que d'une action isolée, à l'acadienne, vite évanouie dans la forêt.

Deux cents hommes ! On allait donc se battre, mais contre qui, ou contre quoi ? Jeffries avait bien tenté d'en savoir davantage mais les officiers avaient reçu pour consigne absolue de ne rien révéler pour le moment, et, de l'attaque navale à l'irruption des Canadiens, à l'horizon des Mines, les suppositions allaient bon train.

William avait conduit deux compagnies du 48e régiment d'infanterie à ce qui serait leur casernement. On avait monté des tentes, construit des abris de rondins bâchés. Fin août, l'Acadie sommeillait dans les dernières chaleurs de l'été. Les travaux des champs étaient terminés, le grain se transformait en farine dans les moulins. Certes, cette année-là ne ressemblait pas aux autres. A Cobequid et à Pisiquid, marches éloignées de la colonie, des gens avaient vendu leur grain et leur bétail, entassé tout ce qu'ils pouvaient dans les charrettes et pris la route de l'île Saint-Jean. Partout ailleurs, l'inquiétude grandissait. Les bruits d'une action d'évacuation de l'isthme couraient, mais personne n'était sûr de rien et les soldats anglais pas davantage.

— Jeffries ! Le major Potter te demande. Presse-toi, il s'impatiente.

William se mit à courir à petites foulées. Le jeune protestant de Boston avait à peine vingt ans. Il était blond, grand et musclé, son visage ouvert, aux expressions de volonté candide, souriait d'une humeur égale. En Nouvelle-Ecosse depuis près d'un an, il avait appris à aimer le pays des Acadiens et s'y trouvait particulièrement bien depuis son déplacement d'Annapolis à Grand-Pré et sa rencontre avec Anne-Marie.

Potter avait installé son campement sous un abri de toile blanche, contre le presbytère investi par Winslow, à cinquante pas en arrière de l'église d'où on avait expulsé le prêtre l'avant-veille. Les quelques villageois montés jusque-là pour prier ou se recueillir sur les tombes avaient été refoulés, avec interdiction de se remontrer jusqu'à nouvel ordre. Des soldats stationnaient dans la chapelle transformée en casernement.

Jeffries se présenta, raide comme un piquet. Potter était en grande discussion avec un officier.

— Enfin, vous êtes là, grogna le major.

— J'installais les arrivants, monsieur.

— Vous connaissez bien la région de Pisiquid, à ce que l'on dit, et vous parlez le français. Vous allez vous y rendre avec le capitaine Murray, ici présent, et une escouade à qui vous servirez de guide. Il s'agira de porter aux populations la proclamation du gouverneur de Nouvelle-Ecosse. Vous devrez aussi veiller à ce que les personnes convoquées ici même pour le 5 septembre prochain s'exécutent sans chercher à s'y soustraire.

Jeffries sentit son cœur battre plus fort. Anne-Marie Melanson n'avait pas reparu à Grand-Pré depuis la réunion des fermiers mais il l'avait aperçue de loin alors qu'il patrouillait le long des rivières au sud des Mines. Elle travaillait dans un champ, au milieu des siens, dans une des rares fermes encore occupées. Il se souvenait des familles penchées sur leurs faux et leurs râteaux, avançant lentement au milieu de l'océan des blés, des enfants jouant avec les chiens le long des canaux, des femmes versant du cidre dans des bols qu'elles tendaient aux travailleurs. C'était si loin des guerres, des canonnades, des baïonnettes.

— Bien, monsieur, dit-il.

Potter consultait des documents, semblait y chercher quelqu'un ou quelque chose. William se pencha un peu par-dessus l'épaule du capitaine Murray, aperçut des colonnes emplies d'une écriture appliquée. Des noms étaient alignés sur la gauche des pages. William s'inclina un peu plus et ce qu'il lut fit disparaître son sourire.

Des chiffres, en face des noms, rien de bien extraordinaire a priori. Des recenseurs scrupuleux avaient fait le compte, famille par famille, des garçons et des filles, des veufs et des célibataires, étalé de haut en bas des feuillets leur estimation des arpents, des bœufs et des cochons, des charrettes, des granges et des bergeries. Tout était là, sur quelques pages, sauf le nombre de draps dans les armoires et de langes autour des nourrissons. Et le document portait un titre, qu'un Acadien aurait pu traduire ainsi : « Plan de déportation des Acadiens du bassin des Mines. »

Potter regarda William, l'air intrigué. Son doigt pointait des noms, sur une feuille de papier.

— Il y a là une famille Hébert, alliée à des Melanson. Tous ou presque sont venus d'Annapolis Royal. Avez-vous entendu parler de ces gens ?

William rougit. Anne-Marie appartenait à ces fratries de la Pisiquid. Il répondit que oui et que ces gens semblaient être encore présents sur leur terre. Potter hochait la tête. Les Acadiens devaient être regroupés en deux endroits, le village de Pisiquid et Grand-Pré.

— Monsieur Murray, vous veillerez à ce que ces familles-là soient effectivement conduites jusqu'ici, ordonna-t-il. Beaucoup de leurs membres sont des rebelles. Vérifiez bien qu'ils ne détiennent plus aucune arme et serrez-les de près dès que vous les aurez sous votre contrôle. Trop de ces gens s'enfuient, ces temps-ci, et Halifax nous demande de faire cesser cet exode.

William salua. La perspective de revoir Anne-Marie ne lui faisait pas oublier ce qu'il venait de découvrir et la raison prévisible de cette présence militaire aussi massive que subite.

L'opération tenue encore secrète jusque parmi la troupe anglaise serait d'une ampleur inouïe. William se sentait plein d'impatience. Tout allait s'accélérer. Il ne fallait pas que sa belle Acadienne fût emportée dans la tempête qui se levait.

Il suivit le capitaine jusqu'à l'enclos des chevaux. On irait plus vite ainsi et il serait plus facile de surveiller les allées et venues des uns et des autres.

Ceux de la famille-à-Jean Melanson étaient aux champs avec quelques femmes en jupes bleues et corsages blancs. William Jeffries les vit poser leurs outils et converger vers les bâtiments. Il chercha Anne-Marie, finit par apercevoir ses boucles blondes, dépassant de sa coiffe. La jeune fille avait les bras nus, la chemise de lin clair délacée. Comme les autres, elle devait se demander ce que signifiait cette intrusion de quinze soldats en armes, en plein midi. William rougit, et ce n'était pas sous l'effet du soleil. Son cœur cognait fort dans sa poitrine.

Le capitaine Murray avait disposé ses fantassins à l'entrée du chemin menant aux digues. Il pénétra dans la maison, découvrit des femmes assises à la grande table, devant des haricots, des pois et d'autres légumes étalés sur des linges. Il faisait encore très chaud dehors, des insectes bourdonnaient dans l'air irrespirable. A l'intérieur, cela changeait, heureusement. Les bardeaux faisaient leur effet de double cloisonnement, de l'air circulait entre porte et fenêtres. Il faisait délicieusement bon.

— Tout le monde, réunir, ordonna Murray.

Il convenait de se faire comprendre par tous, sans perte de temps. William traduirait, afin que nul n'ignorât de quoi il retournait.

Marguerite se leva, imitée par sa sœur Madeleine et par Isabelle. Leurs visages ne souriaient pas. André et Paul étaient prisonniers pour de bon, à Halifax, et malgré l'espoir de les revoir bientôt, les femmes sentaient bien qu'un piège se refermait sur elles aussi.

— On vous aura vus, des champs, dit Marguerite aux visiteurs.

On avait fait une grande cueillette dans les potagers abandonnés du voisinage, toute la matinée. Marguerite fit signe à ses compagnes de continuer leur ouvrage. Des rhumatismes aux hanches la tenaient un peu courbée et la faisaient souffrir, assez pour tarir, au fil des mois, les sources de ses bavardages et de son humeur joviale. Lorsqu'elle aperçut William, elle eut une moue de scepticisme. Il était arrivé que l'on bavardât un peu avec lui lorsqu'il venait traîner vers la rivière. C'était à cette époque un peu bizarre où l'on se côtoyait sans heurt. Marguerite montra du doigt la petite troupe qui arrivait.

— Ce qui reste de nos familles, dit-elle d'une voix lasse. Il y manque quelques hommes, à cette heure. Et ma fille Anne, pauvre, tuée par le croup il y a huit ans.

Les deux sœurs de Paul Melanson n'étaient séparées que d'une année et s'étaient élevées comme des jumelles. Lorsque Anne avait péri, lors d'une épidémie de diphtérie, son René Leblanc de mari et leur fils étaient demeurés sous le toit des anciens et vivaient là, depuis.

Le capitaine Murray vit venir vers lui Jean Melanson avec une grande douzaine de gars, de filles, d'enfants, cadets et benjamines, le gros d'une tribu d'Acadie semblable à cent autres. Des Terriot s'étaient joints à leurs amis, pour les aider à réparer une digue. Cela faisait du monde, tout de même, et il le fallait, car à travailler, à manger et à se voir près les uns des autres et solidaires, les angoisses, la sensation grandissante du vide, les peurs de se retrouver seuls s'atténuaient un peu.

Tous firent silence, attendant. Anne-Marie jetait vers son ami des regards pleins d'inquiétude, et d'interrogation. Le temps n'était plus aux murmures sous les saules, le long des rivières de Pisiquid. William fixait le bout de ses souliers tandis que le capitaine Murray donnait une rapide lecture de son document. Le gouverneur d'Halifax faisait savoir ses décisions, à la suite des propositions qu'avaient entendues les habitants des Mines.

— « En conséquence, traduisit William d'une voix qui se voulait forte et assurée, j'ordonne et enjoins strictement par la présente à tous les hommes, y compris les vieillards et les garçons âgés de dix ans et plus, du district de Pisiquid-d'en-Bas, de se réunir à l'église de Grand-Pré, le vendredi 5 courant, à trois heures de l'après-midi, afin de leur faire part des instructions que nous sommes chargés de leur communiquer. Je déclare qu'aucune excuse, de quelque nature qu'elle soit, ne sera acceptée, et que le défaut d'obéissance aux ordres ci-dessus entraînera la confiscation des biens et des effets. »

Il y eut quelques secondes de stupéfaction générale, et le silence, plus accablant que le grand soleil de septembre.

— Le 5, mais c'est demain, réalisa Madeleine.

Elle se laissa tomber sur le banc, en larmes. Des souvenirs lointains lui revenaient, qu'elle avait crus enfouis pour toujours dans les ruines de Port-Royal. L'officier plia le document, le glissa sous sa chemise. Il détenait une liste des familles de Pisiquid. Tout au long de son trajet, il avait remarqué, entre les rivières, les prairies vides, les maisons inhabitées. L'idée lui venait qu'en ces lieux éloignés de Grand-Pré, cernés à quelques centaines de pas seulement par la forêt, il risquait de voir le reste de la population s'évanouir dans la nature. Et les recommandations de Potter concernant ces deux familles-là lui revenaient à la mémoire.

— Il faudra se mettre en route dès aujourd'hui, conclut-il. Combien de gens, en amont d'ici ? demanda-t-il à Jeffries.

William fit mine de réfléchir. La ferme de Sylvain bordait la forêt, et abritait sept personnes, dont trois hommes, celles d'aval, aux Leblanc, Gravois et autres Boudrot, une centaine en temps normal, cinquante, peut-être, maintenant, dont la moitié d'hommes concernés par l'avis. Murray consultait sa liste.

— En effet. Bien, dit-il avant d'ajouter, à voix basse, comme en confidence à William : Nous nous ocuperons de la Pisiquid-d'en-Haut en suivant. Pour l'instant, nous allons regrouper ceux-là le plus bas possible vers le bassin, et rafler les autres en passant, dès aujourd'hui. Il ne manque pas de place entre ici et Grand-Pré. Tout ces fermiers coucheront en route.

Chez les Melanson, on avait compris. Lorsque les premières protestations s'élevèrent, Murray donna l'ordre à son escouade de se rapprocher puis il s'employa à rassurer les fermiers. On allait à Grand-Pré pour discuter, les femmes n'étaient pas obligées de venir. Madeleine se mit à hurler et les hommes durent la saisir et la mener à l'écart de la table, où elle s'effondra, évanouie.

D'instinct, les familles s'étaient regroupées, les plus petits dans les tabliers des mères, les autres autour des plus âgés. Murray avait craint une révolte, un coup de sang, mais les nuques ployées, les bras ballants et l'impression d'avoir affaire à des gens déjà résignés, le rassurèrent. Les recommandations de Potter et de Winslow étaient simples. On devait user au besoin de la ruse pour rassembler les gens, ne tenir aucun compte des supplications et des pétitions des uns et des autres et, par-dessus tout, s'arranger en permanence pour que les familles fussent séparées jusqu'au regroupement à Grand-Pré.

Isabelle était allée chercher le petit Baptiste, qui toisait les soldats, à la porte de la maison. Charlotte et Jacques étaient là, aussi.

— Reste derrière moi et ne te montre pas, chuchota-t-elle à l'oreille de Jacques.

Ce n'était pas chose facile. Adolescent, le cadet de Jérôme Hébert avait poussé comme blé durant l'été, ses pantalons ne lui couvraient plus que la moitié des mollets. Isabelle recula vers la cheminée, ses deux autres enfants devant elle, qu'elle tenait par les épaules.

Les fermiers se regardaient, tandis que Murray ordonnait de fouiller les dépendances et commençait à dénombrer son monde, une liste en main. Le calme était revenu dans la pièce commune. Si on allait discuter et que les femmes restaient à la maison, alors, on pouvait accepter de se faire conduire à Grand-Pré. Et les Acadiens acceptèrent, sauf Madeleine, qui s'étant éveillée, hurlait de nouveau, les mains griffant ses joues, tordant ses cheveux.

— Nous irons dans notre charrette, décida Jean Melanson.

William Jeffries se tenait dans l'embrasure de la porte. Il respirait difficilement dans la chaleur écrasante, son crâne lui faisait mal comme au réveil d'une libation trop généreuse. A trois pas de lui, Anne-Marie s'était assise sur le banc, les mains dans celles de ses sœurs. Claire Terriot était présente, elle aussi, mais pas l'Acadien qui se promenait souvent avec elle sur les rives. Le soldat écossais réfléchissait à toute vitesse. Quelle idée avaient eue tous ces gens de se réunir, ce jour-là ! La moisson de Murray en était facilitée.

William croisa le regard de Claire et y lut de la surprise, de la tristesse et du mépris. Il accomplissait une besogne dégoûtante mais il avait en même temps la chance d'être à portée de regard d'Anne-Marie. Le destin des Acadiens lui importait peu depuis qu'il était à la garnison de Grand-Pré, mais il suffisait d'une seule personne, désormais en grand danger, pour que tout changeât dans son esprit. Anne-Marie ne devait pas subir le sort commun.

— Madame, s'il vous plaît. Les boys, plus de dix ans.

Murray s'était avancé vers Isabelle, consultait sa liste. Isabelle fit semblant de ne pas comprendre. Son grand dadais de Jacques se repérait de l'autre bout de la pièce. Isabelle pâlit, tenta d'expliquer, mais quoi ? L'adolescent fit un pas de côté. L'officier souriait, presque déférent.

— Laissez, mère, dit Jacques. Il faut que j'accompagne nos parents et nos amis.

Isabelle gémit, tandis que Charlotte se jetait au cou de son frère. Ces deux-là, aussi, s'étaient élevés ensemble, à Grande-Anse, puis à Pisiquid. Lorsqu'elle vit Murray faire l'inventaire des enfants, sa liste en main, Isabelle se rua vers Baptiste, en même temps que les autres femmes couraient protéger leurs plus petits.

— Il a sept ans ! cria-t-elle, les cheveux décoiffés. *Seven.*

Et elle répéta *seven, seven,* jusqu'à ce que l'officier eut levé la main en hochant la tête, vérification faite.

— Thomas, *eighteen years* [1], dit Murray et le père, Jérôme. Où sont ces deux ?

Isabelle se mordit les lèvres, bégaya. Ses hommes étaient montés vers les villages micmacs, à deux journées de marche en amont, sur la Sainte-Croix. Depuis l'annonce de la capture des délégués à Halifax, Jérôme était persuadé que l'on aurait désormais à se battre. Huit ans plus tôt, quelques-uns de ses amis indiens l'avaient accompagné à l'attaque de Grand-Pré. Ils vieillissaient, comme lui, dans le regret des occasions manquées, et se réjouissaient de pouvoir un jour ou l'autre redescendre vers le bassin, les armes à la main. Jérôme et Thomas étaient allés leur dire que ce moment approchait, sans doute.

Jean vit le désarroi de sa belle-sœur.

— Ils sont à Cobequid, pour acheter des moutons, dit-il précipitamment.

— Hmm. Cobequid, il n'est plus personne, objecta l'officier.

— Ils seront là demain. Les femmes leur diront d'aller à Grand-Pré.

Murray était contrarié. Potter avait insisté pour qu'il ramenât

1. « Dix-huit ans. »

à Grand-Pré les hommes de ces familles. L'heure avançait et il y avait encore de l'ouvrage. Les garçons avaient commencé à se rassembler devant la maison, tandis que l'on approchait la charrette attelée de ses deux bœufs. Jean Melanson jeta un coup d'œil vers sa ferme, aperçut la rangée des femmes atterrées et des petits qui ne comprenaient pas bien ce qui se passait. Lorsqu'il vit arriver son père, un vieux de soixante-quinze ans que les soldats avaient découvert sous le pommier à l'ombre duquel il avait l'habitude de sommeiller en attendant le déjeuner, Jean se précipita vers Murray.

— Vous ne pouvez pas, dit-il.

— Les vieillards, aussi, je suis désolé, lâcha l'officier.

Il brandissait les documents portant les ordres d'Halifax. Le recensement de tous les convoqués, sans exception, était obligatoire. Il répéta qu'il était désolé, ordonna que l'on aidât le vieux à monter dans la charrette. Jean refusa, s'approcha de Murray, à le toucher.

— Monsieur, dit-il calmement, donnez-moi votre parole d'officier anglais qu'il n'arrivera rien de mal à cet homme, ni aux femmes et aux enfants que nous laissons derrière nous.

Les mâchoires de Murray se crispèrent, ses mollets se tendirent sous l'étoffe rouge. William vit, de profil, la pomme d'Adam de son chef monter et descendre un peu plus vite. On mentait, depuis le début. Dans cette affaire, tout n'était que calcul, détermination froide, absence totale de pitié. Heureux ceux qui ne découvriraient cela qu'au dernier moment. William se sentit soudain submergé par la honte. Il était un chien mordant les pattes de moutons sans défense, et en venait presque à souhaiter un geste de révolte de la part des fermiers.

— C'est écrit là, dit le capitaine à Jean Melanson, le doigt sur ses papiers.

— Votre parole, à vous.

— Je ne commande pas Grand-Pré.

Leurs regards ne se quittaient pas. Jean hocha la tête, rompit, le premier. Isabelle s'était approchée de lui. Elle l'aida à faire monter le vieillard.

— S'il vous plaît, Jean, prenez soin de mon Jacques. Il a beau être devenu une perche, c'est encore un tout-petit. Baptiste est cent fois plus dégourdi que lui.

La douzaine d'hommes et de garçons assis dans la charrette

serait de retour dès le lendemain soir, ou le matin d'après, leur affirmait-on. Jean la rassura. Isabelle s'occuperait de Madeleine. Tout irait bien.

Le cortège s'ébranla le long du chemin, la charrette au pas des bœufs, les vestes rouges, derrière elle, et les femmes avec leur nichée, statues figées par la surprise et l'angoisse. William Jeffries marchait en queue de colonne. Anne-Marie se tenait immobile, loin de lui. William aperçut Claire, lui fit signe de le rejoindre. A voix basse et dans son mélange de français et d'anglais qui amusait et émouvait tant la petite Melanson, il lui promit de l'avertir de ce qui se passerait. Claire l'apercevait dans un brouillard de larmes. Thomas n'était pas là, mais les autres, ses parents et amis, s'éloignaient déjà à l'horizon des digues. Claire s'arrêta, bientôt rejointe par Isabelle. Les granges étaient pleines d'une des plus belles moissons que l'on eût connues en Acadie. Une heure auparavant, on buvait encore du cidre près de l'aboiteau. Maintenant, les cris de douleur de Madeleine se mêlaient aux sanglots de ses sœurs d'Acadie, et le ciel, sans autre menace que celle du soleil, couvrait soudain de son suaire bleu la terrible absence des hommes.

Le chef Masagonet récupéra le calumet au bout duquel Thomas Hébert avait pris, quelques secondes auparavant, la couleur des terres cuites micmacs. Jérome et lui se connaissaient bien. Les Micmacs du sagamo avaient participé avec lui à l'assaut sur Grand-Pré, et sous les ordres des prêtres rebelles à des attaques contre la colonie anglaise d'Halifax.

Masagonet appréciait les efforts du roi de France pour entretenir sa garnison de Louisbourg, même si la disproportion avec les moyens considérables dont disposaient les Anglais lui semblait évidente. Mais la fidélité des Sauvages à leur très ancien allié ne se démentait pas.

— Nos cousins abenaquis du Massachusetts sont persécutés, chassés de leurs terres, envoyés comme esclaves aux Caraïbes, dit-il. Si les Anglais triomphent en Amérique, il n'arrivera rien de bon à nous non plus, qui nous croyons protégés par nos lacs, nos rivières et nos collines.

Jérôme écoutait, parlait de temps à autre des vieilles lunes sous lesquelles on chassait ensemble, des semaines durant, à

Port-Royal, au cap Sable ou à Canso. Un temps, il avait caressé l'idée de faire ce que Boishébert accomplissait dans l'isthme, surgir de la forêt avec une troupe mixte d'Indiens et de colons et harceler l'Anglais. Mais les Acadiens des Mines s'étaient laissé confisquer leurs fusils. L'Indien hochait la tête. Sa tribu avait été décimée au fil des années, par la grippe et la rougeole, la dysenterie et la petite vérole. Jérôme avait vu, sous une tente, des enfants asphyxiques luttant contre le croup. Il se souvint de sa fuite de Port-Royal, trente années plus tôt, et d'un autre chef déplorant pareillement l'hécatombe. Le vent avait tourné en Amérique. Il n'y aurait bientôt plus assez d'Indiens pour sauver les Acadiens.

— Les guerriers se font rares, regretta le Micmac. Lawrence a lancé ses soldats et toutes sortes de chasseurs de scalps à leurs trousses. Et maintenant, on dit que des navires sont réunis à Halifax et viendront bientôt en Acadie.

Jérôme regarda son fils. De toutes parts arrivaient des nouvelles alarmantes. Il s'était passé des choses à Beaubassin, après la chute des forts. On avait emprisonné des Acadiens, brûlé encore quelques fermes, tout cela était bien flou, venant d'une région ravagée depuis des années par la guerre.

— Beaucoup de bateaux, répéta Masagonet. D'Halifax, et de Boston.

Il tirait sur son calumet, l'air très concerné. Jérôme s'agenouilla. On allait dîner, mais il n'avait pas faim. Masagonet l'avait assuré de son soutien militaire mais qu'est-ce que cela vaudrait si Lawrence déléguait une armée vers Grand-Pré ? Des vestes rouges arrivaient aux Mines par centaines. Jérôme sortit de la tente, fit quelques pas dans la clairière, sous la pleine lune, étreint par une sourde angoisse. Cette fois, les Canadiens ne viendraient pas et ceux d'Acadie se retrouvaient sans ordres ni liaisons, sans missions claires, sans autre projet que faire le gros dos, et attendre, mais attendre quoi, au juste ?

Jérôme écouta le silence, la paix immense des collines indiennes. La clarté lunaire donnait aux cimes des sapins, des hêtres et des sycomores des allures de compagnies fantômes au garde-à-vous. L'air était délicieux, à peine rafraîchi après les chaleurs du jour. C'était une de ces soirées d'Acadie, comme il en avait connu des centaines, entre guerres et moissons, semailles et grands sommeils d'hiver. Il ferma les yeux. Il y avait eu du bonheur dans ces moments suspendus, à Port-Royal, à Grande-Anse puis aux Mines. Et les jours faisaient escorte à ces nuits-là, des temps où il chassait, nez au vent, dans les espaces de la forêt, ou besognait la terre, tourmenté par les insectes, mais sur la manne blonde et douce comme un corps de femme !

— Isabelle...

Une intuition le fit chavirer, tout à coup. Et si ces navires, ces soldats, au lieu d'aller livrer bataille à ce qui restait de France à Louisbourg, n'étaient là que pour brûler et détruire, comme sur la rive nord de la Dauphin, trente années plus tôt ? Si les plans immémoriaux des gens de Boston, un instant contrariés par des vainqueurs soucieux de ne pas écraser le peuple d'Acadie, allaient se réaliser, là, dans les semaines qui venaient ? Son cœur s'affola. La petite communauté de la Pisiquid s'était regroupée dans les fermes encore occupées. Isabelle en était un pilier, avec quelques autres femmes, fortes comme elle. Doutant qu'un miracle pût encore se produire, effaré par l'isolement dans lequel tant la France que Québec laissaient les Acadiens, Jérôme avait envisagé plusieurs fois de partir pour l'île Saint-Jean mais Isabelle s'y était opposée. Elle, le petit marin de Terre-Neuve qui n'avait pas peur des glaçons géants de l'Atlantique et avait incendié sa maison avant de traverser le pays avec sa nichée, entre les patrouilles anglaises et les mille dangers de la forêt, n'avait plus envie de fuir encore. En resterait-il une seule capable de faire une gerbe ou de battre le grain, ce serait elle !

Jérôme alla saluer le sagamo. Thomas eût volontiers dormi là mais son père ne tenait plus en place.

— Il faut retourner à la ferme, jeta Jérôme, fébrile tout à coup.

— Geronimo, lui dit son ami le chef indien qui de tout temps l'avait appelé ainsi, si cela doit un jour se faire, tu pourras mener ton peuple de la Pisiquid jusqu'ici et traverser le pays micmac, en sécurité, bien que les Anglais soient de plus en plus près de nous. Pour cette nuit, je vais te donner deux guerriers qui se battront à tes côtés si vous êtes attaqués avant la rivière.

Jérôme et Thomas se mirent en route sans tarder, escortés des deux Indiens. Il fallait rejoindre la rivière en amont de sa rencontre avec la Sainte-Croix, près du hameau de Pisiquid, puis longer sa rive gauche sur deux lieues, jusqu'aux fermes qu'ils pensaient encore en activité. En marchant bien, on y serait pour le lever du soleil.

Ils progressèrent d'un bon pas, sur les collines dominant la rivière. Jérôme portait son pistolet à la ceinture, Thomas le fusil sur l'épaule, son trésor de Saint-Etienne à la place de quoi on avait livré aux Anglais des tromblons du temps de Port-Royal. Les Sauvages ouvraient la route, souples et silencieux. Et la lune suivait les quatre hommes par-dessus les pointes des arbres, dans les vagues échos de la forêt, les appels des rapaces de nuit, le glissement des pas sur les aiguilles de sapin.

Jérôme s'arrêta pour pisser, au sommet d'un raidillon. L'eau d'un petit ru murmurait en contrebas. Lorsqu'il se remit en route, il se trouva vite perdu, fut obligé d'appeler, à la fourche de trois chemins.

— C'est à droite, méfiez-vous, c'est très raide ! lui cria Thomas, qui devait être à moins de cinquante pas.

Jérôme s'engagea, sentit qu'il perdait soudain pied, dérapait, partait en avant. Son talon racla le sol, sa jambe, tendue, alla cogner contre une racine barrant le chemin. Il hurla, c'était comme si une masse s'était abattue sur le membre, dans un craquement de bois sec. Déjà, les autres remontaient à la hâte.

— Je crois que c'est brisé, souffla Jérôme.

Le moindre contact lui arrachait des cris de douleur. Thomas alluma sa mèche d'amadou, éclaira le pantalon du blessé bizarrement arqué sous le genou droit. Cela ne saignait pas. Un Micmac avait entrepris de taillader l'étoffe, avec d'infinies précautions. La jambe apparut, angulée, livide, la peau tendue et comme menacée par une pointe d'os. Thomas s'assit, nauséeux, tandis que son père pestait contre la nuit, la guerre, et contre lui-même, surtout.

— Thomas, tu vas continuer la route avec les guides, ordonna-t-il, grimaçant. J'attendrai ici.

Les Indiens s'étaient éloignés et le jeune homme crut qu'ils les avaient abandonnés.

— Pas du tout, père. Je resterai avec vous.

Il fit un petit tas de vêtements, d'outres et de sacs derrière le dos de Jérôme, qui put s'appuyer, et se reposer un peu. Les Micmacs revenaient déjà. Ils allumèrent un feu, en approchèrent Jérôme, qui grelottait, les yeux exorbités. Ils avaient découpé puis arraché de longs morceaux d'écorce d'érable, semblables à des gouttières, qu'ils posèrent près de l'Acadien. Puis l'un d'eux dégaina son couteau, dont il plaça la lanière pliée entre les dents de Jérôme, avant de se glisser derrière lui et d'entourer son torse de ses bras. Sans un mot, l'autre saisit le pied du blessé et, l'ayant doucement soulevé, le tira vers lui, d'un mouvement ferme et continu.

La bramée que poussa Jérôme dut réveiller la forêt jusqu'à Pisiquid. L'Indien reposa la jambe dans la concavité d'une écorce, qu'il ajusta, avant de refermer sa contention avec le second morceau d'écorce. Puis il ficela le tout, serrant le membre au plus près. Thomas inonda d'eau fraîche le visage de son père. Ce dernier suait à grosses gouttes, bavait sur le cuir du poignard. Thomas lui fit boire quelques gorgées de marc qu'il portait à la ceinture, dans une petite gourde de peau, et fut satisfait de le voir reprendre un peu de couleurs. Les Indiens s'étaient assis et, leur devoir accompli, fumaient sans échanger une parole.

A Grand-Pré, les Acadiens se retrouvaient par centaines, dans les parages de l'église où allait se passer la réunion avec le major Winslow. Les charrettes arrivaient de toutes parts, déversaient leur chargement, des hommes, pour la plupart, mais aussi des femmes de Grand-Pré, qui avaient tenu à accompagner leurs maris, leurs frères ou leurs fils. Un grand désordre régnait dans le village investi, sous l'œil encore lointain des Anglais.

Ceux des rivières du Sud avaient voyagé une partie de la nuit puis toute la matinée, et il se disait que le hameau de Pisiquid était lui aussi plein des gens de la Sainte-Croix, et même de plus bas. Des rumeurs circulaient parmi la foule, on commençait à savoir qu'il y avait eu, à Beaubassin, un déplacement de population qui ne rassurait guère. Des bateaux arrivés durant la nuit se trouvaient au mouillage devant Grand-Pré, aucune troupe n'en était descendue.

On avait passé les premières heures à se réunir. Les Melanson et les Terriot n'avaient pas tardé à retrouver des proches de Grand-Pré, avec qui l'on échangea quelques nouvelles. Il y avait là François et Jean Melanson, les cadets de Sylvain, un Jean Cormier, gendre de Marguerite par sa fille Marie. Ceux-là étaient montés s'installer au nord, sur la Péreau et la Rivière-des-Vieux-Habitants. On se voyait d'ordinaire pour les grandes fêtes de fin d'été quand le grain avait été broyé, le foin rentré et les chaumes brûlés. Cette fois, les retrouvailles étaient amères, chargées d'inquiétude.

Seuls les hommes étaient convoqués, partout. On chercha le jeune abbé Daudin ; il avait remplacé au début de l'année le père Chauvreulx mais restait introuvable. Certains prétendaient même qu'il avait été envoyé à Halifax. Tout cela était étrange, la porte de l'église ouverte à deux battants, la délégation anglaise approchant, suivie d'une trentaine de soldats. On fit entrer ces derniers dans la chapelle tandis que les officiers se montraient amènes, invitaient les Acadiens à y pénétrer à leur tour.

Il était trois heures de l'après-midi, ce 5 septembre 1755. Le tout jeune Jacques Hébert fut l'un des derniers à entrer. Plus de quatre cents hommes s'entassaient déjà, debout dans l'église débarrassée de l'autel et de sa statuaire. Cela faisait une masse compacte, ondulante, dans le raclement des sabots sur le plancher. Certains avaient gardé leur couvre-chef, les autres le tenaient d'une main, se signaient, par habitude, stupéfaits de voir leur lieu de culte ainsi transformé en entrepôt.

Jacques se rapprocha de son oncle Jean et de ses cousins groupés autour de lui. Il se hissa sur une petite pile de bardeaux oubliés dans un coin de l'église, aperçut, par-dessus la mer des chevelures acadiennes, la haute stature du major Winslow, son visage rubicond, et les baïonnettes des soldats, le long des murs. Cela faisait un spectacle plein de couleurs, les vestes rouges des Anglais, le blanc et le bleu des chemises et des pantalons acadiens, et les chapeaux de paille ou de feutre, en cercles blonds.

Il entendit la porte se refermer derrière les derniers rangs acadiens, vit les soldats prendre position contre elle, bien campés sur leurs jambes. Le silence s'était abattu, soudain, dans la pièce où montait une puissante senteur de foin et de sueur. Winslow tenait une feuille qu'il fit mine de parcourir, avant de prononcer, d'une voix égale et dépouillée de toute émotion, les mots qui signifiaient la fin de l'Acadie :

— Messieurs, j'ai reçu de Son Excellence le gouverneur

Lawrence les instructions du roi, que j'ai entre les mains. C'est par ses ordres que vous êtes rassemblés pour entendre la résolution finale de Sa Majesté concernant les habitants français de cette sienne province de la Nouvelle-Ecosse où, depuis près d'un demi-siècle, vous avez été traités avec plus d'indulgence que ses autres sujets dispersés dans ses Etats. Vous savez mieux que tout autre quel usage vous avez fait de cette bonté...

Les Acadiens se regardaient et Jacques Hébert lut dans leurs yeux des éclairs ressemblant à de la détresse. A voir ces hommes d'ordinaire triomphants, debout dans leurs charrettes pleines des trésors d'Acadie, et courbés, là, impuissants, comme pour recevoir les verges, il comprit la gravité de la situation. Winslow poursuivit sa lecture :

— Le devoir que j'ai à remplir, quoique nécessaire, m'est très désagréable et contraire à ma nature et à mon caractère, car je sais que cela vous affligera puisque vous possédez comme moi la faculté de sentir.

Jacques voulait croire que ces paroles portaient en elles de la compassion. L'Anglais se comparait à ses prisonniers. Allons. Ce serait peut-être comme dans les contes ou dans les rêves. En même temps, sans qu'il en sût encore la raison, le jeune Acadien sentait monter en lui un sentiment de rage et de haine assez fort pour empourprer ses joues et chauffer l'intérieur de son crâne.

— Mais il ne m'appartient pas de m'élever contre les ordres que j'ai reçus, dit ensuite Winslow. Je dois m'y conformer. Ainsi, sans autre hésitation, je vais vous faire connaître les ordres et instructions de Sa Majesté, qui sont que vos terres et habitations de toutes sortes et cheptels de toutes natures sont confisqués au profit de la Couronne, avec tous vos autres effets, sauf votre argent et vos meubles et que vous devrez être vous-mêmes transportés hors de cette province. C'est l'ordre péremptoire de Sa Majesté que tous les habitants français de ces districts soient déportés.

Comme par un effet de la canicule ou d'un souffle puissant tombé du ciel, Jacques vit le dos des Acadiens se voûter davantage encore, en un instant. Quelqu'un se mit à rire, incrédule et presque moqueur. Winslow le fit taire d'un geste. Il n'avait pas fini.

— Grâce à la bonté de Sa Majesté, je dois vous accorder la

liberté d'emporter votre argent et autant de vos effets que possible, sans encombrer les navires qui doivent vous transporter. Je ferai tout ce qui est en mon pouvoir pour que ces effets soient laissés en votre possession, que vous ne soyez pas molestés en les emportant et que chaque famille soit réunie dans le même navire, afin que cette déportation, qui, je le comprends, doit vous causer de grands ennuis, vous soit rendue aussi douce que le service de Sa Majesté peut le permettre. J'espère que, quelles que soient les parties du monde où le sort va vous jeter, vous serez des sujets fidèles et un peuple paisible et heureux. Je dois aussi vous informer que c'est le plaisir de Sa Majesté que vous soyez retenus sous la garde et la surveillance des troupes que j'ai l'honneur de commander.

Il y eut un silence de quelques secondes, comme après une salve de fusils. Puis une plainte monta de l'assemblée, une lamentation grandissante qui se mua peu à peu en un long cri protestataire. Des hommes tombèrent à genoux, d'autres, plus vindicatifs, s'avançaient vers Winslow et ses officiers, poings tendus, insultants. Jacques vit les plus vieux, effondrés, pleurer la tête dans les mains, et d'autres, moins fatigués, moins consentants, qui pensaient que cela n'était pas possible et le criaient, écume aux lèvres, regard fou. Prisonniers ! Les soldats s'étaient mis en position de tir. On suppliait, des mains se tendaient comme pour l'aumône, un peuple de quêteux se levait, pitoyable et vociférant, que l'on bousculait, pour le faire taire.

Le jeune Hébert eut le sentiment que tout cela ne concernait désormais que lui. Son père n'était pas là, ni son frère aîné. Son oncle et ses cousins étaient entrés dans la mêlée qui se calmait peu à peu, s'ordonnait autour de l'évidence que tout était joué et que l'on ne sortirait pas de là sans se soumettre. Juché sur sa pile de bardeaux, Jacques contemplait ce spectacle incroyable, les bâtisseurs de digues et de villages, les défricheurs d'eau, capables de survivre aux guerres aussi bien que d'aller par grand froid traquer l'ours ou le loup dans les forêts de la Pisiquid, effondrés pour l'heure, s'agenouillant devant une statue. Ils suppliaient d'être épargnés et de pouvoir sortir. Face à eux, les soldats pointaient leurs baïonnettes, avec dans les yeux le désir évident de tirer sur cette masse humaine agglutinée.

Un instant ébranlé par la réaction de son gibier et prêt à

donner l'ordre de faire feu, le major Winslow, qui venait de proclamer le trépas d'une petite civilisation vieille d'un siècle et grosse de quelque dix-huit mille âmes, marcha vers la porte de l'église. Jacques le vit passer à moins d'un pas, se précipita sur lui sans réfléchir, les poings en avant. On le saisit par le col et, dans la seconde, il fut plaqué au sol, une pointe de baïonnette sur le cou, prête à le transpercer. Il n'avait pas peur et tourna la tête vers le haut. Il se sentait plein de l'envie de tuer l'officier pâle qui, l'ayant toisé un court instant, se fit ouvrir la porte et disparut sans un mot, suivi de ses hommes.

— Mère, où êtes-vous ? murmura l'adolescent.

Lui, n'était pas de la forêt ou de la mer, comme ses parents. Il avait grandi, malingre, toujours menacé par des miasmes, des fièvres, d'intenses fatigues. Sa mère l'avait couvé comme un poussin, depuis le jour de sa difficile naissance à Cap-Breton. Elle l'avait porté dans ses bras sur les chemins du pays micmac, lorsqu'il avait fallu fuir Grande-Anse. Quand les autres s'étaient élevés seuls, entre les bateaux, les saloirs, l'océan et l'Amérique des pionniers, celui-là s'était réchauffé devant l'âtre, anxieux de voir arriver l'hiver, toujours prêt à fourrer son nez dans un bol de soupe ou de tisane bouillante.

— Hé, Jacques.

Il vit ses cousins se faufiler vers lui dans la foule hébétée et l'aider à se relever. Ils se comptèrent, quatre de la famille, entre douze et seize ans, le Pierre et le Gilles-à-Jean Melanson, l'Antoine-à-André Melanson, et des Terriot, aussi, tous anciens des moissons sur la Pisiquid. Certains avaient connu de fameuses chasses, aux confins des territoires indiens. La terre venait de s'ouvrir sous leurs pieds. Les mots de Winslow avaient été des pelles emplies de sable, de graviers et de pierres, et prétendaient les recouvrir.

— On ne se laissera pas faire.

— Certes non. On s'enfuira.

— Maintenant ? Mais comment, et par où ?

Les portes étaient barrées par des planches, et les fenêtres gardées. Dehors, les Anglais montaient à la hâte une palissade de bois autour de l'église, du presbytère et du cimetière. Mais la société des adultes allait s'organiser. Elle l'avait toujours fait quand s'étaient déclarées les guerres ou s'étaient éventrées les digues, sous l'assaut des tempêtes. Livrés à eux-mêmes dans l'espace clos où le vacarme de leur colère et de leur désespoir devenait assourdissant, les Acadiens des Mines allaient réagir, les jeunes en étaient convaincus.

L'Indien se balançait d'un pied sur l'autre. Son regard allait de la grange au verger, de la maison de Jérôme Hébert à l'horizon des prés. Il arrivait du nord, avait vu, loin en amont, les charrettes pleines de femmes et de petits rejoignant par tous les chemins les hommes enfermés dans la chapelle de Pisiquid.

— Tu es sûr qu'ils sont prisonniers ? Tous ?

L'homme eut un mouvement de la main, circulaire. Il y avait au moins deux cents hommes, là-haut, dans l'église, et des vestes rouges tout autour, qui les empêchaient de sortir et de communiquer avec l'extérieur.

— Les hommes embarqueront bientôt, expliqua le Micmac. Ils descendront la rivière et rejoindront ceux de Grand-Pré.

Catherine s'était approchée d'Isabelle. Elle lui tendit la main, écouta le récit du Micmac. Il s'appelait Basile, avait chassé bien des fois avec les Hébert, les Melanson et les Terriot, près des rivières. Il parlait d'une voix grave, entre deux gorgées de cidre.

— Non, je n'ai pas vu Geronimo, ni ton fils, dit-il. Peut-être, eux, à Pisiquid, dans l'église, avec les autres.

Isabelle rentra dans la maison, tandis que l'Indien s'éloignait vers les fermes d'aval.

— Mais où sont-ils, Seigneur ? soupira-t-elle.

Elle s'assit sur un banc, tenta de mettre un peu d'ordre dans ses pensées. Elle était à égale distance des lieux où se jouait le destin des siens, Jacques à Grand-Pré, Thomas et Jérôme quelque part en amont, vers la Sainte-Croix. Que faire ? Suivre les femmes vers Grand-Pré ou attendre encore le retour de ses hommes ? Catherine caressa doucement ses cheveux. Elles avaient déjà vécu des drames, ensemble, et en avaient triomphé.

— Mère, cette fois, ce n'est pas la même chose. Il n'y a nulle part où aller, nous sommes au fond d'un piège d'où personne ne nous sortira, désormais. Seigneur, tous ces hommes sont partis ensemble. Jérôme avait raison de ne pas vouloir cela.

Catherine se pencha vers elle. Elle avait du mal à croire que quiconque fût assez impitoyable, et méchant, pour dénier brutalement à ces êtres sans défense le droit de travailler, d'aimer et de survivre, sur la terre que des générations de leurs ancêtres avaient travaillée. Tandis qu'elle consolait sa bru, elle songeait à son propre passé, emporté par les événements. Pentagouët, Beaubassin, Port-Royal. Sa vie défilait derrière ses yeux morts, si vite qu'elle peinait à la suivre. Une marée plus puissante que celles de la Baie française la soulevait dans son ressac, comme une vague monstrueuse, et déferlait, broyant tout, les âmes, les corps, dans son écume.

— Tes petits sont là, dit-elle, dans un soupir. Et moi qui ne sers plus à rien, ici.

Isabelle releva la tête. Ses paupières avaient gonflé, de fatigue et de chagrin, ses cheveux en bataille lui donnaient des allures de sorcière.

— Arrêtez, mère, supplia-t-elle, je ne peux plus vous entendre.

Subitement, elle ne supportait plus la présence de sa belle-mère, sa vigilance de témoin engoncé dans ses souvenirs, sa douceur, au moment où se répandaient, partout en Acadie, la violence et l'arbitraire de la guerre. Les petits étaient là, oui, et mille autres aussi. Qu'adviendrait-il d'eux, si nombreux ? Un instant, l'idée de tous les noyer comme des chatons lui traversa l'esprit. Elle gémit, plongea son visage dans ses mains.

Catherine hocha la tête. Elle sentait les ondes du malheur se répandre dans la maison, et l'impuissance des uns et des autres, face à elles. Charlotte vint vers sa mère, se serra contre elle, avec l'expression de surprise, de peur et de reproche des enfants découvrant la cruauté du monde des adultes, tandis que Baptiste restait à la porte de la maison, les mains sur les hanches, ses mollets de coq bien tendus sous la frange déchirée de son pantalon, comme s'il était commis à la garde des femmes.

— Je vais chercher mon père, décida-t-il.

— Tu n'en feras rien, petit sauvage.

Isabelle avait bondi. Elle l'empoigna par le col, l'attira dans la pièce et le força à s'asseoir à la table.

— Tu resteras ici. Comme s'il n'y avait pas assez de désordre, tout autour.

— Ta mère a raison, dit Catherine. Les Anglais cherchent les garçons, aussi. Ils ne t'ont pas pris, ne les tente pas, tu seras plus utile ici.

Isabelle réfléchissait, les mains sur le rebord de la fenêtre.

Elle vit au loin une charrette, avec des femmes dessus, qui longeait le chemin des digues.

— Elles s'en vont à Grand-Pré !

Comment les hommes, prisonniers, survivraient-ils dans un espace aussi réduit que l'église ? Et Jacques, parmi eux ? Et puis il fallait empêcher qu'on les mît dans les bateaux dont avait parlé l'Indien. Les femmes sauraient agir. Isabelle se précipita dehors, hurla. Elle devait rejoindre ses sœurs d'Acadie, avec ce qu'il fallait pour ravitailler les captifs. Car elle en était convaincue, maintenant. Les hommes des Mines ne reviendraient pas de sitôt dans leurs fermes.

— Aide-moi, Charlotte.

Tandis qu'elle emplissait son tablier de légumes et de fruits, dépendait des saucisses et bourrait son panier de pain et de lard, elle improvisa une suite d'actions qui devaient sauver les siens de la faim et de la soif, selon elle. Catherine resterait là, avec le petit. Jérôme et Thomas ne tarderaient plus, maintenant, espérait-elle, peut-être même les apercevrait-elle en chemin.

— Qu'ils n'aillent pas à Grand-Pré, mère, pardieu, il faudra leur dire de demeurer ici et de retourner dans la forêt à la moindre alerte. Je donnerai de nos nouvelles dès que possible.

Comment ? Elle n'en savait trop rien. Par les Indiens, peut-être. Il en rôderait toujours quelques-uns dans le village ou à ses abords. Isabelle hâta le mouvement. Charlotte voulait à tout prix l'accompagner. Elle refusa, puis, de guerre lasse, finit par la laisser se couvrir à son tour. La charrette faisait le détour par la ferme. Isabelle fit signe qu'elle les rejoignait.

Il y aurait des choses à acheter, des gens à payer, sans doute. Elle courut vers sa chambre, prit quelques pièces d'argent parmi celles qui dormaient dans l'armoire depuis la récolte de l'année d'avant, et son chapelet. Jérôme avait prévu d'acheter deux bovins supplémentaires, des moutons et une mule à laquelle il comptait atteler une carriole, mais Isabelle empocha son trésor. Le petit Baptiste la regardait faire. Il était au bord des larmes, serrait les dents pour ne pas montrer son désarroi. Elle s'assit face à lui, prit ses mains, qu'elle serra, très fort.

— Nous allons revenir, avec Jacques et tous les autres, demain ou le jour d'après. Ecoute-moi, mon petit. Tu vas rester ici pour t'occuper de ta Mapou, en attendant ton père, qui n'est plus très loin. Jacques a besoin de moi, tu comprends, et le reste de la famille aussi. Thomas va arriver avec nos amis les Micmacs. Tu les connais, ils sont forts et ils nous protégeront, comme ils l'ont toujours fait.

Il se laissa embrasser. Isabelle caressa ses joues, ses cheveux bouclés, sa peau brunie par le soleil.

— Je dois aller.

Elle se leva, se coiffa d'un chapeau rond. Catherine tendait ses bras. Elle alla s'y blottir. Les battements de son cœur résonnaient comme un glas, dans sa poitrine. Pourtant, sa raison lui disait qu'elle devait agir, avant l'irréparable.

— Dieu te garde, ma petite, murmura Catherine. Pour ici, ne t'inquiète pas. Le gouyat et moi saurons nous débrouiller.

— Dieu vous garde, mère. Prenez bien soin de vous.

Elle sortit, courut vers la charrette où avaient pris place des femmes et des filles de la tribu Melanson, des Terriot, et quelques autres ramassées en chemin. Toutes avaient les yeux rougis, d'insomnie et d'inquiétude. On avait laissé les plus âgées dans les maisons, Adeline menait les bœufs. Isabelle s'assit à même le plancher de l'attelage.

— La marée va bientôt descendre, dit Marguerite, qui tenait contre elle sa sœur, comme absente et perdue. S'il reste des barques en aval, nous les prendrons, et serons ainsi bien plus vite à Grand-Pré.

Les Anglais avaient confisqué les embarcations acadiennes en même temps que les fusils, mais on pouvait encore en trouver, cachées dans les ajoncs.

— Thomas est parti avec les autres ? s'inquiéta Claire Terriot.

Elle était assise à côté d'Anne-Marie. Les deux jeunes filles tenaient leur chapelet, et priaient, par intermittence.

— Il est monté avant-hier dans les collines avec son père, dit Isabelle.

La jeune fille parut soulagée. Thomas lui avait fait part des projets de Jérôme. Il y avait peut-être une armée en attente, quelque part au seuil du pays micmac, des Canadiens comme ceux qu'elle avait vus passer autrefois devant sa ferme, et des soldats du roi.

— Des soldats du roi d'Angleterre, certes, murmura-t-elle.

La rivière s'élargissait encore vers l'aval, devenait majestueuse, bordée par le liseré des terres à l'abandon jusqu'à l'embouchure. C'était le grand champ d'Acadie, piqué de ses boqueteaux, de ses toits de chaume, de ses buttes d'où l'on apercevait la mer. Une sorte de bourrasque avait tout vidé. Seuls demeuraient, de part et d'autre de la Pisiquid, les troupeaux et entre eux, points noirs sur la terre dorée par les chaumes, les corbeaux indifférents.

Jérôme en avait eu assez de se faire porter par les Micmacs. Sa jambe le faisait horriblement souffrir, mieux valait tenter de marcher seul, appuyé sur un fusil. Mais c'était encore plus douloureux. Des flèches entraient sous sa peau et venaient fouiller l'os, quand ce n'était pas un invisible faucheur qui s'amusait à aiguiser son outil sur lui.

— Je vais vous précéder à la ferme, finit par décider Thomas. On aura peut-être besoin de moi, là-bas. Je vous y attendrai. Prenez votre temps.

Les Indiens se relayaient pour soutenir son père. A intervalles réguliers, l'un ou l'autre prenait Jérôme sur son dos, parcourait ainsi quelques centaines de pas, avant de demander grâce à sa façon, en posant doucement son fardeau par terre pour le faire boire, et se reposer en même temps.

Thomas s'était éloigné depuis deux bonnes heures lorsque Jérôme et ses guides parvinrent enfin sur la rive de la Pisiquid. Tout y était désert, en amont de la bourgade où les fermiers des hautes terres venaient généralement commercer avec les négociants de Grand-Pré. Les canots amarrés là d'ordinaire avaient disparu. Il s'était passé quelque chose, la prudence s'imposait. Les Micmacs mirent Jérôme à l'abri des arbres et partirent en reconnaissance.

Jérôme but du marc. L'alcool lui faisait du bien, l'abrutissait un peu. Lorsqu'il parvenait à ne pas faire le moindre mouvement, fût-ce contracter à peine les muscles de sa jambe, il ne ressentait quasiment plus les élancements de la fracture et avait l'impression de flotter entre rochers et forêt, au-dessus de l'humus odorant de septembre.

Cette saison était vraiment la plus belle, en Acadie. Tout y avait la douceur du chant des rivières, la couleur ambrée des premières feuilles mortes, la quiétude des lacs étales sur lesquels glissaient les canots des rameurs micmacs. Jérôme se souvint des rencontres où l'on échangeait des colifichets, des lames de couteau et du tabac, contre des poudres médicinales, des couvertures tissées et des peaux de castor. On s'asseyait contre les arbres, et on fumait, entre hommes, tandis que les Indiennes montraient leurs étoles, leurs broderies, leurs jupes aux franges de cuir. Puis chacun repartait de son côté, après que l'on eut parlé des guerres passées, et de cette paix si précieuse qui avait l'air de durer.

Il soupira. La paix était en lambeaux comme sa jambe, et la ferme encore bien loin. L'absence des barques pouvait signifier beaucoup de choses. Les gens des terres d'amont avaient peut-être décidé de livrer sans tarder leur grain aux moulins de l'embouchure. Jérôme n'avait-il pas lui-même déjà négocié une partie de sa moisson avec les meuniers de Grand-Pré ? Il frappa le sol de son poing. Les Sauvages tardaient à revenir et les barques avaient tout aussi bien pu servir aux gens pour fuir les abords de la rivière. Il tenta de se mettre sur pied, dut renoncer, foudroyé par un éclair douloureux dans les profondeurs de sa jambe.

Il se passa deux grandes heures avant le retour des Indiens. Ils avaient l'air pressés, couraient presque. Ils expliquèrent que les Anglais avaient emmené les hommes de la Pisiquid et laissé des sentinelles au confluent de la Sainte-Croix, auprès des quelques femmes qui restaient encore là, avec leurs enfants. Jérôme écarquilla les yeux.

— Et c'est ainsi tout du long ?

Ils ne savaient pas. Tout était vide au bord de la Pisiquid, les maisons, les granges, les chemins. Seules les prairies étaient encore peuplées de leurs troupeaux, mais il ne restait plus personne pour les garder.

— Les enfants aussi.

Jérôme en oubliait sa souffrance. Il y avait bien un millier d'âmes, sur l'amont des rivières sud. Tous n'avaient pu être emmenés. C'était incroyable, et pourtant, ce qui se disait du sort de ceux de Beaubassin avait de quoi inquiéter. Incorrigibles Acadiens ! Ainsi, on leur ferait subir un sort auquel les plus méfiants, les plus hostiles aux Anglais, avaient toujours refusé de croire. Tous proscrits ?

Jérôme tendit les mains pour qu'on l'aidât à se remettre debout. La douleur le cloua un long moment contre l'arbre, gémissant, mâchoires serrées. Les deux Micmacs s'interrogeaient. Ils n'étaient plus de la première jeunesse et Jérôme les savait bien davantage chasseurs que guerriers. Leurs cadets étaient autour d'Halifax, à harceler les colons écossais avec l'abbé LeLoutre, mais la chasse au scalp était valable pour tout le monde ; jeunes et vieux se méfiaient des rencontres fortuites avec les patrouilles de Winslow et de Potter.

— Amenez-moi à une barque, leur demanda Jérôme, ensuite, j'irai seul.

Il fallait attendre la nuit et contourner le confluent par les collines. Jérôme se résigna. Il avait quelques pièces d'argent, qu'il offrit à ses compagnons, et du marc, qui les intéressait davantage. On mangerait de la viande séchée, des baies, un peu du pain aplati dans la veste de Jérôme. Et on patienterait, comme on avait appris à le faire, à la chasse comme à la guerre.

Ils découvrirent, dans des ajoncs, un canot empli d'eau jusqu'au tiers, écopèrent. Le fond était en piteux état mais il était bien tard pour réparer. La lune était là, au rendez-vous, un jour avait passé. Jérôme préféra embarquer sans tarder et ramer, au lieu d'avoir à penser encore, contre un arbre. Tant de choses avaient pu être emportées, en si peu de temps.

Fraternels, les Sauvages avaient arraché à nouveau des écorces et doublé la contention de la fracture. C'était toujours léger et, quoique encombrant, efficace contre les chocs et les mouvements intempestifs. Jérôme serra longuement les mains de ses amis. Ils avaient fait ce qu'ils pouvaient, étaient à l'image de leur peuple tout entier, dispersé, vieillissant et malade, dépassé par l'ampleur des événements en cours. Cette fois, décidément, il serait bien difficile de les entraîner dans la guerre.

La rivière mesurait plus de deux cents brasses de large, à cet endroit. La marée s'y ressentait peu, s'inversait vers l'embouchure. Les Indiens poussèrent l'embarcation, disparurent aussitôt dans les noires profondeurs de la forêt et Jérôme se retrouva seul sous la lune, accompagné du chuintement de sa pagaie.

Une fatigue subite, intense, ploya sa nuque, abaissa ses paupières devant ses yeux endoloris. Il dut accoster. Incrédule, il réalisa qu'il avait longé un pays mort. Les fenêtres, où, d'ordinaire, le halo des chandelles luisait faiblement, ne reflétaient partout que nuit, ténèbres, absence. Sur les rives, entre digues et fleuve, aucun de ces feux de chasseurs, d'habitude visibles de loin, ne signalait un bivouac. Seules, dans les prés, les masses claires des vaches et les silhouettes arrondies des moutons témoignaient de la vie abandonnée là. Après un bref et médiocre sommeil au milieu des ajoncs, Jérôme s'éveilla dans les premières lueurs du jour, au milieu d'une petite baie de sable noir, à une heure de sa ferme.

C'était comme d'habitude, quand les grosses chaleurs d'été commençaient à fondre dans les petits matins de septembre. La terre gorgée de soleil exhalait des brumes qui s'en allaient au fil du fleuve, comme mariées à lui, jusqu'à la mer où elles s'amusaient à masquer le rivage, puis à le révéler, le temps d'un regard, avant de se déposer à nouveau sur lui. Des oiseaux déjà affairés traversaient l'espace crépusculaire, l'est gris s'éclaircissait, prenait la teinte orange des étoffes indiennes, dorait enfin, avant l'irruption du soleil, et la débandade des légers brouillards. Jérôme se relança dans le courant. Il aurait à franchir à pied la digue, les champs moissonnés, et des prairies, avant d'atteindre sa maison, et ce qu'il voyait lui glaçait le cœur.

Il n'y avait plus une âme, le long de la rivière Pisiquid. Les portes des maisons étaient toutes fermées, celles des étables béaient. Sentant sans doute l'étrangeté de ce matin, des bêtes livrées à elles-mêmes avaient quitté leur enclos, erraient le long des levées de terre, s'arrêtant pour regarder passer le canot et son rameur solitaire, avant de reprendre leur marche sans but. Il n'y avait en Acadie, ni barrières, ni clôtures, mais un espace commun partagé entre bergers. Seuls les rus et les digues figuraient des frontières entre les parcelles, et encore tout cela communiquait-il par des ponts, des chemins, des sentes forestières. Jérôme longeait ce désert piqué de meules esseulées. Cent fois, il appela, en vain. Il abordait, porté par le courant, criait un nom, dans l'espoir de faire venir quelqu'un, ne fût-ce qu'un enfant parti surprendre des oiseaux au saut du nid. L'annonce d'une attaque de corsaires n'eût pas mieux fait le vide du district tout entier.

Il accéléra. Son cœur s'affolait sous l'effort autant que par l'angoisse. La barque prenait l'eau, mais elle tiendrait jusqu'à la ferme. Lorsqu'il accosta, après avoir longé les terres de ses voisins, il eut la joie de voir son fils surgir des rochers de la rive, et courir vers lui.

Catherine était là, et le petit, mais tous les autres étaient partis pour Grand-Pré. Thomas avait tant de choses à dire qu'il en bégayait.

— Et il ne faut surtout pas se montrer. Ils ont des listes, avec nos noms, et nos troupeaux, à la bête près.

Il avait du mal à le croire, et pourtant, c'était bien la réalité. Jérôme se laissa tomber contre lui, épuisé. Il transpirait, sa douleur se muait en un taraudage sournois, jusqu'au haut de la cuisse. Thomas voulut l'allonger mais il refusa.

— Mène-moi auprès de ma mère, dit-il. Nous verrons ce qu'il convient de faire.

Il y avait tant et tant de femmes aux abords de l'église de Grand-Pré que cela prenait l'allure d'un gigantesque marché. Accourues de la Rivière-aux-Canards et de la Péreau, de la Pisiquid et de la Gasparots, montées des fermes de la plaine de Grand-Pré, des centaines d'épouses, de sœurs, de mères, se tenaient là au milieu de marmailles criardes, surveillées par les soldats. Assises à même le sol, elles priaient, agenouillées, ou tournaient autour de la palissade masquant la chapelle comme des pénitentes entre les colonnades d'un cloître. Elles incarnaient la grande angoisse de l'Acadie, quand, de l'autre côté de la palissade et des murs invisibles de l'église, les hommes s'écroulaient, accablés, dans la chaleur, la puanteur et la promiscuité.

Isabelle avait passé un long moment auprès de Madeleine, dont la raison s'égarait à mesure que montaient les lamentations, les prières et les cris. Il fallait surveiller la pauvre femme, incapable de reconnaître ses brus, les femmes de ses cadets accourues de leurs tribus Belliveau et Arsenault. Prise par instants de tremblements, elle se levait tout à coup, pour aller frapper des poings sur les rondins et les planches de l'enceinte. Elle appelait vivants et morts, se croyait à Port-Royal devant les ruines fumantes de sa ferme, voyait le fantôme de Jacques

Hébert surgir des rangs anglais avec ses miliciens et courir vers un fort imaginaire. A plusieurs reprises, les soldats l'avaient forcée à s'en retourner, sans ménagement.

Marguerite la cajolait. Elle tentait de la rassurer, en vain, dans une telle ambiance de siège et d'exode. Elle avait près d'elle sa bru Adeline, et les plus petits de Paul Melanson, que l'on ramènerait vers la Pisiquid si la situation devait perdurer. Les grandes étaient parties, avec Claire, des Terriot, et quelques autres, dans le village, aux nouvelles de ce qui se tramait chez les Anglais, sur la demi-douzaine de navires au mouillage dans l'anse de la Gasparots. Il régnait, autour de l'assemblée des femmes et des enfants, toutes générations mêlées, une atmosphère de prière et de quête fébrile, sous l'œil impassible des sentinelles.

Le soir vint. On s'était organisés comme on pouvait. Las d'attendre d'impossibles retrouvailles avec les prisonniers, beaucoup avaient repris le chemin des terres les plus proches, et les charrettes se succédaient sur la route des rivières et des criques. On dormirait entassés dans les maisons et dans les granges, ou à l'abri des digues, en attendant le jour suivant.

— Nous resterons ici, décidèrent Anne-Marie et Claire, tandis que leurs parents se laissaient conduire vers une ferme amie, à une heure de charrette de l'église.

Rendez-vous fut pris pour le lendemain matin. L'angoisse étreignait les cœurs. Et si les Anglais décidaient d'embarquer les hommes durant la nuit ? Les enfants, épuisés, hurlaient, des femmes, l'esprit égaré, tournaient en rond et allaient insulter les soldats. Beaucoup refusaient de quitter l'endroit et il fallait les entraîner de force, pour les obliger à se reposer.

Claire s'était agenouillée dans l'herbe, près de son amie, assise contre un arbre. Cette société sans hommes la sidérait. Thomas n'était sans doute pas dans l'église, elle l'espérait mais n'en éprouvait aucune joie. Il y avait trop de détresse et d'humiliation, derrière les planches de la chapelle. De temps à autre, des ouvriers anglais y entraient, en sortaient, portant des seaux, des paniers de linge sale. Cela devait puer, sous les quatorze crucifix en bois du chemin de Croix, mais peut-être les Anglais avaient-ils aussi éparpillé ou détruit cela, comme le reste ?

— Regarde, Anne-Marie, dit Claire. Je crois que c'est William Jeffries.

Un soldat leur faisait des signes, à trente pas de là. Anne-Marie se leva, alla vers le boqueteau où l'on s'était abrité du soleil, le jour durant. C'était bien le jeune Ecossais, qui l'entraîna loin de l'église, jusqu'au chemin d'accès, à l'ouest du village. Des sentinelles se tenaient là, comme aux autres entrées de Grand-Pré. On avait commencé la traque de garçons fuyards que l'on avait vus courir vers les bois. De toutes parts, les renforts, arrivés dans les jours précédents, inspectaient les fermes, fouillaient les dépendances, parcouraient les digues, le bord des rivières et la proche forêt, à la recherche de réfractaires.

Ils dépassèrent les postes de garde, montèrent vers les collines d'où la vue portait jusqu'à la mer. L'église s'enfonçait dans la nuit. Près du bourg, le camp anglais apparaissait, avec ses tentes de toile claire, ses cabanes disséminées en un long demi-cercle. Des soldats allaient et venaient, des patrouilles se préparaient, d'autres réintégraient le campement. Ainsi la colonie était-elle sous surveillance, avec quatre cents otages en son cœur. Anne-Marie s'agenouilla, les fesses sur les talons. La pénombre venait sur un campement ponctué par les coiffes blanches des femmes endormies près de l'église, fleurs minuscules sur la sombre prairie.

— Les bateaux vont emmener les Acadiens, dit William en retenant un sanglot.

Il s'était agenouillé à son tour, pâle, pénétré par l'importance de ce à quoi il participait désormais. Ecossais, il n'aimait déjà guère les Anglais. Né en Amérique, il appartenait de surcroît à une génération que la tutelle grandissante de Londres commençait à lasser. Mais son engagement dans l'infanterie de Sa Majesté George III imposait le respect de la discipline en toutes circonstances.

Anne-Marie hochait la tête, avec l'air de ne pas croire possible une chose pareille. William lui donna des détails. On savait tout des Acadiens, qu'ils possédaient ensemble plus de quarante mille bêtes à cornes, trois mille chevaux, on connaissait le nombre de leurs enfants au nouveau-né près. Les troupeaux allaient être rassemblés, comme l'étaient déjà les gens, et tout cela serait envoyé en Nouvelle-Angleterre, en attendant l'installation de colons du Yorkshire ou des Highlands.

— De bons colons, ceux-là, murmura Anne-Marie.

Depuis que l'ordre de déportation avait été révélé, cela se

disait ouvertement, entre officiers anglais. On ferait venir des gens de ces comtés de Grande-Bretagne, où la terre ingrate ne pouvait nourrir tout le monde. William était déchiré. Du haut des collines, il apercevait la terre moissonnée d'Acadie, et l'église de Grand-Pré, centre du drame en cours. Il se serait bien installé là, lui aussi, comme l'ancêtre écossais d'Anne-Marie à Port-Royal, autrefois. Ce Melanson des origines avait été le lien entre William et les jeunes Acadiens. On était cousins, finalement, de quoi pouvoir s'entendre.

— Je te le dis, Anne-Marie. Vous allez tous être déportés et jetés sur les navires.

Il avait vu passer les listes, les instructions, personne ne devait échapper à la rafle de ces derniers jours. Ainsi les gens de Beaubassin avaient-ils été embarqués par centaines dès le mois d'août, en route vers Annapolis, s'ils n'y étaient déjà arrivés. Quant à ceux des Mines, aux deux mille de Grand-Pré et aux mille de Pisiquid, ils seraient conduits là-bas aussi, avant le grand départ vers les colonies de la Nouvelle-Angleterre.

Anne-Marie refusait d'entendre. Il la prit par les épaules, la força à le regarder. Il lui dit qu'il l'aimait et ne se résoudrait pas à la laisser ainsi partir. Comme beaucoup d'Acadiennes, Anne-Marie doutait encore que le projet anglais fût aussi radical. Ce n'était pas possible parce que jamais peuple n'avait été traité de cette façon.

— Mais regarde, pardieu, lui dit-il. Vos hommes sont détenus, on leur a dit qu'ils allaient être déportés.

Il répéta ce mot que la jeune fille semblait ne pas comprendre. D'autres navires, d'ordinaire chargés de bétail, de sacs et de tonneaux, étaient sur le point d'arriver. On y ferait monter de force hommes et femmes, et les enfants, même.

— Vos fermes sont vides, vos bêtes ont été confisquées. Eveille-toi, je t'en supplie. Ils vous laisseront vos vêtements et votre argent, et voilà tout. Ecoute, je vais te dire ce qu'il faut que tu fasses.

Il la secouait doucement, l'embrassait. D'autres femmes avaient suivi des Anglais, en Acadie. Aimer n'était pas un crime. Ainsi celles-là échapperaient-elles à l'exode et à ses dangers.

— Les officiers se moquent bien de nos pauvres amours, dit-il. Ils ont d'autres soucis en tête. Tu vas rester ici, avec moi, je trouverai à t'abriter, le temps que tout cela se termine. Je ne veux pas que tu prennes autant de risques. Ensuite, je te jure que nous partirons à la recherche des tiens. Je saurai où on les aura débarqués. Tu vois, je te dis des choses secrètes, qui ne doivent pas se savoir, et si on l'apprend, je serai sans doute fusillé.

Il n'était sûr de rien, sauf de son amour pour cette fille aux yeux clairs et aux mines boudeuses.

— Je ne sais pas, répétait-elle, perdue.

Elle était, depuis l'enfance, la cabocharde impatiente de s'affranchir de l'austère quotidien familial. La vie chez Jean et Madeleine Melanson n'était pas très gaie, le rappel des malheurs passés y servait bien souvent de conversation. Pour fuir cette ambiance crépusculaire, Anne-Marie s'était inventé une destinée de voyageuse. Quand ses sœurs se contentaient de rêver aux garçons de la colonie, elle, se voyait dans une belle maison de pierre de Québec, puis, pourquoi pas, en France.

William revint à l'assaut. Sa situation au camp anglais était vraiment privilégiée. Il saurait encore des choses, au jour le jour, des secrets réservés aux officiers. Anne-Marie l'écoutait. La nuit, où ne luisaient que les bougies et les torches anglaises près du village plongé dans l'obscurité, lui faisait peur, comme la perspective de l'entassement dans les cales des bateaux. Elle entendait l'Anglais lui dire qu'elle serait plus utile aux siens en liberté, que prisonnière au milieu d'eux. Et elle pensait peu à peu qu'il avait sans doute raison.

— J'irai te chercher, le moment venu, lui dit-il, et te mettrai en sûreté. Je sais comment faire, j'ai déjà pensé à tout cela. Jusque-là, reste aux environs de Grand-Pré, et surtout, ne retourne pas vers la Pisiquid. Il y a d'autres prisonniers, là-bas, au bourg. Ceux-là ne viendront pas ici. Ils seront embarqués directement à l'embouchure de la rivière. Tu risquerais de te retrouver parmi eux et de ne plus pouvoir me rejoindre. Tu vois, je peux t'aider, et les tiens aussi.

Son large sourire, qu'elle rêvait d'emprisonner dans ses baisers, son regard, insistant, chaleureux, étaient comme un soleil rassurant dans la pénombre d'une caverne. Il la força à se relever, lui promit de s'occuper aussi de Thomas et de Jérôme, pour empêcher qu'ils ne soient piégés à leur tour. Il mentait, se persuadait que, malgré tout, des Acadiens réussiraient à échapper à la rafle, passeraient à travers les mailles du filet. En vérité, il se fichait bien de tous les autres, anglais ou français. Il conseilla à Anne-Marie de rejoindre Claire. Tout n'était pas si noir et il fallait bien continuer à vivre. Elle pensait à sa mère qui ne la reconnaissait même plus, à son frère Sylvain, disparu à Beaubassin, et aux autres, enfermés dans l'église. William avait l'air sûr de lui.

— Je vais vous aider, lui dit-il, pardieu, je ferai tout ce que je pourrai pour vous sortir de là. Tu dois me croire.

Il essuya les yeux de la jeune fille, baisa ses paupières. Elle semblait se ressaisir, réfléchissait, les bras repliés sur sa poitrine. A ses pieds, Grand-Pré semblait s'être assoupie dans la nuit douce de septembre. Des centaines de destinées allaient se jouer là, en quelques jours. Anne-Marie sentait près d'elle la présence apaisante de William, à quelques centaines de pas de l'église pleine de ses otages silencieux. L'idée qu'elle pouvait s'en sortir seule, de toute façon, cheminait dans son esprit tourmenté.

21

— Quand Potter est-il parti ? demanda le major Winslow.

— A l'aube, monsieur, lui répondit un lieutenant.

Le chef des troupes stationnées aux Mines, responsable de l'opération décidée par Lawrence, était soucieux. Le jour s'était levé et il n'y avait toujours que six navires au mouillage de la Gasparots, plus deux ou trois, engagés dans l'estuaire de la Pisiquid. Le ravitaillement promis par Halifax n'était toujours pas arrivé et ses deux cents hommes n'allaient pas tarder à manquer de vivres. Winslow se leva de sa chaise, se mit à marcher sous sa tente, les mains dans le dos.

— Eh bien, dit-il, nous nous servirons dans les subsides que les femmes ne manqueront pas d'apporter ici dès ce matin. Mais, discrètement, n'est-ce pas. Il s'agit de ne pas se jeter sur leurs pains et leurs chairs cuites.

L'officier acquiesça. La surveillance des Acadiens se doublait de traques à travers bois. L'expérience de Beaubassin servait. Là-haut, près de huit cents personnes s'étaient évanouies dans la nature, ce qui avait rendu furieux le gouverneur Lawrence.

— Shirley m'envoie du renfort de Boston et je l'en remercie, dit le major. Il oublie que ces hommes ont aussi des ventres.

— Le gouverneur du Massachusetts a dû penser que les terres d'ici suffiraient pour cela, plaisanta un officier.

Winslow ne releva pas. Les renseignements reçus en permanence des Mines lui indiquaient que l'affaire y avait été bien menée. Il y aurait très peu de fuyards ; toutes les familles étaient concernées, ayant un ou plusieurs hommes dans l'église, ou au bourg de Pisiquid. Les femmes d'un côté, les hommes de l'autre, avec les enfants : la menace de la dispersion empêcherait jusqu'au bout les fuites massives. La méthode de Lawrence était efficace.

— Nous allons avoir aux Mines quatre mille déportés sur les bras et pas assez de vivres, ni de bateaux. L'affaire se complique, dit Winslow. Pour l'instant, ces gens sont calmes et prient davantage qu'ils ne complotent. Mais avec seulement deux cents hommes, il nous serait difficile de faire face à une révolte, sauf à massacrer ces gens sur place.

Il décida qu'il attendrait encore un peu, donna ses ordres pour la journée, avant de conclure :

— Si les bateaux promis ne nous parviennent pas rapidement, il faudra se résoudre à entasser ces gens dans ceux dont nous disposons. Je ne vais pas entretenir cette vermine indéfiniment, avec le risque de voir des Boishébert et des LeLoutre sortir de la forêt pour nous tomber dessus. On me dit qu'à Annapolis il y a eu des coups de fusil, et des morts, dans chaque camp.

A la différence d'Annapolis, les Mines étaient un cul-de-sac assez plat, richement mis en valeur par trois ou quatre générations de colons. Il n'y avait pas là de hautes montagnes où abriter des résistances, la forêt n'écrasait pas tout et les rivières prenaient leur temps pour aller jusqu'à la mer. C'était un paysage d'éden tranquille aux larges perspectives, éclairé par le soleil déjà tiède paraissant à l'horizon de la baie Verte.

Winslow sortit de la tente. Des charrettes parvenaient aux abords de l'église, avec leur peuple de femmes et d'enfants venu implorer de nouveau. Ce seraient encore des cris et des imprécations, et ces prières, aussi, devant quoi les militaires ne savaient que faire. Ces gens d'Acadie étaient donc étranges, qui paraissaient se résigner à leur sort, en majorité, et s'y préparer en le confiant à Dieu.

Jérôme s'était éveillé dans les premières lueurs de l'aube. Il avait écouté le silence, le temps de réaliser que les bruits habituels de la ferme avaient cessé. Plus de clochettes aux alentours, le bétail s'était dispersé le long des digues. Même la volaille semblait caqueter plus bas, quant au chien, il était assis sur le pas de la porte ouverte, attendant l'improbable retour de ses habituelles compagnes, les vaches.

Il se traîna vers l'extérieur, la jambe repliée, une fourche sous l'aisselle en guise de béquille. Tout était calme, aussi loin que portait le regard. Les chemins étaient déserts, la marée, haute, comblait les criques, noyait en partie ajoncs et rochers. Il alla réveiller son fils, qui dormait à l'extérieur, sous une couverture indienne, comme à son habitude en été. Il n'y avait plus de vache à traire, plus de ce premier lait, chaud, épais, dont on étalait la crème sur du pain. Ils burent de l'eau, mangèrent un peu de lard, croquèrent une pomme. Catherine était réveillée, au fond de la pièce commune. Elle avait pris le petit Baptiste endormi contre elle, sa sentinelle, comme elle disait, tous deux se faisaient face, mêlant leurs souffles paisibles.

— Je vais aller à Grand-Pré, dit Thomas.

Il avait changé, en quelques jours. La menace anglaise, la blessure de son père, la révélation de ce qui se passait aux Mines et cette solitude dans laquelle le plongeait l'exode achevaient de gommer ses attitudes et ses mines adolescentes. Il était entré dans la guerre, en même temps que dans l'âge adulte.

Jérôme réfléchissait, la tête entre les mains. Pisiquid et Grand-Pré étaient devenus deux prisons entre lesquelles ils jouissaient, son fils et lui, d'une précaire liberté. On avait mis les gens de Beaubassin sur des bateaux, il se passerait la même chose aux Mines et sans doute à Port-Royal. L'Acadie allait se vider, avec dans les reins les baïonnettes de Lawrence et de Shirley.

— Tu seras pris, mon fils. Ils sont venus annoncer le rassemblement, ils reviendront vérifier que les ordres ont été exécutés.

Sa jambe n'était que plaie intérieure, brasier ardent projetant des douleurs jusque dans son ventre. Il demanda à Thomas de défaire sa contention, pensant qu'elle le serrait par trop, découvrit un membre violacé, angulé comme du bois vert à demi rompu, et cette vision le terrassa, le rendit livide.

— Pardieu, Thomas, je suis mal en point.

— Il faut serrer de nouveau, père. Les Sauvages l'auraient fait, je crois, et ils connaissent bien ces choses.

Jérôme se prépara à ces souffrances extrêmes. Il avait formé le projet de rejoindre Grand-Pré et de s'y livrer, mais devait renoncer.

— Je ne vous laisserai pas aller là-bas dans cet état, de toute façon, lui dit Thomas. Nous verrons bien ce qu'il conviendra de faire quand vous irez un peu mieux.

Madeleine avait été ramenée à la ferme de Jean Melanson, dans une charrette où une dizaine de femmes de la Pisiquid avaient pris place. Thomas les avait vues de loin. Il se précipita vers elles, entendit le récit de ce qu'il advenait de tous les hommes, à l'église de Grand-Pré.

— Les filles sont libres d'aller et venir, lui dit-on. Elles essaient de nourrir ces malheureux, mais il paraît bien que les Anglais se servent au passage.

Qu'il y allât ? Et pour quoi faire, grands dieux, sinon rejoindre les autres et se retrouver attrapé comme un lapin au sortir de son terrier ? Il y avait assez de misère entre les quatre murs de la chapelle, et à la Sainte Famille de Pisiquid, cela devait être bien pareil.

— Cache-toi donc ! lui lança une Terriot, il y a près de deux cents soldats, et on a vu des patrouilles longer les digues, en aval.

— Claire...

— Elle va, et te fait dire que tu ne dois pas prendre le risque d'aller la rejoindre. Nous, on retournera là-bas avec de quoi nourrir un peu les hommes. Que faire d'autre ? Ton père est avec toi ?

Thomas raconta. Immobilisé, Jérôme Hébert pourrait peut-être échapper au séjour à l'intérieur de l'église. Thomas hésitait à rejoindre les prisonniers. Grand-Pré était loin, à une demi journée de charrette quand on pouvait passer les gués de la Gasparots à marée basse, et les Anglais se déployaient un peu partout, à la recherche des retardataires. On moissonnait l'Acadien, dans toute la Nouvelle-Ecosse. Pour la première fois, Thomas sentit le froid de la mort le frôler comme une brume fugace et glacée de plein hiver. Les jeux de l'enfance, qui survivaient encore entre les jeunes Acadiens, quelques jours auparavant, s'étaient mués en une sombre partie de chasse où il était devenu le gibier, en compagnie de quelques milliers d'autres.

Jérôme attendait, anxieux et pâle, le retour de son fils. Catherine s'était levée, l'avait rejoint, avec le petit. Rien ne ressemblait à un quelconque espoir. Quant à sa jambe, qui risquait de devenir celle d'un infirme, il l'eût donnée contre la promesse de voir bientôt Isabelle et les enfants entrer dans la maison et s'y asseoir, près de lui. Il bourra une pipe, l'alluma.

— Mère, nous avons bien failli, dit-il. C'en est terminé de nous autres et de tout ce que nous avons essayé de construire sur cette terre.

Elle s'était rapprochée de lui, toute menue et si fripée de visage, désormais, qu'elle ressemblait à une de ces pommes laissées trop longtemps sur une étagère du cellier. Elle cherchait son regard et lui se noyait dans la mer opaque de ses yeux. Etre en face l'un de l'autre, sans se voir. Il en avait été ainsi à Port-Royal, dans le désordre des guerres d'autrefois, puis à Grande-Anse, au milieu des tumultes d'une vie hasardeuse. Jérôme pensait avoir trouvé la paix entre les aboiteaux de la Pisiquid et la tendresse des siens, pour adoucir sa vieillesse. Maintenant, il ouvrait les mains sur le grand vide de sa vie que ne hantait plus amour ni famille, rien, sauf le sentiment désolant de voir sa destinée l'abandonner, vivant, sur le bord du chemin, et s'éloigner sans bruit. Et, surgissant des tourments enfouis dans sa mémoire, le visage plein de douleur, de folie et d'innocence de son fils bostonien lui apparut dans la lumière ambrée de septembre.

Il sentit le front de Catherine sur son épaule. Pour le peuple si jeune d'Acadie, ils étaient également vieux, malgré les dix-huit années qui les séparaient, et vénérés, parce que surgis d'un monde que l'on peinait à imaginer, où tout était liberté, aventure. Pauvres enfants de Nouvelle-France. Ils allaient vivre à rebours l'histoire de leurs anciens, et des spectres blanchis leur tiendraient compagnie dans l'exil.

— Mère, nous sommes devenus vieux sans nous en rendre compte, murmura Jérôme.

Catherine gardait les lèvres serrées. Elle était à la fin de sa vie, au bout des dures années à Pentagouët, de l'endormissement sans rêves auprès de Jacques Hébert et de son réveil plutôt joyeux dans les bras du Bellilois. Elle avait fait ce qu'il fallait, éprouvait jusqu'au plus profond d'elle-même une fatigue si intense qu'elle se fût couchée, là, sur le pas de la porte, pour attendre le grand sommeil des Sauvages.

— Des vestes rouges ! cria Baptiste.

Il faisait le guet près de l'étable et revenait, tout excité, précédant son aîné.

— Une patrouille avec un officer à cheval, père, dit Thomas en entrant à son tour dans la pièce.

— Cours, lui ordonna Catherine. Il y en aura aussi bien vingt ou trente ici dans un quart d'heure. Prends par le verger et va te cacher dans les ajoncs. Tu reviendras, plus tard. Et toi, Baptiste, je ne veux pas te savoir là devant, à faire le fier.

Jérôme se leva, dans des douleurs effroyables. Il alla à la fenêtre, suivit du regard le cheminement des Anglais sur le chemin. La patrouille, forte d'une demi-douzaine d'hommes, venait d'aval. Elle passa devant la ferme, longea un ruisseau séparant deux prairies puis franchit un petit pont de terre abritant un aboiteau.

— Ils passent, dit Jérôme, vaguement soulagé.

Les fantassins poursuivaient leur route vers les champs des Terriot. L'officier qui les accompagnait se dressa sur ses étriers, mit la main en visière, observa un long moment la ferme de Jérôme. Puis il déplia un document, le consulta, avant de le glisser sous sa veste.

— Eh bien, tu te décides, ou non ? chuchota Jérôme.

L'Anglais fit signe à ses hommes de marcher vers l'amont, puis d'obliquer. Jérôme comprit que les soldats traverseraient les terres de ses voisins, pour rejoindre plus haut la rive de la Pisiquid. Puis il vit l'officier tirer sur ses rênes et prendre la sente menant à la ferme.

— Cette fois, disparais, ordonna-t-il à Thomas. Ils ont l'air de vouloir fouiller en amont. S'ils t'approchent, n'hésite pas à te laisser aller au fil de l'eau.

— Et vous, père ?

— Laisse. Dépêche-toi.

Il y avait, contre la maison, à l'est, un appentis où s'entassaient bûches et rondins, bardeaux et outils. Les enfants s'y dissimulaient, dans leurs jeux, vestes rouges, honnies, contre uniformes bleu-de-France, toujours vainqueurs à la fin, bien sûr. Jérôme s'y traîna, aidé par Baptiste. Là, il s'appuya contre des piles de bûches, au fond de l'abri, empoigna son pistolet. Il entendit le pas du cheval puis celui de l'officier entrant dans la maison. Il écouta. L'homme interrogeait Catherine ; il parlait correctement le français de Versailles, autre chose que le patois composite des colons. Jérôme reconnut la voix de Potter, aiguë et nasillarde.

— Un Acadien du nom de Jérôme Hébert, âgé de cinquante-sept ans, ne s'est pas présenté à Grand-Pré, ni à Pisiquid, dit l'Anglais. Et son fils aussi est porté manquant. Thomas Hébert, dix-huit ans, né à Grande-Anse. Ici, c'est la ferme du sieur Sylvain Melanson, votre parent, n'est-ce pas ?

— Oui, répondit Catherine, et le petit s'appelle Baptiste, il n'a que sept ans.

— Où sont les hommes qui manquent ? Melanson, et les Hébert ?

— Je ne sais pas, monsieur.

Potter avait traversé la pièce, son document à la main. Il restait de dos, au seuil de la porte donnant sur l'appentis, son bicorne noir sur sa perruque blanche poudrée d'argent. Jérôme était à moins de deux pas de lui. Il prit appui sur la fourche, se propulsa vers l'avant, au prix d'une douleur inouïe. Potter se tourna, lentement, vit le canon du pistolet pointé sur son cœur.

— Je suis Jérôme Hébert, de Port-Royal. Nous nous connaissons. Vous me cherchiez. Me voici.

Il crânait ; à son âge, c'était très inattendu et plutôt provocateur. Mais cela leur faisait maintenant près de quarante années d'histoire commune. Un bail. Il fit signe à l'Anglais de reculer jusqu'au puits. Potter avait péché par orgueil et s'en voulait. La facile capture des hommes du bassin avait endormi sa méfiance.

— Monsieur, vous êtes un incendiaire et un assassin, lui dit Jérôme, d'une voix grinçante.

— Vous êtes le cousin de Lucrèce Lestang et vous ne valez guère mieux que moi, lui rétorqua Potter, pâle, les lèvres tordues par un rictus.

Jérôme approcha le pistolet de sa tempe. Il n'avait ni le temps ni l'envie d'évoquer le passé

— Où vont aller les navires de transport, avec leur cargaison d'hommes et de femmes ?

— En Nouvelle-Angleterre.

— Plus précisément ?

— Je ne sais pas. Mon travail s'arrête ici, je ne suis pas chargé de suivre ces convois.

— Monsieur !

La main de Jérôme tremblait un peu, s'affermit, pourtant, autour de la crosse.

— Les gens seront débarqués sur différents rivages des colonies.

— Où, pardieu, où ?

— Personne ne le sait au juste. Du Massachusetts à la Georgie, je suppose.

C'était vague et très long, quatre cents lieues au moins, et les tempêtes d'octobre et novembre ne manqueraient pas de disperser les navires. Jérôme se mordit les lèvres. Il avait l'impression que son crâne se vidait.

— Combien d'Acadiens resteront sur leur terre ? demanda-t-il d'une voix blanche.

— Aucun. Ce sont les ordres d'Halifax. Vous êtes foutu, vous aussi. La patrouille va inspecter le terrain jusqu'ici, et trente hommes me suivent, à une demi-lieue, en route vers Pisiquid.

Potter jetait des coups d'œil vers Jérôme. Il avait du mal à reconnaître son guide de Grand-Pré à Annapolis, derrière le masque torturé de l'Acadien. Celui-ci vacillait, cherchait quelque chose contre quoi s'appuyer. Potter s'en rendit compte, porta la main à sa ceinture. Puis il se tourna, un drôle de sourire aux lèvres. Jérôme appuya sur la détente, et la tête du major alla percuter le rebord du puits dans un halo rougeâtre. Jérôme s'affala à son tour contre le puits. Il hurla, appela Baptiste, vit l'enfant sortir de la pièce de vie, précédant Catherine, affolée.

— J'ai tué l'Anglais, souffla-t-il, pardieu, il l'a bien cherché. Aidez-moi à le foutre en bas.

Il ne pouvait se relever seul. Baptiste l'aida. L'enfant fixait le cadavre de ses yeux écarquillés. Potter avait eu le temps de saisir son arme dont il serrait encore la crosse entre ses doigts. Jérôme se courba, pris d'une violente nausée. La douleur était si intense qu'il se sentait défaillir. Catherine était là, tendait les mains.

— Dans le puits, pardieu, implora Jérôme.

Il rassembla ses forces pour empoigner Potter par le col, hurla de nouveau. Baptiste prit le major par les chevilles tandis que Catherine saisissait au jugé sa veste ouverte. Un effort commun leur permit de hisser sur la margelle le corps que Jérôme fit basculer. Ils entendirent la masse heurter la paroi du puits puis rebondir une fois, avant de toucher l'eau, dans un bruit étouffé.

— Pardieu, j'ai trop mal, grinça Jérôme.

Il se laissa tomber à terre. Que ferait-on du cheval pour l'instant attaché au banc ? s'inquiéta Catherine. Baptiste eut une idée. Il le conduirait à la rivière et l'y abandonnerait. Jérôme voulut le lui interdire mais il n'en avait plus la force et le petit était déjà parti en courant.

William Jeffries n'en revenait pas. Au fond de la cabane de bûcheron où il l'avait conduite, installée sur des sacs de toile et des couvertures militaires, les cheveux défaits sur les épaules, Anne-Marie mangeait à petites bouchées le pain et le jambon qu'il lui avait apportés. A la voir ainsi assise, appuyée contre un tas de planches, le regard perdu, doux et presque docile, il se souvint des icônes défraîchies de la Vierge Marie que ses parents lui montraient lorsqu'il était enfant, pour lui expliquer la supercherie papiste.

Il chassa cette pensée, s'agenouilla devant Anne-Marie. Elle avait quitté le pré entourant l'église et la foule des femmes, prétextant qu'elle retournait à la Pisiquid pour terminer quelques ballots de linge. Maintenant que la déportation était devenue claire pour tous, il s'était établi, entre le village et les fermes, un incessant va-et-vient de brouettes, de carrioles, de charrettes, où s'entassaient vivres, biens et gens. On se faisait promesse de se retrouver autour du lieu sacré, de rester vigilants et de ne jamais se séparer plus de quelques heures, parce que tout pouvait arriver désormais, à n'importe quel moment.

— Ces hommes qui attendent, comme dans une bauge, murmura la jeune fille, suffisamment fort pour que l'Ecossais l'entende. Que se passe-t-il, là-bas ?

Elle était horriblement tourmentée, pensait à ses frères, à son père, et en même temps le visage de William s'imposait à elle. D'autres femmes d'Acadie avaient comme elle choisi de rester. Par calcul ou par peur, par amour, sans doute, le plus souvent. La neutralité, c'était cela, aussi. Un temps de prospérité, d'harmonie et de paix relative, qui avait duré près de quarante années. Anne-Marie songeait à ces jours encore si proches où les craintes se diluaient dans la succession des saisons et de leurs servitudes.

William parla doucement. Elle l'écouta, hocha la tête. Aucune décision concernant la date de la déportation n'avait été prise par Winslow, pour le moment. On faisait des inventaires, on cherchait, dans toute la campagne, ceux qui manquaient à l'appel, peu de monde en vérité. William se voulait rassurant, et il avait du mal. L'espoir, c'était bon pour les Acadiens. Lui savait bien que les bateaux d'Halifax n'étaient toujours pas là et que l'on pillait le ravitaillement des prisonniers, en attendant. Dans l'église, des hommes étaient devenus fous, s'étaient précipités tête la première contre les murs.

— Il ne faut pas t'inquiéter. Tout peut changer très vite.

Il s'enfonçait dans le mensonge, à mesure qu'Anne-Marie se confiait à lui. Ah ! Partir avec elle loin de ce bourg que les premières pluies, nocturnes, transformaient en cloaque. Il lui venait des envies de déserter, calmées par le souvenir de quelques pendaisons publiques, à Boston. Et si l'on se mariait ? D'autres l'avaient fait avant eux. Elle le regarda, grimaça un sourire. Elle le désirait, pourtant, plus que tout au monde, mais c'étaient là des projets pour un temps de paix.

Un élan de panique la fit se lever et marcher vers la porte. Elle trahissait les siens, au moment où ils avaient besoin d'elle. Il lui jura que non, que tout s'était organisé autour de l'église.

— Folie ! Il y a des patrouilles tout autour d'ici, qui cherchent des fuyards, avec ordre de tirer.

C'était vrai, mais cela se passait assez loin de la cabane. Il réussit à la calmer. Par moments, il avait le sentiment de séquestrer une captive et se sentait coupable. Puis, très vite, la réalité de la situation, la nécessité de mettre Anne-Marie à l'abri s'imposaient à lui. Ils étaient en marge de cette affaire, tous les deux, William finissait par s'en persuader. Et lorsqu'il la tint une nouvelle fois contre lui, tremblante, au bord des larmes, il eut le sentiment d'échapper à son tour à l'ordre terrifiant qui régnait à Grand-Pré.

— Et concernant Potter, toujours rien ? s'inquiéta Winslow.

Les officiers se regardèrent. On avait retrouvé le cheval du major sur la rive est de la Pisiquid, près de l'embouchure. L'animal avait été emporté par la marée descendante et avait en plus traversé la rivière. Potter avait dû se sentir mal. Peut-être était-il tombé à l'eau, voulant se rafraîchir.

— Il faudrait continuer les recherches, ordonna Winslow,

fouiller les fermes. Je suis bien certain qu'il reste des fugitifs dans ces maisons acadiennes. Seulement, je vais avoir besoin de toute ma troupe ici. Le cours des choses va s'accélérer.

Il observait l'église, par la fenêtre du presbytère. Les jours passaient, sans autre nouvelle des gouverneurs, et il régnait autour de la prison une effervescence croissante. Passé l'hébétude et le saisissement des premières heures, les femmes se laissaient aller à la colère. Quant aux détenus, ils vivaient dans un lieu devenu si épouvantable que les y maintenir équivaudrait bientôt à en faire mourir chaque jour de dysenterie, de fièvres ou d'épidémies, par dizaines.

— Je crois que nous sommes tous d'accord, messieurs, dit Winslow à ses officiers. Il faut commencer à embarquer ces gens, mais je n'ai toujours que cinq transports. Pardieu, Halifax et Boston ne nous traitent pas bien. Enfin, nous nous passerons de leur concours. Murray recevra le même ordre pour les prisonniers de la Pisiquid.

Les officiers anglais savaient ce qu'il convenait de faire. Tous ressentaient la montée de la nervosité ambiante. Des soldats avaient failli faire feu sur des femmes menaçantes qui s'approchaient un peu trop près de leurs rangs. Parmi les Anglais, certains, haineux et assoiffés de revanche, s'étaient même portés volontaires pour en finir avec ces Acadiens retors et pleins d'arrière-pensées. Le coup de sang les eût satisfaits. John Winslow écarta les mains.

— Eh bien, c'est l'heure, messieurs, dit-il, la voix un peu rauque. Chacun de vous sait très précisément ce qu'il a à accomplir. L'embarquement de trois mille personnes sur cinq malheureux navires ne sera pas une affaire facile. Je vous recommande de ne penser qu'à votre mission et d'écarter de votre esprit tout ce qui pourrait la contrarier. Les ordres de monsieur Lawrence sont formels : à terme, pas un de ces Acadiens ne doit rester à terre.

Il s'inclina, répondant au salut de ses lieutenants, se coiffa de son bicorne, quitta la pièce, le dernier.

Isabelle et Charlotte avaient dormi dans une ferme Bourdault, au milieu de la plaine de Grand-Pré. La ferme était bien placée, sur une butte. De ses abords, on apercevait l'église, au sommet de la pente douce, et les chemins y menant, de trois horizons, avec leur procession de charrettes commencée depuis l'aube.

Il y avait là du monde, éparpillé entre granges et pièce commune. Isabelle avait souvent songé à prendre la route de la Pisiquid mais la présence de son cadet dans l'église l'obsédait, depuis le jour maudit où on l'avait enfermé, et la tenait là, en alerte, à une demi-journée à peine de chez elle.

— Et vous n'avez rien à c't'heure, ma pauvre, lui dit l'hôtesse, une veuve poitevine au visage austère, toute vêtue de noir.

La femme avait ficelé des ballots de linge, qu'elle ferait passer à ses fils prisonniers. Isabelle la suivit vers la grande armoire entrouverte sur des piles de chemises, d'étoffes, de broderies, un trésor comme il en existait des centaines dans le pays.

— Prenez une chemise, dit l'hôtesse.

Elle avait dit « une » en appuyant un peu sur le mot. Le chaos de la société acadienne révélait ainsi les tempéraments. D'aucuns ouvraient grand leurs maisons, d'autres refermaient prestement les portes de leurs armoires, après une offrande. Isabelle prit le premier vêtement venu. Dans quelques jours ou quelques heures, le décor de cette maison serait désert.

Des gens s'étaient attablés autour d'une soupe, des femmes et des jeunes, près d'une grand-mère toute maigre qui égrenait sans trève son chapelet, les yeux levés au ciel. Isabelle se déshabilla entre les portes de l'armoire. Elle se trouvait sale, alla, en chemise, à l'arrière de la maison, faire un peu de toilette. A camper ainsi au plus près des hommes, dormant peu et mal, furetant le jour durant autour de la prison dans l'espoir de recevoir un signal, elle s'était négligée. Elle se vit, dans un fragment de miroir brisé, se découvrit vieillie et fatiguée, les paupières bouffies, le teint hâve, sa peau, à la naissance des seins, flétrie, creusée de sillons. Tandis qu'elle se lavait à l'eau du puits, elle réfléchit. Il se passait des choses qu'elle avait du mal à croire, la terreur, l'angoisse, sur la colline, et le silence des femmes attablées au calme dans cette maison, leur indifférence, presque, près de leurs enfants curieusement assagis. Avait-on perdu tout espoir, dans ce lieu ? Isabelle s'ébroua. Un instinct animal la mettait sur le qui-vive et sa raison refusait l'évidence.

L'eau fraîche lui faisait du bien. Elle s'en inonda, longuement, retourna s'habiller du linge propre aux senteurs de bois verni. Sa fille l'imita. Elle aussi avait changé. L'adolescente un peu à la traîne de ses aînés, qui pestait contre les confidences non partagées, les idylles tenues secrètes, les coquetteries auxquelles elle n'avait pas droit, portait désormais sur les choses et sur les gens le regard inquiet et réprobateur des innocents injustement forcés. Et il n'était rien, jusqu'au souvenir de Grande-Anse et de la fuite, jetés dans la tourmente de l'Histoire, longtemps sujet de ses cauchemars, qui ne devînt presque anodin face aux palissades cernant l'église de Grand-Pré et ses ombres captives.

Elles portèrent les ballots de linge jusqu'à la charrette-à-Joseph Bourdault. Des enfants au regard grave avaient déjà pris place sur les bancs, et attendaient.

— Mère, je crois que ce sont les Melanson et les Terriot qui reviennent de la Pisiquid, dit Charlotte, le doigt pointé vers l'horizon.

Isabelle reconnut la robe claire des bœufs et le vernis rouge que Paul avait passé sur les montants de l'attelage, pour son mariage. Cela donnait autrefois au lourd véhicule des allures pimpantes. C'était aux temps heureux des noces et des moissons. Des guirlandes de fleurs le décoraient, les musiciens s'asseyaient au fond, filles et garçons dansaient, trébuchaient, tombaient les uns sur les autres, dans des éclats de rire. Isabelle empoigna le bas de sa jupe, courut.

— Ils sont bien à ta maison ! lui cria Marguerite. Thomas, le petit et la Catherine. Il n'y a plus trop de monde, sur les rives. Tous ceux de l'amont, de la Sainte-Croix et des hautes terres sont enfermés à la mission de Pisiquid. Seigneur ! Jusqu'à quand nous fera-t-on tant de misères ?

Jérôme était blessé, mais vivant, chez les Sauvages qui prenaient soin de lui. Marguerite fronça les sourcils.

— As-tu vu notre Anne-Marie, tantôt ?

— Non, lui dit Isabelle. Je pensais qu'elle était avec vous, cette nuit.

— Ah, la garce. Il ne suffit pas que sa pauvre mère ait perdu la raison. Cette blonde-là n'a pas plus de raison qu'un bouvreuil. Et si elle était partie rejoindre son huguenot ?

Isabelle regarda la charrette s'éloigner. Chacun allait dans ses soucis, ses peurs, ses espoirs, rejoindre la foule déjà dense, tendue vers le même but, récupérer enfin les hommes. Isabelle pensa à ses jeunes fils, si différents l'un de l'autre. Son petit Baptiste en liberté était capable de se prendre pour un guerrier, de viser l'Anglais avec son arc et de ramasser du plomb. Et l'autre, le fragile, le Jacques dix fois sauvé des diarrhées, des fièvres, se morfondait dans l'église, apprenait à connaître la cruauté des hommes dans les miasmes et la promiscuité.

Isabelle n'avait guère prié, jusque-là. La dévotion aveugle et répétitive de tant de ses sœurs d'Acadie lui semblait un peu absurde dans un tel désordre. Elle leva pourtant les yeux au ciel, pria la Mère du Christ, implorant sa bienveillance, espérant qu'elle saurait toucher de sa main le front des plus faibles et les sauver.

— Sortez, tous, cria Winslow, et rangez-vous le long de l'église ! Ceux de moins de vingt ans se mettront ensemble.

L'ordre était tombé sur les prisonniers, comme la foudre. Il fallait se dépêcher. Hébétés, assoupis pour la plupart, visages ravagés par les heures, les nuits, passées à s'interroger sur ce qu'il allait advenir d'eux, les Acadiens de Grand-Pré se préparèrent à retrouver la lumière, et les caresses de la brise sur leur peau.

Il faisait grand soleil, au matin du 10 septembre 1755. Les pluies des dernières nuits avaient mouillé la terre moissonnée, des brumes baguenaudaient, nonchalantes comme le joli temps d'automne.

Winslow avait disposé la totalité de sa troupe aux abords de l'église car il y aurait bientôt près de deux mille personnes rassemblées là, et tout pouvait arriver, jusqu'au suicide de certains sur les baïonnettes des soldats. Lorsque les premiers hommes des Mines apparurent à la porte, un cri monta dans le ciel de Grand-Pré et les femmes vinrent s'agglutiner devant les rangées de fusils. Isabelle avait pris la main de Claire et de Charlotte. Elle avança vers la barrière rouge et blanc des soldats, pendant que les détenus, hagards, cherchant à reconnaître les leurs parmi la foule, se mettaient en rang.

On s'appelait, les pleurs se mêlaient à des rires, un bonheur infâme, fait de douleur et de soulagement, régnait soudain, éclairant les visages, les déformant. Claire avait repéré ses frères, ce fut Charlotte qui aperçut Jacques et l'appela. Il s'était rangé parmi les premiers, adressa un signe à sa mère. Il semblait calme et sans peur. Sa chemise était grise de poussière, ses cheveux en bataille, des filasses rousses où s'accrochait de la paille. Il ressemblait à ses misérables compagnons, et leur troupe inspirait une immense pitié.

— Seigneur, Jérôme ne connaît pas cette misère et c'est tant mieux pour lui, murmura Isabelle, en songeant qu'elle le préférerait cul-de-jatte à vie mais libre.

Des vestes rouges quittèrent les rangs anglais et s'approchèrent des prisonniers. Un capitaine donna l'ordre d'en saisir cent quarante et de les faire marcher vers les embarcadères. Les soldats fendirent les rangs acadiens, poussèrent devant eux leur moisson de jeunes gens. Beaucoup courbaient la nuque, sauf les premiers, qui rechignaient et se campèrent sur leurs jambes, refusant d'aller plus loin dès qu'on les sépara de leurs aînés.

Isabelle vit son Jacques et quelques autres dont ses cousins Melanson, butés, cou fléchi et mains dans le dos, en signe de refus.

— Nous ne partirons pas sans nos pères ! cria l'un d'eux tandis qu'un murmure d'approbation s'élevait de la cohorte des anciens.

Les soldats hésitaient. Winslow fit mettre les baïonnettes au canon, ordonna que l'on séparât les réfractaires des autres. Isabelle s'était approchée des premiers rangs. Elle croisa le regard de son fils et en fut effarée, tant il contenait de haine et de colère, au lieu de la tristesse et de l'abattement qu'elle avait imaginés. Jacques-à-Jérôme-à-Jacques Hébert fixait le major Winslow, comme s'il se fût agi d'un scorpion à écraser ou d'un de ces rats comme on en trouvait parfois, occupés à ronger de la toile de sac, dans les granges. Winslow prit les aînés à témoin. Ces jeunes pensaient-ils arrêter ainsi le cours des événements ? Voyant que rien ne se passait, l'officier s'avança, saisit Jacques par le col et le poussa violemment devant lui, tandis que les lames anglaises piquaient les autres.

Isabelle hurla. Les soldats avaient l'air prêts à tirer. Il y eut quelques secondes de flottement, chacun retint ses gestes puis la colonne s'ébranla, tout doucement, tandis que des femmes remerciaient Dieu d'épargner leurs enfants. C'en était fini de la brève résistance des petits d'Acadie, qui se mirent à chanter et à prier, tout en marchant. Winslow contemplait ce spectacle inouï, les jeunes gens, mains jointes sur la poitrine, et leurs mères, leurs sœurs, qui les escortaient, trébuchaient, se relevaient, tentant en vain de les approcher.

— Pardieu, il se passe ici des choses bien navrantes, dit un capitaine.

Il y avait là, sous quelques uniformes, des hommes à qui l'on avait promis la guerre contre des diables papistes et qui se retrouvaient chiens de garde, autour de moutons pitoyables, nus et faibles, poussés de force vers l'océan. Le major Winslow n'avait pas de ces états d'âme. L'éloignement des femmes simplifiait sa tâche. Il fallait consolider la position, comme eût dit le gouverneur Lawrence, et éviter absolument le regroupement des familles, jusqu'à l'embarquement. Il assigna aux Acadiens encore alignés la tâche de choisir parmi eux cent neuf hommes mariés, qui suivraient la première sélection.

— Le reste retournera dans l'église, jusqu'à nouvel ordre, ordonna-t-il.

Isabelle marchait aux côtés des garçons, accompagnée de Charlotte. Lorsqu'elle se tournait vers l'église de Grand-Pré, elle apercevait les rangs serrés des hommes, la mer moutonnante de leurs chapeaux et de leurs tignasses noires, et leurs femmes, tout près, incrédules, qui s'arrêtaient pour de brefs Ave et tendaient vers eux leurs mains.

Jacques Hébert avait pris la tête de sa colonne et les mains de ses compagnons. Ainsi faisaient-ils un front dérisoire devant lequel Isabelle et Charlotte allaient, à reculons, pleurant.

— Ne vous inquiétez pas, mère ! cria le garçon. Nous aurons vengeance de tout cela, un jour, je vous le jure !

Il ne priait pas, ne se lamentait pas, Isabelle avait du mal à le reconnaître ; ou alors, c'était que le sang révélé de ses grands-pères, le corsaire de Belle-Ile et le milicien de Port-Royal, parcourait maintenant tout son être. Jacques allait, la poitrine fière. Les regards qu'il lançait aux soldats étaient le reflet fidèle du mépris dont on les accablait, lui et ses pareils et lorsqu'ils se posaient sur Isabelle, c'était pour lui dire que pleurer ne faisait qu'attiser la morgue des bourreaux et leur plaisir.

— Haïssez-les autant que moi, hurla-t-il, cela suffira pour nous maintenir tous en vie !

On approchait du rivage, le long de la rivière Gasparots. C'était au bas de la longue plaine de Grand-Pré, un lieu enchanteur bordé de digues, de bouquets d'arbres et de vertes prairies. Des embarcations de toutes sortes, kayaks micmacs et barques acadiennes, petites voiles de Gaspésie et goélettes de pêcheurs, y étaient autrefois attachées à des piquets, dans le cours paresseux de la rivière. Autour d'elles se retrouvaient alors tous ceux qui venaient acheter ou vendre quelque chose à Grand-Pré, Sauvages et colons, marchands anglais et canadiens, pêcheurs, et puis les femmes, avec leurs paniers qu'elles emplissaient de poissons, de homards et de coquillages, de pots à cidre et à épices.

— Seigneur, c'est donc bien vrai, dit Isabelle.

Cinq navires étaient à l'ancre, à cinquante brasses des rochers et des étroites plages de sable gris. Des barques attendaient, sur lesquelles on fit monter aussitôt les jeunes gens. Lorsqu'elle vit son Jacques donner l'exemple et se hisser, sans aide, à bord de la première, Isabelle courut, pataugea jusqu'à l'esquif, poursuivie par des soldats. D'autres femmes firent de même, les baïonnettes se levèrent à nouveau. Un officier cria qu'on laissât faire et ce fut une mêlée bruyante, dans le sable vaseux et l'écume grise de la rive, comme un effort d'oiseaux trop lourds pour s'envoler et qui battaient de leurs ailes la surface de la mer.

Isabelle s'était agrippée à un montant de la barque dont les brusques mouvements lui faisaient lâcher prise. Sa bouche était pleine de sable, de boue, ses yeux se couvraient d'une vitre à travers laquelle le visage de son fils lui apparaissait, flou, déformé. Jacques tendit la main vers elle. L'enfant silencieux, enfermé dans des rêveries dont personne, pas même sa mère, ne connaissait les chemins, admettait l'incroyable et se préparait à l'affronter. Quand d'autres gémissaient et sanglotaient, celui-là faisait face à l'adversité de façon surprenante. Jacques se pencha vers l'onde, soutint la nuque d'Isabelle, cria :

— Il faudra nous retrouver, mère ! Fuyez, je vous en supplie, le plus loin possible. Ils vont déporter jusqu'aux tout-petits, ou les tuer.

La barque s'éloignait déjà. Isabelle, dans l'eau jusqu'à la

ceinture, resta debout, à la suivre des yeux. Charlotte l'avait rejointe et se jeta contre sa mère. Rien, des rumeurs, des raisonnements, des prédictions et des prières, ne correspondait à la terrifiante réalité. Isabelle marcha vers la plage. Elle avait perdu ses sabots, s'enfonçait dans la vase tiède. Lorsqu'elle aperçut Jean Melanson, qui s'était désigné pour protéger ses jeunes fils détenus, montant à son tour dans une barque, au milieu d'une cohue, elle sentit ses jambes fléchir, tomba dans le léger ressac. Tout se passait en silence, désormais. Assommées, hagardes, sans ressort, les femmes assistaient, impuissantes, au départ de leurs maris et de leurs fils. Isabelle vit des bébés, accrochés aux seins des mères. Certains tétaient, innocents, et les soldats, fusil en travers, comme un mur au-delà duquel on ne passait pas, invectivaient ces malheureuses et les refoulaient comme une chiourme.

Isabelle rejoignit Marguerite et Claire. Celle-ci avait escorté son père ainsi que deux de ses frères. Deux cent trente hommes embarquaient, la moitié de ce que l'église de Grand-Pré avait contenu. Le sang et la sueur d'Acadie voguaient sans bruit devant les rochers de Grand-Pré, au rythme des coups de rames qui les emportaient, par ce matin calme et brumeux du 10 septembre 1755.

On suivit de loin la montée des garçons à bord des navires. Puis les hommes mûrs se hissèrent à leur tour sur les transports, l'*Endeavour* et le *Leopard*, le *Sarah et Molly*, le *Hannah*, le *Swann*, des bateaux de commerce d'une compagnie de Boston, Apthorp et Hancock, qu'on avait vus, autrefois, charger en temps de paix la richesse de l'Acadie, le grain et le bois, la fourrure et le poisson séché. Il y eut à nouveau des cris, sur la rive. Comment les fils séparés des pères allaient-ils se retrouver ? Winslow fit traduire le message officiel : on embarquerait par famille et l'on se regrouperait avant le départ, lorsque les derniers navires attendus seraient arrivés.

— Il faudra continuer à porter ici de quoi nourrir vos gens, recommanda le major en s'adressant aux femmes.

Les officiers allaient s'en retourner vers l'église, leur mission du jour accomplie. Isabelle s'approcha de Winslow autant qu'elle le pouvait. Elle était trempée des pieds aux cheveux, sa jupe rouge, souillée de vase, lui collait au corps. D'autres femmes, toutes en pareil désordre, se joignirent à elle.

— A quoi cela sert-il ? monsieur l'officier, cria Isabelle. Ce sont vos soldats qui mangent à la place des nôtres. Et vos mensonges, depuis le début ? Parjures et sans honneur, voilà ce que vous êtes, vous et vos hommes. Honte à vous et à ceux qui vous commandent, de nous persécuter de cette façon.

Elle se baissa, ramassa une poignée de vase qu'elle jeta sur le pantalon blanc immaculé du major. Le coup de crosse d'un soldat la fit tomber. Winslow n'avait pas bronché. Isabelle se traîna vers un rocher, s'assit, le souffle coupé, l'épaule endolorie. Claire vint vers elle, puis Marguerite, qui boitait et grimaçait, et les filles Terriot tenant par la main des cadettes. Une centaine de femmes se trouvaient là, inutiles et désemparées, les pieds dans le sable que la marée recouvrait.

— Si au moins il y avait la tempête, murmura Isabelle.

Il était arrivé que des navires en perdition fussent drossés au rivage des Mines et leurs coques fracassées par le ressac. C'était dans les froids novembres, les févriers de glace, au cœur de ces saisons où des dieux en colère frappaient, des jours et des nuits durant, les côtes et les terres d'Acadie. Rien de tout cela pour contrarier le projet des Anglais. Isabelle contempla la mer étale, les vaguelettes s'arrondissant sans bruit sur le fond noir de la rive. Tout était tellement calme, une de ces journées où la douceur de l'air incitait à la promenade, pieds nus. Isabelle se souvint. Les garçons remontaient des filets où brillaient les ventres de mille petits poissons, on allait chercher des coquillages abandonnés par la marée, tout avait les couleurs du bonheur le plus simple.

— Il reste ceux de l'église, dit Claire.

On y avait encore des amis, des parents, des promis, et même ceux que l'on ne connaissait pas et qu'il fallait aider, comme les autres. Isabelle ne parvenait pas à détacher son regard des bateaux immobiles, aux ponts étrangement vides. Elle imaginait les détenus acadiens dans le noir, les enfants cherchant des repères au fond des cales puantes. Et si les navires levaient l'ancre dans l'obscurité, pour en terminer avec cette jeunesse encombrante et la noyer au large, tout aussi bien. Elle se leva. Il fallait veiller, cette nuit-là et les suivantes, ne pas perdre une seconde des yeux les lueurs des fanaux, sur les ponts, guetter le moindre signe d'appareillage, les allées et venues des barques.

Marguerite avait longtemps caché son angoisse derrière sa bonne humeur, son énergie, sa faconde. Chaque jour, depuis le départ de ses hommes pour Halifax, six semaines plus tôt, elle avait espéré, à sa manière bavarde. Elle avait maintenant cessé de parler. Ses rhumatismes, un temps amendés par la tension de ces jours incroyables, la faisaient souffrir, loin de chez elle et du lit où elle eût pu s'allonger. Et ainsi différente, soudain, elle apparaissait vieillie, vaincue par la certitude de ne jamais revoir Paul, ni André.

Pour elle, comme pour toutes les autres, les petites choses de l'existence n'étaient plus, la foule jetée sur les chemins, condamnée à l'exil, n'avait plus de but, ni d'étoile. On se regardait sans trop y croire malgré tout, tant cela avait l'air définitif et implacable. On priait, sans pasteurs, parce que le Seigneur ne pouvait laisser ainsi ses enfants d'Acadie, qui l'aimaient tant. Ainsi passa le jour et les ombres des bateaux s'enfoncèrent peu à peu dans le noir.

— On a poursuivi des fuyards, une vingtaine, expliqua William. Ceux-là refusaient d'embarquer.

— J'ai entendu des coups de fusil, dit Anne-Marie.

— Ils couraient trop vite, rassure-toi. Et ils courent toujours.

Profitant de la pénombre et du relatif relâchement de la surveillance autour de l'église, des jeunes gens s'étaient enfuis au moment où, à une demi-lieue de là, l'embarquement prenait fin. William avait participé à la traque dans les bois s'étendant au sud de Grand-Pré. Les consignes étaient formelles : on avait obligation de tirer. William, bon éclaireur, connaissait parfaitement le terrain. Il avait aperçu des silhouettes courant en direction de la cabane et lancé aussitôt les soldats à leurs trousses.

— Tu connais leurs noms ? demanda-t-elle, livide.

— Personne de ta famille.

Il ne dirait rien de la colère de Winslow, de la poursuite sans pitié terminée à cent pas de la cabane, de la fusillade et des deux jeunes Acadiens ramenés morts par leurs compagnons, tous enchaînés désormais dans l'église. Il mentit, plein d'un remords qu'il chassait à mesure qu'il parlait, raconta comment on avait abandonné la chasse à cause de la nuit. Quant aux embarquements, ils n'avaient pas encore commencé, parce qu'on regroupait les familles.

Anne-Marie avait fait quelques pas autour de la cabane, dans la journée. Dans le ciel passaient des oiseaux, très haut. Des écureuils sautaient de branche en branche, de chêne en érable. Elle avait essayé de se rassurer, était passée de l'accablement au fol espoir, de la trouble satisfaction de se savoir épargnée par le désastre à la culpabilité d'y avoir abandonné les siens. Et il y avait ce jeune homme plein de vie et de force, qui lui parlait de Boston comme d'un autre paradis. Elle était partagée entre le désir de retourner parmi les siens et la peur de se retrouver prisonnière. Le silence de la forêt déserte la rassurait, puis, l'instant d'après, l'emplissait d'angoisse.

— Il ne faut pas te montrer, répétait William.

Elle se rappela les danses devant les fermes, les mariages célébrés entre le temps des moissons et celui des neiges. Les garçons rôdaient en bandes joyeuses, autour des donzelles, il y en avait tant et tant, des deux côtés, éclos dans les familles comme fleurs de sous l'hiver vaincu. Il fallait faire des comptes, de savants calculs, pour savoir si le prêtre ne verrait pas quelque cousinage trop proche. Et même, cela n'était pas bien grave. Il y avait des fêtes ailleurs dans le vert pays des Mines, des filles par dizaines et assez de garçons pour échanger avec elles le premier sourire, la première danse, le premier baiser. William serra ses épaules dans ses larges paumes de marin.

— Ce temps est mort. Il te faut penser à une vie différente. Mais tu sais, nous ne serons jamais très loin de tous ces gens que tu aimes. Tu retourneras vers eux quand cette guerre sera finie. Car elle va finir, bientôt.

— Ils vont tous partir, vraiment ? demanda-t-elle.

Il se retint de lui révéler que l'embarquement avait commencé. Il devait la persuader de rester là. Les soldats qui patrouillaient dans le secteur étaient au courant de sa présence dans la cabane. Lorsque tout serait terminé, on irait voir le major Winslow, pour retrouver la famille Melanson. William y croyait vraiment.

Il la prit contre lui, la sentit frissonner en s'abandonnant. Ils n'étaient pas encore amants. Anne-Marie s'était laissé embrasser quelquefois par lui, au bord de la rivière, quand les autres n'étaient plus en vue, mais elle avait toujours rompu lorsque ses caresses étaient devenues plus précises. Depuis qu'elle vivait dans la cabane, William n'avait jamais tenté d'aller plus loin. Il lui semblait que ce serait là profiter du désarroi de la jeune fille.

Il aperçut son visage tourmenté, dans la lueur de la chandelle. Le chaos de Grand-Pré lui restait à l'esprit, avec ses murmures et ses cris, ses hébétudes, son absurdité. Et puis il y avait eu la chasse à l'homme, la capture de quelques pauvres hères. William revit leurs yeux de bêtes apeurées découvrant les deux cadavres dont la lumière changeante des torches semblait animer les lèvres et les paupières. C'était abject et fascinant à la fois.

Il se mit à caresser sa blonde amie, à lui parler doucement, comme pour endormir une enfant. Il avait envie d'elle, mais à peine avait-il commencé à délacer sa chemise de lin qu'il la sentit se mettre en boule, à la manière d'un hérisson. Elle ne voulait rien d'autre que rester dans ses bras, pétrifiée, secouait la tête pour dire non. Et en même temps, elle venait contre lui, pour vivre la nuit dans son ombre.

Chez Jérôme Hébert comme partout ailleurs, le foin avait été rentré à la mi-août, le grain porté au moulin de la Pisiquid. Depuis, les meules de paille étaient restées posées sur leurs pilotis dans les champs, des bêtes à cornes erraient, les pis tendus comme des outres, broutaient et ruminaient au hasard de leur lent voyage le long des digues.

Assis devant la porte de sa maison, la jambe posée sur une chaise, Jérôme contemplait ce spectacle en apparence normal. Des gens allaient passer, des Terriot, des Belliveau et d'autres, installés face à l'évasement de la rivière. Ils voisinaient dans la chaleur tranquille de la grande famille acadienne. On parlerait chasse, aboiteaux, barques et goélettes, même. Nombreux étaient les paysans des Mines tentés par l'aventure maritime. Oh, cela n'était jamais allé bien loin, mais tout de même, certains naviguaient régulièrement jusqu'au grand fleuve, quant aux autres, s'ils ne se risquaient pas aux abords de Terre-Neuve, ils cabotaient d'une crique à l'autre, traquaient le homard et l'alose, et leurs voiles légères remontaient la Pisiquid, loin vers la Sainte-Croix et les collines indiennes.

— Il n'y a plus personne sur la rivière, dit le petit Baptiste.

Jérôme parut sortir d'un rêve. Il observa longuement son fils, enfermé dorénavant avec Catherine et lui dans un lourd secret. On avait jeté toutes les pierres que l'on avait pu trouver dans le puits, après quoi Jérôme s'était traîné jusqu'à l'étable, où il s'était dissimulé, dans la paille. La patrouille anglaise était entrée dans la maison, avait vu la vieille aveugle et le petit. L'officier anglais ? Il avait galopé vers la rivière ! Les soldats s'y étaient rendus, avaient longtemps cherché leur chef, frôlant au passage Thomas, immergé dans les ajoncs jusqu'aux narines. Puis la compagnie qui suivait Potter avait repéré le cheval du major, sur l'autre rive. Une étrange affaire, vraiment.

Baptiste devra fuir avec Thomas, pensa Jérôme. Et le plus tôt serait le mieux. L'enfant s'était fait à l'idée que sa mère et sa sœur devaient demeurer près de Jacques, à Grand-Pré, mais leur absence lui pesait et troublait son sommeil, tout autant que le souvenir de l'Anglais mort, avec sa tête couverte de sang et noircie par la poudre. Catherine s'employait à occuper son esprit. Elle le convoquait à tout propos, pour cueillir des fruits et laver du linge à la rivière, écouter des histoires du vieux pays béarnais ou veiller à ce que la volaille ne suivît pas le chemin des bestiaux.

— Tous les Acadiens reviendront, répétait-elle. Ici, c'est leur pays, leur terre, personne ne peut prétendre les leur enlever.

Elle priait pour cela, jour et nuit, tâchait de maintenir un semblant de vie normale dans ce qui restait de sa famille. Mais Jérôme se supportait de plus en plus mal, ainsi piqué au sol comme un papillon, depuis près d'une semaine. Il avait convaincu à grand-peine Thomas de ne pas rejoindre Grand-Pré, où le piège ne manquerait pas de se refermer sur lui. Attendre. C'était la chose la plus difficile, parce que la plus imprévue, et puis cela enfermait les uns et les autres dans leur vie passée, leurs souvenirs, et, plus que tout, dans le sentiment d'être tout à coup devenus inutiles.

Thomas revenait de la Pisiquid, le fusil à l'épaule. Il s'assit près de son père, tandis que Baptiste conduisait sa grand-mère vers le poulailler, pour récolter les œufs. Thomas devait être prudent en permanence, même si les soldats, occupés à Grand-Pré, se faisaient beaucoup plus rares le long des rivières.

— Ils ont besoin de leurs hommes pour garder les églises, dit-il. Je crains bien qu'ils ne finissent par embarquer tout le monde, dans les heures prochaines. J'ai vu des femmes de la Sainte-Croix qui descendaient vers l'embouchure. Les Anglais ont enfermé les vieux, ceux qui boitaient ou même ne pouvaient plus se lever, tout pareil, dans la mission de Pisiquid. Ils ont achevé de vider les fermes d'amont. Il restait là-haut quelques gars qui se cachaient, chez Landry et Gauterot, je crois. Ils sont allés les débusquer de nuit, aux torches. Des fermes ont brûlé, à ce qui se dit, pour faire exemple et décourager les autres.

Jérôme hocha la tête. Ce qu'il avait prévu et annoncé, depuis des années, se réalisait. Malgré l'évidence, et le vide dans ses champs, sa maison, son lit, il continuait d'espérer qu'au dernier moment un sentiment humain chez les bourreaux triompherait de leur ouvrage de mort et qu'il y aurait partage. Puisque les Acadiens avaient préféré respecter leurs engagements plutôt que de prendre les armes, il leur faudrait bien accepter la présence du vainqueur, sa mainmise sur les quelques pouvoirs qu'il ne détenait pas encore. L'Acadie était à merci, mais pardieu, qu'on ne forçât pas ses enfants à la douleur de l'exil. C'était là le dernier espoir pour tout un peuple.

— Les garçons ont été poussés dans les cales, et cent époux, aussi, et depuis, les navires restent à l'ancre, raconta Claire Terriot. Tout ce que nous avons vu et subi, là-bas, n'était pas chrétien, monsieur, ni du pape, ni du roi d'Angleterre.

Elle était revenue, avec des femmes. Ses frères étaient parmi les embarqués, en compagnie de Jacques Hébert, de Jean Melanson et de tant d'autres. Tous allaient avoir besoin de chemises et de pantalons, à bord. Et les Anglais faisaient rapine sur les vivres. On manquait de nourriture, geôliers et captifs, l'ambiance entre église et rivage était irrespirable. Les entreponts anglais étaient pleins. On attendait d'autres transports qui n'arrivaient pas, les femmes continuaient leurs incessants va-et-vient dans les charrettes, et, la nuit, les abords des prisons devenaient des chapelles sous la lune, éclairées par toutes les chandelles des Mines.

— Votre dame Isabelle a été bien courageuse lorsqu'ils ont embarqué Jacques et les miens. Elle veille jusqu'à tomber de fatigue, tant elle craint de voir partir votre fils.

— Ah ! Qu'elle vienne ici, enfin, souffla Jérôme. Tu le lui diras, n'est-ce pas ?

— Oui, monsieur. Je la forcerai, s'il le faut.

Thomas écoutait, les mains de Claire dans les siennes. Il voyait la détresse de Jérôme, l'écrasement annihilant en lui jusqu'aux restes de ses élans de jeune homme. Catherine s'était assise dans son grand fauteuil de doyenne et se balançait doucement. La disparition des patrouilles s'expliquait pour de bon, comme le plan anglais, méthodique, implacable. Tout le monde serait déporté, et les nouveau-nés, même, cela ne faisait aucun doute, désormais. Ce n'était plus qu'une question de jours, le temps pour les bateaux d'arriver de Boston ou d'Halifax.

— Ah, ceux-là, que la tempête les prenne tous et les jette sur le cap Sable ! lança Thomas.

Claire se souvint des rumeurs dont bruissait la foule de Grand-Pré.

— Il y en a qui disent qu'une armée va venir de Louisbourg, et nous délivrer.

— Tais-toi, fille, l'interrompit Jérôme avec brusquerie, il faut parler de ce que l'on connaît. Louisbourg, pardieu, c'est loin, les flottes de Londres sont tout autour, comme des chiennes affamées. Louisbourg, c'est une grosse ville bien pleine de grain, de soldats et de bourgeois enrichis, qui grelotte entre ses murailles et attend l'assaut final ; je vais te dire, cette forteresse est un luxe royal, un caprice abandonné par avance, comme nous et comme la Nouvelle-France tout entière. Ah oui, Louisbourg ! Parlons-en.

Il grimaça. Sa jambe subissait des assauts de douleur. C'était après des périodes d'accalmie, des orages subits, térébrants, mille pointes de feu acharnées sur la brisure de l'os comme des guêpes sur un fruit mûr.

— Pardieu, je n'en peux plus d'être ainsi empêché, dit-il, excédé. Petite, tu m'emmèneras avec toi à Grand-Pré, cette fois. Je jetterai ce membre pourri à la figure de Winslow et j'embarquerai, à mon tour.

Thomas emmena Claire dans le verger. Il interdirait à son

père ce que ce dernier ne voulait pas qu'il fît lui-même : se livrer aux Anglais.

— Reste avec moi, dit-il à sa promise. Pardieu, ne retourne pas là-bas. Je sais ce qu'il faut décider, désormais.

Elle dit non, doucement, de la tête. Elle parla d'Anne-Marie, cachée parmi les Anglais. D'autres filles avaient sans doute fait de même, Dieu les jugerait, car, dans cette histoire, la place des femmes était auprès des plus petits, des plus faibles, et non dans les bras des bourreaux. Il y avait des enfants de dix ans à peine, dans l'église et sur les bateaux. Il fallait leur faire savoir qu'ils n'étaient pas livrés à eux-mêmes ou déjà oubliés. Thomas restait renfrogné, courbait la tête.

— Tu dois t'éloigner d'ici, lui dit Claire, t'en aller le plus loin possible et mettre Baptiste à l'abri. Ils vont te chercher, tu le sais bien, ils ont des listes avec tous les noms, même ceux des chiens. Souviens-toi de ta grand-mère Catherine et de ta mère. Elles ont fui, elles aussi, en leur temps, et se sont trouvées libres, ailleurs.

Il la regardait, appuyée contre un pommier, les mains dans le dos, de la mélancolie plein ses yeux vairons. Claire, la sage et pieuse, qui avait longtemps voulu entrer au couvent des visitandines, à Québec. Elle connaissait bien son Thomas, devinait son trouble, et les pensées contraires qui lui traversaient l'esprit. Il devait être plaisant, pour des amis d'enfance, de devenir amoureux puis amants. Les temps n'étaient même plus à cela. Thomas s'appuya contre l'arbre, près d'elle. Claire avait raison. Il fallait se résoudre à quitter les Mines, espérer rejoindre des Acadiens réfugiés quelque part. Elle lui parla de Québec et de la France, de la Touraine, d'où étaient partis ses ancêtres, sa voix calme résonnait dans le cœur du jeune homme. Il y aurait peut-être un miracle de la Vierge, qui veillait depuis toujours sur l'Acadie et la protégeait, croyaient les Acadiens. Claire avait l'air si sûre d'elle-même.

— Il faut que je retourne à Grand-Pré, dit-elle. Il y a des gens à aider un peu partout. Fuir, oh oui, j'aimerais ; me libérer de ce mauvais rêve. Mais ce n'est pas possible. Toi, tu seras courageux pour nous tous qui allons vivre dans la peur.

Il enrageait. De rester seul au milieu d'un désert, de ne rien pouvoir faire pour son cadet emprisonné dans une cale, de ne pas avoir poussé comme il le fallait les jeunes fermiers à s'armer pour se battre. Jérôme Hébert avait eu raison, et quelques autres avec lui, une minorité. Maintenant, c'était trop tard. Tout mentait, dans le verger : le silence, les couleurs de l'été finissant, l'impression de paix, jusque dans le fil bleu de la Pisiquid. C'était une situation difficile à vivre.

Ils se promirent de se retrouver dès que cette guerre serait terminée. Des serments comme celui-là, il s'en faisait au même moment des dizaines, à travers les murs de l'église, et sur l'onde, entre les navires et les rochers. C'étaient des cris ou des prières muettes, des messages croisant le vol impassible des oiseaux de mer. Claire leva le doigt. Il était interdit de pleurer, car tout cela finirait un jour prochain et les innocents seraient comblés, s'ils se mettaient dans la main de Dieu, et du Christ, comme cela était écrit dans les Evangiles.

— Alors, tu emmèneras ton frère Baptiste jusqu'aux villages micmacs de la Sainte-Croix, dit Jérôme à son aîné, et tu te mettras sous la protection de Masagonet. Ces gens sont nos amis, depuis toujours, et loyaux envers nous comme nous l'avons été envers eux. Là-haut, il te faudra attendre, savoir ce qui se sera passé ici en fin de compte. Cela peut prendre du temps, le prochain hiver, peut-être. Si Dieu décide de nous séparer pour de bon, les Sauvages te feront traverser l'Acadie et remonter jusqu'à l'isthme et Chibouctou. Tu verras ensuite si tu dois te rendre à l'île Saint-Jean ou chercher la route du nord, vers la Miramichi, la baie des Chaleurs et plus loin même, vers les rives du grand fleuve et Québec. Eloigne-toi le plus possible des Anglais, car ceux-là ont des crocs et ne lâcheront pas facilement leur bout de jarret français. Et si l'Acadie est un jour perdue tout entière, songe qu'il en sera bien vite de même pour le reste de la Nouvelle-France. C'était déjà l'opinion de ton grand-père Hébert, lorsque nos couteaux allaient piquer le cul du roi Georges jusqu'à Terre-Neuve.

— Bien, père.

— Ainsi, il y aura désormais deux chemins possibles, pour se retrouver.

Thomas étouffa un sanglot. Près de lui, Baptiste tenait sur ses genoux, comme un trésor, le sac de peau plein de ses affaires ficelées. Jérôme posa la main sur sa tête, poursuivit :

— Soit nous reviendrons ici et tout sera comme avant, soit nous devrons errer quelque temps et chercher nos traces. Il semble que les navires doivent aborder les côtes de la Nouvelle-Angleterre. Mais rien n'est sûr. Les Anglais mentent, et cela dure depuis plus d'un siècle. Ni vous ni moi ne verrons le jour où ils rendront compte de leur crime, mais baste, il y a plus important, ce matin. Mes petits, il faudra garder à l'esprit la nécessité de tous nous revoir. Québec sera notre point cardinal, notre étoile du berger. De là, nous saurons où aller. Toi, Baptiste, je compte bien que tu seras un bon frère pour Thomas, où que vous soyez, tous les deux.

Il faisait encore nuit. La lune était partie, laissant derrière elle le ciel blanchi d'étoiles. Jérôme parlait et regardait sa mère en même temps. Comme lui, Catherine n'avait pas dormi, tandis que les deux enfants se reposaient. Elle ne bougeait pas et Jérôme pensa que ce qu'elle entendait la tuait plus sûrement qu'une baïonnette anglaise. Ses yeux sans vie allaient de Thomas à Baptiste, comme ils savaient le faire depuis qu'ils s'étaient éteints. Catherine sentait la présence des autres, devinait où chacun se trouvait, jusque dans ses jeux avec les petits.

— Je resterai ici, avec ma mère, ajouta Jérôme, et puis nous irons à Grand-Pré nous livrer aux Anglais, lorsqu'il faudra partir avec les autres. Deux vieux infirmes, seuls dans une ferme, cela ne doit guère intéresser la troupe de Winslow, pour le moment.

— Père, vous pensez vraiment que nous ne devons pas nous mêler à ceux des Mines et partager leur sort ? demanda Thomas.

Jérôme balaya la question de la main. Il dispersait sa famille et cette décision lui broyait l'âme. Mais il savait l'Acadie perdue, infirme comme lui, jetée à terre et bientôt tout entière embarquée, captive.

— Laissez-moi ici, et partez tous les trois, dit Catherine.

— Partir ? Et comment ferai-je ? s'exclama Jérôme. Et qui s'occupera de vous ?

Elle supplia Jérôme. Elle saurait bien survivre jusqu'au retour des prisonniers. Avait-on oublié ce qu'elle avait enduré, au fil de ces exils qui sembaient être la fatalité des Acadiens, leur signe de reconnaissance, et leur gloire, peut-être bien ? Jérôme fit signe à Thomas qu'il était temps pour lui de s'en aller. Le jeune homme se leva.

— Bénissez-moi, petite Mapou, murmura-t-il. Dieu sait que je penserai à vous à chaque heure de ma vie. Et souvenez-vous de notre voyage dans les forêts d'Acadie, il n'y a pas si longtemps, après tout.

Elle ne voulait pas, implorait. Thomas la saisit dans ses bras, baisa son front, ses joues ridées, ses yeux. Baptiste se tenait droit, aux genoux de Catherine. Il ne pleurait pas. Thomas se releva, se coiffa de son large chapeau de feutre, épaula son fusil, tandis que le petit faisait à son tour ses adieux.

— A vous revoir bientôt, père, dit-il.

— Au revoir, mes garçons. Je vais m'occuper de notre Jacques, maintenant.

Il serra la main que lui tendait Thomas. Entre eux, il n'y avait jamais eu de cette tendresse dévolue aux mères ou aux sœurs, mais plutôt une bonne amitié, le goût partagé de quelques plaisirs simples, la chasse, la moisson et la liberté avant tout. Lorsqu'il sentit contre lui le corps enfantin de Baptiste, Jérôme ferma les yeux, terrassé par l'émotion. Il enfouit sa tête contre la grosse cape de laine de son fils, ne sachant plus s'il agissait bien, s'il ne brisait pas aussi pour toujours Isabelle. Les villages indiens n'étaient pas très éloignés. Si Dieu avait en pitié les maudits de Grand-Pré, il les ramènerait bien vite. Las de subir l'assaut désordonné de ses pensées, il ordonna à ses fils de partir, et se traîna jusque dans la maison, où il s'enferma, sans se retourner.

A Grand-Pré, la situation n'avait pas évolué. Les navires pleins de leur cargaison humaine n'avaient toujours pas bougé, les reclus de l'église en étaient à leur deuxième semaine de captivité, et la noria des charrettes continuait. Nombreuses étaient les femmes à s'être installées dans les prairies, aux abords du rivage, avec enfants et ballots. Elles avaient emporté ce qu'elles pouvaient de leurs maisons, abandonné bêtes et grains, guettaient désormais l'embarquement de leurs hommes avec au cœur l'angoisse permanente d'être séparées d'eux.

Des vieux, qui connaissaient le climat du bassin et avaient affronté les humeurs particulières de la Baie française, prédisaient pour bientôt des tempêtes levées loin vers la Nouvelle-Angleterre, déferlant au fond des baies et des criques, empêchant les bateaux de prendre la mer. Et comme pour leur donner raison, le ciel d'automne se couvrait de lourds nuages noirs.

— Il leur faudra faire vite ou attendre encore quelques semaines, disaient les marins. Pour nous, hélas, cela ne changera pas grand-chose.

Il se mit à pleuvoir plus dru, et le jour, aussi. Les chemins prirent leur teinte brune des mauvais jours, les prés s'enfoncèrent dans des brouillards que des vents tièdes, paresseux, tardaient à dissiper. Tout devenait sombre, maintenant que le soleil, furtive apparition dans le crépuscule, disparaissait, le jour durant.

— Et cette boue, gémissait Marguerite, que la présence de ses fils dans les cales anglaises tenait dans un état de veille perpétuelle.

N'y tenant plus, anxieuse de savoir ce qu'il advenait de ses hommes, à la ferme, Isabelle avait décidé de faire à son tour le voyage vers sa maison. Ainsi finirait-elle de ficeler quelques affaires, puisque ce geste devenait, pour tous ceux des Mines, la sinistre et principale activité. Charlotte avait laissé, à regret, sa mère partir vers la rivière. Elle resterait avec Marguerite et ses cousines, attendrait un jour ou deux son retour et serait du voyage suivant. Ainsi s'organisait-on, pour assurer la garde face à l'escadre immobile.

Claire et Marguerite, aidées par l'adolescente et quelques femmes, en terminaient avec le chargement dans une barque des couvertures, du poisson séché, des pommes et des pois à destination des cales anglaises, lorsqu'un cri retentit dans leur groupe. Apparus au nord, face à la Rivière-des-Vieux-Habitants, des navires défilaient lentement et s'apprêtaient à mouiller devant le rivage de Grand-Pré. Cinq trois-mâts de transport armés de quelques canons, et dont personne ne savait la provenance, vinrent doubler la flotte, présentant leur proue aux civils éparpillés sur les chemins et dans les prés de la colonie.

Il se disait depuis assez longtemps que les Anglais attendaient ces navires pour en terminer avec la déportation. Dix au total, c'était peu, et lorsque les gens des rivières demeurés en liberté reçurent l'ordre de se grouper sur le rivage, il se produisit, d'un bout à l'autre des terres françaises, un mouvement tel qu'il y eut bientôt près de deux mille personnes en transhumance vers l'embouchure de la Gasparots.

— Eh bien, cette fois, je crois que c'en est fini de notre vie ici, murmura Marguerite.

Charlotte courut vers la mer encore vide des maudites barques assurant les transferts. Dans le crachin, les ventres rebondis des navires figuraient une meute tapie, prête à ouvrir ses sales gueules.

— Ils vont nous emmener ! cria-t-elle.

Elle se figea, les mains devant la bouche. Des gens s'étaient réunis sur la plage noire. Il y avait une rupture brutale dans les habitudes que l'on commençait à prendre. Charlotte jetait autour d'elle des regards affolés. Sa mère n'était pas là. Et si l'on embarquait avant son retour, plutôt mourir. Claire la rejoignit, la prit contre elle, cherchant à la rassurer. Mais la rousse cadette de Jérôme Hébert ne voulait rien entendre. Elle se mit à hurler, comme sa tante Madeleine lorsqu'un accès de panique la tourneboulait, et il y eut bientôt un groupe de femmes autour d'elle, tentant de la raisonner.

Elle avait accompagné, aidé et soutenu sa mère, heure après heure, depuis que les hommes avaient été enfermés dans l'église. Il y avait toujours eu quelque chose à faire, un ballot à ficeler, de la nourriture à préparer, des affaires à réunir ou des gens à consoler. Abandonnée par Isabelle, elle prenait conscience de l'immensité du drame, du cours inflexible des événements, et de la solitude dans laquelle les maudits de Grand-Pré allaient être plongés.

Les ordres anglais n'avaient pas tardé à être exécutés. Les patrouilles de Winslow battaient à nouveau la campagne, donnaient partout le signal du grand exode. Des charrettes déversaient déjà leurs cargaisons de familles sur les prés bordant la Gasparots, tandis que les reclus de l'église recevaient enfin la permission de rejoindre les leurs sur les sites de l'embarquement. Au soir de la décision de Winslow, il y avait déjà près de mille personnes face aux navires de transport.

Il allait se passer des choses inouïes, au fond du bassin des Mines, car les bateaux qui avaient rejoint Grand-Pré enfermaient déjà des colons de Beaubassin. La nouvelle avait fortement contrarié Winslow, et conforté sa décision. Assez d'attente et d'atermoiements. Telle qu'elle était, la flotte hébergerait tout le monde et rallierait Annapolis, d'où se ferait le grand départ des sept ou huit mille déportés pour les côtes de la Nouvelle-Angleterre.

Le ciel s'ouvrait, des averses tombaient sur Grand-Pré, obligeant hommes et femmes à se couvrir de leurs capes, à courber la nuque. Le murmure de la pluie sur l'herbe se mêlait aux prières et aux chuchotements. C'était jour de désespoir et d'angoisse, face aux sihouettes impassibles des navires anglais.

— Il ne faut plus se quitter, désormais, dit Marguerite. Et tous ceux de nos familles devront se réunir ici, avec les ballots et les sacs.

Charlotte avait repris un peu ses esprits. Claire tâchait de l'occuper au soin des petits, au rassemblement des affaires. L'ambiance changeait, autour d'elles. Des gens criaient, s'interpellaient de loin, entre les pointes des baïonnettes. La hantise de la séparation gagnait les plus calmes, et la solidarité presque générale des premiers temps laissait place, peu à peu, au calcul, au secret, à la méfiance.

— Seigneur, nous devenons des bêtes, répétait Marguerite, tout en délimitant, comme les autres, une sorte de territoire dans la boue, où les tout-petits avaient été installés près de leurs parents, sous des couvertures.

Il y avait un Antoine à elle, quelque part dans une cale, avec Jacques, Pierre et Gilles, ses cousins. Pleine d'une colère jalouse à voir autour d'elle des fratries compter les leurs et se trouver au complet, elle se découvrait presque seule au moment du départ, et ce vide l'épouvantait. Effarées, Claire et Charlotte assistaient près d'elle au rassemblement, de toutes parts, d'une société condamnée, où la brève joie d'avoir retrouvé quelques-uns des hommes de la colonie et reconstitué des familles redevenait en quelques instants impuissance, amertume et morne acceptation du pire.

22

Isabelle se releva. Elle était en sueur. Jérôme la contempla, dénudée jusqu'à la ceinture, caressa ses seins, ses hanches. Au bout de leur étreinte, il sentait la douleur, un instant dominée par le désir et son accomplissement, réinvestir sa jambe.

Isabelle se figea un long moment, silencieuse, les mains posées sur le torse de Jérôme, le visage masqué par son épaisse chevelure. Chacun repartait dans ses pensées, triste de ne pouvoir les partager. Jérôme attira le visage d'Isabelle contre le sien. La destruction de leur famille, la condamnation infâme qu'en faisait un ennemi longtemps frôlé, côtoyé, affronté, soudain implacable de cruauté glacée, les sidéraient, comme l'élan de vie qui les avait poussés l'un vers l'autre. Lorsqu'elle avait découvert la ferme désertée par les bêtes, puis la maison sans ses jeunes chasseurs, Isabelle n'avait pas pleuré. Le sang qui coulait dans ses veines était celui des émigrants bretons, des corsaires acadiens, des marins et pêcheurs de Terre-Neuve, tous gens habitués aux mystères de l'absence. Thomas était sans doute libre. Il reviendrait, espérait-elle, avec le petit. Mais si jamais…

— Mon cœur va cesser de battre, dit-elle. Jérôme, il y a tant de misère sur la colline de Grand-Pré et partout ailleurs dans notre pays d'Acadie. Ces maisons vides, ces étables ouvertes au vent, et à quoi serviront les saules, les hêtres, les pommiers des vergers, si plus une âme ne vient hanter leur ombre ? Nous allons connaître l'exil, et pardieu, mon ange, j'ai peur de cela bien plus que des glaces de Terre-Neuve.

— C'est moi qui vous ai fait vivre ici, mes pauvres chéris, murmura Jérôme.

Il serra Isabelle dans ses bras. Il avait fait d'elle une paysanne, quand, après l'incendie de Grande-Anse, la mer aurait pu les accueillir de nouveau, les embarquer vers le grand fleuve ou vers la France, les sauver, tous. Mais en eux vivait depuis toujours le lien avec la terre qui les avait vus naître, quelque chose de plus fort que les guerres et leurs hasards, que les tempêtes broyant les fragiles coques. Ils auraient pu migrer de nouveau, oui, mais malgré la défaite, la paix imposée, la domination anglaise, ces années passées aux Mines avaient été les plus heureuses de leur vie commune.

— Nous ne pourrons trouver le repos en sachant notre Jacques jeté seul sur l'océan, dit-il. Tudieu, je veux bien brûler en enfer si nous ne faisons pas ce qu'il faut pour le sortir de là ou l'accompagner. Personne n'aura plus le droit de rester dans ce pays, c'est bien comme cela que les choses vont se passer. Nous devons partir, tous ensemble.

S'était-il vu, marchant appuyé sur sa fourche ? Et Catherine, qui mourrait à coup sûr dans la cale d'un de ces maudits bateaux ? Il fallait prendre soin d'elle, la mettre elle aussi en sûreté chez les Sauvages, lui épargner la terrible épreuve qui attendait les autres. Jérôme voulut s'asseoir au bord du lit. Il était encore dans la chaleur de sa femme, dans son odeur et avait oublié son autre compagne, la braise au milieu de sa jambe. Il gémit, se tendit un long moment avant de retomber sur le lit.

Il jura. Les volets de la chambre, à demi fermés, laissaient passer la lumière grise d'un jour d'automne où il aurait fait bon partir à la chasse, vers les rivières d'amont. Isabelle s'assit près de lui. Souvent, ils s'étaient trouvés ainsi, à peine éveillés, devinant le temps qu'il ferait, se chuchotant à l'oreille les premiers mots de la journée, précédant la prière.

— Tu n'aurais pas dû revenir, dit Jérôme d'une voix lasse. Tu me vois infirme et seul avec ma pauvre vieille mère.

— Je voulais te toucher, t'écouter respirer, lui dit-elle. Je voulais que tu me donnes du courage et puis aussi te dire que tu as bien fait, pour nos fils, même si leur absence nous déchire. Ils sont libres, sur des chemins où personne ne les traque, quand Jacques subit un sort terrible et souffre. Tu vois, même infirme, comme tu dis, tu nous sauves. Il faut espérer, maintenant, et vivre, mon bel amour. Vivre.

Il n'avait plus ni énergie, ni grande envie de vivre. Il espérait que les jeunes se sortiraient de ce mauvais pas. Pour les hommes de sa génération, l'incroyable survenait au moment où l'on s'apprêtait à entrer doucement dans les saisons froides de l'existence. Jérôme prit sa tête entre ses mains, un geste qui lui devenait coutumier, une attitude de vieillard inutile et malade. Et le corps d'Isabelle, ce monde vibrant qu'il avait appris à aimer, s'éloignait de lui, emportait au loin sa tiédeur d'amante alourdie par les ans.

— J'ai peur qu'il n'y ait nulle part de lieu où nous puissions être à nouveau heureux, dit-il. Ecoute. Si tout disparaît, si tout sombre dans l'océan, il nous faudra pourtant revenir ici, à Grand-Pré ou à Pisiquid, et nous attendre les uns les autres. Je l'ai promis à Thomas, Baptiste s'en souviendra lui aussi. Et tous auront ça en tête : retourner en Acadie, peut-être par la route de Québec, et se retrouver sur ces terres qui sont nôtres à jamais. Les guerres ne durent pas toujours, elles s'achèvent, comme les vies de ceux qui les décident et les mènent. Un jour, les haines finissent par se dissoudre, comme les brumes sur les lacs indiens. Tu te souviens des lacs, n'est-ce pas, et du bruit léger des pagaies sur l'eau ?

Elle se leva, s'habilla avec lenteur. Jérôme hochait la tête, perdu dans de très anciennes promenades. On s'enfonçait, au printemps, dans les profondeurs des territoires micmacs, vers les collines, les clairières, et les cabanes où s'opéraient les échanges avec les Sauvages. Puis on resdecendait vers les rives françaises, chargés de peaux, de couvertures, de tissus teints, le corps plein des odeurs de la terre et de la forêt.

— Il faut que je retourne à Grand-Pré, annonça Isabelle. Charlotte était terrifiée de me voir partir sans elle. Je la mettrai sur une charrette en route pour ici, dès que possible, et tu la garderas près de toi. Je ne veux pas qu'elle embarque. Promets.

Il fit oui de la tête. Par la fenêtre, elle distinguait les rives de la Pisiquid déshabitées, les cheminées privées de leurs volutes noires, les chemins sur lesquels ne roulait aucun attelage. Tout ce qui avait vécu là d'humain convergeait déjà vers les embarcadères. Isabelle fut saisie d'une angoisse. Maîtres de tout et de tous, les Anglais pouvaient décider ce qu'ils voulaient, à n'importe quel moment. Elle passa dans la pièce commune, au fond de laquelle Catherine dormait dans son fauteuil, la tête inclinée sur l'épaule, ses mains décharnées croisées sur son ventre. A la voir ainsi, Isabelle se souvint de leur fuite à travers le pays indien, dix années auparavant. Catherine s'était sentie chez les Micmacs comme dans sa propre maison, retrouvant les gestes d'amitié, l'alternance rituelle des mots et des silences, le respect instinctif pour ces gens différents, qui avaient été bons avec elle dans sa jeunesse. Isabelle s'approcha de sa belle-mère, baisa son front. Il y avait de l'injustice dans les tourments infligés à une âme aussi pure.

— Alors, tu t'en vas, maintenant, toi aussi, dit Catherine, d'une voix à peine audible. Arrivée d'hier soir, Seigneur, quels temps de misère.

— Je reviendrai très bientôt, mère.

— Joli mensonge. Dieu te garde, petit pêcheur de Grande-Anse, qui m'as supportée avec assez de vaillance, je crois.

Jérôme s'était levé à son tour, au prix de quelques souffrances supplémentaires, et tentait maladroitement de se tenir droit, entre les deux pièces. Muet, il regarda Isabelle réunir les affaires préparées depuis la veille, deux ballots de linge et de vêtements, une bourse emplie de pièces d'argent, des sacs de haricots secs et de pois. Beaucoup de déportés allaient enterrer leurs trésors ou les jeter au fond des puits. Enrageant de devoir laisser cela à la rapacité des soldats anglais, Jérôme avait donné sa fortune, quelques dizaines de livres, à sa femme, gardant pour lui de quoi subsister pour l'hiver, au cas où le commerce recommencerait à fonctionner un peu, aux Mines.

Il grommela. Dans le puits gisait un autre genre de trésor, dont une vague senteur commençait à révéler la présence. Isabelle alla vers l'un des crucifix en bois cloués au mur, celui que Thomas avait sculpté dans une écorce. Elle décrocha l'objet sacré, l'enfouit dans son sac. Puis elle rabattit sa capuche de laine claire sur sa tête, sortit. Jérôme dut faire un effort pour ne pas vaciller. Les yeux fermés, il écouta les bœufs se mettre au pas, entendit leur maîtresse les asticoter. Puis tout se perdit dans le murmure égal de la pluie qui recommençait à tomber.

On avait appris à connaître les noms des navires, les cinq premiers arrivés puis le *Prosperous* ou l'*Elizabeth* et d'autres encore, l'*Industry*, le *Boscowan*, le *Mary*. Ils étaient là et ne bougeaient pas, comme la partie lointaine d'un décor de théâtre.

— Marie ? s'étonnait Madeleine, avec un sourire béat, le bateau qui porte ce nom ne peut pas être méchant.

Et elle racontait comment la Vierge lui était apparue dans la nuit, lui disant qu'elle allait prendre les Acadiens sous sa protection.

— Seigneur Dieu, ils nous emmènent, maintenant ! s'exclama Claire.

Charlotte avait peine à croire ce qu'elle voyait. Dès la fin de la nuit, puis au fil de la matinée, les colonnes humaines n'avaient cessé d'arriver à ce bout du monde où les Acadiens attendaient d'être déportés. C'étaient à cette heure des centaines et des centaines de gens de tous âges qui se trouvaient réunis, sous la garde de soldats que cette soudaine concentration rendait nerveux, agressifs.

Des ordres claquaient aux tympans tandis que les familles tentaient de se reconnaître. On continuait à arriver des rivières du nord, de la Péreau ou des Vieux-Habitants, de la Rivière-aux-Canards et de la Saint-Antoine, en flots que rejoignaient ceux de la Gasparots, des terres de Grand-Pré et de l'embouchure de la Pisiquid. Et les cohortes se mettaient en rangs silencieux, dans les prières montant de toutes parts.

Au moment où ces vies allaient basculer dans l'inconnu, Charlotte découvrait l'abattement général, l'invraisemblable acceptation de ces gens assis sur leurs ballots ou sommeillant, épuisés, contre les barriques et les sacs. Il n'y avait là aucune toile de tente, ni boqueteau où s'abriter. Des femmes allaitaient sous les capes de leurs hommes. Des grappes humaines se tenaient par les épaules, de ces agglomérats montaient les psaumes, les litanies. Il y avait la courte joie des retrouvailles, puis on apercevait les barques alignées le long du rivage, sous la protection des baïonnettes, et, plus loin, les navires, pointés comme autant de flèches effilées vers le cœur acadien.

Alors, la longue plainte des déportés monta de la terre embrumée de Grand-Pré. Comme les oies des basses-cours, les mères déployaient leurs ailes encapées de brun au-dessus de leurs marmailles, et les enfants jetaient sur le monde étrange des adultes leurs regards de petits animaux traqués. On se tenait serrés, parce qu'il apparaissait que le transport d'une aussi considérable masse d'êtres humains par une flotte aussi dérisoire de barques à rames, vers les navires à l'ancre, entraînerait fatalement des dispersions et des noyades. Les cris fusèrent, les fusils anglais montrèrent aussitôt leurs petites gueules noires à ceux que tentait l'idée d'un refus.

— Mère !

Charlotte ne tenait plus en place. Marguerite avait à s'occuper de sa sœur Madeleine. Il y avait longtemps que plus personne ne faisait attention aux délires de la vieille paysanne, à ses éclats de rire, à ses colères sans raison. Mais il fallait à chaque instant l'empêcher de se mettre à courir vers les baïonnettes anglaises, et l'on avait commis à cette tâche des filles qui ne la quittaient pas.

Claire s'approcha de Charlotte, lui promit qu'Isabelle n'allait pas tarder à réapparaître. Déjà, ceux qui avaient bivouaqué sur le sable noir de la plage embarquaient. On se passait des ballots de main en main, par-dessus les têtes, les hommes libérés de l'église surveillaient ces départs, au cas où l'on eût oublié quelqu'un. Les Anglais, voyant que cette vigilance évitait aux déportés de penser à la révolte, les encourageaient, les faisant se presser, soutenant les femmes qui montaient dans les barques, hissant les petits, afin que tout s'accélérât. Il y avait, dans cette entraide, dans ce zèle à faire les choses le mieux possible, une accointance, une complicité, infâmes.

— Heureux ceux qui sont restés dans les montagnes ou se sont terrés derrière les digues, dit Marguerite. Ils auront une chance de ne pas mourir noyés.

Elle regardait sa sœur. Leur traversée du pays acadien s'achevait là. Elles étaient nées à Port-Royal, leur enfance avait été bercée par les récits des très vieux, de ceux-là mêmes qui avaient aperçu, au bord de la Dauphin encore vierge, la silhouette de monsieur de Champlain.

— Tout ça aura été plus bref que le passage d'une étoile filante, dit Marguerite.

Trois mille familles étaient nées de ces temps révolus et voilà qu'on convoquait ce peuple face aux prisons qui allaient l'emmener à jamais. Comme tous les autres de cette tragédie, Marguerite Melanson pensait à des mots simples, injustice, misère, malédiction, mais les mots ne suffisaient pas pour expliquer ce que chacun voyait, et ne pouvait croire tout à fait.

Claire était au milieu de ses sœurs et de ses jeunes frères, il y avait là, entre sacs et malles, une douzaine de personnes, toutes de Martin-à-Pierre-à-Jean Terriot, et puis il y avait Charlotte, qui se hissait sur des barriques, pour tenter d'apercevoir sa mère.

— Seigneur Jésus, souffla-t-elle, tous ne pourront embarquer.

Aussi loin que portait son regard, les abords de la baie des Gasparots n'étaient qu'étalement de gens et de pauvres biens, entre les haies de vestes rouges, et cela remontait haut vers le bourg de Grand-Pré. Les soldats se tenaient tous les dix pas, l'arme au repos. Des officiers parcouraient leurs rangs, certains tenaient en main des documents, de ces listes maudites où était inscrit le destin de ceux qui avaient fondé l'Acadie. Ils s'approchaient des gens, questionnaient, faisaient le compte des présents.

— Avancez aux barques !

Il y en avait, parmi les bergers de ce troupeau, qui ne sauraient d'autres mots français que ceux-là, « avancez aux barques », et quelques gracieusetés pour qu'on le fît le plus rapidement possible. C'étaient les ordres, il fallait avoir embarqué avant le soir, Winslow avait été catégorique. On n'attendrait plus les vaisseaux promis. Les cinq unités arrivées de Beaubassin feraient l'affaire, au prix d'un entassement que les capitaines auraient à organiser comme ils pourraient. Charlotte sauta de son tonneau et, avant que Claire ait pu esquisser le moindre geste, courut à contre-courant et disparut dans le flot des arrivants.

— Laisse ! cria Martin Terriot, son père.

— Mais elle est toute seule ! s'exclama Claire sur un ton de panique.

— On va se perdre ! Je t'interdis de t'éloigner de nous.

Marguerite avait vu, elle aussi. Déjà, des garçons, fils de Paul, étaient prêts à s'élancer à sa recherche. On eut toutes les peines du monde à les tenir en place. On venait de se retrouver, ce n'était pas pour se disperser à nouveau, dans la cohue.

La file avançait vers le rivage, un premier rang de barques vides revenait déjà des navires. Il fallait empoigner les sacs, mettre les ballots à l'épaule, rouler les barriques d'eau et de nourriture sans lesquelles on ne survivrait pas longtemps, à fond de cale. Chacun avait un rôle dans cette besogne d'esclaves. Claire prit des paniers, se mit en marche. Les barques pouvaient contenir une vingtaine de personnes chacune, juste assez de place pour une ou deux familles. On les avait vues avancer ensemble vers les bateaux, puis diverger. Gare à la dispersion, encore qu'il en était parmi les Acadiens pour croire que la flotte irait droit jusqu'à sa destination unique, Boston ou New York, ou même Londres, allez savoir. Marguerite se mit à crier. Elle voulait sa tribu tout entière autour d'elle, déportée mais unie.

Claire marchait au milieu des siens. On serait séparés des Melanson, cela devenait évident à mesure que les gens embarquaient et que les marins anglais se mettaient à la rame. De nouveau, certains calculaient. La nécessité de survivre l'emporterait sur la honte de devoir se sauver en premier. On se plaçait sur le rivage, on visait l'emplacement supposé où accosterait la prochaine embarcation. Il y avait, dans cette humiliation collective, un supplément d'infâmie pour les individus et les regards que les gens se jetaient, au moment de faire le dernier saut, enfermaient en eux des éclairs bestiaux, et l'amer reflet des trahisons déjà encaissées, et d'autres, sans doute à venir.

Lorsqu'elle se trouva sur la plage, sans personne devant elle pour lui laisser croire que tout cela, les Acadiens serrés dans les barques, les Anglais, et ces navires immobiles, déjà pleins de leur cargaison de chair humaine, n'était qu'un mauvais rêve, Claire ne trouva rien de mieux que rassembler les plus jeunes et les faire mettre à genoux pour une prière qui semblait dérisoire dans ce chaos. Avec d'autres, le dos tourné au pays perdu, ils communièrent ainsi une dernière fois avec la terre chérie, avec cette vase sableuse des estuaires et des rives que l'on avait domestiquée, asséchée, fécondée, au fil d'un siècle trop vite passé.

— Seigneur, fais que nous revenions un jour ici, nous, ou nos pauvres ossements portés par nos enfants, car nous serons trop malheureux, où que l'on nous envoie vivre et mourir, désormais.

Elle pensa aux cimetières qu'on abandonnait au silence et à la désolation, aux ossements immobiles entre les planches de bois pourri des cercueils, vieux et enfants côte à côte, mères mortes en couches, et tous les autres, pris par les épidémies ou par la simple et bonne vieillesse. Seuls, pour l'éternité.

Elle fit prêter, à toux ceux qui l'entouraient, le serment que l'on ne penserait, sa vie durant, qu'à l'instant des retrouvailles avec ceux qui n'étaient plus et dormaient sous la terre d'Acadie. On jura aussi de se retrouver entre vivants. Seigneur, protège mon Thomas, écarte-le des mauvais temps, pensa-t-elle. Puis elle ordonna aux enfants de chanter. Depuis la fin du mois d'août, ceux qui les ignoraient encore avaient eu le temps d'apprendre cantiques, chansons de Touraine ou du Poitou. On s'était donné du courage à les entendre, et les prisonniers de l'église les avaient écoutés eux aussi, ce qui les avait réconfortés.

— Mon Dieu, ces barques qui reviennent déjà, dit Marguerite.

On avait encore du mal à le croire. Un frisson parcourait les échines, ployait les nuques. On se mordait les poings, tout se brouillait, et il fallait pourtant s'apprêter. Charlotte n'était pas revenue, sans doute attendrait-elle le dernier moment, pour embarquer avec sa mère. Claire se releva, les genoux noircis. Il était trop tard pour s'en aller chercher l'adolescente. Elle fut prise d'une folle inquiétude. Isabelle lui avait confié sa fille.

— *Quick !* Dépêchez !

Cela n'allait pas assez vite pour les gardiens, obligés de pousser à leur tour les lourdes barriques de nourriture. Deux mille personnes devaient transiter, on y passerait le jour, sans déjeuner, tout aussi bien. Claire se mit en marche, les yeux fermés, l'esprit torturé par l'absence de Charlotte. Et, comme pour lui répondre, il y eut, au moment où, dans l'eau jusqu'aux genoux, elle hissait ses paniers dans la barque, une sorte de petit miracle.

On l'appelait. Elle se retourna, aperçut une jupe rouge qui voletait comme un grand papillon sur le sable luisant de la baie. Et une chevelure blonde, en liberté. C'était Anne-Marie. Claire lâcha ses paniers, saisit le bas de sa jupe, se mit à courir vers elle. Le visage de la petite Melanson était gonflé par le chagrin, le remords, les nuits sans sommeil, mais comme délivré, un masque de douloureux bonheur sur la scène d'un théâtre d'ombres.

— Te voilà donc, maintenant ! cria Claire. Ma sœur, ma petite sœur.

Elles s'embrassèrent, mêlèrent leurs larmes. Claire vit William Jeffries courir lui aussi vers le rivage, déboucher sur la plage et s'arrêter net, sidéré. Ainsi Anne-Marie choisissait-elle son destin, au dernier moment. William s'en voulut d'avoir obéi à l'ordre d'escorter les déportés, ce matin-là. S'il y avait un jour où il eût dû demeurer à la cabane et n'en pas bouger, c'était bien celui-là. Lorsqu'elle le vit s'avancer vers elles, Claire prit son amie par le bras, l'entraîna vers la rive, la jeta dans les bras de Marguerite. Le temps des retrouvailles était déjà terminé. Les familles se comptaient une dernière fois. Claire vit Anne-Marie, hébétée soudain, se fondre au milieu des siens. On était à quelques mètres à peine les uns des autres et pourtant, on allait se perdre. On embarquait déjà, les Terriot dans une barque, les Melanson dans une autre, tassés avec d'autres au point que les embarcations risquaient bien de chavirer. Il fallait prier Dieu pour que cette infamie fût un jour réparée. Claire était tombée au fond de l'esquif. Elle se releva, se mit debout tandis que les rameurs commençaient leur effort devant le rang d'Acadiens promis à l'embarquement suivant.

William Jeffries marcha dans l'eau vaseuse, incrédule au spectacle de la grappe humaine ainsi jetée sur l'océan, tendit la main vers la petite tache d'or des cheveux d'Anne-Marie, au milieu des vestes brunes et des jupes blanches, bleues et rouges des déportés. Il vit les mains se joindre, dans la barque, tandis que l'esquif tournait lentement sa proue vers le large. Il pensa que tout cela était fou, qu'il participait à une ignominie, que sa vie entière ne suffirait pas à purger son âme de la honte et du dégoût.

Claire hurlait le nom de Charlotte et celui d'Anne-Marie, ses cris pénétraient la poitrine de William, son ventre. Il découvrait le crime absolu, longtemps caché derrière les ordres des officiers, la discipline nécessaire, le discours haineux ou indifférent de bien des soldats. On assassinait sous ses yeux un peuple qui à aucun moment n'avait songé à demander à ses maîtres la permission de s'exiler. Il se souvint des lectures de la Bible que faisait son père, à la table familiale. Les massacres, les exodes, les meurtres, tout était résumé à Grand-Pré par ces gens que des pharaons perruqués et poudrés jetaient sauvagement à la mer. Mais la mer ne s'ouvrait pas, cette fois. Elle était gardée par les navires de Sa Majesté, avec leurs flancs de bêtes monstrueuses et leurs entrailles pleines d'innocents.

Les cris de Claire Terriot se perdirent peu à peu sur l'onde plate. William se retourna, aperçut des soldats qui lui faisaient signe de les rejoindre. Certains avaient l'air furieux, d'autres s'esclaffaient. Veste rouge, pantalon blanc, couvre-chef frangé d'or : c'était l'uniforme des meurtriers, le sale tissu revêtant spadassins et tueurs. William se sentit souillé, et ce n'était pas de la vase maculant ses bottes. Tout lui faisait horreur, à commencer par lui-même. Un sentiment de haine froide prenait en lui la place du désarroi et de la surprise.

Il sortit de l'eau, étrangement rasséréné. Il n'était plus de cette armée-là, ni de cette nation anglaise qui se déshonorait en Acadie.

Jérôme avait dormi d'un bref sommeil, tout habillé, comme autrefois à Louisbourg quand il avait abusé du marc, en compagnie de son oncle Pierre. Cela devait être la douleur tenace, moins vive qu'aux premiers jours ; elle s'était amendée et l'avait enfin laissé tranquille.

Il s'ébroua, chassa l'impression étrange d'avoir voyagé dans la pénombre, sur une mer épaisse et glauque. Puis il chercha sa béquille, se mit debout. C'était bien vrai, sa souffrance, jusque-là continue, avec des paroxysmes, avait changé. Maintenant, des armées de fourmis donnaient l'assaut à sa jambe, cherchant l'endroit de la blessure pour s'engouffrer dans les profondeurs de l'os et s'y répandre.

— Tudieu, c'est à devenir fou, s'emporta-t-il en s'adressant à sa solitude.

Il déficela les écorces, gratta sa peau flétrie, amincie, c'était un supplice délicieux, un mélange de suavité et d'envie de tout déchirer, peau, os et le reste. Il observa le cal, l'excroissance arrondie donnant à sa jambe la forme d'un casse-tête indien. Peut-être serait-il capable de poser le pied par terre. Il s'habilla et, préférant s'appuyer encore sur la fourche, passa dans la pièce commune.

Catherine n'y était pas, ses sabots avaient disparu. Son petit lit, placé entre mur et cheminée, était vide. Jérôme sortit par la porte restée entrouverte, respira l'air humide de cet après-midi de septembre. Il avait toujours aimé ces heures-là, quand le soleil invisible offrait, de derrière les brumes et les nuages bas, sa lumière douce. On pouvait presque saisir entre ses doigts cet éther immobile dans quoi tout prenait le mystère et l'opacité des mondes inconnus. C'était un climat pour les chasseurs et pour les guerriers, qui favorisait une complicité avec la nature toute proche, à reconquérir.

Il appela. En automne, Catherine avait coutume de se promener seule dans le verger avant le dîner, lorsqu'il ne pleuvait pas. Il clopina dans la prairie, chercha, en vain, appela de nouveau. Sur un chemin, il vit les empreintes fraîches de sabots et, dans la terre meuble, les petits trous faits par la pièce de métal qu'il avait fixée à la canne de sa mère. Il suivit cette piste en direction des digues et de la rive. Il accéléra son pas comme il put, poussé par une sourde inquiétude. Les traces étaient régulières. Il appela, de plus en plus fort. Son cœur se mettait à battre la chamade, son souffle devenait oppressé.

Il escalada la digue à sa manière de cloporte. Il y avait, entre la levée et la rivière, un espace de marais, de rochers affleurant l'eau et de terre meuble, d'où l'on guettait d'ordinaire les canards et les sarcelles. Catherine l'avait traversé, tout droit. Jérôme hurla. La Pisiquid était là, tout près, son flot de marée descendante chuintait, caressant les ajoncs, les plages grises, les pierres et les racines des saules. Il vit les sabots, l'un à côté de l'autre, et la canne, plantée dans la vase. Puis, plus rien, le sable s'était refermé sur les derniers pas de Catherine.

Il se baissa, ramassa les sabots et la canne. Sa mère s'était glissée dans le courant de la rivière parce qu'elle n'avait sans doute plus envie de retourner dans les villages indiens et qu'elle ne supportait plus de ne servir à rien, pour quiconque. Lorsqu'il lui avait proposé de la confier aux Micmacs, elle avait simplement haussé les épaules. Sa discrète présence, repère pour quelques vivants qui n'étaient plus là, avait dû lui sembler inutile. Jérôme serra les sabots contre sa poitrine, baisa longuement la crosse de bois noueux de la canne. Il était dans les brumes de la Pisiquid, perdu ; le paysage qu'il découvrirait, quand se dissiperaient les vapeurs de la rivière, l'effrayait.

— Je n'ai plus rien à faire ici, conclut-il, au comble de l'angoisse.

Il était le dernier homme libre de sa colonie, les autres étaient devenus du bétail que l'on emmenait vers de lointains mouroirs. Il pensa à sa mère. Les prêtres stigmatisaient le suicide mais le peuple des Mines n'avait plus ni pasteurs ni églises, le ciel d'Acadie avait fui, lui aussi, et dans les cimetières les morts eux-mêmes allaient gémir pour toujours, de solitude et d'ennui.

Le ciel bas avait la couleur des sables de la Pisiquid, laissait sourdre la pluie en grosses gouttes. Aucun vent n'animait ce crépuscule brouillardeux. Jérôme rentra à la maison. Il avait préparé un bagage pour son voyage avec Catherine, des couvertures, des capes de laine et des fourrures, des mitaines. Cela n'avait plus de sens. Il allégea son chargement, glissa ses pièces d'argent dans une poche de sa chemise, contre son torse. Puis il fit un baluchon qu'il se mit en bandoulière, s'assit pour refaire sa contention indienne.

Il demeura un long moment la tête dans les mains, au milieu du terrifiant silence. La pluie avait remonté le niveau du puits, noyant l'odeur de la charogne anglaise engloutie, mais la maison sentait la mort de toute façon, comme le reste du pays. Jérôme se leva. Son esprit s'éloignait de ce lieu qui n'avait déjà plus d'âme. Il était comme au départ d'une chasse en compagnie de Thomas, l'esprit libre, tendu vers la route qu'il lui faudrait parcourir sur trois pattes avant d'arriver aux embarcadères.

Il tenait son pistolet serré à la ceinture, près de son poignard. Au moment de partir, il retira son fusil de sa cache, sous le plancher, le désarma et, l'ayant saisi par le canon, le brisa en deux morceaux contre une poutre. Puis il sortit sans un regard pour le monde déshabité qu'il abandonnait, laissa la porte ouverte et, clopinant, disparut aussitôt dans la brume.

Par vagues désordonnées, les déportés de Grand-Pré se ruaient vers les barques. En moins d'une demi-journée, on n'avait fait passer vers les navires qu'un petit quart de la foule, et les ordres de Winslow n'avaient pas varié. Il fallait avoir embarqué tout ce monde avant la nuit, libre aux capitaines d'utiliser la force.

Les soldats s'étaient rapprochés des colonnes acadiennes, qu'ils pénétraient, crosses levées, bousculant tous ceux qui n'allaient pas assez vite. Traînait-on, par vieillesse ou par fatigue ? On s'arrêterait, pour laisser passer les autres. Des enfants hurlaient, des femmes imploraient qu'on les laissât allaiter leurs petits. Dans l'air qu'un vent aigre débarrassait peu à peu de ses brouillards, montaient les gémissements du peuple martyr d'Acadie et les cris sans pitié de ses geôliers.

Charlotte avait remonté le courant de plus en plus rapide de ce fleuve humain, cherchant sous les coiffes des femmes les mèches rousses d'Isabelle. Lorsqu'elle se retournait pour scruter cette masse, elle voyait la foule se répandre le long de la grève, vers des goulets d'étranglement d'où les déportés sortaient, comme les grains d'un chapelet, pour monter un à un dans les barques.

— Où allez-vous, fille ?

Charlotte se trouva face au rang des soldats fermant le cirque des exilés. Il y avait là des officiers, et celui qui les commandait, ce Winslow, avec son teint rougeaud et sa bedaine de bon vivant. Sous leurs vestes rouges et leurs foulards de soie, les Anglais figuraient une fin de chasse à courre, quand les cavaliers, ayant mis pied à terre, faisaient cercle autour de la meute, et de la bête traquée.

Charlotte resta bouche bée. Il n'y avait plus personne, au-delà de cette ultime rangée. Sur les chemins stationnaient les charrettes vides devenues propriété du vainqueur, comme les bêtes errant à travers champs et les chiens sans maître hurlant leur chagrin, comme le grain empilé dans les granges, comme l'Acadie tout entière. Charlotte, envahie d'un désespoir subit, balbutia quelques mots inintelligibles. Isabelle n'était pas là.

— Il faut partir, ordonna un lieutenant. Retourner aux bateaux. Partir !

Winslow se détourna. Charlotte restait immobile, comme paralysée. Lorsqu'elle détala, soudain, entre Anglais et déportés, un soldat lui jeta entre les pieds un manche d'outil et elle chuta lourdement, les chevilles endolories. Winslow réitéra l'ordre. Il ne devait y avoir aucune fuite, et les quelques réfractaires étaient embarqués de force. On saisit l'adolescente par les aisselles, et on la traîna ainsi sur un bon quart de mille, jusqu'à la rive.

Lorsqu'elle se vit embarquée de force, au milieu de familles inconnues, elles-mêmes dans l'angoisse de se voir séparées des leurs, Charlotte Hébert se mit à hurler, les yeux exorbités, les poings serrés sur ses tempes. Tout, autour d'elle, n'était plus que cris, bestialité, démence, un ballet sordide que les soldats réglaient à coups de crosse. Charlotte tomba sur une planche de la barque, à demi évanouie. Des visages féminins se penchaient vers elle. Elle répéta le nom de sa mère et le sien, Hébert.

— Des Hébert, il y en a d'autres qui sont déjà sur les navires, lui dit une femme. Ceux de la Rivière-aux-Canards, et ceux de Grand-Pré, aussi. Tu les connais, petite ?

Elle n'entendait pas, suivait, hébétée, le mouvement régulier des rameurs. Une barque glissait sur l'onde plate, à quelques brasses seulement. Charlotte la vit s'éloigner tout doucement tout en restant à hauteur, avec son chargement de femmes en coiffes blanches et d'hommes en chapeaux ronds, de marmailles en émoi et de vieillards recroquevillés. Des gens s'interpellaient d'un esquif à l'autre, se juraient de se chercher, se donnaient des rendez-vous à Grand-Pré, à Port-Royal, sur les rivières d'Acadie, en France, même. Dans d'autres vies, tandis que sur la rive, le transit se poursuivait sous le ciel devenu bleu, dans le frais soleil d'octobre, qui rendait à nouveau de l'éclat aux couleurs des jupes des femmes, aux chemises des hommes, aux vertes prairies des Mines.

Au moment où Charlotte, hissée à bord du *Hannah* par des mains secourables, se laissait tomber, brisée, sur le plancher du pont, Isabelle sautait de sa charrette et courait se livrer aux vestes rouges. Ainsi pouvait-on rejoindre le troupeau, et en hâte, quand le paysage, et les grosses taches sombres qui le gâtaient, invitait plutôt à fuir. Il y eut des rires chargés d'ironie, parmi les officiers qui s'écartèrent pour laisser passer cette retardataire échevelée et essoufflée.

Elle courut jusqu'aux embarcadères, joua des coudes. On avait bivouaqué en amont de la crique, le lieu était noir d'une foule inconnue. Isabelle s'arrêta en vue des navires, aperçut les allées et venues des barques. Elle se mit à aborder des inconnus, les apostropha, les tira par les manches. Personne n'avait donc vu une hilhète rousse, au milieu des familles de la Pisiquid-d'en-Bas ? Melanson, Hébert, Terriot ? On ne manquait pas de cousins, aux Mines, Isabelle finit par en reconnaître quelques-uns.

— Pauvre, lui dit un Hébert de la rivière Péreau, je crois bien qu'ils étaient en avant, ce matin, avec des Cormier et des LeBlanc. Ils auront traversé, à c't'heure.

Isabelle sentit le sol se dérober sous ses pas. Sur quel bateau se trouvaient-ils ? Il y en avait dix, pris d'assaut par des grappes de déportés. Et les gens restés à terre étaient bien trop préoccupés par la sauvegarde de leur famille et de leurs biens pour prêter attention à elle.

Il lui fallait monter dans une barque. C'était un moment d'intense douleur. Elle pensa perdre la raison, à force de suivre la trajectoire des esquifs revenant des ancrages. Certains quittaient les navires les plus excentrés. Jacques était monté dans l'un des cinq premiers navires arrivés, mais, comme tous se ressemblaient, Isabelle ne savait plus reconnaître celui au fond duquel il se trouvait. Elle interrogea autour d'elle, mais les proscrits qui embarquaient maintenant n'avaient guère eu le temps de séjourner sur le rivage. Reculant le moment de se lancer, elle aida les plus faibles à se hisser dans les barques.

Certains allaient agenouillés, comme aux pardons, près des calvaires de Bretagne ou du Poitou. Les soldats les obligeaient à se relever, à coups de pied. Le temps n'était plus aux prières, il y aurait pour cela un long voyage. Isabelle s'interposa désespérément entre victimes et chiens de garde, jusqu'à ce que, épuisée, elle se laissât pousser à son tour dans une barque surchargée. L'esquif passa le faible ressac. La marée descendait, laissant sur le sable des paquets d'algues et de varech aux âcres senteurs. De la barque, quelques-uns tombèrent à l'eau, que l'on n'avait ni le temps, ni la licence, de repêcher, et ce furent les rameurs suivants, arc-boutés, qui les sauvèrent de la noyade.

Impuissante, Isabelle vit que l'on allait vers les derniers navires arrivés. Près d'elle, des jeunes femmes pleuraient leurs maris emportés ailleurs. Constatant qu'elle partageait le sort d'Acadiens aussi malheureux qu'elle, Isabelle reprit des forces à l'idée de se rendre utile. Elle prit les mains de ses compagnons, parla, doucement, des liens qui survivraient à tout, quelles que fussent les destinations. Elle voulait oublier la détresse qui la submergeait, avec ses lames de fond, étouffantes. Le vent se levait, annonçant des tempêtes. Elle était née de la mer, elle avait longtemps été mariée à elle. Elle en savait les colères et les sortilèges, désirait tout à coup ouvrir à nouveau les yeux sur l'écume du grand large, le temps que toute la laideur du monde, laissée derrière elle, eût été enfin lavée.

En moins d'un mois de chaos, beaucoup, parmi les quelque trois mille chevaux que possédaient les Acadiens, étaient devenus à demi sauvages. En fins cavaliers, les Anglais s'étaient empressés de confisquer les plus jolies bêtes, de les serrer dans les enclos de leurs forts et de leurs camps, laissant les autres à l'abandon. En faudrait-il, des nouveaux colons, pour remettre de l'ordre dans cette gabegie, et récupérer la centaine de milliers de bêtes dispersées dans la nature !

Jérôme claudiquait au milieu de ce désastre sans nom. La vacuité du pays lui serrait le cœur. Parfois, il s'attendait à voir des gens aux portes des maisons, au sommet des collines, sur les digues, des enfants armés de frondes et de collets descendre de leurs cabanes dans les arbres. Des filles, précédées de rires et de chants, paraîtraient au détour d'un chemin, portant leurs cruches de cidre ou leurs paniers de linge sur l'épaule, gracieuses fées d'Acadie allant en bandes, comme les oiseaux. Et les garçons, faucheurs que l'automne habillait en chasseurs, les taquineraient au passage, exigeant pour octroi un baiser, un sourire, une promesse de danse.

Tout avait fondu dans la grisaille d'un jour de deuil, dans la mélancolie, la tristesse, le sentiment de fouler une terre biblique dévastée par la colère d'un Dieu sans pitié. A mesure qu'il se traînait vers Grand-Pré, Jérôme sentait un poids écraser peu à peu ses épaules, ralentir sa marche, alourdir sa tête. Les fourmillements dans sa jambe se multipliaient. Et la Gasparots était encore loin, à deux bonnes heures pour un marcheur ingambe. Il s'arrêta, considéra le paysage offert à son regard. Des noms de fermiers affluaient à sa mémoire ; ils résumaient à eux seuls tout un pan de l'histoire d'Acadie : Beloni Melanson et Joseph, son fils, Pierre LeBlanc et Françoise Hébert, lointaine cousine, les Benoît, Arsenault, Girouard, et cent autres noms, tous disparus, dissous dans les sables.

Français neutres. Jérôme se souvenait des discussions au conseil, et des bavardages plus intimes, dans le secret des maisons. Ces gens avaient, dans leur immense majorité, commis le crime de vouloir vivre en paix sur des terres qu'ils n'avaient volées à personne. Ah ! S'ils avaient accepté de tourner leurs fusils contre les vestes bleu-de-France, ils seraient encore tous là, comblés de biens et de faveurs par des maîtres reconnaissants ! Mais voilà, ces bougres obtus étaient demeurés loyaux au roi lointain d'une patrie ingrate et oublieuse, quand elle ne les raillait pas de s'obstiner à vivre sur ces arpents de vase enneigée.

Jérôme serra les dents. Il cherchait un cheval, en apercevait, le cou fléchi sur des pâtures inaccessibles. Un enfant eût sauté par-dessus les rus et les canaux, couru sur la crête des digues et vite rejoint les animaux, mais pour un infirme le pari était autrement risqué. Il prit appui sur sa béquille, qu'il avait rembourrée sous l'aisselle et élargie à sa base. Cela ne suffisait pas pour aller plus vite, ce jour-là. Le soir tombait, la nuit serait froide et humide. Il fallait pourtant rejoindre les siens, partager leur peine, entamer à leurs côtés le voyage vers l'inconnu.

Le vent se renforçait, la pluie, jusque-là drue et verticale, tombait maintenant à l'oblique, giflait le visage du marcheur. Il connaissait ce climat d'octobre annonçant les tempêtes et les déferlements venus du grand fleuve et, par-delà, des glaciers du Nord canadien. Par moments, il s'arrêtait, pensant que ses compagnons étaient tout simplement devant les cheminées, dans les senteurs des soupes, mêlant la fumée de leurs pipes à celle des fait-tout. Peut-être avaient-ils commencé leur long hivernage devant leurs boîtes de jacquet. Mais il n'y avait plus âme qui vive, ni fumée au-dessus des toits.

Il baissa la tête. Fatigué, il avançait par à-coups, se reposait un peu entre chacun de ses bonds dérisoires. Il s'était lancé dans un projet impossible. Isabelle avait sans doute eu raison lorsqu'elle lui avait ordonné de rester sur la Pisiquid.

Il se redressa, fit encore quelques pas avant de se laisser tomber à terre. Le paysage disparaissait derrière les rideaux de pluie, avec ses fantômes et ses murmures. C'était aussi bien ainsi.

Il était interdit de traîner sur le pont des navires. Seuls les garçons désignés pour l'accueil des proscrits pouvaient y rester, entre les rotations des barques. Isabelle avait aidé les anciens à se hisser à bord, et tenté d'apercevoir des silhouettes familières sur les autres transports, mais tout allait trop vite. Des capitaines excédés, habitués à charger du grain et des porcs, inquiets sans doute d'avoir à embarquer une chiourme aussi nombreuse, donnaient des ordres secs. Il fallait dégager les ponts, filer dans les cales, sans poser de questions. Isabelle s'engouffra dans les profondeurs du *Boscowan*, puisque tel était le nom du bâtiment au fond duquel elle voyagerait. L'entrepont était occupé par des ballots et des sacs en tas, tout un train que l'on n'avait pas encore eu le temps de descendre plus bas.

Une odeur fade, un remugle comme parfois celui des foins en décomposition, montait des entrailles du navire. Isabelle suivit une famille qui se hâtait, avec ses vieux gémissants, ses hommes accablés, voûtés sous leurs capes de laine, ses petits dans les bras des mères. On gémissait, en bas, un râle à plusieurs voix s'échappait du trou noir au fond duquel on allait tomber. Isabelle se retint de respirer. Des commis à la peau de neige sale, hâves et dépenaillés, la croisèrent, portant des seaux de bois cerclés, pleins de choses immondes. Et d'autres nouveaux venus surgissaient déjà de la coupée, pressés par les marins. Isabelle descendit les marches menant à la cale, découvrit l'espace comble de gens allongés, assis dos à dos, ou accagnardés dans des recoins. Des chandelles collées à des barriques donnaient à cet enfer fétide les couleurs d'un sépulcre. Et, de la masse humaine rassemblée là, montaient les regards interrogateurs de ceux qui cherchaient des visages familiers, et les voix, les appels, les cris d'autres, espérant une réponse du flot des arrivants.

Charlotte n'était pas là, ni Jacques, ni personne des tribus de la Pisiquid. Isabelle se rendit compte, soudain, qu'elle avait laissé ses affaires dans la charrette, tout, à l'exception de la bourse qu'elle avait cousue à l'intérieur de sa jupe. Ses ballots de linge avaient dû être emportés par les Melanson. Elle fit quelques pas, trébucha sur des jambes. Il y avait là deux populations différentes de proscrits, ceux qui voyageaient ainsi depuis la déportation de Beaubassin et ceux qui arrivaient. On se serra, autant qu'il était possible de le faire, tandis que l'entrée de la cale restait encombrée. Isabelle s'agenouilla près d'une femme qui lui tournait le dos, l'épaule contre la coque. Il y en avait d'autres, comme celle-là, livides, sans forces, dormant à moitié ou priant, qui n'avaient pas vu la lumière du jour depuis près de six semaines. Isabelle s'assit sur les restes d'une botte de paille, abasourdie. Les gens avaient installé des couches de fortune, gisaient sur des toiles de sacs, des morceaux de voiles déchirées, des haillons noués en couvertures. Les animaux que le *Locmaria* transportait autrefois avaient été mieux traités que ce misérable troupeau humain.

Isabelle ferma les yeux, se mit à pleurer. Elle avait longtemps puisé dans ses réserves d'énergie, de courage, d'optimisme, parce qu'il fallait tenter de donner aux autres un peu de la force qui leur manquait, parfois, et parce qu'il fallait aussi masquer sa propre détresse. L'espoir d'un retour en arrière avait subsisté jusqu'au bout, malgré les évidences. Ceux qui demeuraient libres sauraient retrouver un jour ceux que l'on emmenait, et les délivrer du mal, avec l'aide de Dieu. Cette fois, pourtant, elle se laissa aller, le front dans les genoux, la tête pleine du bruit que faisaient, tout autour d'elle, le désespoir et la géhenne. Elle sanglota, jusqu'à épuisement.

— Il ne va pas bien. C'est un de Beaubassin, voisin de chez nous. Son corps se vide depuis plusieurs jours.

Une voix chuchotait à son oreille, égale, presque indifférente. Isabelle se redressa. Sa voisine lui parlait, dans la pénombre de ce coin de cale. Elle se pencha, découvrit, près de la femme, le corps décharné d'un homme, son visage de rapace, aux lèvres craquelées, aux joues creusées, au regard plein d'intense et tragique lucidité. Elle vit naître, de ce masque de souffrance, un sourire.

— Je suis Sylvain, ma tante, Sylvain-à-André Melanson. Pardieu, on est bien méchants avec nous, à c't'heure.

Il l'avait reconnue, parce qu'elle n'avait guère changé depuis l'affaire de Grand-Pré et que les rousses ne couraient pas la campagne acadienne. Elle s'approcha de lui, découvrit des enfants endormis dans les angles que faisaient la coque et le plancher de la cale. Il y en avait tout le long, que l'on mettait là pour les abriter du bruit et du remue-ménage.

— Ils ne sont pas à moi, souffla Sylvain d'une voix rauque. Vous êtes seule. Où sont nos parents ?

— Je ne sais pas, dit Isabelle. Tout près, sans doute, sur les bateaux qui nous entourent.

— Mes quatre petits se sont enfuis avec Françoise et un prêtre de Beaubassin, qui les guide. Dieu fasse qu'ils soient saufs.

Il avait soif, désigna la barrique où l'on allait puiser de l'eau.

Des cuillères et des louches circulaient. La voisine en prêta une. La barrique était à demi pleine d'une eau trouble aux senteurs de vase. Près d'elle, des muids de poisson séché offraient aux narines des enfermés des pestilences marines. Tout, à l'intérieur de la cale, donnait envie de vomir, de percer la coque pour faire entrer la mer. Isabelle aida son neveu à boire. Il avait l'air d'un vieillard. Il lui dit d'une voix faible qu'il avait cru mourir quelquefois. Sur les deux cents déportés embarqués à Beaubassin, une vingtaine avaient déjà succombé, de fièvre, de diarrhée, de fatigue pour les plus vieux. On avait remonté les cadavres sur le pont, pour les jeter dans la Baie française.

— Je m'occuperai de vous, lui promit Isabelle.

Elle retrouvait un moribond, découvrait l'enfer réservé aux survivants. Le tragique de leur situation lui apparaissait maintenant sans fard. Nul ne savait quoi que ce soit du dessein des Anglais. Les cales bruissaient sans doute d'autant de rumeurs que les abords de l'église de Grand-Pré. On saurait peut-être des bribes, par les marins. Pour le moment, il fallait attendre, prier, et partager avec les autres les trésors d'humanité qu'elle savait intacts, au fond de son cœur.

De la même manière que Sylvain Melanson avait vu sa tante descendre les marches de l'échelle, Jacques-à-Jérôme-à-Jacques Hébert avait immédiatement repéré sa sœur, Charlotte, dans une vague d'arrivants. Il s'était levé, avait crié, puis avait ouvert ses bras. Leur joie mêlée de larmes avait été une sorte de petit soleil dans la pénombre de la cale. Depuis, Charlotte restait pelotonnée contre son frère, au milieu de ses cousins, embarqués ensemble avec la première sélection, et d'autres, enfants et jeunes gens réunis par chance avec leurs familles.

Entre garçons de même génération, dans un espace suffisant et avec assez de nourriture fraîche pour se maintenir en bon état, les premiers temps de la claustration avaient été supportables, à bord du navire. Désormais, la cale surpeuplée exhalait à son tour ses remugles d'humanité encaquée, et l'on s'arrangeait jour et nuit, afin que nul n'étouffât.

L'ordinaire demeurait cependant meilleur là plutôt qu'au fond des bâtiments venus de Beaubassin. Lawrence avait fait des calculs : deux déportés par tonne, deux livres de farine et de porc par déporté et par semaine de voyage. L'attente immobile avait entamé ces rations, mais les jeunes otages de Winslow avaient été ravitaillés, habillés et couverts par les femmes de la rive. Leurs mains expertes de chasseurs avaient fabriqué une literie, installé de quoi s'attabler pour dîner ou jouer. Il ne restait plus grand-chose de cette organisation mais les retrouvailles familiales compensaient l'étroitesse du lieu. On voyagerait ensemble, quand tant avaient été arrachés les uns aux autres, avant même que les navires eussent levé l'ancre.

« On ne se quittera plus », répétait Charlotte, et elle étreignait son frère comme une enfant perdue.

Jacques Hébert était devenu chef de famille. Il n'avait qu'une seule personne à nourrir, à prendre contre lui et à protéger, mais il ferait comme s'ils étaient dix. De l'église au *Hannah*, il s'était fait des amis, des frères, pour remplacer ceux qu'il avait perdus. Et il vivait, avec assez de haine au cœur, à l'âme et jusqu'au bout du plus infime de ses muscles, pour être déjà certain qu'il survivrait, tant qu'il n'aurait pas assouvi son besoin de vengeance.

Les familles s'étaient serrées les unes contre les autres dans la cale du *Leopard.* Quelqu'un s'exclama :

— Ce navire a commencé à voguer, je vous le dis.

Cela faisait un moment que le bateau roulait doucement d'un bord sur l'autre. Dans la moiteur empuantie de la cale, les proscrits guettaient le moindre bruit venant de l'extérieur. Des lumignons fichés sur les tonneaux faisaient penser aux veilleuses des agonisants, dans les hospices, et à l'excitation des premiers instants succédaient une morne attente et de longs silences troublés par les vagissements des tout-petits.

Claire était assise près de ses jeunes frères et sœurs endormis. Il y avait là un groupe d'une quinzaine d'enfants et de jeunes gens, analogue à beaucoup d'autres, tentant de s'organiser au mieux tandis que les vagues de la baie autrefois française venaient battre les flancs du bateau. Tout près d'eux, rangés comme des morues dans leurs casiers, les adultes tâchaient de se reposer, au bout d'une journée qui les laissait choqués, abrutis de fatigue et d'incompréhension

Claire songea aux Melanson, embarqués sur l'*Endeavour*, à Anne-Marie, qu'elle ne reverrait peut-être plus jamais. Etrangement, la mère d'Anne-Marie avait vécu l'embarquement comme un réveil, semblait revenir à elle, calmée, jetait sur son entourage des regards interrogateurs. Que faisait-on là ? Où allait-on et où avait-on rangé les charrettes ?

Claire se laissait bercer par le roulis. Elle imaginait la nuit noire, les voiles ruisselantes, gonflées, les cordages crissant sur le bois des bastingages et des mâts. Son esprit baguenaudait, traversait les madriers de la coque, accostait au fond de criques où flottaient les couleurs de la France. Thomas était là, sur la grève, il était devenu un homme, donnait des ordres pour l'accueil des voyageurs. Un chemin faisait suite à la plage de sable noir, grimpait vers des collines battues par le vent d'automne. Il fallait bien fermer sa cape, nouer le fil de sa capuche, courber le dos pour avancer. « Courage, ma jolie », murmurait Thomas ; sa voix portait jusqu'à l'horizon, et pourtant, il ne faisait que chuchoter. Du courage, Claire n'en manquait pas, mais le vent se faisait de plus en plus fort, obstiné à empêcher les arrivants de marcher. Claire ouvrait la bouche pour crier mais aucun son n'en sortait. Son corps s'emplissait de la bourrasque, reculait, luttait, reculait, encore, repoussé vers la crique, le sable noir, et le navire qui ouvrait grand sa noire gueule malodorante.

Elle s'éveilla, courbatue. Les mouvements du *Leopard* se faisaient plus amples. Elle pensa à William Jeffries, resté seul à Grand-Pré quand il avait cru enlever sa belle et la garder au secret. Lorsque Anne-Marie était descendue dans la cale, son père avait dû la serrer longuement contre lui, pour la première fois de sa vie. Jean Melanson aimait bien ses enfants, mais il en avait conçu trop pour pouvoir leur donner autre chose que des ordres, quelques encouragements, entre de rares compliments et de très fréquentes semonces. Ce silencieux aux humeurs de pénombre hivernale laissait depuis toujours à sa femme le soin de cajoler leur marmaille, mais Claire savait sa secrète préférence pour sa blonde cadette, une véritable tendresse, en vérité. La trahison accomplie d'Anne-Marie l'eût brisé aussi sûrement que l'exil forcé.

Claire soupira. Elle ne trouverait pas le repos, cette nuit-là. Près de deux cents personnes se pressaient dans la cale, se touchaient, se roulaient dessus dans leur sommeil. Des gens étaient malades, dans le petit temps, cela ne présageait rien de bon pour la suite et les tempêtes à venir. On avait mis des seaux au milieu de la cale, vers lesquels se traînaient les candidats à la vidange, et placé d'autres récipients derrière un drap, à l'abri des tonneaux et des sacs, pour les nécessités intimes. Claire repartit dans ses rêveries. Sa famille s'en allait unie, d'autres dans les affres de la séparation. Où étaient Paul et André Melanson, dont l'absence achevait de transformer Marguerite en vieillarde ? Dans quelle geôle d'Halifax ou de Boston les tenait-on enfermés ? Et Charlotte, partie à la recherche de sa mère ? Seigneur ! Certains étaient plongés, d'un coup, dans des souffrances trop grandes pour de simples humains.

Elle ferma les yeux, tenta d'oublier le chaos au sein duquel elle gisait. Il fallait espérer. Si Dieu le voulait, on débarquerait sur des rivages amis. On prendrait un peu de repos, le temps que cesse la guerre. Puis, comme les papillons revenant cent fois à l'assaut de la lumière, les Acadiens rassemblés se mettraient en marche vers leur terre.

Jérôme s'éveilla, trempé. Sa cape l'avait protégé un temps de la pluie, avant de céder et de laisser passer la manne discontinue tombant du ciel bas. Il s'assit. Les écorces d'érable luisaient, amollies, collaient à sa jambe comme une glu. Le chemin n'était que boue. Il avait soif, but à longues gorgées l'eau de son outre. Puis il tenta de se mettre debout, dut s'y prendre à trois fois avant d'y parvenir, flageolant comme un vieillard, manquant chuter.

Appuyé sur la fourche, l'aisselle meurtrie, il scruta le décor, dans le crépuscule. Le jour se levait dans le lit de poisse et de grisaille où il s'était couché. Tout était déshabité, vide, même les bêtes à cornes avaient dû chercher l'abri des boqueteaux, des granges longées au fil de leurs errances. Jérôme fut pris de spasmes. Comme par un effet de la solitude et du désespoir, le visage de l'enfant de Boston venait le hanter. Il avait réussi à l'oublier, pourtant, celui-là, avait rejeté dans les bas-fonds de sa mémoire ses gestes incohérents, sa grimaçante surprise, ses feulements d'animal captif. « Et toi, maintenant ? » lui demandait la créature et les lèvres de Lucrèce lui posaient la même question et d'autres : « Que vas-tu faire ? Jusqu'où penses-tu traîner ainsi ta misère ? »

Il hurla. Tout n'était que désastre, le ciel et les champs, les vergers inutiles et les saules mélancoliques, les fermes inanimées et les chemins de fange pour les fuir. Vivant, Jérôme aurait vu cette chose incroyable, un pays tout entier débarrassé de son peuple, en une seule journée.

Des mouettes criaient, invisibles. Occupés à leurs besognes de nettoyage, des corbeaux s'étaient répandus sous les digues. Jérôme allait reprendre sa route lorsqu'il vit une forme humaine jaillir d'un chemin et, l'ayant aperçu à son tour, l'esquiver, pour fuir.

— Arrête, pardieu, je suis d'Acadie, Hébert, de la Pisiquid-d'en-Bas ! cria-t-il.

C'était un garçon, d'à peine douze ou treize ans. Il avait cheminé toute la nuit, au hasard, dormi une heure dans une étable, cherchait la direction de la Pisiquid-d'en-Haut, et des villages micmacs.

— Ton nom ? lui demanda Jérôme.

— Antoine-à-Paul-à-Bernard Trahan, de Grand-Pré.

Il portait un des premiers noms d'Acadie, l'ancêtre avait débarqué à La Hève en 1637 avec le sieur d'Aulnay, pour reprendre Port-Royal aux Anglais. Jérôme le considéra longuement. Transi, trempé lui aussi, abandonné sous l'averse, l'enfant était un symbole parfait de la météorite acadienne tombée en poussière en cet automne de 1755.

— Les navires anglais sont tous partis pendant la nuit, monsieur, dit-il. Ils étaient pleins du pauvre monde serré dans l'église et sur la colline de Grand-Pré. Il n'était resté personne, sauf moi, dans un aboiteau, et les vestes rouges, qui se sont mises à boire pour ne plus penser à ce qu'elles avaient fait. Le Seigneur les punira, vous pouvez en être sûr. Ils ont embarqué ma famille tout entière et les autres.

Jérôme hocha la tête. Le petit avait faim. C'était un malingre, un chétif, au regard tour à tour malicieux et candide. Cette engeance, qui donnait du souci aux mères, avait souvent des capacités d'endurance égales à celles des plus solides. Jérôme lui donna du pain, dans lequel l'enfant mordit avec un grognement de jeune chien.

— Tu veux rejoindre les villages indiens ? lui demanda-t-il.

— Mes grands frères ont chassé, par là-haut. Ils m'ont dit que les Anglais ne risquaient pas de m'y retrouver.

— Tu acceptes qu'on y aille ensemble ? Je connais moi aussi des chasseurs qui y sont peut-être encore.

Antoine Trahan fit oui de la tête.

— Ce sera un long voyage, mais nous trouverons de quoi nous nourrir en route.

— Avec vous, je n'aurai pas peur, monsieur.

Jérôme se tourna vers la Pisiquid. Le souci qu'il aurait de son petit compagnon l'empêcherait de penser à ceux qu'il savait désormais sur la mer. Les Sauvages apprendraient vite ce qu'il serait advenu d'eux. Alors, il pourrait partir à leur recherche et, passé le temps de la crainte, viendrait celui de l'espérance.

Le gouverneur Charles Lawrence s'était levé de bonne heure et de belle humeur. Les courriers reçus des lieux d'embarquement lui décrivaient par le détail l'excellent avancement de chaque transfert des Acadiens. Seul dans son bureau du fort d'Halifax, fenêtres fermées sur des bourrasques de neige, il avait longuement observé la carte piquée au mur, pointé des lieux, tracé des droites et quelques courbes. Vers midi, le 30 octobre 1755, il reçut son conseil, des civils et des militaires, à qui il commença par offrir à boire, ce qui n'était pas dans ses habitudes.

— C'est une liqueur de cognac saisie par nos corsaires au large de Louisbourg, leur dit-il. Les Français sont de piètres marins mais pour la vigne, ma foi, ils s'y entendent. Au fond, le monde serait peut-être mieux fait ainsi, d'aucuns pour vendanger sur la terre et d'autres pour le transport des vins sur les océans.

Il but. Certains, parmi les hommes réunis autour de sa table, avaient contesté son projet de déportation massive, arguant du droit, de la coutume, de la compassion, même, autant de choses respectables mais plutôt contrariantes pour la politique du roi George III en Amérique. Lawrence les taquina du regard. La victoire le rendait assez tolérant pour ignorer ces vétilles.

— Messieurs, tout nous indique que les régions des Mines, d'Annapolis Royal et de Beaubassin ont été totalement débarrassées de leur population, annonça-t-il. Le major Winslow, à

Grand-Pré et le capitaine Murray, à Pisiquid, ont été efficaces au-delà de ce que nous pouvions attendre d'eux. A l'heure qu'il est, Winslow déporte plus de deux mille deux cents personnes, Murray onze cents. Quant à Monckton, son affaire à Annapolis ne fut pas très simple. Il y a eu des morts.

Il leva son verre, but une gorgée de cognac à la mémoire du major Potter, dont on n'avait pas retrouvé le corps. Puis il se dirigea lentement vers la carte.

— Sur les quelque dix-huit mille habitants de feu l'Acadie française, un tiers est remonté vers le Saint-Laurent ces dernières années. Des gens prévoyants. Les autres sont, pour sept mille d'entre eux, réunis en ce moment à bord de la flotte qui cinglera bientôt vers nos côtes. Vingt-quatre transports finalement réunis, non sans mal d'ailleurs ! Il y a là du fort tonnage mais aussi de la coque de noix. Londres fut, dans l'affaire, d'une rare pingrerie, et je vous prie de croire que le secrétaire de Sa Majesté entendra bientôt parler de nous !

— Il en reste donc quelques milliers, fit remarquer quelqu'un.

— Oui. C'est contrariant. Mais quoi, nous n'avons pas encore les moyens d'aller les chercher parmi les tribus sauvages, à moins de déplacer ces tribus elles-mêmes, ce qui viendra peut-être, mais plus tard. Pour l'instant, nous ne pouvons que vider les derniers nids. Cap Sable, des pêcheurs, peu de chose.

Avec son doigt, il fit un rond au-dessus de l'isthme de Chignecto.

— C'est différent dans cette région. Quelques centaines d'incrédules s'imaginent qu'ils sont là encore en France. Ce Boishébert qui nous pique comme un taon, des Broussard, Lestang et autres, anciens morutiers devenus corsaires, et quelques cohortes de ces paysans. Il va falloir finir le travail et rapidement.

Il se tourna vers ses officiers, dont certains attendaient leur ordre de mission.

— Monsieur Peeble s'occupera du cap Sable. Il conviendra de saisir les biens et d'amener femmes et enfants ici même, à Halifax, pendant que les pêcheurs seront en mer. N'en déplaise à nos humanistes bostoniens, ces méthodes sont les seules à pouvoir empêcher ces gens de fuir. De même, pour les scalps. Il ne faut pas hésiter à en exhiber quelques-uns à l'entrée des chemins indiens. Prenez exemple sur notre ami le colonel Wilmot, qui paye de sa main les chevelures qu'on lui apporte. C'est une guerre, n'est-ce pas !

Il vida son verre, huma les effluves de l'alcool. Il se savait soutenu au-delà de tout par Lord Halifax, son cousin ministre, qui avait donné son nom à la capitale de la Nouvelle-Ecosse, et par sa famille, les Montagu. Et puis il y avait le Board of Trade, ce pouvoir aussi puissant que celui du roi. Ah ! Que vînt la défaite des Français en Europe et la question de la suprématie maritime de l'Angleterre ne se poserait plus. Lawrence jubilait. Il était l'acteur américain de cette partie décisive dont l'échiquier allait de Boston à Moscou, via Madrid, Versailles, Stockholm, Vienne et Berlin.

— Agir, donc et en terminer, disais-je. Monsieur Byron [1] ?

Un officier se leva, le rejoignit devant la carte.

— Vous rejoindrez Wilmot dans l'isthme et ferez campagne vers les rivières du Nord et de l'Est, la Miramichi, la Saint-Jean. N'hésitez pas à monter jusqu'à la baie des Chaleurs et même plus haut, s'il le faut. Débusquez ces rats, ils sont quelques centaines seulement, mais déterminés. Brûlez champs et maisons, campements, tout ce qui les aide à survivre. Suivez l'exemple de Winslow à Grand-Pré, de Monckton à Annapolis : à Gasparots et à la Rivière-aux-Canards, onze moulins détruits, deux cent cinquante maisons et le double de granges et dépendances par terre. Prenez exemple, encore une fois. Tout ce qui sera extrait de vos zones d'action devra être déporté, de préférence ici, désormais. Les colonies vont recevoir suffisamment de monde comme cela, dans les semaines qui viennent.

Il croisait une majorité de regards approbateurs et satisfaits, d'autres, neutres ou affectant de l'être, et les derniers, un peu honteux. Mais Lawrence avait tenu à ce que tous, quels que fussent leur état, leur croyance et leur fonction dans la cité, soient ses associés dans cette affaire d'Acadie. Il attendit des objections, un refus, écouta quelques questions techniques, auxquelles il répondit aimablement. Il restait à faire une chose importante, dans le désert acadien. Effacer les traces de ces persécutions, préparer le pays à l'accueil de ses futurs

1. Grand-père de Lord Byron, et bourreau de Beaubassin.

fécondateurs. Un détail, que régleraient les troupes restées en place. Lawrence pointa de nouveau son doigt vers la carte.

— Louisbourg, messieurs.

Il sortit une missive de sous son gilet, la déplia. Un large sourire éclaira son visage d'ordinaire soucieux, volontiers rogue et hostile.

— Monsieur Benjamin Franklin, notre savant de Boston, ne supporte pas plus que nous la présence des Français en Amérique et pense que la prise de l'Acadie préfigure heureusement celle du Saint-Laurent et donc de tout le Canada. Il nous écrit que laisser la garnison française à Louisbourg est une erreur grave, et nous donne des conseils, croquis à l'appui, pour aller reprendre la forteresse. Ces civils à prétentions de stratèges sont gens attachants. Mais il faut reconnaître qu'il y a dix ans celui-là avait déjà donné la solution à son frère, alors assiégeant de la même position. Vous lirez. C'est attrayant.

La réunion se terminait. On avait pris acte d'une belle victoire, qui en préparait d'autres. Charles Lawrence était décidément en verve, ce matin-là. Il refit lui-même le service du cognac, pour un dernier toast.

— J'ai été un peu injuste envers les marins français, dit-il. Ils ne sont pas plus mauvais que d'autres. Prions plutôt le ciel et leur roi, de les doter longtemps de ministres aussi lamentables qu'à l'habitude. Et puis, buvons à notre meilleur allié parisien.

Un allié à Paris ? Pas un ministre de Louis XV, tout de même ? On s'interrogeait.

— Les Français ont un art si consommé de se détruire eux-mêmes que l'on peut se demander pourquoi on leur fait si souvent la guerre. Monsieur Voltaire, dont les avis comptent à Versailles autant que ceux de notre Board of Trade à Buckingham, l'a compris. Pour je ne sais quelle raison, il hait la Nouvelle-France et ses gens, préférant, c'est curieux, le sucre des esclaves antillais au froment des libres laboureurs canadiens. Et, savez-vous, il entraîne derrière lui gazettiers, académiciens, des Bourbons, même. Une phrase de lui, un libelle, une adresse à quelque puissant de son pays ou à sa maîtresse, et nous épargnons le coût d'un vaisseau de soixante canons. Chaque fois qu'il ouvre la bouche ou prend sa plume pour évoquer plus longuement nos régions, cet homme fait pour nous plus qu'une flotte entière. Alors, longue vie à monsieur Voltaire !

Les verres furent levés, dans un cri unanime et au milieu de rires complices :

— Longue vie à monsieur Voltaire !

— Terre brûle, dit calmement le chef micmac.

Jérôme sortit de sous la tente, suivit son hôte jusqu'à la lisière des bois. C'était, sur le cours de la Sainte-Croix, le sommet d'une colline d'une centaine de pieds de haut d'où l'on pouvait apercevoir, très loin, les ondulations des Mines devant les confins mêlés de la mer et du ciel.

Un soleil de novembre, débarrassé des brumes et des nuées des derniers jours, brillait. Encore trop fragile, Jérôme s'appuya sur sa canne, son pied légèrement posé à terre. A côté de lui, le petit Antoine-à-Paul-à-Bernard Trahan, dernier homme libre de sa tribu d'Acadie, mit sa main en visière.

— Des feux, Seigneur Jésus, et il y en a.

Des Sauvages avaient rejoint le petit groupe. Assis ou debout, muets sous leurs couvertures bariolées, ils regardaient, eux aussi. Jérôme sentit une boule dure, presque douloureuse, dans sa gorge, qui l'empêcha d'avaler sa salive.

D'est en ouest, réunies sur l'horizon en une chape noire au milieu de l'azur, montaient les fumées de mille incendies. Cela s'élevait des maisons et des granges, des étables, des moulins. Invisibles et appliqués, des incendiaires parcouraient le pays des Mines et le détruisaient, acre par acre, verger après verger. Et cela dessinait, en de sinistres coups de fusain, l'envers de la fortune acadienne, les rivières, les plaines, les chemins et les hameaux, les digues et les rivages, tout ce que la besogne des hommes avait édifié, creusé, asséché, aimé, en quelques décennies.

— Tudieu, petit Trahan, n'oublie jamais ça, dit Jérôme, la voix brisée.

Tout partait en fumée devant leurs yeux, meubles et toitures, âtres, fours et réserves de bois, paille et grains. L'œuvre de destruction serait entière et dans quelques jours il ne resterait rien.

— Alors, les Anglais aussi partiront, s'il n'y a plus un arbre dans ce pays, dit l'enfant naïvement.

— Anglais revenir avec colons et nombreux soldats, dit le chef micmac d'une voix sépulcrale.

Jérôme pensa à ses fils. Thomas et Baptiste avaient quitté le village indien dès la fin du mois de septembre. Où étaient-ils, à cette heure ? L'hiver allait les prendre dans les rêts blanchis de ses neiges, où, à la différence des Anglais, les Acadiens s'étaient toujours sus capables de survivre et même de faire la guerre. Et le frêle Jacques, avec les autres, les milliers d'autres ? Aurait-il le temps de devenir un homme ? On avait vu des navires rejoindre Annapolis et, de là, prendre la mer vers les côtes de Nouvelle-Angleterre. Il y avait eu des tempêtes. Hantant les nuées qui déferlaient, leurs échos étaient montés à l'assaut du pays indien, des jours durant, et les nuits aussi, sans trêve et sans repos.

Dieu avait abandonné son Acadie.

— Pardieu, j'en ai assez vu, je crois, dit Jérôme.

Les Indiens observaient, impénétrables, la lente montée des fumées vers le ciel assombri. Jérôme fut saisi par un insoutenable chagrin. Il se détourna, suivi par l'enfant. Lorsqu'il fut sous les hêtres presque dépouillés, il s'assit sur une pierre, regarda longuement son petit compère.

— Il va falloir retrouver les absents au milieu des guerres, lui dit-il. Tu m'accompagneras encore un peu ?

— Oui, monsieur, promit l'enfant. Je veux revoir les miens, moi aussi.

— Je ne marche pas bien vite.

— Cela ne fait rien.

Jérôme hocha la tête. Il avait besoin de se reposer, de refaire travailler peu à peu sa jambe. Il boiterait, désormais, la belle affaire ! Il se noyait soudain dans le sombre et tendre océan des yeux d'Isabelle, dans ce regard qui voyait tout avant lui, depuis le premier instant. Il se souvint de leur rencontre. Elle était entrée dans la maison du Bellilois et il avait plongé, sans le savoir et pour toujours, dans l'eau profonde et limpide de son âme. Son océan !

Il alla s'enfermer sous la tente de l'Indien. Là, il attendrait dans la pénombre que les cendres de sa patrie soient retombées sur la terre brûlée, et il prierait, jusqu'à ce qu'enfin les lueurs fauves des incendies se soient dispersées au ciel d'Amérique.

Fin du premier volume

Ainsi commence la tragédie de tout un peuple, par l'exil forcé, total, irréparable. Tandis qu'arrivent, dans les ruines et sur la terre dévastée, les premiers colons anglais, les déportés de Beaubassin, d'Annapolis Royal, des Mines et des autres lieux de vie d'Acadie vont connaître des fortunes diverses, des destinées contraires et bien souvent tragiques, avec au cœur l'espoir farouche des retrouvailles et la volonté du retour.

Certains y parviendront, d'autres non. Leur histoire vous sera contée dans le second volume de *Acadie, terre promise* : *Retour en Acadie.*

Chronologie

Date	*Acadie*	*Québec*	*Nouvelle-Angleterre Amérique*	*Europe*
1524-1600	Explorateurs : Verazzane, Cartier, Laudonnière, La Roche.	Exploration du Saint-Laurent.	Explorations : Cabot.	
1604	Installation des Français : Champlain, de Mons, Lescarbot.			Henri IV encourage l'exploration et l'installation.
1608-1620	Alliance avec les Micmacs. Baptêmes. Arrivée des jésuites.	Fondation de Québec par Champlain.	Le Gallois Argall détruit Port-Royal (1612). *Mayflower* : 1620.	
1621-1632	Début des guerres franco-anglaises, qui dureront cent quarante ans.	Famine à Québec (1628). Québec anglais (1629), repris en 1632.	Pirates anglais et hollandais. Traite des Noirs.	Louis XIII. Jacques Ier : concession anglaise sur toute l'Acadie.
1632-1667	Conflits féodaux (d'Aulnay, La Tour, etc.). L'Acadie est perdue puis rendue à la France (1667). 200 Acadiens en 1644. 70 familles en 1650. L'*Oranger* amène des colons.	Compagnie des Cent-Associés, créée par Richelieu. Commerce des peaux. Guerres iroquoises. Les Iroquois exterminent les Hurons. Variole introduite (1659). Montréal fondé en 1642.	Sedgwick prend Port-Royal (1650).	Traité de Saint-Germain (1632). La France récupère Québec. Cromwell (1654). Louis XIV règne (1661). Traité de Breda (1667).

1667-1688	Coups de main anglais sur Pentagouët et les rivières. La Vallière gouverneur (1678). Menneval gouverneur (1687). 68 familles à Port-Royal (1671). Perrot gouverneur corrompu (1684).	Arrivée de 900 « filles du roi ». Frontenac gouverneur. Massacre de Lachine.	Révoltes indiennes contre les puritains. Chef Philippe décapité (1678). 13 colonies. Ordonnances moralisatrices.	Révocation de l'édit de Nantes (1685). Colbert meurt (1683). Guerre de la ligue d'Augsbourg (1688). Jacques II, roi catholique d'Angleterre.
1688-1698	Guerre en Acadie. Prise et reprise de Port-Royal. Guerre de Saint-Castin Victoires françaises. Expansion vers Grand-Pré ; Beaubassin, etc	Mauvaises récoltes. Misère Epidémies de variole. D'Iberville prend Terre-Neuve. Mort de Frontenac (1698). 15 000 habitants en Nouvelle-France	Sorcières de Salem (1692). Boston et New York attaquées par Saint-Castin. Massachusetts à feu et à sang. 300 000 habitants en Nouvelle-Angleterre.	Effort de Louis XIV pour défendre l'Acadie. Guillaume III, roi protestant d'Angleterre. Protestants français en Nouvelle-Angleterre. Louis XIV refuse qu'on prenne Boston et New York. Désastre naval de La Hougue. Paix de Riswyck.
1703-1710	Raids anglais sur Port-Royal (1704, 1707). Défense acadienne farouche. Exploits des corsaires. Subercase gouverneur.	3 000 morts par la variole. Achat d'esclaves possible (1709).	Préparation de la « guerre sainte » des puritains contre l'Acadie.	Guerre de Succession d'Espagne. La reine Anne succède à Guillaume III. Saint-Castin meurt à Pau en 1707.

Date	*Acadie*	*Québec*	*Nouvelle-Angleterre Amérique*	*Europe*
1710-1711	Découragement des Acadiens. Port-Royal définitivement anglais. Migrations acadiennes. Bataille de Bloody Creek.	Calamités agricoles. Epidémies.	Désastre naval anglais en aval de Québec (1711).	France ruinée. Abandon de l'Acadie.
1713	Acadie et Terre-Neuve perdues. Iles Cap-Breton et Saint-Jean conservées.			Traité d'Utrecht. George Ier, roi d'Angleterre. Mort de Louis XIV (1715).
1717	Début de construction de Louisbourg.	Fortification de Québec et Montréal.		Pressions anglaises pour l'allégeance des Acadiens.
1720-1744	« Français neutres ». Enrichissement et accroissement des Acadiens. Agriculture, pêche fleurissent. 7 600 Acadiens (1737).	Misère paysanne. Immigration pénale. Violences. Hivers rigoureux. Disettes : 1729, 1730, 1733, 1737. Typhus (1743).	Assassinat du père Rale par les Anglais. Guerre des scalps.	Premiers projets de déportation des colons français. George II.
1745-1746	Chute de Louisbourg. Désastre naval français. D'Anville se suicide. Evacuation de Cap-Breton.	Corsaires anglais sur le Saint-Laurent. Invasion de chenilles.		Guerre de Succession d'Autriche. L'Ecosse rattachée à l'Angleterre (1746).
1747	Massacre de Grand-Pré.	Forte inflation à Québec.	Persécution des Abenaquis.	
1748	Louisbourg restituée à la France. Repeuplement.		Les Français occupent la vallée de l'Ohio.	Bataille de Fontenoy. Traité d'Aix-la-Chapelle.

1749-1753	Fortification de l'isthme : forts Beauséjour, Gasparots, Lawrence. 1 000 familles migrent vers l'isthme.	Disette. Emeutes. Exode rural. Mendicité.	Shirley gouverneur à Boston. Lawrence gouverneur de Nouvelle-Ecosse. Fondation d'Halifax.	
1753-1755	Guerre larvée en Acadie. 18 000 Acadiens.	Incendies.	70 000 habitants en Nouvelle-France ; 1 200 000 en Nouvelle-Angleterre.	Londres encourage le projet de déportation des Acadiens.
1755	Déportation des Acadiens. 10 000 déportés en 7 ans. 3 000 cachés, en fuite. 5 000 émigrés.	Epidémie de variole. Récoltes désastreuses. Tremblement de terre.	Lawrence et Shirley ordonnent la déportation. Winslow, Murray, Byron, Monckton, l'exécutent.	Guerre de Sept Ans (1756-1763).
1758-1759	Chute de Louisbourg. Traque des Acadiens cachés.	Montcalm victorieux à Carillon. Chute de Québec.		
1760		Chute de Montreal.		
1763	Fin de la déportation des Acadiens. Début des retours.	La Nouvelle-France n'existe plus.		Traité de Paris.

Table

PRODUCTION JEANNINE BALLAND

Collection « Sud Lointain »

Jean-Jacques Antier
Le Rendez-vous de Marie-Galante
Marie-Galante, la liberté ou la mort
Erwan Bergot
Les Marches vers la gloire
Sud lointain
tome I *Le Courrier de Saigon*
tome II *La Rivière des parfums*
tome III *Le Maître de Bao-Tan*
Rendez-vous à Vera-Cruz
Mourir au Laos
Paul Couturiau
Le Paravent de soie rouge
Alain Gandy
Quand la Légion écrivait sa légende
Dominique Marny
Du côté de Pondichéry
Les Nuits du Caire
Juliette Morillot
Les Orchidées rouges de Shanghai
Michel Peyramaure
Les Tambours sauvages
Pacifique Sud
Louisiana

Romans « Terres de France »

Jean Anglade
Un parrain de cendre
Le Jardin de Mercure
Y a pas d'bon Dieu
La Soupe à la fourchette
Un lit d'aubépine
La Maîtresse au piquet
Le Saintier
Le Grillon vert
La Fille aux orages
Un souper de neige
Les Puysatiers
Sylvie Anne
Mélie de Sept-Vents
Le Secret des chênes
La Couze
Ciel d'orage sur Donzenac
Jean-Jacques Antier
Autant en apporte la mer
Marie-Paul Armand
La Poussière des corons
La Courée
tome I *La Courée*
tome II *Louise*
tome III *Benoît*
La Maîtresse d'école
La Cense aux alouettes
Nouvelles du Nord
L'Enfance perdue
Un bouquet de dentelle
Françoise Bourdon
La Forge au Loup
Annie Bruel
La Colline des contrebandiers
Le Mas des oliviers
Les Géants de pierre
Marie-Marseille
Jean du Casteloun
Michel Caffier
Le Hameau des mirabelliers
La Péniche Saint-Nicolas
Les Enfants du Flot
Jean-Pierre Chabrol
La Banquise
Alice Collignon
Un parfum de cuir
Didier Cornaille
Les Labours d'hiver
Les Terres abandonnées
La Croix de Fourche
Etrangers à la terre
L'Héritage de Ludovic Grollier
L'Alambic
Georges Coulonges
Les Terres gelées
La Fête des écoles
La Madelon de l'an 40
L'Enfant sous les étoiles
Les Flammes de la Liberté
Ma communale avait raison
Les blés deviennent paille

L'Eté du grand bonheur
Des amants de porcelaine
Le Pays des tomates plates
Yves Courrière
Les Aubarède
Anne Courtillé
Les Dames de Clermont
Florine
Dieu le veult
Les Messieurs de Clermont
L'Arbre des dames
Le Secret du chat-huant
Annie Degroote
La Kermesse du diable
Le Cœur en Flandre
L'Oubliée de Salperwick
Les Filles du Houtland
Le Moulin de la Dérobade
Alain Dubos
Les Seigneurs de la haute lande
La Palombe noire
La Sève et la Cendre
Le Secret du docteur Lescat
Elise Fischer
Trois Reines pour une couronne
Alain Gandy
Adieu capitaine
Un sombre été à Chaluzac
L'Enigme de Ravejouls
Les Frères Delgayroux
Les Corneilles de Toulonjac
L'Affaire Combes
Les Polonaises de Cransac
Michel Hérubel
La Maison Gelder
La Falaise bleue
Tempête sur Ouessant
Le Démon des brumes
Hubert Huertas
Nous jouerons quand même ensemble
Denis Humbert
La Malvialle
Un si joli village
La Rouvraie
La Dent du loup
L'Arbre à poules
Les Demi-Frères
La Dernière Vague
Hervé Jaouen
Que ma terre demeure
Jean-Pierre Leclerc
Les Années de pierre
Louis-Jacques Liandier
Les Gens de Bois-sur-Lyre
Jean-Paul Malaval
Le Domaine de Rocheveyre
Les Vignerons de Chantegrêle
Jours de colère à Malpertuis
Quai des Chartrons
Dominique Marny
A l'ombre des amandiers
La Rose des Vents
Henry Noullet
La Falourde
La Destalounade
Bonencontre
Le Destin de Bérengère Fayol
Michel Peyramaure
Le Roman de Catherine de Médicis
Frédéric Pons
Les Troupeaux du diable
Jean Siccardi
Le Bois des Malines
Les Roses rouges de décembre
Le Bâtisseur de chapelles
Jean-Michel Thibaux
La Bastide blanche
Le Secret de Magali
La Fille de la garrigue
Le Roman de Cléopâtre
La Colère du mistral
L'Homme qui habillait les mariées
La Gasparine
L'Or des collines
Jean-Max Tixier
Le Crime des Hautes Terres
Brigitte Varel
Un village pourtant si tranquille
Les Yeux de Manon
Emma
L'Enfant traqué
Le Chemin de Jean
L'Enfant du Trièves
Colette Vlérick
La Fille du goémonier
Le Brodeur de Pont-l'Abbé
La Marée du soir

Vous pouvez contacter l'auteur
à l'adresse électronique suivante :
alain.dubos5@wanadoo.fr

Impression réalisée sur CAMERON par

BUSSIÈRE CAMEDAN IMPRIMERIES

GROUPE CPI

à Saint-Amand-Montrond (Cher)
en mai 2002

N° d'édition : 6990. — N° d'impression : 022524/1.
Dépôt légal : avril 2002.

Imprimé en France